고전서사의 해석과 교육

이강엽 지음

보고사

책머리에

흔한 말이지만, 살아간다는 게 흡사 여행 같다. 여행도 여행 나름이어서 여러 가지가 있을 텐데 적어도 내게는, 특별한 일정 없이 자유롭게 다니는 여행 같을 때가 많다. 기회가 닿아 새로운 곳에 발을 들여놓을 때, 어디든 지금껏 안 가본 곳이니 사실은 다 새롭다고 생각하게 되면 특별히 어느 한 곳을 정하지 않아도 언제나 의미 있는 발걸음일 수도 있는 것이다. 그 덕분에 사실은 내가 서있는 자리가 문득 낯설게 느껴지기도 한다. 내 학문의 여정 또한 그러해서 나도 모르는 새에 출발시의 방향과는 다소 벌어진, 그러나 아주 나쁘지 않은 낯 선 곳에 서있는 자신을 발견하곤 한다.

그곳이 어디였든 스스로 만족스럽다면 그만이긴 하겠으나, 그런 발걸음에는 항시 경계의 시선이 뒤따른다. 그곳에 사는 사람들에게는 이방인의 틈입으로 여겨지기도 할테고, 나와 같은 곳에 사는 사람들에게는 값싼 호기심으로 치부되기도 할 터이다. 아닌 게 아니라 능력보다 호기심이 더 큰 까닭에 관심영역이 넓은 편이었다. 보기에 따라서는 어느 한 곳에도 정착하지 못하고 이리저리 떠도는 것처럼 여겨지기도 했을 듯하다. 그래서 교수만 되면 마음먹은 한곳에 바짝 붙어서 이른바 '천착'을 해야겠다고 다짐했던 일이 있다.

그래서 나는 마음속으로 몇 가지 주제를 정해놓고 그 범위를 벗어나지 않기로 생각했다. 우선 내 나름으로는 우리 소설 전통의 세 근원이라 여기는 신화, 판소리, 한문산문에서 비롯된 세 갈래의 소설군을 다룬 3부작을 중심으로 바보설화 같은 약간의 곁가지를 펴는 수준에서 연구를 진행해나가기로 작정했던 것이다. 그 중 두어 주제는 이미 마무리하여 단행본으로 출간했고, 한 주제는 곧 출간할 만큼 진척이 있기도 했다. 그러나 실제의 교육과 연구를 수행하다 보면 뜻밖의 파생물을 얻기도 한다. 때로는 특정 연구단체에서 기획주제를 요청해오기도 하고, 때로는 담당 강좌를 진행하던 중 흥밋거리를 발견하기도 한다. 선악과 관련된 논의나 신화 주변의 연구 등이 그러하며, 특히 교육대학교라는 특수 목적 대학에 몸을 담게 되면서 교육과 관련하여 관심을 쏟게 되는 일이 많아졌다.

그러나 그런 분야가 나의 관심거리는 되어도 전문 영역이 되기는 기대하기 어렵다. 고전서사의 영역 안에서라면 혹 모르겠지만 교과교육 영역은 더욱 그러해서 초·중등 과정의 교과서를 집필하면서도 내심으로는 주제넘은 외도는 아닌지 자문해보기도 했다. 이런 점들을 고려하여, 내가 선택할 수 있는 최선은 본래 연구하는 고전서사의 범위를 벗어나지 않는 영역에서의 교육적 접근이었다. 이 책의 전체 4부는 그렇게 이루어졌기에, 각 부는 해당 영역의 고전문학 연구와 그 연구가 바탕이 된 교육적 활용에 관한 연구, 또는 반대로 전체의 교육적 조망을 한 연구와 그를 바탕으로 한 고전문학의 연구가 흡사 자매편처럼 짜여 있다. 가령, 신화에 나타난 상징물의 해석을 다루고 난 뒤 그를 바탕으로 신화의 문학교육적 의미를 살핀 것이 전자의 예라면, 구비문학 연구의 전체 틀을 정해본 후 고전서사 영역에서 적용해보는 논문을 덧보탠 것은 후자의 예이다.

돌아보면, 내가 박사논문을 쓸 무렵인 20여 년 전부터 지금껏 우리 사회에는 인문학의 위기 담론이 팽배해있다. 이제는 그런 말을 꺼내는 것조차 식상한 일이 되기도 했고, 때로는 위기가 기회라는 식의 논법으로 도리어 인문학의 중요성이 강조되기도 했다. 그러나 그 와중에 다른 영역은 몰라도 고전문학 영역이 눈에 띄게 위축되어온 것은 부인할 수 없는 사실이다. 당장 국내 대다수의 대학에 설치되어 있는 국어국문학과만 보더라도, 내가 학교에 다닐 때처럼 현대문학 전공자와 고전문학 전공자가 대등한 비중으로 포진하고 있는 경우를 찾기 어렵게 되었다. 이런 상황에서라면 내부에서 열심히 연구하는 일 못지않게 외부와의 소통이 중요할 수밖에 없겠다. 문학작품을 연구하는 사람은 작품 연구에만 몰두하고, 문학교육을 하는 사람은 그 연구된 결과를 기지수(旣知數)로 놓고 거기에 교육적 활용법만 탐구하려 한다면 불완전하고 또 불안한 일이다. 가령, 문학에서 권선징악을 연구하는 사람이 따로 있고 문학교육에서 그 연구를 수행한 결과만을 가지고 적용하는 사람만 있어서는 흡족한 결과가 나오기 어렵다는 것이다.

이 책은 그러한 상황을 염두에 두고 그 양편의 아름다운 소통을 시범적으로 펼쳐보이고자 했다. 작년에, '성장'과 '성숙'을 주제로 하여 출간한 두 권의 책(『너의 앉은 그 자리가 바로 꽃자리니라』, 『강물을 건너려거든 물결과 같이 흘러라』) 또한 그런 작업의 일환이었고, 이 책 역시 자리는 다르지만 그 지향점은 같은 데 있다. 그러나 이 책에 실린 12편의 논문은 애초에 완결된 저술을 목표로 쓴 것도 아니고 발표의 시차 또한 작지 않아서 단일 저서로서는 미흡함이 많다. 그럼에도 불구하고 이를 통해 저자의 본뜻이 조금이라도 전달될 수 있다면 고맙고 또 다행스러운 일이다.

2011년 9월 '작은세상'에서
이강엽

차례

2부 신화 상징물의 해석과 신화 교육

*3*부 설화의 유형 탐색과 유화(類話)의 교육

*4*부 고전서사의 '선/악' 문제와 교육적 활용

1부

고전서사의 해석 코드

성장과 성숙

디지털시대의 구비문학 교육

'성장(成長)'과 '성숙(成熟)'

1. 서론 : 디지털 시대와 구비문학

　'디지털 시대'는 흔히 '첨단'과 연관되어 설명된다. 그만큼 최신식임이 강조된다는 뜻이며, 실제로 이 말은 항용 '정보화 사회', '고도산업 사회' 등과 맞물려서 사용되고 있다. 그렇다면, 이 글에서 다루려고 하는 구비문학이야말로 디지털 시대와는 사뭇 거리가 먼 어떤 것으로 인식될 수밖에 없다. 그 이유를 들자면 하나는 시기상의 문제일 것이고 또 하나는 내용상의 문제일 것이다. 시기적으로 구술문화 시대의 산물인 그것이 21세의 현실에 맞을 것 같지 않으며 내용상으로 볼 때도 윤리성만을 지나치게 강조하는 권선징악 일변도의 그것이 섬세한 감각적 재현을 중시하는 멀티미디어 시대의 예술과는 어그러지는 듯이 보인다.

　또, 그러한 상식적인 수준에서의 논의가 아니라 구술문화/문자문화의 대립적인 측면에서 보더라도 현대 사회는 구술문화가 잔존하기 어려운 형편임이 자명하다. 사실 모든 측면에서의 급격한 변화가 현대

사회의 한 특성을 이룬다고 할 때, 이전 세대의 문화가 다음 세대에까
지 온전하게 이어지는 것을 전제로 하는 구술문화의 힘은 급격히 약해
지게 된다. 아닌 게 아니라 구술문화 속에서 개념화된 지식은 소리 내
어 되풀이하지 않으면 바로 사라져버리기 때문에 여러 차례의 반복에
의한 문화전수의 틀을 취하지 않을 수 없고 결과적으로 보수적이거나
전통적인 양상을 띠게 마련이다.[1] 이는 디지털문화가 끊임없이 새로
운 것을 추구하고 새롭게 수정된 뉴-버전(new version)일수록 정보의
가치를 인정하는 현상과 정면으로 어긋나는 것이기도 하다.

이상의 전제를 수긍한다면 이러한 디지털 시대에 구비문학이 설 자
리는 없는가? 물론 전통적 의미의 구비전승이 단절되었다는 점에서
더 이상의 구비문학이 생성될 여지가 없어 보인다. 변형된 의미에서
의 구비문학이랄 수 있는 TV 개그나, 인터넷 유머 등이 구비문학처럼
논의될 수는 있다하더라도,[2] 어차피 전통적 의미에서의 구비문학과

---

1) 이 점에서 대해서는 월터 J. 옹, 『구술문화와 문자문화』(이기우·임명진 옮김, 문예
출판사, 1995)의 다음 대목을 참조: "1차적인 구술문화 속에서 개념화된 지식은 소리
내어 되풀이하지 않으면 바로 사라져 버린다. 그러므로 구술사회에서는 여러 세대에
걸쳐서 끈기 있게 습득된 것을 몇 번이고 되풀이해서 입으로 말하는 데 대단한 에너지
를 투입하지 않으면 안 된다. 그 결과 응당 지적인 경험들이 유산으로 남겨져 정신을
이루는데, 그래서 이 정신은 매우 전통주의적이고도 보수적인 틀을 취하게 된다. 당연
히 지식은 습득하기 어려운 것이어서 고귀해짐으로써 전문적으로 지식을 보존하고 있
는 박식한 노인들이 이 사회에서는 높이 평가된다. 그들은 옛 시대의 이야기를 알고
있어서 말 할 수 있기 때문이다. 지식을 정신 바깥에 저장함으로써, 즉 쓰거나 더욱이
인쇄하게 됨으로써, 과거를 재현시키는 사람들이었던 이들 박식한 노인들의 가치는
떨어지고 그 대신에 무언가 새로운 것을 발견하는 사람들인 젊은이들의 가치가 오르게
되었다."(67~68쪽)

2) 실제로, 드라마, 코미디, 대중가요, 영화 등을 '전파문학'으로 다루려는 시도가 있었
으며(신동흔, 「삶, 구비문학, 구비문학 연구」, 『구비문학연구』 제1집, 한국구비문학회,
1994) TV토크쇼를 구비문학의 영역에서 다룬 예(신동흔, 「현대구비문학과 전파매체」,
『구비문학연구』 제3집, 한국구비문학회, 1996)도 있다.

는 다르다. 그럼에도 불구하고 구비문학이 현재와 같은 정도의 관심
을 받을 수 있는 이유는 아마도 교육에서 찾아야 할 것 같다. 사실상
입에서 입으로 전하는 방식의 구비전승이 거의 끊겼음에도 불구하고
사람들이 여전히 그 내용을 숙지할 수 있는 것은 9할 이상 교육의 덕
분이라고 할 수 있을 것이기 때문이다. 초등학교에서 고등학교까지의
정규 국어교과목은 물론, 이제는 어엿한 '독서물'로 자리 잡은 옛이야
기 책들에서 구비문학은 끊임없이 재생산되고 있는 것이다. 따라서
현대의 구비문학 문제는 구비문학의 교육문제와 연관되어 논의되는
것이 자연스럽다.

  그러나 이때의 구비문학, 즉 교육현장에서 활자로 읽혀지는 구비문
학이 효율적으로 교육되고 있는가에 대해서는 다소 회의적이다. 구비
문학 교육에서 이런 시대적인 변화를 수용하는 방향은 ICT(Information
and Communication Technology) 등을 활용한 새로운 교육방법을 도입하
는 것과 그 변화에 걸맞은 새로운 해석을 시도해 학습시키는 것 두
가지가 될 것이다. 그런데 그간의 이 방면의 연구 성과들이 주로 전자
쪽에 집중된 점을 고려하여3) 이 글은 후자 쪽에 무게중심을 두고 진행

---

3) 국어교육 분야에서 이런 점을 염두에 둔 몇 사례를 열거해보면 다음과 같다: 이채
  연, 「하이퍼미디어를 이용한 국어과 수업전략」, 『어문학』 60집, 1997.2; 이채연, 「디
  지털 시대의 문학교육」, 『문학과 교육』 5호, 1998년 가을, 문학과 교육 연구회; 김종
  선, 「하이퍼미디어를 활용한 국어교육의 몇 가지 방법」, 동국대학교 교육대학원 석사
  논문, 1998, 서유경, 「웹에서의 국어교육 설계 방향 연구」, 『고전문학과 교육』 2집,
  청관고전문학회, 2000. 또, 서대석 교수에 의해 제시된 21세기 구비문학의 새로운 연
  구방법이 '자료의 영상화, 연구방법의 디지털화, 연구대상의 확장, 자료의 전산화를
  통한 통계적 연구, 정서의 계량화에 의한 작품론의 과학화, 비교문학적 연구의 확장,
  실용성 제고를 위한 연구'(서대석, 「21세기 구비문학 연구의 새로운 관점」, 『고전문학
  연구』 18집, 한국고전문학회, 2000.2, 35~40쪽 참조) 등임을 생각한다면 그런 경향
  을 충분히 짐작할 수 있다.

하기로 한다. 가령, 구비문학의 한 특성으로 '민중적'이며 '민족적'인 성향을 꼽을 때,[4] 탈계층적이고 탈국가적인 디지털 시대의 특성에서 상당히 멀어지며 이에 따라 새로운 해석이 요청되는 것이다.

주지하는 대로 디지털은 아날로그와 달리 사실상 무한복제가 가능할 뿐만 아니라 아무리 복제하여도 원본이 훼손되지 않는다는 특징을 지닌다. 결과적으로 디지털 시대의 인간은 전시대의 인간이 겪었던 것보다 훨씬 더 심각한 몰개성의 위험에 노출되며 이는 자아 정체성을 형성하는 데조차 상당한 장애를 겪는 일로 이어질 수 있다. 특히 교육이 집중적으로 이루어지는 시기가 청소년기 이전임을 감안한다면 이는 매우 중요한 일이며, 구비문학의 텍스트에서 그를 해결하는 단서를 잡아낼 수 있다면 그 교육적 효과는 상당히 크리라 여겨진다. 아울러 청년기에 이르러 성장이 끝난다 하더라도 중년기 이후에 이르면 자신의 삶을 되돌아보고 그 미숙함 때문에 고통을 받는 일이 많으므로 올바른 성숙에 지침이 되는 작품을 새롭게 해석하여 교육하는 일 역시 의미 있는 작업이겠는데, 이 글은 그에 적합한 작품 해석 및 자료 선정 등에 유념하여 논의를 전개하기로 한다.

2. '성장' : 〈온달〉과 〈지하국 대적 제치 설화〉

제7차 교육과정의 고등학교 문학교과서에 실려 있는 민담은 〈온달〉,

---

4) 이는 대표적인 구비문학 이론서라 할 수 있는 장덕순 외, 『한국구비문학개설』(일조각, 1971)의 제1장 제1절 '구비문학의 개념'에서 그 중요한 특성으로 잡은 여섯 가지 중 다섯 번째 것이다.(7~9쪽 참조)

〈서동설화〉, 〈지하국 대적 제치 설화〉, 〈달팽이 각시〉 등이다.[5] 그런데 이들 네 작품은 공교롭게도 주인공이 행운을 얻는 내용들이고, 실제로 그런 내용이 민담의 특성으로 교육되어오곤 했다. 교과서의 해설부분을 보자(밑줄 필자):

 * 우리의 민담에는 지하국에 관한 것이 많다. 대개 대적(大賊)이 지상의 여인이나 보물을 약탈하여 지하국에 숨겨 놓는데, 탁월한 능력을 지닌 영웅이 지하의 대적을 퇴치하고 여인이나 보물을 빼앗아 오는 내용으로 되어 있다. '지하국 대적 퇴치 설화'는 고전 소설과 관련이 깊다. '김원전' 같은 작품은 이 설화를 확대시켜 놓았다고 할 만하고, '최고운전'과 '홍길동전' 같은 작품은 이 설화를 부분적으로 차용하고 있다. '지하국 대적 퇴치 설화'는 설화의 소설화 과정을 보여 주는 좋은 예이다.[6]

 * * 이 글은 『삼국사기』〈열전(列傳)〉에 수록된 작품이다. 신분이 고귀한 공주가 스스로 미천한 바보 총각을 찾아가 결혼을 하고, 남편을 영웅으로 성장시켜 공을 세우게 하는 과정이 실감과 짜임새를 갖추어 그려지고 있다. 공주는 과단성이 있을 뿐 아니라, 상상치 못한 제의를 납득하지 못하는 온달과 그 모친을 지성으로 설득하고 또 좋은 말을 고르게 하여 온달이 영웅으로 입신케 하는 방안을 마련하는 등 비범한 안목을 가진 여성이다. 아울러 온달의 관이 움직이지 않자, "죽고 삶이 결정났으니 돌아가자."고 하여, 초탈한 모습까지 보여 이인(異人) 같기도 하다. 반면 공주의 도움이긴 하나 세상이 바보라 했던 온달에게 영웅적 능력이 잠재해 있었음이 밝혀져 사람을 신분이나 겉모습으로 판단할 것이 아님을 말해 주고 있다.[7]

---

5) 수록교과서(제7차 교육과정)는 다음과 같다: 〈온달〉-한샘(김), 〈지하국 대적 제치 설화〉-교학사, 한샘(최), 〈달팽이 각시〉-천재.
6) 김대행, 『문학』, 교학사, 121쪽.

두 작품의 주인공은 매우 다르게 설정되었지만, 그 과정에서 보여주는 행운에 있어서만큼은 별 차이가 없어 보인다. 모두 예쁜 아내와 그 아내로 인해 얻어진 부(富) 등을 거머쥐는 것이다. 이 점에 있어서 〈서동설화〉와 〈달팽이 각시〉 역시 크게 다르지 않다. 그런데, 작품을 이렇게 해석하는 이면에는 은연중에 '귀/천, 부/빈, 중심/주변'을 가르는 이분법적 사고가 자리 잡고 있음을 부인할 수 없다. 온달은 바보였는데 장군이 되었으니 천한 데서 귀한 데로 갔고, 〈지하국 대적 제치 설화〉의 주인공은 자신의 영웅적인 능력을 펼쳐 보여서 예쁜 아내와 재물을 동시에 얻었으니 일종의 신분 상승효과 같은 것이 일어났다고 보는 것이다.

그런데, 이 글에서 기본전제로 삼고 있는 디지털 시대에는 그런 차별성이 먹혀들 틈이 상당부분 소거되고 있음에 유념할 필요가 있다. 디지털은 근본적으로 0과 1의 두 종류의 신호만으로 구성되는 체계이며, 필연적으로 아날로그 정보에 비한다면 비약적 단절을 가져오게 마련이다. "다양한 성격, 다양한 내용, 다양한 형식의 정보가 디지털 부호화할 때, 그 다양한 이질적 속성들은 상실되어 버리고 균등한 정보가 된다. 디지털식 정보처리는 부가적 속성을 제거하여 균등화하는 과정인 것이다."[8] 결과적으로 사람과 사람간의 위계적인 서열화 역시 급속도로 파괴된다 하겠는데, 이런 시대적인 변화에 비추어 민담을 신분상승의 행운을 얻는 이야기로만 이해시키려 한다면 적지 않은 무리가 따르지 않을까 한다. 물론 당대적 의미를 학습시킨다는 점에서 일정 부분 기여할 수는 있겠지만, 고전의 현대적 의미를 일깨우기에

---

7) 김윤식 · 김종철, 『문학』, 한샘, 125쪽.
8) 목영해, 『디지털 문화와 교육』, 문음사, 2001, 88쪽.

는 역부족일 것이기 때문이다.

이런 점을 염두에 두고 〈온달〉로 되돌아가 보자. 이 이야기는 흔히 우부현처(愚夫賢妻)형 이야기로 꼽힐 뿐만 아니라, 지금도 잘난 여자를 만나 입신해보려는 남성에게 '온달 콤플렉스'에 빠졌다고 할 정도로 '신분상승'이 작품 이해의 중요한 열쇠가 되고 있다. 즉, '온달/공주= 수혜자/시혜자'라는 등식이 자리 잡고 있는 것이다. 그러나 실제 『삼국 사기』에 실린 작품을 꼼꼼히 읽어볼 때, 그것이 과연 일방적인 시혜였 던가에 대해서는 의문이 제기될 수 있다.

> 평강왕의 어린 딸이 울기를 잘하여서 왕이 놀렸다. "네가 항상 울어서 내 귀를 시끄럽게 하니 커서 대장부의 아내가 될 수 없을 터, 바보 온달에 게나 시집보내야겠다." 왕은 매번 그렇게 말하곤 했는데 <u>딸의 나이 16세가 되어 상부(上部) 고씨(高氏)에게로 시집보내려 하니 공주가 대답하였다.</u> "'대왕께서 항상 말씀하시기를 너는 반드시 온달의 아내가 된다.'고 하 셨는데 지금 무슨 까닭으로 전의 말씀을 고치십니까? 필부도 식언(食言) 을 하지 않으려 하거늘 하물며 지존하신 분계서야 더 말할 필요가 없습니 다. 그러므로 <u>'임금은 희언(戲言)이 없다'고 하는 것입니다. 지금 대왕의 명령은 잘못된 것이오니 소녀는 감히 받들지 못하겠습니다.[9]</u>"(밑줄 필자)

밑줄 친 부분에서 알 수 있듯이 공주가 집을 나오는 것은 온달을 도와주려 해서도 아니고 쫓겨나서도 아니다. 잘못된 명령을 이행할 수 없다는 공주의 선언은 임금의 명령을 거역하는 데 초점이 있다기 보다는, 일방적으로 마련된 삶의 틀을 거부하는 데 있는 것이다. 공주 가 궁궐을 떠나 온달이 있는 산 속으로 들어가는 과정을 '고귀한 궁/

---

9) 같은 책, 같은 곳.

비천한 산 속'의 대립으로 보는 대신, '수동적 삶/능동적 삶'으로 본다
면 이 작품에 대한 해석은 신분상승으로 읽어내는 고정적인 틀에서
벗어날 수 있을 것이다. 즉, 공주의 돌출행위는 외견상 화려한 궁궐의
삶을 벗어나 비록 소박하지만 자신의 힘으로 세상을 개척할 수 있는
새로운 세계로 눈을 돌리는, 행복을 찾아나서는 길이기도 한 셈이다.

이 점은 온달의 입신 과정과 맞물려 설명될 때 힘을 얻는다. 온달이
말을 구해서 준비한다거나 만물이 소생하는 삼짇날 기회를 잡고 탁월
한 사냥 솜씨를 뽐내는 것으로 능력을 과시하는 행위 등은 사실상 그
대로 신화의 틀이기도 하다. 기왕의 논의에서 충분히 검토되었듯이
〈온달〉은 온달의 입사식(入社式)[10]을 그린 작품임이 분명한데, 마찬
가지로 공주의 입사식일 수도 있는 것이다. 공주는 이 이야기를 통해
자신의 장래를 강압적으로 규제하는 가정을 벗어나 독자적인 힘으로
일어서는 모습을 보여주기 때문이다. 이렇게 보면, 온달이 산 속에 있
다가 사냥대회를 통해 세상에 모습을 드러내는 과정이나 공주가 궁궐
에 있다가 산 속으로 가서 다시 공주의 자리를 인정받는 행위가 모두,
인간의 성장과정을 담아낸다는 점에서 차이가 없다. 신화에서 보여주
는 영웅의 입사식이 '분리 → 입문 → 회귀'의[11] 전형적인 틀을 밟는다
는 점을 고려할 때 이 점은 더욱더 분명하다 하겠다.[12]

---

10) 이에 대해서는 민긍기, 「온달설화의 생성적 연구」(『열상고전연구』 제6집, 1993.4)에
　　서 상세히 논의된 바 있다.

11) "곧 영웅은 일상적인 삶의 세계에서 초자연적인 경이의 세계로 떠난다. 여기에서 그는
　　엄청난 세력과 만나고 결정적인 승리를 거둔다. 영웅은 이 신비스러운 모험에서, 동료들
　　에게 이익을 줄 수 있는 힘을 얻어 현실세계로 돌아온다." - 죠셉 캠벨, 『세계의 영웅신
　　화(원제: *The Hero with Thousand Faces*)』, 이윤기 옮김, 대원사, 1989, 34쪽.

12) 다소 다른 맥락처럼 보이겠지만 〈온달〉을 공주의 입장에서 본다면, 사실상 계모 이야
　　기와 그 궤를 같이 한다. 계모의 박해를 받고 집을 나갔다가 뜻을 이루고 다시 집으로

이 점에서, 〈온달〉은 공주의 도움으로 온달이 입신하는 이야기에 그치는 것이 아니라, 온달의 도움으로 공주가 입신하는 이야기이기도 하다. 온달이 외적의 침입에 맞서 선봉에 서서 수훈을 세웠을 때 왕이 "너는 내 사위다."라고 한 것은 온달을 인정한 것일 뿐만 아니라 공주더러 "네가 나의 명령을 복종하지 않으면 단연코 내 딸이 될 수 없다."고 하여 딸로 인정하지 않겠다고 했던 것을 뒤엎어서 다시 딸로 인정한다는 뜻이다. 이렇게 읽을 때 이 작품은 단순한 성공담 내지는 신분상승담이 아닌 '성장담', 그것도 한 인물이 어느 한 인물을 조력하기만 하는 것이 아니라 두 인물이 함께 성장하는 쌍방의 성장담이 된다.

인물＼공간	작은 세상	분리	입문(시련)	회귀	큰 세상
온달	산 속	→	무술 연마 및 사냥대회출정	→	전장(공훈)
공주	궁궐	→	궁궐 밖 고난 및 온달 훈련	→	궁궐(다시 인정받음)

도식적인 설명이기는 하지만 이 그림에 있는 대로 온달과 공주는 모두 자신을 옥죄는 작은 세상을 벗어나 큰 세상으로 도약하는 데 성공하고 있다. 이런 의미에서의 성장은 봉건제에서의 입신양명 내지는 신분상승과는 달리 최첨단을 걷는 현대인들에게도 요긴한 것인데 온달이 장군이 되었다거나 공주가 졸지에 바보의 아내가 되었다는 사실

돌아와서 자신의 위치를 굳건히 하는 이야기는 부모로부터의 의존을 줄여서 아동의 성장을 돕는 이야기로 해석될 수 있다. 이에 대해서는 브루노 베텔하임, 『옛이야기의 매력』 2(김옥순·주옥 옮김, 시공주니어, 1998) '8. 변형–사악한 계모의 환상–'(110~121쪽) 참조.

에만 집착한다면 이러한 해석이 끼어들 여지가 별로 없을 것이다. 더구나 〈온달〉을 읽고 배우는 때가 아동기에서 청소년기인 점을 감안하거나 탈계층적인 디지털 시대로의 환경변화를 고려할 때, 성장담으로 읽히는 것의 교육적 효과가 훨씬 더 높지 않을까 한다.

이 중에서 특히 후자의 경우는 이 글의 주제와 연관하여 좀 더 상세한 주의가 요망된다. 인간 능력을 신장시키는 일은 언제 어디서나 중요한 일임에 틀림없지만 디지털화한 멀티미디어 시대에서는 이전 시기와의 성격이 사뭇 다르기 때문이다. "새로운 정보가 홍수처럼 밀어닥쳐 습관을 바꾸고, 새로운 종류의 정보가 한없이 생겨나면 당연한 결과로서 갖가지 계층의 구별은 심리적으로 무너진다."[13] 특히 대립적 계층구별은 현실적인 힘을 잃을 수밖에 없으므로, 온달을 '거지'에서 '장수(왕의 사위)'로 변화한 것으로만 파악해서는 곤란할 것이다. 또 "모든 미디어는 우리 자신의 확장, 즉 우리 신체의 각 부분을 여러 가지 소재로 바꾼 것"[14]이라고 할 때, 필연적으로 멀티미디어의 출현은 총체적인 확장을 의미할 것이며, 이 점에서 인간 내면의 잠재적 능력 확대는 더욱 중요한 문젯거리이다. 그만큼 한 인간이 이미 정해진 한 기능 내지는 역할을 충실히 수행하는 데에서 벗어나, 미지의 기능과 역할 쪽으로 넘어갈 가능성이 높아졌기 때문이다.

〈지하국 대적 제치 설화〉 역시 마찬가지 맥락에서 교육할 수 있다. 이 이야기는 손진태의 『한국 민족설화의 연구』에 소개된 이래[15] 민족

---

13) 마샬 맥루한, 『미디어의 이해 : 인간의 확장』, 박정규 옮김, 커뮤니케이션북스, 1997, 36쪽.
14) 같은 책, 201쪽.
15) 손진태 선생은 이 설화를 북방민족(몽고)의 영향을 받아 형성된 것으로 여기고 그 유사점과 차이점을 기술하면서 우리 쪽에 정착한 설화의 특성을 추출해내려 하였다.

적 특성 등이 강조되어 왔지만 사실은 전세계적으로 널리 퍼진 상당한 보편성을 띤 설화로, 우리 민족과 다른 민족 간의 차별성에 유념하는 교육만으로는 한계를 갖게 된다. 그럼에도 불구하고 이 작품에 보이는 행복한 결말을 우리 민족의 낙천적인 세계관으로까지 연결 지으려는 시도가 있을 정도이다. 그러나 만약 그런 방식으로 민족성을 운위할 경우, 우리에게 특히 많은 비극적 내용의 전설을 교육할 때는 비극적 세계관을 운위할 것이므로 섣부른 단정은 오히려 역효과를 낳을 우려가 있다.

이 작품을 해석하는 코드는 제일 먼저 '지하국'에서부터 찾을 수 있다. 지상에 대비되는 천상이 고상한 곳으로 인식되는 것처럼 지하는 인간을 옥죄는 비천한 곳이다. 굳이 선과 악으로 구분 지어 설명하자면 악에 해당할 것이므로, 지하국 역시 악, 악인과 연관된다고 볼 수 있다.[16] 그렇게 본다면 이 작품은 궁극적으로 대적(大賊), 곧 큰 악을 물리치는 이야기로 읽힐 수 있다. 그런데, 이때 중요한 점은 악을 물리쳐낸 결과라기보다 오히려 그 과정에 있다고 보는 편이 옳겠다. 문학교과서에 실린 원문의 한 토막은 이렇다.

그리고 제일 나이 젊은 한량에게 먼저 내려가 보라고 하였다. 내려가는 도중에 무슨 위험이 있을 때에는 줄을 흔들기만 하면 위에 있는 사람들이 곧 그 줄을 끌어올리기로 약속하였다.
제일 젊은 한량은 조금 내려가다가 무서운 생각이 나서 줄을 흔들었다. 다음 사람은 반쯤 내려갔을 때에 줄을 흔들었다. 또 그 다음 사람은 삼분

결과적으로 몽고쪽 설화에 비해 '여성의 정조를 절대시하는' 방향으로의 변형이 있다고 보았다. (손진태, 『한국 민족설화의 연구』, 을유문화사, 1946, 132쪽 참조)
16) 이런 해석은 이부영, 『한국민담의 심층분석』(집문당, 1995)을 참조.

의 이 정도 내려가다가 무서워 줄을 흔들었다. 마지막으로 제일 형 되는 한량이 내려가게 되었다. 그는 동생들에게 말했다.

"너희들은 아직 나이 어려서 안 되겠다. 내가 내려가서 도적을 죽이고 돌아올 때까지 여기서 기다려라. 그 때에도 줄을 흔들 터이니 너희들은 줄을 당겨 올려야 할 것이다."

악을 물리치러 넷이 나섰는데 한 사람만 성공한다. 그리고 그 성공의 동인은 용기에 있다. 앞서 살핀 작품의 해설에서는 주인공이 '영웅'임을 강조하고 있지만, 이 작품에 등장하는 '한량'은 영웅과는 상당한 거리가 있다.17) 이 이야기에 등장하는 인물들의 공통된 특성이라면 영웅적이라기보다는 두려움 없이 땅 밑으로 내려가는, 즉 악을 피하지 않고 정면으로 맞서는 데 남다른 점이 있다. 그런데 이렇게 겁 없이 내려가고 나면, 이 유형의 이야기들은 예외 없이 일이 너무 수월하게 풀린다. 위에 인용한 작품에서는 잡혀있는 여자가 동삼수(童蔘水)를 가져다주어서 완력이 엄청나게 커지며, 대적이 한 번 잠들면 석 달 열흘이나 잔다는 정보를 전해준다. 『한국구비문학대계』에서 몇 가지 예를 찾아보아도 마찬가지이다.18)

이 유형에 속하는 각편(各篇)들이 보여주듯이 땅 밑에 있는 괴물은 일단 용기를 내서 맞서기만 하면 제압될 방법이 생긴다. 이는 자아정

---

17) 손진태 선생이 괄호 안에 '무사'를 넣어 설명했듯이, 한량은 본래 아직 벼슬하지 않은 무반을 일컫는 말이다.

18) 여자가 준 동삼수를 먹거나(1-1. 지하국 대적 퇴치 -재털벙거지와 결의형제-), 미꾸라지 열 마리를 잡아 죽이는 것으로 물리치기도 하고(5-4. 지하대적 퇴치), 독주를 먹여서 죽인다거나(6-11. 곤륜산에 사는 도둑), 장군샘 물을 마셔서 힘이 세지기도 하고(7-14. 조천석과 지하도적 백강아지), 도적이 석 달 열흘 동안 잠을 잔다.(7-16. 지하도적 잡고 용왕궁에서 얻은 연적) - 숫자는 『한국구비문학대계』의 권 표시.

체성으로 가는 첩경인 '자아확신(self-certainty)'을 서사화해 놓은 것
과도 같다고 할 수 있으며,19) 〈온달〉로 설명하자면 공주가 궁궐을 나
서고 온달이 사냥대회에 나가는 행위와 비견될 만하다. 세상을 살면
서 대적(對敵)해야 할 것들은 무척이나 많다. 그리고 그것들은 대개가
자기 바깥에 있다고 여기기 때문에 누구나 자신이 노력하여 넘어서려
하기보다는 그것을 핑계로 회피하려는 성향이 강하다. 그런데 이 이
야기에서는 일단 과감하게 달려들기만 하면 그 안[지하국]에서 모든
문제가 해결됨을 보여준다. 성장은 서서히 이루어는 것이지만, 사실
상 어느 한 순간에 비약하기도 한다. 그리고 그 비약의 과정이 없으면
크게 성장하기 어려운 법인데, 이 이야기는 그 성장의 과정을 잘 드러
내주는 이야기이다. 주인공이 상대를 물리치는 민담이라거나 행복한
결말은 우리 민족의 정서라는 식의 교육보다, 이처럼 성장기의 환경
에 걸맞은 내용으로 풀어주는 것이 효과적일 것이다.

3. '성숙': 〈괴상한 쥐〉와 〈옹고집전〉

디지털 시대의 도래와 더불어 '사이버-'가 하나의 접두어처럼 쓰일
정도이다. 인터넷을 기반으로 하는 현실과 다른 가상공간이 하나의

---

19) 일반적으로, 청년기에 겪게 되는 자아정체성에 대한 의문과 위기는 긍정적인 자기
평가와 부정정적인 자기평가 간의 양극적인 갈등에서 생긴 것으로, 자신의 능력, 가
치, 도덕과 같은 내면세계의 특성에 대하여 자신감을 갖게 되는 것을 '자아확신'이라
하며, 반대로 자신의 특성을 외면하려 하는 상태를 '무관심(apathy)'이라 한다. 자세
한 내용은 조원호·송숙희, 『인간행동의 이해와 청년기갈등』, 국민대학교출판부,
1998, 284~285쪽 참조.

실재처럼 여겨지는 것이다. 실제로 '아바타'를 모니터 전면에 내세우면서 애칭으로 채팅을 하다보면 가상과 실재가 헷갈리는 일이 발생하기도 한다. 이를 단순하게 생각하면 실제 현실은 진짜이고 사이버공간의 가상은 가짜이다. 하지만 사태는 그리 단순하지 않다. 사이버공간 역시 우리의 삶에 깊숙이 끼어든 실제공간으로 작용하는 것이며, 어떤 면에서는 우리가 실제로 보고 듣고 느끼는 현실이 더 허구처럼 느껴지는 현실을 경험하곤 한다. 허구로 만들어놓은 아바타 역시 '자신의 소망(欲望)'을 드러내는 하나의 상징이기 때문이다.

우리 민담 중 '진가쟁주담(眞假爭主談)'이라고 하는 것은 그런 디지털 시대의 문제점을 해결하는 데 시사점을 던져줄 만한 것이다. 설화집에 흔히 '괴서(怪鼠)'라고 명명된 이야기들이 바로 그것인데, 쥐가 사람으로 변해 주인행세를 하면서 진짜와 겨루는 이야기이다. 대개 사람이 무심코 깎아서 내버린 손톱발톱을 쥐가 먹고 그 사람으로 변신하는 것으로 되어 있는데, 이 경우 주인공은 몇 년간을 절이나 산에 들어가서 공부를 하고 돌아오는 것으로 설정되어 있는 예가 많다. 그런데 진짜인 인간은 가짜인 쥐에게 참으로 사소한 것 때문에 당하고 만다.

> 그래서 아들은 두 영감보구 우리집에 밥그릇이 몇 개구 숟갈이 몇 개구 쟁기는 워데 있구 낫은 몇 개나 되느냐구 물었다. 한 영감은 낱낱이 다 대는디 한 영감은 하나두 대지 못했다. 그러니게 대지 못한 영갬이 가짜 아부지라 하구 내쫓으버렸다.
>
> 이 집에는 수십 년 동안 이 집 곳간의 쌀이며 콩이며를 믁고 자라스 큰 노강쥐(크고 늙은 쥐)가 있었는디 이 쥐가 이 집 영감과 똑같은 모습으로 도섭[변신]해각고 있었다. 쥐는 이 집 구슥구슥을 돌아댕겨스 이 집에 있는 물근이 믓이구[무엇이고] 어디 있구 또 몇 개라는 긋을 잘 알구 있으

서 그긋을 낱낱이 다 댈 수가 있었다. 그른데 진짜 영감은 사랑방에만 있으스 그 집에 있는 물근이 뭇이 있이며 멫 갠지 통 몰랐다. 그리스 대지 못했다.[20]

진짜와 가짜를 판별하는 기준으로 잡은 것이 집안의 세간을 알아맞힐 수 있느냐의 여부였다는 점이 의미심장하다. 주인은 사랑방 중심으로 공부나 하면서 외부손님이나 맞았을 터이니 집안의 세세한 살림을 알 길이 없었을 것이다. 당연히 가짜로 의심받을 수밖에 없다. 어느 심리학자에 따르면 쥐는 야행성 동물이므로 쥐의 삶이 바로 인간이 의식적으로 무시하고 지내온 어느 한 축이라고 한다.[21] 거기에 따르자면, 여기에 등장하는 진짜와 가짜가 사실은 두 인물의 서로 다른 삶이 아니라 한 인물이 필연적으로 갖게 되는 두 삶이다. 위의 작품처럼 단순히 사랑채에 기거하는 보통 사대부뿐 아니라, 이 유형의 많은 각 편들이 특히 공부를 하러 집을 떠나있는 것으로 설정되는 것은 그런 의미가 극대화된 경우라고 할 수 있다. 이를 그림으로 나타내면 다음과 같다.

인물 \ 의미	표면적 의미	이면적 의미
주인 영감	진짜	삶1(문명, 낮, 사랑채)
쥐	가짜	삶2(자연, 밤, 안채)

만약 이 이야기를 표면적 의미에만 중점을 두어 이해한다면, '진짜

---

20) 임석재, 『韓國口傳說話 6』, 평민사, 1990, 324~325쪽.
21) 이에 대해서는 이부영, 앞의 책, 55~87쪽 참조.

→가짜→진짜'의 단순한 해프닝에 지나지 않게 될 것이다. 그러나 이면적 의미까지 생각한다면 진짜에서 가짜를 거쳐 진짜로 돌아오는 과정이 단순한 복귀에 그치지 않게 된다. 조선조 유교사회는 '儒'가 표상하는 대로 문(文)을 숭상하는 문화였으며, '부부유별'과 같은 남녀의 구분을 엄격히 하는 문화였다. 따라서 이 시대를 사는 일반 사대부는 필연적으로 수양이라는 명분 아래, 문을 숭상하는 과정에서 인간 내면에 숨 쉬고 있을 야성을 억제해야 했으며, 남성의 안에 잠재된 여성성 역시 최대한 억제해야만 했다. 그러나 누구나 경험해서 아는 대로 사회가 요구하는 모범적인 삶의 전형이 곧바로 자기 삶의 진정한 모습이 되는 것은 아니다.

융(Jung)에 따르면, 남성과 여성이 사회가 요구하는 남성성 혹은 여성성에 순응하는 과정에서 그 안에 잠재된 여성성 혹은 남성성이 특히 중년기 이후에 두드러지게 나타난다고 한다.[22] 특히 이런 이야기의 주인공들은 모두 젊은이가 아니라는 점에 유념할 필요가 있다. 인생의 전반기에 있는 사람의 문제는 본능의 적응과 관계가 있으며, 인생의 후반기에 있는 사람의 문제는 자기 자신의 존재에 대한 적응에 관계가 있다."고[23] 할 때, 이 이야기는 확실히 인생의 후반기에 속할 법한 내용이다. 즉, 인생의 전반기 내내 남성에게 부과된 과업을 수행하는 데만 충실하게 지냈던 한 인간이 가짜 소동을 겪으면서 그것이 전부가 아님을 깨닫는 것이다. 오랜 동안 외부환경에 순응하며 사느

---

22) 융은 사회가 요구하는 특정한 역할을 하기 위한 가면을 '페르소나(persona)'라고 했고 그것이 곧 정신의 겉면인데, 내면에는 남성의 경우 '아니마(anima)', 여성의 경우 '아니무스(animus)'가 있다고 했다. 페르소나가 지나치게 발달하여 아니마/아니무스가 위축될 경우 건강한 조화상태를 잃게 되며, 반대의 경우 역시 마찬가지이다.
23) C. G. 융 외, 『융 심리학 해설』, 선영사, 1999 재판, 138쪽.

라 미처 발현하지 못했던 내적인 욕구가 분출되는 형식이다. 그것은 억눌러서 없앨 수 있는 것이 아니라 필요에 따라 적절히 발현되어 자신의 삶의 일부로 온전히 인정되어야만 하는 어떤 것이다. 이 점에서 이 이야기는 앞서 살핀 〈온달〉이나 〈지하국 대적 제치 설화〉와는 크게 다르다. 그것들이 외부환경의 어려움을 떨치고 뻗어나가는 데 초점을 둔 것이었다면, 이 이야기는 자기 속에 잠재된 내적 불화를 해결하는 데 중점이 주어지기 때문이다.

간단하게 비교해보자. 〈지하국 대적 제치 설화〉에서의 한량은 대적을 물리치기만 하면 되었다. 그것으로 자신의 존재를 알리고 그것으로 승리와 행운이 보장되기 때문이다. 그러나 〈괴상한 쥐〉의 주인공은 그렇지 않다. 자신이 버린 손톱발톱을 먹고 자란, 따라서 자신의 분신처럼 여겨질 수 있는 적을 상대해야 한다. 그리고 그 적이 자신보다 잘 알고 있는 것은 필요 없는 잡된 지식이 아니라 가정에 관한 소중한 것들이다. 즉, 수양한다는 명분 아래 방치해두었던 내적 욕망과, 사랑채를 호령하며 무시했던 집안 살림 문제가 불거지는 것이다. 그것들은 버려야 할 대상이 아니라 잘 거두어들이고 더 많이 신경을 썼어야만 하는 대상이다. 이 점에서 '진짜/가짜'의 대립은 무의미하다. 그 동안 진짜라고 믿었던 삶이 버려왔던 가짜에서 진짜가 발견되기 때문이다. 기가 막히게도, 진짜 때문에 가짜로 오인되고, 가짜는 진짜로 판명되는 역설이 탄생하고 만다.

이렇게 볼 때, 이 이야기는 '성숙'에 대해서 이야기하는 것이다. 흔히 성장이 끝나면 어른이고 어른 된 후로는 곧 노쇠한다고 믿지만 어른에게는 성숙이라는 또 하나의 과업이 놓여 있다. 온전하게 자기의 삶을 꾸릴 수 있어야 하는데, 그것은 내적인 모순과 갈등을 합리적이고 효과적으로 화합시키는 것에 달려 있다. 이런 해석을 근거로 디지털 시대의 문제로 돌아가보면 진가쟁주담은 이제부터 본격화된다고 해도 과언이 아니다. 디지털로 무장된 사이버의 홍수 속에서 '주인 영감/쥐'에서 벌어졌던 한판의 싸움이 '현실/가상'에서 재현되는 조짐이 있기 때문이다. 현실만이 진짜이고 가상은 가짜라거나, 반대로 사이버세상이 새것이고 현실 세상은 낡은 것이라고 하여 사이버에 경도될 때, 올바른 성숙은 기대되기 어렵다.[24]

이러한 의미의 '성숙'이라는 주제를 가장 잘 다룬 고전 작품이라면 아마도 〈옹고집전〉을 들 수 있을 것이다. 사실 〈옹고집전〉은 소설이지만 진가쟁주담이 그대로 옮겨진 구비문학적 면모를 고스란히 안고 있다. 아래의 인용대목을 위의 〈괴상한 쥐〉와 비교해보면 그 유사성

---

[24] '성인동화'의 가능성과 연관하여 〈지하국 대적 제치 설화〉에 대비될 만한 작품을 하나 예시하면 '여덟 모의 구슬'이 있다: "옛날, (가)신랑 신부가 (나)강비탈을 돌아가는데 메기 한 마리가 나오더니 (다)새신랑을 잡아먹겠다고 했다. (라)신부는 "내 신랑은 나를 평생 먹여줄 사람이니까 나를 잡아먹으려면 내가 평생 먹고 살 것을 주어야 한다."고 했다. 메기는 여덟 모가 난 구슬을 하나 주었다. 신부는 메기에게 그 여덟 모의 용도를 물었다. 메기는 하나씩 차례로 가르쳐주었다. "여기를 대고 밥 나오라 하면 밥이 나오고, 여기를 대고 옷 나오라 하면 옷이 나오고……." 그러나 맨 마지막 한 가지는 가르쳐주지 않았다. 신부는 그것마저 일러주지 않으면 신랑을 내줄 수 없다며 버텼다. 그러자 메기는 "여기를 대고 너 죽어라 하면 죽는 모다."고 일러주었다. 신부는 거기를 메기에다 대고 "너 죽어라." 했더니 정말 메기가 죽었다. 신랑신부는 그 구슬을 가지고 부자로 잘 살았다고 한다."(임석재, 『한국구전설화 – 평안북도편 1』, 평민사, 1987, 165쪽, 〈여덟 모의 寶玉〉의 줄거리)

이 이야기의 경우, (가)이미 결혼한 상태이고, (나)일상적인 삶에서의 위협이며, (다)남성을 요구하고, (라)여성의 지혜에 의해 문제를 해결한다는 점이 〈지하국 대적 제치 설화〉와 다르다. 이는 남성/여성의 구분을 떠나 인간에게 보편적으로 내재하고 있을 여성성의 긍정적 의미를 되새기게 해주며, 결국 '남성/여성=중심/주변'의 이분법적 차별을 넘어 진정한 성숙을 가능케 하는 이야기로도 볼 수 있다. '성인동화'에 대해서는 이 책의 제1부 셋째 논문에서 상론한다.

이 극명히 드러날 것이다.

> 이같이 자탄할 때 며늘아기 여쭈오되, "집안에 변을 보매 무슨 체모 있으리까." 사랑문을 열고 들어가니 허(虛)옹이 나앉으며, "아가, 자세히 들어 보아라. 창원 마산포서 너희 신행(新行)하여 올 때 가마 십여 필에 온갖 기물 실어 두고, 나는 후배(後陪)하여 따라올 제 상사마 한 필 뒤등 걸어 실은 것이 모두 다 파삭파삭 절단나서 놋동이 한복판이 떨어져서 쓰지 못하고 벽장에 넣었으니, 그도 또한 헛말이냐. 너의 애비는 내로다." 실(實)옹이 나앉으며, "애고 저놈 보소. 내가 할 말 제가 하네. 애고애고 이 일을 어찌하리. 새아가, 내 얼굴 자세히 보아라. 네 시아비는 내 아니냐." 서방님 거동 보소. 화살 전통 걸어메고 집으로 바삐 와서 사랑에 들어가니, 허옹가 나앉으며 하는 말이, "저 건너 최서방에게 작전(作錢) 열 냥 가져온 거 너더로 주라 하였더니, 그 돈에서 한 냥만 술 사오라 하여라. 분하고 분하다, 이놈이 우리 세간을 앗으랴고 이리 한다." 실옹가 나앉으며 "애고애고 저놈 보소. 내가 할말 제가 하네."[25]

진짜 옹고집이 가짜 옹고집에게 당하는 이유는 〈괴상한 쥐〉의 주인 영감이 당하는 이유와 같다. 〈괴상한 쥐 이야기〉의 주인 영감이 사랑채에 나앉아서 집안일을 도외시한 것과 마찬가지로 옹고집 역시 그랬던 것이다. 뿐만 아니라 원님 앞에 나서서 집안 내력을 말하는 데 있어서도 진짜 옹고집은 그저 조상의 이름과 관직만 대는 정도였던 데 비해서 가짜 옹고집은 그 세세한 행적까지를 두루 나열한다. 더욱이 옹고집의 아버지는 많이 베푼 것으로 명성을 얻은 사람임을 밝혀내는 데에서 진짜 옹고집은 완패한다. 결국, 옹고집이 개과천선한다 함은

---

25) 정주동 註解, 〈옹고집전〉(김삼불 교주본), 『韓國古典小說選』, 새글사, 1965, 281쪽.

단순히 자신의 잘못을 뉘우친다는 의미를 넘어서 자신이 외면했던 삶의 진정성을 깨닫는 것이다. 사회적으로 강요된 가면을 벗고 자신의 내면에서 우러나오는 욕구를 피하지 않고 회피할 수 있는가 하는 것이야말로 성숙, 곧 어른스러움 표지이다.

물론, 교육현장에서의 반응을 감안할 때, 해당연령에 적합하여 즉각적으로 이해를 구할 만한 내용의 작품을 선별하는 것이 바람직할 것이다. 그러나 학교에서의 교육이 끝난다고 해서 삶이 끝나는 것은 아니며, 인생 전반에 걸쳐 지속적으로 작용할 만한 작품을 선별하여 가르치는 것은 어떤 의미에서 더욱 더 필요한 일이 된다. 위에서 예를 든 〈옹고집전〉만 하더라도 거의 초등학생 수준에서 〈흥부전〉과 유사한 권선징악의 테두리에서 설명되거나, 고등학교 『문학』 교과서에서는 판소리계 소설이라는 문학사적 사실만을 가르치는 데 그치는 편이다. 그러나 외국의 경우, 옛이야기 중 일부를 '성인 동화'의 영역으로 취급하면 중년을 넘어서면서 얻어야할 지혜를 일깨우는 데 상당한 노력을 기울이고 있다.[26]

이 점을 상기하면서 〈옹고집전〉을 읽을 때, 제일 먼저 눈에 들어오는 대목은 '생성성(Generativity)'[27]이다. 성장기에 자신의 성장이 중요했던 것과 마찬가지로 성장이 멈추었다고 판단되는 시기부터는 후속

---

26) 알랜 B. 치넨의 저서 두 권, 『어른스러움의 진실』(김승환 옮김, 현실과미래, 1999)과 『인생으로의 두번째 여행』(황금가지, 1999)은 그런 방식으로 이야기를 다룬 대표적인 예가 될 것이다. 흥미롭게도 뒤의 책에는 한국의 설화(〈마술 주머니〉)가 선택되어 자료로 쓰이고 있기도 하다.

27) 에릭슨(Erik Erikson)은 generativity를 "1차적으로 다음 세대를 낳고 이들을 지도하는 데 대한 관심"(에릭 에리슨, 『아동기와 사회』(윤진·김인경 옮김, 중앙적성출판사, 1988, 311쪽)으로 규정하여 그것을 청년기 이후의 중요한 과업으로 상정하고 있다.

세대의 성장을 돕는 일이 무엇보다 중요하게 된다. 옹고집의 경우, 자신의 많은 재물을 전혀 베풀지 않는 인물로 심지어는 노모의 약 한 첩 쓰기를 꺼릴 정도이다. 그런데 진가(眞假)를 가리기 위해 고을 원님 앞에 나아갔을 때, 진짜 옹고집과 가짜 옹고집의 서술은 천양지차를 보인다. 호적을 상고하라는 명에 대해 진짜 옹고집은 "민(民)의 애비 일홈은 옹송이옵고 조(祖)는 만송이로소이다"[28]라고밖에 대지 못하는 데 비해, 가짜 옹고집은 "자아골 김등내 좌정시에 민의 애비가 좌수를 거행하올 때에 백성을 애휼(愛恤)한 공으로 하여곰 연호잡역(煙戶雜役)을 삭감하였기로 경내유명(境內有名)하오니 ……"[29]로 장황하게 설명한다. 여기에서 중요한 사실은 가짜 옹고집의 경우, 자기 집안이 이만큼 유명하게 된 것은 "백성을 애휼"하는 베풂에 있었음을 인지하고 있다는 점이다. 결국, 옹고집의 인색함은 선악(善惡)을 가르는 문제일 뿐만 아니라, 참된 성숙의 여부를 가르는 중요한 잣대이기도 하다.

아울러 이런 식의 변이야말로 '소설 〈옹고집전〉'이 '설화 〈괴상한 쥐〉'를 넘어서는 확실한 증표이다. 〈괴상한 쥐〉는 심리학적 해석이 붙지 않고서는 그 내면의 의미를 알기 어렵게 이루어져 있으며 구체적 형상화에 일정한 한계를 지니는 것이다. 그러나 판소리를 거치면서 적층문학적 변전과정을 충분히 세례 받은 이 작품의 경우 단순히 자신의 탐색에 그치는 것이 아니라 자신과 남의 평화로운 공존에 더 큰 의미를 두고 있다. 결국 이를 통해 타인의 성장을 돕는 일이 자신의 성숙이라는 인생의 의미를 깨닫게 하는 것이라 하겠다. 이는 온달과 공주의 '자기성장'이 중요했듯이 그런 성장을 돕는 역할이 곧 '자기

---

28) 정주동 註解, 앞의 책, 284쪽.
29) 같은 책, 같은 쪽.

성숙'임을 표명인 셈이다.

이 점에서, 그 동안 구비문학 교육에서 선악이 또렷한 작품들만 선별하여 지나치게 교훈 내지는 계몽적인 방면으로 교육해온 것이 아닌가 반성하고, 새로운 텍스트를 선별하여 가르치려는 노력을 보여야 할 것이다. 특히, 디지털 시대는 이전의 사회가 강요했던 가면 이상의 가면을 요구한다는 점을 이해할 때, 인생 전반에 걸쳐 내적 자기개혁으로 이끌 지혜가 충만한 작품을 가려서 읽히는 것은 매우 시급한 과제이다. 구비문학이 실제 구연될 당시만 해도 사회적 가면은 곧 전체 계층적인 성격의 거대한 어떤 것이었겠지만. 지금은 미세화하고 가변적인 것이어서 계속적인 정체성 혼미 현상이 계속되고 있기 때문이다. "아날로그에서 디지털로의 통신 형식이 바뀌면서 수렴 현상이 더욱 가속화되었다"[30]는 데 대해 아무도 이의를 제기할 수 없으며 그만큼 개별 단위적인 속성이 숨어들 여지는 줄어든다. 거기다 네트워크를 기반으로 한 경제체제에 진입하지 못하거나 그 변화의 속도를 따라잡지 못하는 쪽에서는 심한 자기 상실감을 느끼기 쉬우며, 자연스럽게 자기 정체성 찾기는 그 이전보다 더욱 중요한 과제가 되리라 본다. 교육부가 고시한 제7차 고등학교 교육과정에서도 문학을 "자신의 삶과 밀접하게 연관지어 지도"하도록 한다거나 고전문학 작품을 "당대의 삶과 정서를 이해하고 오늘의 관점에서 재해석할 수 있도록 지도"하도록[31] 한 것 역시 이런 맥락에서 적극적으로 수용되어야만 할 것이다.

---

30) 제러미 리프킨, 『소유의 종말 *The Age of Access*』, 이희재 옮김, 민음사, 2001, 28쪽.
31) 『고등학교 교육과정 해설』, 교육부, 2001, 323~324쪽.

4. 결론

디지털 시대로의 변화와 함께 구비문학의 교육 여건 역시 급격히 변하였다. 가장 눈에 띄는 변화는 멀티미디어를 주축으로 하는 교육 환경의 변화로 그에 따른 새로운 교육방법의 도입이 제일의 논의대상 이 되겠으나, 이 글은 그보다는 디지털 시대의 사회 변화와 함께 수반 되어야 할 구비문학 내용을 중심으로 논의하였다. 주된 방향은 탈계 층적이고 탈민족적인 시대에 걸맞은 작품의 해석 및 선별이었다.

이상의 논의결과를 간단히 정리해보면 다음과 같다.

첫째, 설화에서 주인공의 신분상승이나 권선징악이 드러나는 내용 을 근거로 행복한 결말, 낙천적 세계관, 민족정서 등으로 해석하기보 다는 인간의 성장과 성숙 과정이라는 측면으로 해석하는 편이 더욱 효과적이다. 이는 구비문학 작품이 실제로 구연되던 시절의 상하, 귀 천의 대립적 갈등이 당대만큼 유효하지 않은 상황을 고려한 것이다.

둘째, 〈온달〉과 〈지하국 대적 제치 설화〉는 어느 시점에서의 비약 적 성장을 상징하는 측면이 강하며, 그 전환점에는 담대한 용기가 요 구되고, 용기를 갖게 되면 문제 해결책은 그 안에 내재함을 암시한다. 이런 해석은, 특히 교육시기가 청소년기 이전임을 고려할 때, 자아확 신을 통해 자기정체성을 찾는 데 유용하게 쓰일 수 있을 것이다.

셋째, 구비문학을 교육함에 있어서 학습연령을 지나치게 고려한 나 머지, 성장기 이후의 지침이 될 만한 작품을 끌어내지 못하는 것은 매 우 아쉬운 일이다. 적어도 중년기 이후까지의 삶을 지혜롭게 다져나 갈 만한 지침이 되는 작품을 선별하여 교육하는 일이 필요하다. 특히 구비문학적 견지에서 정말 '성인동화'의 영역이 가능한가에 대해 진지하게 생각해볼 때이다.

넷째, 성숙은 성장과 달리 자기 내면에서의 문제를 다스리는 것이다. 〈괴상한 쥐〉나 〈옹고집〉은 외부에서 틈입한 가짜를 막아내는 이야기가 아니라, 자기 내부에 숨 쉬고 있을 가짜 삶을 제어하는 방법을 일러주는 이야기이다. 이런 작품들에서는 진짜가 가짜를 몰아내는 데 그치지 않고, 진짜로 여겨왔던 삶에 대한 반성을 통해 가짜로 치부하고 소홀히 했던 삶의 한 부분과 화해하여 온전한 삶으로 이끌어내는 데까지 나아가게 한다.

이런 식의 설화 교육을 통해서 외적 난관을 만나 두려움 없이 나아가야 하는 인생전반기의 과업과, 내부의 갈등과 모순을 조정하고 통합해야 하는 인생후반기의 과업을 수행하는 데 한 지침이 될 수 있을 것이다. 향후 이와 같은 작업이 지속적으로 수행되고 교육방법적인 측면까지 성실히 탐구된다면, 구비문학을 현대의 새로운 매체로 덮씌워서 현대인의 기호에 맞게 향유케 하는 일만큼이나 소중한 성과를 거두리라 믿는다.

성장(成長) : 동화 읽기의 한 패턴

1. 서론 : 현실과 환상 사이

우리들 머릿속에 그려지는 동화 속 세상은 대체로 아름답다. 도무지 현실에서 있을 것 같지 않은 일들이 동화 속에서는 펼쳐지는 것이다. 그러나 아이들의 삶이 곧 환상은 아니다. 책을 읽는 아이는 왕자도 아니고 공주도 아니며 아이와 다투는 친구가 괴물도 아니다. 이 점이 동화의 '동화스러움'에 대해 갖게 되는 근원적인 의문일 것이다. 그래서 시중에 나와 있는 동화 중에는 '생활동화'라는 이름을 내걸고 말 그대로 아동의 생활을 그려내는 작품들도 제법 있다. 그러나 그런 동화들이라 해도 아이들만이 가질 수 있는 무언가를 고려하지 않는다면 실패한 문학이기 쉬운 법이다.

더구나 아동문학은 대부분 어른들에 의해 쓰여진다는 사실이, 더 나아가서 아동문학 서적을 실제로 구입하는 사람들이 대부분 어른들이라는 사실이 작품을 훨씬 더 복잡하게 만든다. '어른이 생각하는 아이'와 '아이가 생각하는 아이', 그리고 '아이가 읽고 싶은 책'과 '자기 아이들이 읽었으면 좋겠다고 생각하는 책' 사이에는 언제나 쉽사리 메워지지 않는 틈이 있어 보인다. 이 때문에 대개의 동화는 현실과 환상, 아이와 어른 사이를 지그재그로 움직여나가기 마련이며, 동화읽기란 그 틈새를 발견하고 또 이어주는 일이기 쉽다. 흔히 '전래동화'로 지칭되는 아동용 설화들이나 '판타지 동화'라고 하는 환상성이 짙게 밴 동화들에서 특히 그렇다. 굳이 둘을 구별하자면 "전래동화의 시간과 공간은 모두 우리 경험 너머"에 있으며 판타지 동화는 "현실, 우리 시대의 시간과 연계되어 있고, 등장인물은 대부분 평범한 아이들"이라는 점[1]에서 다를 것이지만, 어느 것이든 현실 시공간에 현실 인물로만 설정되지는 않는다는 점에서 같다.

그렇다면, 그런 동화를 읽는 실제 독자인 아동들은 자기가 살고 있는 현실과 다른 그 작품 속 현실을 어떻게 받아들일 것인가 궁금하지 않을 수 없다. 책 읽기를 자기 문제를 떠난 도피 여행 정도로만 여기지 않는다면, 자신의 삶과 유리되는 동화속 세계를 액면 그대로 수용하기는 그리 쉬운 일이 아닐 것이기 때문이다. 하지만, 때로는 자기와 다른 삶과의 비교를 통해 자기의 특성이 극명해지듯 자기와 다른 시공간에 처한 이야기를 통해서 오히려 자기를 되돌아볼 여지는 충분하다. 즉, 독서과정에서 동화 주인공이 겪는 삶의 굴곡을 함께 겪으면서 정체성 탐색이 가능케 되는 것인데, 특히 서사 전개상 정체성 확인을 요구받는 이야기의 경우는 더욱 그렇다. 만일 동화 속에서 "현실세계와 환상세계의 뒤섞임 속에서 한 소년이 거치는 자기 인식의 과정"[2]을 겪는다면, 동화를 읽는 아동 역시 그렇게 될 여지가 크다.

---

1) 마리아 니콜라예바, 『용의 아이들』, 김서정 옮김, 문학과지성사, 1998, 185~186쪽.
2) 김서정, 『멋진 판타지』, 굴렁쇠, 2002, 68쪽.

우리 설화 중 〈괴상한 쥐〉 이야기는 아마도 그런 문제가 가장 첨예하게 드러나는 예이다. 이는 자기의 손톱과 발톱을 먹은 쥐가 자기 행세를 하여 자신이 가짜로 쫓겨나면서 빚어지는 사건을 담은 내용으로 그 과정을 통해 과연 누가 진짜인가를 심각하게 묻는 것이다. 그런데 이 작품이 초등학교 교과서에 삽화로 소개되어서 널리 알려져 있을 뿐만 아니라,3) 고소설 〈옹고집전〉으로까지 이어져서 진짜/가짜의 대립을 극명하게 보여준다. 나아가서 『수일이와 수일이』4)라는 동화로 패러디 되어 있어서 관심을 끈다. 이 작품 역시 진짜가 가짜에 내몰리는 위기를 맞고, 끝내 진짜가 제 자리를 차지한다. 어찌 보면 한바탕 소동 끝에 제 자리를 찾는 이야기이지만, 그 과정이야말로 환상과 현실을 오가면 자기 찾기에 나서는 적절한 사례이다.

이상의 관점에서 이 논문은 동화 『수일이와 수일이』를 실례로, 주인공이 현실과 환상 사이를 오가며 성장해나가는 동화를 읽는 한 패턴을 탐구해보기로 한다.

2. '자기 찾기'의 문제

'자기 찾기'를 논의하기 위해서는 '자기'의 의미부터 분명히 밝힐 필요가 있다. 먼저 전제할 것은 이 글에서 말하는 '자기'는 흔히 말하는 '자아'와는 다르다는 점이다. 분석심리학에서, 자아는 의식의 중심이지만 자기는 의식과 무의식을 통튼 전체정신의 중심이다. 전체정신은

---

3) 『국어 쓰기 3-2』, 교육인적자원부, 2001, 70~71쪽.
4) 김우경, 『수일이와 수일이』, 우리교육, 2001.

실현될 수 있다. 그러나 의식은 발달, 분화, 또는 강화될지언정 '실현'되는 것이 아니다. 자기실현(Selbstverwirklichung)이란 아직 모르는 크기의 전인격(全人格)을 실현하는 것을 말한다. 그러나 자아는 알고 있는 정신세계, 즉 의식계의 주인이므로 자아실현이라는 말은 어울리지 않는다. '자아의 확대', '자아의 발달' 혹은 '자아기능의 분화' 등으로 말할 수는 있을 것이다.[5]

간단히 정리하자면, '자기'는 자신도 모르는 전체를 포함하는 말이다. 예를 들어 '자아실현'이라고 할 때의 '자아'는 자기가 의식하고 지향하는 쪽의 자기 자신을 말한다. 가령, 부자가 되어야지 하는 순간, 부자가 되려는 의지를 실현하기 위하여 모든 노력을 경주한다. 물론 그리하여 부자가 되었다면 우리는 그것을 자아실현이라고 부를 수 있을 것이다. 그러나 그런 의식에 지배되면서 목적을 이룬다고 해도 인간의 내적 성숙까지 제대로 이루어지기는 어렵다. 어쩌면 그 목적을 이루기 위해, 즉 자아를 실현하기 위해 자신도 모르는 사이에 숱한 상처와 허점을 남겼을지도 모르는 일이다. 자신도 모르는 '진짜 나'는 여전히 미숙하고 불완전하게 방치되어 있다면, 진정한 자기실현은 이루어지지 않은 것이다.

『수일이와 수일이』를 있게 한 〈쥐 둔갑 설화〉를 통해 이 점을 좀 더 분명하게 설명해보자.[6] 〈쥐 둔갑 설화〉는 대략 두 갈래이다. 하나는 어느 부잣집 며느리가 부뚜막에서 바짝 마른 쥐를 발견하고 쥐에

---

5) 이부영, 『자기와 자기실현』, 한길사, 2002, 29쪽.
6) 이에 대해서는 이 책의 제1부 첫 논문 「디지털 시대의 구비문학 교육 -'成長'과 '成熟'-」 및 「'자기실현'으로 읽는 〈옹고집전〉」(『고소설연구』 제17집, 한국고소설학회, 2004.6)에서 다루었으며 이 절의 내용은 거기에 기댄다.

게 매일 밥을 주었더니 시아버지로 변신하여 진짜 시아버지를 몰아내고 진짜 행세를 하다가 나중에 고양이로 물리쳤다는 것이고, 또 하나는 어느 양반이 절간에서 공부하던 중 손톱 발톱을 깎아서 버린 것을 어느 쥐가 먹고서는 그 양반의 행세를 하여 역시 진짜 양반을 몰아냈다가 나중에 고양이에 의해 정체가 탄로 났다는 것이다.[7] 두 이야기 모두 쥐가 사람으로 변했다가 다시 쥐로 변했다는 내용인데, 문제는 그 숨은 의미이다.

이들 이야기에서는 본래 주인 영감과 사람으로 둔갑한 쥐가 진짜와 가짜의 대결을 벌인다. 당연히 쥐의 상징성이 문제될 수 있겠는데, 하나는 '부엌'이라는 점이 강조되고, 또 하나는 '집 밖'이라는 점이 도드라진다. 주인 영감이 모두 사랑채에 기거하는 남성임을 생각한다면, 이 두 이야기의 쥐가 각각 상징하는 것은 '부엌 혹은 여성문화'와 '야성(野性, 혹은 獸性)'일 것이다.[8] 유교에 침윤된 사대부 문화에서라면 남성이란 모름지기 사랑채에 거하면서 열심히 학업을 닦아야 하는 존재였다. 많은 이야기들에서 집을 떠나 절간 같은 데에서 학문에 매진하는 주인공이 내세워진 것은 그런 이유 때문이겠다.

그러나 그렇게 매진한 결과, 가짜로 내몰렸다는 내용이야말로 이 이야기의 핵심이 아닐까 한다. 물론 그렇게 해서 큰 학문을 이룬 선비가 되었다면 이는 대단한 자아실현이다. 하지만 그렇게 함으로써 문명의 이면을 채워야 할 야성이 억제되고 안채나 부엌의 여성성이 위축된다면, 그리고 그런 내용들 역시 삶의 소중한 한 측면임이 분명하

---

7) 이 논문에서 두 설화를 구분하기 위하여 임의로 붙인 설화명이다. 〈쥐 둔갑 설화 2〉는 흔히 '怪鼠'라는 제목으로 알려진 작품이다.

8) 이부영, 『한국민담의 심층분석』, 집문당, 1995, 55~87쪽 참조.

다면 결코 자기실현이라고 보기 어렵다. 그런데 현실은 언제나 표피에 드러난 삶을 강조하는 편이다. 『수일이와 수일이』가 패러디한 원작임이 분명한 고소설 〈옹고집전〉을 살펴보면 이 점이 분명해질 것이다. 진짜 옹고집과 가짜 옹고집을 판별하는 한 기준으로 세간살이, 그것도 부엌 세간살이를 물었다는 것은 의미심장한 일이다. 가령 벼루나 붓, 담뱃대의 개수 같은 것을 묻기보다 숟가락은 몇 개이며 안방이나 부엌의 세간살이는 어떤지를 묻는 것이다.

진짜 주인영감이 누구인지를 알아보려는 방법치고는 매우 비현실적이다. 진짜 주인영감이라면 당연히 몰라야 한다. 그런 일은 알아도 모르는 체해야 했던 것이 당시의 상식이었을 것이다. 그런데 가짜 옹고집은 그런 것들을 줄줄이 외움으로써 유리한 고지를 차지한다. 뿐만 아니라, 남에게 베풀기 잘하는 집안 내력을 소상히 꿰기도 하면서 가짜 옹고집을 압도한다. 이 둘은 사실 옹고집이 도외시했던 삶이다. 그는 집안의 세세한 일, 곧 따스한 여성성을 짐짓 외면하고, 또 노모 봉양이나 시주 같은 베풂에도 인색하다. 옹고집이 그런 식으로 부자가 되더라도 결국은 자기 분열과 파멸이 올 뿐임을 몰랐던 것이다.

그리하여, 〈옹고집전〉에서는 회과(悔過)를 중시하는 쪽으로 이야기가 전개된다. 쫓겨난 옹고집은 여기저기 배회하는데, "배회란 목적지 없이 길을 가는 것이다. 그렇기 때문에 그것은 동시에 탐색이며 변환이기도 하다."[9] 그리고 그 결정적인 돌파구는 죽음을 각오한 자포자기에 있었다. 많은 이본에서 채택하고 있는 금강산 입산 장면 등등은 서정적인 회과를 불러일으키기에 충분하다. "죽을박게 할일 없다",

---

9) C. G. 융, 『꿈에 나타난 개성화 과정의 상징』, 한국융연구원 C. G. 융 저작 번역위원회 옮김, 솔, 2002, 103쪽.

"슬푸다, 두견식는 제 깃버 혈혈ᄒ야 솟허리에 물드리고 불여귀를 일삼으니"(연세대본), "늬 집 망종 보고 죽으리라 ᄒ고 죽장밍으로 ᄎ줌〃〃 닉려 온니"(최래옥본), "슬프다. 이런 공산 중에 아무리 철석간장이라고 아니 울고 못하리라"(정주동 교주본), "이러케 울다가 물의나 쌔져 죽ᄌ ᄒ고"(박순호 소장 〈용싱원젼〉) 등등이 산견(散見)된다.

그런데, 신화나 민담에서 등장인물이 숲이나 물에서 방황할 때는 대개 무언가를 탐색하여 깨달음을 얻기 직전임에 유념할 필요가 있다. 숲이나 물은 언제나 죽음과 삶이 공존하는 곳이다. 그런 곳은 한편으로는 언제 죽음이 닥칠지 모르는 무서운 곳이지만, 또 한편으로는 거기에서 모든 생명이 움트는 평온한 곳이기도 하다. 어떻게든 거듭나야 하는 옹고집으로서는 과거의 삶을 죽이고 새로운 삶을 키워내야 하므로 이러한 장소가 택해지고 또 거기에서 죽을 결심으로 새 삶을 찾는 것으로 보인다. 즉, 숲이나 물은 자기를 위협하는 상대를 물리쳐 없애는 곳이 아니라, 자기 자신을 정화(淨化)하고 마음속의 악을 제압해야 하는 곳이다. 그리하여 숲과 물에서는 나와 내가 아닌 모든 존재를 통괄하는 전일성(全一性)이 회복된다.

그렇다면, 〈옹고집전〉에서 애초에 분열되었던 자기가 회복되는 과정은 다음의 세 단계이다. 즉, 첫째, 참-나를 깨닫지 못하고 한쪽만 추구하는, 혹은 한쪽으로만 내몰리는 현실, 둘째, 가짜 옹고집이라는 환상적 현실이 등장함으로써 그 분열상을 깨닫는 과정, 셋째, 참-나를 찾아 분열된 자기를 통합하는 극적 전환이 순차적으로 일어나는 것이다. 이 이 세 단계는 곧 『수일이와 수일이』를 읽어 내려가는 잣대로, 주인공이 현실과 환상 사이를 오가면서 자기 찾기에 나서는 수순이며, 독자가 현실과 환상의 틈새를 오가며 그 둘을 비끄러매는 방식이기도 하다.[10]

3. 현실 · 환상 · 성장

3.1. 현실 : 결핍의 상황

『수일이와 수일이』의 첫 장을 펼치면 컴퓨터 게임에 파묻힌 아이가 나타난다. 방안에 혼자 앉아서 컴퓨터 게임에 몰두하는 주인공은 "게임 속 세상에서는 수일이가 주인이어서 모든 일을 수일이가 정한다."고 서술된다. 수일이의 시각을 따라가 보자.

> 온갖 도술을 부리는 대왕 귀신을 물리쳤을 땐 한편으로 뿌듯하기도 하다. 게임 속 세상에서는 수일이가 주인이어서 모든 일을 수일이가 정한다. 수일이 생각대로 컴퓨터 속 사람들을 이끌고 다니며 귀신들을 물리치고 새로운 세상을 만들어간다.
> 그러다가 게임 속 나라에서 빠져 나와 컴퓨터를 끄면, 아주 다른 세상이 수일이를 기다리고 있다. 컴퓨터 바깥의 세상은 수일이 마음대로 할 수 없는 세상이다. 주로 수일이가 끌려다녀야 하는 세상이다.
> "이게 뭐야. 에이. 방학 동안 학원에만 왔다 갔다 했어!"
> 컴퓨터를 끄자마자 맥이 탁 풀리며 짜증부터 났다. 달력을 보니 방학이 일주일도 안 남아 있다.[11]

주인공 수일이는 컴퓨터 게임을 통해 절대적인 자유를 만끽한다. 그러나 그 말은 곧 컴퓨터 게임 밖에서는 절대적으로 부자유스럽다는

---

10) 물론, 이런 읽기 방식이 어쩌면 획일화된 패턴을 강요할 소지가 없는 것은 아니지만 이 또한 어린이 책의 특성에 기인한다고 생각해볼 수 있을 것이다. 독자로서의 아동이 갖는 특성은 그들이 어떤 모험 이야기를 펼쳤을 때, 비슷한 텍스트를 전에 읽은 적이 있다면 거기에서 무엇인가 것을 배우리라고 기대하기보다는 예측가능성, 즉 알아보는 기쁨을 찾으려 한다는 데 있기 때문이다. - 니콜라예바, 앞의 책, 88쪽 참조.
11) 김우경, 앞의 책, 11~12쪽. 이 이하 이 책의 인용은 괄호 안에 쪽수만 표시.

뜻일 뿐이다. 거기에는 방학이 1주일도 안 남았는데 여전히 몇 군데 학원을 전전하며 숨통이 막힐 듯 지쳐버린 한 아이가 있다. 이는 그런 경험을 지니지 못한 어른에게는 매우 당혹스러운 일임에 틀림없으나, 실제 독자인 아동들로서는 자기 자신의 모습을 만나는 것이기도 하다. 그런데 이보다 더 가혹한 현실은 주인공 수일이가 자신의 그 딱한 심정을 하소연할 곳조차 없다는 것이다. 고작해야 옆에 있는 애완견 덕실이에게 속내를 털어놓는다. 그러나 그보다도 더 기막힌 사실은 덕실이가 사람 말을 알아듣고 또 할 줄 안다는 것이며, 그런 사실을 어느 누구도 믿어주지 않는다는 사실이다.

고립과 소외는 인간을 괴롭게 만든다. 하지만 또 그 때문에 현실을 박차고 또 다른 세계로의 탈출을 감행하게도 한다. 수일이가 처한 이 결핍된 현실은 탈출을 감행케 하는 원동력이 된다. 그런데 주인공은 놀랍게도 그 모든 결핍의 원인을 엄마에게로 돌린다. "엄마 때문이야. 우리 엄마 시키는 대로 다 하려면 내가 둘은 있어야 해."(12쪽) 그런 가운데 덕실이가 내놓은 제안은 참으로 황당한 것이다. 옛 이야기 중의 〈쥐 둔갑 설화〉를 끌어온 것이다. 사람의 손톱 발톱을 먹고 사람으로 변했다는 변신담을 현실로 끌어내렸다. 그래서 가짜 수일이가 하나 만들어지자, 진짜 수일이는 이렇게 말한다.

"나도 수일이야. 그러니까 앞으로 너는 학원에 다니는 수일이, 나는 놀러 다니는 수일이."
"싫어. 나는 사람인 것이 싫어!"
"너는 이제 사람이야. 사람은 학원에 다녀야 해."
"싫어. 나는 그냥 예전 모습이 좋아. 어떡하지? 어떡하면 좋지? 나 좀 도와줘!"(36쪽)

이제 수일이가 하고 싶은 것이 분명해졌다. 노는 일이다. 마음껏 노는 일이다. 아이에게 그것만큼 중요한 일이 또 어디 있을까 싶지만, 실제 놀 수 없는 것이 요즘 아이들이다. 요즘 아이들의 눈은 언제나 칠판이거나 책, 모니터 앞에 고정되어 있는 듯이 보인다. 우리는 여기에서 버닝햄의 명작 『지각대장 존』[12])을 떠올릴 수 있다. 존은 어른이 강요하는 세계에 눌려서 재미있는 놀이를 잃게 된다. 하수구에서 악어를 만나고 풀숲에서 사자에게 물어뜯기는 일은 가히 어린이다운 상상의 소산이며, 그 자체만으로도 훌륭한 놀이이다. 그러나 선생님의 힐책에 못 이겨서 그는 500번이나 되는 반성문을 쓰고는 유희를 잃어버린다.[13] 존이 환상 세계를 마음껏 즐기다가 결국은 현실 세계로 무겁게 발길을 옮기는 것과는 반대로, 수일이는 현실 세계에 짓눌려 있다가 환상 세계로 들어선다.

수일이는 이제 가짜 수일이를 내세우면서 학원 대신 놀이터를 택한다. 진짜 수일이가 그렇게 신나게 축구도 하고 친구도 만나는 동안 가짜 수일이는 '엄마가 만들어준 일'에 빠져서 고통스러운 시간을 보낸다. 그러나 작품에서만 그 둘이 분열되어 나타나 있을 뿐, 우리가 목도하는 현실은 어린 아이들이 이룰 수 없는 꿈과 감당하기 어려운 현실의 틈을 온몸으로 막아내는 것이다. 모름지기 유희의 최강점은 몰입에 있다. 어떤 고민도 없이 그저 빠져드는 것, 그리고 거기에서 얻은 에너지로 다음 일을 해낼 수 있게 하는 것이다. 그러나 아이들은 유희를 빼앗기고 방황한다.

---

12) 존 버닝햄, 『지각대장 존』, 박상희 옮김, 비룡소, 1999.
13) 이 작품의 해석에 대해서는 이재복, 『판타지 동화 세계』, 사계절, 2001, 13~28쪽 참조.

더욱 곤란한 일은 정작 놀이터로 나간 수일이가 만날 수 있는 친구들이 없다는 현실이다. 기껏해야 불행한 가정에 방치된 친구 정도만 만날 수 있을 뿐이어서, 힘들여 찾은 해방감은 또 다른 소외감을 불러일으킨다. 이제 점점 유희에서 행복을 느끼는 아이의 현실 모델은 찾아내기 어려워진다는 사실을 쓸쓸하게 인정하는 수밖에 없다. 진짜 수일이와 덕실이가 자기들끼리만이라도 가짜 수일이와 구분하기 위해 정한 암호가 '학원!'/'땡땡이!'(41쪽)를 고민하다가 '어른들은?'/'안 믿어!'(44쪽)로 귀착되는 사실을 아프게 받아들여야 한다. 어른이 바라는 수일이와 수일이가 바라는 수일이가 분열을 일으키면서 표제에 내건 '수일이와 수일이'가 가시화되어간다. 그리고 그러한 분열은 새로운 돌파구를 찾아내기 위한 단서를 제공해준다.

여기에서 황당한 변신, 비현실적인 분열을 문제 삼는 것은 온당치 못하다. 판타지에 익숙한 어린이는, 아니 어린이다움을 잃지 않은 어린이라면 그런 데 이의를 달지 않을 것이기 때문이다. 좀 더 중요한 사실은 이로써 독자는 주인공과 완전한 동일화(identification)를 이루게 된다는 사실이다.[14] 이는 유희를 잃은 현실뿐만 아니라, 그 현실을 강요하는 힘에 대한 반항, 또 그 현실에서 벗어나고 싶은 간절한 소망까지가 독자인 아동들과 완전히 일치하기 때문에 얻어진 결과이다.

3.2. 환상 : 탈출과 모험

고립의 심화는 언제나 탈출을 꿈꾸게 한다. 동화에도 소설의 '문제

---

14) 페리 노들먼은 어린이 문학을 우화로 읽는 한 전략으로 동일화와 조작술(manipulation)을 든 바 있다. - 페리 노들먼, 『어린이 문학의 즐거움 1』, 김서정 옮김, 시공주니어, 2001, 118~119쪽 참조.

적 주인공' 같은 인물이 있어서 새로운 세상을 위해 부단히 노력하는 것이다. 남들은 다 받아넘기는 현실에 불만을 가질 때 주인공이 새로운 비전을 실현코자 길을 떠나게 된다. 그렇지만, 주인공이 살고 있는 이 세상과 살고 싶은 저 세상 사이에는 심연(深淵)이 가로 놓여 있어서 함부로 건너갈 수가 없다. 더욱이 아동문학이라는 제약 때문에 소설 주인공처럼 사회제도를 합리적으로 개혁해보자고 뛰어들 수도 없다면, 또 다른 방법을 찾지 않을 수 없다. 물론 소설에서도 이른바 환상적 리얼리즘 같은 것이 있어서 희한한 탈출구를 모색하기도 하지만, 현실의 벽을 인정하려 하는 한 어디까지나 제한적이기 마련이다.

그러나 동화에서는 그런 답답한 벽을 단번에 뛰어넘을 방법이 있다. 환상, 바로 그것이다. 환상의 본질적 속성으로 꼽히는 '사회적 금기와 억압에 대한 위반과 전복성'[15]이야말로 그 적절한 해결책이 된다. 금기와 억압이 현실로 강요되는 한, 그것을 벗어나는 길이 현실 밖에 있을 것은 자명하다. 『수일이와 수일이』가 변신을 택한 것은 바로 그런 이유이겠다. 변신을 통해 자신은 자신이 원하는 삶을 살고, 자신이 원치 않은 삶은 가짜 자기에게 맡겨버릴 수 있을 것이기 때문이다. 주인공 수일이는 학원이 아닌 놀이터로 가고 싶고, 선생님이 아닌 친구가 그립다. 그러나 '엄마'로 상징되는 거대한 벽은 주인공을 학원과 선생님에게로 묶어둔다. 이 현실을 넘기 위해 다음과 같은 공간이 도입된다.

덕실이도 무서운지 말을 하다가 얼버무렸다. 가로등이 멀리 떨어져 있어도 짓다만 집은 굴속같이 컴컴했다.

---

15) 최기숙, 『환상』, 연세대출판부, 2003, 105쪽.

마당으로 들어서자 쓰레기 더미가 앞을 막았다. 무서운 짐승이 거뭇한 몸을 웅크리고 노려보고 있는 것 같았다.

비닐봉지 같은 것이 눈알처럼 번뜩였다. 수일이는 쓰레기더미를 비켜서 창문 가까이로 가만가만 다가갔다. 덕실이가 바짝 붙어서 뒤따랐다. 발을 옮길 때마다 무릎 아래에서 시커먼 어둠이 먼지처럼 풀풀 일어나는 것 같았다.

창문 너머에는 더 많은 어둠이 있었다. 어둠이 금방이라도 문짝도 없는 창문을 넘어 뭉게뭉게 쏟아져 나올 것 같았다.(27~28쪽)

보다시피 주인공이 선택한 장소가 불길조차 비치지 않는 캄캄한 곳으로 묘사되고 있다. 이는 옹고집이 떠돌았던 그곳과 마찬가지로, 어떤 위험이 닥칠지 모르는, 그래서 또 어떤 행운이 올지 모르는 그런 곳이다. 분명 현실의 한 공간임에 틀림없지만, 또 현실과는 다른 분위기를 연출하는 그곳이야말로 현실과 비현실의 고리가 되기에 적합하다. 수일이가 거기에 손톱과 발톱을 놓고 기다리자, 앨리스가 이상한 나라에 빠져들듯이 그렇게 새로운 세상으로 빠져든다. 그리고 그 탈출과 더불어 신나는 모험이 이어진다. 주인공은 오랜만에 친구들과 축구를 하고, 밥만 먹으면 마음대로 나가 노는 '천국'을 즐긴다.

이제 자유를 만끽한 수일이는 비로소 자기 시간을 가지고 또 친구와의 뜻 깊은 만남을 갖게 되는데, 도형이라는 친구는 아버지가 회사에서 머리를 다치는 바람에 아무 일도 하지 못하는 딱한 처지에 놓여 있다. 축구는 선수처럼 잘하면서도 커서는 커다란 백화점을 차려서 돈을 벌겠다는 그 친구와의 만남으로, 수일이는 모처럼 현실을 찾는다. 아이러니컬하게도 이 작품에서의 주인공은 변신이라는 환상을 통해서 비로소 살아 숨 쉬는 현실에 들어서게 되는 것이다. 그는 거기에서 자신이 겪었다고 생각하는 가혹한 현실보다 더 가혹해 보이는 친구들을 목도한다.

그리고는 줄기차게 '모험'이라 할 만한 일들이 전개된다. 부모가 가짜 수일이와 피서를 간 동안 빈 집에 숨어지내면서 생라면으로 끼니를 때우는 일이라든가, 가짜 수일이에게 도리어 협박을 당하는 일, 가짜를 몰아내기 위해 혼자 들고양이를 찾아나서는 일, 쥐의 계략으로 자기가 도리어 쥐가 되는 일들이 속출한다. 이는 학교-학원-집을 직선으로만 내달려서는 경험할 수 없는 참된 세상이기도 하다. 그러나 수일이가 환상의 변신을 통해 자신이 원하는 삶으로 내달으면서, 자신이 가짜로 여기고 버려 둔 삶을 그리워하게 된다. 자기는 점점 비참한 떠돌이로 몰리는 데 비해서 쥐가 변신한 가짜 자기는 융숭한 대접을 받으며 곱게 크는 듯이 보이기 때문이다. 급기야 "자기가 아주 가짜가 돼 버린 듯한 느낌"(118쪽)까지 받으면서 주인공은 다음과 같은 인식에 이른다.

> 수일이는 돌리한테 세포를 내준 그 어미 양이 참 안됐다는 느낌이 들었다. 어미 양의 마음을 조금 알 것 같았다. 어미 양과 수일이가 서로 같은 처지인 것같이 생각되었다. 어미 양의 몸을 조금 떼 내 돌리를 만든 것처럼, 수일이는 몸에서 손톱을 떼 내 가짜 수일이를 만들었다. 다른 게 있다면, 돌리는 처음부터 어미 양의 뜻 따위는 알아보지도 않고 사람들이 마음대로 만들었고, 가짜 수일이는 처음부터 수일이가 스스로 만들었다는 것이다.
> '후우, 내가 만들었으니 내가 책임져야 해.'(118~119쪽)

이런 인식의 결과는 매우 온건하다. 대개의 동화 속 모험이 그렇듯이 목표를 달성하고는 귀환하는 것이다. 처음의 '가짜 만들기'가 첫 번째의 관문이었다면, 끝 무렵의 '진짜 되기'가 두 번째의 관문이다. 주인공 수일이는 그 두 개의 관문을 통해, 현실에서 환상으로 다시 환상에서 현실로 순환한다. 물론 그 순환이 단순반복이 아님은 두말할 나위가 없겠다. 이 과정은 입문의례(initiation)를 통한 성장 과정을 충실히 보여주는 것이며, 독자 역시 그런 데에 안도하게 된다. 베텔하임이 강조한 대로 무의식의 불안을 해소하여 안정된 자아를 획득하는 과업이 성취된다 하겠다.[16] 다만 이 작품에서의 문제는 최종적으로 주인공이 목표를 달성했는가 여부일 것이다. 목표 달성으로 보기에는 너무 싱거운, 현실을 벗어났다고 보기에는 현실의 족쇄가 너무 강한 일탈이기 때문이다.

3.3. 성장 : 변신과 귀환

이제, 동화를 읽어내는 세 번째 열쇠, 보기에 따라서는 가장 중요하다고 할 주제로 들어설 차례이다. 현실을 핍진하게 말하기로 하면 소설이나 영화 같은 장르가 더 심각하겠고, 환상으로 말하더라도 성인들이 읽는 판타지 문학이나 각종 애니메이션을 따를 수가 없다. 그러나 단 한 가지, 동화가 아이스러움에 기댄다는 기본전제에 따르자면, 모든 동화는 '성장'에서 자유로울 수가 없으며, 이 점이 동화의 중핵(中核)이기도 하다. '다 큰' 어른이 보기에는 싱거운 이야기가 동화이지만, 또한 '성장을 멈춘' 어른이 보기에는 버거운 장르가 동화이다.

---

16) 브루노 베텔하임, 『옛 이야기의 매력 1』, 김옥순·주옥 옮김, 시공주니어, 1998, 227쪽 참조.

성장을 멈추지 않은 아이들은 언제나 자라야 한다. 그것도 아주 쑥쑥 자라야 할 터, 동화는 언제나 그것을 돕는 성장촉진제로 기능하기 마련이다.

『수일이와 수일이』의 경우, 독특한 변신을 통해 그 임무를 모범적으로 수행한다.

첫 번째 변신에서는 쥐를 가짜 수일이로 만든다. 쥐란 본시 사람 눈을 피해 여기저기 자유롭게 돌아다니는 존재이다. 엄마의 눈을 피해 하고 싶은 일을 마음대로 하고 싶었던 수일이는, 거꾸로, 쥐를 자기로 만들어서 구속시킨 다음, 자신은 본래 쥐가 가지고 있던 그 자유스러움을 취한다. 그리고 그것으로 모든 문제가 해결되는 듯했지만, 뜻하지 않게도 그는 가짜에게 내몰릴 위험에 처하면서 자기 자신에게 눈을 뜨게 된다. 덕실이와 가짜 수일이의 대화 한 토막을 보자.

> 가짜 수일이가 덕실이를 보며 말했다.
> "나?"
> "그래! 너는 처음에 뭐였어?"
> "나는 처음부터 개였지."
> "아니야. 잘 생각해 봐. 너도 처음에는 개가 아니었는지 몰라. 나처럼 쥐였거나, 박쥐, 도마뱀……. 어쩌면 바퀴벌레였는지도 모르지."
> "뭐, 뭣?"
> 덕실이는 입을 다물지 못했다.
> "그러니까 너부터 바퀴벌레로 돌아가 봐. 그러면 나도 쥐로 돌아갈 테니까!"(98~99쪽)

이런 말도 안 되는 반박의 효과는, 한 번도 의심치 않았던 자기 정체성에 대해 생각해보는 계기를 주는 것이다. 그러면서 앞서 살핀 대로 복제양 돌리를 자신과 비교하기까지 하게 된다. 물론 실제 아이가 이 정도의 사유의 폭을 갖출 수 있을지는 다소 의심스럽지만, 이 인식의 결과는 매우 분명하다. '공부하는 수일이'와 '유희하는 수일이'가 기실은 한 몸이라는 인식이다. 공부를 열심히 하는 가짜 수일이더러 진짜 수일이가 그 이유를 물었을 때 가짜 수일이는 부지런히 공부해서 농부가 될 거라고 한다. 진짜 수일이가 자신은 우주 비행사가 될 것이라고 하자, 가짜 수일이는 비행사는 우주에서 무엇을 먹는가 되묻는다. "농부가 없으면 우주 비행사도 없어!"(127쪽)라는 가짜 수일이의 말은 묘한 울림을 보인다. 작품이 초반부터 줄곧 유지되어 왔던 자아의 분열상이 통합될 조짐을 보이는 것이다.

두 번째 변신은 첫 번째 변신을 되돌리는 일이다. 옛 이야기에서는 고양이를 보이면 정체를 드러내고 물러났으나, 이 동화에서는 다르다. 고양이 역시 집고양이였기 때문에 효험이 없다. 그래서 들고양이 방울이를 찾아 나섰다가 가짜 수일이가 넣어둔 쥐의 손톱 발톱을 넣은 빵을 먹고는 쥐가 되고 만다. 전반부에서 쥐를 사람으로 변신 시킨 것이 그대로 역전되어 드러나는 것이다. 수일이로 변한 쥐는 도리어 이렇게 말한다. "흐흐. 나는 가짜가 아니야. 나는 새 수일이야. 그러니까 너는 헌 수일이!"(151쪽) 영락없는 가짜, 그것도 쥐의 모습을 할 수밖에 없는 가짜가 된 '헌 수일이'는 하릴없이 쫓겨나는 처지가 되고 만다.

이제 쥐로 변한 수일이와 덕실이가 그 방울이라는 고양이 앞에 가자 그들은 다시 본 모습을 찾는다. 그리고 고양이는 자기 이야기를 담담하게 들려준다. "처음에는 집고양이였다가 그 다음엔 도둑고양이였고, 지금은 들고양이라는 얘기야."(216쪽) 길들여진 고양이에서, 집을 나와 여전히 집 안의 음식을 먹고살아야 하는 도둑고양이로 지내다가, 밖에 나와 자유롭게 활보하면서 제 힘으로 살아가는 들고양이로 변해 가는 과정은, 그대로 또한 인간의 성장과정이다.

> "들고양이로 사는 게 좋니?"
> "그럼! 이게 내 진짜 모습이야. 처음 얼마 동안은 방울 소리 때문에 먹이를 많이 놓치기도 했지만, 이젠 방울 소리보다 더 가볍게 걸을 수 있어."(216~217쪽)

방울이라는 고양이의 별명은 집고양이 때 얻은 방울 때문이다. 방울은 거추장스러운 것이었지만, 결국에는 그 때문에 다른 고양이보다 가볍게 움직일 수 있어서 우두머리가 되었다는 사실을 이야기 전체에 나오는 변신의 핵심으로 보아야 할 것이다. 사람으로 변한 쥐, 쥐로 변한 사람, 들고양이로 변한 집고양이 등의 다양한 변신은 결국, 미숙함을 깨고 성장하는 아이의 모습이다. 하나마나한 말이지만 성장을 끝내면 이미 아이가 아니고, 그 성장은 계속되는 거듭남에 다름 아니다.

이제 잠시 가짜 수일이로 내몰리던 수일이는 다시 진짜 수일이로 돌아온다. 그러나 이 귀환은 단지 가짜에서 진짜로의 복귀를 의미하지는 않는다. 공부할 것을 강요당하는 수일이와 놀기만을 하는 수일이를 통합한 참된 수일이로 거듭나는 것이다. 비에른느가 통과제의에서 "새로운 탄생"을 강조한 것은 이런 맥락에서 이해될 법하다. 그에 따르면 '준비' 단계에서 신참자는 마음의 준비를 하고 옛 조건을 버리게 되며, 피안(彼岸)으로 여행을 하면서 '죽음'을 경험하고, 그 죽음의 영역을 통과하면 주인공의 새로운 탄생이 이루어진다.[17] 그렇다면 이 세 단계는 작품 속에서 적어도 두 겹으로 형성되는 셈이다. 즉, 하나는 고양이로, 또 하나는 수일이로 나타난다.

집고양이 　→　 도둑고양이 　→　 들고양이
집안의 수일이1 　→　 집밖을 떠도는 수일이 　→　 집안의 수일이2

　그렇다면, 독자 역시 이렇게 작중 인물이 진짜 자기를 찾아가는 과정을 통해 새로운 자기 찾기를 해볼 여지가 얼마든지 있다. 가령, 이 책의 맨 마지막은 다음과 같은 대목으로 끝나는데, 독자 역시 수일이, 덕실이, 고양이의 외침을 마음속으로 외쳐볼 수 있는 것이다.

　수일이가 말했다.
　"됐어. 나도 마음을 새롭게 바꿀 거야. 내 진짜 모습을 잃어버리면 안 되니까!"
　덕실이가 말했다.
　수일이는 고개를 젖혀 하늘을 보았다.
　"뭘 보니?"
　고양이도 하늘을 보았다.
　"뭘 보는 게 아니야. 나를 생각하는 거야."
　수일이는 가슴 가득히 숨을 들이마셨다가 천천히 내뿜었다. 하늘이 조금 밝아진 듯했다.
　"나는 진짜 수일이!"
　"나는 진짜 덕실이!"

---

17) "죽어야만 다시 태어날 수 있다. 앞서의 모든 것들은 이 새로운 탄생을 준비하는 단계일 뿐이다. 시련들은 근본적인 변화의 탐색 과정이었다. 물론 이 변화는 앞에서 언급된 제의들의 연장선상 과정에서, 탄생의 이미지를 통해 표현된다. 탄생은 여행의 시나리오의 색조와 조화되도록, 다소 극적인 양상을 띤다." - 시몬느 비에른느, 『통과제의와 문학』, 문학동네, 1996, 64쪽.

"나는 진짜 고양이!"(220쪽)

결국, 이 이야기는 작중인물이 현실의 버거움을 딛고 일어서, 혹은 곤경을 피해 달아나, 환상으로 빠져들고 그 환상에서 시련과 모험을 겪은 후, 온전한 자기 찾기에 성공한다는 하나의 패턴을 보여주는 것이다. 그리고 그 패턴이 여러 작품에서 반복될 때, 아동들은 그 반복을 통해 자신의 삶에서도 그런 정체성 찾기의 중요성을 감지할 수 있게 된다. 자아정체성이란 본질적으로 이야기하는 행위, 즉 이야기의 형식을 만드는 행위를 통해서만 비로소 가능하다는 '서술적 정체성(narrative identity)'은 그래서 중요하다.[18] 등장인물이 정체성을 찾아가는 과정을 읽는 행위가 곧바로 독자의 자기 찾기와 곧바로 연계될 수 있는 것이다.

4. 읽히기와 읽기의 거리

이 글은 서두에서 동화 읽기의 한 패턴이라고 말했지만, 모든 동화가 다 그럴 것은 아니다. 대개의 동화가 그렇게 읽힐 수 있다고 강변한다고 해도 여전히 남는 문제가 있다. 실제 독자들이 과연 그런 자기

---

18) '서술적 정체성'은 폴 리쾨르가 주창한 개념으로, 모든 인간행위는 시간의 성격을 띠며, 그것이 인간의 시간이 되기 위해서는 반드시 '서술'되어야 한다는 데서 비롯되나. 그에 따르면, 자아란 스스로 인지될 수도 없고 항상 문화적·상징적 매개를 통해 이해될 수 있을 뿐이다.(폴 리쾨르, 「서술적 정체성」, 『현대서술이론의 흐름』, 김동윤 옮김, 솔, 1997 참조) 이 개념을 원용하여 아동의 독서교육과 연관한 논의는 양선규, 「서술적 정체성, 놀이, 독서(이야기) 교육」(『초등교육연구논총』 제17권 3호, 대구교육대학교 초등교육연구원, 2001.8)이 있다.

찾기의 여정을 충실히 좇아갈 것이냐 하는 점 말이다. 특히 이 작품의 시발점이 된 것이 분명한 〈쥐 둔갑 설화〉나 〈옹고집전〉 같은 류의 설화적 패턴에 익숙지 않은 독자들에게는 더욱 그럴 것이다. 이 작품에 대해 실제 독자들이 어떻게 반응하는지 정확하게 알아볼 방법은 별로 없지만, 인터넷 서점에 있는 독자평을 몇 개 제시해보면 구체적으로 그 양상을 파악해볼 수 있다. 어린이의 글임이 비교적 명확한 것들만 추려서 살펴보자.[19)]

> **(가)** 나는 이책을 보면서 가짜 수일이가 수일이를 배신 좀 비슷하게 하는걸 보고 두렵기도 했다. 내 자신이 쥐를 사람으로 만들어 줬는데...그 쥐가 자신을 길들이려 하고... 언젠가는 자신의 엄마아빠까지 길들이려고 하니...참 기가 막히면서도 한편 두려웠다. (나영™··♥)

> **(나)** 나를 바꾸고 싶은 아이들에게, 내가 하나만 있다는 것이 얼마나 행복한 일인지 반성하게 해 주는 동화이다. 내 대신 학원을 다니는 아이가 있었으면 하고 바라는 수일이는 자신의 손톱을 쥐에게 먹여서 자신을 하나 더 만들어낸다. (중략) 또 하나의 내가 있다면. 기쁠까, 슬플까? 진짜 수일이는 나중에는 자신이 학원을 가기를 원한다. 하지만 가짜 수일이는 허락해 주지 않는다. 만일 내가 하나 더 있다면. 나 대신 학원을 다니고, 내가 싫은 것을 대신 해 주는 또 하나의 내가 있다면. 과연 좋지만은 않을 것이다. 이 책을 읽으면, 이 세상에 내가 하나밖에 없다는 것을 소중하고, 기쁘게 느낄 수 있을 것이다! (지족초 4학년 박예진)

(가)는 길들여지는 것에 대한 두려움을 이야기하고, (나)는 자신의

---

19) 이 이하는 인터넷 서점 알라딘(http://www.aladdin.co.kr)에 딸린 리뷰이다. 필요한 부분만 뽑아서 수정 없이 제시했으며, 맨 끝의 괄호 안에 리뷰어의 이름을 달았다.

소중함을 알게 되었다고 했다. 그렇다면 이 글에서 지금까지 논의한 '패턴'은 완전히 실패한 것으로 보인다. (가)의 경우는 현실에서 주어지는 과업을 수행하지 못하게 되었을 때 들이닥칠 처벌에 대한 두려움에 빠져 있으며, (나)는 자신이 가짜가 아니라 진짜라는 사실에 안도하고 있을 뿐이다. 이 둘은 상반된 듯이 보이지만, (가)의 불안과 (나)의 안도가 사실은 동일한 기제에 의하여 움직이는 것임은 어렵지 않게 알 수 있다. 물론, (나)에서 느끼는 자신의 소중함은 (가)의 불안함에 비해 한층 더 의미 있는 일일 것이다. 그럼에도 불구하고 내가 아닌 나, 즉 '가짜 나'에 빠지지 않은 것에 안도함으로써 여전히 '가짜/진짜'의 대립적 구분에 의해 움직이고 있다. 이들 실제 독자들은, 적어도 표면적으로는, 입사식을 마치고는 "처음 시작할 때는 꿈도 못 꾸었던 높은 경지에 도달"[20]하는 경험을 기대하기 어렵다. 내가 잠시 가짜로 몰릴 수도 있겠다는 불안감과, 그렇게 되지 않아서 다행이라는 안도감 사이를 오가면서 단순한 회귀에 그치고 있기 때문이다.

이런 읽기가 극단화되면 자기반성의 교훈으로 치닫게 된다. 다음 예를 보자.

(다) 이 책의 내용은 공부와 숙제를 싫어하는 아이가 자신을 하나 더 만들어 나중엔 쫓겨 생활한다는 이야기입니다. 자 이제 서평을 시작하겠습니다. 6학년짜리의 형편없는 글 이지만 읽어 주세요! 요즘 학원이다, 모다 시간에 쫓겨가며 학원과 숙제를 하는 아이들 많을 것입니다.

---

20) 브루노 베텔하임, 『옛 이야기의 매력 2』, 김옥순·주옥 옮김, 시공주니어, 1998, 444쪽.

이 책의 주인공 수일이도 마찬가지 입니다. (중략) 자신의 할일을 하지 않았을 때 자신에게 다시 벌이 돌아온것이죠. 자 여러분 이제 이 책이 주는 교훈이 무엇인지 알겠죠? 모두 자신의 일을 남에게 미루지 말라는 교훈을 주는 책입니다, 한 번씩 이 책을 읽어 보았으면 하네요.......
(리뷰어 밝히지 않음)

이 초등학교 6학년생은 이 작품에서 교훈을 끌어내고 있다. 제 할 일을 하지 않으면 저렇게 될 수도 있고, 따라서 자신의 일을 남에게 미루지 않아야겠다는 다짐을 하게 된다. 이런 상황이 바로 노들먼이 염려하는 조작술(manipulation)의 폐해이다. 조작술은 먼저 작중 인물과 자신을 동일화한 뒤, 작중 인물에게 일어난 일을 자기에게 일어날 일로 조작하면서 교훈을 찾아내는 방법인데, 그러다 보면 모든 이야기를 우화로 치부하여 교훈 찾기로만 치달을 위험이 있다. 그가 제시하는 해결책은 광범위한 레퍼토리를 제공하는 것이다.[21] 아동의 입장에서 보자면, 〈쥐 둔갑 설화〉나 〈옹고집전〉 등의 작품들이 여러 각도에서 다양하게 읽히지 않은 상태에서 불현듯 드러나는 '짐승으로의 변신'은 두려움이거나 협박일 수도 있다. 이는 앞서 본 대로 수일이가 "가짜 수일이는 처음부터 수일이가 스스로 만들었다"고 자책하는 것과 무관하지 않을 것이다.

이에 반해 어른들의 서평이 대체로 '자아정체성'에 집중하는 현상

---

21) "하지만 모든 이야기가 우화이며, 우화 안에 들어 있는 메시지를 발견하도록 집중하는 일이 어린이들이 이야기를 파악하도록 만드는 유일한 전략이라고 가르친다면, 어린이들이 문학에 반응하는 능력을 심각하게 제한하는 꼴이다. 그러니 일관성 세우기 전략에 대한 광범위한 레퍼토리를 제공하고, 그 레퍼토리를 적절하게 사용하도록 격려하면 어린이들은 우화인 텍스트와 그렇지 않은 텍스트의 차이를 구별할 수 있고, 각각에 맞는 적절한 일관성 세우기 전략을 짤 수 있다." - 페리 노들먼, 앞의 책, 119쪽~200쪽.

은 예사로 볼 일이 아니다. 서평이 제목부터 〈나란 무엇일까!〉, 〈정체
성을 잃어 가는 아이들에게〉 등등으로 아이들이 자기 자신을 찾지 못
하고 방황하는 모습에 대해 측은히 여기면서 정체성 찾기를 강조하고
있다. 이들을 맞비교하고 보면 어른이 읽히고자 하는 것과 어린이가
읽어내는 것 사이에는 넘지 못할 장벽이 가로놓인 듯도 하다. 이는 꼭
특정작품에 국한되는 문제가 아니라 어쩌면 아동문학 일반의 문제일
것이다. 대개의 아동문학은 어른이 써서 아이들이 읽는 텍스트인 탓
에, "하나는 어린이를 향하고 다른 하나는, 종종 어린이의 옆이나 뒤
에 있는 어른을 무의식적으로 향한다."[22] 사리가 그렇다면, 이 작품
의 경우 성인 독자들에게 주는 메시지가 강렬하게 전달되었던 데에
비해 어린아이에게는 그렇지 못했다고 판단해볼 수 있겠다.

  그렇다면 그 이유를 캐보는 것이 당연한 순서일 텐데, 만일 이런 작
품에서 얻을 것이 더 많은데도 아이들이 못 짚어낸다면, 그 이유는 다
음 두 가지 정도이겠다. 하나는, 작품이 그렇게 읽힐 만큼 섬세하고
풍부하게 그려지지 않은 까닭이겠고, 또 하나는, 독자가 아직 그런 작
품을 읽어낼 능력을 기르지 못한 까닭이겠다. 동화를 가르치려는 사
람의 고민은 바로 여기에 있다. 후자의 경우라면 많은 독서를 통해 경
험을 넓힐 것을 권유하면 될 것이지만, 전자의 경우라면 작품의 평가
에 대해 새롭게 고민해야할 문제이다. 이 작품에 대해 다소 부정적인
견해를 밝힌 어느 성인의 서평을 보자.

  (다) 아이들의 간절한 바람 그러나 너무 싱거운 끝맺음. ≪수일이와 수
  일이/우리교육/김우경≫를 읽고 난 뒤 느낌을 한마디로 말하면 그렇다는

---

22) 니콜라예바, 앞의 책, 92쪽.

것이다. 할 일이 너무 많은 요즘 아이들은 어쩌면 늘 그런 꿈을 꿀지도 모른다.

'내가 하나 더 있었으면'

'나 대신 학원가고, 공부할 또 다른 내가 하나 더 있었으면'

(중략)

가짜 수일이를 만들어 놓고 얻은 자유 시간에 좀 더 재미난 일을 꾸며 봤으면 하는 아쉬운 맘이 든다. 기껏 동네에서 공차기만 하다 말고, 쯧. 어쩜 요즘 아이들이 그럴지도 모른다. 다람쥐 쳇바퀴 도는 듯한 삶에서 노여 나도 스스로 어떤 놀이를 찾기보다는 무엇을 해야 할지 모르고 멍하니 있기 일쑤이니.

옛이야기에서 훔쳐온 모티브로 쓴 이야긴데 옹고집전보다도 통쾌함이 없다. 시원하지 않다. 왜 자꾸 머뭇거리는지. 일상에서 해방됐으면 한바탕 신명나게 놀아 봤으면 얼마나 좋을까 하는 아쉬움이 자꾸 남는다.(리뷰어 밝히지 않음)

이 서평자가 토로하는 아쉬움이 이 작품의 읽기와 읽히기 사이에 놓인 간극을 좁혀주는 좋은 단서이다. 당연한 이야기이지만, 현실을 벗어난 환상은 현실과 다른 유토피아가 되어야 한다. 가능하다면 180도로 완전히 다른 세계로 들어가서 정반대의 경험을 하게 하는 것이 좋다. 현실의 질곡이 심할수록 더욱 그렇다. 『옹고집전』의 옹고집이 가짜 아닌 가짜로 체험했던 것은 엄청난 재산으로 세상을 조롱했던 사람에서 거렁뱅이 떠돌이 신세로의 전락이었다. 따라서 집 안에서 주인으로 살던 옹고집과 집 밖으로 쫓겨나서 유리걸식하는 옹고집 사이에는 극단적인 대비가 보인다. 그렇다면, 이 작품의 수일이 역시 신나게 놀지 못한 것이 한이 되었던 만큼 가짜 수일이를 만든 이후로는 통쾌하게 노는 모습이 그려졌음직하다. 그러나 수일이가 할 수 있는 것은 매우 초라하고 형편없는 놀이였을 뿐이다. 숨을 곳이 없어서 달아났던 아이에게 어쩌면 "도망가도 별수 없다"는 식의 중압감이 짓누르는 꼴이다. 모두들 놀러 떠난 텅 빈 집에서 처량하게 있는(80~81쪽) 수일이의 모습에서 멋진 환상을 기대하기는 어렵다. 요컨대, 현실의 굴레를 벗고자 환상을 겪은 결과 더 지독한 굴레가 그를 기다리고 있더라는 식으로 이야기가 진행되는 것이다.

환상에서 완전한 일탈을 맛보지 못했다면 귀환 역시 쓸쓸하기 십상이다. 아동문학에서의 가출이 모험으로서의 의미를 갖는 것이 일반적이라고 할 때, 이 작품에서는 결과적으로 집을 나가는 게 아니라 쫓겨나는 형국을 빚음으로써 모험의 순도(純度)를 상당히 떨어뜨리고 는 것으로 보인다. 어린이문학에서의 가출이 의미를 갖는 것은 주인공이 단조로운 일상을 벗어나서 자기 자신이 무엇을 할 수 있으며, 또 자신의 능력은 어느 정도인지를 시험해보는 데 있을 것이다. 이는 마크 트웨인이 말한 '보물찾기를 하고 싶어지는 시기'로서의 아동기의 특성을 적극적으로 수용하여 아동의 성장을 꾀하려는 데 의의가 있다.23) 그러나 찾아 나선 보물이 없는 것으로 여겨진다면, 혹은 끝내 보물은 못 찾더라도 신나는 보물찾기 놀이에서조차 배제된다면 어린이의 가출은 '집 없는 공포'에 그치고 말 뿐이다.

어른들은 매우 좋은 작품이라고 생각하고 권할 수 있지만, 아이 입장에서는 이렇게 저렇게 하지 않으면 큰 위험이 닥칠 듯이 받아들여지고, 아이의 삶에서 가장 중요한 요소인 놀이를 빼앗는 듯한 내용에서는24) 사실상 아이들이 작중 인물에 기꺼이 동일시하기가 어렵다.

---

23) 어린이 문학에서의 '가출'에 대해서는 우에노 료, 『현대 어린이문학』, 사계절, 2003, 35~52쪽 참조.

이 점에서, 이런 작품들이 현실과 환상을 무리 없이 오가는 훌륭한 서사구조를 가지고 있더라도, 때로는 날것처럼 던져진 메시지들이 도리어 아이들의 독서를 방해하는 것은 아닌지 고민하지 않을 수 없다. 많은 성인 독자들이 감동했다고 입을 모으는 맨 마지막 대목, '나는 진짜 수일이!'를 외치는 그 대목이 작품에서 무르녹아서 전달되기보다는 생경한 언설로만 작동할 때 독서의 효과는 반감되기 쉽다.

아이들이 작품에 빠져서 독서의 즐거움을 만끽하지 못한다면, 문학이 고루한 수신서(修身書)의 역할로 전락할 가능성이 높다. 여러 서평자들이 보여준 것처럼, 아이들을 유희가 없는 세상으로 내모는 어른들이 반성하는 것은 매우 바람직한 일이지만, 아이들이 더욱 더 '공부를 해야겠다.'를 다짐하는 쪽으로 자기반성만 하는 것은 '자기 찾기'의 측면에서 결코 권할 것이 못 된다. 부정적인 힘을 피해 피동적으로 작동하는 힘이 긍정적인 힘을 좇아 능동적으로 추동하는 힘을 이겨내기란 여간해서는 어렵다. 만일 전자가 후자를 압도할 경우, 자아의 확장이 아닌 축소로 이동할 가능성이 매우 높으며, 성장 과정에 있는 아동들에게 적지 않은 문제를 야기할 공산이 크다.

원론적인 이야기이지만, 현실과 환상은 결코 동떨어져 있는 것이 아니다. 현실의 돌파구로 환상을 택하고 환상을 겪은 결과 삶의 질적 향상이 일어나는 일, 그리고 그것이 작품 속에 잘 융화되어서 그런 의식이 없이도 즐겁게 책을 읽으면서 '자기 찾기'가 가능하도록 하는 일

---

24) 한 아동도서 연구단체에서는 이런 동화를 '어린이를 협박하는 이야기', '놀이를 빼앗으려는 음모가 담긴 이야기'로 그 문제점을 지적한 바 있다. 가령 밥을 먹지 않아서 콩알만큼 조그맣게 변해버린 주인공이 나온 이야기가 전자의 예라면, 말썽꾸러기가 신나게 놀다가 어려움을 겪고 생활태도를 바꾸는 이야기가 후자의 예이다. ㅡ 어린이도서연구회 엮음, 『동화, 이렇게 보세요』, 웅진출판, 1996, 140~143쪽 참조.

이 동화를 짓고 가르치는 사람들의 몫이다. 작품의 시작이 공부(아동의 입장에서는 '일')에 지쳐 놀이를 빼앗긴 고립된 인물이었으나 끝내 신나는 놀이를 경험할 수 없더라는 작품 내의 이야기는 결국 작품 바깥의 독자에게는 독서와 놀이를 한데 융합할 소지를 줄이는 쪽으로 옮겨갈 수 있음에 우리 모두 유념할 필요가 있을 것이다. 하지만, 사족처럼 덧붙인다면, 이 작품의 실제 독자인 아동 중에서 "자신 없던 나에게 정말 내가 소중하다는 사실을 일깨워 준 책"(책벌레지워니)라고 하면서 '자신감'과 '희망'의 메시지를 찾아내는 예가 있다는 사실을 통해 우리 동화의 가능성을 엿볼 수 있다. 게다가 이상의 논의와는 다른 측면에서, 즉, 아동의 현실을 고발하고 일깨워주는 역할을 충실히 한다거나 고전의 현대적 변용이라는 어려운 문제를 잘 풀어낸 전범을 제공한다는 점 등에서 그 의미가 과소평가되어서는 곤란하다.

5. 결론

이 글은 많은 동화가 현실과 환상 사이를 오가는 특성에 내용을 담아내는 데 착안하여, '자기 찾기'라는 관점에서 동화 읽기의 한 패턴을 탐구한 것이다. 실례로 삼은 작품은 『수일이와 수일이』로, 이 작품은 자기 찾기를 정면으로 문제 삼은 고전 〈쥐 둔갑 설화〉나 〈옹고집전〉 같은 작품을 근간으로 하여 산출된 만큼 그런 독법이 유용할 것으로 보였기 때문이다.

먼저, 〈쥐 둔갑 설화〉나 〈옹고집전〉의 자기 찾기 양상에 대해 살피면서 『수일이와 수일이』를 다룰 수 있는 근간을 마련했다. 이 두 편의 이야기는 모두 변신한 가짜 때문에 진짜가 가짜로 내몰리는 상황을 보여주면서 '참 나'를 성찰할 수 있게 하는 작품이었다. 특히, 부엌이나 집밖에 있던 쥐가 남성으로 변신한 내용을 통해서, 사대부 남성이 도외시했던 삶을 또 다른 삶의 영역까지 끌어안는 전일성(全一性)을 촉구했던 것이다. 여기에서 포착된 서사전개의 세 단계는 첫째, 참-나를 깨닫지 못하고 한쪽으로 쏠리는 현실, 둘째, 가짜를 통해 자신의 분열상을 깨닫는 과정, 셋째, 참-나를 찾아 분열된 자기를 통합하는 극적 전환이 일어나는 순서로 진행되는 것으로 파악되었다.

다음으로, 설화 등에서 파악된 틀을 따라『수일이와 수일이』의 현실에서 환상을 거쳐 성장에 이르는 세 단계로 나누어 살폈다. 먼저 수일이가 겪는 현실은 유희가 박탈된 피곤한 세상이었고, 그 점에서 그는 고립된 존재였다. 따라서 그 세상을 벗어나는 일을 도모하게 되었고 그것은 현실의 탈출이라는 환상으로 이어졌다. 환상세계에서 그는 가짜 자신을 만들어서 그 가짜에게 모든 곤란한 일을 맡기고 자신은 놀이에 탐닉했다. 그러나 그 결과 더욱 쓸쓸함을 맛보게도 되었지만 이는 환상을 통한 탈출과 모험이라는 정해진 수순이었다. 끝으로 그는 다시 '진짜 되기'에 성공하면서 입문의례(initiation)를 통한 성장 과정을 충실히 보여주었다. 이 과정은 집안의 수일이에서 집밖을 떠도는 수일이로, 다시 집밖을 떠도는 수일이에서 집안의 수일이로의 회귀를 뜻하지만, 앞뒤의 집안의 수일이는 커다란 차이를 보여주는 질적 성장이 수반된 것이었다.

마지막으로, 이 작품에 실제 독자가 어떻게 반응하는지 살피면서 읽기와 읽히기의 거리에 대해 논의했다. 성인 독자들이 정체성을 운위하면서 상당히 긍정적인 반응을 보인 데 반해서 아동 독자들은 두려움이나 자기반성 쪽으로 귀결되곤 했다. 이는 이 작품의 환상이 현실에서의 완전한 일탈을 맛보도록 배치하지 못한 데에서 기인하는 것으로 판단되었다. 이러한 읽기와 읽히기의 간극을 없애려면, 환상과 현실, 읽기와 놀이의 융합이 절대적이다.

그러나 이러한 읽기 패턴이 독서 현장에서 제대로 기능하기 위해서는 개별 작품에 따른 세세한 전략이 수립되어야 할 뿐만 아니라, 필요에 따라서는 전혀 다른 패턴에 따른 독법이 요긴할 수도 있다. 『수일이와 수일이』의 경우 역시, 아동으로서는 견디기 어려운 현실을 그대로 드러내서 문제화한다는 점만으로도 큰 의미를 부여할 수도 있는 것이다. 읽기 패턴이 도식화에 그치지 않으려면 아동들에게 더 다양한 레퍼토리가 제공되고 작가와 문학 교육 담당자들에게는 실제독자들의 반응에 좀 더 경청하는 자세가 요구된다.

성숙(成熟) : '성인동화'의 우언적(寓言的) 접근

1. 서론 : 성인을 위한 우언(寓言)

설화는 구비전승됨으로써 생명력을 얻는다. 이는 곧 구비전승이 그치는 그 지점에서 설화의 생명력이 끝남을 의미하는 것이기도 하다. 설화가 여느 기록 서사물과 가장 뚜렷이 구분되는 점이 있다면 아마도 거기에서 찾아져야 할 것이다. 물론 판소리나 서사무가 등도 구비전승이 인정되지만, 거기에는 일반인과는 다른 전문 전승집단의 개입이 필요하기 때문에, 전승과정에서 설화만큼 손쉬운 변주(變奏)를 기대하기 어렵다. 그렇다면, 설화가 그토록 오랫동안 전승과 변개를 거듭할 수 있었던 것은 거기에 일정한 의미나 흥미가 내재하기 때문으로 보인다. 만약 그렇지 않다면 전승이 끊겼을 것이고, 전승이 끊기는 순간, 기록화하지 않는 한, 다음 세대에게 전해질 방법이 없었을 것이기 때문이다.

문제는 설화에 담긴 의미를 파악하는 방법이다. 때로는 작품 안에서 그 의미가 직접 제시되기도 하지만, 설화는 대체로 그에 대해서는 입을 닫는 편이다. 결국, 화자는 의미가 담긴 이야기를 다소 변형하여 구연하고, 청취자는 그것을 나름대로 해석하면서 의미를 파악하게 된다. 그런데, 설화의 속성상 현실과 동떨어진 이야기가 상당수이고 보면 이야기 내용을 액면 그대로 이해하기 어려운 문제가 생긴다. 가령 이야기의 초두에 "옛날 옛적에~"가 발화되면 그 말은 그저 '과거의 어느 때'만을 뜻하지 않는다. 설화 구연 관습에 비추어 청취자는 지금 우리가 겪는 현실의 시공(時空)이 아닌 다른 데로 뛰어넘을 채비를 한다.

그렇게 이야기가 현실을 비껴갈 때 이야기 내용은 철저하게 '저편'의 것이어서 '이편'에 사는 우리로서는 요령부득인 경우가 많다. 물론 그런 이야기들을 때로는 재미로 때로는 기괴함으로 접하지만, 그 표면의 내용과는 다른 무엇이 잠재해 있을 것으로 생각하기 쉬운 법이다. 이런 상황이 극대화되어 드러나는 예가 이른바 '전래동화'이다. 전래동화란 대체로 설화 중에서 아동용으로 소용될 만한 것들을 가려서 재화(再話) 형식으로 풀어놓은 것을 가리키는데, 아동들은 거기에서 숱한 교훈과 지혜를 얻어 가곤 한다. 가령, 혼자 먹을 욕심을 내다 떡을 빼앗긴 호랑이 이야기에서는 '욕심을 부려서는 안 된다'는 교훈을 얻는다. 이는 이야기의 표면에는 호랑이가 등장했지만 그 이면에는 욕심꾸러기 인간을 징계하는 뜻을 담게 된다.

동화(童話)에 해당하는 영어는 'fairy tale'이다. fairy가 의미하는 바가 '요정(妖精)의', '가공(架空)의'이고 보면, 동화란 현실에는 없는 신이(神異)한 존재, 혹은 현실에서는 일어날 법하지 않은 신이한 일이 있는 이야기를 뜻한다. 그럴 때, 독자들은 그것을 다시 현실 이야기로 환치해보려고 하고, 여기에서 알레고리가 성립할 개연성이 높다. 보통의 우화(寓話)들이 흔히 아동용으로 치부되는 것은 그 때문일 것

이다. 어른들은 요정(妖精)이 나오는 세계를 믿지 않는다. 따라서 신
이한 이야기가 표면에 등장하고, 거기에 스며있는 우화적 의미를 풀
어내 보는 일은 기대하기 어렵다.[1] 어른들에게 설령 그런 환상적인
설화가 주어지더라도 그저 이야기 속의 말잔치 정도로 여기기 쉽기
때문이다.

그러나 간과해서는 안 될 사실은 상당수의 이야기들은 실제로 어른
들의 세계를 다루고 있고, 또 일부는 어른을 위해 재해석될 여지를 남
겨두고 있으며, 무엇보다도 신이담의 상당수는 실제 구연층이 어른이
라는 점이다. 이 점이 바로 설화가 우선적으로 읽힐 소지를 마련해준
다. 성인들이 믿을 것 같지 않은 동화 같은 이야기들을 성인들이 구연
하고 성인들이 즐긴다면, 거기에는 성인들의 삶과 연관한 어떤 의미
가 담겨있을 것으로 짐작할 수 있는 것이다. '성인동화'로 명명될 만
한 일련의 이야기가 바로 그러한데,[2] 이 글은 그런 부류의 설화 작품
을 '성인을 위한 우언(寓言)'으로 접근해보고자 한다.[3] 논의순서는 첫
째, 성인동화의 개념을 파악한 후, 둘째, 성인동화에서 특히 강조되는

---

1) 이 때문에 신이담은 곧잘 아동용으로 치부된다. "신이담이 주로 아동을 위한 것이라
면(가령 서구의 fairy tale의 예와 같이), 소담은 대체적으로 성인들을 위한 것이다."
- 조희웅, 『한국설화의 유형』, 일조각, 1996, 개정증보판, 82쪽.

2) '성인동화'의 명명과 이 논문의 착상에는 알랜 B. 치넨의 두 권의 책『어른스러움의
진실 (원제목: In The Ever After)』(이나미 옮김, 황금가지, 1999) 및 『인생으로의 두
번째 여행 (원제목: Once Upon a Midlife)』(김승환, 현실과 미래사, 1999)의 도움이
컸다. 우리나라의 경우 창작동화나 우화집 중에서 성인을 겨냥한 작품에 정채봉, 『성인
동화 숨쉬는 돌』(제3기획, 1988)처럼 '성인(어른)동화', '성인(어른)을 위한 동화'를 표
제에 내건 경우는 제법 있으며, 중화권(中華圈)에서는 '成人童話'는 곧 판타지소설을
가리키기도 한다.

3) 이 이하 '우언'의 개념과 우언문학의 실상에 대해서는 한국우언문학회, 『동아시아
우언론과 한국의 우언문학』(집문당, 2004)을 참조.

성인의 과업에 따라 설화에 우언적인 해석을 시도하고, 셋째, 성인동
화가 실제 삶에서 어떤 기능을 할 수 있는지 타진해보기로 한다.

2. '성인동화'의 개념

성인동화는 말 그대로 '성인의 동화'이다. 성인을 위해서 성인이 향유
하는 그런 동화인 것이다. 따라서 이 자체모순으로 보이는 개념을 설명
해내기 위해서는, '성인'과 '동화'를 좀 더 상세히 풀어낼 필요가 있다.

첫째, '성인'의 이야기라는 것은 성인의 삶을 다루면서 성인을 대상
으로 한다는 점이다. 이는 여느 설화의 주인공이 어린이나 젊은이여
서, 대체로 젊은이들이 이루어야 할 과업을 다루는 것과 구별된다. 그
런 이야기에서는 "현실에서 젊은이가 자기 자신을 발견하고 사회에서
자기가 있을 자리를 획득하고, 원하는 배우자를 손에 넣는"[4] 일련의
과정을 담게 된다. 그리고 그런 이야기들에서는 대개 성공으로 이야기
가 마감되기 마련이다. 일과 사랑을 찾아 행복하게 살아가는 이야기,
그것이 바로 우리가 흔히 동화로 인지하는 옛이야기들인 것이다.

그런데, 만약 서사전개상 그 다음의 상황을 문제 삼게 되면 이는 충
분히 성인동화로 읽힐 법하다. 우리가 "행복하게 잘 살았다"라는 술어
를 남기고 떠난 주인공들은 어떻게 되었을까 되묻는 순간, 벌써 성인
동화의 틀 속에 들어온 셈이다. 어린이라면 그런 데 별 관심을 보이지
않겠지만, 성인들이 처한 현실은 다르다. 성인이라면 누구나 느끼듯
이, 실제의 삶에 그러한 행복으로 종결되는 일은 거의 없다. 스무 살

4) 알랜 B. 치넨, 『어른스러움의 진실』, 앞의 책, 7쪽.

에 결혼한 부부는 70까지 함께 살아야 하기에 그들 앞에는 또 50년이라는 만만치 않은 시간이 남아 있게 되는데, 이 역시 역경(逆境)이 아니라는 보장이 없다. 또, 원하는 물건이나 이성, 지위, 심지어는 나라나 천하를 얻었다고 해도 그것이 계속 주인공이 원하는 것들일 수는 없으며 계속해서 자기 것으로 남는다는 보장도 없다. 현실이 그렇다면, 이야기 역시 그런 상황을 완전히 배제할 수는 없을 것이다. 그리고 그런 상황을 진지하게 문제 삼는 이야기라면 성인을 위한 이야기라고 할 수 있다.

둘째, '동화'가 되려면 적어도 동화로 읽힐 만큼의 비현실성 내지는 환상성이 요구된다. 어린이를 위한 동화만큼의 판타지는 아니더라도, 적어도 특별한 계기에 의해서 극적인 반전이 일어나는 정도의 신비로움이 요구된다. 물론, 성인들을 대상으로 하는 이야기에서는 대개 현실세계의 인간이 등장해서 현실적인 사건들을 펼쳐 보이는 것이 상례이므로, 실제로 동화에 근접할 이야기는 많지 않아 보인다. 그러나 설화가 이야기인 이상, 이야기 속에서나 가능할 법한 기이한 내용들을 완전히 소거할 방법도 없으며 또 그럴 필요도 없어 보인다. 다음 이야기를 보자.

❋ 설화 1

옛날에 어떤 부자가 있었다. 행복이 지나치면 불행이 걱정되는 법이어서 이 사람은 용하다는 점쟁이를 찾아갔다. 점쟁이는 "50이 되면 죽을 운명이오."라고 했다. 부자가 선 살이 되자, 그는 모든 것을 포기했다. 어차피 올해 안에 죽을 것이라고 생각하니 많은 재산이 무의미하게 느껴졌다. 그는 주위 사람들에게 제 재산을 퍼주기 시작했다. 이리하여 마침내 알거지가 되었는데, 어쩐 일인지 그 해가 다 가도록 죽지 않았다. 그는 너무도 화가 나서 점쟁이를 찾아가 항의했다. 그러자 점쟁이는 고개를 갸우뚱거리며 물었다. "혹시 좋은 일을 하셨습니까?" 그 사람은 잠시 생각하더니, "쉰에 죽을 줄 알고 제 재산을 남들에게 다 퍼주었지요."라고 말했다. 점쟁이는 무릎을 탁 쳤다. "그렇지요. 댁이 남들에게 적선을 해서 명이 늘어난 것입니다."5)

이 이야기는 얼른 보면 그저 평범한 설화로 현실적인 내용을 담고 있는 듯하다. 그렇지만 자세히 들여다보면, 운명을 긍정하면서 그 운명을 제어하는 법에 대해 이야기해준다. 운명이라는 말은 쉽게들 하지만 운명이 구체적으로 작동하는 원리는 너무도 오묘해서 쉽게 설명해내기 어렵다. 그러나 이 설화에서는 그 추상적인 운명이 버젓이 현실의 외피를 입고 있다. 운명은 흡사 살아서 움직이다가 강한 적을 만나면 죽어버리는 실체처럼 드러나는 것인데, 바로 이 때문에 이 이야기는 우언(寓言)이 될 수 있다. 운명은 이러저러한 것이라고 직접적으로 설명하는 것이 아니라, 선업(善業)을 쌓으면 재액(災厄)조차 물리칠수 있다는 내용을 간접적으로 풀어놓는 것이기 때문이다. 민담의 특성에 비추어 이 설화1 정도의 비현실성은 별스러운 것이 못 되더라도 그 정도의 신이함으로 인해 이 이야기는 '동화'에 근접할 수 있다.

성인동화가 되려면, 위의 예처럼 성인 주인공이 불행과 시련 앞에 노출되는 내용을 담은 것이 첫째 요건이고, 거기에 비현실적 내용이 겹쳐지는 것이 둘째 요건이다. 그러나 경우에 따라서는 작품자체는 전혀 그렇지 않지만 그 해석에 따라서 성인동화로 읽힐 여지가 있는

---

5) 이 이하의 설화는 편의상 필자가 원 설화의 내용을 다듬고 최대한 축약하여 제시한 것이다. 이 설화의 경우, 『記聞叢話』, 〈泛虛亭尙成安震〉 같은 데에는 실존인물인 유명한 재상인 상진과 유명한 점쟁이인 홍계관으로 나오는 등의 변이가 있다.

작품도 많다. 우언(寓言)의 두 가지 기본 요소로 꼽히는 '고사(故事: 이야기)의 줄거리'와 '비유의 기탁(寄託)' 중,[6] 첫 번째 요소는 그냥 둔 채, 두 번째 요소만 바꾸어 두면 쉽게 성인동화로 변환할 수도 있다.

❊ 설화 2

어떤 사람이 배가 고파 일곱 개의 떡을 먹으려 하였다. 여섯 개 반을 먹자 벌써 배가 불렀다. 그는 화를 내고 후회하며 제 손으로 자기를 때리면서 말하였다. "내가 지금 배부른 것은 이 반 개 때문이다. 그러므로 앞에 먹은 여섯 개는 공연히 버린 것이다. 만일 반 개로써 배가 부를 줄 알았더라면 그것을 먼저 먹었어야 할 것이었는데."[7]

잘 알려진 『백유경(百喩經)』 소재 설화이다. 불교적 해석을 어떻게 할 것이냐에 관계없이 일종의 바보 이야기로서 소화(笑話)로 보인다. 본래는 "세상 사람들도 그와 같다. 원래부터 즐거움이란 항상 있는 것이 아닌데, 어리석고 뒤바뀐 생각으로 제 멋대로 즐겁다는 생각을 내는 것이다."라는 설명이 덧보태지면서 불교적 깨달음을 유도하려는 의도가 강하지만 꼭 그렇게 볼 것만은 아니다. 가령 "철학적인 양과 질의 변증관계를 보임으로써 모든 사물에는 누적의 과정이 있음을 설명"[8]한 것으로 보기에도 무리가 없어 보인다.

그런데, 이런 해석을 좀 더 밀고 나가서 떡 일곱 개를 연속으로 먹는 행위를 수십 년간 무언가 목표를 정하고 매진하는 행위에 빗대어

---

6) 이 두 가지 요소에 대해서는 천푸칭, 『중국우언문학사(원제: 中國古代寓言史)』, 오수형 옮김, 소나무, 1994, 14쪽 참조.

7) 역경위원회 역, 『法句經·百喩經·法句譬喩經·佛所行讚』, 동국역경원, 1986, 294쪽.

8) 천푸칭, 앞의 책, 188쪽.

해석할 때, 이 이야기는 전혀 다른 의미를 지니게 된다. 즉, 십수년 내지는 수십 년 간 열심히 일하다가 도저히 가망이 없다고 포기할 수도 있는 상황에서 이 설화는 거꾸로 희망을 분출(噴出)하는 메시지일 수 있는 것이다. 예를 들어, 30년을 해도 되지 않는 일이지만 5년만 더하면 될 수 있는 일이 있다면, 포기하는 일은 너무도 어리석어 보인다. 가령, 청장년기를 열심히 노력하며 보냈으나 이렇다 할 성공을 거두지 못한 사람에게 이 이야기는 "그간의 노력을 허사로 날려서는 안 되니 조금만 더 노력하라."는 교훈을 주기에 충분하다.

이 경우, 이야기의 표면에 성인의 삶이 드러나지도 않았고 비현실적인 내용도 없어 보인다. 그러나 '떡 한 개'를 '수 년 간의 노력'으로 풀어 읽을 수 있다면 성인의 삶을 빗댄 이야기이며, 또, 지나치게 희화화된 바보를 통해 상궤(常軌)를 벗어난 인간을 그린다는 점에서 동화적인 속성을 띨 수 있다. 이렇게 작품 표면에 드러난 맥락에 국한시키지 말고 다른 데에 기탁(寄託)하여 해석함으로써 상당수의 설화가 성인동화로 읽힐 수 있을 것이다. 예를 들어, 〈소가 된 게으름뱅이〉, 〈선녀와 나무꾼〉 같은 전형적인 아동용 설화 역시 그 우의(寓意)에 약간의 변화를 주는 것으로써 성인동화로 탈바꿈할 수 있다. 이런 설화에 '부지런히 살자', '착하게 살면 복 받는다'는 교훈을 덧보탠다면, 동화의 영역을 전혀 벗어나지 못한다. 그러나 후술되겠지만, 거기에 성인들이 겪는 삶을 덧보태 재해석할 때, 성인을 위한 동화로 읽힐 계기가 마련된다.

정리하자면, 성인의 삶을 다룬 비현실적 이야기가 바로 성인동화이며, 경우에 따라서는, 표면적으로는 전혀 그렇게 드러나지 않더라도 우의적인 해석을 통해서 똑같은 효과를 발휘하는 이야기 역시 성인동화이다.

3. 성인의 과업과 우언적 해석

3.1. 결혼 이후의 삶

결혼이란 청년에게는 종착점이겠지만 성인에게는 시발점이다. 당연히 동화에서는 언제나 해피 엔드의 한 장치로 기능했던 것이지만 성인동화에서라면 그럴 수 없다. 다음과 같은 작품은 결혼의 험난함을 보여주기에 충분하다.

※ 설화 3

옛날, 어느 신랑 신부가 강비탈을 가고 있었다. 그런데 난데없이 메기가 한 마리 솟아오르더니만 새신랑을 잡아먹겠다고 했다.

신부는 침착하게 되받았다. "우리 신랑을 잡아먹으려면 내가 평생 먹을 것을 줘! 이 신랑이 나를 평생 먹여 살릴 사람이니까." 메기는 여덟 모가 난 구슬을 하나 주었다. "이쪽 모를 만지며 밥 나와라 하면 밥이 나오고, 이쪽 모를 만지며 옷 나와라 하면 ……." 메기는 이렇게 일곱 모의 쓰임새를 다 말하고는 한 모에 대해서는 끝내 말하려 하지 않았다.

신부는 그것마저 일러주지 않으면 신랑을 줄 수 없다고 버텼다. 메기는 "그것을 미운 놈에게 대고 너 죽어라"하면 죽는 것이라고 했다. 신부는 금세 그 메기에게 대고 "너 죽어라"를 해서 메기를 죽였다. 신랑 신부는 집에 돌아와서 부자가 되어 잘 살았다.[9)]

이야기의 시작 지점이 바로 결혼이다. 그런데 공교롭게도 '강비탈'을 강조하면서 험난함이 감지된다. 더욱이 괴물까지 등장하여 그런 분위기는 한껏 고조된다. 그런데 이 작품에서는 여느 동화와는 정반대되는 설정이 드러난다. 동화에서라면 여자가 괴물에게 잡혀가고 남

---

9) 임석재, 『한국구전설화』(평안북도편 I), 평민사, 1987, 165쪽, 〈여덟 모의 寶玉〉.

자가 괴물을 물리쳐서 여자를 이겨나가는 방식이 사용되는 데 비해서
여기에서는, 괴물이 남자를 잡아가겠다고 위협하고 그 괴물을 여자가
물리치는 것이다.

그런데, 이 작품에는 어떠한 우의(寓意)도 덧붙어있지 않아서 우언
(寓言)으로 접근하기에는 조심스럽지 않을 수 없다. 그렇지만, 강에서
메기가 뛰어나온다는 설정은 어차피 현실감을 떨어뜨리기에 충분하
고, 작품 내의 현실이 아닌 다른 맥락에서 이해해줄 것을 요청한다.
누구나 수긍하는 대로 남자들은 어려서부터 용맹함을 숭상하도록 요
구받고, 그러다 보니 자기 안에 그것이 충분히 있다고 생각하기 마련
이다. 그러나 나이가 들면서 그 힘과 용맹의 과신이 때로는 화가 밀려
오는 지름길이 되기도 한다. 이 이야기의 메기는 요술도 부릴 줄 알고
말도 할 줄 아는 괴물로서 힘으로 이길 만한 상대가 아니다. 바로 이
상황에서 신부는 힘이 아닌 지혜를 동원했다. 이 점에서 이 작품의 우
의(寓意)는 분명해진다. 우연히 만난 괴물을 우연한 방법으로 물리치고
우연하게 얻는 행운이 아니라, 결혼 생활에 들이닥칠 위험을 남성적인
힘이 아니라 여성적인 지혜로 풀어낼 수 있음을 일러주는 것이다.[10]

가부장적 사회에서는 남성가장의 힘이 필요이상으로 과장되기 마
련이다. 그렇지만 실제 가의 가정생활에서 남성이 좌지우지하기만 해
서는 좌충우돌의 활극이 일어나는 일이 흔하다. 그래서 설화에서는
도리어 여성이 남성을 좌지우지하여 끝내 큰 성공을 이루어내는 이야
기가 제법 있다. '남편 글 공부시켜 성공시킨 이야기'로 유형화될 만

---

10) 이 대목에서 치넨의 다음과 같은 진술을 음미해볼 만하다. "많은 동화에서 여성의
계략이 부정적인 것으로 그려지는 반면, 중년의 이야기에서는 여성의 현명함은 칭찬받을
만한 무언가로 그려진다." – 알랜 B. 치넨, 『인생으로의 두번째 여행』, 앞의 책, 100쪽.

한 설화가11) 바로 그것이다. 이런 데에서는 글을 짓지 못하여 아내에게 소박을 당하고 십년간을 공부하여 대성한다는 식의 줄거리가 펼쳐진다. 또, 형제간의 우애 역시 기실은 여자 탓이더라는 이야기도 같은 맥락에서 이해됨직하다. 결혼 전의 형제간이라면 당연히 형제들간의 화합만으로 우애가 이루어지겠지만 일단 결혼 이후의 삶은 오히려 동서들간의 관계에 딸리게 된다. 그래서 〈여자에게 달린 형제의 우애〉나 〈삼동서 덕으로 화목한 삼형제〉 같은 이야기가 속출된다. 이야기 끝에 화자가 친절하게 "그리이 그거는 안으로 우애가 가는 게야, 어이? 어디 가도 그거는 안으로 우애가 가는 가제, 안에서 그르면 우애가 없어. 다 그렇게 되는 게라꼬."12)라는 설명을 덧붙일 정도이다.

결혼이 곧 모든 불행의 끝이며 행복의 시작일 것 같은 동화와는 달리, 실제의 결혼 생활은 그렇게 구체적이며 현실적인 갈등이 존재한다. 그 중 가장 중요하고 심각한 것을 들라면, 적어도 우리나라의 경우, 고부(姑婦) 갈등을 들지 않을 수 없다. 설화는 그런 상황을 놓치지 않는데, 〈불효부(不孝婦)를 효부(孝婦) 만들다〉 같은 이야기가 좋은 예이다.

�֎ 설화 4

어떤 못된 며느리가 있었다. 시아버지를 어찌나 박대하던지 집안이 편할 날이 없었다. 하루는, 아들이 큰 결심을 한 듯 이렇게 선언했다. "우리 아버지를 장에다 내다 팔자. 그런데 살이 좀 쪄야 비싸게 산다고 하니, 살이나 좀 찌우라구." 며느리는 신바람이 났다. 평소에 안 해드리던 고기

---

11) 『한국구비문학대계』의 유형분류표에 의한다면 〈4. 바르고 그르기〉 중 '434-14 남편 소박주어(글 공부시켜) 성공시킨 이야기'(『한국구비문학대계』 별책부록(I) 한국설화유형분류집』, 한국정신문화연구원, 1989, 423쪽)가 여기에 해당한다.
12) 〈여자에게 달린 형제의 우애〉, 『한국구비문학대계』 7-10(경북 봉화), 한국정신문화연구원, 1984, 856쪽.

도 해드리고, 가능한 한 몸도 편하게 있도록 애를 썼다.

드디어 장날이 왔다. 아들은 아버지를 모시고 장으로 가서 맛있는 음식을 실컷 사드린 뒤 함께 돌아왔다. "아직 값이 안 나가. 좀 더 살 찌워야겠어." 며느리는 더욱 더 지성으로 시아버지를 모셨다. 이렇게 몇 차례가 지나자, 영문도 모른 채 지극한 봉양을 받게 된 시아버지는 신바람이 나서 안 하던 집안일에 열심이었다. 마당도 쓸고, 아이들도 봐주고, 장작도 팼다. 그러자, 장에 가려 나서는 아들 앞을 며느리가 막고 나섰다. "이제는 아버님이 안 계시면 안 되겠어요. 함께 살아요."[13]

교훈과 계몽을 주무기로 하는 효행담에서라면 이런 이야기는 도저히 있을 수가 없다. 눈밭에서 딸기를 구하거나 얼음장 위에서 잉어를 구하는 효자만이 있을 뿐이다. 그러나 실제 현실은 위와 같은 상황이 훨씬 더 많다. 그런데, 만약 이런 이야기에서 윤리적인 덕목만을 내세워서 시아버지를 공경하지 못하는 며느리를 야단친다거나, 불효하는 아들을 응징하는 데로 집중하든지, 역경 속에서도 효를 행하는 자식에게 기적적인 행운을 내리는 식으로 뻗어나간다면 성인동화의 기능을 해내기 어렵다. 현실적으로 보자면 애를 쓰면 쓸수록 더욱 더 수렁에 빠지게 되는 일이 잦기 때문이다. 지성이면 감천이라는 식의 믿음이 사라져버리고 나면 공허한 훈계만 남기 십상이다. 결혼 생활에서 부부간에 발생할 수 있는 문제는 어느 한쪽이 일방적으로 악해서라기보다는 어쩔 수 없는 상황 때문인 경우가 많기 때문이다. 이 점에서 〈불효부(不孝婦)를 효부(孝婦) 만들다〉는 양쪽의 화해를 도모하는 좋은 방안을 제시한다. 효를 강조하는 것이 아니라, 가족 구성원 서로가 필요한 존재임을 인식해야 한다는 매우 현실적인 처방을 내려준다 하겠

---

13) 임석재, 『한국구전설화』(전라북도편 II), 평민사, 1991, 195~196쪽.

다. 성인의 이야기임은 물론, '아버지를 내다판다'는 비현실적인 설정이나 극적인 반전에 동화적 요소도 다분하다.

결국, 이런 설화에서 보여주는 결혼 생활은 현실 이상도 이하도 아니다. 현실이 아닌 다른 세상을 꿈꾸는 것도 아니고 현실의 험난함을 깨치고 대단히 이상적인 삶을 추구하자는 것도 아니다. 다만, 성장한 남녀가 함께 살게 됨으로써 새롭게 겪게 되는 문제를 어떻게 극복할까 하는 현실적인 문제를 풀어내는 가장 현실적인 방안을 모색해보는 것이다. 청년기 이전을 다룬 설화에서 결혼에 이르기까지의 험난한 과정을 힘과 용기로 극복해나갔다면, 성인동화에서는 결혼 이후의 곤경을 지혜와 타협으로 극복해나갈 것으로 종용한다. 아울러, 결혼이야말로 서로 다른 문화권이 횡으로(남/녀) 종으로(선세대/후세대) 만나는 제도임을 생각할 때, 위와 같은 설화는 거기에 따른 과업을 잘 드러내주는 예이다.

3.2. 욕망의 제어

욕망은 모든 성취의 촉발요인이다. 대개의 동화에서는 자신의 열악한 처지가 그 욕망을 불러일으키고, 온갖 난관을 헤치고는 애초의 욕망을 달성하게 된다. 이 점에서 욕망은 긍정적이다. 그러나 모든 이야기에서 그렇게 긍정적이지만은 않다.

※ 설화 5

어느 부잣집에 중이 와서 밥을 달라고 했는데, 그 집 여자는 내쫓았다. 중은 오두막집에 가서 밥을 달라고 했다. 그 집 여자는 조밥도 괜찮겠느냐면서 중을 대접했다. 중은 그 날 밤 그 집에서 머물면서 심심한데 짚이나 갖다 달라고 해서는 짚으로 독을 만들어서 거기에 동전을 한 닢 두고 떠났다. 그런데 그 다음부터 그 동전은 아무리 꺼내도 계속 한 닢씩 남아 있어서 그 가난한 여자는 부자가 되었다.

그 소식을 들은 부잣집 여자는 중을 억지로 끌어다가 자기 집에 재우며 밥을 잘 해 먹였다. 그러나 잠을 잘 때, 자꾸 중을 자기 쪽으로 끌어 당겼다. 중은 짚으로 독을 만들어서 거기에 개의 그것을 놓아두고 갔다. 나중에 과부가 독을 열어보았더니 거기에서 개의 성기가 계속 나오는 바람에 온 집안이 성기 투성이가 되었다.[14]

전형적인 모방담으로, 어느 한 쪽의 성공과 그것을 따라 한 다른 한 쪽의 실패로 귀결된다. 마치 〈흥부전〉이나 〈혹부리 영감〉처럼 착한 사람은 흥하고 욕심꾸러기는 망한다는 설정으로, 별반 새로울 것이 없어 보인다. 그러나 가만 보면 이 두 여자가 욕망하는 바가 다르다는 데에서 큰 차이를 보인다. 가난한 집 여자는 자기도 못 먹는 처지에 먹을 것을 선뜻 내주는 반면, 부잣집 여자는 먹을 것이 충분한 상태에서 더 부자가 되기 위해 일을 꾸민다. 더구나 먹을 것은 필요 없는 터여서 욕정을 채우기 위해 애를 썼다. 결과적으로 중은 가난한 과부에게나 부자 과부에게나 각각에게 꼭 필요한 것을 내주었고, 그것이 한 쪽에는 축복으로 또 한쪽에는 재앙으로 작용했던 것이다.

욕망은 비난받을 만한 것이 아니다. 부에 대한 욕망이든 이성에 대한 욕망이든 욕망 자체는 나무랄 데가 없는 것이다. 빈털터리 청년이 부와 미인을 거머쥐는 이야기는 민담에 아주 흔한 것이기도 하다. 그렇지만 이 이야기의 주인공은 상당한 나이가 든 과부가 주인공으로

---

14) 임석재, 『한국구전설화』(평안북도 편 II), 평민사, 1988, 260~261, 〈욕심 많은 여자 와 異僧〉.

설정된 데에서, 욕망이 제어되어야 함을 역설한다. 자신의 힘을 과신하고 필요 이상으로 상대를 제압하면서 부귀를 얻는 것이 청년기 이전의 동화라면, 이렇게 적절한 억제가 필요함을 일러주는 것이 성인동화이다. 잘 안 될 만한 사람이 자신의 '꿈'을 가지고 큰일을 이루어내는 이야기와는 정반대로, 잘 될 만한 사람이 자신의 지나친 '욕심' 때문에 낭패를 보는 이야기인 것이다.

　이처럼 끊임없는 욕망, 과도한 욕심은 언제나 부정적인 역할을 하지만 특히 나이가 든 사람에게는 더욱 그렇다. 〈말무덤〉15) 같은 설화는 그런 과도한 욕망에 대한 경고로 읽히기에 충분하다. 설화에 따르면 백제가 멸망한 후 백제 부흥 운동을 펼치던 흑치상지는 명마를 하나 얻었는데 얼마나 빨리 달리는지 시험해보고 싶어 했다. 그는 말에 올라탄 채로 화살을 날린 후 말을 달렸다. 그랬더니 말이 너무 빨리 달려가서 그만 나중에 뒤쫓아온 화살에 꽂혀 죽고 말았다. 이 때문에 흑치상지는 좋은 말 하나를 잃었고, 그 말을 묻어서 말무덤이 되었다고 한다. 이 설화가 전해주는 우의는 명백하다. 말의 속도를 재기 위해 화살을 날려보는 과도한 욕망이 결국은 화살보다 빨리 달리는 말을 잃게 한다는 경고이다. 말이 아무리 빠르다고 한들 화살보다 빠를 리가 없다. 그러나 실제로 화살보다 빠른 말을 가졌기 때문에 그것을 시험해보고 싶어했고, 그 욕망이 모든 일을 수포로 돌린 것으로 해석해볼 수 있다.

　같은 맥락에서, 〈참을 인(忍자)로 살인을 막다〉16)처럼 충동을 억제

---

15) 임석재, 『한국구전설화』(충청북도 편·충청남도 편), 『한국구전설화』, 평민사, 1990, 245~246쪽.

16) 『한국구비문학대계』 3-4(충북 영동), 한국정신문화연구원, 1984, 148쪽, 〈참을 인

함으로써 화를 막아내는 이야기 역시, 우언적 속성은 약하지만, 동일 선상에서 이해됨직하다. 이 이야기의 주인공 역시 결혼해서 성가(成家)한 성인으로 오랜 동안 바깥 생활을 한다. 그리고 잠깐의 착각과 오해로 인해 처제 등을 살해할 뻔하지만, 결국은 바깥 생활에서 얻은 '참을 인'자의 교훈으로 살해를 막는다. 이처럼, 성인동화에서는 욕망이 일면 즉각적으로 반응하는 청년 대신, 욕망을 제어하며 좀 더 진중하고 자기 내면을 응시할 줄 아는 어른을 바람직한 인물로 그려낸다.

3.3. 화해와 수용

도전(挑戰)은 청년기에 갖추어야 할 주요 덕목이다. 자기보다 센 상대를 만나 거침없이 무너뜨릴 수 있을 때, 참된 성장이 이루어지기 때문이다. 그러나 그러다 보면 자기, 혹은 자기편이 아닌 것은 다 적(敵)처럼 여겨질 우려가 없지 않다.

✠ 설화 6

조선을 건국한 이성계는 천하의 명궁이었다. 어느 날, 하루 종일 산 속을 헤매도 만만한 사냥감 하나를 발견하지 못하다가 백여우를 발견했다. 그런데 그 백여우는 어디서 해골을 하나 물고 와서 머리에 쓰고는 묏등에 올라 재주를 세 번 넘더니 금세 할머니로 둔갑하였다. 이성계는 그 백여우를 뒤쫓았다. 백여우는 어느 집에 가더니 단골 무당 행세를 했다. 백여우가 굿을 시작하자 이성계는 활을 쏘았다. 그러나 백여우는 날

(忍)자가 제일〉. 『한국구비문학대계』 4-4(충남 보령), 한국정신문화연구원, 1983, 125쪽, 〈참을 인(忍)자로 살인을 막다〉. 『한국구비문학대계』 4-5(충남 부여), 한국정신문화연구원, 1984, 425쪽 〈참을 인(忍)자 세 번〉. 『한국구비문학대계』 7-5(경북 성주), 한국정신문화연구원, 1980, 289쪽, 〈참을 인(忍)자〉.

아오는 화살을 손으로 잡아서 궁둥이 아래 밀어 넣곤 했다. 드디어 굿을 끝낸 백여우는 그 집 아들의 병을 낫게 해준 보답으로 돈을 한 자루 받아 서 그 집을 나왔다.

　이성계는 그 백여우의 뒤를 계속 밟았다. 여우는 이성계의 뒤를 돌아보 면서 화살 세 개를 내던지며 "나는 너를 도우려 하는데 너는 왜 자꾸 나를 죽이려 하지?"라며 힐책했다. 이성계는 화살을 주워들고 계속 따라갔다. 이윽고 산꼭대기에 이르자 백여우는 돈주머니를 풀었고, 거기서 나온 돈 은 금세 온 산을 가득 채웠다. 이성계가 왕이 되어 쓴 그 많은 돈이 모두 그때 얻은 돈이라고 한다.[17)

　이 설화는 '여우가 돌아봐도 돌아봐 주어야 산다.'는 속담의 유래가 담긴 이야기라고 한다. 표면상으로 보자면 매우 간단하다. 신령스러 운 여우가 도와주어서 이성계가 조선을 세울 수 있었다는 내용일 뿐 이다. 그러나 좀 더 파고들면 그렇지 않다. 자기를 도와주기 위해서 애를 쓰는 여우를 이성계는 계속 적으로 간주한다. 고정관념에 사로 잡혀 있기 때문이다. '여우가 돌아봐도 돌아봐 주어야 산다.'는 속담 은 결국 이 이야기에 딸린 간결한 우의이다. 이야기 구연자 역시 "사 람이란 지가 아무리 잘났어도 지 혼자 심으로넌 안 되고 누군가가 조 금이라도 도와 주어야 산다넌 뜻인디 이성계넌 잘났지만 여시가 도와 주어서 왕(王)이 됐더난 것이다."[18)는 말을 덧붙이고 있다.

　사방의 상대를 모두 적으로 간주하고 그 상대와 싸우는 족족 승리 하는 이야기는 통쾌하기는 하지만 현실성이 결여되기 마련이다. 제 힘만으로는 이겨낼 수 없다고 믿을 때, 운명과 화해해야 한다는 메시

17) 임석재, 『한국구전설화』(전라북도편II), 평민사, 1991, 125~126쪽, 〈여우가 돌아봐 도 돌아봐 주어야 산다〉.
18) 임석재, 위의 책, 126쪽.

지가 담겨지게 된다. '차복이'나 '고만이' 등이 등장하는 설화에서는 그런 면모가 강하게 풍겨 나온다.[19] 아무리 일을 해도 넉넉하게 살 수 없었던 나무꾼이나, 역시 온 가족이 고생하면서도 먹고살기가 힘 들었던 농사꾼은 생활고에 시달리는 성인 일반을 표상한다. 그러나 이런 설화들에서는 사람은 자신이 타고난 분복(分福) 이상을 얻을 수 없으므로, 다른 사람의 복을 빌리든지[20] 그냥 제 복대로 사는 수밖에 없다는[21] 결론에 이르게 된다. 자신을 다스리는 운명적인 힘에 순응 하는 자세를 촉구하는 것이다.

복에 관련하여 또 하나의 재미있는 설화는 〈제 복에 산다〉이다.[22]

---

19) 이해를 돕기 위해 두 이야기를 간단히 요약하면 다음과 같다: ① 어떤 나무꾼 하나가 열심히 일을 해도 살기가 어려웠다. 일정 정도 이상의 나무를 해다가 쌓아놓으면 누군 가가 가져갔던 것이다. 나무꾼은 나뭇동이에다가 자신을 묶어놓았더니 하늘나라로 갔 고, 거기에 가보니 자기가 한 나뭇짐들이 쌓여 있었다. 옥황상제는 그 나무꾼이 잘 살고 싶다는 소원을 빌자, 내려가서 차복이의 복을 빌려서 살라고 했다. 땅으로 내려온 나무꾼은 차복이를 만나서 잘 살게 되었다. ② 가난한 농사꾼이 아무리 열심히 일해도 먹고살기가 힘에 들자 한 해는 수확한 곡식을 독에 담아 두고 온 식구들이 사방으로 걸식을 하기로 한다. 그러나 이듬해 가족들이 모여서 독을 열어보니 곡식은 간데없고 고만이라는 녀석이 하나 있었다. 그 식구들은 고만이를 장에 내다 팔았다. 어느 부자가 그걸 사가지고 가보니 밥을 먹고 금똥을 쌓아놓고는 했다. 그래서 큰 부자가 된 후, 다시 그 농사꾼을 만나게 되었다. 부자는 자신들은 충분히 부자가 되었으니 원래 주인 이 가져가라고 했다. 농사꾼을 고만이에게서 얻은 금으로 흩어진 가족들을 다 찾아 모았더니 고만이는 그냥 똥을 쌌다. ‒ 〈나뭇꾼 차복이〉, 『한국구비문학대계』 4-1(충남 당진), 한국정신문화연구원, 1980, 101~103쪽 및 〈고만이〉, 『한국구비문학대계』 1-4 (경기도 의정부·남양주), 한국정신문화연구원, 1981, 199~201쪽.

20) 『한국구비문학대계』의 유형분류표상 '715-2 남의 복으로 부자 되기'가 여기에 해당 한다. 『한국구비문학대계』 별책부록(Ⅰ)〈한국설화유형분류집〉, 앞의 책, 612쪽 참조.

21) 분복(分福) 이상을 욕심내다가 망치는 이야기들의 대표적인 예는 '쌀 나오는 구멍 망치기' 유형이다. 조금씩만 빼먹으면 될 것을 더 욕심을 내다가 발각되어 낭패를 보는 이야기로, 『한국구비문학대계』의 유형분류로 513-7에 39편이 제시되어 있다. 위의 책, 480~481쪽 참조.

22) 임석재, 『한국구전설화』(경상북도 편), 평민사, 1993, 93~94쪽에 수록된 〈제 복에

아버지는 딸 셋에게 누구 복으로 사는가 물었는데 첫째 딸과 둘째 딸이 모두 아버지 덕에 산다고 했는데, 셋째 딸만이 제 복에 산다고 대답했다는 이야기이다. 화가 난 아버지는 하인을 시켜서 셋째 딸을 처음 만나는 아무에게나 주라고 했고, 결국 셋째 딸은 숯 굽는 총각에게 시집을 가게 되었다. 그러나 나중에 보니 그 숯 굽은 가마에 있는 돌이 모두 금이어서 부자로 살게 되었다는 내용이다. 이 경우, 딸이라는 인물에 중심을 두고 본다면 고난을 물리친 성공담(행운담)일 것이지만, 아버지를 중심으로 놓고 본다면 전혀 다른 해석이 가능하다. 이 아버지는 자식들이 이미 성장하였음에도 불구하고 여전히 자기 영향력 아래 두고 제어하고 싶어 하는 그릇된 욕망을 지닌 인물이다. 그리고 그 욕망이 잘못된 것임이 여지없이 폭로된다고 할 수 있다.

  그런가 하면, 힘겨운 상대를 회피하는 것으로 문제해결을 시도하는 설화들도 많다. 대표적인 예로 〈소가 된 게으름뱅이〉를 들 수 있다. 널리 알려진 대로, 게으른 청년 하나가 어떤 노인이 만든 소머리 가죽을 머리에 썼다가 소가 되어서 어떤 농부에게 팔려갔다. 그는 아침부터 저녁까지 죽도록 일해야만 했다. 그제야 자신의 게으름을 뼈저리게 후회했지만 아무 방법이 없었다. 그러자 노인이 자기를 팔 때, 이 소는 무를 먹으면 죽으니까 절대로 무를 먹이지 말라고 했던 말을 생각해내고 죽을 생각으로 무를 먹었다. 그는 다시 사람이 되었다. 매우 간단한 내용인데, 아동용으로 읽힌다면 '부지런해야 한다.'는 교훈을 주는 우화일 것이다. 그러나 문제의 해결책으로 죽음을 택하는 역설적인 방식은 시사하는 바가 크다. 부지런히 일한다고 해도 여전히 문

  산다〉 등 아주 흔한 유형의 이야기이다.

제는 꼬일 뿐이기 때문이다. 이는 앞서 살핀 나무꾼이나 농사꾼 설화
와 마찬가지이다. 따라서 이런 작품에 "자아의식(自我意識)의 능동적
희생은 낡은 아집(我執)의 적극적인 '버림'이며 동시에 자아의식의 재
생(再生)을 가능하게 하는 것"[23]이라는 해석을 달 때, 이런 이야기들
은 성인동화로 자리매김할 수 있게 된다.

〈선녀와 나무꾼〉 역시 선녀의 승천 이후부터의 이야기는 성인동화
로 읽힐 법하다.[24] 우여곡절 끝에 목표를 이루었지만, 인간적인 데
끌려서, 혹은 잠시 방심했다가 삶을 그르친 예를 우리는 허다히 알고
있다. 수탉이 되어서 꼭 지붕 위까지만 올라가 하늘을 향해 구슬피 우
는 나무꾼의 포즈는 그런 보통 성인의 운명을 상징적으로 그려낸다고
볼 수 있다. 그러나 이 이야기의 미덕은 "그러니까 앞으로는 한눈팔지
말자"거나 "더욱 용맹하게 정진하자"는 식으로 맺어나가지 않는다는
데 있다. 그렇게 사는 것 역시 운명, 곧 약한 탓에 받아들여할 운명임
을 씁쓸하지만 담담히 수용하는 것이다.

4. 성인동화의 기능

성인 앞에 놓인 삶은 종종 속박처럼 여겨질 때가 있다. 가능성을 담
보로 '성공할' 미래를 꿈꾸던 청년기를 지나면, 먹고 입고 자는 것 같

---

23) 이부영, 『한국민담의 심층분석』, 집문당, 1995, 166쪽.
24) 이 설화는 승천 이전까지로 끝나는 유형(간단한 구조)와 그 이후 사슴이 재출현해서
   승천할 방법을 지시하고 나무꾼이 승천했다가 다시 고향으로 내려와서 터부를 깨뜨리
   고 수탉이 되는 내용가지 담은 유형(복잡한 구조)의 두 유형으로 나뉜다. 조희웅, 앞의
   책, 6쪽.

은 사소한 일상이 끊임없이 자신을 괴롭히는 것이다. 이상적인 배우자를 찾고, 불의에 대적하며, 왕궁을 손에 넣는 일 따위에는 관심이 가지도 않을 뿐더러 신경을 쏟을 여력조차 없어 보인다. 이렇게 현실적 제약이 강화될수록 모든 것을 위축시키기 쉬운 법이지만, 그렇다고 현실에만 매몰되다 보면 더 이상 새로운 가능성을 찾아볼 수 없는 퇴보의 나락으로 떨어질 염려가 있다. 바로 이때 성인동화는 삶의 활력을 불어넣는 기능을 얼마간 감당할 수 있다.

이러한 맥락에서 성인동화의 기능으로 가장 주목할 점은, 첫째, 지친 삶을 위로해주는 것이다. 앞서 예시한 성인동화에 등장하는 주인공들의 공통점은 모두 곤경에 처해 있다는 사실이다. 결혼 생활이 원만하지 않으며, 열심히 일을 해도 가난에서 벗어날 수 없고, 실패의 굴레를 쓰고 사는 주인공들이 등장함으로써, 그런 문제들이 결코 특별한 개인만의 것이 아님을 일러주는 셈이다. 가능태로서의 꿈이 더 이상 삶의 버팀목이 되어주지 못할 때, 막연한 희망을 제시하는 것은 어쩌면 기만행위일 수도 있다. 이럴 때, 누구나 그런 고통을 겪고 있다는 사실을 인지하는 것만으로도 따스한 위로가 될 수 있다.

해결방법이 있고 없고는 다음 문제이고 우선, 그 문제가 누구나 겪는 보편적인 문제임을 인지함으로써 마음의 안정을 찾을 수 있다. 예를 들어 〈불효부를 효부 만들다〉 같은 경우, 아버지를 내다 판다는 설정 같은 비현실적인 해결책을 경청하기 이전에, 그런 문제는 어디에나 있는 것이라는 생각을 함으로써 위안을 받을 수 있는 것이다. 〈여덟 모의 보옥〉에서는 결혼은 누구나 험난한 것임을 알게 하고, 〈나무꾼과 선녀〉에서는 그 주인공 역시 잠깐 동안의 인간적인 약점 때문에 수탉이 된 주인공에 쉽게 동일시할 수 있다. 어느 것이든 자신이 처한 문제가 매우 보편적인 것을 각인시킴으로써 마음을 편안하게 해준다. 때로는 설화구연자와 비슷한 처지의 평범한 인물이, 때로는 엄청나게 비범한 인물이 등장하지만 그 효과에서는 동일하다고 하겠다.

둘째, 성인동화는 내적 성찰을 가능하게 한다. 성공을 향해 매진하던 청년기까지는 사실 자신을 되돌아볼 여유가 없다. 곁눈질 없이 돌진하여 상대를 제압하고 목표를 이루면 그뿐이다. 그러나 성인에게 그런 완미(完美)한 세계는 허상에 불과하다. 그렇다면 그 허상을 깨고 새로운 가치관을 정립해야만 하는데 현실은 그런 틈을 주지 않는다. 그런데 성인동화와 같은 이야기들은 "자신의 믿음과 이성적인 생각들을 유보하고 자신만의 무의식으로 가는 명확한 통로가 될 수 있다."[25] 특히 운명과 관련한 이야기들은 그런 점을 강하게 일깨워준다.

〈말무덤〉처럼 뛰어난 재능이 있는 말이 있었지만 그 뛰어남 때문에 도리어 죽고 만다거나, 〈여우가 돌아봐도 돌아봐 주어야 산다〉처럼 자신의 힘만으로는 이룰 수 없는 일이 있음을 안다거나, 〈고만이〉나 〈나무꾼 차복이〉처럼 어쩔 수 없는 제 복의 한계를 수용하는 일은, 싫어도 어쩔 수 없는 중년 이후의 숙명 같은 것이다. 또, 설화1처럼 제 욕심만 챙기며 살아온 삶에 대한 자기반성이 이루어질 때, 삶의 역동성을 더하게 된다.

셋째, 재창조를 위한 환상을 제공한다. "진지한 인간의 삶은 실제로 존재하는 것에서 환상의 요소를, 그리고 환상 속에서 실제적인 것을 보고서야 시작될 수 있다"는[26] 프라이의 진술처럼, 성인이라고 해서 현실의 세계에만 갇혀 있을 수도 없고, 또 그래서도 안 된다. 앞서

---

25) 알랜 B. 치넨, 『인생으로의 두번째 여행』, 앞의 책, 16쪽.
26) 노드롭 프라이, 『성서와 문학』, 김영철 옮김, 숭실대학교출판부, 1993, 91쪽.

살핀 작품들에는 어디에든 크고 작은 환상이 숨어 있다. 강에서 솟아올라서 말을 하는 메기, 사람으로 변신한 여우, 고만이 같은 괴물, 써도 없어지지 않는 돈, 화살보다 빨리 가는 말, 소로 변한 사람 등등이 등장하면서, 사실은 그것을 통해 새로운 세계로 나아갈 계기가 마련되는 것이다. 사람으로 변신한 여우같은 경우, 우선 요물(妖物)로 인식될 수 있지만, 다른 한편에서는 나를 해코지하는 것이 아니라 도리어 나를 도와주는 존재일 수도 있다는 설정을 보임으로써, 단순하게 판단하고 단순하게 반응하는 청년기적 삶을 종결시키는 계기를 마련해준다. 낡은 것을 죽임으로써 새것이 가능하다는 진리를 용인한다면, 성인동화에서 보여주는 그러한 환상들은 고단한 삶의 질곡을 헤쳐나갈 수 있는 현실적인 무기가 되기도 한다.

물론 작품에 따라서는 지극히 현실적인 내용만으로 일관하기도 하지만, 그런 경우 역시 지나치게 과장하거나 희화화함으로써 실제로는 현실과 다른 이야기 공간을 의식하지 않을 수 없게 설정되는 경우가 많다. 가령, '아버지를 내다 판다'거나 '떡 한 쪽으로 형제의 우애를 시험해본다'는 설정은 현실적으로 가능하기는 하나, 그렇게 하는 경우가 있을까 반문해본다면 대번에 "이야기니까 그렇지."라는 말이 나올 법하다. 이처럼 신이한 체험을 담은 환상은 아니더라도, 그 이야기가 현실을 넘어서 있다고 느낄 때, 역시 재창조를 위한 환상을 제공한다는 점에서 동일한 결과를 얻게 해준다.

성인동화가 이처럼 현실적인 기능을 할 수 있는 것은 무엇보다도 보편적인 주제를 다루고 있기 때문으로 보인다. 사람은 누구나 나서 성장하고 늙어가므로, 성인동화에서 다루는 젊지도 늙지도 않은 세대가 처한 문제는, 어느 정도는 동서고금 공통적일 수밖에 없겠다. 따라서 이야기의 표면으로는 아주 오래된 이야기일지라도, 실제 삶에서 쓰일 법한 지혜나 처신(處身), 처세(處世)에 대해서는 매우 적실하게 그려진 것으로 보이며, 그만큼 이야기가 갖는 현실적인 힘이 크다.

5. 결론

본 논문은 성인들이 향유하는 설화 중 동화적 속성이 강하게 보이는 일군의 작품군을 '성인동화'로 명명하고, 그 이야기를 우언이라는 시각에서 탐구한 것이다. 이를 위해 성인동화의 개념을 파악한 후, 성인의 과업에 따라 설화에 우언적인 해석을 시도하고, 성인동화의 기능에 대해 논의했다.

논의결과를 요약하면 다음과 같다.

첫째, '성인동화'의 개념에 대해 살폈다. 성인동화는 성인의 삶을 다루면서 성인을 대상으로 하는 이야기이면서, 동시에 동화로 읽힐 만큼의 비현실성이나 환상성이 담겨 있는 설화를 말한다. 또, 표면적으로는 전혀 그렇게 드러나지 않더라도 우의적인 해석을 통해서 똑같은 효과를 발휘하는 이야기 역시 성인동화라고 할 수 있다.

둘째, 성인의 과업에 따라 성인동화의 의미를 해석해 보았다.

성인동화 중의 한 부류는 결혼 이후의 삶에서 갖게 되는 의미를 보여주는 작품들이었다. 이런 작품에서는 결혼 생활의 험난함을 암시하며, 남녀의 관계 설정을 새롭게 할 것을 요청하고, 윗세대와 아랫세대가 조화롭게 지내는 법을 에둘러서 일러준다. 또 한 부류는 인간의 욕망이 성인기 이후 어떻게 펼쳐져야 할지에 대해 풀어나간다. 성인동화에서는 욕망이 일면 즉각적으로 반응하는 청년 대신, 욕망을 제어하며 좀 더 진중하고 자기 내면을 응시할 줄 아는 어른을 바람직한 인물로 그려낸다. 끝으로, 화해와 수용을 촉구하는 내용을 담은 설화가 있다. 이런 작품에서는, 제 힘만으로는 헤쳐나가기 어려운 문제를 만났을 때, 내가 아닌 다른 사람, 혹은 엄청난 힘으로 다가서는 운명 등과 화해하고, 때로는 회피하는 지혜에 대해서 이야기하는 것으로 보인다. 이는 곧, 아집을 버리고 열린 자세로 세상을 살아가는 처신과 처세라 할 수 있다.

셋째, 성인동화의 기능에 대해 살폈다. 먼저, 성인동화는 어려움에 처한 성인이 자신의 문제가 보편적인 것임을 깨닫게 함으로써 지친 삶을 위로해준다. 또, 자신을 돌볼 틈 없이 매진하던 청년기를 지나 비로소 자기 삶을 반성적으로 돌아보며, 삶의 역동성을 키워준다. 끝으로, 성인동화는 재창조를 위한 환상을 제공한다. 자칫하면 환상을 잃고 현실에 매몰되기 쉬운 인생의 단계에서, 환상을 통해 고단한 삶의 질곡을 헤쳐나갈 힘을 얻게 해준다.

이상의 논의결과를 수긍할 수 있다면, 이제 이러한 이야기들을 어떻게 활용하여 그 기능을 십분 발휘할 수 있게 하는가 하는 문제가 남아 있는데, 재화(再話)를 통해 독서물을 만들거나, 여러 분야에 보탬이 되도록 자료를 제공하는 일들이 필요할 것이다. 이를 위해서 무엇보다도 성인동화에 들 만한 작품을 발굴하고, 정리하고, 수합하는 기초적인 작업이 요청된다.

2부

신화 상징물의 해석과
신화 교육

신화에 나타난
양가물(兩價物)의 양상과 의미

1. 서론 : 신화와 양가물

신화는 근본적으로 반현실적(反現實的)이다. 신화에서는 반드시 현실에서는 있을 것 같지 않은 일들이 일어나며, 그런 일이 없으면 신화가 아니다. 그러나 아이러니컬하게도 신화는 또한 가장 진실 되게 믿어지는 이야기이기도 하다. 강력한 증시(證示)화소를 기본 요건으로 하는 전설조차도 신화의 신성성 앞에서는 그 진실성이 약화되어 보이기 마련이다. 그러나 이것은 결코 착시 현상이 아니다. 신화가 한마디로 '진실된 이야기'임은[1] 결코 엘리아데의 입을 빌려야만 알 수 있는 것이 아니라, 어떤 계기를 통해서든 신화를 체현하는 사람은 누구나 느낄 수 있는 사실이다.

그렇다면 문제는 신화에 잠재한 그 현실과 반현실의 관계이다. 많

---

[1] "신화는 신성한 역사를 이야기하고 있으며, 그것은 원초의 때에, 시원(始原)의 신화적인 때에 생겼던 일들을 이야기하고 있다" – 엘리아데, 『신화와 현실』, 이은봉 역, 성균관대학교 출판부, 1985, 18쪽.

은 신화들이 그 주인공을 반신반인(半神半人), 혹은 반인반수(半人半獸)
로 설정한 것은 그 단적인 예이다. 우리 신화에서도 단군이나 주몽이
환웅과 웅녀, 해모수와 유화 사이에서 태어난 특별한 존재로 설정하
고 있듯이, 신화의 추동력이 '하늘/땅'과 같은 대립에서부터 생성됨은
재론의 여지가 없다. 여기에서 땅이 '현실'이라면 하늘이 '반현실'일
것임은 자명하며, 반대로 하늘이 주인공이 추구해야 하는 '이상'이라
면 땅은 주인공이 박차고 일어서야 할 '현실'이다. 이는 신화의 '현실'
이 의미하는 이중성을 보여준다. 현실은 눈앞에 펼쳐지는 실제 상황
이지만 사실은 그 때문에 주인공을 옭아매는 족쇄로 작용하며, 반현
실은 실제 상황과는 어긋나는 상상 속의 상황이지만 그 때문에 주인
공의 비상(飛翔)을 견인하는 역할을 한다.

　신화의 현실은 그렇게 이중적이다. 그것은 주인공의 태생적 특성
때문이기도 하지만 신화가 추구하는 세계가 현실의 안팎을 두루 포용
한다는 점에서 그렇다. 만일 신화에 나타나는 선악(善惡)을 윤리적 잣
대로 들이대고 살핀다면 신화는 필경 부적격한 독서물로 낙인찍히고
말 것이다. 전체를 포용하는 방법은 불가피하게도 극단적인 양쪽을
비끄러맬 수밖에 없다. 엘리아데는 '대립의 일치'(coincidentia opposit-
rum)라는 용어를 사용하여 "서로 경쟁적으로 자애에 넘치는 동시에
무섭고, 창조적인 동시에 파괴적이며, 태양적인 동시에 뱀적(=현재적
과 잠재적)"[2]인 존재에 대해 언급한 바 있고, 신화에서 그러한 존재는
아주 흔하게 찾아볼 수 있다. 신화적 주인공이 하늘과 땅의 기운을 동
시에 받아서 탄생했듯이, 서사적 사건 전개와 더불어 주인공의 행보

---

2) 미르치아 엘리아데, 『종교사개론』, 이재실 옮김, 까치, 1993, 390쪽.

역시 그 둘을 아우르는 지점을 찾아내지 않을 수 없는 것이다.

이 때문에 많은 신화에서는 양가적 특성을 지닌 상징물이 등장하며, 그 상징물은 신화에서 대단히 중요한 기능을 떠맡는 것이 상례이다. 이 글은 신화에서 그렇게 양가적 특성이 드러나는 상징물을 '양가물(兩價物)'로 명명하고3) 그 양상과 의미에 대해 탐구하고자 한다. 이를 위해 우리 신화 가운데 영웅 신화적 특성을 가장 극명하게 드러내는 주몽신화를 사례로 하여 살필 텐데, 그 중 그 서사성이 가장 두드러진 〈동명왕편〉을 구체적 자료로 삼는다. 논의순서는 먼저 〈동명왕편〉에 나타난 양가물의 양상을 살핀 후, 유형별 기능과 의미에 대해 고찰하도록 한다.

2. 자료 개관 : 〈동명왕편〉에 나타난 양가물

주몽신화의 양가물의 기원은 주몽에게 있다. 그 자신이 천제의 아들 해모수와 하백의 딸 유화 사이에서 태어나기 때문이다. 그러므로 그가 하는 행위는 모두 사실상 하늘과 땅에 기원을 두고 있는 행위라고 해도 과언이 아니다. 그럼에도 불구하고 작품을 세세하게 살피면 표면적으로는 드러나지 않지만 양가적 특성이 드러나는 사례가 아주 많다. 그러한 상징물이 작품 속에 등장하는 순서대로 찾아보면 다음과 같다.

첫째, 말이다.

---

3) 김영희, 「도깨비의 양가적 고찰」, 『한국문학논총』 27, 한국문학회, 2000.

✖ 자료 1

부여왕 해부루가 늙도록 아들이 없어 산천에 제사하여 아들 낳기를 빌러 가는데, 탄 말이 곤연에 이르자 큰 돌을 보고 눈물을 흘렸다.(129쪽)[4]

✖ 자료 2

왕이 주몽에게 말을 기르게 하여 그 뜻을 시험하였다. (중략) 그 어머니가, "이것은 내가 밤낮으로 고심하던 일이다. 내가 들으니 장사가 먼 길을 가려면 반드시 **준마(駿馬)**가 있어야 한다. 내가 말을 고를 수 있다." (136~137쪽)[5]

해부루가 늙도록 자식이 없어 산천(山川)에 빌었더니, 해부루가 탄 말이 곤연에 이르러 큰 돌을 보고 눈물을 흘렸다고 했다. 해부루가 그 돌을 굴리게 해서 금와를 얻었다 했고, 해부루는 "이것은 하늘이 내게 아들을 준 것이다."했으니, 이때의 말은 하늘의 뜻을 전하는 사자(使者)임이 분명하다. 이는 산천(山川)이 산(山)과 천(川)으로 모두 지(地)에 해당하는 것이기는 하지만, 하나는 지상에 있는 지형물 가운데 하늘에 가장 가까운 것이고 또 하나는 가장 낮은 쪽으로 흐르는 속성을 지닌 것이어서 그것이 각기 하늘과 땅을 상징하는 짝이 될 만하다. 더구나 그 다음에 등장하는 큰 돌과 곤연 역시 하나는 하늘을 향해 솟은 돌이고 하나는 땅바닥에 붙어있는 못이어서 하늘과 땅을 동시에 상징한다고 할 수 있다. 그렇다면, 이 말의 상징 값은 하늘과 땅을 이어주는 천마(天馬)이다. 즉, 현실에 드러나 있기로는 땅에 있는 존재이지

---

4) 夫余王 解夫婁 老無子 祭山川求嗣 所御馬至鯤淵 見大石流淚 - 李奎報, 『東國李相國全集』 券第三 古律詩 〈東明王篇 幷序〉 2쪽. 이하 원문은 이 책의 쪽수만 밝힘.

5) 王使朱蒙牧馬. 欲試其意. (中略) 其母曰 此吾之所以日夜腐心也. 吾聞士之涉長途者. 須憑駿足. 吾能擇馬矣.(5쪽)

만 하늘의 뜻을 전하는 기능을 지닌 양가성을 지닌 것이다. 이는 나중에 큰일을 하는 수단으로 거듭 등장함으로써 이쪽에서 저쪽으로의 이동이라는 특성을 극명하게 보여준다.

둘째, 개구리이다.

자료 3

왕이 괴이하게 여기어 사람을 시켜 그 돌을 굴리니 금빛 나는 **개구리** 형상의 작은 아이가 있었다. 왕이, "이것은 하늘이 내게 아들을 준 것이다."하며 길러서 태자로 삼았다.[6](129쪽)

금와가 개구리의 형상이었다고 함은 사실상 개구리 모양이라는 것이 아니라 개구리가 지닌 상징성에 주목한 것이다. 개구리는 동물 중에 보기 드문 양서류이다. 물에서든 뭍에서든 잘 활동할 수 있다는 특성을 지닌다. 뿐만 아니라 시간적으로 보면 올챙이로 어류의 생활을 하다가 개구리가 되어서 물고기의 표식인 꼬리가 없어지면서 비로소 뭍을 드나들 수 있게 된다. 금와가 땅 밑에서 올라와 태자에 오르는 과정이 이 개구리가 지닌 양가적 속성과 무관하기 어렵다.

셋째, 용이다.

자료 4

처음 공중에서 내려오는데
자신은 다섯 용의 수레를 타고
따르는 사람 백여 인은

6) 夫余王解夫妻老無子. 祭山川求嗣. 所御馬至鯤淵. 見大石流淚. 王怪之. 使人轉其石. 有小兒金色蛙形. 王曰. 此天錫我令胤乎. 乃收養之.(2쪽)

고니를 타고 털깃 옷을 화려하게 입었다.[7](129쪽)

해모수가 공중에서 내려올 때 다섯 용이 이끄는 수레를 탔다고 했
다. 용의 근본은 뱀이다. 뱀은 척추가 있는 육상 고등 동물 가운데에
서 유일하게 다리가 없는 동물이다. 다리가 없는 만큼 땅에 밀착되어
다닐 수밖에 없는 한계를 지닌 특이한 동물이다. 그런데 용은 그러한
뱀에 다리를 달았으며, 또한 하늘을 나는 신비로움을 선사한다. 한마
디로 뱀과 새의 합체가 용인 것이다.[8] 이 때문에 용은 항용 하늘과
땅을 잇는 존재를 상징해왔고, 불교에서는 차안(此岸)과 피안(彼岸)을
이어주는 신령스러운 동물로 인식되어 왔다. 〈동명왕편〉에서도 이 용
은 해모수를 싣고 하늘에서 땅으로 내려오기도 하며, 해모수를 태우
고 다시 올라가기도 하고, 심지어는 물에 있는 하백의 궁궐까지 들어
가기도 하는 등 그 양가적 특성을 유감없이 발휘한다.

넷째, 까마귀이다.

※ 자료 5

웅심산에 머물렀다가 10여일이 지나서 내려오는데 머리에는 오우관
(烏羽冠)을 쓰고 허리에는 용광검(龍光劍)을 찼다.[9](129쪽)

해모수는 머리에 오우관을 썼다고 했으니, 특별히 까마귀의 신비함
을 드러낸 것이다. 까마귀는 널리 알려진 대로 삼족오(三足烏)에 기인

---

7) 初從空中下 身乘五龍軌 從者百餘人 騎鵠紛襂襹(2쪽)
8) "용 그 자체는 일종의 괴물이다. 즉, 뱀의 지상적인 원리와 새의 공기 원리가 혼합된
   상징이다." – 칼 구스타프 융, 『연금술에서 본 구원의 의미』, 솔, 2004, 95쪽.
9) 止熊心山. 經十餘日始下. 首戴烏羽之冠. 腰帶龍光之劍.(2쪽)

하여 태양과 연관이 되며, 태양은 곧 광명(光明)을 뜻한다. 이는 해모
수의 근원이 하늘에 있음을 내비치는 것으로 파악된다. 까마귀가 태
양의 상징이나 하늘의 전령으로 드러나는 예는 세계 여러 나라의 신
화에서 흔하고 『삼국유사』나 『삼국사기』에서도 확인된다. 그러나 까
마귀는 몸의 빛깔이 온통 검기 때문에 암흑을 상징하기도 한다. 까마
귀에 대한 부정적인 인식은 대체로 그 빛깔에서 나오는 것이다. 까마
귀는 이렇게 빛과 어두움을 동시에 지닌 양가성을 보여준다.[10]

다섯째, 입술이다.

�֍ 자료 6

하백이 그 딸에게 크게 노하여, "네가 내 훈계를 따르지 않아서 마침내
우리 가문을 욕되게 하였다."하고, 좌우를 시켜 딸의 입을 옭아 잡아당기
어 입술의 길이가 석 자나 되게 하고 노비 두 사람만을 주어 우발수 가운
데로 추방하였다.[11] (133쪽)

✖ 자료 7

왕이 어사를 시켜 그물로 끌어내니 그물이 찢어졌다. 다시 쇠그물을
만들어 당겨서 돌에 앉아 있는 여자를 얻었다. 그 여자는 입술이 길어
말을 못하므로 그 입술을 세 번 잘라내게 한 뒤에 말을 하였다.[12] (134쪽)

---

10) "Raven 큰 까마귀 큰 까마귀는 말을 하는 새로, 예언의 상징이다. 큰 까마귀는 태양에
   속하는 새이면서 동시에 악의 어둠을 나타내는 새이기 때문에 양면 가치적이다. 또한
   지혜를 나타내면서 전쟁의 파괴를 나타내기도 한다." – 진 쿠퍼, 『세계문화상징사전』,
   까치, 이윤기 옮김, 1994, 334쪽.
11) 河伯大怒. 其女曰. 汝不從我訓. 終辱我門. 令左右絞挽女口. 其唇吻長三尺. 唯與奴婢
   二人. 貶於優渤水中. (3쪽)
12) 王乃使魚師以網引之. 其網破裂. 更造鐵網引之. 始一女. 坐石而出. 其女唇長不能言.
   令三截其唇乃言. (4쪽)

해모수와의 대결에서 진 하백은 유화의 입술을 늘여서 못쓰게 만들었고, 금와는 유화를 물에서 건져내서 입술을 자르게 했다. 입술은 입의 문이다. 문의 기능은 본시 여닫는 데 있으며, 입술을 못 쓰게 한다 함은 결국 입의 기능을 못하게 하는 일로 보인다. 입이 무언가를 먹어치우는 신체기관임을 생각하든 여성 성기의 상징으로 생각하든 여성성, 그것이 궁극적으로는 대지신으로서의 기능과 무관하지 않을 것이다. 결국, 입이 그렇게 대지신으로서의 기능을 열고[開] 닫는[閉] 기능을 한다는 점에서 양가성을 지닌다. 또한 긴 입술을 잘라서 말을 하게 한다는 점에서 소통의 역할을 맡는다고도 할 수 있겠는데, 이 경우 역시 말을 하고 하지 않음을 통제하는 양가성을 지닌다.

여섯째, 알이다.

자료 8

처음 낳을 때에 왼편 겨드랑이로 알 하나를 낳았는데 크기가 닷 되들이만하였다. 왕이 괴이하게 여겨 말하기를, "사람이 새알을 낳았으니 상서롭지 못하다."하고, 사람을 시켜 마구간에 두었더니 여러 말들이 밟지 않고, 깊은 산에 버렸더니 모든 짐승이 호위하고 구름 끼고 음침한 날에도 알 위에 항상 햇빛이 있었다. 왕이 알을 도로 가져다가 어미에게 보내어 기르게 하였더니, 알이 마침내 갈라져서 한 사내아이를 얻었는데 낳은 지 한 달이 지나지 않아서 언어가 모두 정확하였다.[13] (134~135쪽)

알은 그 안에 생명의 원리를 내포하고 있는 잠재적인 생명이다. 흰자와 노른자가 나뉘지 않고 있는 데에서부터 아직 분화되지 않은 전

13) 初生左腋生一卵. 大如五升許. 王怪之日. 人生鳥卵. 可爲不祥. 使人置之馬牧. 馬不踐. 棄於深山. 百獸皆護. 雲陰之日. 卵上恒有日光. 王取卵送母養之. 卵終乃開得一男. 生未經月. 言語並實.(5쪽)

체를 상징하는 것을 알 수 있다. 일부분은 생명으로서, 또 일부분은 생명을 키워내는 자양분으로서 한 짝이 된다. 이는 또한 알이 부화하여 새로운 생명을 얻게 됨으로써 알 속에 있던 본래의 생명과, 그 알을 깨치고 난 새로운 생명이라는 짝을 만들어내기도 한다. 주몽 역시 이런 과정을 거침으로써 새로운 존재로 거듭나는데, 이는 결국 그 안에 배태된 양가성에 바탕을 둔다.

일곱째, 채찍이다.

> �֍ **자료 9**
> 채찍[馬撾]으로 한 번 땅을 그으니
> 구리집이 홀연히 지어졌다.14)(131쪽)

> ✖ **자료 10**
> 드디어 목마장으로 가서 긴 채찍[鞭]으로 어지럽게 때리니 여러 말이 모두 놀라 달아나는데 한 마리 붉은 말이 두 길이나 되는 난간을 뛰어넘었다.15)(137쪽)

> ✖ **자료 11**
> 건너려 하나 배는 없고 쫓는 군사가 곧 이를 것을 두려워하여 채찍[策]으로 하늘을 가리키며 개연히 탄식하기를 … 16)(137쪽)

> ✖ **자료 12**
> 가을 9월에 왕이 하늘에 오르고 내려오지 않으니 이때 나이 40이었다.

---

14) 馬撾一畫地 銅室欻然峙(3쪽)
15) 遂往馬牧. 卽以長鞭亂捷. 馬皆驚走. 一 馬跳過二丈之欄.(5쪽)
16) 欲渡無舟艤 欲渡無舟. 恐追兵奄及. 以策指天. 慨然嘆曰 ……(6쪽)

태자가 왕이 남긴 옥채찍[玉鞭]을 대신 용산에 장사하였다 한다.17)(141쪽)

해모수는 말채찍으로 땅을 한 번 그어서 구리집을 세웠고, 주몽은 마구간에서 채찍을 휘둘러 좋은 말을 가려냈으며, 대소 무리가 추격해 올 때는 채찍으로 하늘을 가리키며 주술을 행했고, 비류국의 장마를 채찍으로 멈추게 했다. 주몽이 죽은 뒤에는 태자 유리가 동명왕의 채찍을 시신 대신 장사 지냈다고 했다. 어느 것이든 채찍의 신성성을 높이 사고 있는데, 채찍은 본시 동물을 부릴 때 사용하는 도구로서 여러 신화에서 신적인 권능을 상징한다. 이집트 신화에서 파라오가 들고 있는 채찍(도리깨)이 그런 예이며, 신농씨가 채찍을 휘둘러 약초의 독성을 가려냈다고 하는 사례 역시 마찬가지이다. 그런데, 채찍은 두 부분으로 나뉘어져 있다. 한쪽은 나무 등 딱딱한 물채로 된 채찍의 자루이며, 또 한쪽은 가죽 등으로 된 채이다. 이 자루와 채의 대립은 곧, 부리는 자와 부림을 받는 자라는 양가적 특성을 갖게 된다.

여덟째, 활이다.

✖ **자료 13**

어머니에게, "파리들이 눈을 빨아서 잘 수가 없으니 어머니는 나를 위하여 활과 화살을 만들어 주오." 하였다. 그 어머니가 댓가지로 활과 화살을 만들어 주니 스스로 물레 위의 파리를 쏘는데 화살을 쏘는 족족 맞혔다.18)(135쪽)

---

17) 秋九月. 王升天不下. 時年四十. 太子以所遺玉鞭. 葬於龍山云云.(8쪽)

18) 謂母曰. 群蠅嘬目. 不能睡. 母爲我作弓矢. 其母以 作弓矢與之. 自射紡車上蠅. 發矢 卽中.(5쪽)

�֍ **자료 14**

말을 마치고 활로 물을 치니 고기와 자라가 나와 다리를 이루어 주몽이 건넜는데 한참 뒤에 쫓는 군사가 이르렀다.19)(137쪽)

✖ **자료 15**

주몽이, "아마도 신모께서 보리 종자를 보내신 것이리라."하고 활을 쏘아 한 화살에 모두 떨어뜨려 목구멍을 벌려 보리 종자를 얻고 ……20) (138쪽)

✖ **자료 16**

그린 사슴을 1백보 안에 놓고 쏘았는데 그 화살이 사슴 배꼽에 들어가지 않았는데도 힘에 겨워하였다. 왕이 사람을 시켜 옥가락지를 가져다가 1백보 밖에 달아매고 쏘았는데 기왓장이 부서지듯 깨지니 송양이 크게 놀랐다.21)(139쪽)

주몽은 어렸을 때부터 활을 잘 쏘았고 그 때문에 '주몽'이라는 이름을 얻었다. 그런데 이 활 역시 주인공이 위기에 처했을 때 주인공을 구해주는 도구로 쓰인다. 어렸을 때 파리를 쫓고, 자라서는 왕자 무리를 이기고, 추격을 따돌릴 때 활로 물을 쳐서 물고기와 자라를 불렀으며, 도망쳐서는 보리 종자를 물고 온 비둘기를 쏘아 맞히고, 송양과의 활쏘기 시합으로 우위를 굳힌다. 그런데 활은 화살과 한 쌍을 이룬다는 점을 생각하면, 화살은 생긴 모양이나 쏘아 보내지는 특성에 비추어 남성의 상징이며 활은 초승달 모양을 띠고 있어서 달과 연관되어

---

19) 言訖. 以弓打水. 魚鱉浮出成橋. 朱蒙乃得渡. 良久追兵至.(6쪽)

20) 朱蒙曰. 應是神母使送麥子. 乃引弓射之. 一矢俱擧. 開喉得麥子 ……(6쪽)

21) 以畵鹿置百步內射之. 其矢不入鹿臍. 猶如倒手. 王使人以玉指環. 於百步之外射之. 破如瓦解. 松讓大驚云云.(7쪽)

여성의 상징임을 쉽게 상정할 수 있다.[22] 이러한 양가성은 곧 신성한 힘을 담보한 것으로 여겨졌다. 또한 활은 활시위를 당기고 나면 공중으로 치솟는 특성이 있어서 이미 땅을 넘어서는 초월적인 힘이 있다고 믿어졌다.

아홉째, 고각(鼓角)이다.

✠ **자료 17**

왕이, "국가의 기업이 새로 창조되었기 때문에 **고각(鼓角)**의 위의가 없어서 비류의 사자가 왕래함에 내가 왕의 예로 맞고 보내지 못하니 그 까닭으로 나를 가볍게 여기는 것이다."[23](139쪽)

『삼국사기』에도 고구려의 왕자 호동이 낙랑국의 공주를 시켜서 고각(鼓角)을 못쓰게 만드는 일이 나오는 것으로 보아[24], 고각이 국가의 안위와 관련된 귀물(貴物)임에 틀림없다. 주몽이 비류국의 송양과 대결을 벌이면서 신하 부분노가 비류국에 있던 고각을 훔쳐왔다. 그런데 고각은 한 물건이 아니라 고(鼓)와 각(角)의 합성어이다. 하나는 낮은 소리를 내고 하나는 높은 소리를 내며, 하나는 타악기이고 하나는 관악기라는 점에서 가히 상보적이다. 그렇지만 그보다는 그 둘이 그렇게 갈라지는 요인이 이 둘이 모두 동물 신체의 일부를 가지고 만들

---

22) "**Bow 활** 상징적으로 활은 남성도 되며 여성도 된다. 용맹함과, 또한 화살(남성상징)을 쏘아보내는 것으로서는 남성이며, 초승달로서는 여성이다." – 진 쿠퍼, 앞의 책, 41쪽.
    "**Arrow 화살** 화살은 찌르는 힘으로서 남성원리, 관통, 남근상징, 번개, 비, 다산(多産), 남성다움, 힘, 전쟁을 의미한다." – 진 쿠퍼, 같은 책, 21쪽.
23) 王曰. 以國業新造. 未有鼓角威儀. 沸流使者往來. 我不能以王禮迎送. 所以輕我也.(7쪽)
24) 김부식, 『삼국사기』 권2〈고구려본기〉대무신왕 15년 조.

어진다는 점에 유념할 필요가 있다. 하나는 동물의 가죽을 쓰며 하나
는 뿔을 쓰는 것이어서 그 둘은 마치 활과 화살이 그렇듯이 한 짝이
된 것으로 보인다.

열째, 물이다.

✳ **자료 18**
부여왕 해부루가 늙도록 아들이 없어 산천(山川)에 제사하여 아들 낳
기를 빌러 가는데, 탄 말이 곤연(鯤淵)에 이르자 큰 돌을 보고 눈물을 흘
렸다.(자료1과 같음)

✳ **자료 19**
성 북쪽에 청하(靑河)가 있으니 하백의 세 딸이 아름다웠다.[25](130쪽)

✳ **자료 20**
세 여자가 왕이 오는 것을 보고 물에 들어가 한참 동안 서로 피하였
다.[26](131쪽)

✳ **자료 21**
좌우를 시켜 딸의 입을 옭아 잡아당기어 입술의 길이가 석 자나 되게
하고 노비 두 사람만을 주어 우발수 가운데로 추방하였다. 우발은 못 이름
인데 지금 태백산 남쪽에 있다.(133쪽) (자료6과 같음)

✳ **자료 22**
남쪽으로 행하여 엄체수에 이르러 건너려 해도 배가 없었다.[27](137쪽)

---

25) 城北有靑河 河伯三女美(3쪽)
26) 三女見君來 入水尋相避(3쪽)
27) 南行至淹滯 欲渡無舟艤(6쪽)

�֎ **자료 23**

이에 활을 쏘아 한 화살에 모두 떨어뜨려 목구멍을 벌려 보리 종자를 얻고 나서 물을 뿜으니 비둘기가 다시 소생하여 날아갔다.[28](138쪽)

�֎ **자료 24**

장맛비가 이레를 퍼부어 주룩주룩 회수 사수를 넘쳐나듯 송양이 근심하고 두려워하여 흐름을 따라 부질없이 갈대 밧줄을 가로 뻗쳤다.[29](140쪽)

〈동명왕편〉에는 여러 차례에 걸쳐 물이 나온다. 금와가 출현하는 곤연, 하백이 사는 청하, 주몽이 건너가는 엄체수, 비둘기를 되살린 물, 비류국에 퍼부은 장맛비 등이 그것인데, 모두 생명과 관계가 깊다. 곤연과 청하는 모두 신의 근거지로서 생성성(生成性)을 드러내며, 엄체수와 장맛비는 주인공의 적대세력을 없애는 역할을 하고, 주몽이 죽은 비둘기에 물을 뿌려서 소생시키는 것은 거꾸로 죽은 생명을 되살리는 역할을 한다. 〈동명왕편〉에서 물이 이렇게 다양한 역할을 하는 것은 그것이 삶과 죽음에 함께 관여하는 양가성을 갖기 때문에 가능한 것이다.

열한째, 칼이다.

✖ **자료 25**

웅심산에 머물렀다가 10여일이 지나서 내려오는데 머리에는 오우관(烏羽冠)을 쓰고 허리에는 용광검(龍光劍)을 찼다.(129쪽) (자료5와 같음)

---

28) 乃引弓射之. 一矢俱擧. 開喉得麥子. 以水噴鳩. 更蘇而飛去云云. 以水噴鳩. 更蘇而飛去云云.(6쪽)

29) 霖雨注七日 霈若傾淮泗 松讓甚憂懼 沿流謾橫葦(6쪽)

✳ **자료 26**

　일어나 가보니 기둥 위에 구멍이 있었다. 그 구멍에서 부러진 **칼 한 조각**을 얻고 크게 기뻐하였다. 전한 홍가 4년 여름 4월에 고구려로 달아나서 **칼 한 조각**을 왕께 받들어 올렸다. 왕이 가지고 있는 부러진 **칼 한 조각**을 내어 합하니 피가 나면서 이어져 한 칼이 되었다.[30](142쪽)

　유리가 수수께끼를 풀고 칼 도막을 찾아 주몽을 찾아가자 주몽은 유리가 가져온 길 조각과 자기가 가지고 있던 칼 조각을 합치니 거기에서 피가 나면서 다시 하나의 칼로 합체가 되었다. 칼을 두 도막냈다면 칼날 부분을 두 도막내서, 한쪽은 칼자루와 칼날의 일부가 붙어 있고 또 다른 한쪽은 칼날의 중간과 끝부분일 것으로 생각해볼 수 있다. 현실적으로 칼을 세로로 도막내기는 어려울 것이기 때문이다. 그렇다면 이 때의 칼 역시 칼자루 쪽과 칼날 쪽으로 양분되면서, 한편으로는 권능의 근원처를 상징하고 다른 한편으로는 권능이 실제로 행사되는 부분을 상징하게 된다. 이 이야기가 부친 탐색담에서 부자 관계의 인정임을 생각한다면, 이는 또한 아버지와 아들의 양가성을 드러내기도 한다.

3. 양가물의 유형별 양상과 의미

3.1. 양상의 유형별 양상

　앞서 살핀 양가물은 총 11개였고, 그 양가적 특성을 간단하게 정리하면 다음과 같다.

---

30) 起而就視之. 柱上有孔. 得毀劒一片. 大喜. 前漢鴻嘉四年夏四月. 奔高句麗. 以劒一片. 奉之於王. 王出所有毀劒一片合之. 血出連爲一劒.(8쪽)

말　　　：하늘 ↔ 땅
개구리 ：뭍 ↔ 물
용　　　：하늘 ↔ 땅
까마귀 ：빛 ↔ 어둠
입술　 ：개 ↔ 폐
알　　　：흰자 ↔ 노른자
채찍　 ：자루 ↔ 채
활·화살 ：활 ↔ 화살
고각　 ：고(鼓) ↔ 각(角)
물　　　：삶 ↔ 죽음
칼　　　：자루 ↔ 칼날

　이들은 모두 '하늘/땅'처럼 대립되는 개념을 동시에 갖고 있다는 점에서 양가물이지만 그 양상을 좀 더 상세히 탐구하면 몇 가지로 대별된다. 우선, 양가물이 자체적으로 그 대립적 특성을 모두 포함하고 있는 것인가, 아니면 그 양가물이 매개체로 작용하여 단순히 그 대립적특성 사이를 오가는 데 그치는가에 따라 크게 둘로 나뉜다. 가령, 말은 하늘과 땅을 포괄하고 있는 것이 아니라 하늘과 땅을 오가면서 소식을 전해주는 구실을 하지만, 알은 그 자체로 흰자와 노른자라는 대립물을 포함하고 있다. 이런 기준에 의한다면, 말, 개구리, 용 등은전자에 해당하고 까마귀, 입술, 알, 물 등은 후자에 해당한다.

　또한, 양가물이 지닌 힘이 쌍방으로 나아가는가 일방으로 나아가는가에 따라 서로 다른 특성들을 지닌다. 가령, 입술이나 물은 양 방향모두 드러낼 수 있지만, 활, 채찍, 칼 등은 어느 한 쪽에서 한 쪽으로만 힘이 행사되는 것이다. 즉, 활에서 화살이 나가고, 채찍 자루에서 채찍 끝으로 힘이 행사되는 방식이지 그 역은 성립할 수 없다.

이를 도식화하면 다음과 같다.

	말	개구리	용	까마귀	입술	알	채찍	활	고각	물	칼
통합/소통	소통	통합	소통	통합	소통	통합	통합	통합	통합	통합	통합
쌍방/일방	쌍방	쌍방	쌍방	쌍방	쌍방	쌍방	일방	일방	쌍방	쌍방	일방
유형	I	II	I	II	I	II	III	III	II	II	III

이러한 기준에 의한다면 양가물은 대체로 다음의 세 가지 유형으로 드러난다.

첫째 유형(I)은 대립하는 양쪽을 소통하게 해주는 매개물이다. 말과 용과 입술이 그런 예이다. 우선 말이나 용은 그 자체로 신성시되기는 해도, 궁극적으로는 신성한 존재를 태워서 옮기거나 신성한 존재를 고지(告知)하는 기능을 한다. 말이 하늘과 땅을 잇는 천마(天馬)로 등장하는 사례는 무수히 많다. 그리스 신화의 페가소스는 말할 것도 없고, 메소포타미아 신화 마르둑이 탄 전차를 끄는 짐승 또한 말이며, 힌두교의 바루나 신은 천마로서 바다에서 태어난다.[31] 이처럼 말이 양쪽 세계를 동시에 오가는 특성 때문에 양쪽의 사정을 전해주는 전령의 구실을 하는 것으로 보이는데, 혁거세 신화에 등장하는 말이 그런 예이며 해부루에게 금와의 존재를 알리는 말 역시 마찬가지이다. 입술 역시 입의 출입구가 된다는 점에서 입의 주인인 유화로 표상되는 대지의 생산력과 연관된다.

---

31) 이러한 양상에 대해서는 진 쿠퍼, 『그림으로 보는 세계 문화상징사전』, 앞의 책, 169~172쪽, 'horse말' 항목 참조.

이 유형의 양가물은 공히 두 공간 사이를 이어주는 구실을 한다. 용이
나 말·입술은 사실 그 자체만으로는 그렇게 특별히 신성시될 만한
것이 아니다. 다만 그 용이나 말이 두 세계를 오가는 탈것이 된다거나,
입술이 몸의 안팎의 경계에 있는 것이라는 점에서 신성한 상징이 된다.

둘째 유형(II)은 그 자체가 대립적 총체이다. 개구리의 경우, 물과
뭍에서 살아가는 양서성(兩棲性) 때문에 두 세계를 오가는 존재로 인
식될 뿐만 아니라, 알에서 올챙이를 거쳐 개구리로 변전되는 과정을
담고 있음으로 해서 개구리라는 성체(成體)에는 이미 그 이전의 세 존
재를 담는 총체성을 보인다. 이에 반해, 까마귀는 동양권 신화에서
대체로 태양의 상징으로 등장하기 때문에 하늘과의 관련 하에서만
생각되기 쉽다. 그러나 실제로 까마귀가 인간세계에 포착되는 것은
땅이므로 그 자체로 땅과 하늘의 연결을 생각하지 않을 수 없다. 알
과 고각(鼓角), 물 등도 어느 한쪽의 성질만 가지고 있어서는 아예 성
립되지 않거나 그 정도로 신성시될 수 없는 것들이다. 알에 흰자나
노른자가 없다면 알은 알로 기능할 수 없으며, 고각(鼓角)의 어느 하
나가 빠져도 부족하며, 물이 삶과 죽음을 동시에 기능하게 하지 못해
도 안 되는 것이다.

이 유형의 양가물은 동시에 두 세계를 내재함으로써 실제적인 경계
를 허물어준다. 상식적으로는 어느 한 세계에 속하면 다른 한 세계,
그것도 다른 세계에 대립적인 세계에 속할 수가 없는 법인데 이 양가
물에서는 어느 한 세계에 속하면서 또한 다른 세계에 속함으로써 그
자신의 신성함을 표현한다.

셋째 유형(III)은 어느 한쪽에서 다른 한쪽으로 힘을 행사해주는 도
구이다. 여기에 속하는 채찍과 활과 칼이 모두 힘을 강제하는 도구라

는 점은 우연이 아니다. 그런데 이렇게 상대에게 힘을 과시하면서 자신이 안전하려면 힘을 행사하는 쪽과 힘에 의해 강제되는 쪽의 방향이 명확해야 한다. 채찍과 활과 칼은 그 도구를 사용하는 사람이 손으로 쥐는 부분이 명확하게 정해져 있고, 정확하게 그 반대끝 부분이 상대의 몸을 향하도록 되어 있다. 그러나 이러한 현상은 사실 인간이 쓰는 모든 도구가 다 그러할 터이므로 특별한 의미를 부여할 것이 못된다. 사람이 손으로 쓰는 도구라면 어디에나 손잡이 내지는 손으로 쥐기 편하도록 고안된 부분이 없을 수 없는 것이다.

이 점에서 이 셋째 유형의 양가물에서는 권능의 과시와 전달이 중시된다고 하겠다. 권능이 단순히 상징적 가치만을 보이거나 표지로서 작동하는 것이 아니라 물리적이며 현실적인 힘으로 표출되도록 하고, 나아가서 그 권능의 소재를 이양해주는 구실을 한다 하겠다.

3.2. 양가물의 신화문학적 의미

그렇다면 이제 지금까지 살펴본 양가물이 과연 신화라고 하는 서사에 어떠한 작용을 하는지 살필 차례이다. 편의상 항목별로 떼어내서 살폈지만 실제로는 하나의 이야기 속에서 구현되는 것인 만큼 그 이야기를 따라가면서 살펴볼 때 그 서사문학적인 의미가 잘 드러날 것이다. 먼저 앞 장의 자료에서 제시한 양가물이 등장하는 서사단락의 순서를 좇아 〈동명왕편〉의 서사를 재구성해보면 다음과 같다.[32]

---

32) 이하의 서사단락 구분은 〈동명왕편〉의 전체를 토대로 한 것이 아니라, 앞 장에서 제시한 자료를 근거로 재구성한 것이다. 따라서 양가물이 등장하지 않는 서사단락은 누락되어 있다.

#1 해모수가 공중에서 내려올 때 오룡거를 타고 왔다.

#2 해모수는 머리에 오우관을 쓰고 허리에는 용광검을 찼다.

#3 성 북쪽에 청하가 있고 하백의 세 딸이 거기에서 놀았다.

#4 해모수가 말채찍으로 땅을 그어 구리집을 지었다.

#5 하백이 유화의 입술을 늘여 우발수로 추방하였다.

#6 해부루는 산천에 기자치성을 드렸는데 말이 곤연에 이르러 큰 돌을 보고 눈물을 흐렸다.

#7 왕이 돌을 굴려 금와를 얻어 태자로 삼았다.

#8 금와의 어사가 유화를 그물로 끌어내고, 금와는 유화의 입술을 세 번 자르도록 했다.

#9 유화가 겨드랑이로 알을 낳았다.

#10 주몽은 활과 화살을 이용해 파리를 쫓았다.

#11 해부루가 주몽에게 말을 기르게 하고 유화는 준마를 골라주었다.

#12 주몽은 부여를 떠나는데 엄체수에 이르러 채찍으로 하늘을 가리켜 호소하여 어별교를 이루어 탈출한다.

#13 주몽은 비둘기를 활로 쏘아 유화가 보낸 보리 종자를 얻는다.

#14 주몽은 송양과 활쏘기 시합을 해서 승리를 거둔다.

#15 주몽이 국가의 위의를 갖추기 위해 송양의 고각을 훔쳐온다.

#16 주몽이 승천하고 그의 옥채찍으로 대신 장사 지낸다.

#17 유리는 주몽이 숨겨둔 칼 조각을 찾아 태자가 된다.

그런데 주지하는 대로, 이 열일곱 개의 서사단락은 사실은 주몽의 일대기가 아니라 주몽의 윗대인 해모수와 아랫대인 유리를 포함하는 3대기가 된다. #1에서 #8까지가 해모수, #9에서 #16까지가 주몽, #17이 유리인 것이다. 해모수는 그의 등장과 함께 하늘의 권능을 과시하고, 그 권능에 힘입어 하백의 딸을 취한다. 그리고 그 둘 사이에 주몽이 탄생하는데, 주몽 역시 해모수가 그랬던 것처럼 여러 차례 자기의 권능을 과시하면서 국가를 세운다. 또 유리 역시 자신이 주몽의 아들인 것을 확인하면서 과업을 성취하는 것이다. 이렇게 본다면 이 3대의 이야기는 사실상 동일한 이야기 틀의 반복이며 변주라고 할 수 있겠는데, 신기한 것은 이런 내용이 〈동명왕편〉의 프롤로그라고 할 법한 서사(序詞)에 이미 마련되어 있다는 점이다.

> 한 덩어리로 뭉친 원기 갈라져서
> 천황씨 지황씨가 되었다.
> 머리가 열셋 혹은 열하나
> 그 모습 기이함이 많았다.
> 그 나머지 성스러운 제왕들도
> 경서와 사기에 실려 있다.
> 여절은 큰 별에 감응되어
> 소호금천씨 지를 낳았고
> 여추는 전욱을 낳았는데
> 역시 북두성의 광채에 감응되었다. (이하생략)

〈동명왕편〉의 시(詩)가 시작되는 첫 부분이다. 보다시피 하늘[천황씨]과 땅[지황씨]이 만나서 사람[인황씨]이 태어나는 것을 필두로 하여, 그 다음은 그 변주이다. 가령, "여절은 큰 별에 감응되어 소호금천씨를 낳았고"는 대목은 "'여절'이라는 '땅'은 큰 별이라는 '하늘'에 감응되어 소호금천씨라는 '사람'을 낳았다."는 표현인 것이다. 그렇다면 여기에서 대립하는 두 요소는 '하늘/땅'이며 그 결과 '사람'의 탄생으로 드러나는 점은 명확하다. 이는 신화학자들 사이에서 이른바 '신성혼(神聖婚)'으로 설명되어 오던 것으로[33] '인류 최초의 결혼'으로 인식되면서 온갖 신화의 원형으로 작용한다.

이러한 내용을 근거로 논의를 좀 더 간단히 하자면, 신화에 등장하는 양가물은 결국 '하늘/땅'으로 대표되는 이원적 대립이 어떤 양상으로 전개되는가하는 물음에 대한 대답이 된다. 이는 다음의 세 가지로 설명될 수 있다.

첫째 유형 : 하늘 ↔ 땅
둘째 유형 : 하늘 ― 땅
셋째 유형 : 하늘 → 땅

논리적으로 설명하자면 첫째 유형이 A와 −A가 자유롭게 소통하는 꼴을 취하고 있다면, 둘째 유형은 A이면서 −A로 대립적 총체를 보이며, 셋째 유형은 A에서 −A로 이동하는 형태를 띤다. 연역적으로는 '땅→하늘'로의 이동이 보이는 넷째 유형도 가능하지만 실제로 힘의 우열을 상정하는 이상 현실적 가능성은 희박하다. 〈동명왕편〉에서도 주몽이 흰사슴을 부려서 비를 내리는 대목이나 승천하는 대목 등에서 그럴 소지가 아주 없지는 않지만, 하늘과 땅의 감응(感應) 이상으로 설명하기는 어려울 듯하다.

이렇게 본다면 〈동명왕편〉의 서사는 결국 첫째, 하늘과 땅이 소통

---

33) "지구상의 많은 민족들이 보유한 신화를 보면 으레 인류 역사의 첫머리에 최초의 남녀 한 쌍을 등장시키고 있다. 그러나 최초의 인간들에 관한 이야기들은 하늘과 땅이 "우주의 결혼"을 한다는 상상과 뒤섞여 있다. 태초에 하늘과 땅은 "위아래로 나란히" 포개어져 있었다고 한다. 하늘과 땅이 사랑을 나누면서 피조물들이 만들어지고 탄생하지만, 생명의 발전에 필요한 바탕은 그 둘이 갈라지면서 처음으로 조성되었다. 이렇게 해서 이간뿐만 아니라 동물과 식물도 모두 형제자매가 되었고 최초의 남녀의 수많은 자식들이 되었다." – 세르기우스 골로빈 · 미르치아 엘리아데 · 조지프 캠벨, 『세계신화이야기』, 이기숙 · 김이섭 역, 까치, 2001, 76쪽.

함을 보이고, 둘째, 하늘이면서 땅인 미분화된 통합적인 존재가 드러
나고, 셋째 하늘에서 땅으로 힘이 옮겨가는 양상을 띠는 것으로 정리
된다. 이는 〈동명왕편〉 서사를 통해서 알 수 있듯이 이 작품에만 국한
되는 것이 아니라 신화의 보편적인 특성을 띠는 것으로 보이는데, 이
들을 각기 '소통'형 양가물, '통합'형 양가물, '이동'형 양가물로 명명
하기로 한다.

첫째, 소통형 양가물의 속성은 사실 신화적 인물이 갖는 공통적 특
성이기도 하다. '巫'나 '聖'이라는 글자가 본래 하늘과 땅을 잇는다는
뜻에서 왔음은 널리 알려진 사실이며, 신화 주인공이 지상의 현세에
만 머무는 경우가 없다는 점을 생각하면 너무도 당연해서 그리 특별
할 것도 없는 내용처럼 보인다. 그러나 이런 소통이 문학적인 의미를
갖는 것은 신이함이나 신성함 그 이상이다.

우선 자료1과 자료2에 나오는 말을 보자. 자료1은 타고 있던 말이
눈물을 흘림으로써 이상한 조짐을 드러내준다. 눈물을 흘리지 않는 동
물이 눈물을 흘렸다는 사실부터 관심을 끌법하고, 기자치성을 드리러
가는 도중에 생긴 일이라는 점에서 그와 연관한 하늘의 계시일 것임은
쉽사리 짐작할 만하다. 이럴 경우, 이야기 속에서의 말은 향후 서사가
어떻게 전개될지 암시하는 기능을 한다. 자료2 역시 좋은 말을 골라서
잘 키우게 함으로써 결국은 그 말을 타고 과업을 성취할 것이라는 기대
를 하게 한다. '장사가 먼 길을 가려면 반드시 준마가 있어야 한다.'는
유화의 발언이야말로 그러한 암시 기능을 입증하는 표징이다. 양자 모
두 두 세계를 소통케 하는 존재가 등장함으로써 이 세계에서는 없던
새로운 일이 일어날 것이라는 점을 예시하는 것이다.

말의 경우, 하늘과 땅을 소통하는 천마(天馬)의 의미가 아닌, 자료2

같은 승용마(乘用馬)일 때에도 신화적인 의미는 반감되지 않는다. 말에 편자를 박는 행위가 곧 '죽인 후 다시 소생시키는 재생의 상징으로서 입사의례(入社儀禮)와 연관되기 때문이다.[34] 야생으로 길들여지지 않은 말에 편자를 박아 길들여 타는 행위는 신화적 재생, 곧 거듭남의 상징으로 쓰일법하다. 단적인 예로, 『삼국사기』〈온달〉에서는 온달이 입사의례의 한 과정으로 파리한 말을 사들여 준마로 재탄생시킴으로써 입사식의 한 과정임을 분명히 한다. 결국, 말은 단순한 운송수단으로서의 기능에 머물지 않고 인간의 힘으로 갈 수 없는 이쪽과 저쪽을 연결해주는 기능을 하는 것으로, 한편으로는 하늘과 땅의 소통을 가능케 하면서 한편으로는 입사식이라는 초월적 변신을 꾀하게 해준다.

반면에 자료4에 등장하는 용은 공간의 이동을 현재적인 상황에서 눈앞에 펼쳐 보인다. 이는 하늘과 땅이라는 대립적 공간을 두루 옮겨 다니는 권능을 보여주는 것이다. 용의 경우, 때로는 "말이 8척 이상이면 용이라 한다."[35]는 지적이 있을 만큼 말과 밀접한 관련을 갖는다. 張光直이 사신도(四神圖)의 그림 등에 등장하는 동물을 두고 천지신인(天地神人)의 교통을 돕는 존재[36]로 규정한 한 예에서 알 수 있듯이 하늘과 땅을 오갈 때의 승용(乘用)의 구실을 하는 용(龍)의 존재는 명백하다. 〈동명왕편〉에서 해모수가 오룡거(五龍車)를 타고 하늘과 땅을

---

34) 이에 대해 엘리아데는 독일과 스칸디나비아 등의 몇몇 지역을 예로 들어 '제철공이 청년 결사 유형의 통과의례적 시나리오에 관여'하는 상황에 대해 언급한 바 있다. – 미르치아 엘리아데, 『대장장이와 연금술사』, 이재실 옮김, 문학동네, 1999, 107쪽 참조.

35) 馬八尺以上爲龍. 『周禮』「夏官」

36) "이로써 추출해낼 수 있는 결론은 상주시대의 청동기에 그려져 있는 동물 문양은 무당을 도와 천지신인이 서로 교통할 수 있게 해주는 각종동물의 형상이라는 것이다." – 張光直, 『신화 미술 제사』, 이철 옮김, 동문선, 1990, 110쪽.

왕래했다는 사실이나 심지어는 하백이 있는 수궁(水宮)까지 갔다는 설정은, 용이 하늘-땅-땅밑(물)의 삼계(三界)의 소통을 입증한다. 이를 통해 해모수가 '공간의 전체'를 장악하고 있는 인물임을 부각시켜준다 하겠다. 그가 아침저녁으로 하늘을 오가기 때문에 '천왕랑(天王郞)'이라는 별칭을 얻었다는 내용을[37] 이규보가 주석에 달아놓은 까닭 역시 그러한 능력을 돋보이게 하려는 의도로 보인다. 이 주석의 핵심이 그가 하늘에서 왔다는 데 있기보다는 하늘과 땅을 순간 이동하는 능력에 있음을 짐작케 한다.

자료6, 자료7의 입술은 입이 통상적으로 대지의 상징이라는 점에서 하늘과의 대립이 문제가 되기보다는 그 자체로 개폐(開閉)가 문제인 경우이다. 그러나 이 개폐는 단순히 열고 닫는 문제가 아니라 그것이 열리면 안과 밖이 소통하고 닫히면 안과 밖이 분리가 된다는 점에서, 대지의 질서가 문제된다. 또한, 입술은 실상 사람과 같은 영장류에게만 있는 특성이라는 점에서 특별한 의미를 갖는다. 영장류가 아닌 다른 동물은 점막이 입의 안쪽에만 있기 때문에 사실상 입을 닫음으로써 안이 밖으로 보일 일이 없다. 그렇지만 인간과 같은 영장류의 경우는 입술이라는 점막조직이 바깥쪽에 있음으로 해서 입을 닫고 있어도 내부의 피부조직이 드러나게 된다.[38] 이처럼 입술은 그 자체로도 안/밖을 동시에 보여주는 것이면서 동시에 입을 통해 몸의 안과 밖이 소통되는 통로 구실을 한다는 점에서 이중성을 여실히 보인다.

---

37) "아침에는 정사를 듣고 저물면 곧 하늘로 올라가니 세상에서 天王郞이라 일컬었다."(130쪽).

38) 입술의 이러한 상징 값에 대해서는 김성진, 「신체의 부분, 입술 이미지를 통한 내면의식 표현연구」, 홍익대학교 석사학위논문, 2002에 잘 나타나 있다. 이 논문에서는 특히 '가림과 드러냄'의 이중성에 초점이 두어진다.

그런데, 자료6은 하백이 소통을 못하도록 하고, 자료7은 금와가 다시 소통할 수 있도록 조치하는 내용이라는 점에서 상반된다. 하백이 물의 신이고 금와가 하늘이 점지한 존재라는 점을 생각하면 땅에 대한 하늘의 승리라고도 볼 수 있는 것이다. 그러나 그보다 중요한 일은 '과업의 거부'이다. 신화에서 영웅이 과업을 거부하는 일은 그리 어렵지 않게 찾아볼 수 있다.[39] 과업의 성취는 매력적인 일이지만 적어도 신화에서 과업이라고 할 만한 일은 몹시도 어려운 것이어서 선뜻 나서기 어려운 법이다. 유화 역시 자신의 의사에 관계없는 일이기는 하지만, 영웅의 출생이라는 과업을 앞에 두고 고민하는 상황이 발생하고 있으며, 이는 신화적 인물이 처한 결단의 과정이기도 하다.

이처럼, 소통을 드러내는 양가물을 통해, 이계(異界)와 관련하여 서사를 예시하고, 공간적 전체 장악 능력을 확인하고, 과업의 성취를 앞둔 고민을 드러내준다. 말, 용, 입술을 굳이 분할하여 이야기하자면, 말과 용과 입술은 각기 수평적, 수직적, 추상적 공간의 확장에 관여한다. 금와와 주몽의 말이 북부여, 동부여, 고구려로 뻗어나간다면 해모수의 용은 하늘과 땅, 물밑을 헤집고 다니며, 유화의 입술은 안과 밖의 경계를 허물면서 하늘과 땅이 결합한 새로운 영웅의 탄생을 몰고 오기 때문이다.

둘째, 통합형 양가물은 하늘과 땅의 미분화된 전체를 보여주는 양가물이다. 미분화는 향후 분화를 전제한다는 점에서 일단 잠재적 능력을 드러내지만, 또 한편으로는 분화가 되더라도 그것이 통합될 수 있는 가능성을 나타낸다.

---

39) 이에 대해서는 죠셉 캠벨, 『세계의 영웅신화』, 이윤기 옮김, 대원사, 1991, '1. 귀환의 거부'(192~196쪽) 참조.

자료3의 개구리 형상을 한 아이부터 보면 이 점이 분명하다. 개구리의 양서성(兩棲性)을 논의하지 않더라도, 이 자료만으로도 그 이중성이 또렷하다. 자료에 의하면 '사람을 시켜 그 돌을 굴리니' 아이가 나왔고, '하늘이 내게 아들을 준 것'이라고 했다고 한다. 돌을 굴려서 아이가 나왔다면 큰 돌을 뽑아낸 밑부분, 그러니까 돌이 있던 '땅밑'에서 나왔다는 말인데 그 아이가 '하늘'이 준 것이라고 했다는 데에서 하늘과 땅이라는 두 요소를 구비하고 있다. 두 세계를 오가는 존재라는 점에서 첫째 유형의 말이나 용과 흡사하지만, 그것이 신성한 존재를 운반하는 매개로 쓰이는 반면에 개구리는 그렇게 쓰일 수 없다는 점이 다르다. 〈동명왕편〉에서 금와(金蛙)는 개구리를 통해 다른 세계로 이동하는 것이 아니라 개구리의 형상으로 직접 옮겨왔다는 점에서 그것으로 자기 자신의 신성성을 드러내준다.

자료8의 알은 아무 설명이 없지만 흰자와 노른자의 결합체일 뿐만 아니라 향후 영웅을 탄생시키는 근원이 된다는 점에서 그 잠재성이 극대화된 예이다. 알은 그 안에 노른자와 흰자의 대립을 포함하고 있어서 미분화된 전체를 표상한다. 특히 알은 언제나 부화를 통해 새로운 존재로 거듭날 수 있다는 특성 때문에 알로 태어나는 것이 곧 인식적 탄생을 의미하기도 한다.[40] 이는 결국 대립적 총체를 함께 지니고 있음으로 해서 그렇지 못한 존재가 도달할 수 없는 영역까지 도달한다는 뜻이 된다. 분리된 것이 나뉘면서 새로운 존재로 거듭나고 결국은 그 합일(合一)에 의해 초월적 경지에 이르는 셈이다.

[40] 신화에서 알로 태어나는 일을 '인식적 탄생'으로 설명하는 사례는 민긍기, 「신화의 서술방식에 관한 연구」, 『창원대학교논문집』, 제9권 제1호, 창원대학, 1987, 59~60쪽 참조.

자료5의 까마귀는 고작해야 관(冠)을 장식하는 깃털[羽]로만 등장하여 매우 소략하지만, 실상은 그 이상이다. 그 상징으로 인해 해모수는 태양의 권능을 과시함은 물론, 태양의 권능이 실제 지상으로 구현되는 양면성을 보이게 되는 것이다. 현재 남아있는 고대 문양들에서 새의 깃 문양이 발견되는 것은 그 깃 문양을 장식으로 쓰는 존재가 하늘과 닿아 있음을 의미하며,[41] 이 때문에 그 존재는 결국 땅에 있지만 하늘에 근원을 두는 2원성을 갖게 되는 것이다. 즉 어떤 존재가 까마귀의 상징을 통하여 자신의 근원을 밝힘으로써, 그는 곧 하늘과 땅을 동시에 아우르는 신성성을 확보하는 것이다.

자료17의 고각(鼓角) 역시 마찬가지인데, 알과는 달리 하나의 총체가 아니라 각기 다른 별개의 물건이다. 그럼에도 불구하고 이 둘은 알이 그랬던 것처럼 구비(具備)될 때에야 '완성'이 된다는 점이 특이하다. 고각(鼓角)이 있어야 위의(威儀)가 선다는 말은 고(鼓)나 각(角)만으로는 위의가 서지 않는다는 뜻이며, 결국 고(鼓)와 각(角)을 동시에 요구하는 것이다. 어느 한쪽이 없을 때 불구적(不具的) 존재로 전락한다는 점에서 이 둘의 통합이 곧 온전한 존재로서의 당위성을 확보케 한다. 이야기에서 보듯이 주몽의 국가 창업은 고각(鼓角)의 확보에 의해 사실상 완결된다.

자료18에서 자료24까지의 물은 삶과 죽음의 양 영역에 걸쳐 있다.

---

41) 이에 대한 풍부한 사례는 하야시 미나오, 『중국 고대의 신들』, 박봉주 옮김, 영림카디널, 2004의 '2장 태양숭배의 상징물들 −玉琮, 社, 神主' 및 '3장 우주 질서를 관장하는 靑龍, 白虎, 朱鳥'에 보인다. 그는 또 절대자를 나타내는 饕餮의 경우도 "이마에 태양신의 정기를 집약적으로 상징하는 새 깃털 묶음 장식을 부착한 유형이 祭器에 압도적으로 많이 사용되었다는 점"(231쪽)을 강조하여 새 깃털 묶음 장식이 하늘의 강력한 힘을 표상하는 것으로 보았다.

단적인 예로 자료23은 죽은 비둘기에 물을 뿌려 회생시키지만 자료24는 물을 불러서 온 도시를 표몰(漂沒)시키고 만다. 이처럼, 물이 없이는 어떠한 생명도 유지할 수 없다는 점에서 물이 곧 생명의 근원으로 인지되는 한편, 물이 휩쓸고 가면 모든 생명체가 죽음을 맞는다는 점에서 물은 또한 죽음을 의미하기도 한다. 자료18은 기원을 들어주는 대상으로, 자료19에서 자료21까지는 수신(水神)의 거처로, 자료22는 이편과 저편을 갈라놓는 경계로 드러난다. 결국 물이 그렇게 신성함을 갖는 이유 역시 그러한 대립적 속성을 동시에 지녔기 때문으로 풀이된다.

이처럼 통합형 양가물은 대립적 특성을 동시에 드러내면서 그 대립을 넘어서려는 특징을 보인다. 알이든 개구리이든 고각(鼓角)이든 물이든 사실상 양쪽의 특성을 모두 드러내면서 어느 한쪽으로 기우는 것을 경계한다. 알과 개구리를 통해 존재의 질적 전환을 보이고 고각(鼓角)을 통해 완결된 과업 성취를 입증하고 물을 통해 삶과 죽음의 경계를 넘어서는 것이다.

셋째, 이동형 양가물은 모두 인간이 사용하는 도구라는 점이 특이하다. 칼이나 활, 채찍 모두 도구일 뿐만 아니라 무력(武力)을 동반하는 물리적 힘을 표상한다. 이러한 물리력은 강한 통제수단이어서 건국신화에 으레 등장하는 정복 국가적 성격을 여실히 드러내는 것이다. 칼로 예를 든다면 칼자루/칼날의 대립이 그대로 통치자(統治者)/피통치자(被治者)의 대립으로 인식될 수 있다. 이때 힘의 이동은 강(强)에서 약(弱)으로 이동하는 지극히 상식적인 선을 벗어나지 않는다.

그렇지만 신화적 맥락을 고려할 때 이 셋째 유형의 양가물에서 좀 더 중요한 사실은 그런 도구를 일상적으로 사용되지 않았다는 점이다. 예를 들어, 자료9에서 해모수가 채찍을 휘둘러 구리집을 만들었다고 하는 부분을 보자. 채찍은 구리를 만드는 도구가 아니다. 그럼에도 불구하고 채찍으로 주술행위를 했다고 한다면 이미 일상적인 도구의 영역을 넘어서는 것이다. 자료10의 채찍 역시 표면적으로는 말에 대고 휘둘렀으므로 본연의 기능을 다한 듯이 보이지만, 사실은 말의 경주를 독려하기 위함이 아니라 좋은 말을 골라내기 위한 것이었다는 점에서 제의적인 성향을 띤다. 주몽이 활을 가지고 자기 능력을 과시하고 물속의 물고기를 불러들이는 것도 마찬가지이다. 자료13에서처럼 어린 아이가 활을 쏘아 자기 능력을 과시하고 자료14처럼 물고기를 부리는 주술행위 등이 모두 그러한 맥락에서 이해될 수 있다. 결국 이러한 이동은 어떤 관문에 들어서기 이전과 이후를 가르는 질적 변환을 의미한다.

또 하나 이 유형의 양가물에서 중시할 요소는 일방성이다. 신화 주인공의 권능이 하늘과 같은 초월적인 데 기대고 있음은 말할 것도 없지만, 그 권능의 향방은 이러한 건국신화에서 특별히 중요한 의미를 지닌다. 국가의 창업과 수성이라는 과정이 결국은 그 권능의 향방을 말해주는 것이기 때문인데, 칼이나 활, 채찍 등을 통해 자연스럽게 그 힘이 어떻게 전해지는지 보여줄 수 있기 때문이다. 이 점에서 특히 칼에 유념할 필요가 있다. 자료5에서 해모수는 하늘에서 땅을 잇는 존재로 용광검을 차고 나타나며, 자료26에서 유리는 건국주인 주몽의 뒤를 잇는 존재로 부러진 칼을 찾음으로써 왕위를 잇게 된다. 위에서 아래로 그 힘이 내려가는 과정을 보이는 것이다.

이는 해모수, 주몽, 유리의 3대를 잇는 과정을 그대로 보여준다. 용광검을 차고 나타난 해모수는 그의 권능이 하늘에서 온 것임을 알리고, 주몽은 활을 통해 자기 능력이 보통 사람의 능력과는 다른 신성함이 있다는 것을 보이며, 유리는 부러진 칼을 통해 자기가 주몽의 아들임을 입증해낸다. 그 양가물은 각기 달랐지만 어느 것이든 하늘에서 땅으로, 부여에서 고구려로, 건국주(建國主)에서 그 다음 왕으로 이어지는 과정을 상징한다. 특히 맨 마지막 유리 대에서 부러진 칼 도막이 다시 하나로 합쳐지는 대목은 부자(父子) 연결의 핵심을 잘 짚어낸다. 아버지와 아들은 분명 다른 개체이지만, 그 합쳐진 칼을 통해 아버지가 곧 아들일 수 있음을 나타낸다. 해모수는 곧 주몽이며, 주몽은 곧 유리임을 체득할 때 신화적 신성함은 적극적인 힘을 발한다.

이처럼 이동형 양가물에서는 도구를 통해 힘을 과시함은 물론, 도구의 의례적 사용을 통해 제의 기능을 강화하고, 나아가 권력의 승계를 드러내준다. 그리고 이 권력의 승계에 대한 믿음이 결국 신화 향유 계층의 신화 체험을 굳건히 한다.

이 세 유형의 양가물은 곧, 이질적인 두 세계를 자유롭게 소통하여 서로 다른 세계가 이어질 수 있음을 보이고, 그런 세계에 존재하는 주인공이 두 세계를 단단히 비끄러맬 수 있는 능력을 지녔으며, 그런 능력이 위에서 아래로 지속적으로 행사됨을 갖고 있으며, 아래로 힘을 행사하여 유지할 수 있음을 보여주는 것이다.

4. 결론

이 글은 신화가 현실과 반현실을 아우르는 속성을 가지고 있다는 점에 착안하여, 신화에 빈번히 등장하는 양가적 성격의 사물의 의미를 탐구한 것이다. 양가물이 가장 풍성하게 드러나는 〈동명왕편〉을 실례로 하여, 먼저, 양가물의 양상을 살폈으며, 다음으로, 유형별 기능과 의미에 대해 고찰하였다.

〈동명왕편〉에서 파악된 양가물은 말, 개구리, 용, 까마귀, 입술, 알, 채찍, 활, 고각, 물, 칼 등 총 11개였으며, 이들이 보이는 양가적 특성은 다음과 같다. 말은 하늘과 땅을 오가거나 소통하게 해준다. 개구리는 뭍과 물에서 자유롭게 사는 존재이다. 용은 땅의 뱀과 하늘의 새를 합쳐 놓는 방식으로 하늘과 땅을 자유롭게 왕래한다. 까마귀는 빛과 어둠을 동시에 상징한다. 입술은 입의 문의 구실을 하면서 열고 닫음으로써 양면성을 드러낸다. 알은 흰자와 노른자를 동시에 포함하여 미분화된 전체를 드러낸다. 채찍은 자루와 채로 구성되어 자루를 잡는 자와 채찍을 맞는 자를 표상한다. 활은 활과 화살이 한 벌을 이루어서 활을 통해 화살이 나감으로써 힘이 행사된다. 고각(鼓角)은 동물의 가죽과 뿔로서 그 한 벌이 전체를 의미한다. 물은 한편으로는 죽음을 한편으로는 생명을 드러낸다. 칼은 본래 하나로 통합되어 있는 것이지만, 자루와 날로 나뉨으로써 채찍 등과 마찬가지로 힘을 행사하는 부분과 그 힘을 받는 부분으로 나뉘는데 특히 '부러진 칼'로 인해 그 양가성이 두드러진다.

이러한 양가물은 '하늘/땅'으로 대표되는 이원적 대립이 세 가지로 유형화될 수 있다. 첫째, 하늘과 땅이 소통함을 보이고, 둘째, 하늘이면서 땅인 미분화된 통합적인 존재가 드러나고, 셋째 하늘에서 땅으로 힘이 옮겨가는 양상을 띠는 것으로, 이들을 각기 '소통'형 양가물, '통합'형 양가물, '이동'형 양가물로 명명하였다.

첫째, 소통형 양가물은 말이나 용, 입술에서 보듯이, 이계(異界)와 관련하여 서사를 예시하고, 공간적 전체 장악 능력을 확인하고, 과업의 성취를 앞둔 고민을 드러내준다. 말, 용, 입술은 각기 수평적, 수

직적, 추상적 공간의 확장에 관여한다. 금와와 주몽의 말이 북부여, 동부여, 고구려로 뻗어나간다면 해모수의 용은 하늘과 땅, 물밑을 헤집고 다니며, 유화의 입술은 안과 밖의 경계를 허물면서 하늘과 땅이 결합한 새로운 영웅의 탄생을 몰고 오기 때문이다.

둘째, 통합형 양가물은 하늘과 땅의 미분화된 전체를 보여주는 양가물이다. 이러한 양가물은 대립적 특성을 동시에 드러내면서 그 대립을 넘어서려는 특징을 보인다. 알과 개구리, 고각, 물 등은 양쪽의 특성을 모두 드러내면서 어느 한쪽으로 기우는 것을 경계한다. 알과 개구리를 통해 존재의 질적 전환을 보이고 고각을 통해 완결된 과업 성취를 입증하고 물을 통해 삶과 죽음의 경계를 넘어서는 것이다.

셋째, 이동형 양가물은 모두 도구일 뿐만 아니라 무력(武力)을 동반하는 물리적 힘을 표상한다. 이러한 물리력은 강한 통제수단이어서 건국신화에 으레 등장하는 정복국가적 성격을 여실히 드러내는 것이다. 칼이나 활, 채찍은 힘을 행사하는 쪽과 힘의 행사를 받는 쪽으로 나뉘는 특성을 보이면서 힘의 이동이 나타난다. 또한 이때 행사되는 힘은 단순한 물리력을 뜻하는 것이 아니라 권능을 제의적으로 행사함으로써, 어떤 관문에 들어서기 이전과 이후를 가르는 질적 변화를 의미하며 그 힘이 다른 영역, 다른 세대로 옮겨가는 과정을 보여준다.

이 세 유형의 양가물은 곧, 신화 주인공이 이질적인 두 세계를 자유롭게 소통하는 능력을 갖춘 상태에서 양쪽 세계에 속할 특성을 구유하여 통합하면서 자신의 능력을 위에서 받아 아래로 이어주어 지속시킬 수 있음을 알리는 것이다. 하지만 이 논의는 〈동명왕편〉이라는 제한된 자료에서 추출된 결과여서, 이러한 양가물의 기본적인 특성이 다른 한국 신화에서는 어떻게 구현되는지 향후의 연구과제로 삼는다.

성현(聖顯)으로서의 돌

-『삼국유사』의 경우

1. 서론 : 신화와 성현(聖顯)

『삼국유사(三國遺事)』는 역사와 설화가 절묘하게 어우러진 책이다. 책을 처음 들추면 곧바로 마주치게 되는 「기이(紀異)」편부터가 역사이며 설화이다. 그런데 역사를 사실(事實)로, 설화를 허구(虛構)로 인식하기만 하는 한, 이 둘이 어우러지는 상황을 제대로 설명해내기는 어렵다. 그렇다고 해서『삼국유사(三國遺事)』전체를 사실에 덧붙인 허구라는 정도로 범박하게 논의하고 지나간다고 해도 문제는 풀리지 않는다. 사실과 허구를 분리해내는 구체적 자료가 확보되지 못한다면 접근조차 어렵기 때문이다. 때로는『삼국사기(三國史記)』같은 역사서에 기대거나, 현전 유물이나 유적지를 통해 상당한 성과를 거둘 수도 있겠지만, 그런 방식으로 설명이 가능한 영역은 여전히 아주 좁은 범위에 국한되고 그나마 얻은 성과 역시 문학성의 설명에까지 이르기는 험난한 여정이 기다리고 있다.

그런데 시야를 좀 다른 곳으로 돌려본다면 문제의 실마리를 찾을 수도 있을 듯하다. 즉, 어디까지가 역사이고 어디서부터가 허구인지 묻기보다, 그런 구분 자체가 아예 무의미한 영역을 추적해볼 수도 있는 것이다. 이 글에서 다루고자 하는 '성현(聖顯, hierophany)', 곧 신성(神聖)의 현현(顯現)은 사실과 허구의 구분에 크게 구애받지 않는다. 물론 아무도 믿지 않을 허황된 이야기가 성(聖)을 발현한다는 생각은 불가능하겠지만, 그렇다고 우리가 성스럽게 여기는 것이 모두 실제 역사여서 그랬던 것은 아니다. 어떤 특정한 역사만이 성스럽게 여겨지고, 초역사적인 존재나 비역사적인 자연물도 어떤 계기에 의해 성현을 보이게 되기도 한다.

하나하나 따지고 들면 성현을 보이는 존재는 헤아릴 수 없이 많다: 해, 달, 별, 땅, 산, 하늘, 샘, 강, 바다, 용, 뱀, 나무 등등. 어떤 존재는 그 존재가 가진 본질적 속성 때문에 성(聖)을 발하기도 하고, 또 어떤 존재는 그 본연의 속성과는 무관하게 동일한 효과를 드러내기도 한다. 전자가 제 힘을 밖으로 분출하면서 생긴 성(聖)이라면 후자는 외부의 힘을 안으로 주입하면서 생긴 성(聖)으로 간명하게 구별될 수 있다. 연역적으로 따져보더라도 이 두 방향이야말로 신성성을 양대별하기 적합한 틀로 보이므로 주목을 요한다. 엘리아데가 숱한 성현(聖顯)의 자료를 다루면서 각 자료가 성현으로서의 '성의 양상'과 역사적 순간으로서 성에 대한 '인간의 상황'을 드러내준다고[1] 지적한 내용은 그러한 두 계통의 성(聖)과 밀접하게 닿아 있다.

앞서 예거한 여러 성현체(聖顯體) 중에 돌은 그 둘을 설명하는 데 더없이 좋은 사례이다. 돌은 흔히 인간이 갖지 못한 견고함을 바탕으로

---

1) 미르치아 엘리아데, 『종교사개론』, 이재실 옮김, 까치, 1993, 24쪽.

영속성을 지닌 것으로 인식되어왔다. 그렇지만 또 돌은 다른 성현체들과는 달리 그 자체만으로는 어떤 작용도 일으킬 수 없는 무정물(無情物)이며 부동물(不動物)이어서 외부개입이 없이는 성스러움을 발현할 여지가 그리 크지 않다.[2] 실제 우리 민속신앙에서도 돌에 대한 숭배는 유별날 정도여서 기자(祈子)치성 등에 빠지지 않고 등장하기도 한다.[3] 이 글은 돌의 그러한 특성에 착안하여, 『삼국유사』에 있는 성현체로서의 돌이 성(聖)을 드러내는 양상과 의미에 대해 살피고자 한다. 이는 『삼국유사』에 편재(遍在)한 성(聖)과 속(俗)의 어우러짐을 살펴서 이 책의 성격을 새로운 각도에서 파악하기 위함은 물론 성현(聖顯)방식을 다른 문학에까지 원용할 수 있는 기틀을 마련하고자 하는 의도이기도 하다.

2. 자료 개관

『삼국유사』에 나타난 성현(聖顯) 중 돌과 관계되는 대목만 뽑아보면 다음과 같다. 돌과 바위 등은 물론 돌미륵 등으로 그 재질이 강조된 것이 나오면 일단 검토한 뒤, 신성성(神聖性)이나 영험(靈驗)함이 강조된 사례만을 뽑았다. 인용은 돌의 출현 이유가 밝혀질 수 있는 최소한에 한한다.[4]

---

2) 『삼국유사』에 국한된 논의는 아니지만, 물과 돌 등이 가진 이러한 특성들에 대해서는 '生生力'이란 용어로 민속신앙의 범위 내에서 논의된 바 있다. 김열규, 「民俗信仰의 生生力象徵」, 『韓國民俗과 文學研究』, 일조각, 1971.

3) 설화 등에 나타나는 돌에 대한 숭배를 다룬 논문은 유증선, 「암석신앙전설」, 『한국민속학』 2, 한국민속학연구회, 1970이 있다.

❋ 자료 1

부루는 늙도록 아들이 없었다. 어느 날 산천(山川)에서 제사를 지내어 후사(後嗣)를 구하였다. 이때 타고 가던 말이 곤연에 이르러 큰 **돌**을 보고는 서로 대하여 눈물을 흘렸다. 왕이 이상히 여기고 사람을 시켜 그 돌을 들추니 거기에 어린애가 하나 있는데 모양이 금빛 개구리와 같았다.(「紀異」 第一 〈東扶餘〉)5)

❋ 자료 2

어느 날 연오랑이 바다에 나가 해조(海藻)를 따고 있었다. 갑자기 **바위** 하나가 나타나더니 연오랑을 등에 싣고 일본으로 가버렸다. 이것을 본 그 나라 사람은 "이는 범상한 사람이 아니다"하고 세워서 왕을 삼았다.(「紀異」 第一 〈延鳥郎 細鳥女〉)6)

❋ 자료 3

내제석궁(內帝釋宮)에 거동하여 **섬돌**을 밟자 세 개가 한꺼번에 부러졌다. 왕이 좌우사람을 돌아보면서 말했다. "이 돌을 옮기지 말고 그대로 두었다가 뒷세상 사람들이 보도록 하라." 이것이 바로 성(城) 안에 있는 다섯 개의 움직이지 않는 돌의 하나이다.(「紀異」 第一 〈天賜玉帶〉)7)

❋ 자료 4

왕의 대(代)에 알천공, 임종공, 술종공, 호림공, 염장공, 유신공이 있

---

4) 이하 번역은 일연, 『삼국유사』, 이민수 역, 을유문화사, 1983에 따르며, 필요에 따라 다소 수정하여 제시한다.
5) 夫妻老無子. 一日祭山川求嗣. 所乘馬至鯤淵, 見大石相對淚流. 王怪之, 使人轉其石, 有小兒金色蛙形. - 일연, 위의 책, 58쪽.
6) 一日延烏歸海採藻. 忽有一巖, 負歸日本. 國人見之曰, 此非常人也. 乃立爲王. - 일연, 같은 책, 75쪽.
7) 駕幸內帝釋宮, 踏石梯, 三石並折. 王謂左右曰, 不動此石, 以示後來. 卽城中五不動石之一也. - 일연, 같은 책, 89쪽.

었다. 이들은 남산 우지암(亐知巖)에 모여서 나랏일을 의논했다. 이때 큰 범 한 마리가 좌중에 뛰어들었다. 여러 공(公)들은 놀라 일어났지만 알천공만은 조금도 움직이지 않고 태연히 담소하면서 범의 꼬리를 잡아 땅에 메쳐 죽였다. 알천공의 완력이 이처럼 세어 알천공이 수석(首席)에 앉았었다. 그러나 모든 공들은 유신공의 위엄에 심복(心服)했다.(「紀異」 第一 〈眞德王〉)[8]

자료 5

절 안에 있는 기록에는 이렇게 말했다. 문무왕이 왜병을 진압하고자 이 절을 처음 창건했는데 끝내 못하고 붕(崩)하여 바다의 용(龍)이 되었다. 그 아들 신문왕이 왕위에 올라 개요(開耀) 2년에 공사를 끝냈다. 금당(金堂)의 섬돌[砌] 아래에 동쪽을 향해서 구멍을 하나 뚫어두었으니 용이 절에 들어와서 돌아다니게 하기 위한 것이다. 대개 유언(遺言)으로 유골(遺骨)을 간직해둔 곳은 대왕암(大王岩)이고 절 이름은 감은사(感恩寺)이다. 뒤에 용이 나타난 곳을 본 곳을 이견대(利見臺)라고 했다.(「紀異」 第二 〈萬波息笛〉)[9]

자료 6

또 호암사에는 정사암(政事巖)이란 바위가 있는데 나라에서 장차 재상감을 의논할 때에 뽑힐 사람 3,4명의 이름을 쓰고 상자에 넣고 봉해서 바위 위에 두었다가 얼마 후에 열어 보아 이름 위에 인(印)이 찍힌 자리가 있는 사람을 재상으로 삼았기 때문에 그런 이름이 붙여졌다. 또 사비수가에는 바위 하나가 있다. 소정방(蘇定方)이 일찍이 그 바위 위에 앉아서

---

8) 王之代有閼川公, 林宗公, 述宗公, 虎林公, 廉長公, 庾信公. 會于南山亐知巖, 議國事. 時有大虎走入座間. 諸公驚起. 而閼川公略不移動, 談笑自若, 捉虎尾撲於地而殺之. 閼川公膂力如此, 處於席首. 然諸公皆服庾信之威. - 일연, 같은 책, 93쪽.

9) 寺中記云. 文武王欲鎭倭兵, 故始創此寺. 未畢而崩, 爲海龍. 其子神文立, 開耀二年畢排. 金堂砌下東向開一穴, 乃龍之入寺旋繞之備. 蓋遺詔之藏骨處, 名大王岩, 寺名感恩寺. 後見龍現形處, 名利見臺. - 일연, 같은 책, 118쪽.

물고기와 용(龍)을 낚곤 하여 바위 위에는 용이 꿇어앉았던 자취가 있으므로 그 바위를 용암(龍巖)이라고 한다. (「紀異」第二 〈南扶餘 前百濟 北扶餘〉)10)

✷ 자료 7
비수 언덕에는 또 돌 하나가 있는데 10여명이 앉을 만하다. 백제왕이 왕흥사에 가서 부처에게 예(禮)를 드리려 할 때면 먼저 그 돌에서 부처를 바라보고 절을 하니 그 돌이 저절로 따뜻해졌다고 해서 그 돌을 돌석(燠石)이라고 한다.(「紀異」第二 〈南扶餘 前百濟 北扶餘〉)11)

✷ 자료 8
왕이 기뻐하여 불사(佛事)를 도관(道館)으로 만들고 도사(道士)를 존경하여 유사(儒士) 위에 앉게 했다. 도사들은 국내의 이름난 산천을 돌아다니며 이를 진압시키는데, 옛 평양성의 지세(地勢)가 신월성(新月城)이라 하여 도사들은 주문(呪文)을 읽어 남하의 용에게 명령해서 만월성을 가축(加築)하여 용언성(龍堰城)이라 했으며, 참기(讖記)를 지어 용언도(龍堰堵), 또는 천년보장도(千年寶藏堵)라고 했다. 여기에 혹 영석(靈石, 속언에는 都帝嵓이라 하고, 또는 朝天石이라고도 하니 대개 옛날에 聖帝가 이 돌을 타고 上帝에게 올라가 뵈었기 때문에 이렇게 불렀다.) 을 파서 깨뜨리기도 했다. (「興法」第三 〈寶藏奉老 普德移庵〉)12)

---

10) 又虎嵓寺有政事嵓, 國家將議宰相, 則書當選者名或三四, 函封置嵓上, 須臾取看, 名上有印跡者爲相, 故名之. 又泗沘河邊有一嵓, 蘇定方嘗坐此上, 釣魚龍而出, 故嵓上龍跪之跡, 因名龍嵓. - 일연, 같은 책, 153쪽.

11) 又泗沘崖又有一石, 坐十餘人. 百濟王欲幸王興寺禮佛, 先於此石望拜佛, 其石自煖, 因名燠石. - 일연, 같은 책, 153~154쪽.

12) 王喜以佛寺爲道館, 尊道士, 坐儒士之上. 道士等行鎭國內有名山川, 古平壤城勢新月城也, 道士等呪勅南河龍, 加築爲滿月城, 因名龍堰城, 作讖曰 龍堰堵, 且云千年寶藏堵.(俗云都帝嵓, 亦云朝天石, 蓋昔聖帝騎此石, 朝上帝故也) 或鑿破靈石. - 일연, 같은 책, 208~209쪽.

�֎ 자료 9

『국사(國史)』를 상고하면 진흥왕 즉위 14년 개국(開國) 3년 계유(癸酉) 2월, 월성(月城) 동쪽에 신궁(新宮)을 세웠는데 여기에서 황룡(皇龍)이 나타났으므로 왕은 이것을 의심해서 고쳐서 황룡사(皇龍寺)로 했다. 연좌석(宴坐席)은 불전(佛殿) 후면(後面)에 있었다. 일찍이 한 번 본 일이 있는데 돌의 높이는 5, 6척이나 되었으나 그 둘레는 겨우 세 뼘밖에 되지 않았으며 우뚝하게 서 있고 그 위는 평평했다. 진흥왕이 절을 세운 이후로 두 번이나 화재를 겪었으므로 돌이 갈라진 곳이 있다. 그래서 절의 중이 여기에 쇠를 붙여 보호하게 했다. (「塔像」 第四 〈迦葉佛宴坐石〉)[13]

✖ 자료 10

진평왕 9년 갑신(甲申)에 갑자기 사면이 한 길이나 되는 큰 돌이 나타났다. 거기에는 사방여래(四方如來)의 상(像)을 새기고 모두 붉은 비단으로 싸여있었는데 하늘에서 그 산마루에 떨어진 것이다. 왕이 듣고 그곳으로 가서 쳐다보고 나서 드리어 그 바위 곁에 절을 세우고 절 이름을 대승사(大乘寺)라고 했다. 여기에 이름은 전하지 않으나 연화경을 외는 중을 청하여 이 절을 맡겨 공석(供石)을 깨끗이 쓸고 향화(香火)를 끊이지 않았다. 그 산을 역덕산이라 하고 혹은 사불산이라고도 한다. 중이 죽으매 장사지냈더니 무덤 위에서 연(蓮)이 났다.(「塔像」 第四 〈四佛山 掘佛山 萬佛山〉)[14]

✖ 자료 11

또 경덕왕이 백률사에 거둥해서 산밑에 이르렀더니 땅속에서 염불하

---

13) 按國史, 眞興王卽位十四, 開國三年癸酉二月. 築新宮於月城東, 有皇龍現其地. 王疑之, 改爲皇龍寺. 宴坐石在佛殿後面. 嘗一謁焉, 石之高可五六尺來, 圍僅三肘幢立而平頂. 眞興創寺已來, 再經災火, 石有拆裂處. 寺僧貼鐵爲護. – 일연, 같은 책, 212쪽.

14) 眞平王九年甲申, 忽有一大石. 四面方丈, 彫四方如來, 皆以紅紗護之, 自天墬其山頂. 王聞之命駕瞻敬, 遂創寺崀側, 額曰大乘寺. 請比丘亡名誦蓮經者主寺, 洒掃供石, 香火不廢. 號曰亦德山, 或曰四佛山. 比丘卒旣葬, 塚上生蓮. – 일연, 같은 책, 227쪽.

는 소리가 들리므로 명해서 파게 하니, 큰 돌이 있는데 사면에 사방불
(四方佛)이 새겨져 있다. 이 때문에 여기에 절을 세우고 절 이름을 굴불
사(掘佛寺)라고 했으나 지금은 잘못 전해져서 굴석사(掘石寺)라고 한
다.(「塔像」 第四 〈四佛山 掘佛山 萬佛山〉)15)

❇ 자료 12

경덕왕은 또 당나라 대종황제가 불교를 숭상한다는 말을 듣고 공장장
에게 명하여 5색 담요를 만들고 또 침단목(沈檀木)을 새겨서 명주(明珠)
와 미옥(美玉)으로 꾸며서 가산(假山)을 만들어 담요 위에 놓았다. 산에
는 뾰족한 바위와 괴이한 돌과 동굴이 있어서 각 구역으로 나뉘었고, 그
각 구역 안에는 노래하고 춤추고 노는 모습과 온갖 나라들의 산천(山川)
의 형상이 있다. (「塔像」 第四 〈四佛山 掘佛山 萬佛山〉)16)

❇ 자료 13

선덕왕(善德王) 때에 중 생의(生義)는 항상 도중사(道中寺)에 살고
있었다. 어느 날 꿈에 한 중이 그를 데리고 남산(南山)으로 올라가서
풀을 매어 표를 해놓게 하고는 산 남쪽 골짜기에 와서 말한다. "내가
이곳에 묻혀 있으니 스님은 이것을 파내다가 고개 위에 편하게 묻어주
시오." 꿈에서 깨자 그는 친구와 함께 표해 놓은 곳을 찾아 그 골짜기
에 이르러 땅을 파니 거기에서 석미륵(石彌勒)이 나왔으므로 삼화령(三
花嶺) 위로 옮겨 놓았다. 선덕왕 13년 갑진(644)에 그곳에 절을 세우고
살았는데 뒤에 절 이름을 생의사라고 했다.(지금은 잘못 전해져서 性義寺
라고 한다. 충담사가 해마다 3월3일과 9월 9일에 차를 다려서 공양한 것이 바

---

15) 又景德王遊幸栢栗寺, 至山下聞地中有唱佛聲, 命掘之, 得大石, 四面刻四方佛. 因創
寺, 以掘佛爲號, 今訛云掘石. - 일연, 같은 책, 227쪽.
16) 王又聞唐代宗皇帝優崇釋氏, 命工作五色氍毹, 又彫沈檀木, 與明珠美玉爲假山, 高丈
餘. 置氍毹之上, 山有巉嵓, 怪石澗穴區隔每一區內, 有歌舞伎樂列國山川之狀. - 일
연, 같은 책, 227쪽.

로 이 부처다)(「塔像」 第四 〈生義寺 石彌勒〉)[17]

✠ 자료 14

조사(祖師)는 놀라고 기뻐하여 그 아이와 함께 놀았다는 다리 밑에 가서 찾아보니 물속에 돌부처 하나가 있어서 꺼내보니 왼쪽 귀가 끊어져 있고 전에 보던 중과 같았다. 이것은 곧 정취보살(正趣菩薩)의 불상(佛像)이었다. 이에 간자(簡子)를 만들어 절을 지을 곳을 점쳤더니 낙산(洛山) 위가 제일 좋다고 하므로 여기에 그 불전(佛殿) 3간을 지어 그 불상(佛像)을 모셨다.(「塔像」 第四 〈洛山寺 二大聖 觀音 正趣 調信〉)[18]

✠ 자료 15

이에 관음보살의 상(像)을 대하기가 부끄러워지고 잘못을 뉘우치는 마음을 참을 길이 없었다. 그는 돌아와서 해현(蟹峴)에 묻은 아이를 파보니 그것은 바로 석미륵(石彌勒)이었다. 물로 씻어서 근처에 있는 절에 모시고 서울로 돌아가 장원(莊園)을 맡은 책임을 내놓고 사재(私財)를 내서 정토사(淨土寺)를 세워 부지런히 착한 일을 했다. 그 후에 어디서 세상을 마쳤는지 알 수가 없다. (「塔像」 第四 〈洛山寺 二大聖 觀音 正趣 調信〉)[19]

✠ 자료 16

옛날 하늘에서 알이 바닷가로 내려와서 사람이 되어 나라를 다스렸으니

---

17) 善德王時, 釋生義常住道中寺. 夢有僧引上南山而行, 令結草爲標, 至山之南洞. 謂曰, 我埋此處, 請師出安嶺上. 旣覺, 與友人尋所標, 至其洞掘地, 有石彌勒出. 置於三花嶺上. 善德王十二年甲辰歲, 創寺而居, 後名生義寺.[今訛言性義寺, 忠談師每歲重三重九, 烹茶獻供者, 是此尊也] - 일연, 같은 책, 229쪽.

18) 師驚喜, 與其子尋所遊橋下, 水中有一石佛舁出之, 載左耳, 類前所見沙彌. 卽正趣菩薩之像也. 乃作簡子, 卜其營構之地, 洛山上方吉, 乃作殿三間安其像. - 일연, 같은 책, 261쪽.

19) 於是慚對聖容, 懺條無已. 歸撥蟹峴所埋兒, 乃石彌勒也. 灌洗奉安于隣寺, 還京師, 免莊任, 傾私財, 創淨土寺, 懃修白業. 後莫知所終. - 일연, 같은 책, 263쪽.

이가 바로 수로왕(首露王)이다. 이때 국경 안에 옥지(玉池)가 있었고 못 속에는 독룡(毒龍)이 살고 있었다. 만어산(萬魚山)에 나찰녀(羅刹女) 다섯이 있어서 독룡과 왕래하면서 사귀었다. 그런 때문에 때때로 번개가 치고 비가 내려 4년 동안 오곡이 잘 되지 못했다. 왕은 주문을 외워 이것을 금하려 했으나 금하지 못하고 머리를 숙이고 부처를 청하여 설법(說法)한 뒤에 나찰녀는 오계(五戒)를 받아 그 후로는 재해(災害)가 없어졌다. 이 때문에 동해(東海)의 물고기와 용이 마침내 화하여 굴 속에 가득찬 돌이 되어서 각각 쇠북과 경쇠의 소리가 났다.(「塔像」第四 〈魚山 佛影〉)20)

�֍ 자료 17

도성(道成)은 그가 살고 있는 뒷산 높은 바위 위에 늘 좌선하고 있었는데, 하루는 바위 사이로 몸을 빼쳐나와서는 온몸을 허공에 날리며 떠나갔는데 간 곳이 알 수 없으니, 혹 수창군에 가서 죽었다는 말도 있다. 관기(觀機)도 또한 뒤를 따라 세상을 떠났다. 지금 두 성사(聖師)의 이름으로 그 터를 명명하였는데 모두 유지(遺址)가 있다. 도성암은 높이가 두어 길이나 되는데 후인들이 그 굴 아래에 절을 지었다. 태평흥국(太平興國) 7년 임오(壬午, 982)에 중 성범(成梵)이 처음으로 이 절에 와서 살았다. 만일미타도량(萬日彌陀道場)을 열어 50여 년을 부지런히 힘썼는데 여러 번 특이한 상서(祥瑞)가 있었다.(「避隱」第八 〈包山二聖〉)21)

---

20) 昔天卵下于海邊, 作人御國, 卽首露王. 當此時, 境內有玉池. 池有毒龍焉, 萬魚山有五羅刹女, 往來交通, 故時降電雨, 歷四年, 五穀不成. 王呪禁不能, 稽首請佛說法, 然後羅刹女受五戒而無後害, 故東海魚龍遂化爲滿洞之石, 各有鍾磬之聲. – 일연, 같은 책, 267쪽.

21) 成於所居之後, 高嵓之上, 常宴坐, 一日自嵓縫間透身而出, 全身騰空而逝, 莫知所至, 或云, 至壽昌郡, 捐骸焉. 機亦繼踵歸眞. 今以二師名命其墟, 皆有遺趾. 道成嵓高數丈, 後人置寺穴下. 大平興國七年壬午, 有釋成梵, 始來住寺. 敞萬日彌陀道場, 精懃五十餘年, 屢有殊祥. – 일연, 같은 책, 388쪽.

�֍ 자료 18

　장차 석불(石佛)을 조각하고자 하여 큰 돌 하나를 다듬어 감실(龕室) 뚜껑을 만드는데 돌이 갑자기 세 조각으로 갈라졌다. 대성(大城)이 분하게 여기다가 어렴풋이 졸았는데 밤중에 천신(天神)이 내려와 다 만들어놓고 돌아갔다. 대성은 자리에서 일어나 남쪽 고개를 급히 달려가 향나무를 태워 천신을 공양했다. 그래서 그곳 이름을 향령(香嶺)이라고 했다. (「孝善」第九〈大城孝二世父母 神文代〉)22)

✖ 자료 19

　이에 아이를 업고 취산(醉山) 북쪽 들에 가서 땅을 파다가 이상한 석종(石鐘)을 얻었다. 부부는 놀라고 괴이히 여겨 잠깐 나무 위에 걸어놓고 시험 삼아 두드렸더니 그 소리가 은은해서 들을 만했다. (「孝善」第九〈孫順埋兒 興德王代〉)23)

　『삼국유사』 전편에 걸쳐 고루 나타나지만, 특히 「탑상(塔像)」편에 많이 나타나는 편이다. 이는 이 편이 본래 탑과 불상 등 증거를 제시하는 내용이 많은 까닭에 석상(石像)이나 석탑(石塔)이라는 구체적인 증거물로 돌이 많이 드러나기 때문이다. 반면, 「의해(義解)」편처럼 그 내용이 추상적 뜻풀이 같은 데 기우는 편목에서는 아예 드러나지 않는다.

---

22) 將彫石佛也, 欲鍊一大石爲龕蓋, 石忽三裂. 憤恚而假寐, 夜中天神來降, 畢造而還. 城方枕起, 走跋南嶺燕木, 以供天神. 故名其地爲香嶺. ―일연, 같은 책, 398쪽.

23) 乃負兒歸醉山(山在牟梁西北)北郊, 堀地忽得石鐘甚奇. 夫婦驚怪, 乍懸林木上, 試擊之, 舂容可愛. ―일연, 같은 책, 400쪽.

3. 성석(聖石)의 조건과 성현의 양상

3.1. 성석의 조건

돌은 그 속성상 신성시될 여지를 많이 갖고 있는 물체이다. 우리가 아는 자연물들 중 단단하다거나 오랫동안 변하지 않는 특질을 지녔다는 점 등이 그렇다. 그러나 그런 점만으로 성(聖)의 발현(發顯)이 되기에는 부족하다. 외형상의 특성과 함께 그것이 성현이 되는 이유가 있게 마련인데, 그것들을 '외형상의 특성'과 '성현이 되는 이유'로 간단하게 정리하면 다음과 같다.

자료 번호	외형상의 특성	성현(聖顯)이 되는 이유
1	크다	신성한 존재가 있는 곳의 표지
2	물에 뜬다	신성한 존재를 운반
3	깨진다	왕의 힘을 드러냄
4	(서술되지 않음)	국사를 논의한 곳
5	구멍뚫림-섬돌, (서술되지 않음-대왕암)	신성한 존재의 출입구, 신성한 존재의 장지(葬地)
6	(서술되지 않음), 기이한 모양이다.	재상감을 알려준다. 신성한 존재의 낚시터
7	넓다	따뜻함
8	(서술되지 않음)	왕이 하늘에 조회하던 돌
9	기이한 모양이다	황룡사의 터
10	크다	하늘에서 떨어짐
11	기이한 모양이다	땅속에서 파냄
12	기이한 모양이다	황제에게 바쳐짐
13	기이한 모양이다	땅속에서 파냄
14	기이한 모양이다	물속에서 꺼냄
15	기이한 모양이다	땅속에서 파냄
16	경쇠소리를 낸다	어룡들이 변한 것
17	높다	신령한 존재가 그 틈으로 나감

| 18 | 떨어진 돌조각이 붙는다 | 천신(天神)이 만듦 |
| 19 | 기이한 모양이다 | 땅속에서 파냄 |

이 표에서 보듯이, 돌이 성스러움을 갖게 되는 이유는 대략 두 방향에서 설명될 수 있다. 하나는 돌 자체의 속성과 연관한 것이며, 하나는 돌에 부여된 의미에 따른 것이다. 돌은 단단하고, 항구적이며, 높은 산 같은 데 있다는 점에서 원천적으로 신성하게 여겨질 소지가 많은 대상이다.

따라서 우선 그러한 본래적 속성이 극대화된 경우 그것 때문에 신령한 존재로 여겨질 가능성이 매우 높다. 우리가 머릿속에 상상하는 돌은 어떤 경우이든 '정상적'인 범위의 속성을 지닌다. 다소 예외는 있다 하더라도 돌이나 바위라고 할 때 떠올리는 모습이나 이미지는 일정한 한계를 갖는 것이다. 그러나 그러한 한계를 넘는 돌이 발견될 때, 그 돌은 그 자체만으로도 신성하다. 지나치게 크다거나 넓다거나 높다거나 하는 물리적인 속성들이 그런 예이다. 더욱이 돌이라면 으레 단단하고 차가운 것이지만 푸석푸석하거나 따스한 경우라면, 방향은 반대이지만, 그 역시 본래적 속성에 기인한 성석(聖石)이다.

한편, 외견상 돌 자체는 평범하지만 그 돌이 어떤 신령스러운 존재와 관계를 맺고 있기 때문에 신성하게 여겨질 수도 있다. 위의 표에서 그 외형상의 모습이 전혀 그려지지 않고 있는 경우가 대표적이다. 가령, 어떤 신이나 위대한 제왕(帝王)과 교통(交通)한 자리라고 한다면 그 돌의 속성은 크게 문제되지 않는다. 넓든 좁든, 크든 작든, 높든 얕든 그 성스러움이 전이되어 돌 안에 내재한다고 믿어지기 때문이다. 이는 일종의 감염주술(感染呪術)로 신성한 힘이 돌에 깃들어 있는 경우이다.

3.2. 고유의 속성에 의한 성현

고유의 속성에 의한 성현은 대체로 두 갈래로 나뉠 수 있다. 하나는 돌이라는 물체가 갖는 특성이 극대화된 경우이다. 가령, 돌이 유형의 물체인 만큼, 크기와 넓이, 높이, 무게, 경도(硬度), 온도 등을 가질 수밖에 없는데, 그것들이 정상적인 범위를 넘어선 경우 신성시되는 것이다.

자료1은 돌이 '크다'고 했다. 외형상으로 크기 이외에는 별 다른 특성이 보이지 않는다. 다만 큰 돌을 치워냈을 때, 그 안에서 금와가 나왔다고 했으므로 그 돌이 신성한 존재를 간수하거나 배태하고 있었다는 점이 특이하다. 돌이 풍요나 생산을 상징하는 예는 신화에서 어렵지 않게 찾아볼 수 있다. 엘리아데는 이런 돌을 '풍요석'으로 명명한 바 있는데[24], 이 조목에서는 큰 돌 밑의 공간에 신성한 존재를 담고 있었다는 의미에서 영웅을 배태하고 탄생시키는 신성한 돌로 기능한다. 자료10 역시 크다는 것이 그 성현이 되는 첫째 이유이다. 사방 한 길이 되는 돌은 사실상 유난히 산이 많은 우리나라에서는 별로 신기할 것이 없는 정도의 크기이다. 그렇지만 그것이 하늘에서 떨어진 돌이라는 점 때문에 그 크기는 성스러움을 발현한다. 그 정도 크기의 돌이 하늘에서 떨어진다는 사실을 상상하기 어렵기 때문이다.

자료7은 일단 10명이 앉을 만큼의 넓이 때문에 성스럽게 여겨진다. 흔히 '너럭바위'라고 하는 바위가 여기저기 있지만 10명이 앉아서 의논할 수 있을 정도의 바위라면 그 자체로서도 신성함을 보일 수 있기 때문이다. 자료17은 높이가 강조되고 있다. 하늘과 접하는 신통함을 보이려면 높은 돌이 제격이겠는데, 이 경우 아주 높은 곳에 있는 돌이

---

24) 엘리아데, 앞의 책, 213쪽.

어서 그런 소통을 자연스럽게 도와주고 있다.

한편, 앞서 언급한 대로, 고유의 속성이 정반대로 벌어지는 경우 역시 성현을 보인다. 예를 들어 돌은 근본적으로 차갑고, 단단하며, 물에 가라앉고, 아무 움직임도 소리도 없다. 그런데 따뜻하고, 무르며, 물에 뜨고, 움직이며, 소리를 낸다면 그것은 보통의 돌이 아니므로 거기에서부터 강력한 성스러움이 일어나는 것이다.

자료2는 물에 떠다니는 바위를 그려놓았다. 바위가 물에 뜨는 일은 결코 있을 수 없다. 물 가운데 떠있는 것처럼 보이는 바위는 모두 물밑바닥에서부터 고정되어있는 경우이다. 그런데 여기에서는 물에 떠서 사람을 태우고 멀리까지 운반했다고 했다. 그렇게 본래의 돌과는 정반대되는 속성을 보임으로써 신성함이 가중된다. 자료3은 돌이 깨지는 기이한 현상에 대해 쓰고 있다. 섬돌은 사람이 오르내리게 만들어진 돌이므로 사람이 제 아무리 다닌다고 깨어질 리가 없는 단단한 돌을 쓰기 마련이다. 그런데도 깨졌다고 했으니 그 돌을 밟은 사람의 힘을 과시하려는 의도가 있다고는 해도, 그 깨진 현상이 바로 성스러움의 요소이다. 자료16은 돌이 경쇠 소리를 낸다고 했다. 돌은 스스로 소리를 낼 수 있는 물체가 아니다. 어룡들이 변하여 된 신기한 돌이니까 그렇겠지만, 부동성(不動性)을 특성으로 하는 돌에 그런 현상이 있었다는 것 때문에 성스러움이 발현된다. 자료18은 떨어진 돌조각이 다시 붙는 기적을 보여준다. 현실에서 떨어진 부분이 접착이 되는 것은 풀로 종이를 붙인다거나 아교로 나무를 붙이거나 불에 녹여서 쇠붙이를 붙이는 경우에나 해당된다. 그런데 여기에서는 신기하게도 떨어진 돌이 다시 붙었다고 했으니 돌의 속성을 아주 어긴 경우이다.

이 양자는 상반된 것처럼 보인다. 하나는 돌의 고유 속성을 매우 잘 드러낸 경우이고 하나는 돌의 고유 속성을 가장 심하게 어긴 경우이기 때문이다. 그러나 그 둘이 성(聖)을 발현하는 동인(動因)에 있어서는 다르지 않다. 어느 것이든 돌 자체의 특성을 생각할 때 그 신성함이 드러나기 때문이다. 가령, 열 명이 앉아서 이야기할 만한 바위가 있다고 할 경우에 '열 명이 앉을 만한' 크기이기 때문에 그것이 성스러운 것이 아니라 돌이기 때문에 성스러운 것이다. 만일 그 정도의 넓이가 물에 적용된다면 바다나 강은커녕 연못이라고 해도 놀랄 만한 일이 아니기 때문이다. 사람이 디뎌서 부러지는 돌 역시 도자기같이 깨지기 쉬운 물체의 경우라면 너무도 당연한 것이어서 사람들의 관심을 끌 수 없다. 물에 뜨는 돌 역시 그것이 돌이 아니라 나무였다면 전혀 이야깃거리가 못 된다. 나무라면 도리어 물에 가라앉는 것이 신성함의 표지이다.[25]

3.3. 외부의 힘에 기인한 성현(聖顯)

돌이 본래 어느 정도 신성함을 내포하고 있다 하더라도 돌 자체로 등장하는 것 이외에는 아무런 특성도 드러내지 않을 때, 신성함은 필경 외부로부터 기인한다. 우선, 위의 표에서 '(서술되지 않음)'으로 표시된 자료들이 그렇다. 자료4는 김유신 등 신령스러운 존재들이 나랏일을 의논했다는 장소이기 때문에, 자료5는 왕의 영혼이 출입하는 곳이라거

---

25) 가령, 거타지 설화에 나오는 나무 명패를 생각해보면 이 점은 분명하다. 이 이야기에서는 각자의 이름이 적힌 나무패를 물에 띄워서 가라앉는 나무가 뽑혔다. 양패공이 깨어 그 일을 좌우에게 물었다. "누구를 남겨두는 것이 좋겠소?" 여러 사람이 말했다. "나무 조각 50개에 저희들의 이름을 각각 써서 물에 가라앉게 해서 제비를 뽑으시면 될 것입니다." 공은 이 말을 좇았다. 군사 거타지의 이름이이 물에 잠기었으므로 그 사람을 남겨두니 ……. ─「紀異」제2, 〈眞聖女大王 居陀知〉, 일연, 같은 책, 141~142쪽.

나 왕의 시신이 묻힌 장소이기 때문에 신성하게 여겨진다. '구멍 뚫린 돌'은 통상적으로 여성의 음문(陰門)과 연관 지어지며, 구멍을 통과하는 행위는 곧바로 재생의 뜻을 함축하는 것으로 여겨진다.26) 문무왕 역시 구멍의 '출입'이 가능했다고 함으로써 죽었지만 영원히 살아있는 존재로 거듭나는 상황을 연출하고 있다. 자료6은 재상감을 점지해주는 신통력을 발휘했다는 이유와 소정방이 낚시했다는 이유로 신성시되며, 자료8은 하늘에 조회하던 돌이라는 점 때문에 신성하게 여겨진다.

이러한 자료들은 신성한 존재가 가졌던 신성한 힘의 전이(轉移)를 보여준다. 자료4처럼 단순히 앉아있었던 것만으로 신성함이 옮겨지기도 하지만, 자료5는 결국 거기에 조상의 혼령이 담기는 '조상석(祖上石)'으로 승격하고, 자료6은 돌이 능동적으로 어떤 행위를 하는 존재로 비쳐지기도 하고, 자료8은 하늘과 땅을 잇는 연결고리로서 작동하기도 한다. 이 넷은 사실상 신성함의 등급을 위계화해주는 좋은 자료이기도 하다. 가장 간단하게는 신령스러운 존재가 잠깐 '접촉(接觸)'했던 것에서부터, 신령스러운 존재가 아예 '내재(內在)'하기도 하고, 급기야는 돌이 신령스러운 '행위(行爲)'를 보여주는 식으로 올라가다가, 최종적으로는 최고의 신성함이라고 할 '하늘[天]'과 교통(交通)하는 통로가 되기도 하는 것이다.

이런 돌들에 모두 이름이 붙여져 있음에 유의할 필요가 있다. 굳이 '우지암, 대왕암, 정사암, 조천석' 등으로 명명하면서 그 고유성을 부여하려 한 것은, 역설적으로, 돌 자체에는 그리 큰 신령스러움이 담기지 않아서 그런 돌 들이 특별한 의미를 지니는 것을 강조하려고 했기

---

26) 엘리아데, 『종교사개론』, 218~219쪽 참조.

때문이다. 이는 앞 절에서 살핀 자료들 '큰 돌'이라거나 '넓은 돌'처럼 일반 명사에 붙는 수식어로 접근하던 방식과는 차별화된 무엇이 있음을 보여준다. 돌이 가진 일반적인 속성이 극대화되어 돌 자체로 신성시되던 것과는 달리, 그 돌에만 입혀질 특정한 상황이 부가됨으로써 그 돌은 새로운 의미를 부여받게 된 것이다. 그렇게 새로운 의미가 부여되면, 돌 일반에서 '성석(聖石)'으로 거듭나게 된다.

그런데 자료9 이하에서 외형상 기이한 모양을 띠는 경우는 또 다른 양상이다. 단적인 예로 자료9는 높이가 오륙 자나 되었지만 둘레는 겨우 세 뼘일 만큼 기이한 외양인 데다가 깃대처럼 섰는데도 평평했다고 했다. 보다시피 일견 상호 모순되는 서술이 앞뒤로 짝을 이루고 있다. 이는 돌의 고유 속성이 확장된 예도 아니고 그렇다고 신령스러운 존재와의 관계에서 새로운 의미를 찾는 것도 아니다. 아주 특이한 모습 때문에 황룡사 탑의 연좌석에 쓰이게 되면서 비로소 신성시되는 것이다. 기이한 모양이 특별한 쓰임새를 찾게 되었고 그 결과 그 쓰임새 때문에 신성해졌다는 말이다. 자료10은 모양도 모양이지만 하늘에서 떨어졌다는 점이 중시되며, 자료11은 땅에서 나온데다가 아예 사면에 부처가 새겨진 돌이라고 했으니, 그 자체로 불교와 연관되어 신성시된다. 자료12는 인공적으로 기이한 형상을 만들어서 역시 불교적 신성함을 드러냈으며, 자료13과 자료14, 자료15는 돌로 된 불상이 나와서 같은 효과를 빚고, 자료19는 돌로 된 종이었는데 역시 불교적 신성함의 상징이다.

이런 자료들에 보이는 신성함의 원리는 그 특별한 이미지에 있다. 불교를 신봉한다는 전제 하에, 불교적 이미지를 담고 있는 돌이 나왔다는 것은 곧 종교적 이적(異蹟)이다. 부처님을 꼭 닮은 이미지인 불상

이 출현함으로써 실제 부처를 보는 것 같은 성스러움이 체현되는 것
이며, 그 성스러움을 강화하기 위해서 그 출처 역시 한껏 신비롭게 서
술해놓았다. 그냥 어디에 갔더니 노상(路上)에 있었다라는 식이 아니
라, 하늘에서 떨어지고, 땅을 파니 나오고, 물속에서 꺼내고 하면서
그 획득과정부터 신성함에 접근하도록 했다.

  이렇게 외부의 힘에 의해 성현(聖顯)이 구체화되는 경우는 고유의
속성에 의한 경우보다 강렬함을 줄 수는 있으나, 그만큼 보편성을 잃
고 지역성을 띠게 될 소지가 높다. 가령, 돌이 지나치게 크다거나 굳
다거나, 혹은 돌이 뜻밖에도 물에 뜨거나 쉽게 깨진다고 할 때, 돌의
속성을 아는 모든 사람들은 그것에 대해 신기하게 생각할 것이고 그
때문에 성스러움을 느끼기 쉽다. 그러나 이처럼 외부의 힘에 의해 구
체화되는 경우라면, 그 힘을 신봉하지 않는 이에게는 별다른 신성함
을 줄 수 없다. 동명성제의 존재를 모르는 사람이라면 동명성제가 하
늘에 조회하던 돌에 신성한 가치를 둘 수 없을 것이고 불교신도가 아
니라면 불상이 나왔다고 성스럽게 여기지 않을 것이다. 이 점에서 이
런 성현은 좀 더 극명하게 역사적, 지역적, 이념적 맥락과 연결되어
있다고 하겠다.

4. 상황 맥락에서 본 성현(聖顯)의 의미

  성현이 문헌에 나타날 때는 언제나 텍스트(text)로 존재한다. 가령
자료1에 보이는 성현이라면 '큰 돌'이라는 언어로 『삼국유사』라는 책

에 씌어진 텍스트인 것이다. 그러나 그 텍스트는 〈북부여〉조라는 한 조목의 서사 맥락에서 존재하고, 더 크게는 「기이」라는 특정 편목의 맥락이나 『삼국유사』라는 책의 전체 맥락에서 주어진 의미가 있다. 더욱이 문자로 씌어진 텍스트 밖으로 나간다면, 이 텍스트에서는 생략되거나 상세히 기록되지 않았지만 『삼국유사』가 기술하고 있는 동부여의 역사적, 사회적 상황에서의 의미가 있으며, 나아가서 『삼국유사』가 씌어진 고려후기의 역사적, 사회적 상황에서의 의미가 있다. 엘리아데의 말마따나 "어떤 사물이나 행위가 가치를 획득하고 그럼으로써 실재적으로 되는 것은 그 사물이나 행위가 그것들을 초월하는 어떤 실재에 이러저러한 방식으로 참여하고 있기 때문"27)이며, 그 참여방식을 탐구하지 않는다면 실재성은 매우 모호해질 우려가 있다.

따라서 『삼국유사』에 나타나는 성현 역시 그러한 '텍스트(text)'와 '상황 맥락(context)'에서의 의미를 탐구해볼 필요가 있다.

이러한 상황 맥락은 대략 다음과 같은 네 층위를 갖는다.

> 제1층위 : '성현(聖顯)을 드러내는 존재'의 자료 자체(text)
> 제2층위 : 자료가 속해있는 조목 내에서의 맥락(context1)
> 제3층위 : 자료가 서술하고 있는 역사적 상황에서의 맥락(context2)
> 제4층위 : 자료가 서술된 고려후기 상황에서의 맥락(context3)

물론, 여기에서 더 나아간다면 이 논문 쓰기의 현장처럼, 이 자료를 읽어내고 있는 현재적 상황 역시 문제될 수 있겠으나, 일단 이 네 층위로서 상황 맥락에서의 의미 파악은 대부분 이루어질 것이라고 생각

---

27) 엘리아데, 『영원회귀의 신화』, 심재중 옮김, 이학사, 2003, 14쪽.

한다. 그렇다면 이 층위들에서 차례로 살펴보는 일이 남았는데, 이미 제1층위는 앞 절에서 충분히 논의되었으므로 나머지 세 층위를 차례로 살펴보기로 한다.

제2층위에서는 성석(聖石)이 성석이 되는 필연적인 이유가 드러난다.

좀 더 심하게 말한다면 성석이 성석이 되지 않으면 돌을 서술할 의미를 잃게 된다는 말이다. 자료1의 경우, 〈동부여〉조의 '큰 돌'이 나오는 전후맥락을 살펴보면 '산천에 제사를 지내 후사(後嗣)를 구함 → 큰돌 → 후사를 얻음'의 순서를 취한다. 이때의 큰 돌은 산천(山川)에서 내린 후사와 연관되지 않을 수 없다. 당연히 산(山)과 천(川)의 감응에 의한 신령스러운 존재의 탄생을 몰고 오는 성석(聖石)이 되는 것이다. 이렇게 본다면, 돌을 파내고 그 돌이 나온 우묵한 자리에서 금와가 나왔다고 하면 그 우묵 패인 땅속은 곧바로 땅의 표상일 것이고, 그 땅을 덮고 위로 누르고 있던 돌은 하늘의 표상일 것을 어렵지 않게 짐작할 수 있다. 이렇게 볼 때, 이 조목의 '큰 돌'은 곧 하늘과 연관되는 성스러운 돌로 해석될 수 있다.

자료2도 바위가 나타나기 전후맥락을 살펴보면, '바닷가에서 해조를 땀 → 바위가 나타나 싣고 감 → 범상한 사람이 아니라며 왕을 삼음'의 순서를 취한다. 평범한 어부라는 존재로 보든 바닷가에서 해조를 따는 행위로 보든 어느 것이나 범상치 않은 일이 아니므로 범상한 사람이 아니라며 왕을 삼았다는 것은 그 바위에 실려 온 일이 범상치 않음을 뜻한다. 즉, 범상한 사람이 바위를 타고 옮겨간 덕분에 범상치 않은 사람으로 인식되었다는 것이다. 이렇게 존재의 질적 변화를 가져온 바위라면 당연히 성석(聖石)이 된다. 자료3 역시 왕이 섬돌을 밟기 전과 밟아서 섬돌이 부러진 사건, 그리고 그 돌이 나중에 움직이지 않는 돌이 되었다는 사실이 나란히 이어진다. 섬돌은 매우 평범한 것이지만, 그 돌을 임금이 밟음으로써, 움직이지 않는 성석(聖石)으로 자리매김한 것이다.

자료4는 검토 자료 중에서 성현의 강도가 가장 떨어지는 것처럼 보인다. 그러나 '나랏일에 중요한 인물 등장→우지암→나랏일을 의논함'의 순서에 따라 우지암은 성현이 된다. 이하의 자료 역시 마찬가지로, '돌이 등장하기 전의 평범한 상황'이 '돌'을 거치면서 '성스러움이 발현되거나 성스러움을 부여할 만한 특별한 상황'으로 변이하는 꼴을 취한다. 다만 자료8은 거꾸로, 이미 존재하는 성석을 파괴함으로써 패망하는 전개를 보여준다. 어쨌거나 양자 공히, 이는 그 돌이 본래 성스러울 만한 특성을 가지고 있다는 본래적인 이유 이외에, 개별 조목에서 돌이 위치하는 맥락 안에서 그 성스러움이 부가됨을 뜻한다. 즉, 돌이 갖고 있는 본연의 성스러움과 돌의 전후맥락에 부여되는 성스러운 사건이 결합하여 성(聖)을 강화하는 시너지 효과를 보이는 것으로 파악된다.

다음으로 제3층위로 넘어가면 문제는 좀 더 복잡해진다.

자료1을 보자. 역사적 맥락에서 보자면 이 이야기는 혈통에 의한 왕위 세습에 변화가 온 사건이다. 일단 해부루가 늙도록 자식이 없었다는 것은 왕권이 약했음을 의미하며, 그 왕권의 강화를 위해서는 든든한 후사가 정해져야만 한다. 그런데 해부루가 자식을 낳지 못했으므로, 금와로 왕위를 이어가기는 했으나 어디까지나 친자(親子)가 아닌 것이다. 이를 두고 역사학계의 일각에서는 수장(首長)의 선출제로 보기도 한다.[28] 그렇게 볼 경우, 이 선출된 수장(首長)인 금와가 자신의 친자인 대소로 왕위를 이어주려는 과정으로 풀어볼 여지가 생긴

다. 수장을 '선출'하는 데에서 '세습'하는 쪽으로의 변이에서 생긴 갈
등이라는 것인데, 그런 맥락에서라면 금와는 당시의 족장들 가운데
가장 강력한 세력을 지닌 존재로 볼 수 있겠으며, '큰 돌'은 바로 그런
강력한 힘을 상징한다.[29] 자료2 역시 역사적 맥락에서 본다면 신라의
일부세력이 일본으로 넘어가 지배세력이 되었음을 의미하며, 그런 이
주 지배세력의 힘을 과시하기 위해 신기한 바위가 동원된 셈이다.

또, 자료3의 그 억사석 맥락은 진평왕의 왕권과 관련하여 설명될
수 있다. 〈천사옥대〉조에 기술된 진평왕은 키가 11척의 거구라고 했
다. 그러니 그런 거구가 섬돌을 깨뜨리는 일쯤은 가능하다고 생각할
수 있을 것인데, 부서진 돌이 3개라고 한 것은 쉽게 흘러버릴 것이 아
니다.[30] 한 사람이 동시에 디딜 수 있는 섬돌의 개수는 둘뿐이지만,
진평왕은 그런 한계를 넘어선 것이다. 이는 진평왕의 불안한 왕권(王
權)과 연계하여 설명될 때 성현(聖顯)의 구체성이 명료히 드러난다. 진
평왕은 불과 열세 살의 나이에, 그의 삼촌 진지왕이 제거된 뒤에 어렵

---

28) "주몽은 동부여에서 首長선출이 아직도 행해지고 있을 부족연맹시대에 유력한 수장
    (王) 후보자로 등장한 것 같다. 그의 왕위 후보자로서의 자격은 우선 그의 神異한 출생
    에서도 보인다." 즉 해부루와는 養父子 관계에서 즉위한 金蛙族만이 왕권을 강화하여,
    이즈음에 와서는 왕위세습 전통을 확립할 단계에 이르렀던 것이다." – 이만열, 『講座
    三國時代史』, 지식산업사, 1976, 23~24쪽.
29) 노중돈, 「동부여에 관한 몇 가지 문제에 대하여」, 『한국학논집』 10, 계명대 한국학연
    구소, 1983에서는 "해부루와 금와는 계통을 달리하는 집안의 族長"으로 해부루 집단이
    비류수를 중심으로 부족국가를 건설한 집단인 데 비해, 금와 집단이 곤연지역을 중심
    지로 한 집단으로 상정한다.(9쪽 참조)
30) 부서진 돌의 개수는 판본에 따라 一, 二, 三 등이 두루 드러나는데, 그 '三'을 취하는
    쪽이 신이성(神異性)이 극대화될 것으로 여겨져서 '三'을 정본으로 판단한다. 판본에
    따른 이동(異同)에 대해서는 강인구 외, 『譯註 三國遺事』(이회문화사, 2002) 및 하정
    룡·이근식, 『三國遺事 校勘研究』(신서원, 1997)의 해당 대목의 교감 내용 참조.

사리 왕위에 오른 인물이다. 진평왕이 그렇게 부러진 돌을 사람들이 보게 했다면, 분명 자신의 힘을 과시하기 위한 수단으로 삼았음이 분명하다. 이 점에서 이때의 부러진 섬돌은 돌을 통해 진평왕의 신성한 힘을 '유포(流布)'시키는 수단이다.[31]

　자료4나 자료6은 일견 평범한 국사(國事)와 관련된 기술로서 성현과는 거리가 있어 보인다. 그러나 〈진덕왕〉 조의 시작이 진덕여왕이 '태평가'를 지어 비단에 무늬를 넣어 사신을 시켜 당나라로 보내는 대목부터 시작되는 것은 예사롭지 않다. 자기가 다스리는 나라가 얼마나 태평한가를 보여주는 예인데, 그렇기 때문에 다섯 벼슬아치가 우지암(亐知巖)에 모여 정사를 논의하던 중 호랑이가 뛰어든 사건이 의미를 갖는다. 호랑이가 뛰어들어서 알천공이 꼬리를 붙잡아 매쳤다고 하는 데에서 그의 완력이 돋보이지만 그래도 모두들 김유신의 위엄에 복종했다는 말을 덧붙였다. 태평성대에는 그런 완력보다는 도덕적 우위에 입각한 위엄이 더 절실했기 때문이다. 이렇게 보면 우지암이라는 바위는 물리적 완력보다 덕에 의한 통치가 더 중시되는 변환이 입증되는 곳이다.[32] 자료6은 백제라는 국가의 정체성과 관련하여 설명될 수 있다. 〈남부여 전백제 북부여〉 조에 따르면 "백성들이 돌아올 때 기뻐했다."고 하여서 국호를 '백제'로 했다고 하며, 이는 순리에 따라 편안하게 다스린다는 점이 강조된 것이다. 이런 맥락에서 '정사암'에 드러나는 신의 점지에 따라 재상감을 뽑는 기이한 일이

---

31) 이범교 역해, 『삼국유사의 종합적 해석』(상), 민족사, 2005, 265쪽 참조.
32) 亐知巖은 경주의 '도당산'으로 추측하기도 하는데, 이는 이 산이 '都堂'이라는 말 그대로 중신들이 회합하여 중요 의사를 결정하는 도당정치가 행해지는 장소라는 데에서 이름 붙여진 것으로 생각되기 때문이다. 이런 견해에 대해서는 권오찬, 『신라의 빛』, 글밭, 2000 개정판, 44쪽 참조.

일어났다. 자료7 역시 백제의 역사라는 점에서 동일하게 풀이될 수 있다. 자료5는 왕이 죽어서 조상신으로 좌정하여 호국(護國) 행위를 하기 위해 나가는 모습인데, 이는 문무왕이 삼국통일의 위업(偉業)을 이루는 데 핵심적인 일을 했다는 역사적 맥락을 벗어나서는 설명되기 어려운 부분이다.

자료8은 고구려의 보장왕이 도교를 숭상하던 역사적 맥락 때문에 성석이 파괴되고, 그 성석의 파괴는 곧 재앙이라는 결과를 보여주고 있다. 단순한 성석 파괴만을 문제 삼는 것이 아니라 그 구체적 맥락이 특정한 역사적 시점에 특정한 인물이 행한 행위에서 기인함을 일러준다. 자료9 이하는 불교라는 종교적 믿음과 관련된다. 구체적으로 명시된 시기의 불교를 숭상하는 힘이 강력했기 때문에 그런 성석(聖石)이 등장한다는 것인데, 그렇기 때문에 그 모양이 돌로서 기이한 것이 아니라 절이나 불상(佛像) 등 종교적 상징물을 세우는 데 매우 기이하다는 점이 강조된다.

이제 끝으로 제4층위에 대해 살펴볼 차례이다.

이는 일연의 『삼국유사』가 적어도 몽고의 침입을 겪은 고려후기의 사정과 관련되어 있음을 참작할 때 구체화할 수 있는 내용이다. 이렇게 본다면 『삼국유사』 자료가 고조선에서부터 통일신라의 멸망까지를 하나의 잣대로 연결하여 보여준다는 점에서부터 모든 자료가 다 그런 시대적 상황을 담고 있다고 할만하다. 그러나 위의 자료들 중 특히 그런 시각에서의 조망이 필요한 자료를 들자면, 자료2, 자료5, 자료8 및 자료9 이하의 불교 관련 자료들이다.

자료2는 아달라왕때 연오랑과 세오녀가 일본으로 가서 왕이 되었다는 내용이지만, 『삼국유사』의 협주(夾註)에는 『日本帝紀』를 상고해도 전후에 신라 사람으로 일본에 건너가 왕이 된 사람이 없으니 어느 변읍(邊邑)의 소왕(小王)일 것이라고 추측하고 있다. 이 말은 곧『삼국유사』를 서술하는 사람조차 이 기사의 신빙성을 믿지 않았다는 뜻이다. 그렇다면 이는 실제 아달라왕 때의 역사적 맥락이 아닌 다른 맥락에서 이해됨직하다.『삼국유사』에서는 신령스러운 존재가 옮겨오고 옮겨가는 일이 자주 일어난다. 환웅이 천상에서 지상으로 내려온다든지, 탈해가 용성국에서 바다 건너오는 일들이 그렇다. 하늘에서 땅으로 내리는 수직적 이동이든 바다 건너 저편에서 이편으로 오는 수평적 이동이든간에, 이동해온 장소가 '이 세상[此岸]'과 대비되는 '저 세상'[彼岸]으로 인식됨은 자명하다. 연오랑과 세오녀의 경우 역시 마찬가지로 '신라/일본'은 곧 '이 세상/저 세상'의 대립을 이루면서, 신라는 흡사 이상향으로 인식된다. 즉, 이때의 바위는 곧 '신격(神格)의 내림(來臨)'[33]을 상징함으로써 '옮겨온 곳'과 '옮겨가는 곳'을 차별화하게 된다. 이는 성석(聖石)을 통해 민족적 자긍심을 드러냄으로써, 외세(外勢)의 압박에 대응하려는『삼국유사』서술 당시의 역사적 문맥에서 이해될 가능성을 열어준다.

자료5는 문무왕의 유언과 유언에 따른 장례, 그리고 그 장례 이후 호국신으로 좌정하는 과정을 그린 내용으로, 역사 그대로 본다면 문무왕의 애국심이 극대화되어 설화로 자리 잡은 것이다. 그러나 실제 역사에서는 '대왕암(大王巖)'의 존재 여부가 불확실할 뿐만 아니라 상당 부분 허구로 판명되었다. 문무왕의 유조(遺詔)는『삼국사기』에 기록된

---

33) 물에 떠서 오는 섬[바위]인 부래도(浮來島)의 의미 가운데 하나로 '신격(神格)의 내림 상징(來臨象徵)'을 꼽은 연구는 김문태,「浮來島」傳承의 原初的 意味와 習合樣相」, 김문태,『三國遺事』의 詩歌와 敍事文脈 硏究』, 태학사, 1995 참조.

대로 '임종한 지 열흘 뒤 고문(庫門) 외정(外庭)에서 인도의 방식대로 화장(火葬)'[34]하는 것이다. 그렇다면 문무왕의 시신이 묻히는 수중릉 (水中陵)은 아예 그 존립 가능성이 없게 된다. 상식적인 견지에서도 과연 왕릉이라면 조성된 지 몇 백년이 지나도록 능명(陵名)이 없다는 게 신기하다.[35] 더구나 문무왕 생존 당시 왜병이 문제를 일으킨 일이 없다고 하니, 문무왕이 굳이 죽어서 동해를 지키는 호국룡이 되겠다는 발언부터 그 진위가 의심스럽다. "왜병 퇴치 모티프가 등장하는 것도 고려후기가 되어서나 가능"[36]하다는 사학계의 의견을 참조하자면, 문무왕의 대왕암 이야기는『삼국유사』찬술 당시에 덧입혀진 설화이다. 등장인물은 신라의 왕이지만 그 왕이 성석(聖石)에 온전하게 담겨서 성현(聖顯)을 보인 것은 한참 후인 고려후기가 되는 것이다.

자료8은 영석(靈石)인 조천석(朝天石)의 파괴로 인한 재앙에 대해 이야기하고 있다. 고구려의 맨 마지막 왕인 보장왕이 연개소문의 요청을 받아들여 당나라에 도교 도사를 청하고, 당 태종은 도사들을 파견하여 일종의 개종(改宗)사업을 시행하고, 그 중 하나가 영석(靈石)의 파괴였다. 영석이 그 이름에 있는 대로 신령한 돌이었다면 사람들이 그 돌을 신성시했을 것은 너무도 당연하다. 그러한 영석의 파괴는 곧, 외국의 이종교(異宗敎)를 도입하는 과정에서 전래되던 토속신앙이 말살되는 과정과 같다. 그 결과 고구려가 망했다고 한다면 영석의 신통함이 더욱 잘 드러났을 것이다. 그러나『삼국유사』는 그런 간단한 서

---

34) 김부식,『삼국사기』「신라본기」7, 문무왕 21년.
35) 이런 지적은 신종원,『삼국유사 새로 읽기(1)』(紀異 篇), 일지사, 2004, 160쪽에 보인다.
36) 신종원, 위의 책, 165쪽.

술방식을 택하지 않고, 교묘하게 불교를 끌어들인다. 절을 도관(道館)
으로 바꾸는 일 등이 강조되면서, 보덕법사가 신비한 술법으로 암자
를 옮긴 일에 집중하고 있다. 이 조목의 말미에, 불교의 우월성을 강
조하는 찬시를 덧보탬으로써, 영석(靈石)의 파괴가 불교숭상으로 직결
되도록 배려했다. 이는『삼국유사』의 찬자가 불교승려임을 상정하지
않는다면 기대하기 어려운 변모이다.[37]

　자료9는 좀 더 구체적으로 고려후기의 역사적 상황과 맞물려 있다.
가섭불(迦葉佛)은 석가모니의 탄생 이전에 있었다는 부처인데, 이 부
처가 좌정했던 자리라면 그 신령스러움이야 말할 것도 없다.[38] 이는
본래 그 모양이 그런데다가 가섭불의 영험함이 덧붙어서 더욱 그렇
고, 나중에 그 터에 절을 새로 세울 때 황룡이 나타나는 것으로 그 성
석(聖石)의 성스러움이 극대화된다. 돌 본래의 모양으로 보나, 돌을
전후한 문맥으로 보나, 돌과 관련한 역사적 맥락에서 보나 모두 신령
스러움이 드러날 수밖에 없게 되어 있다. 그러나 그보다 더 심각한 의
미는 그 바깥쪽에 있다.『삼국유사』에서는 그런 신이(神異)한 사실이
서술된 후 곧바로 몽고의 침입을 거론한다. 몽고의 병란이 나서 불전
과 탑이 모두 불타버렸다는 안타까운 역사에 대해 언급하는 것이다.
그리고는 가섭불의 역사가 200만년이 넘는다는 계산을 보이면서 반

---

37) 영석(靈石)을 파괴함으로써 영석의 본래 의미를 잃고 다른 종교의 의미가 덧붙는
　　현상에 대해서는 김문태,「破靈石」전승의 생성배경과 의미, 김문태, 앞의 책, 321~
　　334쪽에서 상세히 검토된 바 있다.
38) 이를 신라의 자긍심과 연관 지어 해석한 예는 다음을 보라. "서라벌에 전불(前佛)시
　　대의 7가람이 있었고 황룡사에 가섭불의 연좌석이 있었다고 하는 것은, 석가모니불은
　　비록 인도에서 태어났으나 전불시대 불교의 중심은 신라라고 하는 대단한 신념의 표현
　　이기도 한 것이다." - 권오찬, 앞의 책, 207쪽.

고씨의 천지개벽조차도 거기에 대면 '어린아이' 정도라며 조롱조로 논평한다. 몽고의 침입으로 비록 절은 없어졌어도, 연좌석만은 그 수많은 세월 동안 옮겨지지 않고 그 자리를 지킨 의연함을 내세움으로써 일종의 정신적 승리감 같은 자긍심을 키우고 있다.

자료10, 자료11, 자료12는 한 조목에 나온 만큼 동일한 성격의 자료이다. 하나는 하늘에서, 하나는 땅에서 나옴으로써 그 출처부터 신성시되는 것이다. 그리고 그렇게 얻어진 돌로 불교 조형물을 만들었으니 하나가 사불산의 사방불이고 또 하나가 굴불산의 사방불이다. 그리고 거기에 그치지 않고 이 자료의 뒤편에는 옥과 구슬로 만불산(萬佛山)을 조각하여 중국황제에게 바침으로써 그 일련의 역사(役事)를 완성했다. 이야말로 천지인(天地人) 삼재(三才)의 결합을 제대로 보여주는 예인데[39] 찬시(讚詩)에서는 그에 대해 다음과 같이 직접적으로 언급하고 있다. "하늘은 만월(滿月)을 단장시켜 사방불을 마련했고 /땅은 명호(明豪)를 솟구어 하룻밤에 열렸도다./교묘한 솜씨로 다시금 만불(萬佛)을 새겼으니/부처님의 풍도를 삼재(三才)에 두루 퍼지게 하리."[40] 결국, 하늘과 땅의 감응에 힘입어 사람의 조각으로 완성된 만불산을 중국에 바침으로써 "신라의 기술이 하늘이 만든 것이지 사람의 솜씨가 아니다."는 찬탄을 이끌어내어, 불교가 수입된 중국에까지 그 역량을 떨쳤다는 점이 핵심이 된다. 이는 자료2가 일본 쪽으로 갔던 데 비해 이 자료들은 중국 쪽을 향한 것만 다를 뿐 사실상 똑같은 역사적 맥락에서 출발한 것으로 보인다.

---

39) 삼재(三才)의 원융(圓融)에 의해 삼국유사의 신이(神異)를 설명한 예는, 이강엽, 「『三國遺事』「紀異」篇의 敍述原理」, 『열상고전연구』 26, 열상고전연구회, 2006. 참조.
40) 일연, 앞의 책, 228쪽.

자료13 이하의 불교자료들 역시 성석(聖石)을 통해 불교적 영험함을 입증하는 이야기라는 점에서 같은 방식의 해석이 가능하다. 특히 절에 안치된 탑과 불상을 조망함으로써 우리나라가 낙원(樂園)으로서의 불국토(佛國土)임을 과시하려는 경향이 짙다.

자료13은 일단 선덕왕 시기에 생존했던 생의라는 승려를 다루고 있지만, 보다시피 협주(夾註)를 통하여 그 성석(聖石)의 의미를 경덕왕 다음의 충담사(忠談師)까지 끌어내리고 있다. 주지하는 대로 경덕왕 때는 정치적으로 매우 혼미한 시기였고 그 어려움을 달래고자 충담사의 〈안민가(安民歌)〉가 등장한다. 그런데 여기에서는 충담사가 빌었던 부처가 바로 그 돌미륵임을 밝혀둠으로써 성석(聖石)의 성스러움은 텍스트 밖으로 뻗어나간다. 이 불상이 바로 '생의사삼존미륵상'으로 현재까지 남아있는 유물이고 보면, 일연 당시에도 이 불상의 영험함에 대해서는 널리 알려진 터였을 것이고 이 점에서 이 성석(聖石)의 성현(聖顯)은 『삼국유사』 찬술 당시까지도 충분히 힘을 발휘하였을 것이다.

자료14, 자료15는 같은 조목에 있는 만큼 함께 붙여서 논의할 만하다. 이 조목의 시작은 의상법사가 당(唐)나라에서 돌아와서 관음보살의 진신(眞身)이 있다는 곳에 낙산(洛山)이라고 이름붙이는 것에서 시작한다. 불법(佛法)을 구하러 당나라에 갔던 스님이 신라로 돌아와서는 진신(眞身)이 있는 곳이 바로 신라임을 알았다는 내용이 핵심인 것이다. 이 조목에 등장하는 원효(元曉)나 범일(梵日) 등의 고승이 모두 그런 사실과 관련됨은 매우 흥미롭다. 자료14나 자료15의 돌미륵은 그런 맥락에서 부처의 영험함이 그대로 실린 조상(彫像)이다. 절에서 예의를 표하는 대상으로는 진신(眞身)사리를 모신 불탑(佛塔)과 부처의 모습을 본떠 만든 불상을 구별하여 설명하지만, 이런 자료에서는 인위적으로 조각한 불상이 아니라 신기한 곳에서 신기한 사연을 담고 얻어진 불상이기 때문에 그런 구별이 무의미하다. 문제는 당나라와 신라를 넘나들면서 벌어지는 이적(異蹟)을 통해 우리나라가 불교정토(佛敎淨土)임을 내비치는 데 있다.

자료16은 수로왕 때의 일을 이야기하고 있지만 그 신비로운 일이 사실은 고려 때까지 이어져서 부합(符合)하는 이적(異蹟)에 대해 쓰고 있다. 즉, 인용된 부분에서는 부처의 영험함으로 독룡(毒龍)이 돌로 되어 편안해진 사실을 말하고는, 그 뒷부분에서는 곧바로 고려 명종 11년에 만어사를 세우면서 그러한 이적에 대해 다시 쓰고 있는 것이다. 그것도 북천축(北天竺)에 있다는 어느 나라와 유사한 신이함에 대해 씀으로써, 결국 우리나라가 불교정토임을 재확인하는 것이다. 자료17, 자료18 역시 같은 맥락에서 이해할 수 있다. 자료17은 수로왕 때의 옛 이야기를 하면서 훨씬 후대의 고려 때 이야기를 나란히 늘어놓고 있으며, 자료18은 부처의 힘으로 이루어진 석굴암에 대해서 써 놓고 있다. 하나는 성불한 자리로서의 돌이고 하나는 불교건축물의 돌이지만, 그 둘에 모두 부처의 영력(靈力)이 있음이 공통사항이며 또 『삼국유사』 찬술 당시에 고려인이 품었던 자긍심이 녹아들어있다. 자료18의 절 이름이 '불국(佛國)'인 것 역시 우연이 아니다.

자료19는 흥덕왕(興德王)이 포상했다고 함으로써 그 시기가 명기되어 있으니, 그 시기의 민생고(民生苦)를 짐작케 한다. 그러나 이 석종(石鐘)이 성현(聖顯)으로 작동하는 데는 흥덕왕 당시 손순의 효심만으로 설명하기에는 충분치 않은 면이 있다. 여기에는 적어도 두 가지 상황이 숨어 있는데, 그 하나는 일연이 불교승려임에도 불구하고 소문난 효자였다는 점이다. 「효선(孝善)」 편이 『삼국유사』의 맨 끝에 부록처럼 조금 들어가 있어서 그 비중이 매우 약해보이지만, 역사서로 보든 불교서로 보든 '효선'이 별도로 설정되어 있다는 사실이 매우 놀랍다. 이는 찬자(撰者) 일연을 생각지 않고는 수긍하기 어려운 부분이다. 또 하나, 이 조목의 맨 마지막에는 후백제의 횡포한 도적이 그 종을 훔쳐가서 지금은 없는 상황에 대해 아쉬워하고 있는데, 이 역시 후백제가 망한 상황과 떼어놓을 수 없다. 그 석종(石鐘)이 성현을 보이는 신기한 물건이라면, 그 물건을 노략질한 무리에게 큰 징벌이 없을 수 없기 때문이다. 이 점에서 석종(石鐘)은 또 한 번의 성현을 드러낸 셈이다.

이상에서 보듯이 돌을 실례로 살펴본 『삼국유사』의 성현(聖顯)은 복잡다단한 양상을 보인다. 원초적으로는 돌 자체가 갖는 신성성에 의해 도출된 경우에서부터, 서사맥락에서의 신성한 존재와 연관하여 의미가 덧입혀진 경우, 서사맥락 바깥의 역사적 맥락에서 그 의미가 강화된 경우, 나아가서 『삼국유사』 찬술 당시의 역사적, 종교적 의미가 부가된 경우까지 다층의 스펙트럼을 형성한다.

5. 결론

이 글은 『삼국유사』에 나타나는 성현 가운데, 돌에 집중하여 그 양상과 의미를 분석하였다. 돌은 본래 영속성이나 견고함을 지닌 존재여서 그 자체로 성스러움이 드러나기도 하지만, 돌에 얽힌 신성한 존재와의 관계 속에서 성스러움이 새롭게 부각되기도 하는데, 『삼국유사』는 역사성과 설화성을 구비하고 있어서 그 둘을 드러내기에 적합한 텍스트이다. 『삼국유사』에 성석(聖石)이 드러난 자료들을 개관한 후, 논의한 결과는 다음과 같다.

첫째, 성석(聖石)의 조건과 성현(聖顯)의 양상에 대해 살폈다. 성석의 조건은 외형상의 특성과 성현이 되는 이유로 나누어 분석했는데, 돌이 성스러움을 갖게 되는 이유는 대체로 돌 자체의 속성에 연관한 경우와 그 돌이 신령스러운 존재와 관계를 맺기 때문에 신성하게 여겨지는 경우로 나뉘었다. 먼저, 고유의 속성에 의한 성현의 경우는 돌이 일상적인 돌의 외형이나 물리적 특성과는 구별되어 신성함이 강조된 경우이다. 이런 돌들은 지나치게 크거나 물에 뜨거나 따스한 신기함을 보임으로써 사람들이 자연스럽게 신성하게 여길 요소를 지닌다. 다음으로 신성한 존재와의 연관에 의한 성현의 경우는 돌 자체로는 특별하지 않지만 신성한 존재가 그 위에서 무엇을 하거나 신성한 존재의 힘이 그 안에 깃들게 되는 경우이다. 신성한 존재가 하늘과 교통(交通)한 곳이거나 잠깐 머물렀던 곳 등이 대표적인 예이다.

둘째, 상황 맥락에서 성현의 의미를 살폈다. 성현은『삼국유사』의 한 조목 내에서의 맥락뿐만 아니라, 그 조목이 담고 있는 역사적 맥락, 그리고 자료가 서술된 고려 후기의 상황에서의 맥락 등에 따라 다르게 읽힐 수 있다. 먼저 자료가 속한 조목 내에서 보자면, 전후 맥락에 따라 성석(聖石)이 되는 필연적인 이유를 담고 있다. '큰 돌'이 나올 경우, 그 앞뒤로 산천에 제사를 지내고 후사를 얻는 내용이 덧붙음으로써, 이 돌은 필연적으로 풍요석(豊饒石)일 수 있는 것이다. 다음으로 역사적 맥락으로 넘어가면 왕권 등과 연관하여 특별한 권능의 현현이라는 점이 도드라진다. 돌을 매개로 하여 신성한 존재에게 특별한 권능이 있음을 부각시킴으로써 정치적 안정을 도모하는 등이 그런 예이다. 끝으로,『삼국유사』가 서술된 고려후기의 상황 맥락에서는, 주로 외세에 맞서는 자긍심을 불러일으키는 변화나 불국토(佛國土)의 강조 등이 주목된다. 성석(聖石)의 의미가 최초의 성현(聖顯)이 있던 시점을 넘어 그 의미가 연장, 확대되는 것이다.

이상의 논의에서, 『삼국유사』 성석(聖石)의 성스러움은 단순히 돌이 갖는 성스러운 속성에 의한 것만이 아님을 알 수 있다. 흔히 민간 신앙에서의 암석숭배 등과는 다른, 복잡한 층위의 성현이 발견되는 것이다. 이제 이런 논의를 토대로, 『삼국유사』의 다른 성현체들, 예컨대 물, 달, 용 등등이 어떻게 드러나는지 살펴서 비교해나갈 수 있다면, 『삼국유사』의 신화적 면모가 좀 더 극명하게 드러나리라 본다.

신화의 문학 교육적 의미

1. 서론 : 신화와 신화교육

　최근, 신화에 대한 관심이 부쩍 높아지고 있다. 신화라고 하면 으레 그리스·로마 신화 정도만을 떠올리던 때에 비한다면 신화 붐이라고 해도 과언이 아니다. 마음만 먹는다면 세계 각국의 신화를 우리말 번역본으로 읽기에 큰 불편이 없을 만큼, 국내 신화의 토양은 비옥해졌다. 또 그에 걸맞게 신화에 대한 연구가 활발해져서, 우리의 신화를 다른 나라의 신화와 비교해서 연구하거나, 외국문학 연구자들에 의해 인접 국가의 신화를 연구되는 등 그 영역이 확대되었다.[1] 나아가서

---

1) 몇몇 사례만 열거하면 다음과 같다.
　조동일, 『동아시아 구비서사시의 양상과 변천』, 문학과지성사, 1997.
　아세아 설화학회, 『한·중·일 설화비교 연구』, 민속원, 1999.
　한국구비문학회 편, 『동아시아 제민족의 신화』, 박이정, 2001.
　김화경, 『일본의 신화』, 문학과지성사, 2002.
　동아시아고대학회 편, 『동아시아 여성신화』, 집문당, 2003.
　김열규, 『동북아시아 샤머니즘과 신화론』, 아카넷, 2003.
　조현설, 『동아시아 건국신화의 역사와 논리』, 문학과지성사, 2003.

우리의 자료를 적극적으로 수용하면서도 '신화학'을 내걸고 신화 일
반론을 펼치기도 하는 등 양적·질적 측면에서 괄목할 만한 성과를
내고 있다.[2)]

  그러나 신화연구의 상황이 비약적으로 발전한 데 비추어, 신화 교
육의 영역에서는 여전히 그런 성과를 제대로 수용해내기 버거운 실정
이다. 특히 우리 신화의 경우, 대체로 건국신화가 교육의 중심에 서는
까닭에 사실상 신화 교육의 교과영역에서부터 혼선이 온다. 우리나라
에서 아무리 오래된 건국신화라 하더라도 고조선과 같은 역사상 실존
했던 국가의 건국을 다룬 이야기여서 그것이 사회과의 역사 영역과
필연적으로 겹칠 수밖에 없다. 따라서 똑같은 〈단군신화〉가 국어 교
과와 사회 교과에 함께 다루어지면서 어쩔 수 없이 공통점이 강조되
는 형국이다.

  물론 신화를 보는 시각은 참으로 다양하기 때문에 어떤 시각에서
접근하든 신화의 본질을 훼손하지는 않을 것이다. 문학, 역사, 철학,
심리학 등등의 여러 학문 분야에서 신화를 연구대상으로 삼는 데는
그만한 이유가 있을 것이기 때문이다. 그러나 적어도 신화가 '텍스트'
로 국어교과의 '읽기'나 '문학' 영역에서 다루어질 때는 이 영역 내에서
의 독자성이 드러나야만 한다. 신화가 사료(史料)로 쓰이기도 하고 사
유방식(思惟方式)의 원형으로 쓰이기도 하지만, 신화에서 역사적 사실
을 묻고 인과관계를 따지게 하는 행위만으로는 문학교육의 본령에 닿
을 수는 없다. 자칫하면 수업시간에 신화를 읽히고 신화를 가르치지만
'신화문학'에 근접하지 못하고 주변만 맴돌 위험이 다분한 것이다.

---

2) 이경재, 『신화해석학』(다산글방, 2002)이 좋은 예이다.

이 글은 이런 점을 염두에 두고 신화의 문학 교육적 의미에 대해 탐구해보기로 한다. 이를 위해서 먼저 신화를 보는 시각을 몇 가지로 조망한 후, 거기에서 문학 교육적 접근 방법을 모색해 볼 것이다. 다음으로, 그 결과를 토대로 문학 교육적 입장에서 신화가 갖는 의미를 찾아보는 순서를 취한다. 이 글에서 취택되는 신화 작품이나 문학교육에서의 활용 사례 등은 현재 학교교육 현장에서 쓰이는 자료를 중심으로 하여 필요에 따라 그 외의 자료를 첨가하기로 한다.

2. 신화를 보는 시각과 문학교육

2.1. 신화를 보는 시각

본격적인 연구는 아니더라도 기원전 6세기에 이미 그리스의 테아게네스 등에 의해 신화를 있는 그대로 받아들이지 않고 하나의 우의(寓意)로 보는 시각이 형성되었다. 또, 기원전 300년경의 에우헤메로스는 신화 속의 신들은 본래 공적이 많은 인간이었을 것이라고 하는 특이한 해석을 내놓으면서, 신은 영웅이 사후에 숭배된 것이고 신화는 그 신의 사적이 기록된 것이라고 하기도 했다.[3] 그러나 실제로 과학적인 신화 연구는 18세기에 이르러 이탈리아의 철학자 비코가 그의 저서 『신과학』에서 신화에 대한 생각이 네 단계를 거쳐 발전하는 것으로 보는 데까지 기다려야 했다. 이후 19세기 후반을 지나면서 자연신화학파로 불리는 연구자들이 등장하여 언어학적 지평을 신화로 넓히기도 한다.

---

3) 오바야시 다루우, 『신화학 입문』, 兒玉仁夫·권태효 옮김, 새문사, 1996, 16~17쪽 참조.

 신화를 문학교육적으로 접근하기 위해서는 그렇게 하여 다각화하기 시작한 신화를 보는 시각들을 살펴보는 것이 순서일 것이다. 그에 대한 방법 역시 여러 가지이겠지만, 대체로 다음의 네 가지 정도로 정리될 수 있겠다.

 첫째는 역사적 접근이다. 이는 신화 속의 내용이 역사적 사실을 드러낸 것이라고 보는 입장이 있다. 가령, 주몽신화에 나타난 이동경로를 따라 실제 역사에서 있었던 민족의 이동경로를 추적한다고 한다면, 이때의 신화는 그대로 하나의 역사자료이다. 이집트신화에서 상·하이집트 간의 쟁투를 추출해낸다고 해도 마찬가지이다. 이런 식의 해석을 진전시키면, 가령 중국신화에서 예가 열 개의 태양 중 한 개만 남기고 떨어뜨리는 이야기는 진짜 태양을 떨어뜨린 것이 아니라 "한 해를 열 개의 태양이 도는 것으로 달을 계산했던 역법(曆法)을 폐지"한 것으로 볼 수 있다는 말이다.[4] 그러나 이런 방법은 특수한 내용만을 강조하여 신화 특유의 보편성을 간과할 우려도 있고, 또 역사적 맥락이 아주 희박한 창조 신화나 여타 원시종족 사이에 퍼진 제의적인 기능이 강한 신화들에서는 큰 힘을 발휘하기 어렵다. 건국이나 종족의 시조 등의 다룬 신화에서처럼 역사적 맥락에 강하게 작용하는 신화군에 적합한 방법이다.

 둘째는 제의적 접근이다. 이 접근 방법은 모든 신화를 제의에서 행해진 언어 표현으로 보는 것이다. 신화에서 드러난 비현실적인 사건들은 실제 있었던 사건이 아니라 제의에서 되풀이된 행위라고 본다. 가령, 어떤 신화에서 누군가가 사제를 죽여서 먹었다면, 그것은 살인

---

 4) 何新, 『신의 기원』, 홍희 옮김, 동문선, 1990, 219쪽.

행위가 아니라 제의에서 펼쳐지는 의식적 행위일 뿐이다. 엘리아데가 "모든 의례에는 신성한 모델, 하나의 원형이 존재한다."[5]고 진술했듯이, 신화는 그 신화를 담고 있는 의례 행위를 통해 그 신성한 행위를 재현함으로써 신성한 시대, 신성한 삶으로 옮겨감을 뜻한다. 그에 따르면, 원형의 끊임없는 반복을 통해 재생과 갱신이 이루어진다는 것이다. 이런 시각을 한 개인의 삶으로 적용하면 '통과제의'의 문제가 대두된다. 개인 역시 나서 자라고 결혼하며 죽는 일련의 과정을 통해 사실상의 갱신과 재생이 일어난다고 볼 수 있기 때문이다.

셋째는 구조적 접근이다. 앞의 두 가지 방식이 신화를 신화 자체로 설명하지 않고 다른 무언가의 대체물, 혹은 수단으로 보았던 데 비해서, 신화 자체에서 의미를 찾으려 한 학자들이 있다. 프로프는 러시아 민담을 연구하면서 '형태론'이라는 용어를 빌려 이야기들에 내재한 구조를 파헤쳤다. 그가 사용한 방법은 '기능'으로 집약되는데, "기능은 주인공의 행위로, 행위 속에서도 중요성이라는 관점에서 규정된 주인공의 행위로 이해된다."[6] 또, 레비스트로스 같은 학자는 신화의 의미를 신화가 담고 있는 '논리적인 모델' 같은 데에서 찾으려 했다. 예를 들어 서부 캐나다의 어떤 홍어 이야기에서는 홍어가 바람을 제어하는 문제와 연관되어 나타나는데, 그것은 홍어의 납작한 모습 때문에 생기는 특성 때문에 기인한 것으로 보인다고 했다. 보기에 따라서는 넓게도 보이고 길게도 보이는 홍어에서, 때로는 바람이 불기도 하고 불지 않기도 해야 하는 현실과 유사성을 포착한 것이다.[7] 구조

---

5) 미르치아 엘리아데, 『영원회귀의 신화』, 이학사, 2003.
6) 블라디미르 프로프, 『민담형태론』, 새문사, 1987, 25~26쪽.
7) 클로드 레비스트로스, 『신화와 의미』, 임옥희 옮김, 이끌리오, 2000, 48~52쪽.

적 접근이 지역별, 작품별 차별성을 지나치게 무시하는 문제점을 내
포하기는 하지만, 전 세계에 널리 퍼져있는 유사한 신화들을 효과적
으로 다루는 데 매우 유용하다.

넷째는 심리적 접근이다. 프로이트는 '외디푸스 콤플렉스'의 근간이
되는 〈외디푸스 왕〉 신화에 대해 설명하면서, 어머니와 성교하는 꿈을
꾸는 어린아이의 실례를 든다. 유아기 때 이런 콤플렉스를 극복해야만
정상적인 성애가 가능해지는데 이에 실패하면 신경증환자가 된다는
것이다. 이런 식으로 설명해나가면 많은 신화가 성(性)과 연관한 상징
으로 풀이된다. 융은 프로이트에서 시작된 심리적 접근법을 계승하면
서 사실은 전혀 다른 방향의 논의를 펼쳐나갔다. 프로이트가 꿈을 통
해 억압된 콤플렉스에 도달하는 데 주력한 데 반해서, 오히려 꿈의 실
제의 모습이나 특정한 내용에 주목해야 한다고 생각했다.[8] 그는 또,
프로이트가 거듭 강조한 것과 같은 개인적 무의식 밑에 '집단 무의식'
이 있다고 상정하여, 신화 역시 그런 집단무의식의 표출로 보았다. 캠
벨도 심리적 접근을 펼쳤는데, 그는 제임스 조이스가 『피네간의 경야』
에서 사용한 '단일신화(單一神話, monomyth)'의 개념을 원용하여 '분리-
입문-회귀'로 설명되는 세계 모든 영웅신화의 표준틀을 제시한다.[9]
신화에 대한 심리적 접근은 우리 현실의 삶에서 큰 위력을 발휘하지만,
융 등에 의해 강하게 제기된 이러한 방법은 때로는 "신화의 역사적·문
화적 여건을 무시한 직관에 의존한 이러한 신화해석은 터무니없는
것"[10]으로 폄하될 만큼 모험적인 것이기도 하다.[11]

---

8) 칼 구스타프 융 외, 『무의식의 분석』, 권오석 옮김, 홍신문화사, 1990, 31~33쪽.
9) 조셉 캠벨, 『세계의 영웅신화』, 이윤기 옮김, 대원사, 1989, 34쪽.
10) 프랑수아즈 프롱티시 뒤크르아, 『신화』, 신미경 옮김, 창해, 2001, 28쪽.

2.2. 신화의 문학 교육적 접근

앞 절에서 일별한 신화의 시각은 크게 네 가지였는데 이들 모두가 문학에 직접 연결되는 것은 아니지만 부분부분 문학과 일정한 관계를 맺고 있음은 분명하다.

첫째, 역사적 접근 방식은 인간의 삶을 가장 구체적으로 보여준다는 점에서 문학의 토대가 되기도 한다. 신화를 서사문학의 일종이라고 여길 때, 그 서사가 놓인 구체적인 시공간을 살피는 일은 문학의 배경으로서도 매우 중요하다. 특정한 신화가 언제 생겨서 어떻게 유통되었는가를 살피려 한다면 필연적으로 역사적인 맥락을 벗어날 수 없는 것이다. 그렇지만, 신화의 해석에서 역사적 맥락에만 집중할 경우, 아예 역사적 맥락에서는 전혀 이해가 되지 않을 신화가 많다.

초·중등 교과서 어디에나 실려 있는 〈단군신화〉를 예로 보자. 『삼국유사』에는 아주 정확하게 단군이 즉위한 해와, 단군의 수명이 명시되어 있다. 그러나 『삼국유사』에 실린 숫자에 매인 나머지 기원전 2333년이라는 것을 역사적 현실로 치부하는 순간, 단군이 1908세가 되도록 살았다는 내용 역시 사실(史實)에서 자유롭기 어렵다. 물론 내용에 따라 어떤 부분은 사실로 또 어떤 부분은 허구로 처리할 수는 있겠지만, 그렇게 될 경우 자의적인 해석이라는 비난을 면하기 어렵다. 여기에서 중요한 사실은 상징성이다. 정확한 시기를 따려보기 시작한 것은 『삼국유사』에 명기된 "요임금이 즉위한 지 50년이 되는 경인년(唐高卽位五十年庚寅)"부터이다. 그러나 이는 저자인 일연 자신도

---

11) 이상 이 절의 내용은 이강엽, 『신화』, 연세대학교출판부, 2004, 제II장의 내용을 발췌 요약한 것이다.

주석을 통해 "요가 즉위한 원년은 무진년이다. 그러니 50년은 정사
요, 경인이 아니다. 이것이 사실인지 의심스럽다"할 정도의 내용이다.
중요한 사실은 그런 명확한 숫자가 아니라 요임금 때와 같이 '오래되
고' 요임금 때처럼 '태평성대'를 강조하는 의도일 것이다. 이런 맥락에
서 역사성이 드러나거나 역사와 겹쳐져 있는 신화라 하더라도 문학적
으로 더 관심을 기울일 부분은 그 상징성이다.

〈단군신화〉에 있는 '단군'이나 '웅녀'라는 이름, 동굴, 삼위태백, 신
단수 등등이 모두 구체적인 시공간 그러한 해독을 요하는 사례이다.
또 이런 것이 어쩌면 고조선이라는 국가의 외피를 입고 문화적 특성
을 일러주는 듯이 보일 수도 있지만, 이와 유사한 내용의 신화는 다른
문화권역의 신화에서 그리 어렵지 않게 찾아볼 수 있는 것이어서 편
협한 해석에 빠지지 않게 경계할 일이다. 나아가서, 초등학교 교과서
에 실린 〈선문대 할망 이야기〉[12]나 고등학교 문학 교과서에도 심심찮
게 등장하는 〈바리데기〉[13]같은 무속신화를 본다면, 거기에는 역사적
인 해석을 가할 만한 어떠한 자료도 나오지 않는다. 이런 작품에서는
이야기에 등장하는 거인 할머니나 저승세계 등에 대한 상징을 풀어내
야만 한다. 문학이 언어라는 매체를 이용한 '예술'임을 감안할 때, 그
언어에 담긴 축자적(逐字的) 의미 이상을 풀어내는 일이야말로 문학을
교육하는 데 매우 중요한 일이다. 그리고 그 일을 해내는 데 신화는
훌륭한 텍스트가 될 수 있다.

둘째, 제의적 접근은 모든 신화를 일정한 제의에서 구술되었던 것

---

12) 『국어 쓰기 2-2』, 교육인적자원부, 2000, 28~29쪽.
13) 7차 교육과정의 문학교과서 18종 중 총3종에 실려 있다. 이에 대해서는 이대욱 외,
    『고전산문문학』, 천재교육, 2004, 〈차례〉 참조.

으로 보는 방식이어서 일단 문학과는 일정한 거리가 있어 보인다. 그러나 제의를 행하는 목적을 살펴본다면 사실은 우리가 일상적으로 행하는 문학행위와 밀접한 연관이 있다. 주지하다시피 제의를 반복하는 것은 단순한 의례 행위가 아니라, 그 제의를 통해 신성한 경험을 체현하고자 하는 까닭이다. 가령, 제의 속에 등장하는 신화 주인공이 불멸을 얻었다면 그 제의를 행하면서 자신도 불멸에 도달하려는 것이다. 신화에서 순환, 재생, 영생, 불멸 등으로 거듭 나타나는 주제들은 바로 그러한 점을 상기시켜준다. 통과제의를 거치는 사람들이 '존재론적 위치의 변화'[14] 갖는다는 점은 자명한 일이며, 이야말로 미성숙한 자를 성숙하게 만드는 교육 본연의 목적과 일치한다.

따라서 실제로 제의과정을 통해 신화를 구송(口誦)했던 향유층들이 신화주인공의 재생(再生)과 갱신(更新)을 경험했듯이, 신화를 읽는 독자 역시 신화를 읽음으로써 그런 신비 체험을 경험하는 데까지는 가지 않더라도 자신의 내적 정체성을 확인하는 데까지 이를 수 있을 것이다. 사실상 대부분의 신화 주인공들이 겪는 삶은 자신에게 맡겨진 과업을 인지하고 그 과업을 수행해나가는 일련의 과정이며, 그런 과정이 곧바로 정체성 확인이겠기 때문이다. 그런데 이때의 정체성은 어느 한 인간으로서의 정체성만을 지칭하지는 않는다. 때로는 남성이나 여성과 같은 성별 정체성이기도 하고, 또 때로는 어떤 집단이나 국가 같은 단체 구성원으로서의 정체성이기도 하다.

그리고 이 정체성과 관련하여 맨 마지막에 거론한 심리적 접근을 활용한다면, 신화가 옛날이야기에 머물지 않고 현대인의 삶에 유용한

---

14) 시몬느 비에른느, 『통과제의와 문학』, 이재실 옮김, 문학동네, 1996, 12쪽.

가치를 줄 수 있는 여러 가지 가치를 환기시켜주게 된다. 캠벨이 말한 전통적인 신화의 네 번째 기능인 '개인이 삶의 다양한 단계들과 위기들을 통과할 수 있게 하는 것'[15]은 바로 이런 측면을 일깨워준다. 문학 읽기가 궁극적으로는 삶 읽기를 지향한다는 사실을 생각할 때, 신화는 각 개인의 삶에 놓인 여러 가지 난관들을 극복할 자양분을 제공하기에 좋은 텍스트이다. 문학교육에서 이런 측면이 극대화될 때 그 효용성이 증대되리라 본다.

셋째, 신화에 대한 구조적 접근은 말 그대로 문학의 구조를 파악하는 데 매우 유용한 지침을 준다. 우리가 향유하는 모든 문학은 어느 날 일시에 독창적으로 생성된 것이 아니다. 작가가 뚜렷하지 않은 구비문학에서는 더욱 그럴 수밖에 없는데, 그 중에서도 신화의 경우, 인간의 원초적인 사유에 기인한다는 점에서 작품들간의 상관성은 더욱 뚜렷하다. 이 때문에 세계 각지의 많은 신화들이 유사한 내용으로 이루어져 있다. 이런 양상은 비얼레인이 정리한 『세계의 유사 신화』[16]만 보아도 한눈에 알 수 있듯이, 창조 신화나 홍수신화, 영웅신화들이 시간과 공간을 달리하는 곳에서 유사하게 전개되는 것이다. 우리 신화처럼 건국신화가 강조되는 형국에서는 자칫 민족적 독자성에 무게중심이 주어지기 쉬운데, 문학교육에서 이런 사실을 참조한다면 신화를 보편성을 지닌 하나의 문학형식으로 이해시키는 데 큰 도움을 줄 것이다.

사실 현재의 국어교육에서도 '환인-환웅-단군' 같은 3대의 이야기라거나, '영웅의 일생'이라는 식으로 서사구조에 근접한 교육이 이루어지고 있다. 그러나 실제로 우리가 교육현장에서 가르칠 만한 신화

---

15) 조셉 캠벨, 『네가 바로 그것이다』, 해바라기 2004, 38쪽.
16) J. F. 비얼레인, 『세계의 유사신화』, 세종서적, 1996.

중에서 3대를 거치면서 이루어지는 이야기를 찾아내기란 그리 쉽지 않으며, '영웅의 일생' 역시 이른바 영웅신화에 국한되는 것이어서 그것만으로 신화의 서사구조를 학습시키기에는 상당한 부담이 따른다. 무엇보다도 다른 어떤 서사문학에서도 다루어지기 어려운 창세(創世)의 문제가 소거된 신화만을 텍스트로 삼다 보면, 거기에서 도출된 서사구조는 단순히 재미있고 비현실적인 이야기로 인식되기 쉽다. 따라서 제재로 사용된 작품을 꼼꼼하게 읽히면서, 신화적 서사구조를 제대로 잡아낼 수 있게 교육하는 방안이 요구되며, 그렇게 될 때 신화의 문학 교육적 의미는 한층 더 강화될 것이다.

3. 문학교육으로 본 신화의 의미

3.1. 상징적 해석 능력 확장

신화를 상징적으로 해석하는 첫걸음은 언어이다. 가령, 그리스신화에서 세상을 처음으로 만든 어머니와 아버지인 가이아와 우라노스는 곧 그리스어의 '대지'와 '하늘'을 뜻한다.[17] 처음에 가이아에서 출발하여 우라노스로 나뉘고, 다시 그 둘이 부부로 등장하는 것은 신화라는 서사적인 이야기 이전에 하나의 사고의 틀을 보여준다. 즉, 그리스인들은 세상의 시원으로 대지(大地)를 잡았고, 바로 거기에서 그 대척점에 놓인 하늘이 생성되었다고 믿었으며, 또 그 둘의 결합에 의해서 세상 만물이 생성된다고 생각했던 것이다. 그렇다면 이런 데에서 왜 그

---

17) 그리스신화에 등장하는 인물명을 풀이한 예로는 아이작 아시모프, 『신화 속으로 떠나는 언어 여행』(김대웅 옮김, 웅진닷컴, 2002)을 참조.

렇게 남녀의 결혼으로 세상의 창조를 설명하게 되었을지 추론해보는 데서 상징적 해석의 가능성이 열린다. 우리가 "하늘[우라노스]에서 땅 [가이아]으로 떨어지는 비가 식물을 성장시키는 모습"[18]을 상상해본다면, 부부 관계가 쉽게 이해될 수 있다.

이처럼 '하늘-땅'을 '아버지-어머니'로 유추하는 방식의 접근을 통해서, 〈단군신화〉 같은 작품의 설명도 가능하다. 환인이나 환웅은 하늘에 있거나 하늘에서 내려온 존재이므로 하늘과 연관됨은 말할 것도 없고, 단군 역시 하늘에서 결코 떨어질 수 없는 존재이다. 최남선은 『불함문화론』에서 '단군'을 무당을 일컫는 '당굴'의 사음(寫音)으로 보면서 몽골어 'Tengri(天, 拜天者)'와 공통된 말이며, '삼위태백'의 태백산 역시 실제로 어떤 구체적인 지명을 의미하기보다는 '밝뫼'정도의 크고 밝다는 뜻일 것이라고 했다. 이렇게 본다면 이 신화는 하늘아버지[天父]가 가장 높은 산인 태백으로 하강하는 내용임을 짐작할 수 있다.[19] 이렇게 볼 때, 환웅이 거느리고 온 풍백(風伯)·우사(雨師)·운사(雲師)의 실체가 명확해진다. 흔히들 고조선이 농경사회였기 때문에 비와 바람, 구름이 등장했을 것이라고 생각하지만, 사실 이 셋은 하늘과 땅의 신성혼(神聖婚)과 밀접한 관련이 있다. 하늘에서 땅으로 내려오는 기상 현상을 통해 하늘과 땅이 연결되는 것이다.

이러한 상징적 해석의 또 하나의 예는 이른바 '달 동물(lunar animal)'의 경우를 들 수 있다. 달이 차고 이지러지기를 반복하는 것처럼 특정 동물에게서 그런 현상이 발견되면 곧바로 신성시된다.[20] 〈단군신화〉

---

18) 위의 책, 28쪽.
19) 이 이하 〈단군신화〉의 언어를 둘러싼 문제에 대해서는 이강엽 외, 『디지털 시대의 국어과 수업모형』(평민사, 2002), 247~260쪽에 잘 정리되어 있다.

신화의 문학 교육적 의미 175

에 등장하는 곰이 바로 그런 예이다. 곰은 겨울잠을 자는 특수한 동물로, 계절에 따라서 없어졌다가 나타났다가 한다. 바로 이 점이 신화의 주요 테마인 재생과 갱신을 설명하는 데 도움을 준다.[21] 마찬가지로 〈금와왕 신화〉에서 금와(金蛙)는 글자 그대로 개구리로서, 알에서 올챙이를 거쳐 개구리로 변환하는 신비성이 강조된 것이다. 또, 〈김알지 신화〉에 등장하는 닭 역시 알에서 부화하여 병아리가 되는 동물이다. 교과서에 등장하는 시조 신화를 곧이곧대로 해석하여 어느 종족은 어떤 동물의 후손이라는 식의 황당한 내용을 가르치는 대신 그 동물들에 내재한 생성력(生成力)을 통화 신화의 주지(主旨)를 알게 하는 편이 온당하다. 여러 신화에 두루 등장하는 동굴 역시 마찬가지로 이해될 수 있다. "깜깜한 굴속에 드는 것은 죽음을 의미할 뿐만 아니라, 생명·생성 이전, 태초의 카오스의 재현이기도 하다."[22] 〈단군신화〉에서 곰과 호랑이가 굴속에 들어갔던 것은 그렇게 이해되며, 그 굴속의 시련을 무사히 마친 곰만이 곰에서 웅녀로 거듭나게 된다.

그러나 신화에 상징성이 풍부한 것과 상징적으로 해석해내는 문제

---

20) 자세한 내용은 미르치아 엘리아데, 『종교사개론』(이재실 옮김, 까치, 1993) '제4장 달과 달의 신비학'(153~181쪽) 참조

21) 이와는 달리 단순히 곰이라는 동물에 초점을 둘 경우, 곰과 호랑이를 대비하여 민족성을 설명하는 쪽으로 진행되기 쉽다. 실제로, 신화교육을 다룬 책에서 범과 곰의 상징과 곰이 승리한 것의 의미를 다음과 같이 풀이한 예도 있다. "호랑이가 현실적이고 외적인 힘의 상징인 반면, 곰은 이상적이고 내적인 힘의 원천을 상징한다. 따라서 호랑이는 투쟁적인 정복자의 특성을 지닌 데 비해 곰은 우둔하고 점잖으며 끈기와 참을성을 지니고 있다. 이 글에서 인간이 되는 데 곰이 승리한 것은 곧 용맹과 투쟁의 가치관보다 참을성과 순박을 더 높이 평가한 것이 된다. 이는 곧 외적인 투쟁보다는 내면의 투쟁을, 나아가 스스로 어려움을 견뎌내는 의식을 중히 여긴 것이다."(김문태 편저, 『신화교육과 국어과교육의 현장』, 보고사, 2004, 219쪽)

22) 김열규, 『한국민속과 문학연구』, 일조각, 1980, 79쪽.

는 별개이다. 어찌 보면 텍스트에 담긴 상징성이 풍부하면 풍부할수록 오히려 해석해내기 더 어려운 법이다. 그런데 현재 교과서나 참고서 등에 신화 부분을 보면 그런 상징적 해석 능력을 키워줄 수 있는 길이 원천적으로 막혀 있는 것처럼 보인다.

실례로, 초등학교 교과서에 실린 〈단군신화〉는 이런 식으로 구성되어 있다.[23)

> 1. 읽는 목적을 정하여 '단군의 건국 이야기'를 읽어 봅시다.
>   〈단군의 건국 이야기〉(작품 생략)
> 2. '단군의 건국 이야기'를 읽고, 물음에 답하여 봅시다.
>   (1) 환웅이 하늘나라를 떠나 태백산으로 내려온 까닭은 무엇입니까?
>   (2) 땅의 나라를 세우는 데 태백산이 가장 적합한 까닭은 무엇입니까?
>   (3) 환웅이 환인으로부터 받은 세 가지 선물은 무엇이며, 어떤 뜻이 들어 있습니까?
> 3. 내가 이 글을 읽는 목적과 글의 짜임에 주의하며 '단군의 건국 이야기'의 내용을 요약하여 봅시다.
> 4. 다른 건국 신화를 더 찾아 읽고, 내용을 요약하여 말해 봅시다.

이 제재가 실린 대단원인 〈둘째 마당 살며 배우며〉는 '글의 짜임과 읽는 목적에 따라 글을 요약할 수 있다'를 단원의 목표로 잡고 있으며, 크게 '글의 짜임에 따라 요약하기'와 '읽는 목적에 따라 요약하기'로 나누어서 학습활동을 전개해 나간다. 수록된 글 역시 사물놀이와 풍물놀이, 우리나라 곤충의 사계, 기와집의 구조, 『백범일지』 등 지극히 설명적인 내용 일색이다. 그러다 보니 〈단군신화〉를 통해 얻을 수

23) 『국어 읽기 6-2』, 교육인적자원부, 2002, 88~93쪽.

있는 상징적인 의미 등에 대해서는 거의 입을 다무는 형편이다.

이러한 물음을 조금만 바꿔보면 사정이 완전히 달라질 수 있다. "하필이면 산꼭대기로 내려온 까닭은 무엇이겠습니까?", "백일기도를 하라고 했는데 21일만에 사람으로 변하게 된 이유는 무엇이겠습니까?", "풍백, 우사, 운사를 데려온 이유는 무엇이겠습니까?"나 "왜 360여 가지라고 했겠습니까?" 같은 물음이 훨씬 더 적절해 보인다. 읽기만 하면 금세 알 수 있는 내용을 목적에 따라 읽힌다는 의도 아래 단순하게 답해보게 한다면 신화 텍스트가 지니는 풍성함은 소거되고 만다. "–입니까?"를 통해 사실(事實)을 묻기보다, "–이겠습니까?"를 통해 추론해보도록 유도하는 편이 상징적 해석에 훨씬 큰 도움이 된다.

더욱이 위에 예시된 2.(3)의 물음은 실제 〈단군신화〉에는 명시되지도 않은 내용을 사실처럼 써놓음으로써 위험해 보인다. 교과서에는 천부인 3개를 칼과 방울, 거울로 명시했지만, 『삼국유사』 같은 원문에서는 언급하지도 않은 내용이고 또 실제로 꼭 그렇게 볼 근거는 없다. 게다가 "칼은 힘의 근원이다. 외적으로부터 백성을 안전하게 지켜주기 위해서 꼭 필요한 것이다."[24]와 같은 식으로 일방적인 '설명'을 시도함으로써 해석의 풍성함에서는 더욱 멀어졌다. 칼은 그 자체로 사람을 해치는 무기이지만, 한편으로는 이것과 저것을 가르고 변별해내는 기능이 있다.[25] 따라서 칼은 곧잘 분별과 지혜의 상징으로 쓰이

24) 『국어 읽기 6-2』, 같은 책, 90쪽.
25) "칼은 권력, 보호, 권위, 왕위, 지도력, 정의, 용기, 강함, 불침번, 적을 몰살시킴을 상징한다. 칼은 또한 남성원리와 활력을 나타내며, 남근상징으로서는 여성적 수용원리를 나타내는 사슬과 대응된다. 형이상학적 차원에서는 식별, 지성의 투철한 힘, 영적(靈的) 결단, 성스러운 것의 불가침성을 상징한다."(밑줄 필자) – 진 쿠퍼, 『그림으로 보는 세계 문화상징사전』, 이윤기 옮김, 까치, 1994, 'sword칼' 항(398쪽).

며, 이것은 소리를 통해 전체의 화합을 유도하는 방울의 특성과 상보적(相補的)인 관계를 이룰 수 있다. 문학교육적인 측면에서의 문제는 어떻게 해석하느냐보다는 해석방식에 있다. 단순히 암호를 해독하듯이 답을 제시하기보다는 왜 그렇게 유추해나갔는지 파악해보게 하는 편이 해석 능력을 확장하는 데 더 큰 도움이 될 것은 자명한데도, 실제로는 여전히 지식적인 측면이 강조되는 형편이다.

이런 사정은 중등교육 현장에서도 크게 달라지지 않는다. 문학 교과에서 〈단군신화〉를 다룬 후의 평가문제로 "이 글의 내용으로 미루어 볼 때, 당시의 사회상으로 볼 수 없는 것은?"이라고 하여 사회과 내용에서 벗어나지 못하는가 하면, '천부인, 신단수, 곰, 굴, 쑥 한 심지와 마늘 스무 개 등의 의미를 바르게 풀이한 것?'은 이라는 식의 문제를 내면서도, 해석 능력을 묻기보다는 지식을 묻기에 급급한 형국이다.[26] 신화가 인류 최고(最古)의 철학이자 문학이라는 점을 인정한다면, 적어도 국어교과 영역에서는 그런 점들이 효과적으로 드러날 수 있는 교육 방안이 필요할 것이다.

3.2. 정체성 찾기

신화의 주인공은 언제나 신비 체험을 하는데, 그 신비 체험 이전과 이후는 완전히 다른 인격체로 서곤 한다. 웅녀가 동굴 속에서 햇빛을 피하면서 쑥과 마늘을 먹든, 유화가 자기를 따라오는 빛을 쪼이든 그 둘은 본질적으로 같은 것이다. 그 과정을 거쳤을 때 그들은 모두 자신의 주된 임무를 성실히 수행할 수 있는 존재가 된다. 이는 흡사 무당

---

26) 이대욱 외, 『고전산문문학』, 앞의 책, 19쪽 참조.

들이 겪는 무병(巫病)을 연상케 한다. 무당들이 원인 불명의 병을 앓으면서 모진 시련 끝에 일반인에서 무당으로 거듭나는데, 이는 무당으로서의 자격을 온전히 갖추는 한 과정이다. 그런데 일단 무당이 되고 나면 그는 다시 굿의 과정에서 자신이 무당이 되었던 그 과정을 재현하면서 신화가 체현되는 것이다.27)

신화의 교육에서도 그와 유사한 과정을 생각해볼 수 있다. 즉, 먼저 신화 주인공이 일정한 과업을 이루는 과정을 파악하고, 그 주인공과 자신을 비교하면서 궁극적으로는 자기 삶의 자세를 가다듬는 것이다. 이 과정은 노들먼이 동일화(identification)와 조작술(manipulation)이라는 용어로 개념화한 바 있다.28) 만약 〈주몽신화〉를 제재로 하여 교육할 때 이 과정을 서술한다면 다음과 같이 정리될 수 있겠다.

1. 주몽은 특별한 자질을 가지고 있었으나(자신의 능력) 그 때문에 배척당하고(어려운 현실) 집을 나가 큰일을 이룬다.(과업의 성취) → 과업 성취 과정 파악
2. 나[독자] 역시 남다른 능력이 있으나 현재는 여러 가지 여건 상 그 능력을 제대로 발휘할 수 없다. → 동일화
3. 나는, 주몽이 그랬듯이, 나의 능력을 발휘할 수 있도록 이 좁은 범위를 벗어나서 최선의 노력을 해야겠다. → 조작술

물론, 이 과정 중에 있는 동일시와 조작술에는, 노들먼이 지적한 대로, 만만찮은 폐해가 있다. 다른 모든 전략을 제치고 이런 전략만 강

---

27) 동북아시아 샤머니즘의 성무(成巫) 과정을 입사식과 연관하여 설명한 예는 김열규, 『동북아시아 샤머니즘과 신화론』, 이카넷, 2003, 69쪽 및 115쪽 참조.
28) 페리 노들먼, 『어린이 문학의 즐거움 1』, 김서정 옮김, 시공주니어, 2001, 118~120쪽.

요할 경우, 무비판적이며 수동적으로 받아들이기만 하는 문제가 야기
될 수 있다. 그럼에도 불구하고, 문학교육을 받는 학생들은 언제나 자
신의 삶을 무한히 확장해야 하는 과업이 있다는 점에서, 이런 방식의
교육에는 상당히 긍정적인 가치가 있다. 융통성이 결여된 주입식 학
습으로 떨어지지 않도록 배려한다는 전제에서, 이러한 방법은 확실히
학생들의 '성장'과 맞물려서 타당하고 유용하다. 더구나, 현행 초 · 중
등 교육 현장에서 다루고 있는 신화의 폭은 매우 넓어서 개별 작품들
의 변별성에만 유의한다면 학습자 개개인이 처한 상황에 맞게 수용하
도록 유도할 수 있다.

초등학교 교과서에만 해도 〈알에서 태어난 임금님〉(2-1 쓰기), 〈선
문대 할망 이야기〉(2-2 쓰기), 〈연오와 세오〉(6-1 읽기), 〈단군의 건국
이야기〉(6-2 읽기) 등이 있어서 사실상 단일하게 설명되지도 않고 또
그렇게 해서도 안 된다. 주몽이나 단군은 자신의 의지대로 영역을 옮
겨가면서 확장한 예이지만, 석탈해는 먼 곳에서 떠내려와서 속임수를
통해 자신의 능력을 인정받고 왕에 오른 경우이다. 또, 〈선문대 할망
이야기〉는 나라를 세운 이야기가 아니라 일종의 창세(創世)신화로서
거인이 세상을 창조하는 이야기이고, 〈연오와 세오〉는 비록 희미하기
는 하지만 일월(日月)신화의 자취를 담고 있다. 물론, 교과서에 수록
된 부분이 너무 짧고 학습 목표와 신화의 거리가 있어서 어려운 점이
있겠으나, 이 정도의 작품별 변별성에만 유념해도 일률적인 조작술을
사용하는 데 따른 폐해는 상당히 줄일 수 있을 것이다.

그런데, 사람이 자신이 누구인가를 확인하는 정체성은 단순히 그
사람 개인의 문제일 수만은 없다. 때로는 중심 문제가 남성인가 여성
인가 하는 성적 정체성일 수도 있고, 그 사람이 속한 집단의 정체성일

수도 있다. 캠벨은 그런 관계를 소우주에서 대우주가 서로 조화를 이루는 것으로 보았다. 그에 따르면, 개인은 자기 자신(소우주), 문화(중우주), 우주(대우주), 그리고 그 자신과 만물을 넘어서는 동시에 그 안에 있는 외경스러운 궁극적 신비와 조화를 이루어야 한다.[29] 이런 견지에서 신화 교육에서도 그럴 만한 대목이 있다면 적극적으로 찾아내는 것이 필요하다.

현행 교과서에 수록된 신화 중에 그런 부분이 두드러지는 예는 여성 주인공이 등장하는 신화와 건국신화를 들 수 있다. 여성 주인공이 등장하는 신화에서는, 〈선문대 할망 이야기〉처럼 창세(創世)와 같은 원초적인 생성력이 강조되거나 〈바리데기(공주)〉처럼 죽음을 극복하고 재생(再生)하는 내용이 주류를 이룬다.[30] 예를 들어 〈바리데기〉에서 찾아지는 여성신상(女性神像)의 특성이 '일상성(여성만이 체험할 수 있는 입덧 등의 몸의 체험이나 육아 등등), 관계지향성(버림받지만 그 관계를 저버리지 않음), 포용성(억울하고 나약한 자를 포용)'이라면[31], 그것이 곧바로 여성의 성적 정체성일 수 있다. 물론, 바리공주의 희생을 '당대 여성의 수난'[32]으로 몰아가면 남성 대 여성의 대립이 강조되겠지만, 신화가 내비추는 여성 특유의 긍정적인 특성을 추출해낼 여지 또한 높다.

나아가서 민족적 정체성 찾기에도 신화는 중요한 몫을 할 수 있다.

---

29) 조셉 캠벨, 『창작신화』, 정영목 옮김, 까치, 2002, 15~16쪽.

30) 신화에 등장하는 여신(女神)의 의미에 대해서는 이강엽, 「알레고리로서의 女神, 그 양상과 의미 ―동아시아 신화의 경우―」(『어문학』, 한국어문학회, 2004.12) 참조.

31) 이런 분석은 이윤진, 「무속신화 속의 여성신상에 관한 교육학적 의미 연구」, 연세대학교 석사학위 논문, 1998.2 참조.

32) 실제로 이대욱 외, 『고전산문문학』, 앞의 책, 265쪽에서는 그것을 '바리 공주'의 상징성으로 보았다.

예를 들어 『삼국유사』에는 고조선, 북부여, 동부여, 고구려, 백제 등의 건국 신화가 두루 등장하는데, 그것들을 개별적인 내용으로만 배우게 되면 각 나라의 건국기(建國記)에 지나지 않게 된다. 그러나 좀더 세심히 살펴보면 이 건국신화들은 각기 연결되어 단일한 관계망에 포섭된다. 즉, 이 이야기들에 등장하는 환인, 환웅, 웅녀, 단군, 해모수, 해부루, 금와, 유화, 주몽, 비류, 온조 등등은 하나의 신통도(神統圖)를 그려낼 수 있을 만큼 상호 의존성이 강하다. 『삼국유사』의 다음과 같은 대목은 결정적인 단서가 된다.

> 시조 동명성제의 성은 고씨요 이름은 주몽이다. 이보다 먼저 북부여의 왕 해부루가 이미 동부여로 피해 가고 부루가 죽자 금와가 왕위를 이었다. 이때 금와는 태백산 남쪽 우발수에서 여자를 하나 만나 물으니 그 여자가 대답했다.
>
> "저는 하백의 딸로서 이름을 유화라고 합니다. 여러 동생들과 함께 물 밖에 나와 노는데 남자 하나가 오더니 자기가 천제의 아들 해모수라고 하면서 저를 웅신산 밑 압록강 가의 집 속으로 꾀어 사통하고는 가더니 돌아오지 않았습니다.(『단군기』에는 "단군이 서하 하백의 딸과 친하여서 아들을 낳아 부루라 하였다." 했는데 지금 이 기록에는 해모수가 하백의 딸과 사통하여 주몽을 낳았다 한다. 『단군기』에 "아들을 낳아 부루라 했다 하니 부루와 주몽은 이복형제일 것이다.) 부모님께서는 제가 중매도 없이 혼인한 것을 꾸짖어 드디어 여기로 귀양보낸 것입니다.[33]

문제는 이 인용문의 괄호 안에 있는 내용이다. 이것은 『삼국유사』의 작가 일연이 직접 달아놓은 주석으로, 이 이야기를 채록할 당시부터 이런 내용이 문제였음을 입증하는 사례이다. 이 이야기들을 모아

---

33) 일연 『三國遺事』(晩松本), 오성사 영인본, 1983, 45~47쪽.

보면 상호간의 복잡한 관계가 포착된다. 주몽과 해부루가 모두 해모수의 아들로 되어 있고, 해부루가 자식이 없어 하늘에 빌어 금와를 얻었으며, 주몽은 금와의 자식들과 함께 지내게 된다. 또 어떤 기록에는 단군이 해부루를 낳았다고 했으니 당연히 그 두 신화 사이에는 강한 친연성(親緣性)이 있을 수밖에 없다. 또 주몽의 아들 온조가 세운 나라가 백제임을 생각하면, 실제로 이들 나라들은 서로 얽히고설킨 한 나라인 셈이다. 이렇게 볼 때, 신화가 민족적 정체성을 찾아내는 작은 단서를 제공해줄 수 있을 것이다. 신라나 가야 역시 마찬가지 방법으로 그 연관성을 살펴본다면 민족적 정체성의 해명에 많은 도움이 되리라 본다.

그러나 이 정체성 찾기의 최종 관문은 자아 정체성, 성적 정체성, 민족적 정체성이 사실은 한 맥락에서 융합되는 것을 아는 일이다. 자신의 문제를 딛고 일어서는 문제나 성적 차별의 억압을 깨치는 일이나 다른 민족의 압박을 견디면서 주체적으로 나라를 세우는 일이 모두 동일 기제에서 출발한 과업이다. 적어도 신화로 불리는 이야기라면 최종 결과가 어떻게 달라지든 현재의 자기 상황을 직시하고 자신이 도달할 수 있는 최고치에 이르는 신비한 성취를 보여주며, 청소년기 이전의 학교 교육에서 그 점이 간과되어서는 곤란하다.

3.3. 서사구조의 학습

신화가 신비로운 내용을 담은 이야기임에는 틀림없지만, 실제로 교육용으로 개편된 신화에서는 적어도 두 가지 위험이 도사리고 있는 것으로 보인다. 그 하나는 신화는 그 이야기를 믿는 사람들에게만 진실로 각인되기 때문에 자칫하면 여느 재미있는 이야기로 인식될 우려가 있다는 것이며, 또 하나는 교육적이라는 선의의 목적에서 출발했다고는 해도, 교육대상이 되는 독자와 오늘날의 상황에 맞게 개작되어 있다는 사실이다.[34] 따라서 신화의 신성성을 믿지 않는 독자들이 개작된 신화를 일반적인 문학 텍스트처럼 읽게 되면 신화 문학의 특성은 소거되고, 기이하거나 황당한 서사문학을 읽는 효과를 줄 수도 있다.

그러나 신화에서 신성성을 소거하고 나면 그 본질적 가치는 훼손된 것이며, 어느 신화든 매우 보편적인 방식으로 그 신성함을 드러낸다. 다음은 남아프리카 어느 종족의 이야기인데, 이를 통해 거기에 대해 살펴보기로 한다.

> 움벨리캉기(처음부터 있어온 존재, 창조주)는 하늘의 왕이었다. 왕은 하늘나라에 큰 외양간을 지어놓고 수많은 소를 길렀다. 그런데 말썽꾸러기 청년이 왕이 아끼던 소에 올라타 장난을 친다는 소식을 전해왔다. 왕은 청년을 불러 하늘 바닥에 구멍을 낸 후 청년의 허리를 이툼부(탯줄)로 묶어 땅으로 내려보냈다. 청년은 땅에 내려와 그 줄을 잘라내고 자유가 되었다. 한 달쯤 후, 하늘의 왕은 그 청년의 모습을 내려다보았는데 너무 외롭고 측은해 보였다. 왕은 하늘나라에서 제일 예쁜 처녀를 내려 보내주었다. 둘은 자연스럽게 짝을 맺었는데, 하늘의 왕은 그 모습을 흐뭇하게 지켜보고, 땅으로 내려진 줄을 거두어들였다. 그 후 청년과 처녀는 하늘을 바라보지 않고 후손을 낳아 잘 길렀는데, 그 후손들이 바로 아마줄루(하늘에서 내려온 사람들)이다.[35]

보다시피 명백한 시조신화(始祖神話)이다. 〈단군신화〉를 우리 민족

---

34) 이런 문제에 대해서는 노들먼, 앞의 책, 508~515쪽 참조.
35) 장용규 엮음, 『세계민담전집 4 남아프리카 편』, 황금가지, 2003, 11~13쪽에서 요약.

의 시조로 여기듯이, 아마줄루족들은 이 청년을 시조로 여기는 것이
다. 똑같은 시조신화이고 실제의 서사 전개 역시 흡사하다. 다른 점이
있다면 웅녀가 땅의 사람이었던 데 비해 아마줄루족의 여자는 하늘의
사람이었던 것이다. 그렇지만 하늘에서 땅으로 내려 보내진다는 점은
똑같고, '이툼부'가 탯줄임을 생각한다면 이 역시 '삼위태백'과 다르지
않다. 탯줄은 본래 어머니와 자식을 잇는 연결고리인데, 아마줄루족의
신화에서는 그것을 그대로 드러낸 반면, 〈단군신화〉에서는 하늘과 땅
이 처음 만날 수 있는 장소를 정한 것뿐이다. 또, 아마줄루족의 신화에
서 하늘을 바라보지 않고 살았다는 것은 하늘의 질서가 땅에 구현되어
더 이상 연연할 필요가 없다는 뜻이겠고, 이는 〈단군신화〉의 '널리 인
간세계를 이롭게 한다(弘益人間)'는 이념과도 잘 맞아떨어진다.

　결국, 이런 신화들은 현세에 없는 질서를 희구하고, 그 질서가 처음
으로 만들어지는 과정을 보여주는 것으로, 캠벨이 말한 '분리-입문-
회귀'의 3단계에 들어맞는다. 어느 신화주인공이든 최소한 자기가 처
한 현재 상황에 문제를 느끼고, 그곳을 떠나거나 그곳에서 새로운 질
서를 창출하기 위해 어려움을 겪고, 마침내 자기가 원하는 세상을 정
착시키는 것이다. 문제는 그 크기인데, 신화에 따라서는 우주 전체를
창조하는 이야기가 있는가 하면 특정한 나라나 섬을 창조하는 이야기
도 있고, 인류의 시원을 설명하는가 하면 특정 종족의 시원을 설명하
는 이야기도 있다. 더 작게는 새로운 국가, 새로운 제도를 만들어내는
이야기 역시 이 틀에서 멀지 않다.

　그렇다면 이런 구조를 제대로 파악하도록 교육하는 방안이 무엇인
지 고민하지 않을 수 없다. 학생들이 신화를 미처 소화해내기도 전에
'천상계/지상계', '분리-입문-회귀' 등을 학습시키는 것은 다소 위험

해 보인다. 신화를 문학으로 다루고자 한다면 적어도 텍스트를 꼼꼼하게 읽는 절차가 필요하기 때문이다. 기존의 연구 중에서 학습지를 통한 평가활동을 통하여 그런 목표에 도달하도록 구안한 예가 있어서 도움이 된다. 예를 들어, '인물망 그리기'를 통해 신화 주인공의 행적을 좇도록 한다든지, '플롯조직표'를 통해 작품의 순차적 질서를 확인해보도록 하는 것이다.[36) 그리고 이런 활동이 끝난 후, 학습하지 않은 다른 신화를 제시한 후 같은 방법으로 그리게 하면서 공통점을 추출하도록 하면서 교사가 적절한 보충지도를 해준다면, 학생들이 스스로 신화적 서사구조를 깨쳐나가는 데 도움이 될 것이다.

일단 서사구조가 습득되면 그것을 응용한 다양한 학습활동이 가능하다. 초등학교 교과서의 경우, 신화가 읽기 제재뿐만 아니라 말하기나 쓰기 등 다양한 영역에서 두루 쓰인다. 특히 신화 전문을 게재하지 않은 경우, 그 다음 내용을 상상하여 말하기나 쓰기 같은 활동이 유도된다. 예를 들어 〈선문대 할망 이야기〉는 쓰기 교과서에 실려 있는데, 그 말미에 '들은 이야기에 이어질 내용을 상상하여 글로 써봅시다. 꾸며 주는 말도 알맞게 넣어 봅시다.'[37)라는 문제가 제시된다. 이때의

---

36) 김문태 편저, 앞의 책, 295~296쪽. 이 책에서 제시한 '인물망 활동' 및 '플롯조직표'의 개념은 다음과 같다.

　* 인물망 활동 - ① 등장 인물의 이름을 중앙에 적는다. ② 중앙에서 가지를 쳐 나온 원들에는 등장인물의 특성을 적는다. ③ 이런 원들에서 파생된 것들에는 등장인물의 성격이나 특성의 증거를 적는다. ④ 이를 뒷받침하는 사실이나 정보를 텍스트에서 찾는다.

　* 플롯조직표 - 이야기 속에서 일어난 사건을 한눈에 쉽게 볼 수 있게 해줌으로써 학생들의 플롯을 요약하고, 플롯의 짜임을 이해하는 데 유용하다. 이 활동에서 학생들은 시간과 공간의 변화에 따라 인물의 행동이 어떻게 변화하며, 뒤에 일어난 사건은 앞의 사건의 흐름에 따라 필연성을 띠고 있나를 살피면서 읽어야 한다. (김문대 편저 같은 책, 293쪽 각주 30, 31)

핵심을 '꾸며주는 말'에만 집중한다면 '상상하여 쓰기'에는 큰 신경을 쓰지 않을 수도 있다. 그러나 신화의 핵심은 진실성을 넘어서는 신성성이다. 이 신화가 제주도가 섬이 된 내력을 담은 이야기임을 안다면, 아무렇게나 상상하는 것이 아니라 그 서사에 맞게 창조하는 능력이 필수적이다. 이 문제의 앞에 제시된 세 컷의 삽화는 거인인 선문대 할망이 자기가 입을 옷을 만들어주면 육지로 가는 다리를 만들어주겠다는 내용이다. 그렇다면, 어쨌거나 최종적으로는 육지로 가는 다리가 완성될 수 없도록 구성되는 것이 사리에 맞으므로, 그렇게 하지 않은 학생들은 적절히 지도해야 마땅하다. 아무리 재미있게 꾸며냈다 하더라도 진실성이 무너지면 신화로서의 생명은 사라지고 말기 때문이다.

이런 학습의 장점은 신화 학습이 신화에 그치지 않고 전설과 민담 같은 다른 영역의 설화, 더 나아가서는 서사문학 전반을 이해하는 데 도움이 된다는 점이다. 비근한 예로, 초등학교 교과서에 〈선녀와 나무꾼〉(2-2 읽기) 같은 이야기나, 초등학교부터 고등학교까지 두루 나오는 〈온달전〉 등 역시 이러한 신화의 서사구조에서 이해됨직하다. 나무꾼이 끝내 하늘에 정착할 수 없어서 닭이 된 사연이나, 온달이 장렬히 전사하는 장면 등을 맨 뒤에 배치하기 위해서 그 앞에 어떤 서사가 배치되어야 할지 생각해볼 수 있는 것이다. 그리고 나무꾼/선녀, 온달/공주의 대립이 결국은 신화에서 보여주는 이상세계/현실세계의 대립이며, 여느 신화와 비교할 때 결과는 다르지만, 공히 그 두 세계의 소통을 문제 삼는 서사임을 인식시킨다면 신화 교육의 효용이 극대화될 수 있으리라 본다.

---

37) 『국어 쓰기 2-2』, 앞의 책, 29쪽.

4. 결론

이 글은 신화가 '텍스트'로 국어교과의 '읽기'나 '문학' 영역에서 다루어질 때 유의해야 할 점에 중심을 두고 그 문학 교육적 의미에 대해 탐구한 것이다. 이를 위해 먼저 신화를 보는 시각에 대해 살피면서 문학 교육적 접근 방법을 모색한 후, 그 논의결과를 토대로 문학 교육적 입장에서 신화가 갖는 의미를 찾아보았다.

첫째, 신화를 보는 시각은 대체로 네 가지로 나누어 보았다. 첫째는 역사적 접근으로, 이는 신화 속의 내용이 역사적 사실을 드러낸 것이라고 보는 입장이다. 둘째로, 제의적 접근으로, 이는 모든 신화를 제의에서 행해진 언어 표현으로 보는 것이다. 셋째로, 구조적 접근으로, 신화 자체에서 내적 구조를 토대로 의미를 찾으려는 것이다. 넷째로, 심리적 접근으로, 신화를 인간 보편의 심리로 설명하려는 입장이다. 이런 시각들이 문학교육과 연관되는 점을 살펴보면 다음과 같다. 역사적 접근 방식은 인간의 삶을 가장 구체적으로 보여준다는 점에서 문학의 토대가 되지만, 신화를 보통 역사서를 읽듯이 해서는 의미 해독부터 막히게 되므로 독특한 해석 방법이 필요하다. 따라서 신화의 언어에 담긴 축자적 의미 이상을 풀어내는 일이야말로 문학을 교육하는 데 매우 중요하다. 둘째로, 그 제의를 통해 신성한 경험을 체현하고자 하는 것이어서, 미성숙한 자를 성숙하게 만드는 교육 본연의 목적과도 상통한다. 따라서 실제로 제의과정을 통해 신화를 구송(口誦)했던 향유층들이 신화주인공의 재생과 갱신을 경험했듯이, 독자의 내적 정체성을 확인하는 데까지 이를 수 있을 것이다. 끝으로, 신화에 대한 구조적 접근은 문학의 구조를 파악하는 데 매우 유용한 지침을 준다. 특히 여러 신화들을 한데 아우를 수 있는 안목을 키울 수 있다.

둘째, 위의 결과를 토대로 신화의 문학 교육적 의미로 상징적 해석 능력 확장, 정체성 찾기, 서사구조의 학습 등이 도출되었다.

먼저, 신화를 상징적으로 해석하기 위해서는 신화에서 자주 등장하는 언어의 내적 의미를 파악해야만 한다. 흔히 신화에서 인격체나 자연현상, 동식물로 나타나는 많은 것들이 특수한 신성 체험과 관련되는 것들이다. '하늘-땅'을 '아버지(남성)-어머니(여성)'로 드러내거나, 재생과 갱신을 경험하는 동물을 신성시하는 것은 그 좋은 예이다. 이런 상징적인 해석을 돕기 위해선 설명을 시도하기보다는 학습자들이 주체적으로 탐구해보도록 유도하는 일이 중요한 과제이다.

다음으로, 신화 주인공은 신비 체험을 거친 후 완전히 거듭나는 것이 일반적이며, 이 과정에서 자신의 과업을 깨닫는데 그것이 바로 정체성 확인이다. 학습자가 먼저 신화 내용을 잘 파악한 후, 신화 주인공에 동일시하고 자신의 삶을 가다듬도록 한다면 특히 성장기의 학생들에게 주는 교육적 의미가 크다. 또 이 정체성은 단지 개인에 국한되지 않고, 텍스트에 따라서는 성별 정체성이나 집단적 정체성까지 유도할 수 있어서, 인간이라면 누구나 추구하는 개인과 집단, 부분과 전체의 조화를 이루는 이상에 도달하게 할 수 있게 해준다.

끝으로, 신화 역시 서사문학이라는 점과 특히 유사한 내용의 작품이 많다는 점에 착안하여, 서사구조를 좀 더 효율적으로 학습하도록 할 수 있다. 신화를 비교하는 과정을 통해, 신화가 현세에 없는 질서를 희구하고 그 질서가 처음으로 만들어지는 과정을 보여주는 것을 확인할 수 있다. 그러나 '천상계/지상계', '분리-입문-회귀' 등의 핵심적 내용을 지식으로 일러주기보다는 다양한 학습활동을 통해 깨달도록 유도하는 편이 좋다. 그렇게 될 때 신화교육이 읽기나 문학 영역을 넘어서고 또 신화 이외의 서사문학 전반으로까지 그 효과가 파급될 수 있을 것이다.

그러나 교육은 언제나 실천이 중요한 것이어서, 교육현장에 맞게 구체적인 방안이 마련되고, 여기에서 논의된 문학 교육적 의미 이외의 새로운 의미들이 덧보태질 때 신화 교육이 더욱 풍성해지리라 본다. 특히, 이 글은 교과서에 드러난 제재를 통해 교육할 수밖에 없는 현실을 최대한 감안했지만, 실제로 신화의 본질적 특성을 학습시키려 한다면 제재 선정의 타당성부터 다시 검토해야 하는 문제가 있음을 덧붙여둔다.

3부

설화의 유형 탐색과
유화類話의 교육

보은담(報恩譚)의 유형과 의미

1. 서론 : 교환과 거래를 넘어

보은담은 말 그대로 은혜 갚는 이야기이다. 간단하게 보자면, 누군가가 은혜를 베풀고 그 은혜에 대한 보답을 받는 내용이다. 이는 '베푼 대로 받는다'는 윤리적 통념의 발현이기도 하겠고, 또 어쩌면 인과응보(因果應報)라는 추상적 이념이 구현된 것처럼 보이기도 한다. 전자처럼 살피는 경우, 보은담이 곧잘 교육 제재로 사용되어왔고 현재에도 그런 경향이 매우 짙다. 후자처럼 살피는 경우는 연기설(緣起說)이나 만물정령론(萬物精靈論) 같은 까다로운 개념이 동원되기도 한다. 이러한 양자간의 차이에도 불구하고, 그 둘은 모두 '은혜'를 '보답'하는 이야기라는 점에서는 이론(異論)이 있을 수 없으며, 그것이 사실상 해석의 폭을 좁게 할 소지가 있다. 은혜는 반드시 잊지 말고 갚아야한다든지 은혜에 보답하는 이야기가 있으니 나중을 위해서 은혜를 베풀어두라는 권선(勸善)의 도구로 쓰이거나, 이야기를 사상으로 환원시켜서 포교담(布敎談)처럼 인식하기도 하기 때문이다.[1]

그렇지만 보은담의 실상을 살펴보면 그 양상이 그렇게 간단하지 않
다. 은혜를 받는다는 사실만이 공통적일 뿐, 은혜를 받는 내용이나 받
는 시점, 은혜의 크기 등등이 제각각이다. 어떤 이야기는 밥찌꺼기 같
은 사소한 것을 베풀고 목숨을 구하지만, 또 어떤 이야기에서는 목숨
을 살려주고 돈을 받기도 한다. 또 어떤 이야기는 자기가 베풀고 자기
가 보답 받지만, 또 어떤 이야기에서는 자기가 베풀고 후손이 보답 받
는다. 한마디로 말해서 '은혜'와 '보답' 간에 벌어지는 일대일 맞교환
만으로는 설명이 불가능한 경우가 발생한다.

이 글은 이런 점에 착안하여 '교환'과는 맞은편에 있는 '증여'의 개
념을 끌어오기로 한다. 이 두 개념을 간단하게 정리하면, 교환은 쌍방
이 맞바꾸는 것이며 증여는 어느 한쪽이 다른 한쪽으로 일방적으로
주는 것이다. 상당수의 보은담은 주로 '교환'에 의거한 것이다. 약간
의 시간을 둔 '되갚기'와 '되받기'의 형식인 셈이다. 한편, 적지 않은
설화에서 그와는 다른 방향으로 서사가 진행된다. 도움을 주고는 "내
가 누구인지 알 필요가 없다"고 선언하며 그 자리를 떠나버리는 은인
도 있는 것이다. 그러나 일방적으로 주기만 하고 끝난다면 보은담은
성립하지 않는다. 그러므로 대가를 바라지 않고 주기는 하되, 그 대가
가 다른 방식으로 간접화되어 나타날 때 '증여' 형식의 행위에서도 보

---

1) 교훈성을 강조한 연구로는 김현룡, 「동물보은설화와 그 교훈성」, 『교육론집』 제12
집(건국대학교 교육대학원, 1989)을 꼽을 수 있으며, 보은담을 교육 제재로 접근한
연구로는 이신성, 「보은담의 교재화에 대하여」, 「어문학교육」 제16집(한국어문학교
육학회, 1994)을 꼽을 수 있다. 특히 동물보은담을 두고는 '욕망' 혹은 '전승집단의 의
식' 등의 잣대로 살피는 연구가 있다. 박진, 「동물 보은설화에 나타난 욕망 표출과 처
리 양상」, 건국대학교 석사논문, 1996; 김문선, 「동물보은설화 연구」, 한국교원대학
교 대학원 석사학위논문, 1992.

은담은 성립한다. 더욱이 많은 설화에서 그런 행위를 더 고상하고 아름다운 덕으로 치부했다는 사실은 쉽게 보아 넘기기 어렵다.

이 논문은 먼저, '교환'과 '증여'의 개념을 파악하고, 그에 따른 유형화를 시도함으로써 보은담을 탐색하는 준거를 마련하기로 한다. 이 개념은 후술되겠지만, 신화의 설명을 위해 고안된 것이어서 서사문학이라는 큰 틀에서 보은담을 살피는 데 매우 유용하다. 다음으로, 앞서 마련된 유형별 작품례를 통해 그 실상을 파악하기로 한다. 끝으로, 그렇게 파악된 구조를 통해 보은담의 의미를 새롭게 해석하려 한다. 이는 보은담이 은혜를 베풀고 그 은혜에 대한 보답을 받는 당위성에 입각한 윤리적 텍스트로만 읽히는 한계를 넘어서려는 것이다.[2]

---

2) 교육 또는 교훈이라는 측면에서 보은담에 대한 설명은 대체로 다음과 같은 진술로 간단히 정리되곤 한다. "사람은 도울 수 있을 때 도와야 하고, 도움을 받은 사람은 그 은혜를 잊지 말아야 한다. 이것은 사람이 지켜야 할 도리로 도덕적으로 강조되어야 할 사항이다. 이것을 강조하는 방법으로 설화의 향유층들은 이러한 동물보은담을 만들어 전파·전승시켜 왔을 것이다. 동물보은담에는 동물에 대한 畏敬과 함께 微物이라고 賤視하는 동물도 보은을 하는데, 만물의 영장이라고 뽐내면서도 은혜를 갚기는커녕, 배신을 일삼는 인간에 대한 비판과 꼬집음이 자리하고 있다."(최운식·김기창, 『전래동화교육론』, 집문당, 1988, 143쪽) "따라서 이 설화에서는 인간이 해야하는 지상의 덕목인 '효의 실천'과 미물이라도 받은 은혜에 보답할 줄 아는 '보은의 도리', 그리고 악과 선의대결에서 정의가 이긴다는 '정의의 승리' 등 평범한 진리를 교훈으로 깔고 있는 설화라고 하겠다."(배도식, 「두꺼비 보은 설화의 구조의 변이양상」, 『국어국문학』 21, 국어국문학회, 2002, 124쪽)

2. '교환/증여'의 개념과 보은담의 유형화

2.1. 교환, 증여, 순수증여

'증여'를 '교환'과 대비시킬 때, 두 개념은 극명히 구분된다. '교환'
은 맞바꾼다는 뜻 때문에 상호 등가성(等價性)을 요구한다. 우리가 물
건을 사고파는 행위는 그 교환의 대표적인 예이다. 시장에서 형성된
물건의 값은 언제나 그에 상응하는 경제적 가치를 지닌 것으로 간주
된다. 시장경제가 용인되는 한, 그것은 재화(財貨)뿐만 아니라 용역(用
役), 심지어는 예술작품에까지 값이 매겨지곤 한다. 어떤 물건이나 행
위에 그렇게 값이 매겨지는 한, 동일한 값의 다른 무엇으로 대체가 가
능하며 그것이 바로 '교환'이다.

'증여'와 '교환'에 대한 기본적인 개념은 프랑스의 사회학자이자 인
류학자인 마르셀 모스의 『증여론』에서 구체화된 개념이다. 모스는
"미개(未開) 또는 태고 유형의 사회에서 선물을 받았을 경우, 의무적으
로 답례를 하게 하는 법이나 이해관계의 규칙은 무엇인가?"[3]하는 문
제에 집중하면서 교환과는 다른 층위의 증여의 개념에 대해 심도 있
는 연구결과를 냈다. 이를 이어서 나카자와 신이치는 신화를 연구하
는 관점에서, '교환', '증여', '순수증여' 등의 개념을 에 대해 명료하게
정리하였다.

그에 따르면, 교환은 다음과 같이 정식화된다[4]: "(1) 상품은 '물(物)'
이다. 따라서 상품에는 그것을 만든 사람이나 전에 소유했던 사람의
인격이나 감정 같은 건 포함되지 않는 것이 원칙이다. (2) 거의 동일

---

3) 마르셀 모스, 『증여론』, 이상률 옮김, 한길사, 2002, 48쪽.
4) 나카자와 신이치, 『사랑과 경제의 로고스』, 김옥희 옮김, 동아시아, 2004, 40쪽.

한 가치를 가진 것으로 여겨지는 '물'들 사이에 교환이 이루어진다. 상품의 판매자는 자신이 상대방에게 건네준 '물'의 가치를 잘 알고 있으며, 그것을 산 사람으로부터 상당한 가치가 자신에게 돌아오는 걸 당연한 것으로 여긴다. (3) '물'의 가치는 확정적이 되려는 경향이 있다. 그 가치는 계산 가능한 것으로 설정되어 있어야만 한다."

정리하자면, '교환'은 교환되는 '물'(물건, 행위 등등) 이외의 어떤 것을 포함하지 않고 순수한 값으로 계산되는 것이다. 이렇게 계산된 값이 정당하게 치러지면 그 대상이 소유를 옮겨오고, 양자 간의 가치는 확정되어 변함이 없는 것으로 간주된다. 물론, 상업적 손익(損益)까지를 고려하면 물건이 오가는 사이에 가격에 얼마간의 증감이 있을 수 있다. 그러나 정상적인 거래의 범위에서라면, 그런 손익조차도 재화나 용역의 이동에 따른 비용을 감안한 '정상적인 가격'으로 여겨진다.

그런데, 문제는 그렇게 가격을 매길 수 없는 물건이나 용역에서 발생한다. 특히 '인격'이 개입되는 상황에서라면 그 물건이나 용역이 갖는 객관적이며 물리적인 가치 이상이 거기에 담겨지기 때문이다. 가령, 아버지의 유품 같은 경우, 중고품 시장에서 살 수 있는 물건의 값으로는 도저히 매길 수도 없고 그래서도 안 된다. 그렇지만 그 유품을 애지중지하는 혈손이 사라진다면 유품은 유품으로서의 기능을 잃고 단순한 고물로 전락할 수도 있다. 아버지에 대한 사랑이 원천적으로 무언가를 바라고 한 행위가 아니기 때문이다.

이 경우, 그들 사이에 오가는 '물'은 단순한 '물'이 아니라 '선물'의 형식을 띠게 된다. 이처럼 누군가가 누군가에게 일방적으로 선물하는 행위가 있을 때, 그것을 '증여'라고 부르는데 이 증여의 속성은 다음과 같이 정리된다[5]: "(1) 선물은 '물'이 아니다. '물'을 매개로 해서 사람과 사람 사이를 인격적인 뭔가가 이동하고 있는 듯하다. (2) 마치 상호 신뢰의 마음을 표현하려는 듯이, 답례는 적당한 간격을 두고 이루어져야만 한다. (3) '물'을 매개로 해서 불확정적이고 결정 불가능한 가치가 움직인다. 거기에 교환가치라는 사고가 끼어드는 것을 철저하게 배제함으로써, 비로소 증여가 가능해진다."

간단하게 말해서 '증여'는 증여되는 물건이나 용역 이상의 값으로 계산되는 것이다. 물건이든 행위든 그것 안에는 그 행위만의 고유한 특성이 담긴다. 똑같은 밥이어도 어머니가 해주는 밥이 다른 것은 바로 그런 이유이다. 그러나 '증여' 역시 일정 부분 '답례'를 통해 교환적인 성격을 띠기도 한다. 결혼식 선물에 대한 답례품 같은 것이 그런 경우이다. 그러나 그것이 적어도 예의의 범주에 들려면 일정한 간격을 유지하여 맞교환 같은 느낌을 주지 않아야 하고, 내용이나 형식에 있어서도 동일한 패턴을 벗어나야만 한다.

그런데, 누구나 경험하듯이 의례적인 선물이 오갈 때면 주고받는 것이 패턴화함으로써 사실상 교환의 성격을 띠는 일이 많다. 직접적인 화폐가 오가지는 않지만 거의 품앗이 형식으로 떨어지는 상부상조(相扶相助)에 준하는 일이 잦은 것이다. 물론 상부상조 정신은 아름답다. 서로 돕고 지낸다는 데 나무랄 일이 없다. 그렇지만, 그 상부상조에 호혜성(互惠性)만 강조되다 보면, 증여를 받는 것이 곧 증여를 해야 하는 의무감으로 다가 설 공산이 크다. 가령, 누군가가 내 목숨을 구해주었다면 생명의 은인에게 지성으로 보답해야 하는 것은 당연한 일이다. 그러나 그렇다고 해서 그 사람의 생명을 구하기 위해 내 생명을

---

5) 나카자와 신이치, 같은 책, 43쪽.

버려야 할 경우라면 어떻게 해야 할지 쉽지 않은 일이다. 그 반대의 경우도 마찬가지이다.

증여와 증여가 계속 맞물리는 순환을 깨뜨릴 때, '순수증여'의 개념이 발생한다. 선물이 왔으니까 선물이 간다는 식의 단순 순환의 틀을 넘어설 때, 새로운 세계가 열릴 수 있다. 포틀래치로 알려진 제의가 이러한 순수증여의 최고치를 보여준다.[6] 포틀래치는 사실상 자신이 갖고 있는 모든 것을 잔치의 형식으로 남에게 베푸는 것이다. 문명사회에서라면 한 번의 잔치에 자신의 전 재산을 털어 넣는 일은 결코 없으며, 그런 일을 하는 사람이 있다면 어리석은 사람으로 치부되기 마련이다. 그런데 이런 극단적인 행위가 '증여'의 고리를 깨고 새로운 세계로 나아갈 수 있게 해준다[7]: "(1) 순수증여는 증여의 순환이 일어나는 둥근 고리 밖으로 뛰쳐나간 곳에 나타난다. 그것은 선물을 받으면 그에 대한 답례가 이루어지는 '물'의 순환 시스템을 파괴해버린다. (2) 증여에서는 물질성을 가진 '물'을 받는다. 그러나 순수증여는 '물'을 받기를 부정한다. '물'의 물질성이나 개체성은 전달받은 그 순간에 파괴되기를 바라게 된다. (3) 증여에서는 선물을 받았다는 사실이 언제까지고 잊히지 않는다. 그렇기 때문에 증여에서는 보냈다는 사실도 받았다는 사실도 일체 기억되기를 원하지 않는다. 누가 선물을 했는지조차 생각할 수 없게 하는 순수한 증여가 이루어진다. 그렇기 때문에 자신이 행한 증여에 대해 아무런 보답도 바라지 않는 것이다. (4)

---

6) 포틀래치에 대해서는 마빈 해리스, 『문화의 수수께끼』, 한길사, 1982에 잘 설명되어 있으며, 해리스는 이렇게 과도한 선물을 '호혜성의 파괴: 강자의 선물'로 규정한 바 있다.

7) 나카자와 신이치, 앞의 책, 68쪽.

순수증여는 눈에 보이지 않는 힘에 의해 이루어진다. 그 힘은 물질화되지 않으며 현상화되지 않는다. 마지막까지 모습을 감춘 채로 인간에게 뭔가를 계속 보내는 것이다."

순수증여가 증여와 다른 점은 증여가 또 다른 증여를 낳는 선순환(善循環)마저도 거부한다는 점이다. 물론, 이러한 상태의 순수증여가 인간세계에서 이상적인 관계를 넘어 신과 인간의 관계에 육박한다는 점이 다르기는 하지만, 외형상으로 어떠한 보답도 바라지 않는 증여, 그것도 최대의 증여가 이루어진다는 점에 주목할 필요가 있다. 요컨대, 자신이 할 수 있는 범위 내의 증여를 넘어서면서 어떠한 대가도 바라지 않을 때 순수증여가 성립한다.

2.2. 보은담의 유형화

그렇다면 이상의 원리를 통해 보은담 역시 간단하게 유형화될 수 있을 것이다. 보은담은 '은혜를 베풀어서 보답을 받는 이야기'이다. 결국 이 야기의 핵심은 '은혜'와 '보답'에 있을 것이며, 종래의 유형화는 대체로 보은의 주체와 대가에 따른 것이 주종이었다. 가령, 보은의 주체가 사람인가 동물인가, 혹은 은혜를 베푼 대가(代價)로 무엇이 주어지는가에 따랐다. 전자의 입장에서라면 '동물보은담'이라는 유형이 설정되기도 하고, 후자의 입장에서라면, '명당, 배필, 부귀' 등등으로 유형화된다.8) 그러나 이런 분류는 그 보은의 내용이 무엇인가를 드러

---

8) 『한국구비문학대계』의 분류체계가 이렇다. 대분류는 '414 사람에게 적선하고 보은 (복) 받기'와 '415 짐승에게 적선하고 보은 받기'로 되어 있으며, 그 하위분류는 '414-1 은혜 입은 사람 집에다 무덤 쓰기, 414-2 보은 받아 명당 얻기, 414-3 보은 받아 배필 얻기, 414-4 보은 받아 자식 얻기, 414-6 보은 받아 부귀 얻기……'와 같은 식으로

내는 데는 유효하지만 보은의 방식, 나아가서 그 의미를 추출하는 데
는 일정한 한계를 지닌다. 어떤 이야기이든 은혜를 주고 은혜를 받는
것이며, 은혜를 입은 존재가 사람인가 동물인가와 그 대가가 무엇이
냐를 가르는 데 그치기 때문이다.

이런 문제점을 염두에 두고, 앞 절에서 살핀 '교환'과 '증여'를 끌어
들여 보은담에 적용할 때 새로운 유형화 방안이 마련될 수 있다. 첫
째, 은혜를 베풀 때, 호혜적 교환이 가능하도록 설정되는 경우와 일
방적 증여 형식으로 설정되는 경우로 나눠볼 수 있다. 물론 표면상으
로 보자면 어느 보은담이든 일방적으로 주는 형식을 취하지만, 어떤
이야기에서는 은혜를 베푸는 사람이 명백히 드러나는 데 반해서, 어
떤 이야기에서는 한사코 정체를 밝히기를 거부하는 경우도 있다. 둘
째, 보답을 받는 사람이 곧 은혜를 베푼 사람으로 설정된 경우와 은
혜를 베푼 사람이 아닌 자손이나 다른 사람으로 되어 있는 경우가 있
다.9) 두 측면에서 공히 전자가 '교환'의 꼴이라면 후자는 '증여'의 꼴
을 취한다.

은혜＼보답	교환(施恩 당사자)	증여(당사자의 後孫, 他人)
교환(施恩者가 드러남)	(가) 유형	(나) 유형
증여(施恩者가 숨겨짐)	(다) 유형	(라) 유형

대가(代價)에 따른 분류방식을 택하고 있다. 자세한 내용은 조동일 외, 『한국구비문학
대계 별책부록(I)』, 한국정신문화연구원, 1989, 371~391쪽 참조. 또 동물보은담은 두
꺼비와 지네, 다람쥐, 꿩, 호랑이 등 동물별로 유형화한 예도 있다. 최인학, 『한국민담
의 유형 연구』, 인하대학교출판부, 1994, 「한국민담유형표」 참조.
9) 보답을 받는 사람이 은혜를 베푼 당사자인가 아닌가 하는 기준으로 2분하여 유형화한
사례는 김현룡, 앞의 논문에서 보이는데, 여기에서는 '음덕에 의한 보은'/'현실적 직접
보은'으로 명명된 바 있다.

(가)는 은혜와 보답이 모두 교환의 형태로 이루어진다. 은혜를 베푼 사람은 은혜를 입은 사람에게 드러나고, 그 사람 또한 자신이 베푼 바와 똑같은, 혹은 그 이상의 보답을 받는 것이다. 즉, 은혜가 보답으로 교환될 수 있도록 드러나게 베풀고, 그 보답 역시 은혜를 베푼 사람이 직접 받는 유형이다. (나)는 은혜를 베푸는 방식은 교환의 형태로 이루어지지만 받는 방식은 증여의 형태로 이루어지는 것이다. 즉, 은혜가 보답으로 교환될 수 있도록 드러나게 베풀지만, 그 보답은 은혜를 베푼 사람이 아닌 다른 사람이 받는 유형이다. (다)는 은혜가 보답으로 교환되지 않고 증여가 되도록, 은혜를 베푼 사람이 드러나지 않지만 그 보답은 은혜를 베푼 사람이 직접 받는 유형이다. (라)는 은혜가 보답으로 교환되지 않고 증여가 되도록, 은혜를 베푼 사람이 드러나지 않고 그 보답 역시 은혜를 베푼 사람이 아닌 다른 사람이 받는 유형이다.

이처럼 보은담을 드러남[陽]/숨음[陰], 당사자[陽]/타인[陰]의 대립 관계로 볼 때, 양덕양보(陽德陽報), 양덕음보(陽德陰報), 음덕양보(陰德陽報), 음덕음보(陰德陰報)의 넷으로 유형화된다. 물론, 이 대립은 생각만큼 명확하지 않을 것이고, 또 어느 쪽으로든 극단화될 경우 보은담으로서의 의미를 잃게 된다. 그럼에도 불구하고, 상대적으로, 실제 덕을 베푼 사람이 자신을 적극적으로 드러냈는지 자취를 감추려 애를 썼는지, 베푸는 내용이 자신에게 남는 것이거나 하찮은 것인지 아니면 자기도 어려운 상황에서 남에게 쾌척 또는 희사하는 것인지, 덕을 베푼 다음에 즉시 자신의 발복(發福)을 보는 것인지 한참 후에 자신이 아닌 다른 사람이 그렇게 되는 것인지에 따라 그런 유형화가 가능할 것이다.

3. 보은담의 유형별 검토

3.1. 양덕양보형(陽德陽報型)

이 유형은 가장 널리 알려져 있으며 작품 수 역시 제일 많은 유형이다. 도움을 준 사람과 도움을 받은 사람(혹은 동물)은 서로의 존재에 대해 너무 잘 알고 있고, 도움을 준 사람이 즉각 도움을 받게 되는 교환의 틀을 지닌다. 예를 들어, 닐리 알려진 〈나무꾼과 선녀〉 같은 경우, 나무꾼은 사냥꾼에게 쫓긴 사슴을 구해주고 사슴은 외롭게 지내는 사냥꾼에게 배필을 구해준다. 나무꾼이 구해준 사슴의 '목숨'이 나무꾼의 '배필'로 '교환'된 것이다. 물론, 양자가 등가(等價)는 아니지만 사슴이 베푼 행위는 나무꾼이 보여준 선물에 대한 보답의 형식임이 명확하다.

『한국구비문학대계』의 분류체계 상, 상당수의 유형담이 여기에 속한다. '414-3 보은 받아 배필 얻기, 414-4 보은 받아 자식 얻기, 414-5 보은 받아 부귀 얻기, 415-1 불 꺼서 주인 구한 개, 415-2 고양이 귀신 물리친 개, 415-3 처녀 구한 두꺼비, 415-4 밥 먹여 키운 짐승의 보은, 415-5 구슬 찾으러 간 개와 고양이, 415-6 용이 된 구렁이의 보은, 415-7 용왕 아들 구해주고 보은 받기, 415-9 종을 울려 보은한 새'[10] 등등이, 미세한 차이에 의해 다소의 출입이 있겠지만, 거개가 양덕양보(陽德陽報)의 흐름을 보인다.

여기에 속하는 많은 작품이 이른바 '동물보은담'으로 사람이 동물에게 도움을 주고 그 보답을 받는다는 이야기이다. 흔히 〈지네 장터〉로 알려진 설화는 그 대표적인 예이다. 어떤 나이 어린 처녀가 가난한

---

10) 조동일 외, 앞의 책의 분류표에 따른 것이다.

집에서 외롭게 지내는 터에 날마다 두꺼비에게 밥을 떼어주어서 먹이곤 했다. 나중에 처녀가 큰 지네에게 제물로 바쳐지게 되었을 때, 두꺼비가 나서서 지네를 물리쳐준다는 내용이다. 그런데 어떤 이야기에서든 두꺼비는 지네와의 싸움 끝에 죽고 만다. 처녀 입장에서 보자면 밥풀을 떼어주고 목숨을 구한 셈이지만, 두꺼비 입장에서는 밥풀을 얻어먹고 자기 목숨을 내준 셈이다.

모든 생명체에서 목숨만큼 귀한 것은 없다. 그런데 동물보은담이 보여주는 '목숨의 희생'은 '보답' 치고는 과도하다. 물론, 자기 목숨을 살려준 선비의 목숨을 구하느라 종을 쳐서 보답한 꿩의 이야기처럼, 자신이 받은 은혜에 상응하는 보답으로 비춰지는 경우가 없지 않다. 그러나 그 경우 역시, 사람이 자신의 목숨을 구해준 것은 사실이지만 자신의 목숨을 구하느라 사람의 목숨을 걸지는 않았다는 점을 생각해 보면 확실히 지나치다. 주인을 구하느라 자신의 목숨을 버린 〈오수견(獒樹犬)〉이나 〈의로운 소〉 같은 경우, 개나 소가 보인 보은의 행위는 거의 무조건적인 충성심으로 비춰진다.

이러한 부류의 동물보은담이 보여주는 양보(陽報)의 실체는 분명하다. 하찮은 존재에게 작은 은혜라도 베풀면, 그것이 아주 큰 보답으로 돌아온다는 것이다. 베푼 은혜보다 더 크게 돌아오는 보답이 있으니, 매사에 적선(積善)하며 살라는 메시지로 읽힌다. 더구나 동물의 그러한 보은을 강조함으로써 동물보다 못한 인간을 경계하려는 심리가 강하다. 그래서 아예 어떤 설화에서는 홍수에 떠내려가는 짐승과 사람을 동시에 구해주었더니 짐승은 보은을 하는데 사람은 도리어 해코지를 하더라는 내용을 전하기도 한다. 물론, 간혹 은혜 입은 동물에게 보답하는 보은담도 있지만 극히 예외적이다.[11]

그럼에도 불구하고 사람과 사람 사이에 은혜를 주고받는 이야기는 아주 흔하다. 특히 '양덕양보(陽德陽報)'를 전제로 하기에 안성맞춤이다. 사람의 삶이 본디 인간과 인간의 관계에 의해 형성되기 때문이다. 〈준대로 받는다〉라는 제목을 단 다음 이야기를 보자.

✖ 설화1

어떤 여자가 하도 가난해서 장사나 할 요량으로 빚을 내서 섬으로 들어가려고 했다. 그러나 돈을 가지고 가던 도중에 돈 보따리를 잃어버리고 말았다. 그런데 어떤 노인이 그 보따리를 주워서 되찾았다. 여자가 배를 타고 섬으로 가는 도중, 배에서 어떤 청년이 물에 빠져 허우적댔다. 그 여자는 주위사람들에게 자신의 돈을 줄 테니 좀 구해달라고 요청했다. 그렇게 청년을 구한 여자는 빈털터리가 되어서 청년과 함께 청년의 집으로 갔다. 청년은 3대독자였고 그 아버지는 홀아비였는데, 놀랍게도 그 아버지가 바로 잃어버린 돈을 찾아준 사람이었다. 아버지는 그녀와 함께 잘 살았다.[12]

줄거리만으로도 채록자가 구태여 '준대로 받는다'라고 제목을 붙인 이유를 충분히 알 수 있다. 만약 노인이 돈 보따리에 욕심을 내서 주인을 찾아주지 않았다면 3대독자인 아들이 생명을 잃었을 것이다. 그렇게 마음을 쓴 덕에 아들도 살리고 아내도 얻었다는 이야기이고 보

---

11) 〈仇家虎〉(대계 5-2, 1981, 594) 같은 경우가 대표적이다. 어떤 효자가 3년간 시묘살이를 하는데 호랑이가 곁에 와서 외로움을 달래주었다고 한다. (다른 이야기에서는 호랑이 등을 타고 다녔다고도 한다.) 나중에 그 호랑이가 덫에 걸린 것을 보고 그 효자가 건드리지 못하게 했다는 이야기이다.

12) 〈준대로 받는다〉, 『한국구비문학대계 6-11』, 한국정신문화연구원, 1987, 616~619쪽. 필자 요약. 이하 인용은 '대계 6-11, 616'으로 표시. 이 이하에서 '✖설화'로 표시된 부분 역시 필자가 전체 이야기를 줄거리만 요약한 것임.

면, 이 이야기는 철저한 '교환' 관계에 의해 이루어짐을 알 수 있다. 노인의 입장에서는 돈을 찾아주고 즉시 아들의 목숨을 구하는 보답이 이루어지며, 여자의 입장에서는 돈으로 사람을 구하고 가정을 얻게 된다. 제목 그대로 '준 대로' '받는' 맞교환이 이 이야기의 핵심이다.

이와 유사한 사례는 얼마든지 있다. 가령 〈금주령과 유진항〉 같은 이야기는, 왕명을 받들고 금주령을 어긴 사람을 처벌하러 내려간 유진항이라는 선전관이 죄인의 딱한 처지를 듣고 용서하는 이야기이다. 가난한 집의 여자가 시부모와 남편을 봉양하느라 생긴 일임을 알았기 때문이다. 그러나 그렇게 어려운 집에서 공부했던 남자가 나중에 암행어사가 되었을 때, 유진항은 거꾸로 죄인의 입장이 된다. 암행어사는 유진항을 용서할 뿐만 아니라 중앙에 알려서 높은 벼슬을 얻도록 해준다.[13] 이 경우, 죄를 짓는 사람과 벌을 주는 사람이 시차를 두고 맞바뀐다. 그리고 한 번 죄를 눈감아준 덕분에 자신은 처벌을 모면함은 물론 더 높은 벼슬까지 한다.

과거시험 보러 갔다가 낭패를 보았지만 은덕을 베풀어서 합격한 이야기 역시 마찬가지이다.

✳ 설화 2

어떤 사람이 과거를 보러 갔는데 병풍 뒤의 물건이 무엇인가를 맞히는 것이 문제였다. 그는 그것이 학의 새끼인 것을 알았지만 '학'이라는 소리가 나오지 않고 그만 '주주리'라고 하고 말았다. 결국 그는 낙방하고 문 앞에 나와 보니까 어떤 선비가 쪼그리고 앉아있었다. 그는 병풍 뒤의 물건이 학이니까 그렇게만 말하면 합격할 것이라고 일러주었다. 그의 말을

---

13) 대계 1-1, 1980, 779쪽.

들은 선비는 "학의 새끼 주주리입니다."라고 했고, 그 덕분에 먼저 떨어졌던 사람 역시 합격하게 되었다.[14)

　자신은 실력이 있으면서도 떨어진 시험을 놓고 실력이 없는 다른 사람이라도 붙게 하기는 쉬운 일이 아니다. 그럼에도 불구하고 이 선비는 자신이 과거운이 없어서 그렇다며 다른 사람이라도 붙기를 바라는 갸륵한 마음씨를 가졌다. 결국, 다른 선비를 붙게 함으로써 자기도 붙게 되었다. 과거에 떨어질 사람을 붙게 하는 은덕을 베풀어서, 그 은덕이 자기에게도 되돌아온 것이다.

　동물보은담이든 인간보은담이든 양덕양보가 일어나려면 서로를 잘 알아야한다. 여기에 속하는 이야기는 수혜자와 시혜자 사이가 아주 가까운 데 함께 있거나, 서로 잘 알 수 있는 표지를 달고 있거나, 익명성이 배제된 특수 신분 사회에 있는 등 수혜자의 신원이 확인되고, 그에 대한 보답 역시 명백하게 일어날 조건이 구비되어 있다. 그러한 조건이 구비된 상태에서 은혜가 베풀어지면, 그 은혜는 다시 보은의 형태로 되갚아지는데, 반드시 받은 것에 상응하거나 그 이상의 보은이 이루어진다.

3.2. 양덕음보형(陽德陰報型)

　드러나게 은혜를 베풀고 자신이 아닌 다른 사람에게 보답이 가게 하는 이야기 역시 양덕양보(陽德陽報) 못지않게 흔한 유형이다. 특히 우리 설화에서는 조상의 명조(冥助)와 관련하여 보편화하였는데, 보은

---

14) 〈학의 새끼 주주리〉, 대계 4-5, 1984, 75쪽.

담 중 특정 성씨의 시조(始祖) 이야기는 거의 이런 유형이라고 보면 된다. 시조(始祖)가 그 씨족의 조상신(祖上神)으로 기능하려면 남다른 은혜를 베푸는 등 선행(善行)이 뒤따라야 하고, 그 선행의 결과 후손들이 잘 살게 된다는 식의 서술은 매우 자연스럽다. 설화의 제목부터 〈달성 서씨 시조〉15), 〈자손이 잘된 정성스런 적선〉16), 〈호랑이가 잡아 준 문화 유씨의 묘소〉17) 등등 그 보은이 후손에게 미치는 이야기이다.

※ 설화 3

어떤 사람이 황해도 구월산에서 치성을 드리는데 호랑이가 나타나서 길을 막아섰다. 호랑이는 사람을 해치지 않고 목이 불편한 듯했다. 그는 호랑이 목에 팔을 넣어 금비녀를 꺼내주었다. 그렇게 하고 집에 돌아와 보니 아버지가 돌아가셨다. 그때 문밖에 이상한 소리가 나서 보니 바로 그 호랑이였다. 호랑이는 자기 등에 타라는 시늉을 해보였고, 그가 등에 타자 달려서 어느 산으로 데려갔다. 거기에 묘를 썼는데, 그 이후로 문화 유씨가 번성하여 대성(大姓)이 되었다.18)

호랑이 목에 걸린 가시나 비녀를 빼주고 복 받은 이야기로 아주 흔한 유형이다. 문제는 호랑이가 보은하는 방식이다. 여기에서 보자면 목에 가시를 빼어준 그 사람에게 직접 보답하는 것처럼 보이지만, 사실은 그 아버지 묘를 좋은 데 쓰게 함으로써 나중에 그 후손이 번창하도록 돕는 것이다. 동물보은담이 아니더라도 적선을 하여 명당자리를 쓰고, 그 때문에 후손이 발복하는 이야기는 『한국구비문학대계』의 유

---

15) 대계 5-2, 1981, 362쪽.
16) 대계 5-2, 1981, 774쪽.
17) 대계 3-3, 1981, 558쪽.
18) 〈호랑이가 잡아 준 문화 유씨의 묘소〉, 대계 3-3, 1981, 558쪽.

형분류에서, '414-2 보은 받아 명당 얻기'라는[19] 유형으로 설정될 만
큼 많은 이야기가 있다. 우리나라에서 호랑이는 예로부터 영물(靈物)
로 간주되어왔기 때문에 호랑이를 도와 보답을 구하는 일은 전혀 어
색하지 않다. 신을 간절히 받들면 신(神)이 은총을 베푼다는 논리와
큰 차이가 없는 것이며 이 점에서 호랑이를 도운 일은 양덕(陽德)이라
해도 무방하겠다.

  이렇게 노움을 받는 사람이 신령스러운 존재이거나 무언가 힘이 있
을 것 같은 분위기를 풍길 때, 은덕을 베푸는 사람 역시 그 은덕에 걸
맞은 보답을 생각할 수 있다. 다음을 보자.

> 옛날에 삼십이 넘은 총각이 머슴을 살다가 주인집하고 회계를 타는 것
> 을 하고서는 오는 판인데, 주인집에서 도시락을 싸주는데, 가다가 시장하
> 면 먹으라고 싸준 도시락이 뭣이냐 하면 설기떡 같은걸 싸줬어. 그걸 가
> 지고 산으로 넘고 산을 넘어 넘어서 가는데, 어디를 가다 보니까 뫼(墓)가
> 에 하얀 노인이 들어 누워 있는데 말야. 말도 잘 못하고 기아에서 죽을
> 때가 곧이더라 이거야. 그래서 이 머슴이 도시락 싸준 설기떡을 그걸 어
> 떻게 물을 손바닥에 조금씩 개어서 설기떡을 노인의 입에 넣어주었어.[20]

  '하얀 노인'은 머리가 하얀 노인을 말하며, '죽을 때가 곧'이라는 것
은 이제 이 세상 사람이 아닐 정도라는 뜻이다. 표현대로라면 당장 숨
이 넘어갈 정도의 긴박한 순간일 뿐이다. 그러나 굳이 화자가 굳이
'뫼 가에'라는 표현을 쓴 것은 다른 의도가 있어 보인다. 무덤가에 백
발의 노인이 곧 죽을 것처럼 누워 있다면, 그것만으로도 보통 사람과

---

19) 조동일 외, 앞의 책, 373쪽.
20) 〈자손이 잘된 정성스런 적선〉, 대계 5-2, 1981, 774쪽.

는 다른 분위기가 물씬하다. 이 이야기는 그런 노인을 구해주고 명당자리를 얻는 내용으로, '하얀 노인'이 곧 앞에서 살핀 이야기의 '호랑이'에 상응하는 신령한 존재임을 알 수 있다. 상식적으로 생각해 보아도, 자손들에게까지 은덕을 전할 수 있는 존재는 신이(神異)하지 않으면 안 된다. 예컨대 어떤 미물(微物)을 도왔다고 한다면 그 미물이 몇 대의 후손에게 영향을 미치리라고 기대하기는 어려운 법이다. 따라서 이 유형이 속하는 이야기들에서는, 순간적으로 어려움에 처해있기는 하더라도, 도움 받는 존재가 도움을 주는 존재를 압도하는 관계에서 일어나는 것이 상례이다.

또, 드물기는 하지만 꼭 후손이 아니더라도 자신의 은덕으로 남이 잘되게 하는 이야기가 있다. 다음을 보자.

�֍ 설화 4

어떤 부부가 자식도 없이 가난하게 살았는데 언제나 자식 달라고 치성을 드리곤 했다. 그렇게 백일이 되었을 때 갑자기 회오리바람이 일더니 밖에서 신음소리가 들렸다. 어떤 청년 하나가 몸에 상처를 입고 죽을 지경이었다. 부부는 그 청년을 데려다가 병구완을 잘해주었더니 그 사람은 말끔히 나았다. 그 청년은 자기가 옥황상제의 막내아들로 세상에 사냥을 나왔다가 변을 당했노라고 했다. 청년은 부부에게 소원을 묻고는 함께 하늘로 올라가 옥황상제에게 요구하자고 했다. 그러나 막상 하늘로 가보니 자식을 갖는 일은 옥황상제도 억지로 할 수 없는 일이었다. 옥황상제는 대신 돈 주머니를 주면서 며칠날 집에 어떤 여자가 와서 해산을 할 것이라고 했다. 아이를 낳으면 그 재물 역시 그 아이의 몫이라고 하면서 부부를 땅으로 내려 보냈다. 이후 그 부부는 부자가 되었고, 과연 어떤 여자가 해산하러 와서 아이를 낳고는 그 집에 맡기고 떠났다. 부부는 그 아이와 함께 잘 살았다.[21]

결과적으로 도움을 준 사람이 보답을 받은 것임에는 틀림없지만, 그 과정은 사뭇 다르다. 옥황상제조차도 없는 복을 지어줄 수 없다는 설정에서 은혜를 주고받는 일이 기계적으로 이루어질 수 없음이 감지된다. 이처럼 음보(陰報)가 강조될 때 보답은 인간적인 욕망이나 의도를 넘어선 층위에 존재하는 것으로 여겨진다. 이런 데에서는 '교환' 논리로는 설명하기 어려운 메커니즘이 감지된다.

3.3. 음덕양보형(陰德陽報型)

보은담이 갖는 교훈성은 곧 윤리와 직결되는 문제이기에, 시혜(施惠)와 보은(報恩)에서도 윤리가 강조될 수밖에 없다. 예나 지금이나 은혜를 베풀 때, 아무도 모르게 슬며시 하는 것을 최고로 여기곤 했다. 당연히 보은담에서 음(陰)으로 덕을 베푸는 이야기가 빠질 수 없다. 이렇게 몰래 덕을 베푸는 방법은 대략 두 가지이다. 상대가 나를 전혀 알 수 없는 관계이거나, 상대가 나를 아예 알아차릴 수 없는 경우이다. 전자의 예라면, 먼 외국에 가서 만난 사람이라든지 타지에 가서 행인으로 상대를 만나는 등이 그렇고, 후자의 예라면, 상대가 아주 하찮은 미물(微物)이라든지 자신의 신분을 고의적으로 노출하지 않는 경우 등이 그렇다.

전자의 대표적인 예는 유명한 역관(譯官)인 홍순언류의 이야기이다. 흔히 〈일숙천냥(一宿千兩)〉으로 제명된 설화 등이 거의 엇비슷한 내용으로 전개된다.

---

21) 〈남의 복을 빌은 사람〉, 대계 2-6, 1984, 624쪽.

⁑ 설화 5

어떤 관원이 중국에 갔다가 '一宿千兩'이라는 간판이 붙은 기생집을
발견한다. 18세 먹은 처녀가 하룻밤 동침하는 데 내건 돈이 천냥이라는
것이었다. 관원이 거기에 들어가 보니, 그 처녀는 아버지의 구명운동에
필요한 돈을 마련키 위해 부득이하게 몸을 팔게 된 사정이었다. 관원은
흔쾌히 돈 천냥을 주고는 그곳을 빠져나왔다. 나중에 그녀는 왕비가 되
어, 그 관원은 죄를 면하고 벼슬을 한다.[22]

　이 이야기에서 문제가 되는 것은 '천냥'이라는 돈을 흔쾌히 내던지
는 행위이다. 화자가 이야기 전에 주위의 청중에게 한 말이 "돈을 잘
쓰면 좋다─ 하는디 내 얘기 함 마디 하께."로 시작하는 데서 알 수
있듯이, 어떻게 해야 돈을 잘 쓰는 것인가 하는 데 집중되어 있다.
사사로운 욕정을 채우는 데 쓴 것이 아니라 딱한 처지에 놓인 여인을
궁휼히 여겨 쓴 것이라면 반드시 복이 온다는 신념이 엿보인다. 본
래의 홍순언 이야기는 임진왜란과 관련이 되어서 그 보답의 크기가
훨씬 더 크지만, 이 화자는 단순히 은혜를 베푼 사람이 그 은덕을 되
받는 데 집중하고 있다.

　그러나 이 이야기에서 그보다 더 중요한 점은 그것이 음보(陰德)일
수밖에 없는 서사 전개에 있다. 만일 국내의 어느 기생집에 가서 그런
일이 있었다면 그 신분은 금세 노출될 것이고 그에 대한 보답 의식을
심리적으로 떨치기 어렵다. 받은 사람이나 주는 사람이 얼마간의 기
대와 부담을 나누게 되기 때문이다. 그러나 사신으로 갔던 이역만리
기생집에서 스치듯 만난 사람이라면 향후에 다시 만난다는 보장이 없
다. 실제 작품에서도 기생으로 나섰던 여인이 자기를 도와준 사람을

---

22) 〈일숙천량〉, 대계 4-5, 1984, 474쪽.

만나지 못해 애타 하는 대목이 나타난다. 이런 이야기의 향유층은 거금을 쾌척(快擲)하면서도 보답을 바라지 않은 그 마음을 높이 샀을 것이 분명하다.

이렇게 쾌척이 강조될 때, 음덕(陰德)은 새로운 방향을 찾는다. 가령 천석지기 부자가 벼슬 하나 해보겠다고 매관매직을 할 요량으로 서울 생활을 하지만 돈만 털리고 망해버린 이야기가 그렇다. 망해서 끝났으면 썩은 세태에 대한 풍자 정도로 읽히겠지만, 문제는 그 다음부터이다. 친구들에게서 겨우 돈 푼을 마련해서 노잣돈 삼아 길을 가다가, 아내가 해산을 했는데 돈이 없어서 딱하게 된 사람을 보고는 그 돈을 그냥 다 주는 것이다. 실제 구연에서는 그 돈을 주고나서의 광경을 이렇게 그린다.

> 그래 돈 열 닷 냥 있던 걸,
> "이걸 갖다가 미역 사구 쌀 사구 해."
> 아, 참 고맙게 희사한단 말여. 이걸 얻어가지구 야고개를,
> "낯모를 양반이 돈을 이렇게 주니 고맙긴 고마우나 그래 성씨가 누구요-"
> 그래니까,
> "에이 난 성씨구 뭐구 난 그 모른단 말요, [청중: 웃음] 경상도에 있는 김선달이라 하오."
> 아, 그냥 이랬단 말여. 하두 고마워 그 사람 얼굴을 눈익혀 보았단 말여, 성은 몰라도.[23]

이 대목에서 주인공이 보여준 행위는 특별하다. 자기도 망한 판에

---

23) 〈적선한 부원군을 만나 영화 누린 김선달〉, 대계 3-3, 1981, 705~706쪽.

그나마 있는 돈을 모조리 남을 주는 것도 그렇지만 끝까지 자기 신원을 밝히지 않는 것이다. 기껏 밝혔다는 것이 '경상도에 사는 김씨' 정도였으니 밝혔다고 보기 어렵다. 화자가 강조한 대로 나중에 그 사람을 다시 알아보는 것은 도움을 받은 사람이 그 얼굴을 눈여겨보아두었기 때문이다. 나중에 그 아이가 왕비가 되어 주인공이 보답을 받게 되는데, 그 과정에서 그때의 적선(積善)은 전혀 드러나지도 드러내지도 않는다. 그 일은 까맣게 잊고 있을 뿐인데 실로 우연한 기회에 그런 보답의 때가 찾아올 뿐이다.

동물보은담으로 가면, 도무지 보은을 할 것 같지 않은 하찮은 짐승이 등장한다. 예를 들어 쥐 같은 짐승은 사람에게 해만 끼칠뿐더러 혐오하는 미물(微物)임에 틀림없지만 어떤 이야기에서는 그런 쥐를 보살피는 사람이 등장한다.

설화 6

어떤 사람이 쥐와 친해서 농사를 지으면 아랫방 흙방에다 두어 섬 정도를 쥐 식량으로 갖다 놓곤 했다. 동네 사람들이 미친 사람이라고 했지만 그 사람은 언제나 쥐를 거두어서 온 동네 쥐들이 그 집에 모여들었다. 그러던 어느 날 자기 집의 쥐들이 떼를 지어 밖으로 나가는 것을 보고, 그 주인 역시 쥐를 따라 밖으로 나가보았다. 그랬더니 홍수가 나서 온 동네가 휩쓸려 나갔고 그 사람 혼자만 살아남았다.[24)]

주인공은 쥐와 친하게 지냄으로써 목숨을 구한다. 쥐는 하찮은 짐승이었지만 앞으로 들이닥칠 재앙을 미리 알고 있었던 것이다. 그런데 이 주인공은 쥐 덕을 보자는 생각을 갖고 있었던 것이 아니라 쥐도

24) 〈은혜를 갚은 쥐〉, 대계 3-4, 1984, 896쪽.

생명체인데 먹고살게는 해주어야한다는 온정을 보였던 것뿐이다. 이
보다 더 상세한 이야기에서는 흉년이 들어서 쥐들이 몰려드니까 다른
집에 먹을 것이 없어서 오는 것이니 그냥 두라고 하는 아량을 보인다.
"먹게들 내비두라. 우리 집엔 나락이 있으니께 와서 먹지 딴집에 없으
니께 전부 우리집으로 오는 거를. 그것도 아무리 미물의 짐승이지만
먹고 살라고 나온거 먹게루 내비두라."25)고 말한다. 또, 때로는 뱀이
등장하기도 한다. 뱀은 파충류 농물로서 사람이 본능적으로 싫어하는
존재이다. 그러나 어떤 아이가 서당에 다니는 길에 매일매일 자기 도
시락을 떼 주다가 뱀이 커서 급기야는 자신은 굶고 뱀을 먹이는 지경
까지 이르렀다. 그런데 그 뱀이 나중에 소년이 벼슬할 수 있는 길을
마련해준다.26) 나아가서 '미친 개'나 '도둑고양이'처럼 좀 더 구체적
으로 쓸모없는 짐승을 거두어들여 복을 받는 이야기가 있고 보면27)
음덕이 어떻게 강조되는지 짐작할 수 있다.

3.4. 음덕음보형(陰德陰報型)

음덕음보형(陰德陰報型)은 보은담 중에서 가장 복잡한 이야기꼴을
갖는다. 일단 은덕을 베푸는 일을 감추는 과정이 필요할 뿐만 아니라,
상당한 시차를 두고 간접적인 방식으로 보은하는 행위가 일어나기 때
문이다. 그래서 이 유형에 속하는 이야기들은 가능한 한 오랜 시간에
걸쳐 일어나는 이야기를 강조하곤 한다. 예를 들어 〈16대 조상의 공
덕으로 부통령이 된 김성수〉28) 같은 경우를 보면, 화자가 구태여 '16

---

25) 〈은공을 갚은 쥐〉, 대계 3-4, 1984, 682쪽.
26) 〈은혜 갚은 뱀〉, 대계 4-5, 1984, 777쪽.
27) 〈동물 보은 설화〉, 대계 8-3, 1983, 957쪽.

대'나 되는 조상을 강조할 뿐만 아니라 그렇게 좋은 일은 했다는 조상
은 그 때문에 완전히 망하는 것으로 그려진다. 16대 조상이 장사꾼으
로 쌀 3백 석을 싣고 가다가 흉년이 든 마을에 이르러서 그 딱한 처지
를 듣고 가지고 있던 쌀을 모조리 풀어놓고 돌아갔다고 하는데, 문제
는 그 다음이다.

> 게 이이는 가가지구 어떻게 됐느냐 할 것 같으면은 3백 석을 갖다가
> 장사차로 왔는데 자기가 기민(飢民)을 주고 말었으니 말여, 아 그러니 그
> 자기 돈만 가지고 한 것도 아니고 빚도 내고 인저 이렇게 해서 쌀을 3백석
> 가지고 일을 벌려 한건데 그 지경을 했으니 쌀장사 해가지고 갔으니께
> 돈 내라할 꺼 아녀? 돈 준 사람들은, 게 핑계가 그거여.
> "이번에 가다가 풍랑을 만나서 전부 파선이 됐다, [웃으며] 파선. 그러
> 니 내 갚으리다. 당신네 돈을 내 안 갚진 않으리라."
> 하구서 그 자기 인저 집두 팔구 게다 정리해 버렸어. 그러구 인제 얼마
> 있다 상처(喪妻)를 해버렸다 그 말이여. 게 할 수가 있어? 그래 머슴살이
> 하는겨, 머슴살이. 머슴살이하구 인저 그 어린애 아들 하나 있구.[29]

이런 이야기가 왜 음덕(陰德)인지 명백하게 밝혀주는 대목이다. 삼
백 석이 되는 곡식을 흉년 든 마을에 쾌척하고는 자신은 머슴살이를
했다고 했다. 게다가 그 마을을 떠나면서 자신이 어떤 사람인지조차
밝히질 않아서 마을 사람들이 그 은혜를 갚을 길이 없어 애가 탔다고
한다. 결국 자기가 죽었을 때는 그 자식이 장례조차 변변히 치를 수
없는 딱한 처지가 되었지만, 그 묫자리를 잡는 과정에서 묘한 일이 생
긴다. 이상한 중이 나타나서는 어느 큰 집에 묘를 쓰라고 했는데, 바

---

28) 대계 3-4, 1984, 158쪽.
29) 같은 책, 159쪽.

로 거기가 죽은 이가 적선하여 살아난 사람들이 그 은공을 기리기 위하여 지은 사당이었던 것이다. 맨 처음 은혜를 베푼 사람은 죽었지만 그 자식 대에서는 보답을 받고, 무려 16대를 내려와서 부통령을 배출했다는 이야기이다.

이렇게 음덕음보의 꼴을 취하는 이야기에서는 자기 처지를 전혀 고려하지 않고 모든 것을 희사(喜捨)하는 특징이 있다. 먹고 남는 것을 준다거나 자기 것의 일부를 떼어주는 방식이 아니라 자기가 가진 모든 것을 털어주고 자기는 곤궁한 처지에 처한다는 설정인 것이다. 다음 설화를 보자.

�֎ 설화 7
　어떤 천석꾼 부자가 살았는데 아들이 돈을 쓸 줄을 몰랐다. 아버지는 아들에게 돈 쓰는 법을 가르치려고 천 냥을 주면서 오늘 중으로 다 쓰고 오라고 일렀다. 아들은 밖에 나갔다가, 나랏돈 천 냥을 못 갚아 자살하려고 하는 사람을 만나서는 그 돈을 다 주고 왔다. 아버지는 잘했다고 하면서 다시 또 천냥을 주었다. 아들이 그 돈을 들고 나가보니 어떤 처녀가 아버지 고을살이 하는데 따라왔다가 온 가족이 객지에서 괴질로 죽었는데 장사를 못 치른다고 했다. 아들은 처녀에게 돈을 다 주고 돌아왔다. 이런 식으로 재산을 다 쓴 부자는 가난해졌고 마침내 부모가 죽자, 아들 내외는 살던 동네를 떠나 산골로 들어가 농사를 짓고 살았다. 그러던 중 어떤 중을 만나 적선하고 김정승네를 찾아가서 아버지 묘를 쓰라는 말을 듣는다. 아들이 거기에 가보니 그곳 주인 여자가 바로 자기가 전에 구해주었던 처녀였고 둘은 의남매를 맺었다. 아들은 아버지 장사를 치르고 다시 천석꾼 살림을 되찾았다.[30]

---

30) 〈되찾은 천석군 살림〉, 대계 7-3, 1980, 35쪽.

은혜를 베푼 사람은 분명 아버지이다. 아들이 돈 쓸 줄 모르는 것을 큰 병통으로 여겼으니 베풀어야 한다는 점을 강조한 것이다. 화자는 "이름도 썽도 안 가리키 좋지. 안 갈치 주고, 그래가 집에 왔다."[31)를 강조함으로써 보답 받으려는 의사가 전혀 없었다고 일러준다. 천석지기 부자가 전 재산을 베푸는 데 쓰고 가난뱅이가 되었으나 그 후손은 복을 받았다는 이야기이다.

이와 유사한 이야기가 노비의 속량(贖良)과 관련하여 전하기도 한다. 어떤 높은 벼슬아치가 벼슬을 그만두면서 살림이 어려워지자 노비를 모두 속량시켜주었다. 그러나 살림이 더욱 어려워지자 아들을 불러서 예전의 노비를 찾아 도움을 청해보라고 한다. 아들이 찾아갔을 때 과연 노비들은 잘 살고 있었고 옛 주인에게 깍듯이 대우하며 돈 천 냥을 준다. 그런데 이 아들이 그 돈을 가지고 오다 보니 어떤 사람이 나랏돈 천 냥을 잃고 울고 있었다. 아들은 그 사람이 돈 천 냥이 없으면 죽는다는 말을 듣고는 그 돈을 다 주어버린다. 그 사람이 성명을 묻지만 아들은 단호하게 일러주지 않는데 이 대목이 참으로 인상적이다.

> 살리가지고 그래서 살리놓고 인자 그 사람이,
> "당신 셍명이 뭐이냐?"구, 묻는기라.
> "셍명은 알 필요 없다 말야. 응 질 가는 사람 셍명은 알믄 뭐 할끼냐 말야. 셍명은 알 필요 없다."
> 한사코 뭐 서어서 셍명을 물어야 셍명을 절대 안 가르차 주는기라.
> "당신이 내 셍명을 알믄 부담이 간다 말야. 응 돈 벌어가 이 돈 은혜 갚는다고 돈 벌일라고 얼매나 욕을 볼꺼고 말이야. 그거 잘-, 돈을 그리 쉽게 벌도 몬하는기고 내 셍명은 모르는기 좋고 우짜든지 인저 그

---

31) 같은 책, 36쪽.

런 짓 말고 응 부지런히 해서 영악시리해서 가 참말이지 그런 짓 말고
잘 살라"고.[32]

화자는 이 부분을 매우 장황하게 늘어놓는다. 성명은 알 것이 없다
며 그냥 가는 정도가 아니라, 성명을 알면 은혜 갚으려 애를 쓰고 공
연히 고생하게 된다면서 부득불 알리지 않는 것이다. 이는 주인공이
고생을 해보았기 때문에 가능한 일이다. 그 지독한 고생을 면하게 해
주고 싶어서 쾌척하는 마당에 그 때문에 고생이 가중될까 걱정하는
마음이 담겨있다. 어쨌거나 이렇게 일을 처리하고 돌아온 아들더러
그 아버지는 잘했다고 하면서 "우린 우리 멩대로, 우리 복으로 죽는기
다 말이야. 그 그 사람들은 그 멩도 아닌-, 아인데 그 억울하게 죽는
그 세 궁구(식구)를 살렸이니 네가 요번에 큰 홍재를 하고 왔구나."[33]
라고 좋아한다. 자기도 굶어죽을 판에 낯모르는 이에게 돈을 죄다 주
고 온 행위를 '횡재했다'로 표현하는 이 심성이야말로 보은담이 보여
줄 수 있는 극치이다. 이야기의 결말은 그 후손이 그래서 잘 되었다는
말이지만, 그 부분이 한낱 근거 없는 희망일지라도, 이런 내용이 설화
에 담기는 것만큼은 예사로 보아 넘길 일이 아니다.

4. 보은담 의미의 재해석

지금까지 살핀 대로 보은담은 은혜와 보답의 양쪽에 공히 음(陰)과
양(陽)의 두 측면을 가지고 있다. 양(陽)으로 이루어진 유형이 교환의

---

32) 〈投錢救命〉, 대계 1-1, 1980, 821쪽.
33) 같은 책, 822쪽.

원리에 가깝다면 음(陰)으로 이루어진 유형이 증여의 원리에 가깝다. 아주 도식적으로 생각하면, 양(陽)만으로 이루어졌다면 '교환'이고, 양(陽)과 음(陰)이 어우러졌다면 '증여', 음(陰)으로만 이루어졌다면 '순수 증여'로 생각해볼만하다. 그러나 실제 이야기에서는 그러한 도식이 용납되지 않는다. 양(陽)만으로 된 경우에도 증여로 작동하는 사례가 많고, 아주 순수한 음(陰)만으로 이루어졌다면 보은(報恩)이 성립할 수 없기 때문이다.

이제 이런 점을 염두에 두고 보은담의 의미를 재해석해보기로 한다.

첫째, 이미 살핀 대로 양(陽)으로 드러난다고 해도, 실상은 맞교환을 배제하는 데 보은담의 핵심이 있다. 일단 똑같은 것으로 갚지 않고, 그 이상으로 갚는 이야기가 많다는 데에서 교환 이상의 '증여'의 의미를 갖는다. 어떤 보은담이든 무조건적인 증여를 상정하지 않고서는 성립하기 어렵다는 말이다. 이러한 무조건적인 증여를 성립하기 위한 제일 조건은 자신이 남는 것, 혹은 자신에게 보답이나 이익이 돌아올 것을 가정하지 않는다는 점이다.

이해를 돕기 위해 몇 가지 작품례를 열거해 보면, 가난한 소금장수가 자기도 살기 어려운데 다른 아이를 거두었다거나,[34] 미친개와 도둑 고양이, 뱀 등을 돈 주고 사다 구하거나,[35] 쥐에게 곡식을 먹였다거나,[36] 과거 가는 바쁜 길에도 올챙이를 구해주었다거나,[37] 자기 돈을 다 날리고 겨우 얻은 나머지 돈을 거지에게 다 내주었다거나,[38] 굶주

---

34) 〈전안전씨 전동굴과 전원이씨 시조〉, 대계 5-2, 1981, 561쪽.
35) 〈동물 보은 설화〉, 대계 8-3, 1983, 957쪽.
36) 〈은혜를 갚은 쥐〉, 대계 3-4, 1984, 896쪽.
37) 〈개구리의 보은〉, 대계 8-3, 1983, 45쪽.
38) 〈거지와 동침하고 팔자 고친 원서방〉, 3-4, 1984, 543쪽.

린 중에게 자기 젖을 먹여 목숨을 구해주었다거나,[39] 자기도 살인죄를 뒤집어쓰고 있는 와중에 과객을 도와주었다거나,[40] 너무 가난한 나머지 비상 먹고 죽을 생각으로 비상을 사러 갔다가 그 돈으로 구렁이를 살려주었다는[41] 등의 이야기가 그렇다. 이런 이야기는 현실적으로 볼 때 상식 밖이다. 미친개를 거두기도 어렵고, 과거보러 가는 바쁜 길에 올챙이 생명을 구하기도 쉬운 일이 아니며, 남녀 간의 내외가 심하던 시절에 싱인 남자에게 젖을 물리기도 어렵다. 더구나 그렇게 살려준 대상은 한결같이 보답을 기대하기 어려운 상황임에 분명하다.

그렇다면 보은담에서 찾을 수 있는 첫째 의미는, 누군가에게 은혜를 베풀면 보답을 받는다는 단순한 인과적 고리가 아니라, 그보다는 아무 조건 없이 베푸는 마음이라야 진정한 보답을 이끌어낼 수 있다는 것이 아닐까 한다. 음덕(陰德)이나 음보(陰報)가 강조되는 이유가 바로 거기에 있다. 양덕양보형(陽德陽報型)의 이야기가 주종을 이룬다 하더라도, 그 양덕(陽德)에도 그런 세세한 조건이 달린다는 것은 보은담이 '보은'이라는 기계적인 윤리 너머에 있음을 말해준다. 낚시를 하면서 물고기를 잡지 않은 덕으로 용궁에서 가서 선물을 받아오는 이야기 가운데 화수분을 놓고 지나치게 욕심을 내서 그 효험이 떨어지는 이야기가 있는데,[42] 이런 이야기 역시 조건 없이 베푸는 것뿐만 아니라 보답을 받더라도 분복(分福) 이상을 원하면 보답을 받을 수 없음을 분명히 하는 것이다.

---

39) 〈명당의 천리도 모르는 도선〉, 대계 3-4, 1989, 828쪽.
40) 〈환란을 해결한 손〉, 대계 8-9, 1983, 405쪽.
41) 〈구렁이 살리고 부자가 된 학자〉, 대계 3-3, 1982, 569쪽.
42) 〈화수분 전설〉, 대계 2-8, 1986, 412쪽.

둘째로, 보은담은 은혜를 주면 보은이 오는 거래 관계를 넘어서, 운명 극복의 계기를 실증하는 경우가 많다. 양덕음보(陽德陰報)나 음덕양보(陰德陽報)에 속하는 이야기에 그런 예가 많다. 사람에게 정해진 명운(命運)이 있다고 생각하는 일은 문명의 발달 정도와 관계없이 아주 흔한 일이다. 더구나 점쟁이 등에게 미래의 불운을 예측 받은 경우라면 더욱 또렷하다. 예를 들어, 〈새에게 모이 준 정성으로 산 아이〉의 경우, 어떤 사람이 아이를 낳았는데 관상 보는 중이 오더니 호랑이가 물어갈 상이라며, 열다섯이 되거든 절에 맡기라고 했다. 부모는 그 아이가 열다섯이 되자 중의 말대로 했고, 소년은 절에서 밥을 해주면서 지내는데 밥을 할 때마다 새들에게 쌀을 던져주곤 했다. 그러던 어느 날 소년이 산에 고사리를 캐러 갔다가 호랑이를 만났고 소년은 자신의 운명대로 담담하게 죽을 각오로 자기를 먹으라고 했지만 그 순간 새떼들이 나타나서 호랑이를 쪼아대는 바람에 호랑이가 죽고 말았다.[43] 이 아이는 태어날 때부터 죽음이 예정된 상태였다. 더구나 그것이 호식(虎食)이라면, 당시로서는 아무도 거역할 수 없는 것이라고 여겼음직하며, 주인공 역시 그에 대해 조금도 반항하거나 거역할 생각을 하지 않는다. 그러나 그가 순수한 마음으로 새를 거두었을 때, 운명이 바뀌게 된 것이다. 앞 장에서 살핀 바 있는 〈남의 복을 빈은 사람〉처럼 자식 운이 없는 사람조차도 때로는 남의 명운(命運)까지 빌어서라도 살아갈 수 있는 방법이 마련되는 것이다.

이런 이야기에서처럼 아무것도 가진 것 없이, 난국을 뚫고 나갈 힘도 없는 사람에게 '보은'이라는 이름으로 들이닥친 행운은 기실은, 자

---

43) 대계3-4, 1984, 341쪽.

기에게 내재한 힘을 의미하는 것으로 보인다. 표면상으로는 새떼가 호랑이를 물리쳤다고 했지만, 현실적으로 생각하자면 어차피 호랑이를 물리칠 수 없기로야 새 역시 소년이나 매한가지이다. 뒤집어 말하면, 새가 할 수 있는 일이라면 소년 역시 할 수 있는 일이고 새는 결국 소년의 분신(分身)처럼 작동한다. 소년의 목숨을 앗아갈 운명을 거스르지 않고, 대신 다른 존재가 생명이 끊길 위기에 처하자 구해주는 행위는 곧 자기 삶에 대한 연민이며 통찰이다. 소년은 호랑이 앞에서는 요구하는 대로 다 들어주어야만 하는 나약한 처지이지만 새 앞에서는 새의 연명(延命)을 도울 만한 힘을 지닌 존재이기도 하다. 그리고 그 힘을 확인하고 발휘하고 나서 소년 역시 연명하게 됨으로써 '호랑이: 소년 ≒ 소년:새'라는 상사성(相似性)을 보여준다.[44]

셋째로, 음덕음보형(陰德陰報型) 이야기에서 볼 수 있듯이, 호혜성(互惠性)을 깨뜨릴 때, 도리어 최고의 보은이 오는 예가 있다.[45] 호혜(互惠)는 말 그대로 서로 은혜를 주고받는 행위이다. 그러나 호혜성이 지나치게 강조되면 증여(贈與) 역시 지속적인 교환처럼 여겨질 수 있다. 증여가 계속 증여를 부르기 때문이다. 가령, 서로가 자기의 소유

---

44) 폰 프란츠가 동물보은담을 탐구하면서 인간의 본능적인 측면을 보살피는 것이 그의 정신적 위기를 지양하는 데 도움을 준다고 한 점 역시 같은 맥락이다. 동물을 도와주고 동물의 도움을 받는다는 것은 결국 동물에 내재한 어떤 속성(屬性)을 자기화하는 것으로 여겨지기 때문이다. 이에 대해서는 이부영, 『한국민담의 심층분석』, 집문당, 1995, 98~100쪽 참조.

45) 마빈 해리스는 호혜성이 '돌려받을 대가가 무엇인가, 또한 언제 그 대가를 받을 수 있을 것인가 등이 분명하게 특정되어 있지 않은 교환이 두 개인 사이에 일어나는 경제적 교환방식'(해리스, 앞의 책, 106쪽)이라고 정의했지만, 그럼에도 불구하고 시혜자는 언젠가 그 반대급부가 돌아올 것이라는 기대를 깔기 때문에, 그 호혜성마저 깨는 포틀래치가 등장하는 것으로 보고 있다.

물이나 생산물 가운데 잉여 물품을 선물로 증여할 경우라면 그러한 증여는 잉여 물품이 사라질 때까지 반복 순환할 것이 분명하다. 그러한 순환을 깨는 방법은 '순수증여'에 육박하는 희사(喜捨)와 쾌척(快擲) 뿐이다. 음덕음보형의 이야기는 그러한 행위를 통해 더 이상의 증여가 없도록 배치한다.

앞 절에서 살핀 대로, 이런 이야기에서 시은자(施恩者)는 최악의 경우에 자신이 가진 마지막 것까지 남김없이 털어준다. 그리고 그 은혜를 받은 사람에게 신원을 꼭꼭 숨기고 돌아와서는 자신의 패망(敗亡)을 순순히 받아들인다. 그것이 시은자(施恩者)가 행한 전부이다. 물론 은혜를 입은 사람이 은인을 찾아나서는 과정을 보이지만 그 행위와 시은자의 기부 행위는 작품 속에서 완전히 별개의 행위로 움직여나간다. 이 때문에 이런 이야기의 강조점은 은혜를 갚는 측보다는 은혜를 베푸는 사람 측에 있게 된다. 이는 자신이 가진 것을 능동적으로 버림으로써 도리어 새로운 것을 얻을 수 있는 역설적 진리이다. 버리지 않고는 새로운 것이 나올 수 없다. 이런 이야기에서는, 시은(施恩)과 보은(報恩)의 순환고리를 벗어던짐으로써 가장 큰 시은(施恩)과 보은(報恩)을 불러일으킨 셈이다.

이로써 보은담의 '현실윤리'적 해석은 어느 정도 벗어날 수 있게 되었다. 물론 은혜에 대한 보답이 아름답다는 그 기본 관념마저 무시해서는 곤란하겠지만, 지금까지 살핀 대로 보은담은 '은혜를 베풀었으며 갚아야 한다'는 당위성이나, '베푼 대로 받고, 받은 대로 갚는다'는 등가성(等價性)을 넘어서, 보은담은 새로운 관계, 새로운 세계를 구축하는 작은 창구가 되는 것이다. 역설적이게도, 보답을 바라지 않음으로써 더 큰 보답이 오고, 호혜성을 벗어남으로써 더 큰 호혜(互惠)가 돌아온다.

5. 결론

  이 논문은 보은담을 '교환'과 '증여'라는 측면에서 새롭게 조망해보
고자 씌어졌다. 이는 보은담이 '은혜'와 '보답'의 맞교환처럼 인식되면
서 윤리적 측면이 강조된 이야기로만 읽히던 한계를 넘어서보려는 시
도이다. 이를 위해 먼저 '증여', '교환' 등의 개념을 잡고 이 개념에 따
라 유형화를 시도하였으며, 유형별 작품례를 김토한 후, 그 의미를 해
석해보는 순서를 취하였다. 논의결과를 요약하면 다음과 같다.
  첫째로, '교환', '증여', '순수증여'의 개념을 잡고 거기에 따라 네 가
지로 유형화하였다.
  '교환'은 어떤 물건이나 용역과 다른 것을 동일한 가치로 여기고 맞
바꾸는 방식이며, '증여'는 보답을 바라지 않고 일방적으로 주면서, 그
물건이나 용역 이상의 값으로 계산되는 것이다. '순수증여'는 어떠한
보답도 바라지 않는 절대적 증여로, 상호간의 증여를 통한 순환마저
깨뜨리는 극단화된 것이다. 이 개념에 따라 시은자(施恩者)의 표출 여
부와 보은(報恩)을 받는 사람이 시은(施恩) 당사자인가의 여부에 따라
네 유형으로 나누었다. 음덕양보형(陽德陽報型)은 은혜를 베푼 사람은
은혜를 입은 사람에게 드러나고 당사자가 보답을 받는 유형이다. 양덕
음보형(陽德陰報型)은 은혜가 보답으로 교환될 수 있도록 드러나게 베
풀지만 그 보답은 은혜를 베푼 사람이 아닌 다른 사람이 받는 유형이
다. 음덕양보형(陰德陽報型)은 은혜가 보답으로 교환되지 않고 증여가
되도록 은혜를 베푼 사람이 드러나지 않지만 그 보답은 은혜를 베푼
사람이 직접 받는 유형이다. 음덕음보형(陰德陰報型)은 은혜가 보답을
교환되지 않고 증여가 되도록 은혜를 베푼 사람이 드러나지 않고 그

보답 역시 은혜를 베푼 사람이 아닌 다른 사람이 받는 유형이다.

둘째로, 각 유형별 작품례를 검토하였다. 양덕양보형(陽德陽報型)은 수혜자와 시혜자 사이가 아주 가까운 데 함께 있거나, 서로 잘 알 수 있는 표지를 달고 있거나, 익명성이 배제된 특수 신분 사회에 있는 등 보답이 명백하게 일어날 조건이 구비되어 있다. 그러한 상태에서 받은 은혜에 상응하거나 그 이상의 보은이 당사자에게 직접 이루어진다. 양덕음보형(陽德陰報型)은 흔히 당대에 발복(發福)하는 것이 아니라 명당자리 등을 얻어서 후손에게 보은이 되는 방식으로, 단순한 교환을 넘어선다. 음덕양보형(陰德陽報型)은 도저히 보은을 받을 수 없을 것 같은 미천한 사람이나 미물(微物)에 속하는 동물에게 도움을 주는 이야기로, 뜻밖에 보은을 받는 이야기이다. 음덕음보형(陰德陰報型)은 자신도 어려운 처지에서 자기의 거의 모든 것을 포기하고 남에게 베푸는 이야기들로, 씨족 시조(始祖) 등처럼 오랜 시간을 두고 지속적인 보답이 일어나는 이야기이다.

셋째로, 이러한 유형화를 근거로 그 의미를 새롭게 해석해보았다.

먼저, 양덕양보형(陽德陽報型) 이야기라 할지라도 맞교환을 배제하고 교환 이상의 '증여'의 형식을 띤다. 즉, 누군가에게 은혜를 베풀면 보답을 받는다는 단순한 인과적 고리가 아니라, 그보다는 아무 조건 없이 베푸는 마음이라야 진정한 보답을 이끌어낼 수 있다는 논리이다. 다음으로, 양덕음보형(陽德陰報型)이나 음덕양보형(陰德陽報型)에 속하는 이야기에는 운명을 수용하거나 넘어서려는 의도를 보이는 예가 많다. 주인공이 순수한 마음으로 운명을 대할 때, 운명은 새로운 장(場)을 맞는다. 끝으로, 음덕음보형(陰德陰報型)은 호혜성(互惠性)을 깨뜨림으로써 도리어 최고의 보은에 이른다. 이는 '순수증여'에 육박하는 예로, 자신이 가진 것을 능동적으로 버림으로써 도리어 새로운 것을 얻을 수 있다는 역설적 진리를 보여준다.

　이상의 논의결과는 보은담을 인간관계의 윤리적 측면에서만 해석하려는 시각을 어느 정도 교정할 수 있을 것으로 보인다. 여기에서 밝혀진 사실이 보은담의 하위유형에서는 어떻게 구체화되는지, 또 설화 이외의 자료를 통해서 설화 문학적 변별성은 있는지 등등에 대해 더 탐구될 필요가 있다.

무학대사 설화의 생성과 변이

1. 서론 : 역사와 설화

불교설화 하면 떠올리게 되는 이야기는 대개 고승(高僧) 설화이다. 원효대사나 서산대사 등이 자주 등장하는 이런 이야기에는 그들을 둘러싼 신이한 행적들이 숱하게 나온다. 물론 개중에는 불교적 깨달음을 얻어가는 과정을 그리는 구도(求道) 설화 역시 없지는 않지만, 심오한 불교교리와 그다지 큰 인연이 없는 일반인들로서는 그런 깨달음의 과정보다는 고승들의 신비한 이야기가 더욱더 매력적이었을 것이다. 더욱이 엄격한 신분제 사회에서 피곤하게 사는 사람들에게 고승들의 이야기는 묘한 힘을 갖게 마련이다. 의적(義賊) 설화가 그랬듯이, 신비로운 능력을 지닌 고승들이 출현해서 자신들이 해결할 수 없는 문제를 해결하고 자신들을 억누르던 사람들을 무참하게 하는 줄거리야말로 정말 구미가 당기지 않을 수 없다.

이 점에서 설화에 등장하는 고승들은 대개 설화 구연층의 옹호자이고 대변인이며, 나아가서 자신들의 분신이기도 하다. 설화에서 유명

한 문인이나 장수들이 어이없는 실수와 바보짓을 일삼는 동안에도 고
승들은 혜안(慧眼)을 가지고 미래를 예측하는가 하면, 신비한 술법으
로 위기에 처한 사람들을 구제(救濟)하는 일에 등장하곤 한다. 이 글에
서 다룰 무학대사 설화 역시 그런 특성을 유감없이 발휘한다. 그가 나
서부터 죽을 때까지의 행적이 일반대중에게 가장 친밀한 모습으로 비
쳐지는 것이다. 화려한 가문에서 축복 속에 태어나는 것이 아니라 출
생과정부터가 고난의 연속이었으며, 능력은 탁월하지만 군림하려 하
지 않고, 권력과 밀착되어 있으면서도 권력 밖의 사람들을 걱정하는
모습 등이 바로 그것이다.

그러나 이렇게 이야기하면 설화와 역사를 혼동한다는 오해를 받을
소지가 있다. 민간에 떠도는 설화는 근본적으로 허구이기 때문에 역
사 속의 실존인물 무학대사와는 별개가 아니냐는 반론이 나올 여지가
충분한 것이다. 무학대사 설화가 무학대사의 실제모습이 아니라는 점
은 납득할 만하고 또 실제로도 어느 정도 그럴 것임을 부인할 수는
없다. 그러나 실제 있었던 일이라고 해서 설화에 등장하지 않는 것은
아니며, 또 설화에 등장하는 인물담은 어떤 방식으로든 그 설화구연
층에 투영된 모습이라는 점을 부인해서는 안 된다. 실제의 사실도 입
에서 입으로 떠돌면 곧잘 설화로 둔갑하고, 또 그러다 보면 그 안에는
설화를 구연하던 사람들의 소망이 실리게 된다. 즉, 무학대사 설화에
담긴 내용은 무학대사의 모습이 설화구연층의 눈과 귀를 거치면서 그
들이 바라는 모습으로 변형되어 입으로 다시 전해진 것이다. 이는 무
학대사에 대한 기대치이자, 무학대사 모습의 일부이기도 한다.

사실 따지고 보면 역사서에 등장하는 실존인물 역시 역사가의 취향
에 따라 취사선택된 자료의 일부분으로, 엄밀하게 말하자면 '그렇게

비쳐진' 모습일 수밖에 없다. 따라서 설화를 마냥 헛된 이야기, 공상 정도로만 생각하지 않는다면 무학대사 설화에서도 무학대사의 모습을 어느 정도 재구해볼 수 있을 것이다. 또, 설령 실제의 모습을 완전히 재구하는 데는 실패한다 하더라도, 최소한 설화를 구연하던 일반인들이 생각하는 무학대사상(像)을 확인할 수 있는 기회가 될 것이다. 특히 무학대사의 경우, 문집은 말할 것도 없고 사상을 논할 만한 이렇다 할 쪽글조차 제대로 남아 있지 않아서, 여기저기서 단편적으로 언급된 기록들을 모아서 논의할 수밖에 없는 형편이다. 이런 점에 착안하여, 그나마 비교적 풍성하게 남아있는 구비문학 자료에 실린 무학대사의 모습을 짚어내보기로 한다.

기본적인 접근방법은 역사서/한문기록/구비설화에 실린 무학대사 관련자료를 비교 검토하여, 무학대사 설화가 어떻게 생성되었으며 어떤 의미를 지니는가를 분석해내는 것이다. 역사서에 언급된 어떤 사실이 설화화를 유도했으며, 그 설화가 생성되는 과정을 더듬어 그 의미를 해명하고자 하는 것이 이 논문의 주요골자이다.

2. 역사상의 행적과 설화화의 단서

무학대사는 왕사(王師)라는 직책 때문에 역사서에 여러 차례 등장한다. 『조선왕조실록』에서 관련기록을 제시하면 다음과 같다.[1]

---

1) 이 이하의 자료는 『조선왕조실록』 CD롬 자료에서 검색하여 얻은 결과로, 역사1부터 23까지는 태조 왕조실록이고, 역사24는 태종 왕조실록이다.

※ 역사1

중 자초(自超)를 봉하여 왕사(王師)로 삼았다. (원년 10월 9일)

※ 역사2

이날 시좌궁(時坐宮)으로 돌아와 중 200명을 궁중에서 공양(供養)하고, 왕사 자초를 청하여 선(禪)을 설법하게 하였는데, 현비(顯妃, 神德王后 康氏)가 뒤에서 발을 드리우고 이를 들었다. 자초가 능히 종지(宗旨)를 해설하지 못하니 중들 가운데 탄식하는 사람이 있었다.(원년 10월 12일)

※ 역사3

회암사(檜巖寺)를 지나면서 왕사 자초를 청하여 같이 갔다.(2년 1월 21일)

※ 역사4

어가(御駕)가 새 도읍의 중심인 높은 언덕에 올라가서 지세(地勢)를 두루 관람하고 왕사 자초에게 물으니, 자초는 대답하였다. "능히 알 수 없습니다."(2년 2월 11일)

※ 역사5

연복사(演福寺)의 5층탑이 이루어졌으므로 문수법회(文殊法會)를 베풀게 하고, 임금이 친히 거둥하여 자초의 선법(禪法) 강설(講說)을 들었다(2년 3월 28일)

※ 역사6

심원사(深源寺)에 화재(火災)가 일어났으니, 왕사 자초가 겸주(兼住)하는 곳이었다. 회암사에 역질이 발생하였다. (2년 3월 29일)

※ 역사7

왕사 자초를 대궐 안에서 접대하고 채색 비단을 내려주었다. (2년 4월 6일)

※ 역사8

내시별감(內侍別鑑) 한계보(韓季輔)를 보내어 왕사 자초에게 청하였다. "이미 왕사가 되었으니 깊은 산림 속에 있어서는 안 되니 속히 서울에 가시오." (2년 7월 2일)

※ 역사9

왕사 자초가 이르니 광명사(光明寺)에 거처하게 하였다. 처음에 자초가 회암사에 있었는데, 금년 봄에 이르러 회암사에 역질(疫疾)이 발생했으므로, 자초가 연복사의 문수법회(文殊法會)에 왔다가 법회가 파하고 난 뒤에 회암사로 돌아가지 않고 곡주(谷州)의 불국장(佛國莊)으로 가서 거처하였다. 여름에 회암사에서 역질이 크게 성하니 중들이 많이 죽었다. 이때에 와서 자초를 맞이하여 광명사에 있게 한 것인데, 성중(城中)의 남녀들이 법을 강설하기를 청하는 사람이 날마다 백 명이나 되었다. (2년 7월 19일)

※ 역사10

임금이 광명사에 거둥하여 왕사 자초를 보고, 드디어 소격전(昭格殿)으로 거둥하였다. (2년 8월 11일)

※ 역사11

임금의 탄생일이므로 문하부(門下府)와 각도의 관찰사·절제사들이 전문(箋文)을 올려 하례하였다. 이죄(二罪) 이하의 죄수를 사면하고, 중 1천 5백명을 광명사에서 공양하였다.(2년 10월 11일)

※ 역사12

연복사에서 중을 공양하고 대장경을 펼쳐 읽게 했는데 왕사 자초에게 강설을 주관하게 하였다. 이보다 먼저 5층탑을 건축하여 대장경을 간수하게 하였는데, 이때에 와서 이를 낙성(落成)하였다. (2년 10월 17일)

※ 역사13

임금이 왕사(王師) 자초를 청하여 재(齋)를 베풀게 하고 주견(紬絹)을 시조(施助)하였다. (2년 10월 27일)

※ 역사14

임금이 연복사에 거둥하여 문수법회를 구경하였다. 왕사 자초가 죄수를 사면하기를 청하니, 그대로 따랐다. (3년 2월 17일)

※ 역사15

왕사 자초를 내전(內殿)에서 공양하였다. (3년 2월 20일)

※ 역사16

삼기현사(三岐縣司)를 승격시켜 감무(監務)로 삼았으니, 왕사 자초의 본향(本鄕)이기 때문이었다. (3년 3월 14일)

※ 역사17

임금이 왕사 자초를 장막 안으로 불러들여 밥을 먹이었다. 처음에 임금이 여기 와서 터를 잡으려고 할 때 먼저 사람을 보내서 맞아온 것이다. (3년 8월 12일)

※ 역사18

임금이 〈남경의〉 옛 궁궐터에 집터를 살피었는데, 산세를 관망하다가 윤신달 등에게 물었다. "여기가 어떠냐?" 대답하였다. "우리 나라 경내에서는 송경이 제일 좋고 여기가 다음 가나, 한되는 바는 건방(乾方)이 낮아서 물과 샘물이 마른 것뿐입니다." 임금이 기뻐하면서 말하였다. "송경인들 어찌 부족한 점이 없겠는가? 이제 이곳의 형세를 보니, 왕도가 될 만한 곳이다. 더욱이 조운하는 배가 통하고 〈사방의〉 잇수도 고르니, 백성들에게도 편리할 것이다." 임금이 또 왕사 자초에게 물었다. "어떠냐?" 자초가 대답하였다. "여기는 사면이 높고 수려하며 중앙이 평평하니, 성을 쌓아 도읍을 정할 만합니다. 그러나 여러 사람의 의견을 따라서 결정하소서." 임금이 여러 재상들에게 분부하여 의논하게 하니, 모두 말하였다. "꼭 도읍을 옮기려면 이곳이 좋습니다." 하륜이 홀로 말하였다. "산세는 비록 볼 만한 것 같으나, 지리의 술법으로 말하면 좋지 못합니다." 임금이 여러 사람의 말로써 한양을 도읍으로 결정하였다. (3년 8월 13일)

역사19

회암사에 쌀·콩 1백 70석과 오승포(五升布) 2백필을 내려 주었으니, 왕사 자초가 능엄회(楞嚴會)를 베풀기 때문이다. (4년 4월 17일)

역사20

내신(內臣)을 회암사에 보내어 왕사에게 문안드리게 하고, 인하여 저포(苧布)·마포(麻布)를 하사하였다. (4년 7월 16일)

역사21

왕사인 자초가 병드니, 전의감 양홍원(楊弘遠)을 보내어 치료하게 하였는데, 병이 나으므로 홍원에게 내구마 1필을 하사하였다.(4년 7월 20일)

역사22

회암사에 거둥하여 왕사 자초를 보고, 풍천(楓川)에 머물러 도승지 이문화(李文和)를 불러 말하였다. (7년 2월 30일)

✖ **역사23**

왕사 자초가 회암사를 하직하고 용문사로 가기를 청하니, 윤허하지 않았다.(7년 3월 29일)

✖ **역사24**

태상왕이 왕사 자초의 계를 받아 육선(肉饍)을 들지 아니하여 날로 파리하고 야위어졌다.(태종 2년 8월 2일)

이 기록들은 대략 세 종류로 나뉜다. 첫째, 왕사로서의 공식적인 행사와 관련된 것이다. 왕사로 삼았다든지, 설법을 했다든지 하는 것들이다.(역사1, 2, 5, 6, 10, 12, 15) 둘째, 왕의 특별한 대우를 강조한 것으로, 일부러 동행했다든지, 특별히 어떤 물건을 하사했다든지 하는 것들이다.(역사3, 7, 8, 10, 13, 16, 17, 19, 20, 21, 22, 23) 셋째, 특별한 능력을 발휘한 경우이다. 왕의 자문에 응했다든지, 특별한 정무를 하는 데 도움을 주었다든지, 설법에 능했다고 하는 것들이다.(역사4, 9, 11, 14, 18, 24) 이 셋 중 어느 것이 설화화에 더 중요한 역할을 했는가를 따지고 든다면 상당히 곤란한 문제에 빠지게 된다. 즉, 이 역사기록들은 역사1처럼 매우 포괄적인 원인을 담고 있는 것에서부터 역사18처럼 매우 구체적인 원인을 담고 있는 것이 있기 때문이다. 역사1이 없다면, 무학대사가 역사나 설화의 전면에 나설 근거가 희박해질 것이므로 매우 중요시해야겠지만, 설화와 직접 연관되는 이야기는 아무래도 역사18 같은 경우이다.

주지하는 대로 이야기의 속성은 일단 그 특이함에 있다. 항용 이야기되는 대로 개가 사람을 물었다면 이야기가 되지 않지만 사람이 개를 물었다면 이야기가 된다. 이 점에서 무학대사가 승려로서 유교를

국시로 하는 조선의 건국에 참여하고, 또 조선왕조에서 처음이자 마지막으로 왕사가 되는 사건 자체가 충분히 이야깃거리이다. 사람들은 우선 그런 특이함에 주목하여 여러 가지 이야기를 남겼을 것이다. 그러나 그런 이유 말고도 설화가 될 만한 구체적인 사건들은 꽤 많다. 왕이 특별한 예우로 대했다는 것이 그렇다. 이 역사 기록에서 무학이 있는 곳은 꼭 들러 갔다든지, 무슨 일로 자문을 구할 때 우선순위로 염두에 두었다고 했다. 이는 '왕의 스승'이라는 직책만으로 잘 설명되기 어려운 부분이다. 이 기록들에서는 태조 이성계와 무학대사 사이의 인간적인 유대관계가 강하게 드러나기 때문이다. 공식적인 예의에 앞서 우정이 엿보이는 대목이기도 하다.

이처럼 공적인 관계를 넘어서서 사적인 친분이 강조되다 보면 공적으로 확인되지 않은 숱한 설화들이 생성될 틈을 보이게 된다. 역사16 같은 자료에 비추어 특히 경남 지역에 무학대사 설화가 많이 유포되고 있는 이유를 짐작할 수 있다.[2] 국가의 대업을 이루는 데 공헌한 '왕사' 무학이기에 앞서서, 설화 구연층이 몸담아 살고 있는 '지역 출신' 무학이 더 중요한 것이다. 역사14 같은 경우도 무학대사가 일반백성들과 친숙해지는 단서를 제공한다. 조선왕조의 건국은 새 왕조의 창업이면서 옛 왕조의 말살이라는 이중적 속성을 지닌다. 이런 창업 과정에서 약간의 희생이야 어쩔 수 없다 하더라도 조선조의 창업은 특히 피비린내가 심한 것이었다. 저 유명한 정몽주의 피살이나 고려 왕족의 몰살 등이 이어져서 필연적으로 인심이 뒤숭숭할 수밖에 없었겠는데, 이때 불쌍한 영혼을 천도하고 죄인의 사면을 청하는 무학대

---

2) 뒤에서 확인되겠지만 무학대사 설화가 집중적으로 나오는 것은 『한국구비문학대계』 제8권, 즉 경남지역의 설화이다.

사의 모습은 일반백성들의 비호자 역할을 맡을 소지가 충분했다.

그러나 이 설화화에 있어서 무엇보다 결정적인 동력이 되는 것은 바로 셋째 부류의 기록들 중 역사4와 역사18이다. 새로운 도읍을 정하려는 왕은 지세(地勢)를 묻고, 대사는 거기에 충실하게 답변한다. 다분히 풍수적인 지식을 구하려는 의도가 강한 것이지만, 그 이면에는 무학대사의 신비한 힘을 빌리고자 하는 의도가 숨어 있음을 간과할 수 없다. 즉, 역사9에서 보이는 대로 대사의 설법을 듣고자 오는 사람들이 매일 백 명이나 될 정도였던 만큼 그에 대한 일반백성들의 기대는 매우 컸던 것이다. 당연히 도읍을 정하는 데 있어서도 그의 판단이 매우 중요하게 작용하며, 그런 사실이 일반인들에게 유포되면서 허다한 설화를 만들어낼 것은 매우 자명한 일이다.

하지만, 우리는 역사4와 역사18에 기록된 무학대사의 발언을 똑똑히 기억해둘 필요가 있다. "능히 알 수 없습니다.", "그러나, 여러 사람의 의견을 따라서 결정하소서."라는, 지극히 조심스러운 의견개진이 있을 뿐이다. 그렇다면 무학대사는 정말 알 수 없거나 확신이 없어서 그랬을까라는 의문이 생긴다. 실제로는 정확히 알고 확신도 있었겠지만 개국공신들과의 마찰을 최소화하려는 처세의 일환이었을 가능성이 높다. 또 그의 말을 액면 그대로 믿는다 하더라도, 대사에 대한 일반인의 기대치가 높다면 그런 겸손한 발언을 그대로 놓아둘 리도 없는 것이다. 이리하여 설화공간에서는 유교를 신봉하는 개국 공신들과 불교승려인 무학대사 간의 한판 승부가 벌어지게 된다.

정리하자면, 역사기록에 나타나는 '이성계와의 특별한 관계'와 '무학대사의 뛰어난 능력'이 설화화의 단서이다. 대체 왕이 저렇게 극진히 대한다면 그 이전에는 무슨 일이 있었을까, 혹은 무학대사가 그 정도로 풍수에 능하다면 그것을 입증할 만한 또 다른 사실이 있을까 하는 질문이 들게 되면서 설화는 급속도로 큰 파장을 일으키며 생성과 변이, 확산과 전파를 계속하게 되는 것이다.

3. 한문 기록에서의 변이

무학대사와 관련한 한문 기록은 흔히 야사, 혹은 야담이라고 하는 형식으로 등장한다. 『지봉유설(芝峰類說)』, 『연려실기술(燃藜室記述)』, 『오산설림(五山說林)』, 『순오지(旬五志)』, 『죽창한화(竹窓閑話)』 등에 기록된 내용들을 정리해보면 다음과 같다.3)

✳ 기록1
환조의 장사 때, 태조가 좋은 자리를 얻지 못하던 차였다. 길가에 스승과 제자 두 중이 쉬면서 좋은 묘자리에 대해서 이야기했다. 태조의 종이 그 말을 엿듣고 보고하자 그 중을 모셔다가 치성을 드려 마땅한 장지(葬地)를 얻었다. 두 중은 나옹과 무학이다.(『오산설림』, 『연려실기술』)4)

✳ 기록2
무학이 안변(安邊)의 설봉산(雪峯山) 아래 토굴에서 살았는데, 태조가 찾아가 해몽을 부탁했다. 파옥(破屋)에 들어가서 서까래 셋을 지고 나오는 꿈의 뜻을 물은 것이었다. 무학은 임금될 꿈임을 일러주었다. 또

---

3) 이하의 자료들은 주로 『연려실기술』 소재인데, 이 책은 다른 데에 있는 것들을 취합해놓은 성격이어서 책에서 밝힌 소재원을 함께 밝히기로 한다. 번거로움을 피하기 위하여 인용 제시가 아닌 간략한 내용 요약 방식을 택하였다.

4) 李肯翊, 『국역 연려실기술』I, 이병도 역, 민족문화추진회, 1966, 27쪽.

꽃이 떨어지고 거울이 떨어지는 꿈을 물으니 열매가 생기고 큰 소리가
날 징조라고 했다. 태조는 그 땅에 절을 창건하고 '석왕사(釋王寺)'라고
했다.(『지봉유설』, 『연려실기술』)5)

�֎ 기록3

태조가 안변에 있을 때, 여러 집의 닭이 일시에 울고 파옥에 들어가서
서까래 셋을 지는 꿈을 꾸었다. 한 노파에게 물으니 토굴 속의 신승(神僧)
에게 물으라고 했다. 그 중은 닭의 울음소리를 '고귀위(高貴位)'로 풀면서
임금 될 꿈임을 일러주었다.(『순오지』, 『연려실기술』)6)

�֎ 기록4

태조가 수소문하여 무학을 찾았다. 경기·해서·관서 세 방백(方伯)이
그를 찾아 나섰다가 곡산에 이르러 소나무 가지에 각각의 印을 걸어두고
암자에 이르러 중에게 왜 이곳에 있냐고 물었다. 그러자 중은 '삼인봉(三
印峰)' 때문이라고 답했다. 사람들은 그가 무학인 것을 알고 태조에게 모
셔갔다. 태조는 도읍 자리를 알아보아달라고 부탁했고 정도전과 의견대
립을 보이게 된다. 무학은 내 말에 따르지 않으면 5세를 지나지 못해 왕위
찬탈의 화가 있겠고 2백년만에 전국이 판탕(板蕩)되는 난리가 올 것이라
고 예견했다.(『오산설림』, 『연려실기술』)7)

✷ 기록5

태조가 함흥에 머물 때 태종은 무학대사를 보내서 태조의 마음을 돌리
려 했다. 무학은 방원(芳遠)이 죄가 있지만 아들은 하나뿐이니 이마저 끊
어서는 안 된다고 설득하여 마음을 돌렸다.(『오산설림』, 『연려실기술』)8)

---

5) 李肯翊, 같은 책, 29쪽.
6) 李肯翊, 같은 책, 29쪽.
7) 車天輅, 『五山說林草藁』, 양대연 역, 『국역 대동야승』 II, 민족문화추진회, 1967,
   35쪽.

✖ 기록6

태조가 죽은 후에 묻힐 자리를 무학에게 물으니 무학이 자리를 알려주었다.(『오산설림』, 『연려실기술』)[9]

✖ 기록7

이곡(李穀)의 어머니 묘소가 한산에 있는데 무학이 본 명당자리이다. 어떤 사람이 발복할 목적으로 그 묘 곁을 파고 제 아비 장사를 지냈는데 향로가 하늘로 치솟고 솔개가 붓을 물어가는 괴변이 났을 뿐더러 3년 안에 형제들이 계속 죽고 자손들이 거의 없어지는 괴변이 일어났다.(『죽창한화』)[10]

이상의 일곱 가지 기록은 해몽(기록2, 3), 풍수(기록 1, 4, 6, 7), 이성계와의 특별한 친분(기록5)으로 나뉜다. 기록7을 제외한다면 사실 모두 다 이성계와의 관련 때문에 기록된 것임에 유의할 필요가 있다. 이미 실록에 기록된 자료에서 그럴 조짐은 충분히 읽어낼 수 있었지만, 정사(正史)를 벗어나서는 오히려 더 이성계와의 관련이 짙어지고 있는 것이다. 가령, 실록에서는 '왕사' 무학대사로서의 역할이 어느 정도 드러나 보이지만, 이 기록들에서는 그런 독자적인 행동은 아주 없다시피 하다. 즉, 무학대사 이야기 자체는 한문 기록자들의 관심 밖이었음을 입증해준다. 무학대사가 어떤 과정을 거쳐서 어떤 지위에 올랐고, 그의 깨달음이 어느 정도여서 얼마나 큰 신이한 일이 일어났는가에 관심을 갖는 것이 아니라, 정체불명의 신승(神僧)으로 그려내는 데

---

8) 李肯翊, 『국역 연려실기술』 I, 앞의 책, 129~130쪽.
9) 李肯翊, 『국역 연려실기술』 IX, 김익현 역, 민족문화추진회, 1967, 125쪽.
10) 李德泂, 『죽창한화』, 이민수 역, 『국역 대동야승』 17권, 민족문화추진회, 1967, 269~270쪽.

주력할 뿐이다.

해몽부터 따져보자. 기록2와 기록3의 핵심은 '왕(王)'과 '고귀위(高貴位)'라는 한자어이다. 하나는 한자 '王'의 파자(破字)놀이이며, 또 하나는 닭울음소리인 '꼬끼요'와 닮은 '高貴位'를 끌어다 쓴 예이다. 예로부터 이런 문자놀이는 식자층에서 매우 즐겨하던 것으로 그런 소재의 이야기만으로 책을 한 권 엮어낼 수 있을 만큼 매우 광범위하게 퍼져 있던 것이다. 또, 정치격변기의 참요(讖謠)라든지, 특정한 목적을 이루기 위해 거짓으로 유포한 유언비어에 가까운 노래나 구호 등에서도 그런 예는 얼마든지 찾을 수 있다.[11] 가령 고려말에 유행했다는 '木子得國' 같은 경우, 木과 子를 합쳐서 '李'를 만들면서 이씨 왕조의 창업을 의미하는 한편, '나무자식(남의 자식) 나라 얻네'로 뜻을 풀이하면서 고려말 왕씨 왕조의 정통성에 심각한 훼손을 가하는 것이 그렇다.

그렇다면, '석왕사(釋王寺)'의 이름에 얽힌 해몽은 정당한 것인가? 기록2에서는 등에 서까래를 진 꿈에서 '王'자를 추출해냈고, 기록3은 사실 기록2의 연장선상에서 왕(王)을 고귀위(高貴位)라는 동의어로 바꾼 데 지나지 않는다. 이야기 구연현장에서 생각한다면, 사실 이 설화의 중심은 무학대사가 이성계의 꿈을 풀어주었다는 데 있다기보다는 '어깨에 서까래 세 개를 진 자(字)는?'과 같은 식의 글자 알아맞히기 수수께끼를 설화화했다고 보는 편이 좋겠다. 다만 王 자를 풀이하는

---

11) 실제로 이 해몽과 유사한 이야기가 『춘향전』에 채용될 정도이다. 춘향이가 옥중에서 꿈을 꾸었는데 바로 그 꿈의 내용이 "옥창 전 앵도화 어지러히 떨어지고 방문우에 허수아비 달려보이고 단장하던 체경이 한복판이 깨어지고 산이 무너지고 바다가 말라보인다."는 것이었다. 여기에서 꽃이 떨어지고 거울이 깨지는 부분은 바로 이성계 꿈 부분과 같다. 춘향전의 해몽부분은 동편제 명창 오끗준의 더늠으로 전해진다. 자세한 내용은 鄭魯湜, 『朝鮮唱劇史』, 조선일보출판사, 1940, 123~129쪽 참조.

것만으로는 별 재미가 없을 것 같으니까 거기에 가장 적합한 이성계
를 끌어들이고, 그 해몽자 역시 무학으로 설정한 것이 아닌가 한다.
하긴, 이 이야기가 역사인가 허구인가가 중요할 수도 있겠지만 설화
구연자의 입장에서는 그것은 하등의 문제가 되지 않는다. 다만 재미
있게 이야기하면 그뿐이며, 실제로 이 이야기는 이성계와 무학이 등
장하면서 한결 더 재미있게 된다.

만약, 이 기록이 역사적 사실이라면 적어도 '석왕사'라는 절은 태조
의 등극 이전에는 나타나서는 안 된다. 그러나 이능화의 지적대로 석
왕사에 대한 기록은 그 이전에 이미 나오고 있는 터라 이 기록을 액면
그대로 믿을 수 없다.12) 여러 관련 정황으로 미루어 이성계와 석왕사
와의 연관을 무시할 수는 없지만, 적어도 王 자를 풀이한 데에서 연유
하여 '석왕'이란 이름이 생겼고, 왕위에 오른 후 '석왕사'를 창건했다
는 것만은 사실과 다름을 알 수 있다.13) 이는 어느 왕조의 창업에서나
그렇듯이 적어도 한 왕조의 탄생에는 인력(人力)이 아닌 천우(天佑)가
있었음을 강조하는 설화인 것이다. 즉, 조선왕조가 이루어지기 이전
에 이미 조선왕조의 창업이 예정되었으며, 그 예정대로 이루어진 창
업에 아무런 문제가 없음을 강조하려는 의도가 강하게 배어 있다.

이런 시각에서 보자면 풍수와 연관한 네 편의 기록 역시 마찬가지

---

12) 李能和, 『朝鮮佛敎通史』, 新文館, 1918, 上編〈無學王師〉條 참조.
13) 동일한 어휘의 상이한 해석, 혹은 동음이의어나 유사한 발음의 어휘를 둘러싸고 설화
가 파생되는 예는 무척 많은데, 무학대사와 관련하여서는 특히 심한 편이다. 이 '釋王'
만 해도 그대로 풀자면 '釋迦 王' 정도가 적당할 듯싶은데 '왕(王)을 풀다'로 새기면서
해몽 이야기로 넘어가고, '無學'이 '舞鶴'과 뒤섞이면서 학(鶴) 이야기가 나오고, 이것
이 그대로 풍수 문제까지 연결되어 '학혈(鶴穴)'을 운운하게 된다. 또, '왕십리(往十里)'
역시 '왕심리(往尋里)'와 이어지면서 이야기를 산출해내기도 한다.

사정이다. 기록1, 기록4, 기록6은 묘하게도 조선왕조로 보자면 '창업 이전- 창업 후 정착 과정- 창업이 완성된 후'의 세 단계의 변화를 보여준다. 그렇다면 이 기록들은 사실인가? 환조가 죽은 때는 1360년이므로, 기록1은 기록2보다 훨씬 전이다. 그렇다면 기록2에서 이성계와 무학대사는 이미 구면이어야 하는데, 기록에는 그런 측면이 전혀 보이지 않는다. 더욱이 기록1에서는 그냥 스승과 제자 사이인 두 승려가 장지(葬地)를 잡아주었다고 한 후, 끄트머리에 그 둘이 나옹과 무학임을 부연하고 있다. 물론 기록에 의하면 무학대사가 일찍이 중국에서 나옹화상을 만났으며, 귀국한 후 1359년에 다시 나옹화상을 찾은 일이 있는 등 시기적으로 그 둘이 함께 나타날 가능성은 배제할 수 없다.

그러나 무학대사와는 달리 나옹화상은 이미 그 당시에 당대 최고의 승려로 은신하고자 하였으나 공민왕 등의 간청으로 잠시 신광사에 몸을 담을 정도의 인물이다. 그런 그가 제자인 무학과 함께 다니면서 묏자리를 보고 다닐 일도 없었을 것이며, 더욱이 왕실의 신망을 받고 있으면서 다른 성씨의 왕을 운운할 리도 없겠다. 이 역시 조선왕조의 건국을 합리화하는 방향에서 꾸며진, 혹은 실화를 가탁한 것이라고 할 수 있다. 기록4는 이미 앞 장에서 살핀 역사적 기록과 최소한의 합의를 보이고 있기 때문에 완전히 꾸며진 이야기라고 볼 수는 없지만, 이 변화과정을 통해서 한문기록에서의 변이양상을 한눈에 알 수 있다. 역사4와 역사18에서는 무학이 매우 겸손하게 제 뜻을 이야기하지만, 기록4에서는 "내 말을 듣지 아니하면, 2백년을 지나서 내 말을 생각할 것이다."라고 단호하게 이야기하고 있다.

뿐만 아니라 이 발언을 뒷받침하는 증거로 제시하는 것이 의상대사

(義相大師)가 지었다고 하는『산수비기(山水秘記)』로, "도읍을 선택하는 자가 만일 중의 말을 믿게 되면, 5대를 가지 못 하여 자리다툼의 화가 생기고, 2백년이 못 가서 나라가 어지러워 흔들리는 난이 날 것이니 조심조심하라."[14]는 예언을 강조한다. 해몽을 하고 장지를 잡는 신승 (神僧)으로서의 무학대사상(像)이 극대화된 경우이다. 더욱이 기록의 끝에는 정도전 역시 무학의 말이 옳은 것을 알기는 했지만, 틈이 있으면 나라를 빼앗으려는 마음이 있었기 때문에 곧이듣지 않았다고 했다. 정도전이 비록 종사를 위태롭게 했다는 죄명으로 죽임을 당했지만, 사실은 이방원의 야욕 때문에 희생당했다고 보는 편이 옳을 것이다. 그러나 이 기록은 정도전을 반역죄인으로 기정사실화하고 그 반대편에 무학대사를 두어서 호국(護國)의 역할을 해낸 부분을 특히 강조하고 있다.

기록6과 기록7 역시 풍수가로서의 탁월함에 중점이 두어져 있다. 다 아는 대로 이성계가 자신의 묫자리를 부탁했다는 것은 단순히 자신이 편히 묻힐 곳을 찾는 것이 아니다. 우리 전통신앙에서는, 죽어서 자신이 좋은 곳으로 가려는 명복(冥福)보다는 죽은 후 후손들이 잘 되도록 돕는 명조(冥助)의 기능이 더 강조되기 때문이다. 이 경우, 이성계의 자손이 잘된다는 것은 결국 왕실의 번영을 의미하는 일이며, 이점에서 결코 이성계 개인의 일만은 아닌 것이다. 즉, 기록4의 연장선상에 놓인다고 해도 무방하다 하겠다. 기록7은 무학대사의 능력을 왕실이 아닌 다른 쪽에서 부각시킨 예이다. 저 유명한 목은(牧隱) 이색(李穡) 집안 이야기이다. 한산(韓山) 이씨(李氏)는 손꼽히는 명문가여

---

14) 이덕형, 『죽창한화』, 이민수 역, 『국역 대동야승』V, 민족문화추진회, 1967, 37쪽.

서, 어차피 왕족이 되지 못하는 바에야 누구나 꿈꿈직한 집안이다. 그런데 그 집안의 묏자리를 보아준 사람이 무학대사라고 했다. 당시의 정황으로 미루어 이 역시 혹 있을 수도 있는 일이지만, 사실 여부를 떠나서 향로가 하늘로 치솟고 자손이 몰락하는 등의 이적(異蹟)이 훨씬 더 중요한 힘을 발휘한다. 그만큼 무학대사가 영험했다는 것이다.

한편, 기록5는 신비한 능력을 보여주는 이야기가 아니라는 점에서 다른 한문기록들과 구분된다. 즉, 다른 기록들은 모두 해몽이나 풍수 등 일반인이 할 수 없는 일인 데 비해서 이 기록5는 매우 평이한 능력이다. 『연려실기술』에는 성석린(成石璘), 박순(朴淳), 무학대사가 모두 같은 역할을 하고 있다. 이 경우, 무학대사는 성석린이 그랬던 것처럼 이성계와의 친분이 깊다는 이유로 이 일에 나서게 된다. 이성계가 그를 보고 노했을 때에도 "빈도(貧道)가 전화와 더불어 서로 안 지가 수십 년인데, 오늘 특별히 전하를 위로하기 위하여 왔을 뿐입니다."라고 하여 둘 사이의 허물없는 관계를 강조한다. 이런 절친한 관계 때문에 생기는 일화는 다음과 같은 이야기를 만들어내기도 한다.

기록7

태조가 무학과 함께 있었는데 태조는 자기가 보기에 대사는 돼지 같다고 했다. 대사는 자기가 보기에는 왕이 부처 같다고 했다. 왕이 의아해하자, 대사는 용의 눈으로 보면 용이고 돼지의 눈으로 보면 돼지라고 답했다. (〈釋王寺記〉)[15]

너무도 유명한 이야기여서 따로 설명이 필요 없을 정도이다. 그런

15) 이 대목의 원문이나 '龍'字를 둘러싼 의심 등은 모두 忽滑谷快天, 『朝鮮禪敎史』(정호경 역, 寶蓮閣, 1978)에 의한다.

데 이 대목 중 "용의 눈으로 보면 용이고(以龍眼觀之則龍也)" 부분은 좀
더 세심히 짚고 넘어갈 필요가 있다. 이 사기(寺記)를 쓴 서산대사(西山
大師)가 본래 '猪'로 했던 것을 나중에 '용(龍)'자로 고친 흔적이 역력하
다는 것이다. 누가 고쳤는지는 모르겠지만 고친 사람의 심정은 충분
히 미루어 짐작할 수 있다. "돼지의 눈으로 보면 돼지"라는 말은 결국
돼지로 보인다고 말한 태조가 돼지라는 말이 된다. 그렇다면 왕(王)과
왕사(王師)라는 특수성을 십분 감안하더라도, 군신(君臣)간의 예로 보
자면 일국의 왕을 돼지로 조롱하면서 자신은 부처로 높이는 참람(僭
濫)함은 상상하기 어렵다. 군주와의 농담 자체가 성립되기 어려울 뿐
더러 설령 농담을 한다 하더라도 그 지경에까지 이를 수 없기 때문이
다. 왕자(王者)의 희언(戲言)을 금하던 전례를 생각할 때, 이 기록 역시
이성계와 무학의 특별한 관계를 강조하기 위해 꾸며진 이야기라고 할
수 있을 것이다.

　이제 한문기록에서의 변이 양상을 정리해보자.

　우선 들 수 있는 가장 큰 변화는 이성계와의 관련을 벗어난 기록이
대폭 줄었다는 점이다. 물론 역사기록 역시 어떻게 보면 왕사(王師)로
서의 무학이 강조되었다는 점에서 그렇게 볼 수도 있지만, 적어도 무
학대사의 행적을 좇아 기록해둔다는 의식만은 분명했다. 그러던 것이
어떤 내용이든 이성계와의 관련하에서만 이야기가 이루어지고 있다.
즉, 왕사로서의 공식적인 업무는 한문 식자층에게는 관심 밖이었다는
이야기이다.

　두 번째의 변화는, 역사기록에서는 왕이 특별한 대우를 했다는 것
이 강조된 데 비해서, 여기에서는 무학대사가 왕에게 도움을 준 것이
강조된다. 시혜자와 수혜자가 뒤바뀌었다 하겠는데, 왕의 조상 무덤

에서부터 새 왕조의 도읍지, 왕이 죽은 후 묫자리 택지(擇地)까지를 모두 무학대사가 맡았다고 하는 것이 그 좋은 예이다. 뿐만 아니라 이성계가 아들과의 불화로 함흥에 머무르면서 빚어진 왕실의 불안을 해소해주는 인물도 무학대사로, 국가의 중대사나 풀기 힘든 난제를 만날 때면 언제나 구원자로 등장한다.

세 번째의 변화는 신비한 능력을 대폭 강화해놓은 것이다. 이미 앞서 살핀 대로 역사기록에서의 무학대사는 매우 신중하게 행동하는 인물이었다. 자문을 구하면 언제든 응하기는 하지만 독단으로 처리한다거나 강권(强勸)하지는 않았다. 내 의견은 이러하니 다른 사람들과 의논해서 처리하라는 식이었던 것이다. 그런데 한문기록에서는 그런 신중하고 머뭇대는 모습은 자취를 감추어 버린다. 기록4는 그 대표적인 예이다. 정도전과의 의견대립에서 비록 이길 수는 없었지만, 그는 너무도 명확하게 앞날의 비운(悲運)에 대해서 이야기하고 있다. 이 기록을 역사4, 역사18과 비교해 볼 때 그 차이가 확연히 드러난다.

결국, 한문기록에서 확인되는 무학대사는 이성계와 관련하여 신비한 능력으로 호국의 역할을 하는 모습이 강하게 드러난다고 하겠다. 이 점은 앞서 지적한 대로 역사기록에서부터 그럴 만한 충분한 가능성을 가진 것이었지만, 이미 유교적 이념으로 무장된 한자식자층의 시각이 투영된 결과로 보인다. 억불숭유(抑佛崇儒)의 기치를 걸고 일어선 조선왕조에서 불교의 소용이 있다면 그것은 종교로서가 아니라 실질적으로 국가의 안녕 등에 얼마나 기여할 수 있느냐 하는 것 때문이었으며, 따라서 실제 떠도는 이야기들 중에서도 그런 입맛에 맞는 이야기만 선별하여 수용했을 가능성을 시사해준다. 그럼에도 불구하고, 해몽이나 풍수 등 사실로 믿기 어려운 허구적 이야기를 대거 수용했다는 것은 한문기록이 이루어낸 훌륭한 성취라고 하겠다.

4. 구비설화에 나타나는 새로운 의미

무학대사 이야기는 한문문헌보다는 구비설화로 훨씬 더 풍부하게 전한다. 우리나라 구비문학 자료를 집대성한 『한국구비문학대계』에서 확인되는 설화는 다음의 21편이다.[16]

※ 구비1

〈무학이 이야기〉(1-2.169)/복숭아 먹고 잉태 - 해인사의 화재 진화 - 이성계의 관상 - 궁궐터 - 기타 신통한 능력

※ 구비2.

〈왕십리 이야기〉(1-7.468)/나옹과 무학이 이성계 아버지 장지(葬地)를 잡아줌 - 무학이 궁궐터를 잡음- 무학보다 못한 소 - 정도전과의 대립에서 패배

※ 구비3

〈무학대사〉(1-9.171)/장사꾼 무학 - 아내의 불륜으로 가출 - 믿던 아이에게 속음 - 출가하여 중이 됨 - 목숨을 걸고 불공 - '무학'의 유래

16) 이하의 순서는 『한국구비문학대계』(한국정신문화연구원, 1980~1989)의 순서에 따른 것이며, 이 책에 있는 본래의 제목을 〈 〉 안에 밝히고, '권.쪽수'를 ( )에 밝힌다. 또, 지면 관계상 전체 줄거리를 모두 적어 넣을 수 없는 점을 감안하여 간단한 중심내용을 몇 개 뽑아서 제시하는 방법을 택하기로 한다.

구비4

〈무학대사 이야기〉(2-2.787)/무학 어머니의 득죄 - 압송되던 중에 출산 - 길가에 버려짐- 학들의 보호 - 무학보다 미련한 소 - 왕건과의 승부 - 궁궐터를 잡음 - 이성계의 실수로 1500년 도읍지가 500년 도읍지가 됨 - 산신의 도움

구비5

〈무학대사와 이성계의 귀국〉(2-3.75)/오이 먹고 잉태 - 어린 아이를 중이 데려감 - 이성계의 꿈 해몽 - 이성계의 실수로 천년 도읍이 500년밖에 안 됨

구비6

〈이성계와 무학대사〉(2-8.248)/무학이 치악산에 숨음 - 노파를 시켜 태종을 따돌림 - 노파는 왕손을 속였다는 죄책감에 노고소에서 투신자살 - 기타 뒷이야기

구비7

〈오이 먹고 잉태된 무학대사〉(4-4.178)/오이 먹고 잉태 - 시집간 첫날 밤 출산 - 신랑의 도움으로 버려진 아이를 주운 척하고 기름 - 아이가 출가하였다가 어머니 초상에 돌아와서 산소자리를 잡아줌 - 한양조씨의 내력

구비8

〈산신령과 무학〉(5-4.231)/무학보다 멍청한 소(산신령의 도움)

구비9

〈무학의 한양 터 건설〉(5-2.291)/무학보다 멍청한 소

🎗 구비10
〈경복궁터를 잡은 무학대사〉(6-4.904)/궁궐터 잡음

🎗 구비11
〈무학대사 일화〉(6-8.329)/무학대사의 성은 '성'이고 13달만에 출생, 배에 '鬼'자를 쓰고 태어남 - 버려짐 - 출가하여 신비한 노인에게서 묘법 책을 하나 받음 - 한양터를 잡아주고 7대가 못되어 종족살상이 날 것을 예언

🎗 구비12
〈무학의 대궐 짓기〉(6-10.259)/대목수 무학이 대궐을 지음 - 무학보다 미련한 소

🎗 구비13
〈궁궐을 지은 무학이〉(7-3.708)/무학의 어머니가 압송 중에 출산 - 버려졌으나 학의 보살핌으로 죽지 않음 - 목수가 됨 - 무학보다 미련한 소 - 금기를 어겨서 오백년이 됨

🎗 구비14
〈무학대사와 이성계〉(7-8.308)/상좌승 무학이 물 길러 가서 오지 않음 - 합천 해인사의 화재 진화 - 이성계 꿈을 해몽

🎗 구비15
〈무학대사 이야기〉(8-5.358)/해인사의 화재 진화

🎗 구비16
〈무학대사 일화〉(8-10.187)/풍수 공부를 한 무학이 부자가 될 못자리를 잡아줌 - 중국에 공부하러 갔다가 잘못을 알게 됨(아이들이 "무학같이

미련한 놈") – 돌아와 보니 문둥이가 되어 있음 – 못자리를 다시 잡아주자
부자가 됨

�֍ 구비17

〈무학대사의 도술〉(8-11.655)/무학이 머슴살이를 함 – 밤마다 나가서
축지법을 쓰며 바위를 병사로 변하게 하여 부림 – 두려워한 주인이 쫓아
냄 – 집에 돌아와 어머니를 위해 여러 가지 신통력을 펼쳐보임 – 무학이
죽은 데도 없고 무덤도 없음

✖ 구비18

〈무학대사 전설〉(8-14.191)/목수 무학이 궁궐을 지음 – 무학보다 못한 놈

✖ 구비19

〈무학 이야기〉(8-14.241)/무학이 집터를 잡아 궁궐을 지음 – 무학보
다 못한 소

✖ 구비20

〈이성계와 무학대사〉(8-14.562)/정도전과 이성계가 팔도 유람 – 어느
집에 묵는데 그 집은 마침 큰 집을 짓는 중이었음 – 정도전이 관상을 보니
그집 주인이 그날 밤에 죽을상이었음 – 밤이 지나도 죽지 않자 집터를 잡
아준 사람이 누구인가 물음 – 집터를 잡아준 이가 무학임을 알고 만남 –
도읍을 정하는데 정도전이 반대 – 조선조에 불교가 힘을 못 쓸 것을 짐작
함 – 석왕사를 지어 대접을 받음

✖ 구비21

〈무학대사와 정도전〉(8-14.565)/궁궐 방향을 놓고 무학과 정도전이
대립 – 무학은 백성이 배고플 것을 걱정 – 정도전은 보리가 나니까 괜찮
다고 주장

모두들 제목에 '무학'을 달고 나오기는 했지만 실존인물 무학대사의 실화가 아닐 뿐더러, 한 사람으로 볼 만한 일관성을 지닌 것도 아니다. 이야기마다 무학에 대한 독특한 해석을 하고 있다고 보는 편이 옳을 것이다. 그럼에도 불구하고 이 이야기들을 토대로 우리는 무학대사의 일대기를 구성하여, 구비설화에서의 변화과정을 살피고 거기에서 새롭게 생성되는 의미를 조망할 수 있을 것이다.

모든 일대기의 시작은 출생인데, 출생 과정이 매우 특이하다. 위에서 본 대로 구비설화에서 그 출생은 대략 세 갈래로 설명된다. 즉, 복숭아나 오이를 먹고 잉태(구비1, 5, 7)하거나, 어머니가 나라에 죄를 짓고 압송 중에 길에서 출산(구비4)하거나, 특이하게도 13달만에 그것도 배에 '鬼'자를 쓰고 나온다는 것(구비11)이다. 어느 것이나 정상적인 경우는 없다. 오이 같은 음식을 먹고 잉태하는 경우는 우리 설화에서 자주 볼 수 있는 것으로 출생하는 인물의 신비함을 더해주기 위한 장치이다. 이는 신화적인 영향력 아래 있는 이야기로 영웅의 출생과 연관지어 설명할 수 있겠는데, 이 점에서 무학대사의 비범성을 배가하려는 의도가 강하게 드러난다. 반면 죄를 짓고 가다가 아이를 낳는다는 것은 출생부터의 고난을 의미하며, 정상적으로 아이를 양육할 수 없는 상황으로 몰고 가기 위한 장치이다.[17] 정상적으로 양육할 수 없을

17) 이런 유형의 출생담은 무학대사의 스승인 나옹화상의 경우에도 똑같이 발견될 뿐만 아니라, 아예 '나옹설화'로 명명되기까지 한다. 대계7-6.423 〈나옹대사 탄생〉 등을 참조하라. 이는 어떤 연유에서든간에 두 설화가 섞였거나, 동일한 이야기가 나옹과 무학 이야기로 편입되었음을 뜻한다. 특히 이 둘은 사제 관계여서 함께 섞일 가능성이 높다고 할 수 있겠는데, 이 점에서 나옹설화가 우선일 듯도 하지만 무학대사 설화는 충남 서산의 간월도 (看月島, 현재의 '安眠島)라는 구체적 지역과 연관하여 이미 자리를 굳힌 것이어서 쉽게 속단할 수 없다.

만큼 큰 고난을 만났지만 그럼에도 불구하고 잘 자란다는 설정이야말로 영웅성을 보여주는 데 더없이 좋은 설정이기 때문이다. 정상인의 회임(懷妊) 기간보다 특이하게 길어지는 경우 역시 신화에서 어렵지 않게 찾아볼 수 있는 요소이다. 가령, 김유신(金庾信)은 잉태한 지 20개월 만에 태어났다고 하며, 요(堯)임금은 14개월 만에 태어났다고 한다. 게다가 배에 쓰고 나온 '鬼' 자가 덧보태져서 그 신비함은 한결 더 해지는 것이다.

　그러나 무학대사의 출생담에서 이런 정도의 신비함이 드러나는 것 자체만으로는 그리 대단한 의미를 부여할 필요가 없다. 예컨대 고승의 출생담에서라면 정상적인 부모 사이에서 평범한 출생을 하는 경우가 오히려 더 예외적이 되기 때문이다. 예를 들어, 자장(慈藏)은 어머니 꿈에 별이 떨어져 들어와서 잉태했고, 원효(元曉) 역시 어머니 꿈에 유성이 품에 들어와 임신이 되었으며, 보우(普愚)는 꿈에 해가 품에 들어오는 것을 보고 잉태했고, 진각(眞覺)은 열 두 달만에 출산했다고 한다.[18] 이에 비추어 볼 때, 무학대사가 정말 일반대중의 입에 오르내릴 만한 영향력을 갖고 있는 고승임이 분명하다면 그 정도의 서술은 너무도 당연한 것이다. 이 점에서 좀 더 다른 의미를 찾아볼 필요가 있다. 예컨대 승전(僧傳)에서는 천체(天體)와의 관계를 강조하면서 신비한 능력을 강조하거나, 그 과정을 사실이 아닌 꿈으로 처리하여 합리화를 도모했지만 무학대사의 구비설화는 그렇지 않았다.

　가령, 어머니가 빨래를 하러 나갔다가 물에 떠내려오는 복숭아나 오이를 하나 주워 먹고 임신을 했다고 할 때 여기에서 느끼게 되는

---

18) 고승들의 승전(僧傳)에 있는 출생담에 관한 논의는 김승호, 『韓國僧傳文學의 研究』, 민족사, 1992, 268~270쪽 참조.

것은 고상함이 아니라 오히려 천속(賤俗)함이다. 냇가에 빨래하러 나
갔다는 사실이 여염집 여자임을 뜻하고, 물에 떠내려오는 것을 주워
서 먹는다는 사실은 그 비천함을 강화해주는 사례이다. 더욱이 그 생
김새 때문에 복숭아는 여근(女根)을, 오이는 남근(男根)을 상징하는 유
감주술(類感呪術)을 벗어날 수 없다고 본다면[19] 그 속화된 느낌은 매
우 크다. 이는 실제로 무학대사의 출생성분이 어떠하든간에 설화를
구연하던 기층민들 사이에서는 그의 출신기반을 아주 낮은 곳으로
잡으려 했음을 알 수 있다. 즉, 자신들의 처지와 크게 다르지 않은 곳
에서 고귀한 인물이 탄생함을 은근히 과시하려는 의도가 엿보이는
것이다. 압송 중의 출산 역시, 지배층의 압제를 받아가면서 고통 속
에 탄생하는 무학의 모습을 그려내려는 의도로 보인다. 그런데, 구비
5 같은 경우는 빨래를 하러 나갔다고 하면서도 "재상가의 양반"으로
귀양와 있던 사람의 딸임을 강조하여 본래의 혈통은 매우 고귀한 집
임을 강조하고 있어서 한편으로는 무학대사가 고귀한 혈통임을 내세
우기도 한다. 이는 한편에서는 비속함을 보이면서 한편에서는 고상
함을 내보이는 사례라 하겠는데, 비속함을 통해 설화 구연층과 지평
을 함께 하면서도 고상함을 통해 자신들의 꿈을 투영하는 것으로 볼
수 있겠다.

출생만 그런 것이 아니라, 이야기 속에 드러나는 무학의 신분이나
직업 역시 그런 면모를 여지없이 보여준다. 이 이야기 구연자들 중에

19) 복숭아와 오이가 각각 여근(女根)과 남근(男根)을 상징한다는 점에 대해서는 한국문
화상징사전편찬위원회 편, 『한국문화 상징사전』 1·2(동아출판, 1992·1995)를 참조
하라. 특히 오이를 먹고 잉태하는 경우는 도선(道詵) 등등에서도 쉽게 발견된다. 가령
대계6-10.621 〈오이 먹고 난 도선이〉 같은 경우를 보면 금세 알 수 있다.

서 무학이 승려인 것을 모르는 사람은 아마도 없을 테지만, 이야기 속에서는 장사꾼(구비3), 목수(구비12, 13, 18), 머슴(구비17) 등으로 다양하게 드러난다. 설화구연자들이 그렇게 이야기하는 이면에는 여전히 자신들과 친숙한 무학대사를 만들어내려는 심리를 무시할 수 없으리라 생각한다. 앞에서 살핀 한문기록에서는 이성계와의 관계에만 집중하여 높은 신분의 사람들 이야기로 만들어내는 데 고심하는 동안, 구비설화에서는 그 정반대의 흐름을 택했던 것이다. 기층민들에게 절실했던 것은 왕사 무학이 아니라 자신의 이웃이자 분신으로서의 무학이었음을 알 수 있다. 실제의 신분인 승려로 나오는 경우도 이미 확실한 지위를 확보한 고승(高僧)이 아니라 상좌승 정도로(구비2, 13, 14) 나오는 것도 같은 이치에서 주목해야 할 점이다.

출생이나 신분이 정해지고 나면, 이제 그 사람이 행하는 과업이 무엇인가가 중요하게 된다. 구비설화에서도 한문기록과 마찬가지로 해몽을 하고, 궁궐터를 잡는 등의 행위가 등장한다. 그러나 실제로 해몽을 하는 경우(구비5, 구비14)가 그리 많지도 않을 뿐더러 한문기록에서처럼 큰 비중을 차지하지도 않는다. 그도 그럴 것이 이 해몽이 '王'자의 파자놀음이나 '高貴位' 같은 식이어서 한자지식층이 아닌 일반 설화구연자들에게 그리 큰 매력이 없었을 것이다. 궁궐터를 잡는 등의 이야기도 앞서 살핀 기록4를 다시 말로 풀이한 데 지나지 않는 것이 대부분이어서 큰 의미를 부여하기 어렵다. 구비2 같은 경우는 전반부에서 기록1을 그대로 잇고 있을 뿐 그다지 큰 변화를 주지 않고 있다.

다만 궁궐터와 연관하여 "무학보다 못한 소"(구비2, 8, 9, 11, 12, 13, 16, 18, 19)가 많이 등장하여 그 의미를 되새길 필요가 있겠다. 실제 이야기의 한 대목을 구연된 그대로 인용해보자.

그래 인제 도읍터를 잡는데 그렇게 용하게 아는 사람도 그래두 모르는 게 있던지 왕시미(왕십리) 와설랑 그 때 대궐터를 잡는다고 주춤거리고 돌아댕기니깐 어떤 노인이 밭을 갈다,

"이러! 이놈의 소! 원 무학이보다 더 미련하구나."

아 이러고 소모는 소릴하거던. 그래 무학이가 그 소리를 듣고 '아이구 여기 선상님이 있구나.' 그래구선 쫓아가서 굴복을 하고,

"선생님 알으켜 달라."

고 그러니깐,

"한 십리 더 가야 된다."

그래서 그 동네를 보고 왕십리라고 하지, 서울 한양터지. 그렇게 안다는 무학이두……

[박치조: 이 자꾸 넘어가서 그랬주. 대궐 짓는데 넘어가서…….]

아냐 넘어가는 거보다…… 대궐 짓는데 자구 넘어가거던. 그거는 무학이가 그렇게 시킨 게 아니라 어떤 아이가 동네 어린애. 이 저 업혀가지고 댕기는 애가 있다가 이 학에 등에다가 대궐을 짓는데 학이 날으니깐 넘어가니깐 학의 날갤 눌러야 된다고 성부터 쌓아. 그러니깐 성부텀 쌓고 대궐을 지었어.

박치조 : 그래가주구선

"에라 이놈의 소 무학이보다두 더 미련하구나."

아 그러니깐 그가 가서 선상님이라구 좀 가르쳐 달라니깐 그렇게 해서 죄 가르켜 줘서.

"그래 거기 학의 허린데 그냥 지으면 학이 날개만 툭 치면 넘어가구 넘어가구 그러잖으냐 그러니깐 학의 허리에다 성을 둘러 쌓구서 지면 단단하니라."

이래 죄 일러줬지 하하.(밑줄 필자)[20]

---

20) 대계1-2.174~175쪽.

'왕십리'와 '궁궐쌓기'가 뒤섞이긴 했지만, 밑줄 친 부분에서 구연 의도의 핵심을 잘 말하고 있다. 평범한 농사꾼 노인과 어린아이가 무학을 가르치게 만들면서, "그렇게 안다는 무학이두"라는 토를 달고 있으니 그 속을 익히 헤아릴 수 있겠다. 한편에서는 똑똑하다고 해놓고, 한편에서는 그만 못할 사람의 자문을 구하는 일이 벌어지는 것이다.

이야기 속을 다시 따라 들어가 보면, 이때를 이미 왕이 된 이성계가 무학의 자문을 구하거나, 무학이 궁궐을 짓는 과정의 일로 설명한다. 그렇다면, 가장 높은 지위의 임금이 다른 여러 신하를 제쳐두고 무학에게 자문하고 일을 맡긴다는 의미에서 무학의 위치는 사실상 최고의 위치에 오른 셈이다. 상식적으로는 '이성계>무학'이어야 하는 관계가 내용상 '이성계<무학'으로 역전된 형국인 것이다. 그러나 그런 단순한 역전만으로는 발랄한 기층민들의 욕구를 채워줄 수 없다. 약한 쪽이 강한 쪽을 이긴다는 설정은 매우 재미있는 것이지만, 자칫하면 강한 쪽이 약한 쪽을 이긴다는 사실을 공연히 한번 뒤집어놓아서 심리적 만족이나 구하는 데 지나지 않을 우려가 있을 수 있다. 이런 문제를 해소하기 위해서는 '그렇게 똑똑한 무학'이 '천하에 제일 어리석은 무학'으로 전락할 필요가 있다. 앞선 인용에서 보듯이 평범해 보이는 농부가 등장하여 무학이 미처 생각하지 못한 사실을 일러주는 것인데, 때로는 코흘리개 어린 아이까지(구비16) 그런 일에 가세한다. 이로써 '이성계<무학'으로 드러났던 역전이, 이제 '무학<농부(어린이)'로 한 번 더 역전되고 만다.

그런데, 이런 역전이야말로 무학대사 설화를 불교설화에 한발 다가서게 하는 특성이라고 할 수 있다. 가령, 『삼국유사』에 있는 원효(元曉)와 사복(蛇福)의 이야기를 생각해보자.[21] 원효는 세상이 다 아는 천재였는데, 사복은 12살까지 일어서지도 못하고 기어 다니며 말도 못했다고 했다. 그러던 그가 갑자기 제 어머니가 죽자 원효와 함께 장사지낼 것을 제의하고 원효의 어리석음을 단번에 깨우쳐주게 된다. 무학 역시 마찬가지이다. 이미 창업주인 이성계의 인정을 받고 왕사(王師)로 봉해진 이상 더할 수 없이 높은 데 선 셈이지만, 그를 깨우쳐주는 인물은 뜻밖에도 농부이거나 아이였다. 또, 무학을 꾸짖는 인물을 산신령 등으로 설정하는 경우(구비8)는 이계(異界)의 원조자가 그를 도와주는 것으로 설정하여 그 인물의 신성함을 강조하게 된다. 좀 더 생각해보면, 농부든 아이든 이들이 어떤 신이한 존재의 화신으로 무학의 깨달음이 멈추지 않고 나아가게 도와주는 존재라고도 볼 수 있을 것이다. 이는 결국 설화 구연층이 보기에, 표면상으로는 무학이 이성계를 돕지만, 그 무학의 내적인 힘은 부처님의 법력과 같은 초월적 힘임을 인정하려는 처사로 해석할 수 있게 해준다.[22]

이런 시각에서 구비3은 매우 소중한 자료이다. 다른 이야기에서도 간혹 무학대사가 출가하는 이야기가 나오지만 자의에 의해서라기보다는 뜻하지 않은 불행한 사태를 맞아 어릴 때 의탁되는 식이었다. 그러나 이 작품에서는 맨 먼저 장사꾼 무학이 아내에게 배반당한 이야기가 나온다. 아내를 믿고 장사를 떠났다 돌아와보니 아내는 다른 남자와 놀아나고 있었고, 거기에 실망한 무학은 집을 나온다. 그리고 아

---

21) 一然,『三國遺事』卷第四「義解」第五〈蛇福不言〉條.

22) 임석재 선생이 채록한 자료에는 무학을 깨우쳐준 농부가 "실은 신선인디 이 신선이 무학한티 궁궐 짓는 법을 갈치주이라고 농부로 모습을 하고 나타났다는 기라"고 해서 이계(異界)의 인물이 잠시 농부로 화(化)했던 것임을 명확히 해주기도 한다. 임석재 채록,『한국구전설화(경상남도 편 I)』, 평민사, 1993, 64~65쪽〈無學을 깨우쳐준 農夫〉참조.

무도 믿지 않을 결심을 하지만 너무도 착한 젊은이를 하나 만나서는 그를 믿어보지만 역시 배신당하고 만다. 이제 아무도 믿을 수 없다는 생각으로 길을 가던 그는 갈 지(之) 자 걸음으로 오는 승려를 만나고, 그 승려가 발밑의 벌레들을 죽일까봐 그렇게 걸어온다는 사실을 알게 된다. 그는 여기에서 큰 결심을 하고 절에 들어가서 3년간을 성심껏 불공을 드린다. 이때 부처님이 포수로 변신하여 나타나서는 공양음식을 달라고 협박한다. 목숨을 걸고 공양미를 지키던 무학은 결국 총을 한 방 맞는데, 죽기는커녕 큰 깨달음을 얻게 되고 그래서 배우지 않고 통했다는 뜻으로 '무학(無學)'이라고 했다고 한다.

이 이야기가 특별한 의미를 갖는 것은 부족하기는 하지만 불교 본연의 구도(求道) 문제를 다루고 있기 때문이다. 세상에 가장 믿을 만한 두 사람에게 연속하여 배신을 당한다는 설정부터가 매우 인간적이다. 불신이 가득한 세상에서 그래도 믿어보려고 했던 주인공은 아무 방향도 없이 떠돌게 될 찰나에 불교진리를 몸으로 실천하는 승려를 만나게 되고, 그것이 인연이 되어 그 역시 온 몸을 바쳐 불법을 구하는 것이다. 그런데 이 깨달음의 과정이 철저하게 세속적인 데 유의해야 한다.23) 불교를 공부했다거나 어떤 스승을 만났다거나 하는 이야기가 전혀 없이, 두 번의 배신으로 세상에 뜻을 버리고 3년간의 헌신적인 공양 끝에 뜻을 이루어내고 만다. 사실 이런 방식이야말로 설화구연층에게 가장 친숙할 것이다. 복잡한 불교교리를 어렵게 익혀서 남들

---

23) 『三國遺事』 소재 구도(求道) 설화에서 그런 면이 잘 드러난다. 즉, "중생세계에 대한 애착의 끝에서는 늘 중생 세계의 테두리를 감싸고 있는 본래세계, 즉 부처의 세계를 만나게 된다. 결국, 중생세계와의 관련 속에서도 구도의 계기가 생긴다."(허원기, 「三國遺事 求道 說話의 意味」, 한국정신문화연구원 석사 논문, 1995, 53쪽)는 것이다.

이 모르는 지식을 하나둘 쌓아가는 것이 아니라, 세상 사람이라면 누구나 납득할 만한 이유로 출가를 해서 아주 간단한 믿음 하나로 한 깨달음을 얻는 것, 그것을 포수의 총을 맞으면서 막혔던 대통이 뚫리는 감격으로 묘사해내고 있다. 또, 구비6처럼 세상의 명리(名利)에 구애됨이 없이 숨어 지내는 모습을 드러냄으로 해서 구도자(求道者)로서의 진면목을 보여준다.

그 밖의 설화에서도 설화 구연층의 내면 심리를 읽어낼 만한 대목은 꽤 많은 편이다. 이들 작품 속에 등장하는 구체적인 인물은 이성계와 정도전인데 이 둘과의 대결이 특히 그렇다. 구비4와 구비5에서는 이성계의 실수로 1500년 유지할 왕조가 500년에 그쳤음을 역설한다. 이는 기록4를 잇고 있는 것으로 보이는 예언담의 성격을 지닌 것이다. 또 구비20에서는 정도전과 풍수 경쟁을 보여준다. 당대 최고의 재사(才士)인 정도전보다 한 수 높은 실력을 과시하게 하여 사실상 유교와 불교의 대결에서 불교 쪽의 편을 들어주는 셈이다. 구비10 같은 경우도 세심하게 관찰하면 정도전과의 대결담이다. 궁실을 어느 방향으로 들어앉힐 것인가를 놓고 정도전과 의견대립을 보이던 중, 무학대사는 정도전의 주장대로 한다면 백성들이 먹고살 것이 마땅찮다는 걱정을 한다. 그런데 정도전은 보리도 없을 당시에 남방에 보리가 나니까 걱정하지 말라고 답했고 결국 그의 생각대로 일이 진행되었다. 이는 확실히 정도전의 승리이지만, 백성들의 식량을 걱정했다는 점에서는 무학대사의 승리이다. 또 정도전의 말처럼 쌀이 떨어져도 보리가 있으니 걱정이 없다고 했지만 보리로 근근히 연명을 하기는 했지만 풍족하게 먹었다고는 할 수 없으며, 결과적으로 무학대사의 걱정이 옳았던 것이다.

이 세 작품을 통해볼 때 주 설화 구연층이었을 기층민들은 이성계나 정도전보다 무학대사를 더 가까이 느끼는 만큼 무학대사의 깨달음이나 생각이 제대로 구현되었더라면 하는 아쉬움을 갖고 있는 것이 분명하다. 사실 이런 이야기는 조선왕조 500년이 문을 닫은 뒤에 공고해졌을 것이므로 이미 결과를 놓고 거꾸로 판단하는 성격이 짙은 법이어서 그 아쉬움은 훨씬 더 크게 전해진다. 구비17은 그런 아쉬움이 절정에 달한 예이다. 이야기 속의 무학대사는 남의 머슴으로서 밤마다 나가서 도술을 부리는 존재이고 주인은 두려움을 느낀 나머지 그를 쫓아낸다. 머슴을 하면서 도술을 부린다는 사실이 예사롭지 않고, 도술 때문에 쫓겨난다는 설정이 더욱 비극적이다.

이런 내용은 흡사 아기장수 이야기를 상기시킨다. 주지하는 대로 설화 속의 아기장수는 대체로 빈천한 집안에서 엄청난 재주와 능력을 갖고 태어나지만, 그것이 화근이 되어 뜻을 이루지 못하고 죽게 된다. 사실, 형편이 여의치 않은 환경에서 훌륭한 능력을 지닌 사람은 오히려 그 능력 때문에 박해를 받는 일이 현실에서도 왕왕 있다. 그런 현실을 십분 이해한다 하더라도 이 이야기에서 더욱 석연치 않은 점은 그런 재주를 가지고도 머슴살이밖에 못하고, 또 혈연관계의 사람도 아니고 그렇다고 특별한 권력이나 힘이 있을 것 같지 않은 사람이 쫓아낸다고 해서 반항 한번 없이 무력하게 쫓겨난다는 사실이다.[24] 그리하여 결국 집에 돌아와서 한 일이라는 것이 어머니의 작은 소망 몇 가지를 이루어주는 것뿐이었다. 병사를 부리는 도술이라면 국가대업

---

24) 아기장수 설화의 원형은 "아기장수가 부모에게 죽고 관군에게 다시 죽은 뒤 용마가 나왔다."고 할 정도로 박해자로 등장하는 사람은 부모와 관군인 것이 일반적이다. 『한국민족문화대백과사전 14』(한국정신문화연구원, 1991)의 최래옥, '아기장수' 항을 참조.

에 쓰여 마땅하겠지만 산골에 처박혀서 잔재주나 부려야 하는 주인공의 처지가 더욱 딱하게 느껴지는데, 이 주인공을 무학대사로 설정했다는 점이 설화 구연층의 무학대사상(像)을 읽게 해주는 코드이다. 이 설화의 끝에서는 무학대사는 죽은 데도 없고 무덤도 없어서 '무인(無人)무덤'이라고 한다면서 그 비극성을 더해준다. 또, 구비2, 20 같은 경우도 불교의 몰락을 예견한다는 점에서 쓸쓸함을 더해주는 것이다.

이성계나 정도전과의 대결담(對決談)에서 보든, 탁월한 능력을 지닌 잉인담(異人談)에서 보든 무학대사에 대한 설화구연층의 생각은 아주 명백하다 하겠다. 이들 이야기에서의 설명은 이렇다. 무학대사의 능력으로라면 이 나라가 지금보다 훨씬 더 잘 될 수 있었는데, 이성계의 실수나 정도전의 반대로 아깝게도 불행한 길을 걸었으며, 무학대사의 능력은 출중했지만 제대로 인정하고 활용할 수 없었다는 것이다. 역사서에서는 임금과의 '특별한' 친분과 '과분한' 배려가 강조되고, 한문 기록에서는 '신통한 재주를 부리는 신승(神僧)'으로서의 면모가 부각되는 가운데, 구비설화에서는 '실제 현실화된 것보다 훨씬 더한 능력과 재주가 있었음에도 불구하고 그것이 십분 발휘될 수 없었던 인물'을 한탄하고 있다. 이는 무학대사에 대한 아쉬움이면서, 무학대사의 진면목을 알아보지 못한 특권층의 횡포에 대한 비판이기도 하다. 그것이 무학대사로 구체화되기는 했지만, 사실 그 자리에 누가 오든간에, 이는 설화구연층이 나날이 겪고 있는 고단한 세상살이의 원인을 진단하고 그에 대한 나름대로의 해명인 셈이다.

물론 그렇게 진지한 의미를 부여하기보다는 단순한 흥미소의 기능을 하는 부분 역시 상당히 많다. 가령, 무학대사의 능력을 돋보이도록 하기 위해, 해인사의 불이 난 것을 멀리서 알고 신통력으로 끈다든지

(구비1, 14, 15), 신비한 노인에게 묘법이 적힌 책을 받는다든지(구비16), 앞서 한문기록에서 한산(韓山) 이씨(李氏)와 연관한 기록7처럼 한양(漢陽) 조씨(趙氏)를 연관 지어 설명하는 것(구비7) 등이 그렇다. 그러나 이런 일들은 굳이 무학대사 설화가 아니어도 다른 설화 속에서 아주 흔히 있는 것으로서, 이미 있었던 것이 무학에게 끼어들어갔다고 보는 편이 옳겠다. 해인사 같은 경우는 특히 화재가 빈번했던 절로 조선 숙종 이후 크고 작은 화재를 겪었으며 이 때문에 '해인사의 화재'가 설화에 자주 등장하고, 시기야 어쨌든간에 무학이나 원효25) 등이 그 화재를 진압했다고 꾸며지는 것뿐이다. 굳이 의미를 부여하자면 해인사의 소실(燒失)을 막는 데 기여하는 면을 부각시킴으로 해서 그가 불법(佛法)을 수호하는 데 큰 역할을 했음을 강조했다고도 볼 수 있겠다.

결국, 구비설화에서의 변이는 다음의 몇 가지로 요약된다. 첫째, 무학대사의 신비한 출생담이 강조된다. 이는 역사서에도 한문기록에도 등장하지 않던 새로운 것으로, 특히 미천한 데에서 태어나지만 특별한 권능을 부여받은 사람으로 설정되는 데에 의미를 둘 수 있다. 이는 무학대사를 대개 하층민이었을 설화 구연층과 가장 가까운 데에 있으면서, 고귀한 계층의 사람들이 하지 못한 일을 하는 사람으로 그려내려는 의도가 강한 것으로 해석할 수 있다. 둘째, 한자의 파자(破字)에 의한 꿈 해몽 등이 약화되고, 대신 '무학보다 못한 소'가 자주 등장한다. 왕의 스승 노릇을 하는 그였지만, 농부나 어린애만도 못하다는 설정을 통해 민담 특유의 전복적(顚覆的) 사고를 보여준다. 뛰어난 사람이 기실은 멍청하다는 뒤집기가 보이는 것이다. 일차적으로는

25) 원효가 해인사 화재를 진압했다고 하는 설화는 대계8-12.53 〈도통골과 원효대사〉 등에 보인다.

지고(至高)의 존재인 왕이 무학만 못하게 만든 후, 다시 그 무학을 가
장 멍청한 존재로 떨어뜨려서 새로운 의미를 얻게 하는 것이다. 셋째,
불교 구도자(求道者)의 모습이 드러난다. 어떻게 해서 출가하였고, 그
가 용맹정진하던 모습을 부각시키는 것인데, 특히 복잡한 불교공부
등을 통한 것이 아니라 일상의 삶에서 지혜를 구할 필요를 느끼고, 또
일단 출가한 후에는 매우 우직한 방법에 의해서 깨우치는 것으로 설
정한 데에 특징이 있다. 넷째, 능력은 있으나 사회적 여건이 불비한
이유 등으로 인하여 그 능력을 제대로 발휘하지 못한 인물로 그려진
다. 설화 구연층에서는 무학대사를 성공한 승려로 보기보다는, 자신
들의 소망을 성취시켜주려 왔으나 애석하게도 그렇게 하지 못한 불행
한 거인(巨人)으로 보는 것이다.

　이러한 변이는 이미 여러 차례 강조한 대로 무학대사에 대한 일반
인의 기대치를 반영하는 것으로 볼 수 있으며, 이 점에서 실존인물 무
학대사와는 일정한 거리를 둘 수밖에 없는 것이기도 하다. 그러나 경
험에서 알 수 있듯이 기대치란 본래 사실과는 전혀 다른 엉뚱한 것이
아님을 주목할 필요가 있다. 누군가에게 무언가를 기대한다는 것은,
그것이 허망한 소망이나 욕심이 아닌 한, 그 사람이 할 수 있고 또 해
야 한다고 믿는 어떤 것이기에 실상과 어그러지는 허상만은 아닌 것
이다. 그는 실제로 왕사(王師)라는 직책을 수행하여 승려로서는 정치
권력의 중심부에 가장 가깝게 간 인물이었지만 이욕(利慾)에 매이지
않았으며, 글을 좋아하지 않았고, 영아행(嬰兒行)을 최고로 쳤다고 했
다.26) 그런데 이런 사실(史實)들은 역사서의 기록이나 야담 등의 한문

---

26) 무학의 이러한 인물됨에 대해서는 김영두, 「無學王師」, 『한국불교인물사상사』, 민족
　사, 1991, 261~270쪽 참조.

기록보다 오히려 구비설화의 이야기들이 더 가깝다는 점은 그리 놀라운 일이 아니다. 죽음에 임해서 제자들과 나누었다는 대화 역시 그의 소박한 모습을 잘 알려준다. 깨달음을 갈구하는 제자들은 스승이 죽으면 어디로 가는지, 대체 병은 어디서 오는지를 물었지만, 그의 일관된 대답은 그저 "모른다"였다고 하는데, 어쩌면 이런 모습이 많은 구비설화를 양산했다고도 볼 수 있겠다. 한편으로는 무학대사에 대한 기대치가 설화를 만들었으며, 또 한편으로는 무학대사의 삶이 설화화할 만한 조건들을 갖춘 것이어서 이 양자의 상호작용으로 무학대사의 설화가 계속 생성되고 변이되면서 전승을 계속했던 것이다.

5. 결론

이 글은 무학대사 설화의 생성과 변이에 대해 검토하였다. 무학대사를 둘러싼 설화가 많은 데 착안하여, 역사서에서 한문기록, 구비설화를 거치면서 어떻게 생성하여 어떻게 변화하였는지를 살펴보았는데, 논의 결과를 요약하면 다음과 같다.

역사서에 드러난 기록은 대략 세 부류로 나뉜다. 첫째, 왕사로서의 공식적인 행사와 관련된 것, 둘째 왕과의 친분이나 특별한 대우를 강조한 것, 셋째, 특별한 능력을 발휘한 것 등이다. 왕의 특별한 대우는 일반인들의 관심을 집중하기에 충분했으며, 그 이면에는 틀림없이 잘 모르는 대단한 능력이 숨겨져 있을 것으로 여길 만했을 것이다. 여기에 풍수 능력 등이 강조된 사실이 결합되면 일단 설화화의 단서는 이루어지는 셈이다.

야사(野史) 등의 한문기록에서는 모두 이성계와의 연관하에서, 그
것도 해몽과 풍수에만 집중되는 변화를 불러왔다. 왕사로서 어떤 직
능을 수행했다거나 무학대사 자체에 대한 관심은 없이 오직 왕실의
창업과 창업주 이성계에게만 관심이 몰린 것이다. 여기에서는 특히
한문식자층의 소양과 맞물려 파자(破字)에 의한 해몽 등이 신비롭게
묘사되면서, 호국(護國) 불교적인 성격 등이 전면에 부각된다. 무학대
사의 예언이나 판단이 역사서보다 훨씬 더 강한 권능을 지닌 것으로
묘사되면서, 왕실의 지속적인 안정과 연관된 이야기가 구체적으로 등
장한다. 또, 우리는 여기에서 왕과의 관계를 강조하기 위하여 실제 역
사에서는 있을 수 없는 허구적 이야기가 사실인 양 끼어드는 것도 확
인할 수 있었다.

구비설화에서는 그 이야기가 훨씬 더 풍부하게 전한다. 우선 무학
대사 자신에 대한 신비한 이야기들이 많이 산출되어서 출생과 신분을
둘러싼 이야기가 많다. 그의 출생은 때로는 오이나 복숭아를 먹고 태
어났다고 하기도 하고, 또 때로는 그 어머니가 죄인으로 압송되어가
던 중에 길에서 낳았다고도 한다. 어느 것이든 미천한 처지에서 신성
한 힘을 갖고 태어났음을 강조하는 것이다. 버려진 아이를 학이 보살
펴주었다는 이야기 등이 특히 그렇다고 하겠다. 또 그는 목수나 머슴
등으로 등장하여 역시 설화 구연층과 동일선상에 놓인 인물로 설정되
기 일쑤이며, 일상의 삶에서 깨달음을 얻어 출가하여 깨달음을 얻기
도 한다. 즉, 낮은 데에서 높은 깨달음을 얻는 것으로 설정되는 것이
다. 또, 이성계나 정도전과의 관계에서 이성계나 정도전이 무학보다
위이거나 무학을 이기지만, 이성계나 정도전이 무학의 말을 듣지 않
아서 더 잘 될 수 있는 나라를 망쳐놓았다는 아쉬움을 표하고 있다.

이는 설화 구연층이 보기에는 무학대사가 자신들 편에 서서 그들을 대변해주지만 불행하게도 그 뜻을 제대로 펴지 못한 인물로 인식하고 있다는 증거이다.

무학대사 설화는 역사와 설화, 한문기록과 구비설화 사이의 변이를 잘 드러내줄 수 있는 좋은 자료이다. 역사의 어떠한 점이 설화화의 단서가 되었으며, 계층에 따라서 어떤 식으로 허구화하여 의미를 담아내는가를 잘 보여주는 것이다. 검토 결과, 한문식자층들은 왕실과 연관한 해몽이나 풍수 등에 집중하는 데 반해서 설화 구연층들은 무학대사의 출생에서부터 출가, 궁궐터 잡기, 유신(儒臣)들과의 대결 등좀 더 포괄적으로 접근하여 이야기를 풍성하게 하고 있다. 그리고 이 풍성한 이야기는 단순한 허구가 아니라 그들이 염원하는 무학대사상이었으며, 또 실제의 무학대사와 상당히 근접하는 모습이기도 하다. 무학대사의 경우는 관련기록이 적어서 역사와 설화를 비교하여 논의하기에 상당한 한계를 지닌 것이었지만, 다른 고승 설화의 연구가 덧보태져서 좀 더 진전된 논의가 이루어지기를 기대한다.

설화의 유화(類話)교육을 통한
창의성 신장 방안

1. 들어가기

　제7차 교육과정은 '자율과 창의에 바탕을 둔 학생중심 교육과정'으로 집약된다. 교과서를 중심으로 교사가 학생에게 일방적으로 가르치던 종래의 방식에서 벗어나, 학습자의 의견이 적극적으로 수용이 되도록 한 것이다. 교육부에서 펴낸 『초등학교 교육과정 해설(Ⅲ)』[1]에 따르면, 그런 측면에서 그 이전의 교육과정과는 질적인 차이를 보인다: "제7차 교육과정이 적용될 21세기는 지성과 감성이 조화를 이룬 창의적인 인간을 요청하고 있다. 즉, 21세기는 단순히 세기의 변환이 아니라 밀레니엄(millennium)적 변환을 의미한다. 이에 대비하기 위한 교육이 건전한 인성 및 창의성을 함양해야 한다는 명제가 누누이 천명되어 왔고, 교육 개혁 위원회가 이를 교육 과정 개혁의 기본 방향으로 설정하였다."

---

1) 『초등학교 교육 과정 해설(Ⅲ) -국어, 도덕, 사회-』, 교육부, 1998, 2쪽.

인성 교육은 어떤 교육과정에서든 누차 강조되어온 것임을 생각한다면 제7차 교육과정의 중핵이 창의성에 있다 해도 과언이 아닐 것이다. 그렇다면 문제는 어떻게 창의성을 키워나갈 것이냐 하는 데에 귀결되는데, 본 논문에서는 설화교육을 실례로 그 실마리를 풀어나가고자 한다. 설화는 본래 문자화된 텍스트로 읽는 것이 아니라 구전되는 것이어서 설화의 구연층이 직접 창작하는 과정에 개입하게 되어 있다. 그런데 어떤 설화이든 일단 교과서에 편입되면 고정된 텍스트로 오해 또는 오독(誤讀)되는 일이 많아서, 학생들로서는 처음부터 문자로 기록된 여느 창작동화나 별반 다르지 않게 수용할 개연성이 높다.

따라서 설화 교육이 제자리를 찾으려면 설화를 설화답게 가르치는 일이 선행되어야 할 것이다. 그렇다고, 초등 교육에서 어떤 한 구비문학 작품의 복잡다단한 변이형 작품까지 다 소개할 수는 없을 것이지만, 적어도 교과서에 실린 작품과 유사한 이야기, 곧 유화(類話)[2] 내지는 변이형 작품들을 몇 편 소개할 수 있다면, 학생들은 그것들을 비교해나가면서 자연스럽게 새로운 이야기를 창작하는 등 설화 구연이 지닌 창의적 측면이 되살아날 수 있을 것으로 보인다. 그러나 현행 교과서는 "지나치게 구성 요소의 학습에 매달린 점을 지적하지 않을 수 없다."[3] 단적인 예로, 초등학교 3학년 2학기 국어 교과서에는 〈망주

---

2) '유화'의 개념은 다음과 같다. "이야기를 구성하고 있는 주요 모티프와 그 배열 순서가 대체로 일치하는 이야기를 類型(Type, 혹은 話型이라고 함)이라고 하고, 또 동일 유형에 속하는 이야기들의 각각을 類話라고 한다. 유화란 설화를 구성하고 있는 모티프가 공통될 뿐만 아니라, 기본 형식 즉 유형이 일치되는 것이다." – 조희웅, 『한국설화의 유형』, 일조각, 1996. 개정증보판, 3쪽.
3) 류덕제, 「초등학교 문학 교육의 바람직한 방향」, 『어문학교육』 제25집, 한국어문교육학회, 2002.11, 25쪽.

석 재판〉이라는 설화가 실려있지만[4] "분위기에 어울리게 이야기를 읽어봅시다."라는 지시어에 따라, 읽는 방법에 치중하고 있다. 그러나 정작 그 이야기가 어떤 성격인지를 모른다면 제대로 '분위기에 어울리게' 읽기는 어렵다.

물론, 초등학교 수업에서 교과서에 실린 내용조차 학습하기 버거운 데 유사한 내용의 설화까지 확장하기에는 현실적인 어려움이 따를 것이다. 그러나 실세 수업 중에 유화를 소개하는 데 할애하는 시간은 그리 많지 않아도 된다. 유화 한 편을 2~3분내로 축약하여 소개한다면 서너 편의 유화를 소개하는 데에는 불과 10분 정도의 시간이면 족하다. 더구나 창의성이라고 하는 것이 "무(無)에서 유(有)를 만들어내는 것이 아니라 유(有)에서 유(有)를 만들어내는 것이기 때문에 어떤 영역에서든지 괄목할만한 창의적 작품을 만들어내는 사람들은 그 영역에 대한 풍부한 지식과 높은 기능을 갖고 있는 것"[5]임을 감안한다면, 창의성 신장을 위한 기초 작업으로서 해당 유화의 학습이 유용하리라 본다. 나아가서 창의성 신장의 전제 조건으로 삼아 마땅할 인성의 계발이라는 측면에서도 유화는 적지 않은 기능을 할 것으로 보인다.

이 논문은 초등학교 현장에서의 교육에 중점을 두고, 우선 현행 교과서에 실린 설화 작품을 창의성과 연계하여 분석한 후, 유화 교육을 통해 창의성을 신장시키는 구체적인 방안에 대해 논의하기로 한다.

---

4) 『국어 읽기 3-2』, 교육인적자원부, 2001, 44~47쪽.
5) 이주섭 외, 『국어과 창의성 신장 방안』, 박이정, 2004, 28쪽.

2. 교과서 소재 설화의 특성과 창의성의 문제

7차 교육과정의 초등학교 교과서에 수록된 작품들 중 중요도가 높은 것을 열거해 보면 다음과 같다:〈은혜 갚은 꿩〉(읽기 1-2), 〈떡시루 잡기〉(1-2 읽기), 〈혹부리 영감〉(2-1 말하기·듣기), 〈해와 달이 된 오누이〉(2-1 말하기·듣기), 〈하늘 천 하렷다〉(2-1 읽기), 〈은혜 갚은 호랑이〉(2-2 말하기·듣기), 〈소금장수와 기름장수〉(2-2 읽기), 〈나무꾼과 사슴〉(2-2 읽기), 〈나이자랑〉(2-2 읽기), 〈독장수 구구〉(2-2 읽기), 〈말 못할 양반〉(3-1 읽기), 〈도련님과 인절미〉(3-1 읽기), 〈지혜로운 아들〉(3-1 읽기), 〈망주석 재판〉(3-2 읽기), 〈개구리 바위〉(3-2 읽기), 〈손톱을 먹은 들쥐〉(3-2 쓰기), 〈까치의 재판〉(4-1 읽기), 〈돌로 만든 갓〉(4-1 읽기), 〈삼년 고개〉(4-1 읽기), 〈요술 항아리〉(4-1 읽기), 〈다자구 할머니〉(4-1 말하기·듣기·쓰기), 〈머리 아홉 달린 괴물〉(4-1 말하기·듣기·쓰기), 〈재주 많은 삼 형제〉(5-1 말하기·듣기·쓰기), 〈어차피 죽을 몸이니〉(5-1 읽기).

다양한 작품이 있어서 일률적으로 재단하기는 어렵지만, 설화 일반에 비추어 볼 때 초등학교 학령기의 아동을 염두에 두고 제재를 선택한 흔적이 짙다. 가령, 성인이라면 큰 관심을 보이기 어려운 동물담이나 변신담, 단순히 앞사람을 따라하다가 낭패를 보는 모방담이 자주 등장하는 것은 그런 예이다. 그러나 제재 선정에서 가장 주목할 만한 점은 지혜를 다룬 이야기가 많다는 사실이다. 대체로 난관에 봉착한 주인공이 지략(智略)과 기지(機智)를 발휘해 위기를 극복함은 도리어 문제 발생 이전보다 더 나은 상황을 맞는 이야기가 그것이다. 나아가 지혜담의 반대편에 있는 치우담(癡愚談)까지 지혜 관련 설화로 모아 볼 경우, 초등학교 교과서에 실린 이야기의 태반이 지혜담이라고 해도 과언이 아니다.

그런데, '지혜'가 "사물의 이치를 빨리 깨닫고 사물을 정확하게 처리하는 정신적 능력"[6]임을 감안한다면, 지혜담은 본원적으로 창의성과 밀접히 연관된다. 특히 지략이나 임기응변 같은 능력이 돋보이는 이야기라면 더더욱 창의성에서 떨어질 수 없는 것이다. 국어사전에서 지혜를 정의하면서 굳이 '빨리'[신속성]와 '정확하게'[정확성]를 강조힌 까닭은, 그것이 인간의 삶에서 매우 중요하기 때문이다. 아무리 정확한 지식도 지나치게 늦게 되면 실생활에 적용할 수가 없고, 반대로 아무리 빨리 처리하더라도 정확하지 않다면 오히려 일을 그르칠 수 있는 법이다. 결국, 지혜라는 말에는 두 개의 축이 내재하게 된다. 하나는 이치의 파악이라는 지식적인 측면과 그것의 활용이라는 실천적인 측면이며, 또 하나는 빠르게 대처하는 신속성과 사태에 적합하게 풀어내는 정확성이 바로 그것이다.

이렇게 볼 때, 흔히 창의적 사고 기능으로 드는 유창성(fluency), 융통성(flexibilty), 독창성(originality), 정교성(elaboration) 등이 곧 지혜를 다루는 설화인 지혜담과 연관됨을 알 수 있다.

유창성은 '사고의 속도'이다.[7] 지혜담에서 요구하는 위기 상황은 오랜 시간을 기다려주지 않는다. 대체로 당장 위험에서 벗어나야 한다거나 며칠 내에 난제를 풀어내야만 하도록 상황이 주어져 있으며 그렇지 못하면 커다란 낭패를 겪을 수밖에 없다. 예를 들어, 〈어차피 죽을 몸이니〉에서 일하는 할멈은 주인 대감이 애지중지하는 항아리

---

6) 국립국어연구원, 『표준국어대사전』, 두산동아, 1999.

7) 이 이하 유창성, 융통성, 독창성, 정교성을 '사고의 속도', '사고의 넓이', '사고의 새로움', '사고의 종합력'으로 간단하게 규정한 것은 이주섭 외, 앞의 책, 31~33쪽 참조.

를 깼다. 대감이 퇴청할 때까지는 불과 몇 시간밖에 남지 않아서 다시 만들어 놓을 수도 없고 대체할 수도 없으며 적절한 변상조차 할 수 없다. 지혜담이 홍미를 고조하는 데는 그러한 절박한 상황이 크게 기여하며, 이런 이야기를 많이 습득한다는 자체가 그 급박한 상황을 헤쳐 나가는 방법을 터득하는 일일 수 있다.

융통성은 '사고의 넓이'이다. 고지식한 사람들이 정해진 문제에 정해진 답을 찾는다면 융통성이 있는 사람은 동일한 문제를 놓고 다양한 해법을 추구한다. 〈지혜로운 아들〉의 경우를 예로 들자면, 문제는 '겨울에 산딸기를 구해 오라'는 사또의 명령이었다. 이방은 명령을 어기면 처벌을 받을 것이기 때문에 산딸기를 구해와야 했고 사람들은 모두 거기에 골몰했다. 그러나 이방의 아들이 사또가 제시한 '산딸기' 대신 '독사'를 채택하여 그 부당성을 알림으로써 문제를 푼 행위는, 산딸기와 독사, 문제 해결과 문제 해소를 융통성 있게 대체한 결과이다.

독창성은 '사고의 새로움'이다. 지혜담의 주인공들은 보편화되고 관습화된 가치에서 벗어나곤 한다. 도저히 극복하기 어려운 일에 맞닥뜨릴 때, 뜻밖의 방향으로 뒤틀어버림으로써 문제해결을 시도하는 것이다. 예를 들어 〈삼년 고개〉의 3년 고개에서 구름으로써 3년'밖에' 살 수 없었지만, 1회 구르면 3년'씩을' 살 수 있다고 해석함으로써 인간 수명의 한계를 뛰어넘는다. 과감한 역발상(逆發想)을 통해, 천수(天壽)조차 누릴 수 없는 단명(短命)의 위기에서 상상도 할 수 없는 장수(長壽)로 거듭나는 것이다. 지혜담에서는 그런 식으로 하여 불행이 행운이 되고 위기가 기회가 되는 일이 속출한다.

정교성은 '사고의 종합력'이다. 말 그대로 좀 더 정교하게 다듬는 능력이 바로 정교성인데, 정교함을 추구하기 위해서는 먼저 정합성(整

習性)이 요구된다. 이야기로 말하자면, 이야기를 구성하는 하위 요소와 요소, 단위와 단위가 잘 들어맞음은 물론 이야기 내용이 현실적인 맥락에 비추어 무리가 없도록 해야 한다는 것이다. 〈도련님과 인절미〉의 경우, 찹쌀을 훔쳐간 도둑을 찾아내는 이야기인데, 도련님은 잃어버린 찹쌀의 양이 적다는 것과 밤에 인기척이 나지 않았다는 것을 들어 범인이 집안 내부에 있을 것으로 추정하면서 범인 색출에 나선다. 결국, 찹쌀로 떡을 해먹었을 것이라는 가정 하에, 찹쌀떡을 해서 먹게 하여 잘 먹지 않는 하인에게서 자백을 받아낸다. 간단한 이야기이지만 이 이야기에는 상당히 복잡한 추론과정이 숨어 있으며, 그것들이 완벽한 정합성을 보일 때 이야기의 참맛이 살아난다.

이상에서 검토한 대로, 지혜담 자체를 창의성과 결부하여 설명하는 일은 그리 어렵지 않다. 그러나 국어교육에서의 창의성이라는 측면에서는 그 이상의 의미를 부여해야 마땅하다. 물론 창의성이 두드러지는 이야기를 많이 접하면 창의성이 신장될 것은 사실이지만 학습활동에 의해 창의성을 신장시키려 한다면 좀 더 의도화된 방법과 전략이 필요한 것이기 때문이다. 이 논문에서 유화(類話)를 거론하는 까닭이 바로 거기에 있다.

유화가 많은 이야기들은 아무래도 높은 인기를 누렸던 작품이다. 많은 사람들이 이야기를 즐겼기 때문에 다양한 유화들이 나올 수 있었을 것이기 때문이다. 이는 그 설화가 그만큼 다양한 변이형을 산출할 수 있도록 설정되어 있다는 뜻이다. 가령, 어떤 이야기가 거의 개인 창작물에 육박할 만큼 유일성(唯一性)을 갖고 있는 것이라면, 특별한 문학적 소양을 갖추지 않은 사람이 그 이야기에 근접할 정도로 창작해내기란 불가능하며, 사고의 속도를 강조하는 유창성을 요구하기는 더욱 어렵다. 따라서 적어도 창의성이라는 측면에서 보자면, 우선, 학생들이 작품을 접하면서 즉각적인 반응을 유도할 수 있는 이야기라는 점에서 유화가 많은 설화의 교육적 의미가 크다.[8)]

다음으로, 융통성 역시 같은 방식으로 설명될 수 있다. 이야기의 유화라 함은 앞서 밝힌 대로, 이야기를 구성하고 있는 주요 모티프와 그 배열순서가 대체로 일치하는 이야기들을 가리킨다. 그렇다면 모티프와 모티프의 배열순서를 일치시키면서 이야기를 바꾸어 나가는 방법은 이야기에 등장하는 개별항들을 바꾸어나가는 방식일 수밖에 없다. 예를 들어, 어머니 대신 아버지를, 물병 대신 기름병을 배치하는 간단한 방법에 의해서 이야기가 달라지는 것인데, 설화의 학습을 통해 설화 구연과 설화 창작이 함께 이루어질 때 이런 융통성의 발휘는 매우 자연스러운 것이다.

독창성 역시 자신이 구한 답이 얼마나 독창적이냐 하는 것은 결국 기존에 구해진 답과 대비해서 판단되는 것이 자연스럽다. 따라서 이미 교과서에 실린 작품은 물론 그와 유사한 내용을 담고 있는 다른 작품들에서 다루어지거나 다루어질 법한 내용과는 다른 독특한 내용이 담보되도록 할 필요가 있다. 나아가서 이야기 내용은 물론, 말하기나 쓰기에 있어서도 유화까지 포함한 이야기들에서 보일 수 없었던 차별성을 보일 때, 독창성이 돋보이게 된다. 예를 들어, 한 작품을 읽고 그와 유사한 이야기를 창작했는데 그 이야기가 이미 구연된 이야

---

8) 설화에서 이처럼 즉각적인 변형이 나올 수 있는 것은 설화의 표현 형식이 갖고 있는 법칙성 때문이다. 올릭(A. Olrik)은 '설화의 서사법칙'으로 반드시 시작과 종말이 있다든지, 빈번히 반복된다든지, 대조가 일어난다든지 하는 등등의 열 가지 특성을 든 바 있다. - 조희웅, 『설화학강요』, 새문사, 1989, 52~54쪽 참조.

기와 겹치는 것이라면 본의 아니게 '재발견'을 한 데 지나지 않으며 독창성이라는 면에서 높은 평가를 받기 어렵다.

이상에서 살핀 대로, 설화의 유화 학습은 한편으로는 이 유형의 이야기가 갖는 지혜의 속성과 연관하여, 또 한편으로는 그 학습과정을 통하여 창의성이 신장될 수 있으리라 본다. 덧붙이자면, 지혜담은 학년과 영역을 달리해서 여러 차례 등장하는 까닭에 필연적으로 비교를 통해 좀 더 정밀한 학습 방법이 구안되고 좀 더 증대된 학습 효과가 도출될 수 있을 것이다.

3. 유화(類話)의 추출과 창의성 신장을 위한 학습

3.1. 유화의 추출 및 활용의 단서

교과서에 실린 설화 중 지혜가 특히 두드러지는 이야기는 〈도련님과 인절미〉, 〈지혜로운 아들〉, 〈망주석 재판〉, 〈돌로 만든 갓〉, 〈삼년 고개〉, 〈어차피 죽을 몸이니〉 등인데, 이들은 다시 크게 둘로 나눠볼 수 있다. 하나는 〈도련님과 인절미〉, 〈망주석 재판〉처럼 범인을 찾아내는 이야기이고, 또 하나는 〈돌로 만든 갓〉, 〈삼년 고개〉, 〈어차피 죽을 몸이니〉, 〈지혜로운 아들〉처럼 풀기 어려운 문제를 해결하는 것이다. 그런데 후자는 특히 어린 아이가 등장하여 어른들의 난제를 해결한다는 점에서 아지담(兒智談)으로 불릴 만한 것이다.[9] 이는 아마도

---

9) 〈어차피 죽을 몸인데〉의 경우는 아동이 등장하지 않는다. 그러나 할멈이 저지른 문제를 대감의 부인이 해결책을 제시한다는 데에서 노(老)/소(少)의 대립이 엿보이기 때문에 같은 맥락에서 이해할 수 있다.

초등학교 학생들에게 지혜로운 인물이 될 것을 요구하면서, 대체로 문제의 해결자로 아동이 등장하는 특성 등에 착안한 까닭이겠다.

이제 범인을 잡아내는 이야기 중의 하나인 〈망주석 재판〉을 실례로 그 유화의 추출방법에 대해 살펴보기로 한다. 먼저, 교과서에 수록된 내용을 요약해보면 다음과 같다:

① 비단 장수가 무덤가에서 잠이 들었다가 깨어보니 비단 짐이 없어졌다.
② 비단 장수는 사또에게 이 사정을 하소연했다.
③ 비단 장수는 근처에 사람이 없었으며 망주석뿐이었다고 하자 망주석을 잡아들이라고 명했다.
④ 망주석을 재판한다는 소문을 듣고 마을 사람들이 모여들었다.
⑤ 망주석을 곤장으로 치자 사람들이 모두 웃었고, 그 죄를 물어 하옥시켰다.
⑥ 사또는 내일까지 비단 한 필씩을 구해오면 용서해주겠다고 했다.
⑦ 사람들이 구해온 비단 중 비단장수의 비단을 찾아, 범인을 잡았다.

이 이야기의 유화를 찾기 위해서는 '망주석', '비단' 등의 색인어를 통해 해당 설화를 찾아가는 방법을 생각해볼 수 있겠는데, 그럴 경우 해당 유형과 관계없는 이야기가 대량으로 검출될 뿐만 아니라 망주석이나 비단 대신 다른 대체물이 쓰인 유사한 이야기를 뽑아내기는 어렵다. 이럴 때 유용한 것이 설화의 유형분류에 관한 연구서 내지는 유형분류목록을 찾는 것이다. 세계적으로 널리 퍼져 있는 이른바 광포(廣布) 설화의 경우라면 설화의 유형에 대해 다룬 연구서를 찾아보면 될 것인데, 이 경우는 그 정도로 보편적인 내용은 아닌 듯하다. 이런 유형의 이야기를 찾아내기에 가장 손쉬운 방법은 한국정신문화연구원에서 펴낸 『한국설화유형분류집』의 분류표를 찾아보는 것이다.

이 책에서는 '이기고 지기, 알고 모르기, 속이고 속기, 바르고 그르기' 등등의 유형분류를 시도하고 있는데, 이 이야기 역시 지혜담인 만큼 '알고 모르기'를 찾아가면 되는데, 전체 유형분류표상 다음의 굵은 글씨체 부분에 해당한다.10)

```
1. 이기고 지기
2. 알고 모르기
   21 알 만해서 알기
   22 알 만한데 모르기
   23 모를 만한데 알기 231 숨은 이인 나타나기
        232 어른보다 아이가 지혜롭기
        233 어려운 문제 쉽게 해결하기
        233-1 어려운 소송에 명판결하기
        233-2 어렵지 않게 범인 잡는 지혜
        233-3 문자로 보인 지혜
        … (이하 생략) …
   24 모를 만해서 모르기
3. 속이고 속기
4. 바르고 그르기
5. 움직이고 멈추기
6. 오고 가기
7. 잘되고 못되기
8. 잇고 자르기
```

---

10) 조동일 외, 『한국설화유형분류집』(한국정신문화연구원, 1989)에 따르며, 이 표는
   〈망주석 재판〉의 위치를 보여주려는 것이므로 해당 부분 이외의 분류는 생략.

이 '233-2 어렵지 않게 범인 잡는 지혜'에 해당하는 이야기로 꼽힌 작품은 총 76편이다. 여기에 있는 이야기만 나열해도 족히 작은 책한 권이 될 법한 분량인 것이다. 그러나 이 주제로 논문을 쓰려고 시도하지 않는 한, 초등학교 현장에서 다 다룰 재간도 없고 또 그럴 필요도 없다. 작품을 찾아 읽어낸 후 교과서에 실린 〈망주석 재판〉에 근사하면서, 해당 아동들에게 버겁지 않은 내용으로, 학생들로 하여금 그 의미를 스스로 파악하여 창의적인 이야기 창작이 가능하도록 할수 있는 작품을 추려내는 일이 필요하다. 이런 절차를 거쳐 추려진 유화들은 다음과 같다:11)

�֎ 유화 1 〈도둑 잡은 지혜〉12)

어떤 사람이 동네 사랑채에서 자다가 돈을 잃어버렸다. 의심 가는 사람이 있지만 증거가 없자, 물그릇에 각자의 이름을 적은 종이를 붙여놓고 도둑은 물을 마실 때 그 종이가 밀려갈 것이라고 했다. 그러자 범인은 물을 마시면서 그 종이를 입으로 후후 불다가 들켰다.

✖ 유화 2 〈잃은 소 찾기〉13)

어떤 사람이 소를 도둑맞았는데, 누군가가 한길에 앉아 똥을 누라고 지시했다. 그래서 그 말대로 했더니, 길 가던 행인이 "오늘은 참 별꼴을 다 보겠다. 어디 갔더니 소를 방안으로 쫓아 넣더니만 여기서는 한길 가운데서 똥을 누네."라고 해서, 소도둑을 잡았다.

---

11) 이하의 내용은 필자가 상호 비교가 가능한 선에서 최소한의 골자만을 뽑아 정리한 것이다.

12) 『한국구비문학대계』 6-12, 977~978쪽.

13) 『한국구비문학대계』 8-14, 306~307쪽.

�֍ 유화 3 〈인삼 세 뿌리를 찾아 준 친구〉14)

어떤 사람이 산삼 세 뿌리를 도둑맞자, 병조판서 하는 친구가 사람들을 하옥시킨 후 뇌물로 산삼을 쓰도록 유도하여 범인을 잡았다.

✖ 유화 4 〈지혜로 도둑 잡은 관장〉15)

절의 스님이 종이를 잃어버리고 원님께 고했다. 원님은 행차했다 돌아오는 길에 장승을 보고 원님 행차에 인사를 안 한다며 잡아 대리고 가자고 한다. 돌아와서는 사람들에게 그 장승을 단단히 지키고 서 있으라고 이른 후, 다른 사람을 시켜서 몰래 갔다 버리라고 한다. 나중에 장승을 지키지 못한 죄를 물어, 종이를 가져오도록 명하여 범인을 잡는다.

✖ 유화 5 〈돈 찾아 준 원님〉16)

어떤 사람이 돈을 잃어버리자, 돌이 바로 도둑이라며 잘 지키게 한 후, 몰래 갔다 버리도록 한다. 돌을 지키지 못한 죄를 물어, 돈을 가져오게 하고 돈 임자가 자기 돈을 알아보아서 범인을 잡는다.

✖ 유화 6 〈망두석 재판〉17)

비단 장수가 비단을 잃어버리고 원님에게 하소연하자, 원님은 비단 장수 옆에 있던 망두석을 잡아오게 하여 문초한다. 그걸 구경하러 온 사람들 중 의복이 깨끗한 사람들만 골라서 불쌍한 사람을 도와야 한다며 각자 비단 양을 할당하여 가져오도록 하여, 범인을 잡는다.

---

14) 『한국구비문학대계』 6-6, 65~73쪽.
15) 『한국구비문학대계』 6-2, 528~532쪽.
16) 『한국구비문학대계』 1-6, 696~702쪽.
17) 『한국구비문학대계』 1-6, 757~763쪽.

※ 유화 7 〈다시 찾은 돈〉[18]

기름장수가 돈을 잃어버리고 원님에게 하소연하자, 원님은 바위를 가져다가 문초한다. 사람들이 그걸 구경하러 모여들자 원님은 양푼에 물을 떠오게 해서 조금 마신 후, 모여든 사람들더러 십시일반으로 도와주도록 하였다. 사람들이 거기에 엽전을 던졌는데 어떤 사람이 던지자 물에 기름기가 돌아서 범인을 잡았다.

※ 유화 8 〈비단을 찾아 준 현명한 사또〉[19]

교과서 수록 작품과 동일

※ 유화 9 〈원님의 지혜〉[20]

살인 사건이 나자, 원님은 고을의 어느 오두막집을 들른다. 며칠 후, 다시 그 집에 가서 그 사이 다녀간 사람이 없느냐고 묻자 어떤 중이 다녀갔다고 한다. 원님은 그 중을 불러서 범행을 자백 받는다.

이런 이야기들이 제시된 후에는 제일 먼저 이야기를 회상시키는 절차가 필요하다. 간단하게 듣고 나서 학생들이 내용을 다시 기억해내면, 다음으로는 전체 이야기를 이루는 큰 틀을 정리해내는 것이 좋겠다. 유화8 같은 작품이 교과서 수록 작품의 뼈대가 되었다 해도, 나머지 여덟 종의 유화를 통해 이런 이야기의 핵심을 파악할 수 있을 것이다. 즉, 물건을 잃어버리고(혹은 사람이 죽고), 범인의 행방을 알 수 없는 가운데 엉뚱하고 기발한 생각으로 범인을 잡는 이야기가 그 골격인 것이다.

---

18) 『한국구비문학대계』 1-6, 763~766쪽.

19) 『한국구비문학대계』 8-13, 370~373쪽.

20) 『한국구비문학대계』 7-9, 560~563쪽.

만약 적절한 학습 활동을 통해 이러한 서사골격을 잡아낼 수 있다면, 그것을 단서로 창의성 신장을 위한 다음 단계의 학습이 가능하다.

3.2. 융통성과 독창성을 키우기 위한 질문 전략

대부분의 교수 학습 활동은 교사와 학생들 간의 대화 형식으로 이루어진다. 외형상으로 일방적인 강의가 펼쳐지는 듯이 보이는 경우조차도 암묵적으로 학생들의 반응을 감지하고 거기에 대응하는 내용으로 읽힌다. 문제는 그런 교수 학습 활동에서, 창의성이 높은 학생들이 갖고 있는 것으로 알려진 호기심이나 자발성 등을 어떻게 키워줄까 하는 것인데, 가장 직접적이고 강력한 방법은 교사와 학생 상호간의 질문-응답 형식이다. 〈망주석 재판〉이 실린 교과서에서는 다음과 같은 문제를 제시함으로써 질문에 대한 가이드라인을 제시하고 있다.[21]

> (1) 비단 장수와 마을 사람들은 사또가 망주석을 재판하는 것을 보고 어떻게 생각하였겠습니까?
> (2) 사또가 망주석을 재판한 까닭은 무엇입니까?
> (3) 비단 도둑이 잡힌 뒤에 마을 사람들은 사또에 대하여 어떻게 생각하였겠습니까?

그런데, 이 문제에 대한 대답은 사실상 이론의 여지가 없어 보인다. 약간의 예외가 있을 수는 있어도, (1)은 "어리석은 사람이라고 생각했을 것이다.", (2)는 "범인을 잡으려고.", (3)은 "현명한 사람이라고 생각했을 것이다." 정도의 '정답'이 예상된다. 결국, 복잡하게 세 가지

---

21) 『국어 읽기 3-2』, 같은 책, 47쪽.

물음을 던졌지만, 학생들이 내놓을 답이 일정한 내용으로 수렴되고 만다면 창의성의 측면에서 상당한 문제를 야기한다. 실제로 교사용 지도서에 예시된 답 역시 "(1)사또가 약간 정신이 이상해졌다./어이가 없었다." 등, "(2)재판을 구경하러 온 마을 사람들에게 비단을 사 오라고 해서 비단 도둑을 잡으려고", "(3)현명한 사람이다./존경할 만한 사람이다." 등22)으로 별반 차이가 없다. 창의성 신장을 위해서는 '정답'이 아니라 '해답'을 추구한다는 상식에 비추어도 학생들의 창의성이 개입할 여지가 없는 물음으로 보인다.

더욱이 뒤이어지는 문제는 "사또의 말이나 행동을 바탕으로 하여 사또의 성격을 알아봅시다."나 "인물의 성격을 생각하며 분위기에 어울리게 '망주석 재판'을 읽어봅시다."라는 식이어서, 이 이야기가 갖고 있는 지혜담의 특성을 한껏 드러내지 못하는 듯하다. 물론, 이야기를 통해 다른 것들, 이를테면 말하기 방법이나 작품의 분위기 파악 등을 못할 것은 없지만, 거기에 그치고 만다면 설화가 가지고 있는 본래적인 기능이나 의미 등은 매우 약화된다. 또 역으로, 그런 설화의 내용을 제대로 파악하지 못하고 있다면 인물의 성격이나 분위기 역시 추상적으로 이해될 것이기 때문에 분위기에 어울리게 읽어내는 데 장애가 올 수도 있다.

주지하는 대로, "설화는 반드시 화자와 청자의 관계에서, 화자가 청자를 대면해서 청자의 반응을 의식하며 구연"23)하는 갈래의 문학이다. 이는 곧 이 갈래는 특별한 수련을 거치지 않은 화자가 환경에

22) 한국교육과정평가원 편, 『국어 3-2 초등학교 교사용 지도서』, 대한교과서주식회사, 2001, 150~151쪽.
23) 한국구비문학회 편, 『구비문학개설』, 일조각, 1977, 16쪽.

따라 얼마든지 가변성을 발휘할 수 있다는 뜻이다. 그러므로 설화에서는 특별한 작가가 존재하지 않는다. 화자는 곧 작가요, 청자는 곧 예비작가이고, 화자는 곧 개작자이고, 청자는 곧 예비 개작자인 것이다. 이 점에서 교과서의 맨 마지막 문제, "내가 사또라면, 잃어버린 비단을 어떤 방법으로 찾을지 친구들과 이야기를 주고받아 봅시다."는 그런 문제를 의식할 수 있는 유일한 통로이다.

그러나 그린 문제를 풀어내기 위해서 유사한 많은 이야기를 알고 있는 편이 훨씬 유리하고, 실제의 설화 구연과정 역시 그런 방식으로 창의성을 높여나간다. 앞서 예시한 유화들을 검토해 보면 이 이야기에는 다음과 같은 몇 가지 특징이 발견된다.

첫째, 잃어버린 물건의 종류이다. 이 아홉 편에 등장하는 물건은 돈, 종이, 비단, 산삼 등이다. 이들은 모두 귀한 것들이라는 공통점이 있다. 물건을 분실했다고 해서 다 관가에 고하는 것은 아니다. 적어도 잃어버린 물건의 가치가 사또에게 고할 정도로 중요하고, 또 작은 고을에서는 쉽게 구할 수 없는 귀한 물건이어야만 자신의 소유권을 주장하여 환수할 가능성이 높다. 이 점을 간과한다면 이야기가 정합성을 띠기 어렵다. 지금은 아주 흔한 것처럼 느껴지겠지만 당시에 종이나 비단이 얼마나 귀한 것인지를 알고 있어야만 한다. 이 점을 응용한다면 현대판 이야기로 재편할 가능성도 있다.

둘째, 사또가 그 물건을 회수하기 위해 택한 방법이다. 교과서 수록작품이 택한 방법은 유화8처럼 바보짓을 보여주어서 웃음을 유발하고 그 웃음의 죄를 묻는 것이지만, 유화별로 상당히 다양한 방식을 드러낸다. 유화1이나 유화9처럼 '도둑이 제 발 저리다'는 심리를 이용하기도 하고, 유화2처럼 도둑질의 단서를 찾아내는 계략을 꾸미기도 하며, 유화7처럼 구체적인 증거를 포착하기도 한다. 또, 물건을 가져오게 하는 방법도 교과서 수록작품처럼 공연한 죄를 뒤집어씌우는 것말고도, 유화6이나 유화7처럼 십시일반으로 도와줄 것을 요구하는 것도 있다.

그렇다면, 이런 이야기를 간단하게 제시한 후, 다음과 같은 설문을 통해 학생들의 창의성을 계발시켜볼 수 있을 것이다.

> (1) 잃어버린 물건은 무엇이며, 그 물건들의 공통점은 무엇입니까?
> (2) 사람들에게 잃어버린 물건을 받아내는 방법을 종류별로 구분해본 후, 사또의 성격을 파악해봅시다.
> (3) 이야기들에 제시된 여러 방법 중 가장 좋은 것과 나쁜 것, 흥미로운 것은 무엇입니까?[24]

(1)을 통해 잃어버린 물건의 공통점을 찾을 수 있다면 그를 근거로 지금까지 거론되지 않았던 물건을 제시해볼 수 있게 된다. 종이나 돈, 비단이 아닌 다른 귀한 물건이 무엇인지, 나아가서 훼손되지 않고 찾을 가능성이 있는 물건이 무엇인지 추리하여 대체물을 제시하는 사고 행위에서 융통성을 찾아볼 수 있는 것이다. 그러나 창의적 사고는 확산적 사고라는 신념에 입각해서 대체물의 성격을 무시한 채 그저 귀한 물건이거나 관심 있는 물건으로 마구 대체하는 행위는 도리어 창의성을 손상시킬 우려가 있다. 따라서 엄밀한 추론 과정을 요구할 필요가 있다.[25] (2)에서는 그보다 더 세심한 관찰과 추론이 요구된다.

---

24) 이 질문은 보노Bono가 제시한 창의적 사고기능 훈련법 중의 PMI법을 적용한 것으로, 어떤 아이디어에 대해 좋은 점(plus), 나쁜 점(minus), 흥미로운 점(interesting)을 찾아내는 훈련이다. 이에 대해서는 윤길근·강진영, 『창의성 신장을 위한 교육방법』, 문음사, 2004, 243~250쪽 참조.
25) 창의성을 창의성 측정에 중심을 두어 생각할 경우 측정 기술상의 한계로 인해 확산

아홉 편의 이야기에서 아홉 개의 방법이 동원되었지만 그것들을 일정 기준에 의해 나누어보고, 그 방법에 따라서 사또의 성격을 파악해보게 함으로써 교과서에 소재 설화에 등장하는 사또의 성격이 좀 더 분명해진다. (3)을 풀기 위해서는 자신의 가치와 정서가 적극적으로 개입되어야 한다. 좋은 것과 나쁜 것을 구분하는 일은 가치 판단과 관련되며 흥미로운 것을 찾는 일은 정서와 관련된다. 그 둘이 통합되어 작품을 수용할 때 녹창성이 고양될 수 있을 것이다.

이런 질문을 통하여 학생들이 적절한 해답을 찾아낸다면, 그것을 근거로 다음 단계의 학습활동을 할 수 있게 된다. 가령, 이 이야기의 틀을 응용한 새로운 이야기를 만들어보게 한다든지, 현대적 변용을 시도해볼 수도 있으며, 인물의 성격이나 작품의 분위기에 맞게 낭송하게 하는 방법을 강구할 수 있게 된다. 이렇게 학생들이 만들어낸 이야기를 발표시키거나 과제로 수거한 후, 교사는 학생들이 지어낸 이야기를 보거나 들으면서 그 개연성이나 합리성, 기발함과 재미 등을 참고하여 평가한다면, 설화를 기록물화한 텍스트로 읽히는 한계에서 어느 정도 벗어날 수 있으리라 본다.

3.3. 비판적 접근을 통한 정교화

지혜담이 다루는 이야기는 지혜와 관련되는 것으로 일상의 삶에서 어려운 문제를 풀어내는 혜안을 줄 수 있다는 점에서 이야기 구연층

적 사고로 한정하는 경향이 있었지만, 실제로는 그렇지 않다. "창의성은 한편으로는 고도의 추론 능력을 요구하는 것이며, 다른 한편으로는 고도의 상상력을 필요로 하는 것이다. 달리 말하면 창의성은 복합적인 사고 능력인 것이다." - 임선하, 『창의성에의 초대』, 교보문고, 1993, 58쪽.

의 많은 사랑을 받아왔다. 교과서에 실린 지혜담의 주인공이 대체로 어린이나 연소자여서, 어른들도 풀 수 없는 문제를 어린 사람이 풀어 낸다는 데 경이로움과 흥미를 제공하고 아동들의 용기를 줄 수 있다는 점에서 일단 긍정적으로 보인다. 그러나 이야기 속에서 지혜가 추구하는 바가 절박한 문제를 풀어내는 것인 한, 문제의 해결이라는 목표달성에만 초점을 두느라 그 이면에 가려진 많은 문제점을 놓치기 쉽다. 정교성이 사고의 종합화를 지향한다고 한다면 단순히 이야기를 이해하고, 그에 따라 표현법을 익히고, 또 부분적으로 대체하거나 유사한 이야기를 만들어내는 활동에만 그칠 것이 아니라, 실제 그 이야기에 대한 비판적 안목이 갖추어져야 할 것이다.

가령 〈돌로 만든 갓〉은 어린 원님이 아전들에게 돌로 만든 갓을 씌워서 자신을 얕보지 못하게 한다는 이야기를 담고 있다. 이런 이야기는 『한국구비문학대계』의 유형분류표에 의하자면 '232-3 얕잡아 보던 아전들 누른 어린 원님'이라는[26] 유형으로 서른 세 편이 되는 작품들을 귀속시켜 놓을 만큼 흔한 유형이다. 이야기의 전개는, 작품별로 편차가 있기는 하지만, 수숫대를 꺾지 말고 소매 속에 넣어오라는 명령을 내리고서는 1년 된 수숫대도 꺾지 못하면서 열 다섯 된 자기를 꺾으려 든다는 식으로 호통을 치거나, 교과서에 있는 것처럼 돌이나 무쇠로 갓을 만들어 쓰게 하여 물리적으로 머리를 들지 못하게 하는 식으로 진행된다.

물론, 지혜담의 핵심은 그렇게 해서 문제를 해결을 했다는 데 있겠으나, 그 해결방식을 문제삼을 때 상당히 복잡한 양상을 띠게 된다.[27] 원님이 어리다고 해서 아전이 불손하게 대한 것은 분명히 잘못

---

26) 조동일 외, 『한국구비문학대계 별책부록(I) 한국설화유형분류집』, 한국정신문화연구원, 1989, 234~235쪽.

이다. 그러나 그렇다고 해서 자신이 원님이라는 권세를 내세워 돌로 만든 갓을 쓰게 하는 행위 역시 잘못임에 틀림없다. 어찌 보면, 인사를 잘하지 않은 아전보다 아전의 머리에 돌로 만든 갓을 씌운다는 원님의 행위가 훨씬 더 비윤리적인 것으로 보여질 수도 있는 것이다. 바로 이 점에서, 크로플리(Cropley)가 창의성이 교육과 심리적 측면이 강조된 논의에서는 꼭 세 가지 핵심적인 요소가 있다고 하면서 참신성(novelty)·효과성(effectiveness)과 더불어 윤리성(ethicality)을 든 것은 가벼이 보아 넘길 일이 아니다. "창의성이라는 용어는 이기심, 파괴적인 행동, 범죄, 전쟁도발 등과 관련해서는 사용되지 않는다."[28]는 전제가 없다면, 창의적이라는 이유로 비생산적이고 반인륜적인 일이 언제든지 발생할 수 있기 때문이다.

　제목에서부터 지혜를 강조한 〈지혜로운 아들〉의 경우 역시 마찬가지이다. 1차적인 잘못은 무리한 요구를 한 원님에게 있지만, 어린 아이가 나서서 해결하는 방식은 '되묻기'와 '되갚기'이다. 즉, 물음을 당한 대로 다시 묻거나 역시 상대와 똑같은 방식으로 돌려줌으로써 문제 해결을 대신하고 있다. 이야기 속에서는 분명히 원님의 반성으로 해피 엔드를 맞고 있지만, 문제가 생겼을 때 풀어나가는 방법이 기존의 잘못된 방법을 답습하는 데 있다는 것은 문제가 아닐 수 없다. 문제 해결자로 나선 아이가 문제 제안자의 질문방식을 그대로 모방하는 가운데, "이러한 아이의 문제 해결 방식은 문제 제안자가 교활하고 기

---

27) 어린이 지혜담의 다양한 양상에 대해서는 최기숙, 「구전설화에 나타난 '어린이'의 세계 -'어린이 지혜담'을 중심으로-」, 『열상고전연구』 13집, 열상고전연구회, 2000 참조.

28) Arthur J. Cropley, 『창의성 계발과 교육』, 이경화 외 역, 학지사, 2004, 24쪽.

만적이며 폭력적이라는 점에서 또한 기만적이고 폭력적"[29]인 것이다. 이야기의 설정상 어린아이로서 문제를 정면으로 해결하기 어렵게 되어 있다는 점을 감안하더라도, 모순 가득한 현실과 타협하고 순응하는 모습은 어른이 보여주는 타락상의 판박이로 전락하기 쉽다.

이제 위와 같은 맥락에서, 앞서 살핀 〈망주석 재판〉을 되짚어볼 필요가 있다. 이 글의 3.1에서 제시한 7개의 서사 단락 중 '⑤ 망주석을 곤장으로 치자 사람들이 모두 웃었고, 그 죄를 물어 하옥시켰다.'는 상당히 심각한 문제이다. 고을 원님이 송사를 하는 자리에서 웃은 것은 잘못이지만, 고의적으로 비웃은 것도 아니고 웃을 수밖에 없는 상황에서 참지 못하고 터져 나온 웃음에 대해 징벌하는 것은 가혹하다. 더욱이 그 웃음은 사실상 원님이 미리 꾸민 계략에 의해 촉발된 것이며, 이 점에서 이 이야기는 지혜를 가장한 사술(詐術)일 수도 있다. 송사 구경 갔다가 공연히 벌금을 물게 된 고을 사람들로서는 억울하기 짝이 없는 노릇이다. 이야기 속에서는 지혜로운 주인공과 지혜롭지 못한 기타 인물이 양분되어 있어서 독자들은 지혜로운 주인공에 몰입되기 쉽지만, 그 지혜에 곤혹을 겪는 여타 인물의 시각에서는 아주 다른 해석이 불거질법하다.

그럼에도 불구하고 이 설화를 배우는 학생들에게 이런 원님처럼 지혜롭게 되자는 인식을 심어놓기에 급급하다면, 이런 사술은 현실에서 언제든지 일어날 수 있고 그 때문에 무고한 사람들이 곤경에 처해지는 일 역시 막을 재간이 없다. 더욱이 이야기에서처럼 문제가 해결되면 그나마 다행이지만 그르치게 되는 날에는 문제 해결도 못하고 엉뚱한 사람들만

---

29) 최기숙, 『어린이 이야기, 그 거세된 꿈』, 책세상, 2001, 94쪽. '되갚기'와 '되묻기' 갖는 문제에 대해서는 이 책 참조.

피해를 보는 최악의 경우도 발생하게 된다. 우리가 굳이 서사문학을 공부하는 것은 어떤 것이 옳고 어떤 것이 그르다는 식의 명제적 지식을 일러주기 위함이 아니라, 서사문학 안에서 관계를 맺고 있는 인물과 인물, 사건과 사건의 결합을 통해 보다 유연하게 삶의 자세를 가다듬을 수 있기 때문이다.[30] 문제해결만이 능사가 아니라면, 이런 이야기 역시 좀 더 인간적인 방식을 동원하는 식으로 다듬어낼 필요가 있다.

　이런 점을 감안하여 앞에서 제시한 유화를 다시 검토해보면 이렇다. 유화1 〈도둑 잡은 지혜〉는 범죄자의 심리를 역이용하여 잡아내는데, 범죄자 이외의 사람들에게 아무런 피해를 주지 않는다. 유화9 〈원님의 지혜〉 역시 마찬가지로 범죄자는 현장을 찾는다는 심리를 단서로 삼아 문제를 해결하여 피해자가 없다. 유화2 〈잃은 소 찾기〉는 공연한 짓을 함으로써 목격자의 제보를 유도하고, 그 제보에 따라 범인을 지목하여 잡아낸다. 역시 피해자는 없다. 그러나 유화3 〈인삼 세 뿌리를 찾아 준 친구〉는 공연히 사람들을 하옥시킴으로써 뇌물로 인삼을 쓰게 하는 방식을 택했다. 이로써 무고한 사람들이 죄를 뒤집어씀은 물론 뇌물까지 주게 만드는 어처구니없는 일을 할 수밖에 없도록 강요한다. 유화4 〈지혜로 도둑 잡은 관장〉은 사람들을 속여서 죄

---

30) 이 점에서 '도덕적 상상력'이라는 개념이 유용할 것을 보인다. "도덕지능(MQ)라는 개념으로 우리에게 익숙한 콜즈(Robert Coles)는 도덕지능에 관한 자신의 책이 도덕지능에 관한 것이면서도 동시에 도덕적 상상력에 관한 것이라고 한다. 도덕지능을 넓은 마음으로 다른 사람을 올바르고 정직하게 이해하고 배려할 줄 아는 사람으로 성장하는 능력이라고 정의하는 콜즈에게서 도덕적 상상력은 도덕성에 있어서 핵심적인 요소이다. 그가 강조하는 상상력은 좋은 삶을 전기적으로 구성하는 조형적인 상상력보다 다소간 대인관계 속에서 타자의 입장에 공감하을 위한 이야기교육접근」, 이왕주 외, 『서사와 도덕교육』, 부산대학교출판부, 200고 동참하는 그래서 배려하는 상상력을 강조하는 것같이 보인다." - 최용성, 「도덕적 상상력과 창의성의 발달을 위한 이야기 교육접근」, 이왕주 외, 『서사와 도덕교육』, 103쪽.

를 묻는 방법을 택함으로써 다수의 무고한 사람들이 피해를 입는다. 유화5 〈돈 찾아 준 원님〉, 유화6 〈망두석 재판〉, 유화8 〈비단을 찾아 준 현명한 사또〉 역시 마찬가지이다. 유화7 〈다시 찾은 돈〉은 십시일 반으로 도와줄 것을 호소한다는 점에서 사람들이 공연히 죄인이 되게 한다는 이야기와 설정이 다르고, 기름장수의 돈이기 때문에 물에 뜨 는 기름으로 잡는다는 점에서 과학적이다.

이제 최종적으로 학생들이 판단하고 또 다시 써보게 해야 한다.

(1) 혹시 이 이야기의 내용상 문제되는 곳은 없는가?
(2) 여러 유화들을 비교한 결과, 어떤 이야기가 가장 바람직한가?
(3) 이 배경을 현재로 바꾸어서 새로운 이야기를 만들어보자.

이런 질문은 학생들이 이야기에 매몰되지 않고, 이 설화가 실린 소단 원명이 '더불어 사는 삶'을 제대로 이해하고 제대로 실현하는 데 보탬이 될 것으로 보인다.[31] 이야기는 이야기대로 두고 현실은 현실대로 둔 채, 이야기를 말하기나 표현하기의 재료로만 취택하는 경우, 창의성의 궁극적인 목표와는 거리가 먼 교육으로 전락할 우려가 있는 것이다. 당연한 말이지만, 자유로운 상상력이 현실 맥락에서의 윤리성과 정합 적으로 연결될 때, 이야기는 재미와 감동, 깨달음을 두루 선사할 수 있으리라 본다.

---

31) 실제로, 초등학교 3-2 읽기 교과서의 둘째 마당 우리가 꿈꾸는 세상의 '1. 더불어 사는 삶'에는 〈은행잎 편지〉, 〈새는 새는 나무 자고~〉와 이 〈망주석 재판〉이 실려 있어 서, 제재 선정에서 함께 행복하게 사는 이상적인 삶을 그리려 노력한 흔적이 엿보인다.

4. 결론

이 글은 제7차 교육과정의 목표에 의거하여, 교과서 소재 설화 교육에 대한 개선방안을 마련하고자 씌어졌다. 본래 설화는 일반 구연층이 들은 이야기를 재창작해나가면서 전승되던 지극히 창의적인 방식임에도 불구하고, 교과서에서는 고정된 텍스트로 소개되는 문제점을 지적하고, 그 타개책으로 유화의 교육을 통해 제7차 교육과정에서 중시하는 창의성의 신장으로 이어지도록 고려한 것이다.

첫째, 교과서 소재 설화를 분석한 결과, 지혜담이 상대적으로 많았으며 특히 기발한 방법으로 문제를 해결하는 이야기가 중심을 이루었다. 지혜담은 이야기의 서사 진행이 추리와 상상력을 동원해야 하는 것이어서 유창성이나 융통성, 독창성, 정교성을 그 특징으로 하는 창의성과 밀접하게 연관되는 것이며, 그런 이야기를 학습하는 과정을 통해 자연스럽게 창의성이 신장될 수 있을 것으로 파악되었다. 그러나 현행 교과서에서는 작품을 소개하고 학습하는 과정에서는 그 이야기의 다양한 변종을 통해 새로운 창작으로 이어지게 하기보다는, 이미 정해진 수순의 해답을 유도하는 쪽으로 나아가서 설화 문학 본연의 특장을 많이 소거시킨 문제가 있었다.

둘째, 유화를 추출하여 창의성 신장을 위한 학습이 이루어지는 구체적인 과정에 대해 살폈다.

먼저, 유화를 추출하여 활용의 단서를 찾는 방법에 대해 실례를 통해서 상세히 논의했다. 교과서에는 한 작품으로 고정되어 나와 있지만, 일정한 절차를 거쳐 그와 유사한 이야기들을 추출해내고, 그 공통점과 차이점을 통해 창의성 교육과 연관 지을 수 있는 단서를 찾아낼 수 있었다. 다음으로 적절한 질문 전략을 통해 융통성과 독창성을 신장시킬 수 있는 방안에 대해 탐구했다. 유화가 본래 동일한 서사구조에 항목들만 변한다는 사실에 착안하여, 항목과 항목이 대체될 수 있는 상황을 이해하고, 그것을 응용하여 자신만의 독창성이 돋보이는 새로운 항목을 제시하도록 유도하는 질문이 필요함을 알았다. 끝으로, 이야기를 비판적으로 판단하며 종합적인 사고를 통해 정교화해 나가는 절차에 대해 알아보았다. 교과서 소재 설화의 유화를 통해 살펴본 결과, 교과서 수록 작품과는 상이한 여러 양상들이 나타났다. 그런 과정들을 현실 맥락에 놓고 비판적으로 수용하여, 궁극적으로 자신이 이야기를 만들어내게 하고 또 그것을 구연하게 한다면, 현재의 설화 교육 방법에서는 얻기 어려운 여러 가지 효과를 거두어낼 수 있다.

이런 접근은, 제7차 교육과정이 통합교육을 지향하면서도 실제적으로는 개별 단원에서 미시적인 구성요소 파악 등에 주력하는 문제점을 개선하는 데 일조할 것으로 여겨진다. 설화를 포함한 모든 작품이 어떤 목표에 이르기 위한 수단으로 여겨지지 않고 하나의 작품으로 온전하게 읽혀지고 나아가서 주체적이고 독창적인 비판과 창작에 이를 수 있을 때, 문학 교육의 의미가 더 커질 것이다.

4부

고전서사의 '선/악' 문제와
교육적 활용

고전서사물에 나타난
악(惡)의 성격과 대처 양태

1. 서론 : 선, 악, 권선징악

서사문학에서 서사를 펼쳐내는 데에는 등장인물과 등장인물의 대결이 매우 중요한 요소로 작용한다. 이는 아마도 작품에 등장하는 특정한 인물간의 대결을 통해 보편적인 세계를 드러내 보이려는 의도로 읽힌다. 이때, 그 세계를 총체적으로 드러내는 가장 손쉬운 방법은 아마도 대립적인 실체를 통해 2원화된 모습을 그려내는 것이다. 그런데 이러한 대립에 윤리적인 잣대를 들이댈 경우, 대부분의 서사에서 빚어지는 대결이란 기실은 인간의 선악 문제로 귀결되는 듯이 보인다.

그런 경향은 현대문학보다는 고전문학 쪽에 훨씬 더 강해서, 고소설은 한마디로 '권선징악(勸善懲惡)'으로 간단히 정리되곤 했다. 고소설 결말의 해피엔드를 들어 "결국 권선징악이라는 사회윤리가 침투"[1] 한 것으로 파악하거나, "고소설의 공통적 특성으로 주제의 통속성"을

---

1) 정형용, 「소설」, 우리어문학회, 『국문학개론』, 일성당, 1949, 251쪽.

들면서 "그 도덕문제는 권선징악적인 주제성"[2]으로 규정하는가 하면, 현대소설을 보는 견지에서는 고소설은 "구성에 있어서도 권선징악의 관념이 강조된 나머지 사건이 아무리 우여곡절의 교차를 겪었다 할지라도 종국에 가서는 선적(善的) 정당성으로 모든 문제의 해결이 이루어지는 구성"[3]이라는 식으로 주제는 물론 구성까지 같은 방식으로 설명되곤 했다.

　그러나 '권선징악'은 인간이 선을 추구한다는 전제를 벗어던지지 않는 한 소설뿐만 아니라 문학 전체, 나아가서는 문화 전체를 설명하는 틀이 될 수밖에 없는 것이다. 그래서 "고전소설이 현실인식의 문제를 문사(文辭)로써 복잡한 듯이 표현하고 있다 할지라도, 그 입언본의(立言本意)는 역시 선의 회복이요 권선징악(勸善懲惡)에 있다."[4]는 단언이 가능하며, 고소설과는 별개로 "勸善懲惡은 先王의 세상을 다스리는 방편인 것이다. 政事에 시행하면 禮樂刑政이 되고 문장에 실리면『詩』·『書』·『易』·『禮』·『春秋』및 여러 성현(聖賢)의 글이 되나니, 이 모두가 권선징악인 것이다."[5]라는 진술이 있었다. 어찌 보면 동서고금을 막론하고 권선징악은 견고한 주제 패턴을 이루어온 셈이며, 리얼리즘의 강세가 엿보이지 않던 근대 이전의 문학에서 일종의 소망태(所望態)로서 악의 패퇴를 담아내는 것은 매우 당연한 일이었다.

2) 김기동,『이조시대소설론』, 정연사, 1959, 585쪽.
3) 이재선,『한국현대소설사』, 홍성사, 1979, 24쪽.
4) 강재철,「古典小說에 있어서의 善·惡 人物의 性格 把握 問題」,『고전소설연구』, 일지사, 1993, 130쪽.
5) "勸善懲惡者 先王所以御世之權也. 措之於事 而爲禮樂刑政 載之於文 而爲詩書易禮春秋及群聖賢之書 皆是也."-金允植,「答丁小耘論文書」,『雲養集』. 강재철,「중국과 한국의 '권선징악'이론의 전통」,『동양학』제24집, 단국대학교 동양학연구소, 1994.10, 70쪽에서 재인용.

그럼에도 불구하고 지나치게 일률적인 유형성이나, 그에 따른 갖가지 폐단이 문제로 지적되면서 권선징악은 구태를 벗지 못한 낡은 문학으로 인식되기 십상이다. 물론, 그런 반론에 맞서 선악의 선명한 구분에 적극적인 의미를 부여하여 춘추필법(春秋筆法)의 논리나[6] 대중소설로서의 가능성을[7] 제시할 수도 있지만 부분적인 반박에 그칠 공산이 크다. 더구나 인간이 선(善)을 추구하고 선인(善人)의 복을 희구한다는 사실과, 실제로 그렇게 살아가는 문제는 사실상 별개이다. 물론 이상적으로 생각할 때, 사람들이 선을 추구하는 한 세상은 선하게 돌아가야 하고, "사람들이 악(惡)을 행하여 자연의 질서를 어지럽히기는 하지만 결코 자연의 질서를 파괴해버리지는 못한다."고[8] 단정할 수도 있다. 그러나 역사적인 명제를 내걸고 선의 필연적인 승리를 호언하는 동안에도 도리어 선인이 패퇴하는 일은 예사로 일어났고, 어떤 경우에는 무엇이 선이고 무엇이 악인지조차도 분명치 않을 때가 많다.

이런 사실에 비추어 그간의 권선징악 관련 논의는 '懲惡而勸善'을

---

6) 가령, 강재철이 "동양의 史書나 文學은 권선징악의 포폄으로 말미암아 초시대적 전승성이 있는 바, 孔子의 『春秋』 이후 중국의 역대 사서는 권선징악적 포폄을 의도하였다는 것이 일반적인 특징"이라고 한 데서 그런 예를 찾을 수 있다. 강재철, 「고전소설의 주제 '권선징악'의 의의」, 『제31회 국어국문학연구발표대회鈔』, 국어국문학회, 1988.6, 137쪽.

7) 임성래는 〈조웅전〉을 대중소설적 견지에서 연구하면서, 대중소설적 특성으로 "독자의 흥미를 유지시키기 위한 방안으로 지속적인 선악의 대결구도를 활용"(218쪽)하는 것과 "대중소설의 주인공은 정의를 위해 일한다."(219쪽), "대중소설은 행복한 결말을 갖는다. 이것은 선행은 보상받고 악행을 징벌을 받는다는 권선징악적 주제를 실현하는 방법의 하나"(220쪽)라고 한 바 있다. ─ 임성래, 「완판본 〈조웅전〉의 대중소설적 기법 연구」, 『열상고전연구』 9집, 열상고전연구회, 1996.10.

8) 김학주·이경식, 「中·英 문학과 '勸善懲惡'」, 『동아문화』 9집, 서울대 동아문화연구소, 1970.

운위하면서도 정작 악의 실체에 대한 규명에는 소홀했던 것으로 보인다. 악과 악인에 대한 성격 규명이 미흡한 상태에서 악의 응징 과정 역시 추상적으로 설명되기 십상이었다. 더구나 대중성이 강한 장편 국문소설 작품에 국한하여 설명하게 될 때, 고전서사물이 보여주는 다양한 양상이 사장(死藏)된 채 초급의 윤리교과서처럼 당위적 주장이 될 가능성이 높다. 따라서 이 논문은 먼저 악의 성격을 규명한 후, 그에 따라 징악의 양태가 어떻게 다양하게 드러나는지 살펴보려 한다.

2. 악(惡)의 성격과 악인

일반적으로 악은 선과 대립되는 것으로 설명된다. 어쩌면 악이 없다면 선도 없다고 할 정도로 인식되는 것이다. 그러나 일상에서든 철학적 사유에서든 선과 악이 꼭 그렇게 배타적인 대립관계를 이루지는 않는다. 선과 악의 경계가 불분명할 뿐더러, 상황에 따라서 선과 악을 판단하는 잣대가 달라지기도 하기 때문이다. 그럼에도 불구하고 징악(懲惡)의 기치를 높이 올릴 수 있는 이유가 있다면, 첫째, 우리가 악(惡)을 분명하게 규정할 수 있고, 둘째, 악(惡)이 악으로 규정되는 한 언제 어디서든 누구에게나 다 악이라는 전제에서만 가능할 것이다. 그러나 현실은 그렇지 못한 경우가 많아서, 이런 문제는 악에 대한 근원을 파고들지 않는 한 쉽사리 밝혀지기 어려운 것으로 보인다.

여기에 대해서는 학문에 따라 다양한 해답이 모색된다. 학문의 속성상 이 문제를 정면으로 다룰 수밖에 없는 윤리학은 말할 것도 없고, 자연과학에서는 이 문제를 유전자와 환경 사이의 관계를 따지면서 일종의 생존전략으로 설명하는가 하면, 사회학에서는 사회 환경이나 사회적 억압구조 등과 관련하여 설명하는 방식을 택한다. 그런데 우리 문화 전통에서 가장 큰 영향력을 미친 유교의 가르침은 언제나 한 편의 길만을 강조한 편이다. 유교에서 일컫는 도(道)는 "갈 수 있느냐 가지 못하느냐의 문제가 있을 뿐이요, 어느 쪽으로 갈까의 선택의 고민은 문제되지 않는 길이다."[9] 요컨대 당위(當爲)를 지나치게 강조함으로써 현실적으로 엄존하는 악(惡)에 대해서는 애써 외면하는 인상을 주는 것이다.

만일 우리 서사문학에서도 그러한 입장을 취한다면 권선징악은 매우 간명하게 설명될 수 있을 것이다. 갈 수 있고 없고는 현실의 문제일 터, 어차피 허구적인 내용을 담고 있는 소설에서라면 선택을 분명하게 해서 악을 물리치게 하면 그뿐일 것이기 때문이다. 또 실제로 많은 소설들이 그런 방식을 택해온 것이 사실이기도 하다. 그러나 원론적으로 볼 때 사태는 그리 간단치 않다. 칸트는 악(惡)을 인간의 자유로부터 규정하면서, 스스로 초래한 부자유를 다음의 세 가지 형태로 구분한다.

(1) 허약성 – 아마도 자신이 하지 말아야 할 일을 하고 있다는 것을 알면서도 허약함 때문에 스스로의 성향에 굴복하는 유형. 하지만 이런 유형의 인간에게는 항상 자신의 자율권을 행사하고 도덕적 원칙들에 따라 행동한다는 것이 너무 힘들고 불편한 일이다.
(2) 불순성 – 자신이 해야 할 일을 하기는 하지만 언제나 선을 위해 그 일을 하는 것은 아니고 경우에 따라서는 부도덕한 이유에서 그 일을

9) H. Fingarette, *The Secular As Sacred*의 제4장「갈림길 없는 외길」참조. 곽신환, 「악에 대한 유가철학적 이해」, 한국정신문화연구원 철학·종교 연구실 편, 『惡이란 무엇인가』, 창, 1992, 183쪽에서 재인용.

하기도 하는 유형.

(3) 사악성 – 자신이 해야 할 일과 반대의 것을 행하는 유형. 이런 유형
의 인간은 (악한 원칙들에 따라) 자신의 의지를 결정할 자유를 요구
하지만 그것은 오직 자유의 근본 원리에 대한 부정이라는 궁극적
목표를 추구하기 위해서이다.[10)]

위에서 보듯이 칸트가 이렇게 '해야 할 일'과 '하지 말아야 할 일'을
구분한다 함은 결국 악을 준칙(準則)에 입각해서 그 준칙을 위반(違反)
혹은 전도(顚倒)하는 행위로 파악하여, 우리가 일상에서 접하는 惡의
관념에서 그리 크게 벗어나지 않는 것으로 보인다. 이를 권선징악론
에 도입해 본다면, 가장 많은 관심을 받은 유형은 아마도 맨 마지막
유형이 될 것이다. 군담소설이나 가정소설에 흔히 볼 수 있는 악인들
은 동정의 여지가 없는 사악함을 내보일 때가 많다. 〈유충렬전〉 같은
경우, 주인공 유충렬이 상대해야 하는 악인인 정한담과 최일귀는 본
시 천상인(天上人)으로 지략과 술법이 출중한 인물로 묘사된다. 이미
지상에 내려오기 전부터 어쩔 수 없는 악인으로 상정하고 있는 것이
다. 이런 인물은 본래 사악한 의지를 가지고 자신의 목표를 강하게 추
진하는 유형이라 할 수 있겠다.

그렇지만, 굳이 칸트의 지적이 아니더라도, 악의 횡행을 그것만으
로 설명하기는 어렵다. 예를 들어 〈호질(虎叱)〉에 등장하는 북곽선생

---

10) 칸트의 〈근본적 악에 대하여〉에서 나온 것으로, 안네마리 피퍼, 『선과 악 – 그 하나의
뿌리를 찾아서–』, 이재황 옮김, 이끌리오, 2002, 122~123쪽에서 정리된 것을 인용.
실제로 칸트는 이 셋을 동일선상에서 파악하기보다는 일종의 '단계'로 파악했다. "우리
는 이 심정의 세 가지 <u>단계</u>들을 생각할 수 있다. 첫째 <u>단계</u>는 채택된 준칙 일반을 따를
때 인간적 심정의 연약함 또는 인간 본성의 허약함이며 ……"(밑줄 필자) – 임마누엘
칸트, 『이성의 한계 안에서의 종교』, 신옥희 옮김, 이화여자대학교 출판부, 2001, 36쪽.

은 나이 사십에 손수 교주(校註)한 책이 만 권이나 되고, 경서(經書)를 풀이한 것이 일만 오천 권이이어서 천자(天子)도 그의 행실을 칭찬하고 제후도 그의 이름을 사모했다고 서술되어 있다. 아무리 그를 나쁘게 보려 한다고 해도 그렇게 많이 공부하여 학문을 일군 행위 자체를 문제 삼기는 어렵겠다. 많이 공부하고 존경받는다는 것은 그만한 행동이 있을 때나 가능한 것이기 때문이다. 그러나 문제는 범의 입을 통해 서술된 대로 그가 표리부동(表裏不同)한 인물이라는 점이다. 이는 그가, 어떤 의미에서 선행을 하지 않은 것은 아니지만, 부도덕한 이유에서 그 일을 했다는 것을 의미한다. 이 경우 그 불순함에서 기인한 악에 대한 응징은 사악성에 기인한 악과는 달라야 마땅하다. 사악한 상대는 철저하게 파멸시키지 않으면 자신이 도리어 파멸되기에 시원한 보복이 중요하지만, 이처럼 위선(僞善)이 문제가 되는 경우는 먼저 그 위선을 폭로하는 전술이 필요하다.

다음으로, 허약성에서 기인하는 악의 문제로 가면 사실상 인간 모두의 문제라고 할 만큼 심각한 상황을 야기한다. 인간은 누구나 불완전하다. 서사문학의 인물이 욕망을 좇아 움직이다 보면 허다한 악행을 저지를 수도 있고, 또 그 욕망이 선한 것일 때조차도 입지전적(立志傳的) 인물만을 다루지 않는 한 철저하게 현실화하기는 어렵다. 작품 내에서 특별히 악한 것으로 묘사되지는 않더라도 지나치게 우유부단하다거나 심지가 약하기 때문에 결과적으로 선한 인물에게 고통을 주는 인물이 적지 않다. 〈장화홍련전〉의 배좌수 같은 경우, 나서서 적극적으로 악을 행하는 것은 아니지만 악인에 미혹(迷惑)되어 결과적으로 선한 주인공에게 위해를 가하게 된다. 〈심청전〉의 심봉사가 심청이가 죽은 후 뺑덕어미와 놀아나는 장면을 연출하는 것 역시 동일선상에서 이해됨직하다. 아울러, 적극적인 의도를 펼치지 않더라도 결과적으로 악행을 유발한다는 점에서, 나약함 못지않게 무지(無知)도 문제가 될 수 있다. 무지하다 보면 상황 판단을 못하거나 윤리의 의미를 파악하지 못하고 본의 아니게 악(惡)을 행하는 일이 많기 때문이다.[11]

이 셋은 간단하게 다음과 같이 정리될 수 있다. 즉, 첫째, 자기가 행하는 악(惡)을 명확히 인지하고 적극적으로 행하는 경우, 둘째, 표면상으로는 선(善)을 행하는 듯하지만 이면에는 다른 의도를 가지고 있는 경우, 셋째, 자신이 하는 일이 선이 아닌 것을 막연하게나마 인지하면서도 판단착오나 부적절한 처신 때문에 악을 방조하거나 무지(無知)로 인해 결과적으로 악을 행하게 되는 경우이다. 만약 악의 근원이 그렇게 구분될 수 있다면 악에 대한 대응 역시 달라져야 마땅하다. 첫 번째 경우는 징치(懲治)가 필요하다면 두 번째 경우는 폭로(暴露)가 필요하고 세 번째 경우는 계도(啓導)가 필요한 것이다. 물론 이 셋이 작품별로 명확하게 구분되는 것도 아니고 상황에 따라 여러 가지 복합된 형태로 드러날 것이다. 그렇지만 이렇게 구분하여 봄으로써 고소설은 그저 '懲惡而勸善'을 보이는 이야기라는 식의 단순한 시각을 벗어날 수 있다.

그런데, 이처럼 악의 근원에 따라 성격을 유형화하더라도 고전서사물에서 그 문제를 다루기 위해서는 적어도 두 가지 사항을 짚고 넘어가야 할 것으로 보인다.

첫째, 윤리적으로는 악(惡)이 추상적으로 설명될 수 있겠지만, 실제 삶에서는 구체적인 상황에 의해 드러나며, 서사문학에서는 인물이 벌

---

11) 실제로 야스퍼스 같은 철학자는 칸트가 지적한 불순성(不純性)보다 더 근본적인 것으로 무지(無知)를 꼽았다. 칼 야스퍼스, 「칸트의 근본악」, 칸트, 『실천이성비판』, 최재희 역, 박영사, 1959, 283쪽 참조.

이는 사건에 의해서 드러나는 점이다.12) 대체 악행을 저지르는 인물
이 어떤 존재이며, 또 주동인물과 어떤 관계에 있는 인물인지에 의해
서 징악(懲惡)의 양태가 크게 달라지게 마련이다. 영웅소설만을 대상
으로 반동인물에 대한 연구성과를 따르더라도, 상인, 첩실, 자사(刺
史), 제후, 왕 등등의 다양한 신분이나 처지일 뿐만 아니라 주동인물
과의 관계 역시 예비 장모, 예비 계·장모(繼·丈母), 외적(外敵), 정적
(政敵), 반역자(反逆者), 억천자(逆天者), 사기꾼 등등으로 다양하다.13)
신분이나 처지가 사실상 그 악인이 저지를 수 있는 악행의 크기를 가
늠할 수 있게 해주는 것이라면, 주동인물과의 관계는 악인에 대한 응
징 정도를 가늠해볼 수 있게 해준다. 가령, 악인의 힘이 주동인물이
도저히 감당해낼 수 없는 정도로 큰 힘을 지닌 경우와 대등한 경우
등은 대결 양상이 다를 것이다. 또 악인이라 하더라도 가족이나 친·
인척 관계를 이루고 있다면 도의상 가혹한 응징을 펼치기 어려운 법
이다.14) 나아가 고소설을 넘어서 고전서사물 일반으로까지 확대한다

---

12) 이 대목에서 콜즈(Coles)가 제안한 '도덕적 상상력'의 문제를 상기해볼 필요가 있다.
   "도덕 지능을 넓은 마음으로 다른 사람을 올바르고 정직하게 이해하고 배려할 줄 아는
   사람으로 성장하는 능력이라고 정의하는 콜즈에게서 도덕적 상상력은 도덕성에 있어
   서 핵심적인 요소이다. 그가 강조하는 상상력은 좋은 삶을 전기적으로 구성하는 조형
   적인 상상력보다 다소간 대인관계 속에서 타자의 입장에 공감하고 동참하는 그래서
   배려하는 상상력을 강조하는 것같이 보인다." - 최용성, 「도덕적 상상력과 창의성의
   발달을 위한 이야기교육 접근」, 이왕주 외, 『서사와 도덕교육』, 부산대학교출판부,
   2003, 103쪽.
13) 김수봉, 『서사문학의 반동인물 연구』, 국학자료원, 2002, 157쪽.
14) 이 점에서 정병설이 제기한 족내인물(族內人物)/족외인물(族外人物)의 구분은 시사
   하는 바가 크다. 그는 가령, 『창선감의록』의 악인인 심씨, 화춘, 조녀, 범한, 장평 가운
   데 심씨와 화춘은 개과천선하여 영화를 누리고 나머지 인물들은 죽임을 당하는 것은,
   신분 관계보다는 족내인물이냐 족외인물이냐가 중요한 요소로 작용하였을 것으로 파
   악하고 있다. - 정병설, 『완월회맹연연구』, 태학사, 1998, 155~156쪽의 각주 27 참조.

면 사실상 악인(惡人)이라기보다는 악한 존재로 그려지는 비인(非人)
내지는 초인적(超人的)인 존재를 도외시할 수 없다. 귀신, 괴물, 도깨
비, 지네, 호랑이 등등이 인간의 자유로움을 구속하는 악(惡), 특히 절
대악(絶對惡)으로 그려지는 예는 허다하다. 상상을 초월하는 힘을 바
탕으로 인간을 압박해 오는 악한 존재에 대해 주동인물이 보여주는
반응은 곧 악에 대한 대처(對處) 양태이다.

둘째, 이러저러한 이유로 직접적인 응징이 불가능하다면 또 다른
방법이 선택될 수밖에 없다는 점이다. 즉, 응징이 없이 감내(堪耐)나
순응(順應)으로 마무리하거나, 자신의 힘이 아닌 다른 존재의 도움을
빌리는 것 등등이다. 결과적으로는 징악(懲惡)을 유도하는 꼴이더라도
그 과정에는 간단히 설명하기 어려운 다양성이 존재하며 이에 대한
탐색이 필요하다 하겠다. 즉, 응징을 하지 않거나 못하는 경우에서부
터, 응징을 하되 선의(善意)를 가진 당사자가 직접 나서지 않고 제3자
를 통하는 방법, 당사자가 직접 나서서 상대를 패퇴시키는 방법까지
두루 나타날 수 있는 것이다. 특히, 소설을 벗어나 설화 쪽으로까지
지평을 넓힐 경우 악에 대처하는 방식이 보여줄 스펙트럼은 의외로
폭이 넓게 되리라 본다.

이상에서 우리는 고전서사물의 악(惡)과 관련하여 세 가지 문제를
살피었다. 첫째, 악의 근원에 따른 유형이고, 둘째, 악인(惡人)의 존재
양태, 셋째, 응징의 양태이다. 이를 간단히 정리하면 다음과 같다.

　　　가. 악의 근원에 따라 : ①사악/②불순/③나약·무지(無知)
　　　나. 악인의 존재 양태 : ①초인적(超人的) 존재/②인간(②' 가족·친
　　　　　　　인척/②" 타인)
　　　다. 응징의 양상 : ①응징 없음/②응징(②' 직접응징/②" 간접응징)

물론 작품의 검토에 있어서, 도식적인 구분이 어렵다 하더라도, 각 항목별로 셋씩의 변인이 있으므로 산술적으로 스물일곱 가지의 조합이 가능해진다. 그리고 이런 양태가 한 작품에 하나씩 선별적으로 나타날 수도 없을 것이므로 실제 작품에서 확인하는 작업은 좀 더 신중하고 섬세해질 필요가 있다. 이제 다음 장에서 이 중 첫 번째 항목을 중심으로 악에 대한 대처 양태에 대해 구체적으로 살펴보고자 한다.

3. 악(惡)에 대한 대처 양태

3.1. 사악(邪惡)의 징치

악에 대한 징치(懲治)가 가장 극명하게 드러나는 소설군은 군담소설이다. 대체로 군담소설은 군공(軍功)에 의하여 문제를 일시에 해결하는 줄거리를 가지고 있으므로, 군사적인 힘으로 상대를 제압하는 과정은 가장 극적인 징치(懲治)임에 틀림없다. 가령, 〈유충렬전〉에 등장하는 두 악인 정한담과 최일귀는 "본디 천상 익셩으로 자미원 딕장셩과 빅옥누 즌쳐의 딕젼흔 죄로 상계게 득죄ㅎ야 인간의 젹강ㅎ여 딕명국 황제의 신ㅎ되야난지라 본시 천상지인으로 지략이 유여ㅎ고 술법이 신묘"[15]하다고 전제한 후에야 포악(暴惡)이 무쌍(無雙)이라고 서술된다. 주인공 유충렬의 출생담을 참고한다면, 선/악의 대결은 천상에서부터 있어왔으며, 지상에서 유충렬의 아버지 유심 대에서 이미 그들과의 대결이 있고 보면 상당히 심각하게 그려지는 셈이다.[16] 이

---

15) 〈유충렬전〉 완판 86장본, 상. 5~6장, 김동욱 편, 『景印 板刻本古小說全集』 2권, 1873, 337쪽.

런 악인이야말로 순악(純惡)이고 절대악(絕對惡)이어서 가만 두면 온 세상을 악의 구렁텅이로 몰고 갈 수 있다. 실제 악인들이 반역을 꾀하여서 천자(天子)를 넘본다는 설정은 천자(天子)의 상징값인 '하늘의 아들', 곧 세상의 주인이 되고자 함을 뜻한다.

따라서 그들을 완전히 제압하지 않고는 보통사람이 자유롭게 살 근거를 잃게 되며, 필연적으로 가혹한 징치가 요청된다. 결국, 사지를 찢어놓고 장안의 만민들이 벌떼같이 달려들어 살점을 오려놓고 간을 내어 씹어보는, 끔찍한 보복과 응징으로 작품이 결말을 맺는다. 다른 군담소설에서도 정도의 차이는 있더라도 그런 귀결양상은 엇비슷하게 진행된다. 이는 군담소설이 근본적으로 국가, 나아가서 세계의 질서를 문제 삼는 데에서 기인한다. 그 정도 되는 크기의 악(惡)을 행하려면 악인의 힘도 커야 하고, 그 힘이 큰 만큼 섣불리 개심(改心)시키거나 교정(矯正)하려 들기 어렵기 때문이다. 이런 양상은 가족소설군에서도 어느 정도 잘 드러난다. 전형적인 악인인 계모(繼母)나 후실(後室)의 경우, 가차 없는 징치가 이루어지는 것이다. 일례로 〈사씨남정기〉의 교씨는 처참하게 죽임을 당한 후 까마귀밥이 되고 만다. 이렇게 처참한 죽음으로 마감하는 것은 극악무도한 행위에 대한 보복으로 보인다.

그러나 작품에서 펼쳐지는 악행이 직접적인 보복을 가할 만큼 극악하지 않거나 악인이 선인과 뗄 수 없는 혈연관계에 있다면 피해 당사자

---

16) "〈유충렬전〉의 서사구조는 천상 백옥루 잔치에서의 자미성과 익성 사이의 대결 및 그들의 하강, 유심 일파와 정한담 일파의 대결, 유충렬과 정한담 일파의 대결이라는 삼 단계의 중층적 대결 구조로 되어 있는데 이 가운데 세 번째의 대결은 본 대결이면서도 표면상으로는 첫 번째와 두 번째 대결의 대리 대결 형태를 지니고 있다." - 박일용, 『영웅소설의 소설사적 변주』, 월인, 2003, 275쪽.

가 직접 나서서 응징하는 데 부담을 느끼지 않을 수 없다. 〈흥부전〉의
놀부 같은 경우, 유명한 '심술타령'을 통해 그의 고약한 심보가 익히
드러난다. 그렇지만 그 악행이 온 나라의 질서를 어지럽히는 정도도
아니며 '심술'이라는 말로 설명될 만큼 익살로 포장되는 면이 많고, 동
생을 내치는 부분 역시 밖으로 쫓아내는 데 그칠 뿐 간악한 계략을
동원해 파멸하도록 하는 정도에 이르지는 않는다. 작품에서 실제로 놀
부를 징치하는 것은 제비가 물고 온 박씨에서 자란 박통 속에 등장하는
여러 인물들이다. 박을 타는 족족 놀부를 곤욕스럽게 하는 일만 늘어
지다가 끝내 장비(張飛)가 등장하여 징치의 종지부를 찍는다.

　고소설에서든 설화에서든 이렇게 제3의 존재를 통하여 간접적으로
징치하는 예는 어렵지 않게 찾아볼 수 있다. 사람뿐만 아니라 호랑이
나 두꺼비와 같은 영물(靈物), 혹은 염라대왕 같은 신이한 존재 등이
그런 예이다.[17] 〈장화홍련전〉의 장쇠는 호환(虎患)을 입어 두 귀와 한
쪽 팔다리가 잘라지고 만다. 작품 속의 서술을 좇아보면 장화가 물에
빠지자 홀연히 물결이 일어나며 하늘에 닿자 난데없는 큰 범이 나타
났다는 식으로 전개된다. '난데없는'을 중심으로 보자면 앞뒤 연관이
전혀 없는 듯이 보이지만, 장화가 죽고 그 원통함이 하늘에 닿아 천벌
(天罰)을 내린 형국이다. 설화 〈처녀 구한 두꺼비〉의 경우,[18] 주인공
은 지네에게 바쳐지도록 설정이 되어있는데 거기에 대해 전혀 항거할
생각을 하지 않는다. 다만 두꺼비에게 남은 밥풀을 주는 정도의 행위

17) 허춘은 고소설의 중재자 인물을 연구하면서, 이런 인물군을 '징치자형(懲治者型)'으
　　로 명명한 바 있다. - 허춘, 『고소설의 인물연구 -중재자를 중심으로-』, 연세대학교
　　대학원 박사학위논문, 1986, 57~71쪽 참조.
18) 조동일 외, 『한국구비문학대계 별책부록(I) 한국설화유형분류집』(한국정신문화연구
　　원, 1989)의 분류체계 상 '415-3. 처녀 구한 두꺼비'형이다. 380~381쪽 참조.

를 할 뿐이고, 그 결과 두꺼비의 보은으로 지네를 물리치게 된다.

　동물보은담은 우리 설화에서 상당히 보편적인 이야기이다. 『한국구비문학대계』의 유형분류에 따르자면 '415. 짐승에게 적선하고 보은받기'가 이 유형인데, 앞의 유형 외에도 〈불 꺼서 주인 구한 개〉, 〈고양이 귀신 물리친 개〉, 〈밥 먹여 키운 짐승의 보은〉, 〈구슬 찾으러 간 개와 고양이〉, 〈용이 된 구렁이의 보은〉, 〈용왕 아들(딸) 구해주고 보은 받기〉, 〈구해준 호랑이의 보은〉, 〈종을 울려 보은한 새〉, 〈생명을 구원받은 짐승의 갖가지 보은〉형(型) 이야기가 그런 예이다.19) 이런 이야기에서는, 구체적으로 생명을 요구하는 괴물이든 아니면 자연적인 재앙이든, 일시적 곤경이든 주인공이 감당하지 못할 억압에 대해, 제3자가 나서서 해결을 해준다. 그 존재가 사람이 아니라는 점에서 이 역시 하늘의 구원으로 볼 수 있겠는데, 이는 "초자연적 힘에의 의존의 표현이며 악(惡)과 직접적인 대결을 회피하려는 경향"이면서, 동시에 "한국인이 하늘의 관대함을 얼마나 깊이 믿고 있는가를 보여주는 것"20)이기도 하다. 나아가서 하늘이 모습을 직접 드러내는 예는 〈장자못 설화〉에서 볼 수 있다. 인색한 부자의 징치(懲治) 방식이 홍수(洪水)라는 물에 의한 것이고 보면, 노승(老僧)의 개입이 느껴지기는 해도, 자연의 재앙을 통한 하늘의 심판으로 볼 수 있겠다.

　한편, 직접적이든 간접적이든 징치가 행해지는 작품은 행복한 결말을 맺지만 명백한 악(惡)임에도 불구하고 어떤 징치도 일어나지 않는 경우도 있다. 〈이생규장전(李生窺墻傳)〉 같은 경우가 그렇다. 이 작품

19) 『한국구비문학대계』의 분류체계 중 '바르고 그르기' 415이야기이다. 조동일 외, 앞의 책, 379~390쪽 참조.
20) 이부영, 『한국민담의 심층분석』, 집문당, 1995, 169쪽.

의 초중반부는 최랑(崔娘)과 이생(李生) 양가 집안 사이의 지체 차이라
든지 이생의 유약함 등이 문제가 되었지만 후반부에 가면 홍건적의
난리를 만난다. 최랑이 절개를 지키려 목숨을 잃었지만 이들은 저승
과 이승 사이의 벽을 넘어 다시 사랑을 이루는 등 해피 엔드로 가는
듯이 보인다. 그러나 그 벽을 아주 없앨 수가 없어서 최랑이 "이 세상
에 연연하여 저승의 법령을 위배한다면 제 죄일 뿐만 아니라 그 누(累)
가 당신에게까지 미칠 것"21)이라며 스스로 이별을 택함으로써, 이야
기는 비극으로 돌아선다. 이생 역시 얼마 후 세상을 마쳤다고 하니 이
일과 무관하기는 어렵다.

고소설에서 그 정도의 비극성을 보이는 예는 그리 흔치 않지만 설
화에서 선(善)이 도리어 악(惡)에 패퇴하는 이야기도 어렵지 않게 찾아
볼 수 있다. 〈아기장수 설화〉 같은 작품이 대표적인 예이다. 아기장수
는 특별한 능력을 타고 태어났지만 실제로 모반을 꾀한다거나 어떤
악행도 하지 않는다. 그러나 부모나 주변 인물들, 관군들은 그를 가만
두지 않아서 처참한 죽음을 맞을 뿐이다. 또, 설화에서 그저 '불운'해
서 실패하는 인물, 특히 비범한 능력의 소유자가 등장하는 경우 역시
외적의 침입이나 외부의 폭압 앞에 무릎을 꿇고 만다. 『한국구비문학
대계』의 '122. 불운해서 망하기' 유형에22) 속하는 이야기들은 대체로
이런 귀결을 보여준다. 특히 742-7로 분류되고 있는 '괴물(청도깨비,
맹수)에게 이유 없이 잡아먹히기'형(型)의 설화는 사악한 악(惡)에 대적
해보기는커녕 영문도 모른 채 알 수 없는 죽음을 겪는다는 점에서 매
우 특이하다. 호랑이가 나타나서 사람을 세 번 뛰어넘더니 잡아 물고

21) 김시습, 『梅月堂文集』, 계명문화사 영인본, 1987, 441쪽.
22) 조동일 외, 앞의 책, 145쪽.

가더라는 이야기나[23] 도깨비에게 홀려서 죽은 사람 이야기[24] 등에서
는, 주인공이 무슨 악행을 저지른 것도 아니고 특별한 계기가 있는 것
도 아닌데 그냥 죽고 마는 것이다.

사악(邪惡)은 사악하다고 인지되는 순간 파멸시켜야 할 대상임에 틀
림없다. 그러나 이상에서 보듯이 반대편에 선 선인(善人)의 힘이 상대
를 대적(對敵)할 만큼 힘이 크고 또 자신과 혈연적인 관계에 없을 때에
라야 직접적인 징치가 이루어지도록 서술된다. 그렇지 않을 경우, 다
른 존재를 매개로 한 간접적인 징치나 천벌로 여겨질 재앙에 의해 응
징하는 방법을 택한다. 그리고 마지막으로 도저히 자력으로 막아낼
방법이 없이 강력하게 다가서는 사악함에 대해서는 징치에 실패하거
나 징치를 포기함으로써 그 악(惡)의 강력함을 간접적으로 드러내는
것으로 보인다. 이는 세상에는 인간이 제어할 만한 악만 있는 것이 아
님을 보임으로써 도리어 세상의 경이로움, 사회의 횡포를 도드라지게
하는 장치로 보인다.

3.2. 불순(不純)의 폭로

불순은 앞서 설명한 대로 선한 듯이 표출되는 행위의 이면에 선하
지 않은 의도가 잠재해 있음을 뜻한다. 이 경우의 악(惡)은 드러내놓
고 악행을 일삼는 것이 아니어서 징치할 대상조차도 불분명하기 쉽
다. 따라서 이런 악인을 상대할 때에는 악행을 징치하기 이전에 그 악

---

23) 〈호랑이가 사람 물어 간 이야기〉, 『한국구비문학대계 6-9』, 한국정신문화연구원,
    1987, 69쪽.
24) 〈도깨비에게 홀려서 죽은 서당선생〉, 『한국구비문학대계 7-11』, 한국정신문화연구
    원, 1984, 752쪽.

행이 구체적으로 모습을 드러내도록 이끌어내는 일이 시급한 과제가 되는데, 이때 가장 적절한 방법은 과장(誇張)이다. 슬쩍 숨어 있어서 정체를 드러내지 않는 악행이라도 그 행위를 의도적으로 과장함으로써 또렷이 드러나게 하는 것이다. 이런 기법은 풍자(諷刺)에서 엿볼 수 있다. 같은 골계의 범주에 속할 법한 해학(諧謔)과 비교해 볼 때, 해학이 부정적인 것을 '완화'시키는 데 반해서 풍자는 '과장'하는 경향이 있기 때문이다.25)

〈배비장전〉, 〈이춘풍전〉 등에 등장하는 남자 주인공들은 제 스스로 여색(女色)에 초연한 군자인양 행세했지만 주변사람들이 잠깐 공모를 하고 나면 호색한(好色漢)의 정체를 고스란히 드러내고 만다. 배비장전은 '구대정남(九代貞男)'을 자처하다가 결국은 '배걸덕쇠'로 전락하고, 이춘풍은 결국 아내에게 매를 맞는 처지로 몰락한다. 고전서사에서 호색한의 등장은 매우 범상한 일이지만, 벌거벗은 몸으로 궤에 실려서 뭇사람들이 보는 가운데 망신을 당하는 것이나, 자신에게 태형을 가하는 주체가 아내인 줄도 모르고 엎어져 있는 설정에는 과장의 흔적이 역력하다. 이런 과장된 행위를 통해 징치(懲治)가 일어나는 가운데, 무게중심은 폭로에 놓인다. 〈배비장전〉의 경우 제주목사, 애랑, 방자 등이 공모하여 그 위선을 벗겨내는 데 주력한다면 〈이춘풍전〉의 경우는 피해당사자인 춘풍의 아내가 직접 나서서 그 실체를 폭로하는데 후자의 경우, 피해당사자인 아내가 나선다는 점에서 폭로의 양상이 매우 집요하다.26) 이런 남녀의 문제가 풍자의 전면에 나서는

---

25) 김준오, 「국문학 연구에 있어서의 골계론」, 『한국현대장르비평론』, 문학과 지성사, 1990, 255~256쪽 참조.

26) 춘풍의 아내가 풍자의 주체로 나서면서 일어나는 핵심적인 문제는 일차적으로 "경

작품으로 〈장끼전〉을 빼놓을 수 없다. 동물우화답게 장끼의 화려한
외양과 부실한 내면 자체가 풍자의 대상이다.

　그런데 풍자가 본디 풍자대상과 일정하게 거리를 둔 상태에서 상대
를 내려보는 자세로 조롱할 때 생성되는 것임을 감안한다면 이러한
특성이 잘 드러날 만한 작품은 아무래도 좀 더 지적(知的)인 영역의 작
품에 있을 것이다. 일찍이 설총이 〈화왕계(花王戒)〉에서 보여주었던
풍자는 그 선편(先鞭)을 잡을 만하다. 겉으로는 화려하지만 덕이 없는
가인(佳人, 장미)과 겉으로는 소박하지만 덕을 지닌 백두옹(白頭翁, 할미
꽃)은 겉과 속의 다름을 극적으로 대비시키는 예이다. 게다가 화왕(花
王, 牧丹)이 어느 쪽을 택해야 할지 망설이는 가운데, 백두옹이 "저는
임금께서 총명하시어 올바른 이치를 아신다고 생각하여 찾아왔더니
지금 뵈오니 그렇지 않습니다."27)라고 논박하는 데에서 화왕을 풍자
하기에 이른다. 화왕의 멈칫댐을 통해 겉으로는 도덕군자를 찾지만
속으로는 아첨하는 소인배를 더 좋아함을 비난하는 것이다.

　이런 양상은 고려후기에 성행한 가전체 작품들에서도 잘 드러나고,
박지원의 단편에서 극명하게 모습을 보인다. 〈호질(虎叱)〉, 〈허생(許
生)〉, 〈양반전(兩班傳)〉 등에 등장하는 당대의 선비는 모순과 위선으로
가득 차 있다. 북곽선생, 허생, 정선양반 등은 모두 일견 대단한 능력
을 지니고 있다. 수많은 책을 짓고 교정했다거나, 한번 나서면 온 나
라의 경제를 뒤흔든다거나, 군수가 부임할 때마다 인사를 받는다거나

박한 유흥세태를 쫓는 그릇된 삶의 태도"에 있지만 "더욱 문제인 것은 이런 행위를 정
당화하고 있다는 점"이며, "아내가 누차 개선을 요구했음에도 불구하고 춘풍은 요지
부동"인 점이다. ─권순긍, 『고전소설의 풍자와 미학』, 박이정, 2005, 129~130쪽.
27) 吾謂王聰明識理義 故來焉耳 今則非也. ─김부식, 『삼국사기』, 「열전」 '薛聰'조.

하는 일은 아무나 이룰 수 없다. 그럼에도 불구하고 과부와 놀아나고 아내가 빈곤에 내팽개쳐지며 관가의 곡식이나 축내는 인물이 또한 그들이다. 주인공뿐만 아니라, 정절녀로 소문난 동리자, 허생에게 질타를 당하는 이완, 정선양반을 어려움에서 구하려는 군수 등도 불순(不純)함 탓에 풍자의 대상이 된다.

바보설화 중에서 지체 높은 인물로 등장하는 작품들 역시 여기에서 멀지 않다. 업무수행능력이 전혀 없어서 조롱거리가 되는 바보원님이나, 겉으로는 윤리를 내세우면서 안사돈과 동침할 궁리를 하는 양반, 일자무식이면서도 어떻게든 문자를 쓰려다 망신을 당하는 양반 이야기가 그런 예이다. 『한국구비문학대계』 유형분류의 243-3의 '아내 말대로 재판한 엉터리 원님'형[28] 이야기 같은 바보원님설화의 경우 여러 차례의 실수를 반복 누적함으로써 풍자를 더 강하게 하고, 또 '422. 위신 지키지 못하고 그릇되기'형 이야기처럼[29] 양반층이 내세우던 학문이나 윤리가 도리어 사태를 그르치게도 되고, 양반들이 자신의 결함을 감추거나 사태를 오해하여서 결국 자신의 치부를 오히려 증폭하기도 하는 등의 다양한 방법을 통해 부도덕함을 경멸하고 야유한다.[30]

이처럼 불순한 악(惡)의 경우, 풍자적인 웃음과 연관되는 일이 많아서 징악(懲惡)이라는 느낌을 주지 못하는 경우가 많다. 그러나 정체를 드러내려 하지 않는 악인의 정체를 폭로하는 것만으로 악행을 저질러

---

28) 조동일 외, 앞의 책, 270~271쪽.
29) 조동일 외, 위의 책, 394쪽.
30) 바보양반담과 관련하여서는 이강엽, 「바보 양반담의 풍자양상과 그 의미」, 『연민학지』 제7집, 연민학회, 1999, 참조.

서는 안 된다는 경계심이 들게 하고 곧 선(善)으로의 이행을 촉구하는
것이 된다. 그런데 이렇게 폭로 대상이 되는 인물에는 일단 초인적(超
人的)인 존재가 없는 것으로 보인다. 초인적인 존재라면 이미 인간의
힘을 넘어서 있어서 모순을 일으키는 것으로 포착될 수도 없고, 풍자
하는 사람의 입장에서 경멸과 조소를 보낼 여유가 없기 때문이다. 그
러나 적어도 직접적인 공격보다는 우회적인 풍자가 효과를 보일만한
사람이라면 그 대상에 대한 공격이 동정이나 연민을 자아내서는 안
되는 법이다. 따라서 폭로의 대상이 되는 인물은 대체로 보통 사람 이
상인 경우가 많다. 성별로는 여성보다 남성이, 신분상으로는 평민보
다 양반이, 재력으로 가난한 사람보다 부자가 그 대상이 되며, 날카로
운 풍자가 부담이 되지 않을 만큼 선인과 악인의 관계가 혈연 등에
의지하기보다는 남남일 경우가 많다.

　폭로를 통한 응징의 양상 역시 다양하다. 〈바보 원님〉처럼 짧은 설
화에서 흔히 나타나는 대로, 겉으로는 어떠한 응징도 일어나지 않는
듯이 보이면서 시치미를 떼고 단순히 사실을 나열한 듯이 보이는 작
품이 있는가 하면, 〈이춘풍전〉처럼 아예 크게 망신을 당하여서 낭패
를 보는 경우도 있다. 그러나 이들 작품의 본령은 어디까지나 치부를
표면화하는 데 있지, 치부를 없애기 위해 강제력(强制力)을 동원하는
것이 아니다. 따라서 직접적인 응징보다는 간접적인 폭로가 선호된
다. 〈장끼전〉처럼 죽음에 이르는 응징이 있더라도 그것은 까투리의
입을 통해서나 장끼 스스로의 행실을 통해서나 신랄한 풍자가 선행된
뒤의 일일 뿐이다.

3.3. 나약(懦弱)·무지(無知)의 계도

앞서 보인 유형대로 이야기에서 징치를 통해 악의 싹을 제거하기도
하고 폭로를 통해 그 불순함을 조롱하거나 비난할 수도 있다. 그러나
그런 일을 마음 편히 진행하려 한다면 거기에는 일정한 제약이 따르게
마련이다. 우선, 그렇게 가차 없이 제거하거나 비난할 만큼 악행이 커
야하고, 또 그런 행위가 가능할 만큼 힘 있는 존재가 있어야만 한다.
그리고 무엇보다도 그런 악행이 도저히 납득이 되지도 않고 개과천선
(改過遷善)할 가능성이 없거나 없다고 믿어져야만 하는 것이다. 이런
제약을 벗어나는 작품에서라면 다른 양태를 띠는 것이 자연스럽다.

〈흥부전〉을 통해 그런 사례가 쉽게 입증될 수 있다. 악인(惡人)인
놀부는 보수표(報讐瓢)에서 나온 여러 사람들에 의해 충분히 징치 당
하는 것으로 보인다. 그러나 막상 마지막 박에서 나온 장비(張飛)는,
자기가 동생을 쫓아내고 제비 다리를 부러뜨린 죄를 물어 죽이려고
왔지만 "도리어 생각하니 사자(死者)는 불가부생(不可復生), 형자(刑者)
불가부속(不可復屬), 네 아무리 회과(悔過)하여 형제 우애(友愛)하자 한
들 목숨이 죽어지면 어쩔 수가 없겠기에, 네 목숨을 빌려주니 이번은
개과(改過)하여 형제 우애하겠는가!"[31]라며 놀부를 살려 줄 뿐만 아니
라 흥부의 재산을 나누어 편안히 지내게 된다. 신재효본 같은 데에서
는 작품의 시작부터 "아동방(我東方)이 군자지국(君子之國)이요, 예의
지방(禮義之邦)이라. 십실지읍(十室之邑)에도 충신(忠信)이 있고, 칠세
지아(七歲之兒)도 효제(孝悌)를 일삼으니 무슨 불량한 사람이 있겠느냐
마는, 순(舜)임금 세상에도 사흉(四凶)이 있었으며, 요(堯)임금 당년에

---

31) 강한영 교주, 『신재효판소리사설집(全)』, 보성문화사, 1978, 443쪽.

도 도척(盜跖)이 있었으니, 아마도 일종여기(一宗如己)는 어쩔 수 있겠느냐."[32]며 모두가 다 선할 수는 없음을 전제로 한다. 더욱이 놀부의 입을 통해 "아버지 계실 적에 나는 생판 일만 시키고서 작은 아들 사랑스럽다 글공부만"[33] 시켰다고 해서 표면상으로 드러난 선/악의 이면에 숨은 내력이 있는 것처럼 서술하고 있다. 그 결과 악인의 파멸이 아니라 징치 후 함께 잘 산다는 설정이 가능해진 것으로 보인다. 물론 이본 가운데는 유리걸식(遊離乞食)하는 것으로 끝내는 작품도 있지만 일반적이지 않다.

이처럼 형제간의 우애를 다룬 작품들이 대부분 화해로 매듭짓는 것은[34] 특별한 의미가 있는 듯하다. 형제간에 심하게 징치(懲治)를 하면 우애를 이룰 길이 없으므로 개심(改心)을 유도하는 쪽으로 방향을 잡으면서, 다만 〈적성의전〉에서처럼 다른 형제의 죄상이 워낙 간악하고 국가 질서가 문제가 될 경우는 어쩔 수 없이 죽음을 택한 것으로 보인다. 형제 중 한쪽을 계도하여 서로 다 잘살게 하는 방식은 동기간의 화목을 강조하는 우리 전통윤리에서 보자면 당연한 일이기도 하다. 설화 중에는 심지어는 칼로 자기 목숨을 빼앗으려 드는 형에게 모든 재산을 놓고는 알거지가 되어서, 다시 재산을 일으킨 후 가난뱅이가 된 형을 구원해주는 이야기까지 있다.[35]

---

32) 강한영 교주, 위의 책, 325쪽.
33) 강한영 교주, 같은 책, 331쪽.
34) 조춘호는 형제간의 갈등이 드러나는 소설의 결미구조(結尾構造)를 화해형(和解型), 응징형(膺懲型), 지속형(持續型)의 셋으로 나누었는데, 화해형에 〈선우태자전I〉, 〈창선감의록〉, 〈흥부전I〉, 〈육미당기〉를, 응징형에는 〈적성의전〉을, 지속형에는 〈선우태자전〉과 〈흥부전II〉를 분속(分屬)시킨 바 있다. ─ 조춘호, 『우애소설연구』, 경산대학교출판부, 2001, 168~173쪽 참조.
35) 『한국구비문학대계 6-9』, 한국정신문화연구원, 1987, 〈악형과 선제〉, 576~580쪽.

작품 속에서 형제로 등장하면서 이렇게 극단적인 인물이 설정되어 그들의 대립을 통해 이야기를 전개하는 방식은 꼭 우리 서사문학뿐만 아니라 전 세계에 아주 흔하다. 단적인 예로 로마 건국신화의 주인공인 쌍둥이 형제 로물루스와 레무스가 그렇다. 그들은 전쟁의 신 마르스와 신녀(神女) 실비아 사이에서 태어났는데, 순결을 지키지 못하고 출산을 한 실비아는 쫓겨나 죽고 만다. 그리고 이들 형제는 바구니에 담겨 강에 띄워졌는데, 암늑대가 발견하여 젖을 물려 기른 후 나중에는 양치기 부부가 그들을 자식으로 입양하여 길렀다.[36] 이 이야기 속에는 마르스/신녀, 늑대/양치기의 대립적인 성격이 쌍둥이 형제로 이어지고 그 중 한쪽의 손을 들어주는 것으로 진행된다. 그러나 이야기의 결말과 관계없이 그 둘의 대립적 통합을 이끌어낸다는 점에는 이의를 달기가 어려울 것이며, 실제 이야기도 화합으로 끝맺는 경우는 더욱 말할 것이 없다.

〈구운몽〉이나 〈옹고집전〉은 성진/양소유, 실옹(實雍)/허옹(虛雍)의 대립을 통해 양자의 통합이 여실히 드러난다. 성진은 육관대사의 말에 따르면 몸[身]과 말[言]과 뜻[意]의 세 가지 죄를 저지른 인물이다.[37] 성진은 그 죄의 대가로 속세로 내쳐져서 양소유가 되는데, 양소유는 속세의 영화를 다 누린 후에는 다시 정진할 뜻을 갖는다. 그리

---

36) J. F. 비얼레인, 『살아있는 신화』, 배경화 옮김, 세종서적, 2000, 285쪽.

37) "행실을 닦는 방법에는 세 가지가 있으니 몸과 말과 뜻이다. 네가 용궁에 가서 술 마시고 취하여 석교에 이르러 여자들과 만나 말을 주고받았고, 꽃가지를 꺾어 주며 희롱을 하였으며, 돌아와서까지도 연연하여 처음에는 미색을 탐하다가 드디어는 세속의 부귀와 영화에 마음을 빼앗겨 불가의 적막함을 싫어하니, 이는 세 가지 행실이 일시에 무너진 것이다. 죄가 진실로 크다 하지 않을 수 없으니, 이 땅에는 머물 수가 없다." 정규복·진경환 역주, 『구운몽』, 고려대학교민족문화연구소, 1996, 26쪽.

고 다시 육관대사 앞에선 성진은 성진/양소유라는 성(聖)/속(俗)의 통합을 이루어낸다. 〈옹고집전〉 역시 가정생활의 섬세한 부분을 무시하고 제 욕심만 채우려 드는 실옹(實雍)과, 가정생활을 충실하게 할 뿐만 아니라 적선(積善)과 활인(活人)에 힘쓰는 허옹(虛雍)의 대립을 보여준 후 참회를 이끌어낸다. 성진이든 옹고집이든 이야기의 결말에서는 다시 예전의 자신으로 돌아가는 것이 아니라 새사람으로 거듭나게 꾸며지는 것이다. 이런 이야기에서는 외형상 단순한 회귀로 보이지만 실제로는 개심(改心)한 새로운 인간이 된다.

설화 중에서도 악인을 선인으로 만드는 이야기가 빈번하게 보인다. 예를 들어, 『한국구비문학대계』에 432로 분류되어 있는 '그른 행실 바르게 고치기'의 작품들을 보자. 여기에는 '불효를 이용하여 효도하게 하기', '불효를 효도라고 칭찬하기', '불효자 효자 되게 하기', '부모의 그른 행실 고치기', '너무 심한 시집살이 고쳐 놓기', '아내 버리려는 남편 마음 돌리게 하기', '첫날밤에 해산한 아내 용서하기', '불손한 아내 나무라지 않기', '행실 나쁜 배우자 길들이기', '며느리의 못된 행실 고치기', '돌이 말하거든 말하라', '나쁜 사람 개심시키기', '인색한 상전 버릇 고치기' 등등의 유형이 있는데,[38] 보기 드물게 많은 작품들이 배속되어 있는 유형이다. 이 유형의 이야기에서 흥미로운 사실은 악행을 일삼는 인간의 마음을 바꾸기 위해 일시적으로나마 악행으로 보이는 행위를 서슴없이 하기도 한다는 점이다. 가령, 불효하는 며느리의 효심을 이끌기 위해 아버지를 내다팔자는 제안을 해서 결과적으로 효행을 이끌어내는데, 이는 육관대사나 노승이 성진과 옹고집을

---

38) 조동일 외, 앞의 책, 397~411쪽.

개심시키기 위해 썼던 방편(方便)과 유사하다.

그런가 하면, 우리가 악(惡)으로 인지하지는 못하더라도 어쩔 수 없는 인간적인 약점 때문에 빚어지는 불행을 다루는 이야기가 있어서 주목할 만하다. 설화에서 흔히 금기(禁忌)가 주어지면 주인공은 언제나 금기를 위반하고 그에 상응하는 처벌을 받게 된다. 금기를 "사회적 오염의 위험을 막기 위한 것"[39]으로 규정할 때, 그 사회를 유지하는 데 저해가 되는 요인들은 곧잘 금기시된다. 가령, 일정한 시기에 일정한 노동을 해야만 하는 농경사회에서 게으름은 사회적인 악(惡)으로 규정될 수밖에 없었다. 〈소가 된 게으름뱅이〉의 경우, 게으른 사람이 계속 게으름을 피우기 위해 쇠탈을 뒤집어쓰면서 문제가 야기된다. 먼저 게으름을 피워서 사회적 규범을 이탈했으며, 그 다음에는 쇠탈을 씀으로써 소가 되어 부지런히 살게 된다. 그러나 마지막으로 다시 죽을 생각으로 무를 먹음으로써 사람이 되는데, 이때 전과 달리 아주 부지런한 사람으로 재탄생되는 것이다.[40] 금기를 거듭 깨면서 참된 인간형으로 변모하는 예이다.

한편, 사악함에 대한 응징이 이루어지지 않은 이야기가 있었듯이, 서사의 결말까지 계도(啓導)가 보이지 않는 이야기도 있다. '청개구리의 불효'형(型) 같은 경우, 청개구리는 부모가 죽고 나서야 효도의 의미를 깨닫지만, 실제로는 그 때문에 불효를 하게 된다. 효도를 해야 하는 것은 알았지만, 부모가 죽기 전에 그의 불효를 알고 뒤바꿔 말한

---

39) 최창모, 『금기의 수수께끼』, 한길사, 2003, 33쪽.
40) 이부영은 이에 대해 "자아의식의 능동적 희생은 낡은 我執의 적극적인 '버림'이며 동시에 自我의식의 再生을 가능케 하는 것이다."라고 해석한다. – 이부영, 앞의 책, 166쪽.

것을 몰랐기 때문이다. 또, 〈효자 흉내 내다가 꾸지람 듣기〉형(型)은 불효자가 효도를 하려고 효자를 흉내 냈으나 효도는커녕 도리어 불효를 하게 된다는 이야기이다.[41] 이런 이야기의 주인공들은 사회 통념상 악하다기보다는 어리석은 인물로 분류될 것이지만, 문제의 핵심이 무지(無知)에 있고, 그 때문에 비윤리적인 행위를 할 수밖에 없다는 점에서 악(惡)이라 할 수 있다. 그리고 이야기 내에서는 직접적으로 드러내지는 않지만, 이런 이야기를 통해 그런 인물을 징치하기보다는 계도하려는 의지를 엿보인다.[42]

이런 서사구조를 보이는 작품들에서 엿볼 수 있는 공통점은 인간이 선할 수 있는 가능성을 믿는다는 사실이다. 비록 극악무도해 보이더라도 그것은 그들이 아직 윤리의 참의미를 깨닫지 못하기 때문이며, 그 점에서 비난의 대상이자 동시에 동정의 대상이기도 하다. 이런 이야기에서는 처음과 끝의 인간상에 극명한 변화가 일어나는데, 그런 변화가능성을 믿기 때문에 여러 장치와 과정을 동원하여 딱한 처지의

---

41) 한국구비문학대계의 분류체계상 '4. 바르고 그르기' 중의 '421-12. 청개구리 불효' 및 '효자 흉내내다 꾸지람 듣기'이다. 조동일 외, 앞의 책, 393~394쪽.

42) 여기에서 베르자예프(Berdyaev)가 갈파한 '선악의 변증법'을 상기할 필요가 있다. "악에 대한 지나친 적개심은 악 그 자체가 되는 것이다. 선도 악에 대한 승리를 위함이라면 악이 된다. 선의 이름 안에서 악마적인 적과 싸우는 사람이 악마가 된다는 것은 적에 대한 태도의 변증법이다. 마찬가지로 악마의 면전에서 무저항적이고 악에 대한 융통성을 가지고 화해한다는 것은 바로 겸손의 변증법이다. 이처럼 선과 악에는 복잡하게 존재하는 변증법이 있다. 따라서 선과 악 사이의 명확한 구분은 불가능하며, 때문에 악마의 존재론을 세운다는 것은 승인될 수 없다. 악은 선으로 통과하는 통로이며 시험이며 과정일 뿐이다. 이렇게 볼 때, 악 그리고 악과 관련된 자유를 존재론적으로 정적인 상태에서 생각하는 것은 불가능하다. 그들은 영적 경험의 테두리 안에서 역동적으로 생각되어져야만 한다." – 김영태, 「악에 대한 종교철학적 이해 –유대교 · 그리스도교를 중심으로」, 한국정신문화연구원 철학 · 종교연구실 편, 『惡이란 무엇인가』, 창, 1992, 138~139쪽에서 재인용.

인간을 깨침으로써 새로운 인간으로 거듭나게 유도한다 할 수 있다. 여기에서 악행의 주체는 대체로 선한 인물과 가까운 관계에 놓여 있으며, 중간에 여러 가지 징치가 있더라도 결국은 개과천선을 통한 새 사람 만들기에 초점이 놓여진다.

4. '권선징악'의 재검토

권선징악이라는 용어가 포용할 수 있는 폭은 매우 넓다. 좁게 보자면 선과 악이 명시적으로 드러나면서 그야말로 악행을 징치하면서 선인에게 복을 내리는 작품에 한정할 수 있겠고, 넓게 보자면 선과 악이 묵시적으로 드러나거나 선이나 악 어느 한 편만 드러나는 작품까지도 권선징악의 틀 안에서 설명해볼 여지가 있는 것이다.[43] 거기에서 좀 더 나가면 도잠(陶潛)이나 이백(李白)이 즐겨 쓴 술 음주 관련 시(詩) 역시도 "온갖 인위적인 의식을 벗어나 인간본연의 경지로 돌아가는 멋과, 술에라도 취하지 않으면 안 될 인간의 고뇌가 높이 평가된다."고 보아 "이러한 인간의 공동의식이나 공동정서의 추구는 모두 '권선(勸善)'이라고 보아도 좋을 것"이라는[44] 평가까지도 가능하게 된다. 고소설만 하더라도 초기 개척자로 꼽히는 김시습에서부터 "사대부의 처세관과 윤리적 문제의 관련성을 일단 유보하는 대신에 개인으로서의 지식인이 지향할 만한 영원한 표준을 찾아내는 데 고심했다"[45]는 진단이 가능하다면

---

43) 강재철은 전자를 협의의 권선징악, 후자를 광의의 권선징악으로 구분했다. - 강재철, 「중국과 한국의 '권선징악'이론의 전통」, 『동양학』 제24집, 단국대학교 동양학연구소, 1994.10, 71쪽.

44) 김학주·이경식, 앞의 논문, 99쪽.

더더욱 권선징악을 단순한 윤리문제로 귀결 짓기 어렵게 된다.

더구나 선/악의 대립이 명백히 드러나는 작품이더라도 작품의 전개과정에서 취할 수 있는 변화는 매우 많아서 섣불리 재단하기 어렵다. 단적인 예로, 우리 고소설에서 가장 도식적인 틀을 택한 경우라 할 수 있는 '천군소설(天君小說)' 유형을 보더라도 명백하다. 그 결말이 충신이 간신을 물리치는 쪽으로 끝나게 된다는 점에서, 성(性)/정(情) 혹은 선(善)/악(惡)의 대립에서 후자의 징치 쪽으로 가닥이 잡힌 것이 분명하다. 그러나 이런 사실은 작품의 줄거리만 뚝 떼어놓고 훑었을 때 간단히 재단할 수 있는 것일 뿐 실제 작품의 검토에 들어가면, "소설 내용에서 중요한 것은 충신형 인물이 간신형 인물을 마침내 제압할 수 있다는 결정론적 사고나 낙관론이 중요한 것이 아니라, 마음은 성(性)과 정(情)의 갈등을 극복하기 어렵다는 사실과, 성(性)이 정(情)을 억압하기까지에는 상당한 시간과 진통이 요구된다는 사실"[46]이 드러난다. 즉, 그 과정의 복잡성 때문에, 결과적으로는 선(善)의 승리를 확신하더라도, 현실적으로 악(惡)의 완전한 패퇴를 기대하기란 어렵다는 점을 깨닫지 않을 수 없는 것이다.

이런 양상은 악에 대한 응징이라는 측면에서 가장 충실한 소설군이 군담소설에서도 나타난다. 〈홍길동전〉이나 〈소대성전〉, 〈장백전〉 같은 작품에서는 주인공의 한 상대를 놓고 집요하게 싸우는 형국을 펼치지 않는다. 악한 상대를 하나 물리치고 나면 그 다음에는 다른 장으로 넘어가서 또 다른 상대를 격파하는데, 거기에는 특별한 걸림이 없어 보인다. 흡사 자신의 능력을 한껏 펼쳐 보이는 것처럼 느껴질 뿐이

---

45) 윤주필, 『윤리의 서사화』, 국학자료원, 2004, 13쪽.
46) 김광순, 『天君小說研究』, 형설출판사, 1980, 192쪽.

다. 그에 반해서 〈조웅전〉이나 〈유충렬전〉에서는 집요하게 한 상대만을 대상으로 싸운다. 아버지의 원수도 가문을 몰락을 몰고 온 장본인도 국가의 안녕을 해치는 역적도 모두 동일한 상대인 것이다. 상대적으로 볼 때, 전자가 손쉽게 상대를 제압함으로써 권징(勸懲)이 수월하게 드러난다면, 후자는 엄청난 시련과 수난을 통해 그 과정이 만만치 않음을 보여준다 하겠다. 이렇게 일견 명백한 권선징악의 도식을 보이는 작품도 그럴 때에야 다른 작품에서는 좀 더 신중해질 필요가 있을 것이다.

물론, '권선징악(勸善懲惡)'이 직접적으로 언급된 문헌을 찾아서 그 의미를 세밀히 검토하는 작업은 매우 소중하다.[47] 그런 작업이 선행되어야만 고전문학이 실제로 향유되던 시대의 사용례를 따라 정확히 규명할 수 있기 때문이다. 그렇지만 '권선징악'이라는 말이 주로 경서류(經書類)와 관련된 논의에서 빈출(頻出)한다거나, 소설에서라면 〈사씨남정기(謝氏南征記)〉나 〈창선감의록(彰善感義錄)〉처럼 윤리를 정면으로 다룬 작품에서 주로 사용되는 등 제한점이 없지 않다. 요컨대 당위성을 강조한 나머지, 소설을 간단한 줄거리로 축약하여 선(善)과 악(惡)에 각각 복(福)과 화(禍)를 배속하는 정도에 그칠 공산이 큰 것이다. 그러나 실제로는, 많은 현대소설이 그렇듯이, 소설에서 그 둘을 역전(逆轉)시킴으로써 권선징악(勸善懲惡)의 실효를 거둘 수도 있으며, 동일한 결과에 이르더라도 그 과정상의 디테일에 의해 상당한 편차의

---

47) 강재철의 일련의 논문(「고전소설의 주제 '권선징악'의 의의」, 앞의 논문; 「고전소설에 있어서 선·악 인물의 성격 파악문제」, 앞의 논문; 「중국과 한국의 '권선징악' 이론의 전통」, 앞의 논문; 「古小說의 懲惡樣相과 意義」, 『동양학』 33집, 단국대학교 동약학연구소, 2003.2) 및 김학주·이경식, 앞의 논문; 오종각, 「고시조에 나타난 권선징악론의 試考」, 『시조학논총』 제11집, 한국시조학회, 1995.

스펙트럼을 보일 수도 있는 것이다.

앞서 보인 세 유형을 기준으로 살펴보면 선과 악을 보는 시각이 극명히 다르다. 사악함에 근거를 둔 작품에서라면 선(善)과 악(惡)은 곧 절대선(絕對善)과 절대악(絕對惡)으로서 서사진행에 따라 변화될 가능성을 내비치지 않는다. 반면, 불순함이나 나약함에 근거를 둔 작품에서는 그 변화 가능성을 인정한다. 특히 후자는 아예 작품에서 그 변화를 직접적으로 그려냈으니 말할 것도 없고 전자의 경우 역시, 풍자가 본래 그렇듯이, 적어도 교정(矯正)을 소망하거나 목적으로 한 비난과 경멸이라는 점에서 변화 가능성을 충분히 인지하고 있다고 할 수 있다. 다만 차이가 있다면 〈호질〉에서 보듯이, 전자에서는 작품이 진행됨에 따라 과장적인 풍자를 통해 악(惡)[악인(惡人)]과의 화합이 불가능한 지경까지 이르게 되는 데 반해서, 후자는, 〈흥부전〉에서 보듯이 흥부의 가난을 조롱하는 듯한 서술과 놀부의 심술을 익살스럽게 표현하는 해학을 통해 그 간격이 좁혀지면서 악인의 회개(悔改)나 개심(改心)으로 양자가 화합할 수 있게 된다.

그런데 이런 양상은 개별 작품에 일관적으로 적용되는 것이 아니다. 앞에서 논의한 〈흥부전〉 같은 경우가 대표적인 예이다. 사악함에 대한 징치가 분명히 나오면서도 끝내는 우애라는 윤리 덕목을 계도하는 쪽으로 흐르는 것이다. 이처럼 비교적 분량이 긴 소설뿐만 아니라, 짧은 설화에서도 그들을 결합한 서사는 얼마든지 찾아진다. 단적인 예로 널리 알려진 〈우렁각시〉를 살펴보자. 이 이야기에서는 노총각이 여자를 얻는 행운까지는 얻었지만 조금만 기다리라는 아내의 말을 어김으로써 불행이 시작된다. 밖으로 알려지면 안 되는 상황임을 알면서도 금기(禁忌)를 어김으로써 고을 원님 등의 눈에 띄게 되는 것이다.

그런데 신기하게도 작품 내에서 이 금기를 어길 만한 특별한 사정을 제시하지 않는다. 굳이 이유가 있다면 그저 인간적인 조급함만이 있을 뿐인데, 이 역시 자신이 소중히 여기는 상대를 부자유하게 하고 파탄을 몰고 온다는 점에서 악(惡)임에 틀림없다. 이는 앞선 세 유형으로 설명하자면 맨 마지막에 서술한 나약(懦弱)함에 기인하는 악이다. 그러나 대개의 금기가 그렇듯이 금기가 위반되고 나면 악한이 등장하여 주인공을 괴롭히는데,[48] 이 이야기에서는 관장(官長)이나 임금님이 그 역할을 맡는다. 이 둘이 한 이야기에 진행됨으로써 이 설화는 두 가지 악(惡)에 대해 동시에 이야기하게 된다. 한편에서는 피하기 힘든 유혹에 빠져서 고생하는 인간의 나약함을 질타하면서 다른 한편에서는 부부관계를 맺고 살아가는 소박한 꿈조차 가차 없이 앗아가는 포악한 사회에 대한 고발이기도 한 것이다.

가정 내의 윤리문제를 정면으로 다룬 〈사씨남정기〉나 〈장화홍련전〉 같은 경우도 마찬가지이다. 이 작품에는 가히 사악함의 전형이라고 할 만한 교씨나 동청, 허씨 부인 등이 등장하지만 이것만으로는 작품 전체가 설명되지 않는다. 이들의 실제적인 힘은 미약해서 가장인 유연수나 배좌수를 움직이지 않고서는 그 사악함을 제대로 펼칠 수 없기 때문이다. 여기에 가장의 우유부단함과 소심함이 결합함으로써

---

48) 프로프는 민담에서 등장인물의 기능에 대해 논의하면서 'Ⅰ.가족의 성원 가운데 한 사람이 부재중이다→Ⅱ.주인공에게 금지의 말이 부과된다→Ⅲ.금지는 위반된다→Ⅳ.악한은 정찰을 시도한다→Ⅴ.악한이 그의 희생자에 대한 정보를 입수한다.'는 식의 과정을 거쳐 해를 입히는 것으로 풀이한 바 있으며, 특히 Ⅲ의 과정에서 다음과 같이 설명한다. "이쯤에서, 악한이라고 불리는 새로운 인물이 민담 가운데 등장한다. 그의 역할은 행복한 가정의 평화를 방해하고 여러 형태의 불행, 손해, 상해 등을 야기시키는 것이다. 이 악한은 용, 악마, 산적, 마녀, 계모 등이다." 블라디미르 프로프, 『민담형태론』, 유영대 옮김, 새문사, 1987, 30~40쪽 참조.

그들의 악행이 완성될 수 있었다. 이 역시 사악함과 나약함이 동시에 문제가 되는 것이다.[49] 이렇게 본다면, 〈심청전〉의 심학규는 명문(名門)의 후예로 점잖은 체하지만 작품의 후반부에서의 추태를 통해 그 불순(不純)함을 노출하고, 딸의 목숨과 바꾼 돈으로 허세를 부리면서 악인에게 휘둘리는 유약함을 통해 그가 구제(救濟) 대상임을 분명히 해준다. 〈홍길동전〉 역시 집을 떠날 때 보여주었던 적서차별(嫡庶差別)의 설움은 곧 부귀영달의 욕망 때문에 희석됨으로써, 작품초반에 주인공이 추구하는 삶과 가출 이후에 이루어 보인 실천적인 삶은 상당히 괴리된 듯이 보인다.

이런 사실은 악(惡)의 성격을 세심하게 규명하지 않은 상태에서 권선징악을 논의할 때에는 제대로 파악되기 어려운 것으로 보인다. 악은 사악함에서만 오는 것이 아니며, 표면적으로는 선한 인간도 사실은 선을 실천할 힘이 부족하거나 악(惡)을 묵인하거나 방조함으로써 악을 끌어들이기도 하고, 자신의 의지와는 상관없이 표리(表裏)의 선악(善惡)이 달리 드러날 수도 있기 때문이다. 더구나 악(惡)에 정면으로 맞서지 않고 회피하거나 아예 다른 방식의 대처를 보이는 경우도 상당히 많아서, 엄밀하게는 '징악(懲惡)'이 아닌 '악(惡)의 제어(制御)'가 문제될 수 있다. 가령, 서구 민담에서 용(龍)이 그렇듯이, 우리 설화에서는 호랑이나 도깨비가 악(惡)을 상징하는 존재로 많이 등장하는데, 이때 호랑이는 이유 없이 사람을 쫓아와서 목숨을 요구한다. 그런데 작품에 따라서는 주인공이 정면으로 맞서지 않고 춤이나 노래를 통해

---

49) 이에 대해서는 이미 〈장화홍련전〉의 비극의 원인을 계모의 도덕적 결함과 더불어, 가장의 편애와 소심함, 우둔함, 무능력 등에서 찾은 예가 있다. - 김일렬, 「고전소설에 나타난 가족의식」(『동양문화연구』 1, 경북대 동양문화연구소, 1974) 참조.

자연스럽게 상대가 패퇴(敗退)하게 만들기도 하는데 이는 노래와 춤의
진정성 내지는 천연성(天然性)이 갖고 있는 주술력(呪術力)을 신봉한
예이다.50)

그런가 하면 〈지하국 대적 제치 설화(地下國大賊除治說話)〉에서는
'지하동굴'에 사는 '괴물'로서 두려움을 가중시키고, 그 두려움을 딛고
담대하게 나아갈 때 대적[惡]을 물리칠 수 있는 것으로 이야기된다.
"악은 두려움을 체험하는 것이다"51)라는 명제가 용인될 수 있다면,
악의 제거는 두려움을 물리치는 행위와 포개질 수 있다. 흔히 공안류
(公案類) 소설로 분류되는 작품 가운데 악인에 의해 원사(寃死)한 인물
의 원혼을 풀어주는 이야기가 있는데, 두말할 나위 없이 고을 수령이
중재자의 기능을 하며 악인을 응징하는 이야기이다. 그러나 그 이전
의 수령들이 원귀(寃鬼)가 나타날 때 두려움 때문에 죽어나간 사실을
염두에 둔다면 작품 속에서 현명한 판단을 내린 원님이야말로 담대하
게 악을 물리친 인물이다.

나아가서, 앞 절에서 잠깐 언급했듯이, 작품 속에서 선/악이 분명
하게 보여도 궁극적으로는 그 둘을 통합이 요구되는 작품에서는 해석
에 신중을 기하여야 한다. 〈옹고집전〉의 옹고집은 그 이름부터 꽉 막

50) 이부영, 앞의 책, 156~158쪽. 이런 해석 방식에 따르자면, 〈흥부전〉에서 악을 물리
치는 방법으로, "'새의 부러진 다리를 보살피는 마음'이 결정적인 해결책으로 제시되고
있다. 그것은 본능에 대하여 친밀하게 대하는 자세이다."라고 규정하기도 한다. ―이부
영, 『그림자』, 한길사, 1999, 241쪽.

51) "악은 두려움을 체험하는 것이다. '악행'은 타자에게 악을 전가하여 그 체험으로부터
벗어나려는 시도이자, 타자를 상처 입힘으로써 자신이 아닌 그가 두려워하도록 만드는
행위이다. 악행은 고통의 끔찍한 수동성과 무력함을 능동성으로 변형시키려는 시도인
것이다." ― 찰스 프레드 앨퍼드, 『인간은 왜 악에 굴복하는가』, 이만우 옮김, 황금가지,
2004, 28쪽.

혀서 융통성이 전혀 없다는 뜻이어서, 일차적인 문제는 제 고집 때문에 세상과 소통되지 않는 딱한 삶이라는 데 핵심이 있는 것으로 보인다. 여기에는 이미 자식들까지 결혼한 중년의 가장으로서 그의 책무를 다하지 못한 문제가 노정되어, 청년기처럼 자기 바깥의 악을 물리침으로써 선이 보장되지 않는다. 옹고집을 죽여야 한다는 여러 상좌들의 말에 고승이 그럴 수는 없다고 거절한 것이나, 주인공이 산과 물을 배회하며 자살까지 시도하는 참회를 하는 것은 좀 색다른 의미를 띤 것이다. 즉, 악을 응징함으로써 선을 권하는 것이라기보다는 가짜[惡]로 치부했던 여러 가지 삶의 양태들이 진짜[善]로 치부했던 그것들과 자기 안에서 하나로 통합되고, 끝내 '자기실현'을 이루어내는 힘든 과업을 보여준다 하겠다.52) 〈양반전〉의 경우 역시 정선양반의 선악(善惡)을 가리기란 쉽지 않다. 어려운 가운데 선비의 본분을 다하는 학인(學人)으로 볼 것인지 현실감이 떨어지는 무능한 선비로 볼 것인지 쉽게 논단하기 어렵다. 다만, 작품에 제시된 두 문권이 한 쪽은 의무만 나열하고 한 쪽은 권리만 나열함으로써, 그 둘이 괴리되는 현상을 비판하고 올바른 양반상(兩班像)을 촉구한 것으로 풀이할 가능성이 열려 있을 뿐이다.

악이나 악행, 악인의 성격이 다양한 만큼 악에 대한 대처도 다양하다. 더구나 인물과 인물이 특정 환경에서 상호 반응하는 서사문학의 경우 매우 미세한 울림이 있다. 크게 보아 권선징악이라고 몰아가더라도 그 안에 촘촘히 들어앉은 스펙트럼을 간과할 수는 없다. 악을 응징하든, 폭로하든, 계도하든, 현실에서 좀처럼 포착하거나 설명하기

---

52) 〈옹고집전〉의 이러한 문제에 대해서는 이강엽, 「'자기실현'으로 읽는 〈옹고집전〉」, 『고소설연구』 제17집, 한국고소설학회, 2004.6. 참조.

어려운 삶의 결들을 집어낼 수 있을 때 훌륭한 서사문학이 될 것이며, 그런 시각에서 서사문학에서의 권선징악 논의가 선/악의 이분법적 당위론으로 떨어지지 않을 것이다.

5. 결론

이 논문은 고전서사물에 나타난 악(惡)의 성격을 규명하고, 그를 바탕으로 악에 대처하는 양태를 분석한 것이다. 이는 그간 권선징악(勸善懲惡) 논의를 중심으로, 악(惡)과 악인(惡人)에 대한 성격 규명이 미흡한 상태에서 악의 응징 과정 역시 추상적으로 설명되던 문제점을 극복하기 위한 것이다.

맨 먼저, 고전서사물에 나타난 악(惡)의 성격에 대해 살폈다. 흔히 악(惡)을 논할 때, 사악한 인물이 펼치는 사악한 행위만을 염두에 두지만, 원론적으로는 사악함 외에도 나약함이나 무지, 불순성에서 기인하는 악도 있음을 밝혔다. 그리고 이런 악들은 고전서사물에서 대체로 각각 계도와 풍자, 징치로 귀결되는 양상이었다. 또 이러한 악의 근원 이외에 악인의 존재 양태, 응징 여부 및 정도 등을 척도로 삼을 수 있음을 알았다.

다음으로 악에 대한 대처 양태를 살폈다.

첫째는 사악(邪惡)함에 대한 징치(懲治)이다. 군담소설 같은 소설군에서는 선인과 악인이 그 선악을 일관되게 유지하면서 끝내 선인이 악인을 징치하는 것으로 이야기를 끝맺는다. 그러나 그렇게 직접 징치하는 대신, 중재자나 초월자를 내세워서 대신 징치하게 하는 경우가 있는가 하면, 아예 징치를 회피하는 등 다양한 양상을 보인다. 이 경우, 악인은 보통 사람 이상의 뛰어난 능력을 지니는 것이 일반적이며, 악인과 선인의 관계는 대체로 혈연이나 가족관계가 아닌 남남이다. 둘째는 불순(不純)함에 대한 폭로(暴露)이다. 이때의 악(惡)은 드러내놓고 악행을 일삼는 것이 아니어서 악행을 징치하기 이전에 그 악행이 구체적으로 모습을 드러내도록 이끌어내는 일이 시급하다. 〈호질〉에서 보듯이 과장(誇張)을 통한 풍자가 즐겨 사용되는데, 주로 높은 신분이나 가장 등의 권위를 내세우는 인물 등이 폭로 대상이며, 그에 대한 대처는 단순한 폭로로 끝나는 경우에서부터 죽여 없애는 것 같은 파멸까지 다양하다. 셋째는 나약(懦弱)·무지(無知)의 계도(啓導)이다. 형제간의 갈등을 다룬 서사가 대표적인 예인데, 악인이 비록 악행을 행하거나 초래하더라도 개과천선(改過遷善)을 통한 새사람 만들기에 초점이 놓여진다. 또, 윤리적인 의무를 도외시하는 인물을 교화하는 이야기나, 〈구운몽〉이나 〈옹고집전〉처럼 새사람으로의 질적 비약을 꾀하는 작품들도 여기에 속한다. 이 경우, 악의 정도가 그리 크지 않고 혈연관계처럼 가까운 경우가 많다.

끝으로, 이러한 논의결과를 권선징악론과 연계하여 살폈다.

사악함에 기인한 악을 다루는 서사물에서는, 절대선과 절대악으로 변화 가능성을 두지 않는 것이라면, 불순함에서 기인하는 악의 경우는 둘 사이를 더욱 벌려놓음으로써 화합 가능성을 없앤 것이고 나약·무지함에서 기인하는 악의 경우는 둘 사이를 점차 좁힘으로써 개과천선에 양자의 화합에 무게를 둔다. 그러나 선악이 분명히 대립하여 악의 패퇴로 귀결되는 작품에서도 그 과정상의 치열함을 통해 악의 징치가 어려운 점을 보이기도 하고, 때로는 선악의 구분이 불가능한 작품들도 있어서 권선징악론은 좀 더 섬세하게 전개되어야 할 것이다. 더욱이 한 작품 내에서, 다른 데에서 기인한 악(惡)이 뒤섞일 경우, 혹은 선과 악의 통합이 전면에 대두될 경우, 이분법적 대립에 의한 설명보다는 작품별 특성에 맞는 섬세한 논의가 요구된다.

그러나 이상의 논의는 시론적(試論的) 성격이 짙어서 향후 다듬어질 필요가 있다. 예를 들어 여기에서는 소설과 설화를 한데 설명했지만 갈래별 특성이 고려될 필요가 있고, 마찬가지로 향유층별, 시대별 상황 등도 충분히 고려하여 더 세심히 논의되어야 할 것이다. 또, 고전서사물에서 선악(善惡)의 대립을 넘어서는 서사에 대한 탐구나 고전서사물의 영역 밖의 서사물 등에 대한 관심이 지속적으로 이루질 때, 논의의 효과가 더욱 분명하리라 본다. 그러한 논의가 진전되어서 궁극적으로는 현대서사물과 구분되는 고전서사물, 혹은 외국의 서사문학과 구분되는 우리 서사문학의 특질이 조망될 수 있기를 기대한다.

악(惡)의 초탈, 관용의 서사

1. 서론 : 고소설의 '관용'

서사문학에서 서사적 대결은 선택의 여지가 없어 보인다. 비록 심리소설을 표방하는 경우라 하더라도 내적 갈등을 통해 등장인물의 두 마음이 갈등을 벌이는 형식을 취하기 마련이다. 심지어는 서사문학이냐 교술문학이냐를 두고 갈래 논쟁이 벌어지기도 했던 몽유록조차도 몽유자의 마음 안에 응어리진 대상이 있고, 그 대상과의 대결은 피할 수 없는 법이다. 이러한 대결에는 주동인물과 반동인물의 설정이 일반적이며, 암묵적으로 주동인물이 선(善)에 반동인물이 악(惡)의 편에 서 있는 것으로 상정하기 쉽다. 특히 '권선징악(勸善懲惡)'의 유형적 특징을1) 보이는 고소설에서는 주인공은 선한 존재로 그려지고 있다. 물론, 풍자적인 색채를 강하게 띠는 일부 작품들에서 부정적인 특성을 지닌 주인공이 등장하기도 하지만, 그 수는 미미한 편이다.

---

1) '권선징악(勸善懲惡)'과 관련된 논의는 초창기 국문학 연구사에서부터 줄기차게 진행되어 오고 있으며, 이에 대한 자세한 내용은 이 책에 실린 바로 앞의 글 '1. 서론' 참조.

그렇다면 고소설에는 언제나 선한 주인공이 악한 적대자를 물리치는 이른바 '해피 엔드'만 존재하는가? 만약 실제로 그러하다면 이는 문학적 관습을 떠나 삶의 자연스러운 이치에 비추어 매우 기괴한 일이 될 것이다. 삶에서의 승패는 윤리의 문제가 아닌 다른 층위에서 이루어지는 법이어서 어쩌면 악인의 패퇴보다 선인의 패퇴가 더 현실적일 수 있기 때문이다. 그럼에도 불구하고 악에 대한 선의 승리를 그려냈다면 그 역시 의미를 지니기는 하겠지만, 그것만으로 점철될 때 현실의 왜곡이거나 독자와의 영합이라는 혐의를 저버리기 어렵다. 고소설의 통속성 역시 상당부분 그러한 주제 국면에서 기인하는 것으로 보이는데, 따지고 들면 그런 귀결과는 거리를 둔 작품들이 상당수 존재한다.2) 이 논문은 그러한 작품이 갖는 의미를 조망하기 위해 마련되었다.

악(惡)에 대한 응징은 상당히 매력적이다. 악을 응징함으로써 선(善)의 활로를 키워줄 수 있다는 사회 정의적인 관점에서도 그렇고, 악에 당한 응어리를 통쾌하게 풀어낼 수 있다는 개인 정서적인 관점에서도 그렇다. 그러나 문제는 응징할 수 없는 악, 응징할 수는 있지만 응징하지 않는 악도 분명 있다는 사실이다. 더구나, "더러운 것에 대한 혐오가 지나치면 스스로를 정화하고 정당화하는 데 장애가 될 수도 있다."는3) 니체의 경구나, 베르자예프가 설파한 대로 악에 대한 응징이나 선의 추구가 도리어 악이 되기도 하고, 악에 대한 포용이 선이 되기도

---

2) 이 책 바로 앞의 글에서는 칸트의 소론(所論)에 입각하여 그 근원에 따라 악(惡)을 사악(邪惡), 불순(不純), 나약(懦弱)으로 나누고, 그에 따른 대처 양태로 각각 징치(懲治), 폭로(暴露), 계도(啓導)를 든 바 있다.

3) 프리드리히 니체, 『선악을 넘어서』, 김훈 옮김, 청하, 1982, 97쪽.

하는 '선악의 변증법'을4) 생각하면, 악에 대한 응징에 일정한 제약을 두지 않으면 응징보다 더한 혼란을 야기할 우려조차 있는 것이다.

물론, '용서'와 '정의'는 서로 배치되는 인상을 줄 수도 있지만 "용서한다는 것은 잊어버리거나 눈감아 주는 것을 의미하지 않"으며 "의식적인 결단을 통해 증오하는 행위를 멈추는 것"을 의미한다는 점을 고려하면, 사실 용서를 해야 하는 이유는 남을 위해서가 아니라 "증오는 전혀 유익이 없으며, 암처럼 사람의 마음에 퍼져 완전히 자신을 파멸시킬 수 있기 때문이다."5) 이 점에서 적개심과 복수심을 추동력으로 삼는 문학이 통쾌하거나 재미있을 수는 있지만 문학적 깊이를 지니기는 어려운 것으로 여겨지며, 거꾸로 인욕(忍辱)과 용서(容恕), 화해(和解) 등이 강조되는 작품을 눈여겨볼 필요가 있기도 하다. 악에 대한 담론은 어떤 것이든 궁극적으로는 악을 넘어서 이상적 삶을 영위하려는 데에서 출발하겠지만, 특히 악에 대한 관용을 보이는 서사에 중점을 둘 때 그 목표점은 더욱 분명하다.

이 글은 이러한 견지에서, 악에 대한 직접적인 응징이 일어나지 않는 고소설 작품에서 어떠한 방식으로 관용을 취하며, 또 그 원인과 의미는 무엇인지 조망해보고자 한다. 우선, 논의 대상이 될 만한 작품들에서 해당 대목을 간단히 제시한 후, 그에 따라 분석하는 순서를 취한

---

4) '선악의 변증법'은 악에 대한 지나친 적개심을 갖는 행위가 곧 악이 되고, 반대로 선도 악에 대한 승리를 위함이라면 악이 되는 변증법적 관계를 말한다. 마찬가지로 악마의 면전에서 무저항적이고 악에 대한 융통성을 갖고 화해하는 행위는 겸손이 되어서, 결국 선과 악의 명확한 구분은 불가능하며 역동적으로 생각되어야 한다는 것이다. 이에 대한 상세한 내용은 김영태, 「악에 대한 종교철학적 이해 -유대교·그리스도교를 중심으로-」, 한국정신문화연구원 편, 『惡이란 무엇인가』, 창, 1992, 138~139쪽의 인용 부분 참조.

5) 요한 크리스토프 아놀드, 『잃어버린 기술 용서』, 전병욱 옮김, 쉼터, 1999, 20쪽.

다. 소설이 아닌 여타의 서사 문학 자료, 예컨대 설화나 야담 등은 필요에 따라 제시한 후 비교의 근거로 삼는다.

2. 자료의 개관

고소설의 작품 수는 총량을 가늠하기 어려울 만큼 방대하고 서사 역시 만만치 않게 긴 경우가 많아서 제한된 조건 하에서 전수(全數) 조사는 사실상 불가능하다. 선택되는 자료는 서사 전개상 다음의 두 가지 사실이 드러나는 경우에 한하기로 한다.

첫째, '악(惡)'이 사건화하여 드러난다.

둘째, 악(惡)을 응징할 수 있지만 직접 응징하지 않는다.

첫째 조건은 악이 추상화한 악으로만 나올 경우 서사적 대결과 벌어지는 거리를 생각하기 위함이다. 가령 많은 몽유록 계열 작품에서 선(善)한 몽유자가 적대시하는 악행이나 그 악행을 저지르는 인물이 나오지만 사건화하지 않고 진술될 뿐이다. 그런가 하면 〈이생규장전(李生窺牆傳)〉 같은 작품에서 두 주인공의 만남을 방해하는 홍건적이 등장하지만 간단한 진술 형태로만 끝나고 만다. 이런 작품은 악에 '초점화(焦點化)'가 이루어지지 않은 경우여서 악에 대한 직접적인 접근이 불가능한 경우로, 관용을 설명하기 어렵다. 서술이 있거나 서술이 있다 하더라도 요약 진술 정도에 그친 경우라면 논의하지 않는다는 뜻이다.

둘째 조건은 악에 대한 징치(懲治) 가능성과 간접성이다. 물론 대개의 고소설에서 선인이 성공을 거두어 힘을 얻게 되기는 하지만, 징치가 가능하지 않은 상황에서라면 징치를 '안'하는 것이 아니라 '못'하는 것이므로 용서라고 보기 어렵다. 예를 들어, 〈양반전(兩班傳)〉 같은 경우, 천부(賤富)를 속이는 군수는 악인임에 틀림없지만 당시의 신분윤리 상 상민이 양반을 응징할 마땅한 방법이 없으므로 천부가 순순히 물러나는 행위를 용서로 볼 수는 없다. 그렇다고 실제 작품에서 징치 가능성이 있다고 해서 모두 징치되는 것은 아니다. 어떤 경우는 손을 써보기도 전에 죽거나 호환(虎患)이나 자연재해를 입기도 한다. 이런 경우 결과적으로 응징이 이루이지기는 하지만 선인에 의하여 악인을 직접 응징하는 것과는 일정하게 구분된다.

이상의 사실을 염두에 두고 해당 작품을 추려보면 다음과 같다.

※ 구운몽

성진은 죄를 짓지만 꿈에 속세를 경험하고 육관대사의 가르침에 힘입어 깨달음을 얻는다.

※ 금우태자전

부왕(父王)이 두 왕비를 극형에 처하려 하였지만 태자의 만류로 용서하였다.

※ 김취경전

취경은 승상이 되어 계모 안씨를 용서하고 모시고 와서 부친과 함께 살게 한다.

※ 낙성비룡

이원수를 맞은 한부인은 참회하며 전일의 박대를 사죄하고, 이원수는 용서한다.

※ 난초재세록

인호가 황제에게 양정희 부자의 용서를 비는 상소문을 올려 황제의 노여움을 풀자, 집으로 돌아온 양정희 부자는 그 사실을 알고 잘못을 뉘우쳤다.

※ 방주전

만득자 방주가 버릇이 없어 행패가 심했는데, 염라대왕 앞에 끌려가 혼이 난 후 개과천선할 것을 약속하고 용서를 받아 세상에 돌아왔다. 이후 어사가 된 방주 또한 도적 설학을 용서한다.

※ 방한림전

임금이 병 문안을 하여 오자 비로소 방승상은 자신의 본색이 여자임을 실토하고 기군(欺君)한 죄를 고하고 벌을 청했다. 임금은 방승상을 쾌히 용서하고 빨리 쾌차하기를 빌었다.

※ 배비장전

제주 목사가 애랑을 시켜 배비장을 골탕 먹인 후, 배비장은 정신을 차리고 나중에 높은 벼슬에 이른다.

※ 사씨남정기

유연수가 교녀의 가슴을 헤치고 염통을 빼내 죽이려 했지만, 사씨의 만류로 저잣거리에 끌어내다가 모두가 보는 앞에서 죄상을 널리 알리고 목을 매달아 죽인다.

※ 삼한습유

향랑의 원혼이 선관(仙官)으로 현신하여 남편과의 의리를 말하면서 태수가 석방하도록 한다.

⊠ 설씨내범

행진은 계모 파씨를 투기하여 구박하는 친모 허씨를 개과천선하게 하고 파씨를 지성으로 섬겨 집안을 화평하게 한다.

⊠ 성진사전

성희룡은 계속되는 거렁뱅이의 행패와 돈 요구에 서슴없이 응했다. 비렁뱅이는 성진사가 참으로 부처님이라고 감복하여 돈과 그릇을 모두 던지고 간다.

⊠ 소대성전

소대성은 자신을 구박했던 장모와 처남들을 청하여 성대한 연회를 차렸으며 전에 있었던 일은 조금도 나무라는 기색이 없이 함께 부귀영화를 누리도록 해준다.

⊠ 신유복전

신유복은 과거에 급제하여 수원부사가 된 후 자기와 아내 경패를 천대하던 처가식구들을 관대히 용서한다.

⊠ 양풍(운)전

아버지 양태수가 후회하자 풍운이 천자에게 고하여 부친을 연왕에 봉하여 영화를 누리도록 하고, 계모 송씨를 가두어 치죄(治罪)한다.

⊠ 오유란전

이생이 오유란을 엄벌하고자 했으나 오유란이 실토하는 자초지종을 듣고는 불문에 부친다.

※ 옥수기

진부인이 성부인의 투기를 깨우치자 성부인이 개과천선하여 화목하게 잘 지낸다.

※ 옹고집전

대사는 짚으로 허옹을 만들어 옹고집을 고생시킨 후 개과천선한 뒤에 허옹을 없애고 집으로 돌아가게 한다.

※ 운영전

특(特)의 악행을 알고서도 김 진사는 운영의 장사를 위해 오히려 그 죄를 사하고 부리다가 부처님께 발원한 후 특이 함정에 빠져죽는다.

※ 유선쌍학록

엄부인 3부자가 금의환향한 학인 형제를 질투하고 악당 강길룡을 시켜 살해하도록 하였으나 강길룡은 괴물의 출현을 보고 놀라서 실신하고, 학인 형제가 소생시켜 주었다. 나중에 공주가 옛일을 뉘우쳐 자결하려 하자 초국후가 공주의 개과를 보고 황제께 아뢰어 공주의 직첩을 환급하도록 하여 화평이 온다.

※ 유효공선행록

착한 형 연은 악한 아우 홍과, 홍을 편애하는 아버지의 온갖 구박과 모함을 받지만, 모든 것을 포용함으로써 마침내 동생이 전의 잘못을 뉘우치고 화목하게 지낸다.

※ 윤하정삼문취록

계모 여씨가 간악하여 소공의 효도에도 불구하고 정배 가게 되지만, 나중에 지극한 효성으로 계모의 간악함을 회개시킨다.

※ 이상국전

쌍둥이를 낳고 부모가 차례로 죽자, 그 소식을 듣고 찾아온 일가가 형제를 구박하고 재산을 강탈하지만, 외숙 유비가 꿈에 도사를 만나 일의 전말을 알고 악인을 잡아 하옥한다. 형제는 옥으로 찾아가 과거를 뉘우치는 악인들을 용서한다.

※ 이학사전

합방을 거부하다가 장상서가 만취하여 눈물로 부부지도를 청하니 결혼한 지 7년 만에 처음으로 합방하였다.

※ 장경전

황제가 소씨를 벌주려 하지만 장경이 막아 죄를 씻을 기회를 준다.

※ 장학사전

간악한 후주는 저지른 죄악이 너무 커 수심에 잠긴 나머지 제풀에 죽고 만다.

※ 장한절효기

서로 남편의 원수를 갚고자 두 여자가 나서는데, 한씨는 진씨도 남편에 대한 정절을 가지고 그렇게 행동한 것이니 용서하여 주라고 한다.

※ 장화홍련전

장화와 홍련의 혼령이 자신의 아버지는 흉녀에게 속았을 뿐이므로 용서해달라며 사라지자, 계모는 능지처참하고 장쇠는 교살하며 배좌수는 방면한다.

✠ 정수정전

장연의 어머니는 수경을 찾아가서 자기의 잘못을 진심으로 빌고 그 후 수경은 남편 장연과 더불어 시어머니를 잘 모시며 부귀영화를 누린다.

✠ 조생원전

군주(천자의 외손녀)는 김부인의 시비 앵앵을 매수하여 김부인이 낳은 아들을 죽이게 하는 등 악행을 일삼았지만 군주와 공모한 노비들을 처형하고 김부인을 맞아들이니 군주도 회개하여 화락하게 된다.

✠ 주완벽전6)

한 기생을 두고 삼각관계를 이루어 서로 원수를 진 사람들이 서로의 처지를 생각해서 한 차례씩 복수를 포기하고 목숨을 구하게 된다.

✠ 지봉전

김복상이 궁궐에 갔다가 궁인과 사랑에 빠지자 벌을 주자는 여론이 강경했는데 특히 지봉 이수광이 심했다. 임금은 지봉을 실절하도록 유도하여 지봉의 뜻을 꺾는다.

✠ 창선감의록

심씨와 춘은 전날의 잘못을 크게 뉘우치고 진이 그들에게 더욱 잘하여 모자 형제지간이 화목해진다.

✠ 취승루(기)

유배되었던 곽소옥은 찾아온 묘현진인의 개유함을 입어 회개하게 되고,

---

6) 실제 자료를 확인하지 못했다. 이 작품은 김기동, 「非類型 고전소설의 연구」, (『동국문학연구』 제5집, 동국대학교 한국문학연구소, 1982)에 그 서지와 줄거리가 나오는데 책의 소재를 알 수 없다. 동국대 대학원 박사과정 학생이 제공해준 한문소설로 작자미상이라고 한다.

소원의 3남5녀는 모두 입신양명하고 좋은 배필을 얻어 크게 번창하였다.

❋ 하진양문록

옥주는 옥에 찾아가서 공주에게 잘못을 빌라고 간절히 타이르자 공주는 진심으로 제 죄를 인정하고 옥에서 풀려나와 진세백도 공주를 사랑하게 된다.

❋ 화문록

청원은 화자경에게 호소저가 전일의 죄를 뉘우치고 있으니 용서하라 권계하고 화자경은 호소저를 용서하고 다시 화락하게 살게 된다.

❋ 황설현전

공중에서 불덩이가 떨어져 내리면서 안씨를 치려 하자 섬은 급히 어머니를 막아나서며 자기가 어머니를 대신하여 천벌을 받겠다고 하여 불덩어리는 섬의 몸을 다치지 않고, 안씨는 제 죄를 뉘우치고 착한 사람이 된다.[7]

❋ 황월선전(월선전)

황공의 백세 잔치 중에 하늘에서 불덩이가 내려와 박씨를 즉사하게 하니 모였던 사람들이 모두 놀라며, 그때 황공이 박씨의 지난 행실을 이야기하고, 시비 운향과 무녀를 처형한다.

❋ 흥부전

형이 망하였다는 소식을 들은 흥부는 놀부의 가족을 데려다 화목하게 잘 살아간다.

---

7) 실제 자료를 확인하지 못했다. 북한에서 나온 『고전소설해제』(조선문학창작사 고전문학실 편, 평양: 문예출판사, 1991, 한국문화사, 1994 영인)의 줄거리만으로 그 대략적 내용을 짐작할 수 있을 뿐이다.

3. 관용의 근원에 따른 몇 단계

앞서 살핀 자료들을 훑어보면 모두 악에 대한 직접적 응징을 피하는 사례이나 용서가 가능하게 된 근원을 찾아본다면 편차가 생긴다. 기준에 따라 여러 가지 스펙트럼이 생길 것으로 예측되지만, 대략적으로 구분해본다면 다음 세 가지 정도가 될 것이다.

첫째, 정리(情理)나 형편상의 용서이다. 이는 악인에게 죄를 묻고 그에 상응하는 대가를 받아야 마땅하지만, 그 행위가 더 큰 문제를 야기할 경우이다. 대개의 계모형 가정 소설에 등장하는 형태로, 악한 계모나 그에 동조한 계모 소생의 자식은 응징 대상이다. 그러나 계모 또한 모친이라는 가부장제의 윤리를 따른다면 계모에 대한 응징이 곧 불효가 될 수 있다. 이때 악의 응징과 불효 사이를 갈등하게 되고, 후자가 더 크다고 판단될 때 용서하는 수순을 밟게 된다. 마찬가지로 군담소설에 등장하는 암주(暗主)나 가문소설 등에 심심치 않게 나오는 질투심 많은 공주 등도 쉽게 내칠 수 없으므로 결국은 용서되기도 한다.

둘째, 개과(改過)와 연계한 관용이다. 이 경우는 작품에 따라 순서가 바뀌어서, 악인이 개과천선(改過遷善)한 모습을 보고 용서하기도 하고 용서를 받고 참회(懺悔)를 통해 개과천선(改過遷善)에 이르기도 한다. 어떤 경우이거나 인간의 질적 발전을 이루어내는 데 관심을 기울이는 것으로, 애당초 악인에 대한 응징에는 특별한 관심을 보이지 않는다. 너그러이 용서함으로써 사람을 바꿔놓기도 하고, 사람이 바뀐 것을 보고 너그러이 용서할 마음이 생기기도 하는 것이다. 개중에는 악인을 고통 속에 몰아넣음으로써 스스로의 삶을 돌아보게 만드는 작품도 있다.

셋째, 실질적인 관용(寬容)을 펼쳐 보이면서 악(惡) 자체에 대해 초탈의 가능성을 열어두는 것이다. '초탈(超脫)'의 사전적 의미인 "세속적인 것이나 일반적인 한계를 벗어남"을 취한다면, 이 경우는 세속적인 악에 대한 관념 내지는 악에 대한 대응 태도에서 보통의 한계를 뛰어넘음을 뜻한다. 흔히 종교적인 행위에서 잘 드러나는 대로 '원수를 은혜로 갚는다.'는 식의 대응이 있을 수 있으며, 악에 대해 초연한 입장을 취하는 경우이거나 초월적인 논리에 따라 세속적인 맞대응에 별 의미를 두지 않는 경우 등이 있다. 또 드물게는 다른 욕망이나 지향이 워낙 강해서 복수에 별 관심을 두지 않는 경우도 있다.

그런데 이 셋은 단순히 수평적인 구분만 되는 것이 아니라 용서의 강도(强度)에서 차등을 이룬다. 첫째의 경우는 딱히 용서를 하고 싶든 말든 간에 사세(事勢)가 부득이한 경우이다. 그것이 윤리적인 규율에 의한 것이었든 힘의 우열에 의한 것이었든 용서를 함으로써 얻게 되는 이득이 응징을 함으로써 얻게 되는 손해보다 클 때인 것이다. 이때, 용서의 판단 준거는 선인(善人) 쪽에 있다. 둘째의 경우는 악인의 선도(善導) 가능성을 믿고 개과(改過)에 초점이 주어지는 경우이다. 선인(善人)이 징치(懲治)할 수 있는 능력을 충분히 갖추었음에도 불구하고 악인의 선도(善導)를 위해 용서하거나, 용서하여 선도한다. 이때, 용서의 판단 준거는 악인(惡人) 쪽에 있다. 셋째의 경우는 악(惡)이나 악인(惡人)을 있는 그대로 두고 포용함으로써 선(善)과 악(惡)의 이분법적 재단을 넘어서는 경우이다. 선과 악의 순환 내지는 침투를 믿거나, 현실에 드러난 선과 악에 대한 맞대응보다는 초월적인 힘, 거시적인 구도를 믿는 경우이다.

첫째 경우부터[8] 살펴보자.

불화의 핵심이 가정 내에서 이루어질 때, 죄의 응징이 곧 가정의 파괴로 이루어질 수 있다. 이는 가정의 화합을 염원하는 선인의 입장에서 용납하기 어려운 일이다. 단적인 예로, 〈소대성전〉의 결말부에는 "그 후 사관(謝官)을 보내어 이생 등과 부인을 청하여 관대(款待)하고 전사(前事)를 괘념치 않으니, 그 인덕을 가히 알리러라."9)고 되어 있다. 승자의 아량 정도로 이해됨직한데, 문제의 핵심은 주인공의 관대(款待)로 주인공의 인덕(仁德)을 헤아린다는 데 있다. 이러한 용서 행위를 통해 가정이 원만하게 수습됨은 물론 소대성의 품성이 얼마나 고결한 것인가를 일러주는 것이다. 또, 〈사씨남정기〉의 악녀인 교씨의 경우, 다른 악인들이 사실은 모두 교씨의 간계에서 나왔다는 점에서 최고의 응징을 받아 마땅하다. 그러나 실제 작품에서는 능지처참을 명하는 유연수와 극형만은 면해야 한다는 사정옥 사이에서 적당한 타협이 이루어진다.

> 교녀는 다시 사 부인에게 목숨을 빌었다.
> "첩은 실로 부인을 저버렸습니다. 그렇지만 부인께서는 자비를 베풀어 첩의 잔명을 살려주십시오."
> 부인이 대답했다.
> "네가 나를 해치려 했었지. 이제 그것을 돌이켜 생각하지는 않겠다. 그러나 상공과 조종에게 지은 죄만큼은 나도 역시 어떻게 할 수가 없는 것이니라."
> 교녀는 슬피 울부짖어 마지않았다.

---

8) 이 셋은 엄밀하게 배타적 영역을 형성하지 않으며 한 작품 내에서 두셋이 함께 드러날 수도 있으므로 '유형'으로 지칭하지 않고 '경우'라는 말로 융통성을 두어 상호 넘나듦을 용인한다.

9) 이윤석·김유경 교주, 『현수문전·소대성전·장경전』, 이회, 2005, 324쪽.

상서가 다시 좌우에 호령하였다.

"교녀를 결박하라. 그리고 염통을 쪼개고 간을 꺼내라!"

부인이 말렸다.

"교녀는 일찍이 상공을 부인으로 모신 적이 있었습니다. 그 명위(名位)가 가벼운 것은 아닙니다. 비록 교녀를 죽이더라도 그 신체만은 온전하게 보전하도록 해야할 것입니다."

상서는 그 말에 따라 교녀를 동쪽 행랑으로 끌고 가 목을 매 죽이게 하였다. 그리고 그 시체는 거적으로 둘둘 말아 교외로 내다 버렸다. 까마귀나 소리개의 밥이 되게 하였던 것이다.[10]

사 부인의 발언대로라면 자신은 교녀를 용서한 터이지만, 남편과 조종에 지은 죄는 용서할 수 없다고 했다. 그럼에도 불구하고 능지처참 대신 교살(絞殺)을 택하는 데에는 교씨가 그래도 한때 지아비의 부인 자리에 있었다는 명위(名位) 때문이다. 능지처참 대신 교살형을 택하는 게 대단한 용서는 아니라 하더라도 그 정도의 관용이 주어질 수 있는 근거는 교씨에 대한 배려가 아니라 남편 유연수에 대한 배려임이 분명하다. 교씨에게 극형을 내림으로써 남편의 인덕에 손상이 갈수 있는 까닭이다.

이처럼 이 유형의 용서에 철저한 계산이 뒤따른다. 한 악인을 응징함으로써 얻게 되는 성과가 그 악인을 응징하는 선인의 품위를 손상한다면 응징의 강도는 현저히 약화된다. 이 때문에 통상 혈육(血肉)과 비혈육(非血肉) 간의 응징에는 차이를 보이는 것이 통례이다. 가령, 〈반씨전〉에서 악행을 저지른 두 제수는 죄명을 써 붙여 효시(梟示)하고 두 아우는 정배시키는 것이 그렇다. 물론 반씨의 원억(冤抑)이 상당 부분

---

10) 김만중, 『사씨남정기』, 이래종 옮김, 태학사, 1999, 171쪽.

아랫동서에게서 나왔다고는 하나, 이 경우 반씨의 아들 홍이 두 숙부를 용서하지 못한다면 그 누(累)가 결국 반씨에게로까지 돌아올 것은 자명한 이치이다. 〈조생원전〉처럼 일의 하수인격인 '노비'는 죽이고 주모자격인 '주인'은 살려 용서하는 차별화가 당연시된다. 이는 〈장화홍련전〉에서도 충분히 입증된다. 이 작품의 악인은 두말할 나위도 없이 허씨이지만, 사실 허씨는 일을 꾸미기는 해도 실제 모든 일의 최종 결정은 배좌수에게 있었다. 배좌수의 어리석음이나 무지(無知) 역시 소극적이기는 하나 악(惡)임에 분명하다. 장화와 홍련 역시 그 점을 분명하게 알고 있었다. 그래서 구태여 그 두 자매의 혼령이 나타나 자신의 아버지는 흉녀에게 속았을 뿐이므로 용서해달라고 부탁하고, 그 결과 계모는 능지처참하고 장쇠는 교살하며 배좌수는 방면한다.

또, 드문 사례이지만 사세(事勢)에 따라 어쩔 수 없이 용서하는 작품도 있다.

> 저는 저승에 있는 혼백이나 위로하고자 운영이 남긴 금비녀와 거울, 그리고 문방제구(文房諸具)를 다 팔아서 쌀 40석을 마련했습니다. 이것으로 청량사에 올라가 불공을 드리려고 했는데 마땅히 믿고 부릴 만한 하인이 없었습니다. 그래서 특을 불러 말했습니다.
> "내가 지난날의 죄를 용서할 테니, 이제 나를 위해 충성을 다하겠느냐?"
> 특이 엎드려 울면서 대답했습니다.
> "제가 비록 사리에 어둡고 둔하지만 또한 목석이 아닙니다. 제 한 몸이 지은 죄는 머리털을 다 뽑아도 헤아리기가 어려울 정도로 많은데, 이제 용서해주셨습니다. 이는 썩은 나무에서 잎이 나고 백골에서 살이 돋는 것과 같습니다. 이러한 제가 어떻게 감히 진사를 위해 목숨을 바치지 아니하겠습니까?"11)

　지금 김 진사에게 놓인 가장 큰 문제는 특을 처단하는 것이 아니다. 특을 처단하든 말든 죽은 운영이 돌아올 리가 만무하며 어떻게든 운영의 혼백이나 편히 모시자는 데 온 힘을 쏟고 있다. 그런데 마땅히 부릴 사람이 없는 딱한 처지여서 특을 용서하고 다시 한 번 믿어보기로 한다. 물론 결과는 참담했지만 일종의 '타협'이나 '거래'로서 용서가 이루어진다.

　보다시피 이들 작품에서 용서는 부분적으로 적용된다. 일단 모든 악인들이 다 응징되는 것이 아니다. 고의적이었든 실수였든 악행에 가담한 사람들이 모두 응징되는 방식이 아니라 혈육이냐 혈육이 아니냐, 혹은 혈육이라 하더라도 친소(親疎) 관계에 의해 용서받는 사람과 용서 받지 못할 사람이 구분된다. 또한, 악(惡)을 인정하더라도 선인과의 관계에 따라 그 악(惡)에 대한 철저한 응징이 회피되기도 한다. 심정적으로는 응징해야 하지만 그렇게 할 경우 뒤따라올 부작용을 우려해 적당한 선에서 절충하는 것이다.

　이와는 달리, 두 번째 경우의 작품들에서는 적극적인 용서가 드러난다. 상대를 용서함으로써 자신의 도덕적 우위를 과시하는 데 그치지 않고 상대의 극적인 변신을 꾀하는 것이다. 가령, 〈흥부전〉의 놀부 징치(懲治) 대목을 보면 보수표(報讐瓢)에서 놀부를 징치하기 위해 나온 인물 가운데 가장 강력한 인물은 장비(張飛)이다. 그런데 실제 장비가 나타나서 하는 행위는 약간 겁을 주는 데 그치고 있어서 의아하다.

　　"이놈 놀부야, 네 셰상의 ᄂᆞ셔 부모의게 불효ᄒᆞ고 형뎨 불화ᄒᆞᆯ 샏더러 여러 가지 죄악이 만키로, 텬되 무심치 아니ᄒᆞᆺ 날로 ᄒᆞ여곰 너를 죽여

11) 이상구, 『17세기 애정전기소설』, 월인, 2003, 162~163쪽.

업시ᄒ라 ᄒ시기로 왓거니와, 너 갓튼 잔명을 듁여 쓸 디 업스니 디뎌 견듸여 보ᄋ라."12)

천도(天道)가 무심하지 않아 죽여 없애러 해서 내려왔다고 했으니 장비는 하늘의 명을 받고 내려온 인물이다. 그런데 그런 하늘의 뜻을 받들지 않고 그깟 잔명(殘命)을 죽여 쓸데없으니 한번 견디어 보라고 한다. 그리하여 그 큰 장비의 몸 위에서 기어 내리던 흥부는 미끄러져 목제비질을 하고 다리가 접질리며 혀를 빠치고 엎드려 애걸을 하자 장비는 뜻밖에도 "너를 십분 용셔ᄒ고 가노라."13)며 사라진다. 우리 가 아는 〈흥부전〉의 결말은 형제가 함께 잘사는 것인데14) 그 전제가 개과천선(改過遷善)임은 재론의 여지가 없다. 한번 심하게 고생을 시 키는 정도에 그치면서 개과천선을 유도하는 것이다.

이런 양상이 가장 잘 드러나는 사례는 〈옹고집전〉이다. 이 작품 결 말부는 대체로 옹고집이 죽겠다는 생각을 하며 눈물을 흘리며 회과(悔 過)하고 산이나 물을 찾아 배회(徘徊)한다.15) 심지어는 죽을 각오까지 하는데 그런 극한 상황을 맞으며 개과천선의 극적 전환이 일어난다. 〈유선쌍학록〉에서도 악인(惡人)인 공주가 옛일을 뉘우쳐 자결하려 하 자 관용(寬容)으로 이어져 화평이 오는 형식을 취한다. 악인의 개과천

---

12) 〈흥부전〉 경판25장본, 김태준 역주, 『흥부전/변강쇠가』, 고려대학교민족문화연구 소, 1995, 88쪽.

13) 〈흥부전〉, 같은 책, 90쪽.

14) 이본에 따라서는 "놀부는 미쳐서 사방으로 돌다다녔는데, 어찌된지 모른다."(김문기 교수 소장본)거나 "놀부는 걸식하러 다니고 흥부는 잘산다."(사재동교수 소장본) 같은 결말로 갈등의 지속을 노정한 경우도 있다. 이에 대해서는 조춘호, 『우애소설연구』, 경산대학교출판부, 2001, 172쪽 참조.

15) 옹고집의 개과천선이 갖는 문제에 대해서는 이강엽, 「자기실현으로 읽는 '옹고집전'」, 『고소설연구』 17집, 한국고소설연구회, 2004.6, 참조.

선과 선인의 관용이 그 선후는 다르지만 서로 연계되어 있음은 분명
한 일이다. 또, 〈유공선행록(유효공선행록)〉의 착한 형은 악한 동생과
그 동생을 비호하는 아버지 때문에 끊임없는 괴롭힘을 당하지만 언제
나 한결같이 그대로 받아들인다. 마침내 적자(嫡子)에서 폐해지고 온
갖 모략을 딛고 높은 벼슬에 이르러 악의 구렁텅이에 빠진 동생을 구
해낸다. 이런 희생과 인내 덕분에 마침내 동생이 개과하는 이야기인
데, 실제로 이야기 전편이 선인의 수모담이라고 할만하다. 〈김취경젼〉
의 "ᄌ녀 등이 ᄌ모에 회과쳔션ᄒ믈 감동ᄒ여 양친을 지회ᄅ효 셤기니
김공부쳬 ᄌ녀에 효봉을 바드ᄆᆡ 슬ᄒ지낙과 금슬지의 날로 더욱 시롭
더라."[16] 같은 서술에서 보듯이, 회과(悔過)에 감동하여 더욱 화목한
집안이 형성되면 그뿐인 것이다.

   "잇ᄯᅥ 부인이 부사젼에 나가 종용이 말슴ᄒ야 가로되 "상공은 금일 두
사람을 치죄ᄒ옵시기ᄂᆞᆫ 젼일에 박ᄃᆡᄒᆫ 혐피로 쳐벌ᄒ신가ᄒ나이다. 녯젹
에 한국 한신이는 조즁 소년의게 욕을 보앗스되 왕후된 후에 그 소년을
쳥ᄒ야 벼살을 시켜스니 바라건ᄃᆡ 상공은 고인의 힝젹을 효칙ᄒ사 그러
ᄒᆫ 마암을 푸러바리심 ᄯᅩᄒᆫ 겸ᄒ야 쳡의 낫슬 보와 특별이 용셔ᄒ사 형제
간에 륜긔를 화목ᄒ게 ᄒ야 주옵심을 쳔만 바라나이다."ᄒ는지라. 부사
그 말을 듯고 ᄭᅢ다라 왈 "내 엇지 이과지사를 싱각ᄒ야 혐피ᄒ리요. 부인
은 다시 념녀 마옵소셔."ᄒ고 …… [17]

이런 예는 열거하기 어려울 정도로 많다. 〈낙성비룡〉에서 한 부인
이 참회하는 대목은 개과천선(改過遷善)을 지향하는 의도를 여실히 드

16) 〈김취경젼〉, 김기동 편, 『필사본 고전소설전집』 14권, 아세아문화사, 1982, 254쪽.
17) 〈신류복전〉, 동국대 한국학연구소 편, 『활자본고전소설전집』, 4권, 아세아문화사,
   1976, 205쪽.

러내준다. 한 부인은 자신의 박대를 사죄하고 지감(知鑑)이 없음을 자
책하고 이원수는 너그러이 용서한다. 〈난초재세록〉에서는 양정희 부
자가 인호의 도움으로 풀려나고서야 비로소 잘못을 뉘우치며, 〈방주
전〉에서는 만득자인 방주가 버릇이 없어 행패가 심하자 염라대왕 앞
에 끌려가 혼이 난 후 개과천선할 것을 약속하고 용서를 받는다. 〈방
주전〉의 한 대목을 보자.

> ……승상의 너부신 덕틱으로 다시 셰상의 닉보닉여 쥬시면 기과천션ᄒ
> 여 부모를 지셩으로 셩길이다. 바라건대 쇼신의 되을 ᄉᄒᆼ압쇼셔. 만일
> 말과 갓지 아니ᄒ거던 다시 잡어들여 즉시 살무압소셔."하고 눈물리 비오
> 듯ᄒᆼ거날 염왕이 그 졍셰 가긍함을 보고 특별이 ᄉ하ᄉ ……18)

보는 대로 방주의 회과(悔過)가 지극하자 염라대왕이 가긍(可矜)히
여겨 특별히 용서하는 방식을 택한다. 악인에 대한 응징보다는 천선
(遷善) 쪽으로 방향을 잡은 서사임이 분명하다. 〈방한림전〉에서는 기
군(欺君)의 죄를 범한 방한림이 머리를 두드리며 청죄(請罪)하자 황제
는 "경은 만고영웅이요 열녀졀부라 셰상의 쯕이 읍스린니 엇지 되라
ᄒ리요?"19)하며 용서한다. 물론, 이 경우 방한림의 업적을 생각하면
그리 큰 죄가 아닐 수도 있지만, 당시의 현실 윤리에 비추어 여성이
남성으로 속이고 임금 앞에 나선 것이 죄(罪)임은 분명하다. 이 밖에
도 앞 장에서 예거한 작품들 중 개과(改過)가 들어가는 작품들은 거개
가 엇비슷한 양상을 띤다.

셋째 경우는 '악의 초탈'이라는 점에서 가장 적절한 사례이지만 실

---

18) 〈방주전〉, 『(김동욱 소장본)필사본고소설자료총서』 10, 1991, 보경문화사, 640~641쪽.
19) 〈방한임젼〉, 『(김동욱 소장본)필사본고소설자료총서』 11, 1991, 보경문화사, 69쪽.

제 고소설에서는 매우 희귀하다. 소설 쪽보다는 설화에서 그런 사례
가 많은데,『한국구비문학대계』에 432로 분류되어 있는 '그른 행실
바르게 고치기' 같은 경우가 대표적인 예이다. 그른 행실은 분명 악
(惡)이지만 그 악을 응징하지 않고 특이한 방법으로 개과(改過)를 유도
하는 이야기들이 이 유형에 널리 보인다. '불효를 이용하여 효도하게
하기'나 '첫날밤에 해산한 아내 용서하기', '인색한 상전 버릇 고치기'
등등의 여러 유형이 있다.20) 가령 '첫날밤에 해산한 아내를 용서하기'
는 첫날밤에 아내가 해산을 하자 그 일을 비밀에 붙이고 잘 키워서
복을 받는 내용인데, 그 안에는 어떤 명분이나 논리도 들어있지 않다.
기껏해야 '내 복(福)'이니21) 내가 키워야 한다는 정도의 억지스러운 주
장뿐이지만 결과는 뜻밖의 대복(大福)으로 이어진다.

　설화에서처럼, 표면적으로 드러난 악을 별다른 조건 없이 포용하여
넘어서는 서사는 소설에는 희귀하다.22) 〈성진사전(成進士傳)〉 같은
사례가 예외적이라 할 수 있는데, 주인공 성희룡은 걸인의 패악(悖惡)
을 알고서도 어떠한 응대도 하지 않는다. 다만 그가 원하는 대로 해주
기만 할뿐이다. 집안사람들이 다 의아해했지만, 결국은 그 덕분에 큰
불행을 막는다. 악인(惡人)의 입에서 "이이는 사람이 아니고, 부처님
이시야."라는 말이 터져 나오게 만들고, "내가 불법으로써 남에게 덤

---

20) 조동일 외, 앞의 책, 397~411쪽.
21) "내 복이 지닌 거올시다. 나 장개드는 날 그렇게 했으니깐 내 복 지닌 거니깐 이거
　키워야 하겠시까." 〈9대 독자 며느리 첫날 밤에 아기를〉,『한국구비문학대계』 1-7,
　한국정신문화연구원, 1982, 115쪽.
22) 고소설에 충분한 사례가 있다면 굳이 설화의 예를 끌어들일 필요는 없을 듯하다.
　흔히 '똘레랑스(tolerance)'로 일컬어지는 관용에 육박하는 사례가 흔치 않기 때문에
　이 점을 분명히 하기 위해 설화의 예를 들었다. 설화의 관용, 악의 초탈 등에 대해서는
　별도의 논문에서 다룰 예정이다.

비면 그는 반드시 나를 몰아칠 테니, 그가 만일 나를 몰아친다면 나는 곧 이 죽은 아이로써 그를 위협한다면 중한 뇌물을 얻을 수 있으리라 생각했더니 이제 계교를 이룩하지 못하였군요. 이건 정말 당신이 몸을 삼가는 힘이 있는 까닭이니 모든 것을 사과하우."23)라는 참회(懺悔)를 받아내기에 이른다. 작품의 서두에서 "간교로운 일이 날로 치열하고, 거짓의 행위가 날로 들끓음"24)을 통탄하고 평결(評結) 부분에서 법(法)의 엄중함이 행해지지 않는 것을 안타까이 여김으로써 이야기의 본지(本旨)는 짐작해볼 만하지만, 성희룡의 근신(謹身)하는 힘이 강조됨은 부인할 수 없다. 이런 이야기는 악에 대한 되갚기가 자칫하면 더 큰 악을 불러올 수도 있다는 경계가 될법하다.

〈성진사전〉을 〈남궁선생전〉과 비교해보면 그 점이 분명히 드러난다. 남궁두는 자기의 첩이 당질과 간통하는 데 분격하여 살인을 저지르고 옥에 갇히며, 아내의 도움으로 탈옥하여 도망자의 신세가 된다. 작품의 결말부에 보이는 남궁두의 회한(悔恨)은 이 소설의 주제를 집약해준다.

"…… 우리 스승께서 일찍이 내게 '참을성 있다'고 칭도(稱道)하셨는데도 불구하고 잠깐 참지 못하다가 이 경지에 이르렀으니 이 '忍'이란 한 글자는 선가(仙家)의 묘결(妙訣)인 만큼 그대도 삼가 지녀 잃지 말기를 바라네."25)

결론은 '忍' 하나이다. 굳이 '선악의 변증법'을 끌어들이지 않더라도 악에 대한 분노 역시 자신의 욕망과 관련이 되고 나면 또한 악에

23) 李鈺, 〈成進士傳〉, 이가원 校注, 『李朝漢文小說選』, 敎文社, 1984, 405쪽.
24) 李鈺, 같은 책, 404쪽.
25) 許筠, 〈南宮先生傳〉, 이가원 校注, 앞의 책, 52쪽.

떨어질 위험이 도사린다. 이에 비하면 설화에서는 '인지위덕(忍之爲德)'이나 '참을 忍자 세 번'이니 하는 제목의 이야기가 흔한데,26) 천 냥을 내고 점을 쳐서 얻은 점괘나 서당 훈장에게 배운 단 하나의 가르침을 믿고 참고 참은 결과 뜻밖의 재난을 물리치는 내용이다. 〈남궁선생전〉이나 〈인지위덕(忍之爲德)〉류(類)의 설화 등을 견주어 생각해 보면, 〈성진사전〉 역시 악에 대한 즉각적인 대응을 피함으로써 더 큰 악을 물리치고, 악인을 선인으로 교화시키는 데까지 이른다는 내용을 담고 있다.

『청구야담』 소재 〈憐樵童金生作月老〉역시 비근한 사례이다. 어느 가난한 사람이 능 안에서 나무를 하다 잡히지만 김우항은 그 사람이 노모와 노처녀 누나를 책임지고 사는 빈궁한 처지인 정상을 참작하여 쌀 한 말과 닭 한 마리를 주어 놓아 보낸다. 그러나 다시 똑같은 죄를 저질러 잡히게 되자 김우항은 항구적인 대책을 세우기 위해 데리고 있던 벼슬아치와 그 사람의 누나를 혼인시켜 살아갈 방도를 마련해주기까지 한다. 결국 그 사람의 노모가 날마다 '김우항 배정승(拜政丞)'을 기도한 덕에 김우항이 정승이 되었다는 내용이다. 능을 맡은 관리로서 능을 두 번씩이나 범한 사람을 용서하기란 쉬운 일이 아니다. 정리(情理)로는 그럴 수 있다 해도 국법과 관련된 일이기 때문에 더욱 그럴 것이다. 그러나 두 번째로 능을 범했을 때 김우항은 도리어 "한 마리 닭과 한 말의 쌀로는 감화시킬 수 없습니다. 아주 좋은 도리가 있긴 한데, 제 말대로 해보시겠습니까?"27)라며 권공에게 혼사를 권한다.

고소설에서 악(惡)에 대한 용서에서 가장 특별한 사례는 〈구운몽〉

---

26) 『한국구비문학대계』의 유형분류 상 '715-6 천냥짜리 점치고 잘되기'가 이에 해당한다.
27) 이월영·시귀선 역, 『청구야담』, 한국문화사, 1995, 379쪽.

이다.[28] 성진은 육관대사의 말마따나 "행실을 닦는 방법에는 세 가지가 있으니 몸과 말과 뜻"인데 "술 마시고 취하여 석교에 이르러 여자들과 만나 말을 주고받았고, 꽃가지를 꺾어 주며 희롱을 하였으며, 돌아와서까지도 연연하여 처음에는 미색을 탐하다가 드디어는 세속의 부귀와 영화에 마음을 빼앗겨 불가의 적막함을 싫어"[29]하였으니 악(惡)이 분명하다. 불교에서 '선(善)은 신(身)·구(口)·의(意)를 통한 업(業)/행위로 표현'[30]되므로 결국 그들을 통한 그릇된 행위는 그대로 악(惡)일 수밖에 없겠기 때문이다. 그러나 "불교적 선악론의 특성은 선악이 고정적인 것도 아니고 절대적으로 구분되어 있는 것도 아니어서 연속적이며 상호규정적이고 상황의존적이다. 이 점에서 공(空)한 것이기도 하다." 결국, "악은 단죄의 대상인 것이 아니라 자비의 대상으로서 선 실천의 장소인 것이다."[31]

그렇다면 성진이 양소유로 화(化)하여 속세의 부귀영화를 누리는 것이 악에 대한 응징인가에 대해 생각해볼 필요가 있다. 물론 풍도 지옥을 겪고 성계(聖界)를 떠나 진세(塵世)로 떨어지는 것으로 처리되기

---

28) 필자의 이 논문이 구두로 발표된 열상고전연구회의 45차 학술발표회(2006.6.20)에서 토론자로 나선 정환국 교수께서 '악'을 인간 보편의 문제로 볼 것인가 제한된 조건에서 볼 것인가에 따라 〈구운몽〉의 악은 다르게 해명될 소지가 있음을 지적하였다. 문제는 인간 사회 어디에나 적용될 보편타당한 악을 규정짓기 쉽지 않고 그럴 경우 악의 범위가 지나치게 축소되어 문학텍스트가 갖는 내밀한 결을 짚어내기 어려워진다는 점이다. 이는 악에 대한 개념 규정이라는 본질적인 문제와 맞닥뜨리는 것인데, 악의 개념을 선험적으로 규정하기보다는 서사에 드러난 맥락에서 악으로 규정할 소지가 있는지를 살피는 입장에 따라 〈구운몽〉을 논의대상으로 올렸다.

29) 김만중, 『구운몽』, 정규복·진경환 역주, 『구운몽』, 고려대학교민족문화연구소, 1996, 26쪽.

30) 안옥선, 『불교의 선악론』, 살림, 2006, 4쪽.

31) 안옥선, 같은 책, 6~7쪽.

는 하지만 그 부귀영화란 결국, 성진이 지었던 신(身)·구(口)·의(意)
의 죄업(罪業)을 심화확장하는 데 지나지 않는다. 이 점에서 양소유로
의 재탄생은 죄에 대한 응징이 아니라 죄의 증폭인 셈이며, 악에 대한
응징이 아니라 악의 강화일 따름이다. 그러나 그 결과, 양소유는 속세
의 부질없음을 깨닫고 두 세상의 통합을 시도한다는 점에서 질적인
발전을 이루어낸다. 그런데 이러한 서사 전개는 아이러니하게도 "불
교도덕은 자기애나 자기보존, 쾌(快) 추구·고(苦) 회피 등의 자연적
욕구를 부정한다기보다는 이를 인정하고 도덕의 계기로 삼을 것을 말
한다는 점"에서 매우 도덕적인 귀결이기도 하다. 육관대사는 성진이
가고자 하는 곳[惡]으로 가게 했고[32], 그 결과 더욱 큰 깨달음[善]을
얻게 된 것으로 볼 수 있다.

그런가 하면 역지사지(易地思之)와 추기급인(推己及人)의 마음으로
악을 포용하여 용서하는 작품도 있다.

즉시 노흐여 칼를 쌘히니 한부인이 급히 말여 왈, "진시는 착흔 부인이라.
가부를 위흐여 보슈코져흐미 당연흐니 엇지 죽이리오." 흐고 진시를 붓드러
위로 왈, "우리 졔인ᄉᆞ의셔 쩌는 후 금일 보미 반가온지라, 그ᄃᆡ 오히려 날

---

32) 성진과 육관대사의 다음과 같은 대화를 살펴보면 이 점을 뚜렷이 알 수 있다: 성진
이 머리를 조아려 울며 호소하였다. "스승님! 스승님! 저에게 진실로 죄가 있습니다.
그렇지만 술 마시지 말라는 계율을 스스로 깨뜨린 것은 주인의 강권으로 일어난 마지
못한 일이요, 팔선녀와 언어를 수작한 것은 단지 길을 빌리기 위함이지 본래 다른 뜻
은 없는데 무슨 부정한 일이 있었겠습니까? (중략) 부자(父子)의 은혜가 깊고 사제
(師弟)의 인연이 무거워 연화도량이 곧 저의 집이오니, 여기를 버리고 어디로 가라고
하십니까?" 대사가 말하였다. "네 스스로 가고자 하기에 내가 가게 하는 것이지 네가
진실로 여기에 머물고자 한다면 누가 너를 가게 하겠느냐? 네 스스로 '전 어디로 갑니
까'라고 하지만, 내가 가고자 하는 곳이 즉 네가 돌아갈 수 있는 곳이다." - 김만중,
앞의 책, 26~28쪽.

히헐 마음이 잇는냐?" 진시 왈 "그 마음이야 죽기 전의 어이 업스리요." 한 부인이 츠탄 왈 "진짓 열녜로다." 즈스를 도라보아 왈 "니게는 원슈느 겨는 녈녜라, 죽이미 불가ᄒ니 인마를 츠려 졔 곳으로 보닉라." ᄒ니 즈시 모친 말슘을 거역지 못ᄒ여 노화보닉니라.33)

한 부인과 진씨는 남편의 원수를 갚기 위해 서로 원수가 된 사이이다. 그러나 승패가 한 부인쪽으로 기울었음에도 불구하고 진씨는 여전히 한 부인을 해칠 마음이 있다. 한 부인의 '내게는 원수나 저는 열녀라'는 인정이야말로 추기급인(推己及人)을 통해 서(恕)가 이루어지는 정수를 보여준다. 자기 역시 지아비의 원수를 갚기 위해 애썼던 점을 감안하여 서로 원수이기는 하지만 똑같이 열녀임을 인정한 것이다. 악인이 해쳐서는 안 될 만한 혈육도 아니며, 응징할 능력이 없는 것도 아니고, 또 원수가 마음을 돌린 것도 아니지만 입장을 바꿔 생각하여 용서하는 것이다. 〈지봉전〉에서도 김복상이 궁인을 사랑한 죄를 용서할 수 없다고 우기는 이수광을 굴복시키는 것은 역시 이수광 자신이 그런 상황에 빠진 후였다.34) 이런 서사는, 작품을 확인할 길이 없지

---

33) 〈장한절효긔〉, 김동욱 편, 『영인 고소설 판각본 전집 2』, 연세대인문과학연구소, 1973, 574쪽,

34) 작품 가운데 다음과 같은 효종은 말은 추기급인(推己及人)의 핵심을 보여준다. "무릇 楚伯王 項羽의 뛰어난 계략도 玉帳에서 슬픈 노래로 눈물을 흘리게 하고, 蘇武의 큰 절개도 늙어서는 胡姬에게 정을 의탁하였으니, 탐욕의 세계에서는 영웅이거나 절개가 있는 사람이건 거리지 않는다는 것을 예나 지금이나 모두 같도다. 오호라! 卿의 품행이 이와 같은데 하물며 저 福相이 나의 계집을 희롱하였다고 하여 어찌 깊이 책망하겠는가? 그가 나이 어린 젊은이로서 오랫동안 궁궐의 장막에 갇혀 살면서 여자를 생각함이 많고 아내를 두고자 하는 것은 또한 사람의 당연한 마음이거늘, 그것이 법에 어긋나는 일이라 하더라도 기실 나로 인하여 빚어진 일이니 어찌 불쌍하고 가엾게 생각하는 마음이 없을 수 있겠는가? 내가 복상을 생각하는 마음은 간절하여 하루가 삼년 같으니 공은 그의 죄를 용서하시오." 〈芝峰傳(원제 '李芝峰集')〉 신해진, 『朝鮮後期

만, 〈주완벽전〉에 좀 더 실감나게 그려진다. 한 기생을 가운데 둔 삼 각관계 속에서 서로 목숨을 노리면서 구해주는 미담이 이어지는데, 죽일 수도 있는 상황에서 마음을 돌려 용서하고 그로써 다시 자기 목 숨을 건지는 쌍방의 승리가 돋보인다.

이상의 세 단계는 용서의 크기를 말해준다. 단순히 정황에 의해서이 거나 사회적 윤리에 종속되어 용서하는 데에서부터, 용서가 궁극적으로 는 악인의 개심(改心)으로 귀착되거나 개심에 의해 용서가 생겨나는 데 를 지나, 최종적으로는 악(惡) 역시 선(善)과 순환하는 지점을 포착하여 그 둘이 상호 계기적으로 운용될 수 있음을 알려주는 데까지 나아간다.

4. 관용의 서사가 갖는 의미

이제 이러한 서사가 갖는 의미에 대해 탐색해보도록 하자.

첫째, 관용의 서사에 내재한 세계관과 인간관이다. 먼저 세계관을 살피자면, 직접적인 응징을 회피하면서 천벌(天罰)을 인식하고 있다는 점에 주목할 만하다. '천벌'은 말 그대로 하늘에서 내리는 벌로, 인간이 잘못을 저질렀을 때 그에 상응하여 하늘이 내리는 징벌 정도로 이해된 다. 이는 중세 이전의 동양문화권만의 인식이 아니라 동서고금의 공통 된 인식이다. 서구 전통에도 악(惡)은 '저지르는 악'과 '당하는 악', 곧 '인간이 저지르는 인위적인 악'과 '천재지변이나 질병 같은 자연적인 악'으로 양대별되어 왔다. 그렇다면 고소설에 나타나는 천벌 역시 악 에 대한 직접적인 대응을 회피하면서도 천도(天道)에 의한 응징으로 이

世態小說選』, 월인, 1999, 79~80쪽.

해하는 것으로 볼 수 있다. 이는 선인(善人)이 굳이 악(惡)에 대한 응징
을 피한다 해도 악인은 마땅히 그에 상응하는 응징을 당할 것이라는
소망이 들어있음을 의미한다. 단적인 예로 〈장화홍련전〉에서 계모 허
씨는 자기의 죄를 충분히 인정하면서도 "첩의 아들 쟝쇠는 이 일노 말
미아마 천벌을 입어 병인이 되어스니 죄를 ᄉᆞᆼ쇼셔"35)라 호소하는
대목이 있다. 장쇠가 입은 호환(虎患)을 천벌로 인식하는 것이다.

고소설에서 선인이 악인을 직접 응징하지는 않더라도 하늘의 재앙에
의해서나 악인 스스로 제풀에 죽어나가는 사례는 어렵지 않게 찾을
수 있다. 방주는 염라대왕에게 끌려가 혼나고(〈방주전〉), 강길룡은 괴물
의 출현에 놀라 실신하며(〈유선쌍학록〉), 후주는 수심 끝에 제풀에 죽고
(〈장학사전〉), 하늘에서 악인을 향해 불덩이가 떨어지며(〈황설현전〉, 〈황월
선전〉), 놀부에게 보수표(報讎瓢)가 주어진다. 특히 〈사씨남정기〉에서
는 교씨를 제외한 악인들이 국법으로 처형을 당하거나 다른 이유로
죽어 없어지는 방식을 택함으로써 천벌을 극대화한다. 제11회의 장회
(章回) 제목이 '소인은 악(惡)이 무르익어 죽임을 당하고 천도(天道)는
불운이 지나가고 행운이 온다(小人惡稔身斃 天道否克泰來)'인 데에서 알
수 있듯이, 죄악이 무르익게 되면 저절로 폐하게 된다는 인식이 강하게
깔려 있다. 작품 속에서 사 부인이 궁지에 몰린 남편에게 변명(變名)하
고 숨어 지낼 것을 권하자 유연수가 불안한 마음에 걱정을 한다.

"부인의 말씀은 금과옥조와 같소. 감히 따르지 않을 수 있겠소? 그런데
동청이란 놈이 계림 태수로 부임한다 하오. 사세가 갑자기 변할 리가 있
겠소?"

---

35) 〈쟝화홍년전〉, 김동욱 편, 앞의 책, 586쪽.

"동청처럼 극악한 자가 오랫동안 패망하지 않을 리가 있겠습니까? 상 공은 잠시만 기다려 보십시오."[36]

사 부인의 이 논리야말로 악인에 대한 직접적 응징을 하지 않고도 자존심을 지키는 절대적 준거이다. 이 작품을 두고 "악의 징치 과정도 자연스러운 경로를 밟아 성립됨으로써, '사필귀정(事必歸正)'의 세계인 식을 강화하게 된다."[37]는 분석이 가능한 것은 이 작품이 인간에 의 한 직접적 징치보다 천도(天道)의 운행을 굳게 믿기 때문이다. 유가(儒 家)의 이기철학(理氣哲學)에서는 통상 천리(天理)와 인욕(人欲)을 대비 하여 설명하는데, 그 요체는 인욕이 과도하게 되어 천리를 해쳐서는 안 된다는 것이다. 『예기(禮記)』에 있는 대로, "사람이 태어나서 고요 한 것을 하늘의 성(性)이요, 이 성이 외물에 노출되었을 때 일어나 움 직이는 것이 욕(欲)이다. 외물이 이르면 이를 알아 본 다음에 좋아하 고 싫어함이 나타난다. 좋아하고 싫어함이 속에서 절제되지 않고 외 물의 유혹에 이끌리어, 능히 몸에 돌이킬 수 없으면 천리가 사라진 다."[38] 이런 사유방식대로라면 인간의 과도한 욕망이 파탄으로 귀결 되는 것은 지당한 일이어서 직접적인 응징에 지나치게 신경 쓸 일이 못된다. 또, 설령 그처럼 악인이 천도(天道)의 순행에 따라 패퇴하지 않더라도 사람의 기(氣)에는 후박(厚薄)과 청탁(淸濁) 등의 차이가 있어 서 수요(壽夭)와 선악(善惡)을 맞붙여놓을 수 없다는[39] 율곡의 생각은

---

36) 김만중, 〈사씨남정기〉, 앞의 책, 144쪽.
37) 최기숙, 『17세기 장편소설 연구』, 월인, 1999, 144쪽.
38) 곽신환, 「악에 대한 유가철학적 이해」, 한국정신문화연구원 철학·종교 연구실 편, 『惡이란 무엇인가』, 창, 1992, 73쪽에서 재인용.
39) 상고시대의 순박한 사람 가운데도 요사한 경우가 있고 지금의 부박한 사람 가운데도

음미해볼 가치가 있다. 이러한 세계관에서라면 악에 대한 직접적인 징치가 일어나지 않는다 해서 이상할 것도 없고, 그런 서사 역시 매우 자연스럽게 받아들여질 수 있을 것이다.

이러한 세계관의 의미는 자연스럽게 인간관에도 연결된다. 서사 전개 과정에서의 세세한 차이와 변동은 있겠지만 궁극적으로 '선인(善人)/악인(惡人)≒복(福)/화(禍)'라는 고정적 도식을 회피한다면 그만큼 인간의 변화 가능성에 유동성을 인정한 것이다. 물론 어떤 경우이든 복선화음(福善禍淫)으로 가는 지향점이 흔들리지는 않겠으나, 악인은 태생부터 악인이어서 죽어도 고칠 수 없고 선인 역시 시종여일하게 선하다는 식의 고정된 인간관을 탈피할 수 있다는 점에서 고무적이

장수한 경우가 있는 데 대한 책문에서 다음과 같이 밝히고 있다: 제 소견에는 理·氣·數가 그 體는 서로 연관성이 있고 그 用은 서로 통하는 것이지, 서로 틀리고 위배된 것이라고는 여기지 않습니다. 이만 알고 기를 모른다면 이를 모르는 사람이요, 기만 알고 수를 모른다면 기를 모르는 사람입니다. 이것을 논하건대 천지 만물의 이는 하나의 태극일 뿐이요, 그 기는 하나의 음양일 뿐입니다. 그 기란 것이 크고 작음이 있고 치우치고 바른 것이 있고 후하고 박한 것이 있고 맑고 탁한 것이 있으니, 맑은 것은 양의 기요, 탁한 것은 음의 기입니다. 양기의 가장 크고 가장 바르고 가장 후한 것이 動하는 이치를 다하여 하늘이 되고, 음기의 가장 크고 가장 바르고 가장 후한 것이 靜하는 이치를 다하여 땅이 되었으니, 천지는 기운의 가장 후한 것을 얻었기 때문에 그 수를 헤아릴 수 없고, 만물은 천지의 餘氣입니다. 크고 작은 것이나 치우치고 바른 것이나 후하고 박한 것이나 맑고 탁한 것이 그 받은 바에 따라 그 기가 동일하지 아니하니, 그 길고 짧은 수가 같지 않은 것을 볼 수 있습니다. (중략) 사람이 맑은 기운을 타고나면 착하기는 하지만 맑은 기운을 타고난 사람이 꼭 厚하란 법이 없으니, 어진 사람이 꼭 장수를 한다고 보장할 수는 없는 것입니다. 탁한 기운을 타고난 사람이 악하기는 하지만 탁한 기운을 타고난 사람이 꼭 薄하란 법은 없으니, 어질지 못한 사람이 꼭 요사한다고 기필할 수는 없는 것입니다. 그러니 顔子의 夭死와 도척의 장수를 어찌 의심하겠습니까. 先儒가 말하기를 "요순은 기운의 맑고 후한 것을 얻고 공자는 기운의 맑고 박한 것을 얻었다."고 하는 것도 이를 두고 하는 말입니다. 이것이 이치가 기 속에 붙어있는 소이입니다.(밑줄 필자) — 이이, 〈수·요에 대한 책문(壽夭策)〉, 『국역 율곡전서』 IV, 한국정신문화연구원, 1988, 이호형 외 옮김, 407~408쪽.

다. 대개의 가정소설에서 풍파를 일으키는 사악한 인물의 한편에는
우유부단하거나 판단력이 흐린 가장이 등장하는데, 그들은 대체로 잠
깐 악인에게 홀려서 잘못된 정도로 설명된다. 이런 인물 역시 적극적
인 악행은 아니더라도 나약함이나 무지에 의한 악행을 행사했음에도
불구하고, 시간이 지나면 언제든 다시 예전의 건전한 가장으로 되돌
아온다. 그런가 하면 형제간의 다툼이 일어나는 소설에서도 악형(惡
兄)이나 악제(惡弟)가 선형(善兄)이나 선제(善弟)의 감화를 받아 개과(改
過)하는 변화를 보이곤 한다. 그리고 그 개과의 근간은 언제나 본래의
성품이 선하다는 것이다.

> 화부인이 대답했다.
> "그 무렵 모친께서 형옥의 정성을 살피지 못하신 것은 참언이 이간질을
> 시켰기 때문입니다. 모친의 마음이 본래 어두웠던 것은 아닙니다. 『시경』
> 에 이르기를 '盜言孔甘하니 亂時用餤이라.' 했습니다. 예로부터 참언의
> 화가 모두 그와 같았던 것입니다. 모친께서 유독 형옥에게 부끄러워할
> 것이 무엇이 있겠습니까?"[40]

『시경(詩經)』의 〈교언(巧言)〉 장을 끌어들인 것은 본래 선했는데 악
인의 교언(巧言)과 참소(讒訴) 때문에 잠깐 사리분별을 잘못했다는 정
도의 위무(慰撫)로 보인다. 그러나 이러한 논리가 등장인물 전체에 똑
같이 적용되지 않음은 적잖이 의아스럽다. 〈장화홍련전〉의 배 좌수는
그간의 잘못을 용서받고 다시 선한 인물로 돌아가지만 계모 허씨는
능지처참으로 종결되며, 〈사씨남정기〉의 유연수 역시 아무 문제없이
용서받지만 후실 교씨는 그럴 수 없다. 이는 여전히 이러한 작품의 이

---

40) 『창선감의록』, 이래종 역주, 고려대민족문화연구소, 2003, 382쪽.

면에는 군자/소인, 선인/악인의 절대적인 이분법이 자리 잡고 있다는 표증(表證)으로 읽힌다. 다만 원래 선인이었던 인물이 잠깐 악과 한 무리로 있다가 다시 '제자리'를 찾는 수순(手順)을 밟는 것으로 이해하기에, 원래 악인인 인물은 어찌해볼 도리가 없다는 태도가 엿보인다.[41] 한편으로는 인간의 선한 천성을 회복할 수 있다고 믿으면서도 또 한편으로는 태생적으로 악한 성품은 구제불능이라는 다분히 이중적인 시각이 드러난다. 〈성진사전〉 같은 작품이 있기는 하지만, 전체 분량에 비추어 예외적인 사례이다.

둘째, 다른 쪽에 대한 관심이 워낙 커서 악에 대한 응징이 초점화되지 않는 경우이다. 이는 '애정'이 전면에 나서는 소설에서 흔히 발생할 수 있는 패턴이다. 물론 애정을 방해하는 인물에 함원(含怨)할 수도 있고 그것이 곧바로 보복으로 이어질 가능성도 있다. 그러나 대개의 애정소설은 애정이 이루어지지 않는 데 대한 애절함이 극도화되는 것이 상례이다. 이 경우, 주인공의 관심과 에너지는 이루어야 하나 이루어지지 못하는 사랑에 가 있을 뿐 다른 데로 전이되기 어렵다. 〈삼한습유〉의 향랑의 처지를 보자.

설총지는 말했다.
"…… 사람의 마음이 맺혀 풀리지 않는 것이 셋 있으니 한(恨)과 원(怨)

---

41) 박경열은 가정소설에 등장하는 계모, 후처, 첩 등이 '부가 구성원'인 점에 주목하고, 기존 구성원의 입장에서는 침입자이고, 그 침입자를 기존 구성원의 시각에서 악(惡)으로 규정한 것으로 본 바 있다. "악은 기존 구성원에 의해 규정되고, 이들에 의해 악인은 태생적 성격을 갖게 된다. 태생적 성격을 갖기에 고쳐질 수 없고 변화가 고려되지 않는다. 이들이 개과(改過)할 수 있는 기회를 부여받지 못하고 죽음을 맞이할 수밖에 없었던 것은 이러한 이유 때문이다."(박경열, 「가정소설에 나타난 악인(惡人)의 형성조건과 그 의미」, 『겨레어문학』 제39집, 겨레어문학회, 2007.12, 128쪽).

과 원(冤)이다. 여인의 마음이 맺히면 어떻게 풀 수 있겠는가? 자기 뜻을
굽혀 어미를 좇았으니 한(恨)이 마음에 맺혔고, 정숙하지 못한 남편을 만
났으니 원(怨)이 마음에 맺혔으며, 절개를 지키기 위해 물에 빠져 죽었으
니 원(冤)이 또 마음에 맺혔다. 한 마음에 이 세 가지가 맺혀 스스로 풀어
질 수 없으니, 여인의 마음은 살았을 땐 있다가 죽으면 사라지는 것이
아니었다. 그 마음은 천지가 생기기 전에 있고 천지가 사라진 뒤에도 그
치지 않는 것이다. 몸이 환생하여 동쪽 집 김효렴과 결연을 맺지 못했다
면 이 마음은 아마도 그치지 않았을 것이다.……"[42]

한(恨)과 원(怨)과 원(冤)이 나란히 나오고 있지만 이 셋 중 가장 큰
것은 한(恨)이다. 모든 것이 본래 마음에 두고 있던 김효렴과의 혼사
가 어긋나면서 생겼기 때문에 그것이 바로 모든 불행의 원천처럼 보
인다. 그렇다면 선계(仙界)로 환생한 향랑의 온 마음이 효렴으로 향할
것은 분명한 일이며, 남편과 시댁 식구들에 대한 복수는 부차적인 일
이며 또 본인이 신경을 쓰지 않아도 패악(悖惡)의 대가를 톡톡히 치르
는 식으로 서술된다. 더욱이 고을 원이 남편을 징치하려는 순간, 향랑
이 홀연히 나타나서 남편을 구해낸다. 가만히 두기만 했어도 악(惡)은
저절로 없어졌을 텐데 구태여 모습을 드러내어 선계(仙界)의 질서까지
어지럽히면서 적극적인 구원을 하는 것이다. 남편을 구한 향랑은 보
란듯이 훈계하는데, 그 내용은 이렇다.

"… 제가 와서 당신을 구한 까닭은 전날 잠시 부부였기에 아직도 미진
한 뜻이 남아 있어서입니다. 이리하여 천하 후세 사람들로 하여금 부부의
큰 의를 알게 하고자 합니다. 이제 은혜를 갚았고 의리도 다했습니다.

42) 김소행, 『삼한습유』, 이승수·서신혜 역주, 박이정, 2003, 297쪽.

몸을 잘 간수하십시오. 이후로는 수백, 수천 년이 지나도 다시 만날 일이 없을 것입니다."[43]

부부의 의를 다한다는 것은 철저하게 윤리적인 문제일 테지만, 이 발언의 핵심은 이제 은혜를 갚았고 의리도 다했으니 다시는 만날 일이 없다는 것이다. 그것으로 부부의 인연을 종결하여야 김효렴과의 새로운 못 이룬 부부관계를 시도할 수 있기 때문이다. 한(恨)이 원(怨)이나 원(冤)을 압도할 때, 복수는 그 다음의 문제이다. "한(恨)을 느끼는 자는 도덕적이기보다는 감정적"이며, "한(恨)을 풀려는 자 역시 도덕적이기보다는 감정적인 인물"[44]이며, 한풀이의 행위는 도덕적 당위성 여부를 떠나 거의 맹목적적이기 쉽다. 김효렴과의 혼사가 불발된 데 한을 품은 향랑으로서는 오로지 그 문제에만 집중할 뿐이며, 물론 그밖의 여러 요인들이 작동하기는 하지만, 그에 장애가 되는 요소를 제거하는 과정에서 자연스러운 용서가 이루어지는 것으로 볼 여지가 없지 않다.

〈운영전〉의 특(特)에 대한 처리 역시 마찬가지이다. 운영과 김진사의 한(恨)은 오로지 둘의 사랑이 이루어지지 못한 데 있다. 특히 자결이라는 비극적인 방법을 택할 수밖에 없었던 운영이나, 그런 정인(情人)의 죽음을 수수방관할 수밖에 없었던 김진사에게 그보다 절절한 한은 찾기 어렵다. 이 점에서 안평대군에 대한 원망이나 특에 대한 적개심은 모두 부차적인 데에 떨어진다. 아예 서사의 핵심에서 멀어지

---

43) 김소행, 같은 책, 54쪽.
44) 양희철, 「恨의 人物과 恨譚의 模型에 대하여」, 김열규 편, 『韓國文學의 두 問題-怨恨과 家系』, 학연사, 1985, 7~76쪽.

고 마는 것이다. "특의 최후가 작품 후반부의 맥락에서 그리 설득력 있게 드러나 있지도 않다."45)는 불만은 상당 부분 그런 데에서 기인한다. 특이 함정에 빠져 죽는 것 역시 천벌(天罰)로 보이지만, 중요한 사실은 그런 죽음조차도 그냥 담담히 서술해놓을 뿐이어서 일과적(一過的) 삽화처럼 그려진다. 적극적인 용서라기보다는 다른 문제에 골몰하느라 결과적으로 방치된 데 가까운 형국이다.

셋째, 소설사적 맥락에서의 의미이다. 우선, 초기소설에서는 심각하게 표면화하지 않던 악이 17세기 이후 구체화할 조짐을 보인다는 점이 관심거리이다. 예를 들어, 〈홍길동전〉이나 〈운영전〉에 등장하는 악인이 반동인물로서 기능하지 못하는 데 반해 〈사씨남정기〉와 〈창선감의록〉쯤에 오면 선악의 대결이 구체화한다거나46), 〈사씨남정기〉의 사건전개의 세 축으로 '사씨의 선', '교씨·동청의 악', '유연수의 개과'를 드는 방식47)이 그렇다. 특히 〈사씨남정기〉를 두고 가부장제 같은 사회제도의 질곡으로 풀어내는가 하면48), 한편으로는 효행 이데올로기와 결부하여 설명하기도 하고,49) 욕망의 제어 문제로 풀기도 하고50), 적통(嫡統)에 대한 관심으로51) 풀기도 하는 등 다양한

---

45) 정환국, 「17세기 소설에서 '악인'의 등장과 대결구도」, 『漢文學報』 제18집, 우리한문학회, 2008, 571쪽.

46) 정환국, 「17세기 애정류 한문소설 연구」, 성균관대 박사논문, 2000 및 앞의 논문.

47) 신재홍, 「〈사씨남정기〉의 선악 구도」, 『한국문학연구』 제2호, 고려대학교 민족문화연구원 한국문학연구소, 2001.

48) 정출헌, 「가부장적 가족제도의 질곡과 고전소설 ─사씨남정기의 주요 인물에 대한 탐구」, 『문학과 교육』 12, 문학과교육연구회, 2000.

49) 정환국(2008), 앞의 논문.

50) 김현양, 「사씨남정기와 욕망의 문제」, 『고전문학연구』 12, 한국고전문학회, 1997 및 최기숙, 앞의 책.

51) 조현우, 「〈사씨남정기〉의 惡女 형상과 그 소설사적 의미」, 『한국고전여성문학연구』

의견이 개진되었다.

그러나 〈사씨남정기〉 말고도 17세기 소설의 대표로 꼽히는 〈창선
감의록〉, 〈구운몽〉, 〈숙향전〉 등을 함께 검토하면 관용을 둘러싼 논
의의 시야가 넓어진다. 〈창선감의록〉은 개과(改過)에 중점이 두어지
고, 〈구운몽〉은 선/악의 분별을 넘어선 통합에 중점이 두어진다. 그
런가 하면 〈숙향전〉의 최고 악인이랄 수 있는 사향은 옥황상제가 내
린 '천벌'을 받아 죽임을 당한다. 〈구운몽〉처럼 악(惡)을 포용하여 깨
달음이라는 지상선(至上善)을 찾아가는 서사에서부터, 〈숙향전〉처럼
천벌(天罰) 같은 간접적 징치에 맡기고[52] 악에 별다른 대응을 하지 않
는 서사, 〈창선감의록〉처럼 개과천선(改過遷善)을 통한 화합을 강조하
는 서사, 〈사씨남정기〉처럼 악인에 대한 직접적 징치를 보이는 서사
까지로 일정한 스펙트럼을 형성한다. 물론 징치가 가장 강하게 드러
나는 〈사씨남정기〉조차도 가장에 대한 관용이 드러나며 악인이 저절
로 패망하는 간접적 징치가 강조되는 등 후대의 소설과는 유의미한
차별성을 보인다.

군담소설 같은 후대의 소설은 통속성을 강화하면서 악인을 특정인
또는 특정세력으로 집중하면서 그 응징에 초점을 두는 변화는 주목해
봄직하다. 후대의 소설에서 악인(惡人)의 서사적 기능이 강화되어 적

13, 한국고전여성문학연회, 2006.

52) 하늘의 명을 받고 내려온 선승(禪僧)이 사향을 징치하는 대목은 이렇다. "쇼미로셔
져그마흔 불슈레룰 늬여 노코 우희 올라셔니 문득 우레 진동ᄒ여 큰 비 담아 붓드시
오며 벽녁소리 요란ᄒ며 공중의셔 동희ᄀᆺ튼 불덩이 나려와 ᄉ향을 늬여 노코 졔 죄악을
낫낫치 슈죄ᄒ고 즛바아 죽이니 승샹 양위와 가즁계인이 모ᄃ 긔졀ᄒ엿다가⋯⋯"〈숙향
전〉, 황패강 역주, 『숙향전/숙영낭자전/옥단춘전』, 고려대학교민족문화연구소, 1993,
58쪽.

어도 선인과 대등한 대결을 펼칠 조짐을 보인다는 점은 유의미한 변화이다. 정한담이나 이두병 같은 악인들은 홍길동과 대적하는 초란과 특재처럼 힘이 미미하지도 않고 운영이나 김진사가 특을 대할 때처럼 무시할 수 있는 상황도 아니며 숙향이 사향을 대할 때처럼 전체 대적자 중 그 비중이 미약한 것이 아니다. 또한 악(惡)이 몰아치는 사태는 매우 복잡해서 가정과 사회, 국가가 두루 얽히게 되어 단순히 선인과 악인의 대결구도만으로도 쉽게 설명되지 않는다. 그럼에도 불구하고 선인과 악인의 변화, 특히 악의 개과(改過) 가능성에 대해서는 상당히 폐쇄적인 편이다.

이는 불교계 소설의 변전(變轉) 과정을 통해서도 더욱 확연히 드러난다. 『본생경(本生經)』 등의 불교 설화에 근원을 두고 1328년에 간행된 『석가여래십지수행기(釋迦如來十地修行記)』에는 〈선우태자전〉이나 〈금우태자전〉 같은 작품이 있는데, 이것이 후일 〈적성의전〉이나 〈금송아지전〉 같은 데로까지 변화하면서 내용상의 변이를 보이는 것이다. 특히, 〈선우태자전〉에서는 악우가 피해 달아나는 것으로 종결되지만 〈적성의전〉에서는 항의를 죽이는 데로 나아간다. 〈금송아지전〉 역시 일부 이본에서는 〈금우태자전〉에서 금우태자가 부왕에게 간청하여 모후를 살려주게 하는 것과는 달리 처참한 형벌을 내리게 하는 작품까지 등장한다.[53] 물론 불교계 소설로 볼 수 있는 다른 작품들이나 동일 작품의 다양한 이본들 가운데 용서와 화해의 본 모습을 유지하는 것이 없지는 않지만, 복수와 응징 새롭게 등장하고 강화되는 현상은 주목할 만하다. 마침내 '복수소설'이라는 명명이 전혀 어색하지 않을 만한 〈김

---

53) 이런 변화양상에 대해서는 박병동, 『불경 전래설화의 소설적 변모 양상』, 역락, 2003, 215~225쪽 참조.

학공전)의 출현은 사실상 관용의 서사에 종지부를 찍는 형국이다.

논의를 소급해서 소설 이전으로 올라서면 신화의 악(惡)이 갖는 양면성, 『삼국유사』 등에서 보이는 악에 대한 유연한 태도나, 각종 야담이나 설화의 보은담에서 볼 수 있는 조건 없는 베풂과 포용이 드러나는 바, 후대의 소설에서 그 행방을 찾아보는 일은 요긴한 과제일 것으로 보인다.

5. 결론

이 논문은 우리 고소설이 권선징악 일변도라는 통념과는 달리, 악에 대한 직접적인 응징이 일어나지 않는 작품이 제법 있다는 데 착안하여 그 관용이 갖는 의미를 탐색한 것이다. 먼저 해당 자료를 개관하고 거기에서 관용이 일어나는 의미에 따라 몇 단계로 나누어본 후, 그 의미에 대해 분석하였는데, 논의 결과는 다음과 같다.

먼저, 대상 자료로는 '악(惡)'이 사건화하여 드러나면서 악을 응징할 수 있지만 직접 응징하지 않는 조건을 만족하는 작품을 선별하였다. 그 결과, 〈구운몽〉, 〈삼한습유〉, 〈사씨남정기〉 등등의 작품이 가려졌으며, 작품 중에 관용이 드러나는 대목을 간략한 줄거리로 제시했다.

다음으로, 관용의 근원에 따라 몇 단계로 나누어 살폈다. 첫째 단계는 첫째, 정리(情理)나 형편상의 용서로, 악인에게 죄를 묻고 그에 상응하는 대가를 받아야 마땅하지만, 그 행위가 더 큰 문제를 야기할 경우이다. 〈소대성전〉처럼 관용을 통해 가정 내의 불화를 극복하는 사례를 보인다. 둘째, 개과(改過)와 연계한 관용으로, 악인이 개과천선

(改過遷善)한 모습을 보고 용서하기도 하고 용서를 받고 참회(懺悔)를 통해 개과천선(改過遷善)에 이르는 등 관용과 개과가 긴밀히 연관되는 경우이다. 셋째, 실질적인 관용(寬容)을 펼쳐 보이면서 악(惡) 자체에 대해 초탈의 가능성을 열어두는 것으로, 악에 대해 초연한 입장을 취하는 경우이거나 초월적인 논리에 따라 세속적인 맞대응에 별 의미를 두지 않는 경우 등이다. 〈성진사전(成進士傳)〉처럼 계속되는 악행에도 초연함으로써 결과적으로 큰 선(善)을 이루는가 하면 〈구운몽〉처럼 악과 선을 넘어서는 초월적인 세계로 질적 도약을 하기도 한다. 이 세 단계는 정황에 의해서이거나 사회적 윤리에 종속되어 용서하는 데에서부터, 악인의 개심(改心)으로 귀착되는 데까지 나아가고, 최종적으로는 악(惡) 역시 선(善)과 순환하여 상호 계기적으로 운용될 수 있음을 알려주는 데까지 나아간다.

끝으로, 관용의 서사가 갖는 의미를 탐색하였다. 첫째, 관용의 서사에 내재한 세계관과 인간관은 직접적인 응징을 회피하면서 천벌(天罰)을 인식하고 있다는 점과 '선인(善人)/악인(惡人)≒복(福)/화(禍)'라는 고정적 도식을 회피하면서 유동성을 인정한 것으로 정리되었다. 대개의 가정소설에서 유책(有責) 가장에 대해 보이는 태도 등이 그렇다. 둘째, 다른 쪽에 대한 관심이 워낙 강해서 응징이 초점화되지 않는 경우로, 애정을 이루지 못해 한스럽게 죽은 인물이 등장하는 서사 같은 데에서 잘 드러난다. 〈운영전〉이나 〈삼한습유〉 등이 그런 사례이다. 셋째, 소설사적 맥락에서, 초기소설에서는 심각하게 표면화하지 않던 악(惡)이 17세기 이후 구체화할 조짐을 보이면서 그 이후로는 악인의 구체화 정도나 악의 징치가 한결 더 강화된다. 통속화와 함께 선/악의 대립이 더욱 극대화한 것으로 보인다.

그러나 이상의 논의에서 얻어진 결론은 아직 많은 수의 작품 검토가 제대로 이루어지지 않은 상태에서의 잠정적인 결론으로 상당 부분 유보 또는 제한이 불가피하다. 동시대에 함께 향유되었던 야담이나 설화 등과의 횡적인 비교도 필요하고, 그 이전의 신화나 그 이후의 신문학기 소설 등과의 종적인 비교도 필요하다. 이런 논의가 보완되어 한국문학에서 악(惡)이 차지하는 위상이 제대로 규명되었으면 한다.

아동문학의 '선/악' 문제와
교육적 활용

1. 서론 : 동화, 도덕, 악(惡)

동화는 어린이를 상대로 한 문학이다. 물론 동화에 어른 독자가 없는 것은 아니지만 근본적으로 아동을 위한 독서물임이 분명하다. 이 때문에 동화는 여느 서사문학이 갖지 못한 천진함을 보이기도 하면서, 한편으로는 '계몽'의 욕구를 떨쳐내기 어렵다. 어린이를 '아직 어른의 때가 묻지 않은 존재'로 상정할 경우 그 어린이다움이 찬미되겠으나, '아직 어른으로 성장하지 못한 존재'로 취급할 경우 어린이는 그저 어른이 될 준비를 하는 예비단계에 불과하기 때문이다. 계몽성은 그러한 후자의 시각에서 강하게 드러나며 유독 동화에 교훈성이 두드러지는 것도 바로 그런 이유이다.

동화에서 교훈성이 과도한 사례는 이른바 해피엔드형 이야기가 주종을 이루는 전래동화를 지목할 만하고, 실제로 많은 전래동화들이 그러했던 것도 사실이다. 그러나 전래동화의 근원이라고 할 수 있는 설화에서는 상대적으로 교훈성이 그리 크지 않았던 데 비해 '동화'로 탈바꿈하면서 교훈성이 과도하게 실린 현상은 예사로 보아 넘기기 어렵다. 그래서 어느 논자가 "어린이가 재미라도 느낄 수 있는 어린이문학은 바로 그만큼이라도 어린이를 위하게 된다. 그러나 어린이가 교훈밖에 찾아내지 못하는 어린이문학은 어린이에게 교훈조차 줄 수 없게 된다."[1]라고 한 주장이 힘을 얻을 수 있다. 이는 아마도 동화라면 으레 재미와 교훈, 혹은 감동과 교훈 중 후자 쪽이 더 있어야 한다고 믿는 풍토 가운데 교훈성이 강한 설화가 동화로 안착한 데 기인한다. 이런 이유로 전래동화는 고리타분한 옛이야기쯤으로 취급하는 경향까지 있지만, 문제는 거기에만 국한되지 않는다.

전래동화는 물론 최근에 속출하는 '생활동화' 내지는 '학교동화'에서도 그 교훈성이 두드러지는 예는 심심찮게 찾아볼 수 있다. 물론 이는 어린이가 처한 현실이 그만큼 녹록치 않다는 반증이겠는데, 그렇다고 그런 동화가 실제로 척박한 현실을 견뎌내는 힘을 주는지에 대해서는 낙관하기 어렵다. 그런 부류의 동화책이 여러 기관과 학교에서 권장도서로 읽히면서 붐을 일으키기는 하지만, 실제 아동들의 반응은 그리 호의적이지만은 않다. 때로는 동화 속 인물이 처한 현실에 공포심을 느끼기도 하며, 때로는 너무 현실적이라는 점에서 무덤덤하기까지 한 형편이다.

문제는 서사와 도덕의 균형이다. 주지하는 대로, 서사가 도덕에 압도될 때 서사는 한갓 도덕을 설파하기 위한 수단으로 전락하고 만다.[2] 그런 상황에서라면 한 줄짜리 도덕률을 일러주기 위해 한 권의

---

1) 이지호, 『옛이야기와 어린이문학』, 집문당, 2006, 17쪽.
2) '왕따'를 검색어로 하여 학술논문 검색을 시도해 보면, 대개의 논문들이 교육학, 사회학, 심리학 등에 집중해있을 뿐이며 문학에 관심을 둔 경우는 한 편에 불과한 실정은

동화책이 소용될 수도 있는 것이다. 그러나 서사문학에서는 인물과 인물이 특별한 환경에서 벌이는 특정 사건을 다룬다는 점에서 구체성이 중시된다. 맥락을 사상한 채 도덕적 잣대를 들이댄다면 문학의 참된 효용은 이미 상당 부분 소거되고 만다는 데에 문학교육의 본질을 고민하게 한다. 이 점에서 동화에서의 선악 문제는 좀 더 신중하게 접근될 필요가 있다.

이 글은 이런 문제에 착안하여 최근의 아동문학에서 선/악의 문제가 가장 선명히 드러나는 소위 '왕따(집단 따돌림)' 문제를 다룬 동화를 대상으로 하여, 서사맥락에서 선악이 드러나는 양상을 살피고 그 교육적 활용에 대해서 탐구하기로 한다.3)

2. '선/악'의 문제와 집단 따돌림

'선/악'은 그 정의부터 간단치 않다. 어쩌면 동서고금의 보편적인 선과 악이 있을 듯도 하지만, 그런 선악은 극히 제한적일 수밖에 없다.

이 문제에 관한 한 문학에서의 관심 역시 편향될 수밖에 없음을 방증한다. '왕따'를 문학의 영역에서 다룬 예는 이상진, 「한국창작동화에 나타난 집단따돌림 문제」(『문학교육학』제8호, 문학교육학회, 2001.12)가 있다.

3) 대상으로 잡은 동화는 다음과 같다. 인터넷 서점에서 '왕따'로 분류해놓은 작품을 중심으로 하여 다음 14작품이다: 고정욱, 『학교 가기 싫어요』, 느낌표, 2006; 공지희, 『이 세상에는 공주가 꼭 필요하다』, 낮은산, 2007; 김문주, 『왕따 없는 교실』, 문학사상사, 2004; 김희숙, 『매를 사랑한 참새』, 채우리, 2003; 남찬숙, 『괴상한 녀석』, 창작과비평사, 2000; 문선, 『양파의 왕따일기』, 파랑새어린이, 2001; 박기범, 『문제아』, 창작과비평사, 1999; 송언, 『왕언니 망고』, 푸른나무, 2002; 송재찬, 『무서운 학교 무서운 아이들』, 푸른책들, 2001; 오은영, 『깜근이 엄마』, 홍진P&M, 2007; 이윤학, 『왕따』, 문학과지성사, 2006; 채인선, 『내 짝꿍 최영대』, 재미마주, 1997; 황선미, 『나쁜 어린이 표』, 웅진닷컴, 1999; 황선미, 『초대받은 아이들』, 웅진닷컴, 2001.

여기에서는 선인 것이 저기에서는 악일 수도 있고, 현재는 악인 것이 과거에는 선이었을 수도 있다. 특히, 서사문학에서 선악을 문제 삼을 때는 고정된 시공에서 고정된 사건이 일어나는 것이 아니라 언제나 서사맥락에서 작동하는 것이라는 사실을 도외시할 수 없다. 이 점이 간과되면 집단 따돌림을 다룬 동화에서의 선/악은 곧 '따돌리는 아이들/따돌림을 받는 아이'로 도식화되기 십상이다.

그러나 사태는 그리 간단치 않다. 그렇게 볼 경우, 집단/개인, 가해자/피해자, 선인/악인의 대립이 사실은 항목만 바뀐 채로 변주하는 꼴을 맞게 되기 때문이다. 즉, 집단이 한 개인을 따돌려서, 따돌리는 집단은 가해자가 되고 따돌림을 당하는 개인은 피해자가 되며, 자연스럽게 그 양자 사이에는 선과 악의 구분선이 또렷해지는 것이다. 물론, 이른바 '왕따'를 둘러싼 상황에서 그런 국면이 없지는 않겠으나 그렇게만 보고 만다면 현실의 생생한 결은 사라지고 비현실적 구획만 남을 우려가 있다. "법칙, 원리, 덕목, 범주 등 요컨대 도덕으로 출발하는 도덕론의 장점은 명료한 도덕 판단을 가능케 해준다는 것이다. 그러나 약점도 있다. 그 판단의 결과가 판단의 주체로부터 멀리 이반될 수도 있다는 것이다."[4]

서사문학에서의 주체는 당연히 등장인물이며, 등장인물은 결코 일방적인 도덕률을 펴는 데 그치지 않고 인물과 인물이 서로 관계를 형성하고, 그 결과로서의 도덕이 작동할 뿐인 것이다. 이 점을 명심한다면 왕따를 소재로 한 동화 역시 왕따가 생성되는 서사적 맥락을 무시할 수 없다. 단적인 예로, 누군가가 다른 누군가를 따돌려서 왕따로

---

4) 이왕주, 「도덕교육에서 패러다임의 전환과 서사도덕」, 이왕주 외, 『서사와 도덕교육』, 부산대학교출판부, 2003, 11쪽.

만든다고 할 때, 이 피해자가 꼭 왕따를 당한 사람에 국한되지는 않는
다. 왕따를 만드는 그 순간, 왕따를 시킨 사람 역시 심한 비인간화를
겪을 수도 있고, 당사자가 아닌 다른 사람들이 그 희생양이 될 수도
있다. 가해 역시 단순히 학생들 간의 역학 관계에서만 형성되지 않고
교사와 부모 등등으로 확장될 경우, 매우 복잡하고 심각한 상황이 연
출될 수 있다.

그러나 이보다 더 심각한 문제는 왕따 문제의 발생이 아니라 해결
과정에서 증폭된다. 문제의 원인을 어떻게 진단하느냐에 따라서 해결
책 역시 갈리는데, 단순하게는 왕따의 직접적 원인 제공자를 제거하
는 데에서부터, 집단적인 반발을 통해 문제의 반전을 꾀하는 경우이
거나, 당한 대로 갚아줌으로써 역전을 이끌어내는 경우, 대승적 차원
에서의 화합을 도모하는 경우 등 다양다기한 면모를 보인다. 당연히
문제의 핵심은 일차적으로, 그러한 해법이 과연 적절한가에 있다. 원
인의 진단이 잘못되었다면 해법 역시 온당키 어렵기 때문에 문제의
해결이 도리어 악화를 이끌어내는 일 역시 없으리라는 보장이 없다.
어떤 경우에서는 문제 해결이 전혀 없이 두루뭉술하게 끝나기도 하
고, 어떤 경우는 문제의 해결이 분명히 드러나지만 석연치 않은 귀결
도 있는 것이다.

문제는 거기에 그치지 않는다. 동화가 아이들 사이에서 생기는 문
제를 다룬다고는 해도, 아니 사실은 그 때문에 아이들이 감당할 수 없
는 악의 등장은 필연적이다. 아이들은 매우 천진해서 모든 것을 다 할
수 있다는 착각에 빠지기도 하지만, 현실적으로 아이들은 자기보다
조금 더 힘이 센 아이 앞에서도 공포스러워하는 나약한 존재이기도
하다. 이 점에서 왕따 문제의 현장에는 대체로 그 문제를 주도하는 인

물이 있기 마련인데 그 인물의 속성에 따라 대응책 역시 상당히 달라질 수 있다. 가령, 어떤 인물은 순수한 의미에서의 물리적인 완력만 가지고 있는 경우도 있고, 어떤 인물은 완력 이외에 특별한 유인책을 갖는 경우도 있으며, 또 어떤 경우는 완력을 전혀 행사하지 않고도 교묘하게 집단 따돌림을 이끄는 경우도 있는 것이다. 악의 실체가 그렇게 여러 갈래이다 보면, 그에 대한 대응 역시 달라진다. 악에 굴복해서는 안 된다는 사실을 안다 하더라도, 직접 응징할 수 없을 만큼 상대가 강할 수도 있으며, 대체 무엇을 응징해야 좋을지도 모를 만큼 상대가 불명확한 경우도 있는 것이다.

그러나 대개의 동화는 그런 복잡한 현실을 단순하게 처리한다. 이는 분명 일차적으로 대상독자가 아동이라는 데에서 기인하는 측면이 강하지만, 일정 부분 '왕따'를 보는 작가와 사회의 시선에 따른 것임도 부인하기 어렵다. 학교에서 왕따 현상은 왜 생기는지, 그리고 그 실제적 극복 방안은 무엇인지 섬세하게 따져보지 않는 한, 왕따와 연관한 구체적 '인물'은 소거되고 추상적 인물에 덧씌워진 '왕따'적 속성만 드러날 위험이 다분하다. 더구나 빈약한 서사에 윤리적 당위성, 혹은 정서적 과잉 대응이 덧입혀질 경우라면 한편의 교훈 드라마를 연출해내는 데 그칠 공산 역시 배제할 수 없다. 이제 이런 점을 염두에 두고, 동화에서 벌어지는 왕따 문제의 '발생'과 '확산', '실마리 찾기'와 '해결'이라는 공통적 서사 맥락을 좇아, 그 선/악의 대응에 대해 살펴보기로 한다.

3. 서사맥락에서의 '선/악'과 그 대응

3.1. '당하기'와 '되갚기'

'왕따' 문제를 '왕따를 시키는 사람'과 '왕따를 당하는 사람'으로 2분하여 이해할 때, 왕따를 당하는 사람은 전형적인 피해자일 수밖에 없다. 이들이 생각할 수 있는 방법 중 가장 간단한 것은 당한 그대로 되갚아주는 것이다. 황선미의 〈나쁜 어린이 표〉는 이런 서사의 전형이다. 교사는 나쁜 일에는 나쁜 어린이 표를, 착한 일에는 착한 어린이 표를 부여함으로써 학생들을 통제하고자 한다. 이는 일견 신상필벌(信賞必罰)을 통한 교육적 효과를 거두려는 의도이지만, 실제로는 부작용이 두드러지는 뜻밖의 결과를 맞는다.

> 우리 반 애들은 모두 교실 벽에 걸린 종이판에 신경을 많이 쓰게 됐어요. 자기 이름 옆에 나쁜 어린이 표인 노란색 스티커가 붙을까 봐서요.
> 초록색 스티커를 받는 애들은 대개 정해져 있어요. 반장이거나 발표 잘 하는 애들이지요.
> 노란색 스티커도 받는 애만 받아요.
> 벌을 받고도 스티커를 떼어 내지 않으니까 누가 나쁜 애인지, 착한 애인지 차츰 표시가 나기 시작했어요.
> 그러자 초록색 스티커를 받는 애들이 저희끼리만 어울리는 거 있죠. 하지만 노란색 스티커를 받는 애들은 같이 어울리지 않았어요. 그러다가 나쁜 어린이 표를 또 받을까 봐 조심하는 거예요.[5]

매우 간단한 진술이지만, 결과적으로 나쁜 어린이 표를 받은 아이들이 차츰 소외되는 집단 따돌림을 겪게 된다. 이 점에서 초록색 스티

---

5) 황선미, 위의 책, 27~28쪽.

커를 받은 아이들이 노란색 스티커를 받은 아이들을 따돌리는 '악'이
지만, 그 근원을 거슬러 올라가면 그런 분위기를 조장한 교사가 더 큰
악인 셈이다. 주인공 건우는 결국 '나쁜 어린이 표'를 남발하는 교사
에게 '나쁜 선생님 표'를 부여하고, 그 사실을 안 교사가 뉘우침으로
써 이야기는 극적 화해를 한다. 받은 대로 갚는 전형적인 되갚기의 꼴
이다. 악에 대해 똑같은 악으로 되갚음으로써 그 악이 소멸한다는 발
상은 상당히 일반적으로 퍼져있는 상식이다. 그렇지만 이 작품의 경
우처럼 그 힘이 대등하지 않을 때, 즉 피해를 당하는 사람과 피해를
입는 사람의 권력관계가 수직적일 때 문제는 그리 간단치 않다. 이 서
사 역시 우연한 기회에 교사가 사실을 알아차린 것으로 처리되었을
뿐이지, 교사에게 직접 항의를 하지는 못한다.

결국, 이런 식의 '되갚기' 서사는 되갚기를 받는 측의 선처(善處)에
의지하는 한계를 갖는다. 만일 상대가 마음을 고쳐먹고 자신의 잘못
을 뉘우친다면 문제는 말끔하게 해결되지만 더욱 더 가혹한 억압이
행해지는 위험 역시 피할 수 없는 것이다. 그러나 이보다 더 심각한
문제는 되갚기 과정을 통해 잘못된 해결법을 체득한다는 데 있다. 가
령, 초등학교 교과서에도 나오는, 아전에게 겨울에 딸기를 구해오라
고 시키는 못된 원님의 이야기 같은 경우, 아전의 아들이 아버지가 독
사에게 물려 오지 못한다고 함으로써 원님의 굴복을 이끌어내며 이
점에서 지혜담으로 인식되는 게 마땅하다. 그러나 원님이 아전의 아
들을 그저 고약한 녀석이라고 일축해버린다면 이런 방법의 해결은 불
가능하다. 해결은커녕 원님으로 대표되는 어른의 폭력성을 아전의 아
들로 대표되는 어린이가 그대로 답습하는 결과만 빚고 말 수 있다.[6]

그러나 아동의 시각에서 당한 대로 갚기는 매우 유혹적이다. 특히

심각한 폭력 등을 동반하지 않아서 비교적 맞서기 쉽다고 생각하는 작품에서는 더욱 그렇다. 예를 들어 문선의 〈양파의 왕따 일기〉는 직접적인 물리력 행사보다는 교묘한 심리적 유대를 통한 따돌림이 문제되는데, 문제의 심각성을 깨달은 인물들은 암묵적인 담합을 통해 미희를 따돌린다.

> 미희는 밖으로 뛰쳐나갔다. 우리 양파도 모두 미희를 따라 나갔다. 늘 우리가 모였던 운동장 가장자리 벤치에서 미희가 말했다.
> "너희들이 어떻게 나한테 이럴 수 있어?"
> 미희는 울먹이는 목소리로 소리쳤다. 사실 이건 좀 비겁한 행동이었다. 글씨체도 못 알아보게 컴퓨터로 쳤고 이름도 밝히지 않았으니까.
> 근데 참 이상하게도 이번에는 누구도 어떻게 그럴 수 있냐는 둥 참 나쁜 애 짓이라는 둥 그런 말을 아무도 하지 않고 조용히 서 있기만 했다. 아마도 그건 우리 모두 그 일을 하고 싶었던 마음이 있었기 때문에 그런 게 아닐까 싶다.[7]

미희의 주도로 특정 인물에게 행해지던 따돌림이 이제 '나'의 주도로 미희에게 다시 돌아간다. 도리어 미희가 "너희들이 어떻게 나한테 이럴 수 있어?"를 외치며 울먹이는 지경에 이른다. 그 결과, 미희는 바뀌고 아이들의 행동도 바뀌었다. 네가 남을 따돌릴 수 있다면, 우리 역시 그럴 수 있다는 사실을 과시함으로써 문제가 손쉽게 해결된 것이다. 현실적으로 그럴 수 있을까의 문제는 차치하고라도, 그렇게 되갚음으로써 독자는 카타르시스를 경험하고 궁극적으로는 문제 유발

---

6) 이런 문제에 대해서는 최기숙, 『어린이 이야기, 그 거세된 꿈』, 책세상, 2001, 94쪽 참조.
7) 문선, 앞의 책, 134쪽.

자의 참회를 통해 왕따 문제를 원천적으로 풀어나간다.

이런 서사에서의 선/악을 보는 시각은 매우 단순하다. 왕따를 유도하거나 만드는 일이 악이며, 그런 일을 행하는 인물은 악인이고, 그일을 당하는 인물은 선의의 피해자는 측면에서 선인이다. 그리고 그문제를 풀기 위해서는 악인이 자기가 베푼 악을 몸소 겪음으로써 그부당함을 체험하고, 그를 통해 악인이 뉘우침으로써 궁극적으로 왕따가 없는 이상적인 현실이 이루어지는 것이다.

3.2. '사악함'과 '응징'

동화가 아동을 위한 서사이며, 등장인물 역시 아동인 것이 일반적이라고는 해도 왕따 문제를 다루는 작품 같은 데에서는 심각한 악행이 문제되는 경우도 없지 않다. 만약 어떤 등장인물의 악행이 다른 인물의 존립기반까지 위협하는 수준이라면, 단순한 되갚기나 화해 시도가 아닌 다른 방법을 택하게 된다. 기존 논의에 있는 대로 집단 따돌림의 유형을, 단순히 소외시키는 '소외형', 언어적 폭력을 행사하는 '언어형', 신체적·물리적 폭력을 행사하는 '신체형'으로8) 3분할 때, 이러한 방법이 채택되는 경우는 세 번째의 신체형이다.

왕따를 다룬 동화 중 가장 폭력성이 심한 고정욱의 〈학교 가기 싫어요〉는 그 대표적인 예이다. 주인공 윤성이는 장애인 친구를 학교에 데리고 다니는 등 모범적인 아이인데, 장애인 친구를 괴롭히는 아동에게 대항했다가 큰 봉변을 당한다. 처음에는 사소한 폭력에서 출발

---

8) 집단따돌림을 이렇게 세 유형으로 구분하는 것은 정은순 외, 「초등학생들의 집단따돌림에 관한 연구」(『아동간호학회지』 제8권 제4호, 대한아동간호학회, 2002.12)에 따른다.

했지만, 점차 확대되어 돈을 빼앗고 집단 폭행을 하며 급기야 중학생 등 청소년에게 시달리기까지 한다. 그런데 서사의 전개에서 이 과정이 참으로 끔찍하고 집요하게 그려지고 있어서 참아내며 보기 어려울 정도이다.

"윤성이는 눈앞에 불꽃이 튀는 것을 느꼈습니다. 6학년 형들의 주먹과 비교도 할 수 없게 셌습니다. 한 대만 맞아도 비틀거리며 나가떨어질 정도였습니다."[9] 같은 폭력의 묘사가 수도 없이 나열된다. 이런 일을 겪은 부모님이 폭력에 대해 공부하고, 상담하는 과정에서 "결론부터 말하자면 삥을 뜯고 폭력을 행하는 아이들은 반드시 잡아서 학교나 경찰에 신고를 해야 한다는 점입니다. 돈을 줘서 해결하거나 그냥 피하는 것은 옳은 방법이 아니며 사회적으로도 도움이 되지 않습니다."[10] 같은 조언을 듣는다. 이는 한마디로 잘못에 대한 응징을 하지 않고서는 문제가 해결되지 않는다는 말이며, 이러한 대응을 '적극적인 사람이 되어야 해' 같은 소제목으로 드러낸다. 또, 사태는 여기에서 끝나지 않는다. 급기야 윤성이 아버지는 사설 경호원을 동원하여 중학생들을 잡아 경찰에 넘김으로써 문제를 일단락 짓는다. 물론 그 이후에 문제 학생들을 계도하기 위한 노력을 하지 않는 것은 아니지만, 일단 아이가 당한 폭력에 상응하는 응징이 가해졌다.

이 작품의 경우, 악은 매우 분명하고 가만 두면 점점 커지는 특성을 지닌다. 그렇기 때문에 어른이 나서서 문제의 인물을 잡아내고 경찰에 넘겨야 한다고 믿는다. 잡는 과정 역시 아주 현실적인데, 사설 경호원이 잠복해 있다가 잡아내며, 증거가 없다고 발뺌하는 아이들에게

---

9) 고정욱, 앞의 책, 77쪽.
10) 같은 책, 94쪽.

비디오 녹화물을 들이댄다. 이렇게 하여 경찰서로 넘겨진 문제 청소년들은 반성의 계기를 잡아, 윤성이 아버지가 건네준 〈장 발장〉을 보며 새 사람이 된다는 이야기이다.

그러나 사악함에 대한 응징은 때로는 기대와는 완전히 다른 방향으로 튀는 전환점이 되기도 한다. 실제로 박기범의 〈문제아〉 같은 경우는 폭력을 당하던 아이가 거기에 맞서 폭력을 행사함으로써 걷잡을 수 없는 궁지에 몰리고 만다. 그 과정은 이렇게 묘사된다.

> 규석이는 다짜고짜 나를 때렸다. 처음에는 정신없이 얻어맞았다. 애들은 구경하면서도 말리지는 못했다. 한참을 때리더니, 그 애가 잠깐 뜸을 들였다. 때리다가 욕을 하다가 그랬는데, 욕을 하는 동안이 바로 뜸을 들이는 거다. 나는 옆자리에 있는 의자를 그대로 집어 들었다. 아무 생각도 안 났다. 의자로 그 애 얼굴을 내리쳤다. 한 번 내리치고 또 내리쳤다. 애들이 말리고 선생님이 뛰어올라 왔다.
> 나중에야 나는 정신을 차렸다. 솔직히 말해서 내가 봐도 그건 너무 끔찍했다. 의자에는 쇠몽둥이로 된 다리가 길쭉길쭉 나 있는데, 보통 때 같으면 그걸로 사람을 때릴 거라는 건 상상도 못했을 거다. 그런데 어쨌든 내가 그런 짓을 한 거다.[11]

주인공의 강변은 분명 일리가 있다. 보통 때 같으면 그럴 리가 없지만, 더 이상 맞고 있을 수가 없다는 사실, 그래서 때렸다는 것이다. 그러나 초등학생이 철제 의자를 들어서 상대를 대리고 그래서 이가 두 개 부러지고 얼굴이 피투성이가 된다는 설정은 지나쳐 보인다. 이 결과, 주인공이 문제아로 낙인찍히는 과정은 매우 쓸쓸하게 그려지지

---

11) 박기범, 앞의 책, 77~78쪽.

만, 현실을 감안할 때 충분히 개연성이 있는 내용이다. 이제 주인공은
모든 친구들이 피하고 선생님이 포기하는, 따돌려지기보다는 그냥 외
톨이로 지내게 되는 딱한 처지에 놓인다. 선생님은 그저 벌레 보듯 할
뿐이고 하나마나한 잔소리로 자신의 책무를 다하는 것으로 그려진다.

이런 서사 진행에서도 악에 대한 규정은 아주 분명하다. 도무지 참
아낼 수 없는 악, 비록 그것이 어린이에게서 나온 것이더라도 그냥 두
어서는 안 될 만큼 대단한 악이 그려진다. 그 악 때문에 '선량한' 학생
이 학교에 가기 싫어하고, 그 악 때문에 '평범한' 학생이 졸지에 문제
아로 전락하고 만다. 그러나 어린아이가 이러한 사악함을 응징한다는
것은 매우 어려운 일이며 이 때문에 이 응징 과정에는 반드시 어른이
개입하거나, 어린이가 도저히 할 수도 없을 것 같은 어른 같은 행위가
과도히 분출되기 마련이다.

3.3. '불화'와 '화해'

대부분의 왕따 동화는 대상독자가 어린이라는 점을 감안하여 '화해'
에 강조점을 둔다. 설령 따돌리는 행위가 조직적으로 이루어진다 하
더라도 그것은 일시적인 과오일 뿐이며, 얼마든지 수정이 가능하다고
믿는다. 이런 서사에서의 갈등은 일시적 '불화'에 불과한 것이어서,
적어도 돌이킬 수 없을 만큼의 심각한 폭력에까지는 이르지 않는다.

대표적인 예로 채인선의 〈내 짝꿍 최영대〉를 보자. 어디선가 전학
을 온 최영대는 전학 오던 그 날부터 친구들로부터 따돌림을 받는다.
최초의 등장에서부터 "헐렁한 웃옷에 다 해어진 운동화를 신은 꾀죄
죄한 아이"[12]로 그려지는데, 그 꾀죄죄함 때문에 따돌림을 당하기에

는 석연치 않다. '여기서 멀리 떨어진 어느 시골 학교'에서 왔다거나 '아주 조용'한 아이였거나, '굉장히 느렸'다거나, '누가 자기 흉을 보아도 잠자코 있'을 뿐인데, 아이들은 어느새 "굼벵이 바보! 쟤는 말도 잘 못한대. 아마 듣지도 못할 거야"[13]라며 놀리기 시작하고, 이러한 놀림은 집요하게 확대되어 나간다. 나중에는 일부러 잘못을 뒤집어씌워서 벌을 받게 한다거나 공연히 벽에 세워놓고 한 대씩 때리기도 하는데, "아이들은 무슨 일만 있으면 영대를 괴롭"[14]히는 일이 태연하게 벌어진다.

그러다가 수학여행을 갔을 때, 아이들은 놀라운 체험을 한다.

> 그 때 방귀 소리가 뽕 하고 났어요. 아이들은 모두 그 소리를 듣고 말았어요. 선생님은 "누구야? 누가 잠 안 자고 방귀를 뀌는 거야?" 하고 호통을 치셨어요. 어두운 방 여기저기서 아이들이 킥킥거렸어요. 그런데 누가 "굼벵이 바보가요! 저 바보가요." 하고 대답하는 거예요. 어떤 애는 코를 싸매고는 "아휴, 방귀 냄새! 굼벵이 방귀 냄새는 역시 달라."하고 코맹맹이 소리를 냈어요.
> 그러자 선생님이 쿡쿡 웃으며 물으셨어요. "누구? 굼벵이?" 그랬더니 정말 굼벵이 같은 반장이 영대를 가리키며 "이 애요. 엄마 없는 바보 말이에요."하고 소리쳤어요. 그 순간 어둠 속에서 "으앙!"하고 울음 소리가 터져나왔어요. 영대가 울음을 터뜨린 거예요.[15]

누군가 방귀를 뀌자 아이들은 모두 영대를 지목했고 영대가 울음을

---

12) 채인선, 앞의 책, 6쪽.
13) 이상은 채인선, 같은 책, 6쪽
14) 채인선, 같은 책, 13쪽.
15) 채인선, 같은 책, 30~31쪽.

터뜨린 것이다. 당연히 이 울음에는 그 동안 복받친 설움이 모두 묻어 있는 것이었는데, 이로써 사태는 급변한다. 아이들과 선생님은 당황하고, 영대의 울음을 그치게 할 재간이 없었다. 선생님이 나서서 아이들을 혼냈지만 영대의 울음은 그치지 않았고, 마침내 한 반 전체가 울음을 터뜨리고, 그 울음소리에 몰려들었던 전교생이 울어대는 진풍경을 연출한다. 그리고 그것으로 모든 문제는 말끔히 해결된다. 언제 그랬느냐는 듯이 영대는 자연스럽게 친구가 되고, 다른 아이들의 배려를 받으며, '깔끔한' 아이로 변모한다. 어떻게 그렇게 되었는지, 정말 그럴 수 있는지 묻는 것은 적어도 이 서사에서는 무모한 질문처럼 보인다. 단 한 차례의 울음으로 그간의 불화가 일소되며, 그것이 부정되면 이 서사는 존립 근거를 잃기 때문이다.16)

김희숙의 『매를 사랑한 참새』 역시 제목이 시사하는 대로, 자기를 못살게 구는 상대를 기꺼이 받아들이는 이야기이다. 이 서사의 기본 구도는 '매'로 상징되는 용철이에게 '참새'로 상징되는 주인공 순수가 매번 당하고 급기야는 정신병원 신세까지 지게 되지만 마침내는 순수의 큰 사랑으로 용철이가 감화된다는 내용이다. 사람이 여러 번 변한다는 점에서 물론 그런 일이 없다고는 할 수 없지만 문제는 그런 변화가 설득력 있게 일어나느냐 하는 점이다. 그것은 어쩌면 참새가 매를

---

16) 이런 순간적인 문제 해결에 대해서는 논자들 간에 의견이 엇갈린다. 최윤정은 우리 전통의 해한(解恨) 방식으로 이해하여 "너무나도 한국적인 정서적 일체감"(최윤정, 『슬픈 거인』, 문학과지성사, 2000, 38쪽)이라는 식으로 긍정적인 평가를 하지만, 이상진은 "정서의 차원을 소재에 대한 작가의 태도 문제와 혼동하여 평가하는 것에는 동의하기 힘들다."(이상진, 앞의 논문, 264쪽)며 일정한 거리를 두고 있다. 또한 황선열은 "반 아이들이 따라 우는 것은 사건의 비약"으로 규정하며 이는 "작가의 의도가 지나치게 개입되면서 나타나는 것"(황선열, 『따져 읽는 어린이책』, 청동거울, 2005, 18쪽)으로 보았다.

사랑하기보다 더 힘든 일일지도 모르며, 이야기의 결말처럼 매와 참 새가 두 마리의 참새가 되어 어우러져 나는 것보다 드문 경우일 수도 있다. 정신과 의사의 도움을 받아야 할 정도의 상처를 받은 아이가 자 기를 그 지경으로 만든 상대를 사랑으로 품어낸다는 설정에는 아무래 도 무리가 따르게 마련이다. 다음 대목을 보자.

> 다리에 힘이 쏙 빠지며 눈물이 핑 돌았다. 정신없이 방으로 들어와 침 대에 쭉 뻗어 버렸다. 볼을 타고 눈물이 흘렀다. 시간이 흐를수록 점점 이마에 열이 나고 식은땀이 흐르며 온몸이 끝도 보이지 않는 천 길 낭떠러 지로 추락하는 것처럼 방구들짝보다 더 밑으로 가라앉아 갔다.
> '차라리 죽어 버리자.'
> 그렇게 생각하니 오히려 마음이 편했다. 세상에 이렇게 피할 방법이 있었는데 왜 혼자 고민하면서 힘들어 했을까? 내 자신이 참 한심했다. 나는 잠자는 것처럼 떠나기 위해 숨을 쉬지 않고 꾹 참았다. 그런데 처음 몇 초는 그런 대로 참을 수 있었다. 그러나 십 초가 지나고 이십 초가 지나고 삼십 초도 안 되어 자꾸만 뭔가가 가슴을 콱 막고 있는 듯해 그만 숨을 훅 토하고 말았다.
> '죽는 것도 쉽지 않구나.17)

이렇게 자살까지 생각할 정도라면 문제의 심각성은 물어보나마이 다. 급기야 용철에게 맞아서 기절을 하고 병원에 실려 가서 실어증까 지 겪는 처지가 되는데도 이상한 것은 어른들이 너무도 여유롭다는 것이다. 실어증에서 그치지 않고 자폐아로 될 수도 있다는 말을 듣고 도 엄마는 "그러니까 순수가 편안한 마음이 되도록 우리가 신경을 써 야 한대요."18)라거나 아빠는 "이왕지사 일이 이렇게 된 거 저는 얼마

---

17) 김희숙, 앞의 책, 102~103쪽.

나 답답하겠소. 애가 워낙 순하고 겁이 많아 충격이 컸을 텐데, 너무
조급해 하지 말고 정성을 다해 돌봅시다. 그러면 빠른 시일 안에 다시
정상으로 돌아올 것이오."[19]라며 평정심을 유지한다. 이 역시 현실성
에서 고개를 젓게 하지만, 이 작품은 시종일관 순수의 순수한 마음을
부각시킴으로써 감화의 중요성을 일깨워준다.

이런 서사가 보이는 악은 표면적으로는 악이지만 이면적으로는 선
일 수 있는 그런 악이다. 이 점에서 악을 따라 악을 행하거나, 악을
응징하여 없애려는 의도는 불순하다. 이런 이야기에는 악을 잘 보듬
어 품게 되면 선이 된다는 매우 명징한 이치가 잠재해 있는 듯이 보인
다. 그러나 불화가 지나치게 증폭되다가 석연치 않은 과정을 통해 일
거에 해결된다는 설정이나, 어린아이로서는 견디기 어려울 듯한 인고
의 시간을 거친 후 거의 순교적인 자세로 악한 상대를 끌어안게 된다
는 설정은 선뜻 수용하기 어려운 측면이 있다.

4. 대응방식의 의미와 그 교육적 활용

4.1. 악에 대한 대응방식의 의미

악이 여럿이면 그에 대한 대응 역시 다양할 수밖에 없다. 악은 악
[사악함]일 뿐이라고 생각하는 한 돌파구는 단 하나이다. 즉, 악에 대
한 가차 없는 응징 바로 그것만이 진리일 것이다. 그러나 실제로 우리
가 응징할 수 있는 악의 범위는 그리 넓지 못하다. 우선, 규정짓기 불

---

18) 김희숙, 같은 책, 124쪽.
19) 김희숙, 같은 책, 같은 쪽.

분명한 악이 존재하며, 우리가 상대할 수 없는 거대한 악을 피할 수도
없고, 때로는 악을 저지르는 인물이 자신과 워낙 가까운 관계에 있어
서 악을 제거하는 순간 자신의 존립 근거가 흔들리기도 하다. 물론,
동화에서는 훨씬 더 강력한 환상성으로 무장하여 거대한 악을 단숨에
제압하는 서사가 널리 존재한다. 이른바 판타지 동화에서 그런 경향
이 강하며, 전래동화의 많은 서사가 또한 그렇다.

그러나 '왕따'를 다룬 동화에서는 상황이 달라진다. 이런 동화는
'생활'동화, '학교'동화, '학교생활'동화로 명명되는 작품이다. '생활'
과 '학교'는 현실과 유리되기 어렵고, 현실에 밀착하는 한 악의 존재
는 실체를 띨 수밖에 없다. 이 때문에 주인공 어린이 앞에 나타난 악
한 존재, 대체로 자신을 따돌리는 데 주도적인 역할을 하는 인물은 가
장 가까운 데서 자신을 위협하는 생활 속의 인물이다. 전래동화 속에
자주 등장하는 괴물은 사실 자신이 굳이 제압하려 나설 필요가 없는,
피하려면 피할 수도 있고 안 만나려면 굳이 만날 필요도 없을 수 있다
지만 이 경우는 아주 다르다. 이 때문에 실제 내용은 전래동화의 괴물
에 비해 터무니없이 작지만, 실제 독자인 어린이가 읽을 때의 공포는
훨씬 더 구체적일 수 있다.

이제 이 구체적이고 공포스러운 악에 대한 대응방식이 어떤 의미를
갖는지 살필 차례이다. 앞서 논한 대로, 왕따 동화에서는 악에 대한
되갚기, 응징, 화해가 두루 쓰이며, 이들이 갖는 각각의 의미에 대해
서는 살폈으므로 이들을 아울러 논의해보자.

첫째, 선/악의 실체이다. 동화를 읽는 아동들에게 선/악의 구분이
불명확하면 심한 혼란에 빠질 수 있다. 이 점에서 동화의 인물은 대체
로 단선적이며 과장된 경우가 많다. 선/악을 분명히 하여, 악을 물리

치고 선을 받아들이는 바람직한 삶을 영위하는 데 도움이 되어야 하기 때문이다. 왕따 동화 역시 예외가 아니어서, 중간에 양쪽을 오가며 고민하는 인물이 없는 것은 아니지만 선한 인물과 악한 인물의 대립은 여간 분명한 게 아니며, 이것을 두고 작품의 결함이라고 말하기는 어렵다. 특히 초등학교 저학년을 대상으로 한 짧은 동화에서라면 여러 가지 제약 때문에 더욱 더 그럴 수밖에 없다.

그러나 문제는 왕따를 행하는 사람이든 당하는 사람이든 그런 행위에 놓이게 되는 상황이 지나치게 단순하다는 점이다. 〈학교 가기 싫어요〉의 피해자는 장애인과 장애인에 동조하는 인물이며, 〈이 세상에는 공주가 꼭 필요하다〉의 춘희는 병든 홀아버지를 돌보며 사는 인물이고, 〈왕따 없는 교실〉의 소영이는 새아버지 밑에 자란다는 이유로 왕따를 당하며, 〈매를 사랑한 참새〉의 정아는 알코올중독의 아버지 때문에 어머니와 힘들게 살아가며, 〈괴상한 녀석〉의 석이는 장애아동이고, 〈양파의 왕따 일기〉의 양미희는 엄마 없이 외롭게 크는 아이이고, 〈문제아〉는 병든 홀아버지 수발하느라 오토바이로 신문배달을 하고 그것이 문제로 지목되며, 〈왕언니 망고〉의 망고는 부모의 이혼 때문에 적응을 못하며, 〈무서운 학교 무서운 아이들〉의 동균이는 미국에서 온 교수 아들이라는 이유로 시달림을 당하고, 〈깜근이 엄마〉의 명근이는 이주노동자와의 사이에서 태어난 혼혈아이고, 〈왕따〉의 미나는 아버지가 외국에서 일하고 계시며 잦은 전학 등으로 어울리지 못하며, 〈내 짝꿍 최영대〉는 어려운 가정형편 때문에 보살핌을 받지 못한다. 황선미의 동화 〈나쁜 어린이 표〉와 〈초대받은 아이들〉 정도를 뺀다면, 왕따를 당하는 아이이든 왕따를 시키는 아이이든 대체로 '가정적'인 문제를 안고 있는 것으로 그려진다.

  이러한 설정은 대략 두 가지 방향에서 이해된다. 가해자 편의 인물
이 가정적으로 문제가 있을 경우 그럴법한 이유가 있음을 근거로 관
용을 베풀며 이해하자는 쪽으로 진행되며, 피해자 편의 인물이 그럴
경우 동정적인 분위기를 조성해서 더 이상의 가해가 가해지지 않도록
하자는 쪽으로 진행된다. 이는 지극히 당연하고 현실적인 내용임에도
불구하고, 실제로 모든 왕따 문제가 가정적인 데 근원을 두고 있지도
않으며 또한 가정적인 문제가 그렇게 경제적 문제이거나 부모의 이혼
같은 데에만 모아질 수도 없는 일이어서 사실과 어긋나는 측면이 크
다. 집단 따돌림에 대한 연구 논문에서 "따돌림 당하는 아이에서 그
어느 특성도 볼 수 없다는 것이, 오히려 집단 따돌림의 특징"[20]이라
고 하거나, 어떤 사례에서는 "그 아이의 성격, 외모 등은 큰 문제가
되지 않는다. 단지 왕따 시키는 아이들의 마음에 드느냐 들지 않느냐
가 중요한 문제일 뿐"[21]이라는 진술이 나오는 것은, 동화에서 펼쳐지
는 상황이 현실과는 유리될 수 있음을 보여준다. 더구나 초등학교 고
학년 학급을 사례로 한 연구에서 집단 따돌림이 형성되는 계기로 '학
생들의 자리배치', '특정학생에 대한 교사의 편애', '수업 중 발표', '놀
이' 등등 구체적인 요인들이 지적되는 상황을 감안할 때,[22] 동화 속
왕따는 학교생활 속의 구체성이 떨어진다.
  물론, 〈양파의 왕따 일기〉처럼 아이들의 놀이 장면 속에서 자연스

---

20) 김현성, 「집단 따돌림 담론을 통해 본 청소년 주체형성과정과 그 효과에 관한 연구」,
    『교육사회학연구』, 제14권 제3호, 49쪽.
21) 정용교, 「집단따돌림의 다양한 유형과 교육적 극복방안: PC통신에 나타난 집단따돌
    림을 중심으로」, 『한국청소년연구』 제10권 제2호, 1999, 158쪽.
22) 이에 대해서는 이정선·최영순, 「초등학교 고학년 학급에서 나타나는 집단 따돌림
    현상에 관한 문화기술적 연구」(『초등교육연구』 제14권, 2001)참조.

럽게 왕따 문제가 드러나는 작품도 있지만, 그런 예는 오히려 희귀한 사례이다. 피상적으로 드러나는 외모만으로 왕따를 시킨다거나, 경제적으로 차이가 나거나 불화가 있는 가정의 친구가 가해자나 피해자로 설정되는 것은, 자칫하면 단순한 잣대로 선악을 재단함으로써 편견을 키울 우려가 있어 보인다. 때로는 "공부 못하면, 손에 잉크를 묻히는 대신 힘이나 쓰며 살아야지."[23] 같은 말이 스스럼없이 나오기도 한다. 약자를 배려하는 마음은 분명 아름답지만, 약자는 언제나 따돌림의 대상이라거나, 거꾸로 따돌리는 주체는 언제나 환경적 제약 때문이라는 식으로 호도한다면 그 역기능을 의심해볼 수 있는 것이다.

둘째, 악을 물리치는 방법이다. 함께 어울리는 생활을 배워나가야 할 학교에서 집단따돌림이 성행한다는 것은 악임이 분명하다. 그러나 그 악의 실체가 단순하게 고정된 것이 아니라면 그 다양한 변인에 따라 악을 물리치는 방법도 달라져야 마땅하다. 악의 근원에 대해서는 원론적으로 여러 논의가 있겠지만, 칸트에 따르면 악은 대체로 '허약성', '불순성', '사악성'의 세 갈래에서 기인한다. '허약성'은 자신이 하지 말아야 할 일을 하고 있다는 것을 알면서도 허약함 때문에 스스로의 성향에 굴복하는 유형이고, '불순성'은 자신이 해야 할 일을 하기는 하지만 언제나 선을 위해 그 일을 하는 것이 아니라 부도덕한 이유에서 그 일을 하기도 하는 유형이며, '사악성'은 자신이 해야 할 일과 반대의 것을 행하는 유형으로 정리된다.[24]

---

23) 김희숙, 앞의 책, 43쪽.

24) 이는 안네마리 피퍼, 『선과 악 -그 하나의 뿌리를 찾아서-』, 이재황 옮김, 이끌리오, 2002, 122~123쪽에서 정리된 데 따르며, 이러한 방식의 선악론을 토대로 문학에 적용하여 연구한 예는 이강엽, 「고전서사물에 나타난 악의 성격과 대처 양태」(『어문학』 제90집, 한국어문학회, 2005.12. 이 책 제4부의 첫째 글)가 있다.

이러한 논의를 왕따 동화에 적용해 본다면, 허약성은 따돌림 행위를 해서는 안 된다는 것을 알면서도 나약함 때문에 행한다거나 따돌림 행위를 막아야 한다는 것을 알면서도 역시 나약함 때문에 실천하지 못하는 것이 그러한 사례일 것이다. 그러나 실제 동화에서는, 특히 전자의 경우가 잘 드러나지 않는다. 대체로 왕따를 주도하는 인물은 친구를 따돌리고 괴롭히면서도 일말의 흔들림이 없는 인물로 그려진다. 단순한 도덕률이 아닌 서사문학을 통해 이런 이야기를 접할 때의 장점은, 구체적인 상황에서 인물이 보이는 반응을 통한 성찰이 가능하다는 점을 상기하면 이런 약점은 실제의 독서지도에서 많은 고민을 하게 한다. 〈내 짝꿍 최영대〉의 다음 부분을 보자.

> 아이들은 무슨 일만 있으면 영대를 괴롭혔어요. 선생님이 아이들을 벌주면 아이들도 영대를 벌주었어요. 누가 물건을 잃어버리면 분명히 영대가 가져갔을 거라며 영대 가방을 교실 바닥에 쏟아 놓고 샅샅이 뒤졌어요. 우리 반 화장실이 더러운 게 바로 영대 때문이라고 날마다 화장실 청소도 시켰어요. 선생님이 몇 번 야단을 쳤지만 나중에는 선생님도 그냥 내버려 두었어요.[25]

'무슨 일만 있으면'은 곧 '모든 일에'를 의미한다. 때로는 분풀이로, 때로는 누명의 씌워서, 심지어는 화장실 지저분한 것까지 모두 영대 탓으로 돌려진다. 그런데 신기하게도 짧은 문장이 연속되면서 단 한 군데에서도 그렇게 하는 주체, 혹은 그렇게 당하는 대상의 심리가 드러나지 않는다. 어느 누구도 왕따를 시키면서 가책을 느끼지 못하고, 왕따를 당하는 영대 역시 거기에 대해 일말의 반항도 대꾸도 없다. 나

---

25) 채인선, 앞의 책, 13쪽.

아가 교사까지도 아예 모른체해버리는 기이한 일이 벌어진다. 따돌리면서도 마음이 불편하다거나 하는 '허약성'도, 따돌리고 싶어도 남들의 시선 때문에 그렇게 못하는 '불순성'도 없는 것이다. 작품에 그려진 인물들은 그저 순수하게 '사악'할 뿐이며, 이 점에서 완벽한 악이기도 하다.

　이렇게 볼 때, 〈양파의 왕따 일기〉, 〈이 세상에는 공주가 꼭 필요하다〉, 〈왕언니 망고〉, 〈깜근이 엄마〉, 〈초대받은 아이들〉 등이 이룬 성취는 의미가 크다. 〈양파의 왕따 일기〉의 미희는 친구를 따돌리는 데 가담하면서도 끊임없이 양심의 가책을 느끼며 중심을 찾아가는 인물이고, 〈이 세상에는 공주가 꼭 필요하다〉의 춘희는 가난하고 고단한 생활이지만 스스로 '공주'임을 잊지 않으며, 〈왕언니 망고〉의 망고는 일종의 부적응 학생이지만 그녀가 떠나갔을 때 화자가 그리워할 만큼 긍정적으로 그려진다. 그런가 하면 〈깜근이 엄마〉의 명근이는 혼혈아로 배척되는 까닭에 '이유 있는' 반항을 하며 새엄마는 새엄마대로 참다못해 싫은 내색을 꺼리지 않는다. 〈초대받은 아이들〉은 초대받지 못한 아이의 쓸쓸한 심리를 잘 그려내고 있다.

　악에 대한 인식이 넓어지면 그에 대한 대응 역시 다양할 것이다. 왕따 문제에 비친 악만 하더라도, 따돌림을 적극적으로 주도하는 행위는 물론, 따돌림이 싫지만 자신의 나약함 때문에 끌려가는 경우, 혹은 따돌리고 싶은 마음이 있지만 외적인 제약으로 마지못해 그렇게 하지 않는 경우든 다양한 편폭을 보일 수 있다. 그리고 그 다양한 편폭 위에서 내적 갈등과 외적 대립을 펼쳐보이는 서사가 보다 풍성한 문학적 자양분을 공급해줄 수 있을 것인데, 실제의 동화에서는 매우 제한되어 나타난다.

셋째, 악을 물리치는 인물이다. 선/악이 드러나는 서사에서 악에 대한 대처는 매우 중요한 문제이다. 권선징악을 노골적으로 드러내지 않은 서사에서라면 이야기의 줄거리가 꼭 악이 패퇴하는 것으로 끝날 필요는 없다. 오히려 진지하고 성숙된 문학에서 악은 방치되기도 하고, 때로는 악에 굴복하는 모습을 보임으로써 악의 크기를 선명하게 드러내기도 한다. 다만, 아동문학의 경우 아동의 불안심리 등을 고려하면 선에 의한 악의 승리가 일반적이며, 이 점에서 왕따를 다룬 동화 역시 몇몇 예외를 제외하면 문제가 선명히 해결되는 방향을 취한다. 개중에는 왕따 당한 아이가 외국으로 떠나거나 전학을 가는 등 악에 의해 선이 밀려가는 듯한 경우가 없는 것은 아니지만, 그럴 경우는 대체로 그 인물에 작품의 초점이 두어지지 않아서 생각만큼 심각하게 와 닿지 않게 되어 있다.

따라서 여전히 문제는, 왕따를 주도하는 인물을 어떻게 처리하는가에 있고, 이는 이미 앞서 다룬 바 있다. 그렇다면 왕따를 주도하는, 왕따를 당하는 인물보다 힘이 센 인물을 누가 물리치는가 하는 점 역시 주요 관심사이다. 어차피 어린이의 힘으로 감당하기 어려운 경우라면, 어른의 개입은 당연한 수순이다. 다음과 같은 예를 보자.

> 성모 쪽으로는 고개도 못 돌리고 안을 둘러보았다. 처음에는 눈앞이 뿌옇기만 했는데 차츰 사람들이 눈에 들어왔다. 분식집 아줌마, 모르는 애 두 명, 중학생 누나들, 그리고 한 사람.
> "엄마!"
> 기가 막혔다.
> 엄마가 나를 보고 손짓했다. 어이가 없었지만 엄마한테 갈 수밖에 없었다. 엄마라도 있으니 얼마나 다행인지.[26]

그런 내가 엄마에게 망고 이야기를 꺼냈습니다. 아니 내가 마음먹고 망고 이야기를 꺼낸 건 아닙니다. 망고네 아빠 뒷모습이 자꾸 되살아나자 내 입에서 망고 이야기가 툭 튀어 나왔던 것입니다.

"어머머, 세상에! 뭐 그딴 아이가 다 있니? 교실이 무너지고 있다더니 그게 사실이었구나. 세상이 어디로 가려고 이러나 몰라. 아무래도 너 조심해야겠다. 좋은 친구를 사귀는 게 얼마나 중요한 건지 알아?"

망고 이야기를 듣고 난 엄마의 첫 반응은 이랬습니다.[27]

두 작품에 모두 '엄마'가 등장하지만 엄마의 역할은 대조적이다. 앞의 이야기에서는 생일에 초대받지 못한 아들의 마음을 어루만져줄 줄 아는 엄마이지만, 뒤의 이야기에서는 왕따 당하는 아이를 보듬기는커녕 자기 아이를 거기에서 떼어놓기에 바쁘다. 물론, 전자는 자기 아이가 왕따인 상황이고 후자는 남의 아이가 그렇기 때문에 맞비교가 어려울 수 있다. 그럼에도 불구하고 한 가지 분명한 사실은, 이 두 작품에는 어른의 모습이 긍정적/부정적 모델로 엇갈리게 등장한다는 점이다.[28] 제 힘으로 이겨내기 힘든 문제와 싸우는 아이들에게 어른마저 부정적인 모습으로 비춰진다면 절망과 공포를 벗어나기는 더욱 어렵다.

교사 역시 마찬가지로 이해할 수 있다. 아이들이 왕따 당하는 아이를 비웃을 때 함께 웃는다거나(〈내 짝꿍 최영대〉), 아이가 정신병원 신세를 지도록 사태 파악을 못한다거나(〈학교 가기 싫어요〉), 무지막지하게 체벌을 하기만 한다거나(〈왕따〉), 발에 맞는 신발을 살 수 없어서 뒤축

---

26) 황선미, 『초대받은 아이들』, 웅진닷컴, 2001, 58쪽.

27) 송언, 앞의 책, 81~82쪽.

28) 이상진은 〈양파의 왕따 일기〉에서 자주적인 문제해결의 가능성을 보여줄 수 있는 근거로 "모범으로 삼을 수 있는 긍정적인 어른의 모습이 함께 그려졌기 때문"(이상진, 앞의 논문, 216쪽)으로 진단한 바 있다.

을 구겨 신고 오는 아이를 벌준다거나(〈이 세상에는 공주가 꼭 필요하다〉), 문제 아동을 선도하려하기보다는 흡사 대결을 벌이는(〈왕언니 망고〉) 등 의지하기 어려운 존재로 그려지는 게 일반적이다. 물론 현실이 그렇기 때문에 그를 통해 현실을 더욱 선명하게 그려냄으로써 비판하려 의도 했다고 할 수도 있겠지만, 적절한 역할 모델을 찾지 못하는 상태에서 건전한 자아 성장을 기대하기 어렵다는 점을 상기한다면, 어른들에 대한 부정적인 서술은 또 다른 문제를 야기할 소지가 있다.

4.2. '선/악' 문제의 교육적 활용

앞 절에서 다룬 세 가지 사실을 염두에 둘 때, 이러한 동화를 교육 현장에서 활용하기 위해서는 적절한 전략이 필요할 것이다.

우선, 왕따와 같은 '악'이 피상적으로 인식되지 않도록 최대한 배려 해야 한다. 즉, 단순한 가정 내의 결핍은 곧 왕따를 유발한다거나, 환경 적 제약 때문에 왕따에 가담한다는 식의 단선적인 취를 배격해야 하는 것이다. 이를 위해서는 작품에서는 충분히 서술되지 못했지만, 행간의 의미를 통해 읽어낼 수 있는 여러 가지 내용들을 생각하게 해보는 게 좋겠다. 실제 독자인 아동에게 "작품 속의 인물이 왕따를 당하는 이유 는 무엇인가?"라고 묻는다면, 분명히 작품에 서술된 그대로 대답할 것 이다. 그러나 거기에 그치지 않고 "혹시 그 밖에 다른 이유가 있을까? 있다면 무엇이고 어디에서 그것을 알 수 있지?"라는 식의 심화된 발문 을 마련해보는 것이다. 나아가서, "왕따 당한 이유는 무엇인가?"와 같 은 이성적인 추론을 넘어 "왕따 당한 아이의 마음은 어떻지?"나 "왕따 를 시킨 아이는 속으로 어땠을까?"와 같은 감성적인 영역의 발문을 통해 등장인물의 심리를 파악하게 하는 게 효과적일 것이다.

둘째, 왕따와 같은 '악'을 물리치는 방식 역시 응징을 통한 원인 제거나 화해를 통한 화합 같은 식의 양단을 넘어서보려는 시도가 필요할 것이다. 현재까지 나온 작품들이 대체로 세세한 접근이 가능할 만큼의 폭을 보이고 있지는 못하더라도, 〈양파의 왕따 일기〉나 〈왕언니 망고〉 등등에서 볼 수 있는 것처럼 섬세한 결을 살린 작품들도 어렵지 않게 찾을 수 있으며, 다소 단순하게 처리된 작품들도 적절한 발문을 통해 '공백'을 메울 가능성은 충분하다. 왕따 문제에 있어 가해자나 피해자가 모두 성인이 아닌 점을 생각한다면, 어느 쪽이든 씻을 수 없는 상처를 입거나 지나친 응징을 받는 것은 견뎌내기 어렵다. 그렇다고 급작스러운 화해가 일어나 마치 그 이전에 아무 문제가 없었던 것처럼 화합하는 것도 현실적인 공감을 끌어내기 쉽지 않다. 가령, 〈나쁜 어린이 표〉에 등장하는 교사와 아이의 화해 같은 경우 작위적인 인상을 지우기 어렵다.[29]

원론적으로 '통합적 도덕성'이란 "안정된 자의식의 바탕 위에서 인지적 · 정의적 요소를 포괄하는 두 요소가 고루 발달된 인격"[30]임을 인정할 때, 악을 물리치는 방식 또한 '안정된 자의식'이 중요함은 두말할 나위가 없다. 자의식이 허약한 상태에서라면 악에 대한 승리 역시 언제든 역전될 수 있는 가능성을 내포하며, 화해 또한 일시적인 문제 회피에 그칠 공산이 크기 때문이다. 따라서 이런 작품을 지도하면

---

29) 황선열, 앞의 책에서 이 작품의 화해를 "이상한 화해"(56쪽)라고 하거나, "어정쩡한 비밀 하나를 가지고 화해를 한다."(57쪽)고 서술한 것은 이런 부분에 대한 지적으로 볼 수 있다.

30) 최용성, 『도덕철학과 도덕교육』, 인간사랑, 2002, 13쪽.

서 긍정적인 자의식을 유지하는 데 초점을 두는 편이 바람직하다.

　　내 눈은 지금 책상 아래 바닥을 헤매고 있다. 나는 늘 개미가 되고 싶었
다. 나는 개미가 부럽다. 아주 작은 틈이라도 있으면 꼭꼭 숨어 버릴 텐
데. 용기는 아무 때나 내는 게 아니었다.[31]

　　망고는 또 대답을 하지 않았습니다. 그런데도 나는 망고의 마음을 알
수 있을 것 같았습니다. 왠지 눈물이 쏟아지려 하였습니다. 나는 꾹 참았
습니다.
　"망고야, 네가 없으니까 학교 다니기 싫어. 학교가 너무 재미없는 거
있지? 학교가 빈 집 같아."
　"하얀아, 그런 말 하지 마. 다 지난 일이야."
　그리고 망고는 이렇게 덧붙였습니다.
　"그동안 고마웠어. 하얀아. 너랑 짝꿍 한 것 잊지 않을 거야. 이제 우리
교실에서 나는 점점 잊혀질 거야. 그게 조금 슬퍼."
　"아니야. 우리 교실은 너를 결코 잊지 못할 거야. 너 때문에 얼마나
신나고 좋았는데 ……. 그런데 망고야, 이건 너무 시시하다. 나는 왕언니
망고가 이렇게 시시하게 우리 곁을 떠날 줄 몰랐어. 영화나 만화도 이렇
게 시시하게 끝나는 건 없을 거야. 그치?"[32]

　앞의 동화는 자신의 존재감이 너무 없어서 개미가 부러울 정도인
상황을 서술하고 있다. 그러나 자기보다 더 어려운 상황에서도 꿋꿋
하게 '공주'를 자처하는 친구를 만나면서 자의식이 긍정적으로 변화
하는 과정을 보여준다. 뒤의 동화 역시 마치 학급의 평화를 깨는 사
고뭉치로만 여겨졌던 친구가 떠나자 속 시원히 여기는 게 아니라 함

31) 공지희, 앞의 책, 12쪽.
32) 송언, 앞의 책, 138~139쪽.

께 있을 때를 신나게 회상하며, 이를 통해 그 친구의 긍정적인 역할을 부각시킨다. 왕따 이야기가 단순히 어느 한쪽의 문제를 해결하는 데 그치는 게 아니라 양편의 부족함을 치유하면서 궁극적으로는 양편 모두 성장하는 내용으로 꾸며지는 것이다. 이는 왕따의 '가해자/피해자≒악/선'이라는 도식에서라면 좀처럼 끌어내기 어려운 귀결이다. 이 점에서 인물의 양심적인 갈등, 위선적인 이중성 등등이 섬세하게 포착되는 작품이 선별되고, 또 선별된 작품에서 그러한 섬세함을 읽어낼 수 있는 독법을 찾아내는 편이 교육적 효과를 높이는 데 기여하리라 본다.

끝으로, 악을 물리치는 인물의 문제는 둘째 문제와 연관하여 교육적 접근이 필요하다. 어린이가 풀 수 없는 문제를 어른이 푸는 것은 어찌 보면 당연한 일이다. 그러나 어른이 나서서 왕따 문제의 원인을 찾고, 왕따를 주도한 '범인'을 색출하며, 끝내 모든 문제를 해결해주는 데까지 이른다면 동화로서의 기능을 의심케 한다. 어른의 개입이 지나쳐서 어린이가 주인공으로 제 역할을 못할 때 자칫하면 어른이 생각하는 어른의 이야기에 동화의 외피가 덧입혀진 형상을 할 수 있다. 가령, 고정욱의 〈학교 가기 싫어요〉 같은 경우는, 폭력을 당한 윤성이의 아버지가 학교 폭력에 대해 집중적으로 공부하고, 교실에 가서 아이들의 도움을 청하며, 교사는 그런 문제가 일어난 것들이 교육자들의 탓이라며 자책한다. 작품에서는 아예 "대부분은 과중한 학업 스트레스와 부모들의 무관심, 혹은 부모들의 지나친 관심이 아이들에게 스트레스로 쌓여 자기보다 약한 아이들에게 폭력을 휘두르는 결과로 나온다는 것입니다."[33)]라는 직설적 진술이 나올 정도이다.

그런데, 문제는 그렇게 진단했을 경우, 그 진단의 옳고 그름을 떠나 진단에 따르는 적당한 해결책을 찾기 어렵다는 점이다. 모든 원인이 어른들이 만들어놓은 것으로 여겨지는 한, 어른이 나서서 풀지 않으면 아무것도 해결될 수 없기 때문이다. 어린이의 힘으로는 학업 스트레스를 줄일 수도 없으며 부모들의 무관심이나 지나친 관심을 교정할 방법도 없는 것이다. 이렇게 되면 아이들은 무력할 수밖에 없고, 실제 작품에서도 그렇게 그려진다. 결과적으로, 폭력이나 왕따의 위험에서 벗어날 방안은 마련될지 몰라도 어린아이가 능동적으로 문제를 해결해나갈 가능성을 찾기 어려운 것이다. 등장인물이 작은 문제라도 스스로 풀어나가고, 그 과정에 공감하면서 읽을 때 이야기를 통한 정체성 확립이 보다 잘 이루어진다고 할 때, 이러한 작품의 지도 역시 그 점이 충분히 고려되어야만 한다.

대개의 아동문학에서 어른의 무관심과 지나친 개입이라는 양극단을 벗어날 때 서사의 힘이 극대화된다. 만약 이러한 동화를 읽는 어린이가 '저항적 독서'를 포기하고 표면에 주어진 서사만을 따라간다면, 어른은 악해서 기댈 데가 못 된다는 지극히 부정적인 시각을 견지하게 하거나 거꾸로 어른에게 문제를 맡기면 모든 것이 해결된다는 극히 수동적인 시각을 심어줄 우려가 있다. 물론, 근본적인 문제는 왕따를 다룬 동화에 등장하는 어른들이 대체로 가난하거나 가정불화로 인해 아이들을 적절히 보살필 수 없거나, 보살펴야 하는 위치에 있으면서도 방치하는 등 부정적인 인물로 묘사되는 데에 있다. 이 때문에라도 더욱 더 작품 선별에 신경을 써야 할 것이고, 부정적인 어른이 등장하는 서사이더라도 그 인물에 대한 비판적인 시각과 함께 그 인물

---

33) 고정욱, 앞의 책, 87쪽.

이 처한 상황을 포용해낼 수 있는 방향으로 지도가 이루어져야 한다.

이 점에서, 비록 가난하지만 서로 사랑하며 헌신하는 본보기를 보이는 어느 할머니와 할아버지가 등장하는 〈왕따〉나, 병이 들어 아버지로서의 역할을 잘 못하지만 따스한 시선으로 그려지는 〈이 세상에는 공주가 꼭 필요하다〉, 이발사로서 봉사활동을 통해 삶의 참된 가치를 일깨워주는 아버지가 등장하는 〈양파의 왕따 일기〉, 엄마가 왕따 당하는 자식을 지혜롭게 보듬어 내는 〈초대받은 아이들〉, 선생님이 자기 잘못을 곧바로 수정하는 〈나쁜 어린이 표〉 등은 어른의 긍정적인 역할이 강조되는 좋은 사례이다. 이런 작품들에서는 어른이 해결자로 나서기보다는 스스로 해결책을 찾아나서는 시범자로 기능하면서 어린이의 본보기가 된다. 왕따는 잘못[악]이니까 해서는 안 된다는 가르침 대신, 그런 심각한 문제에 직면한 아이에게 디딤돌을 마련해주면서 궁극적으로는 스스로의 힘으로 문제를 헤쳐 나갈 수 있게 돕는 것이다. 그렇다면, 거꾸로 그런 어른의 역할이 덜 강조되는 작품을 읽힐 때는, 비판적거리 두기를 통한 '저항적 독서'를 유도하는 전략이 필요하다 하겠다.

5. 결론

이 글은 아동문학에 나타나는 선/악의 문제를 살피고 그 교육적 활용방안에 대해 검토하였다. 이를 위해 아동문학에서 선/악의 문제가 비교적 분명하게 드러나는 '왕따' 동화 14편을 대상으로 논의하였는데 논의 결과는 다음과 같다.

첫째, 선/악의 문제와 집단 따돌림을 어떻게 연관시켜 다룰지에 대해 살핀 결과, 왕따를 둘러싸고 '가해자/피해자≒악/선'이라는 도식만으로는 서사문학의 생생한 결을 느끼기 어렵고, 등장인물과 등장인물 간의 관계, 인물의 심리적 변화 등이 다각도로 고려되어야만 함을 알았다. 따라서 서사맥락에서 선/악이 어떻게 작동하는지, 또 악에 대한 대응방식이 어떠한지를 살펴야 작품에 대한 온전한 이해가 가능할 것이다.

둘째, 서사맥락에서 선/악에 대응하는 방식을 살폈는데, 당한 대로 갚아주는 방식, 사악함을 응징하는 방식, 불화를 딛고 화해하는 방식의 세 유형으로 나타났다. 첫째 방식은 되갚음을 통해 자신의 잘못을 뉘우치도록 하는 것이다. 〈나쁜 어린이 표〉 같은 작품에서 자신이 당한 그대로 교사에게 갚음으로써 교사의 반성을 이끌어내는 것이 그런 예이다. 둘째 방식은 참아내기 어려운 악에 대해 응징함으로써 선량한 인물을 보호하려는 것이다. 〈학교 가기 싫어요〉 같은 작품에서 폭력을 행사하는 아이를 찾아내어 그에 상응하는 조치를 취하는 것이 그런 예이다. 셋째 방식은 불화를 빚던 인물들 간에 어느 한순간 화해의 계기를 마련하여 그간의 불화를 씻고 함께 잘 지내는 것이다. 〈내 짝꿍 최영대〉 같은 작품에서 한순간의 울음 끝에 전체 구성원이 화해하는 것이 그런 예이다.

셋째, 악에 대한 대응방식의 의미와 그 교육적 활용 방안에 대해 살폈다. 대체로 왕따의 피해자가 가해자가 되는 인물은 가정적인 결핍이 주된 원인으로 설정되어 있어서 결핍 상황에 처한 아동에 대한 편견을 심어줄 우려가 있다. 실제로 왕따 현상이 발생할 수 있는 학교생활 전반에 대한 섬세한 접근이 부족한 편이며, 다양한 편폭 위에서 내적 갈등과 외적 대립을 펼쳐 보이는 데 제약이 있는 것으로 보인다. 더구나 대개의 문제가 아동들만의 힘으로 극복해내기 어려운 가운데 그러한 문제해결을 위해 나서야 하는 어른이 부정적 모델로 그려지는 한계를 보인다. 이러한 문제를 극복하기 위해서는 적절한 작품을 선별하여 읽힘은 물론, '저항적 독서'가 가능한 발문 등을 통해 단순한 선악관을 넘어 삶의 건전성을 확보하도록 할 필요가 있다.

이제 이상의 논의가 윤리적인 문제를 다루는 아동문학 전반으로 확산되기를 희망한다. 그러나 이 논문은 여러 작품을 개괄하여 논의한 결과, 대상 독자나 분량 등의 편차, 주인공의 성별 등등 의미 있는 변인들을 고려하지 못했다. 자료의 확충과 더불어 이러한 문제가 개선되기를 기대한다.

참고문헌

디지털 시대의 구비문학 교육 – '성장'과 '성숙' ·········· p.13

『고등학교 교육과정 해설』, 교육부, 2001.

김종선, 「하이퍼미디어를 활용한 국어교육의 몇 가지 방법」, 동국대학교 교육 대학원 석사논문, 1998.

목영해, 『디지털 문화와 교육』, 문음사, 2001.

민긍기, 「온달설화의 생성적 연구」, 『열상고전연구』 제6집, 1993.4.

서대석, 「21세기 구비문학 연구의 새로운 관점」, 『고전문학연구』 18집, 한국고 전문학회, 2000.2.

서유경, 「웹에서의 국어교육 설계 방향 연구」, 『고전문학과 교육』 2집, 청관고 전문학회, 2000.

손진태, 『한국 민족설화의 연구』, 을유문화사, 1946.

신동흔, 〈삶, 구비문학, 구비문학 연구〉, 『구비문학연구』 제1집, 한국구비문학 회, 1994.

_____, 〈현대구비문학과 전파매체〉, 『구비문학연구』 제3집, 한국구비문학회, 1996.

이부영, 『한국민담의 심층분석』, 집문당, 1995.

이채연, 「디지털 시대의 문학교육」, 『문학과 교육』 5호, 1998년 가을, 문학과 교육 연구회.

_____, 「하이퍼미디어를 이용한 국어과 수업전략」, 『어문학』 60집, 1997.2.

임석재, 『한국구전설화 – 평안북도편 1』, 평민사, 1987.

_____, 『韓國口傳說話』 6, 평민사, 1990.

장덕순 외, 『한국구비문학개설』, 일조각, 1971.

정주동 註解, 〈옹고집전〉(김삼불 교주본), 『韓國古典小說選』, 새글사, 1965.

조원호 · 송숙희, 『인간행동의 이해와 청년기갈등』, 국민대학교출판부, 1998.

리프킨, 제러미, 『소유의 종말 *The Age of Access*』, 이희재 옮김, 민음사, 2001.

맥루한, 마샬, 『미디어의 이해 : 인간의 확장』, 박정규 옮김, 커뮤니케이션북스, 1997.

베텔하임, 브루노, 『옛이야기의 매력』 2, 김옥순 · 주옥 옮김, 시공주니어, 1998.

에릭슨, 에릭, 『아동기와 사회』, 윤진 · 김인경 옮김, 중앙적성출판사, 1988.

옹, 월터 J, 『구술문화와 문자문화』, 이기우 · 임명진 옮김, 문예출판사, 1995.

융, C. G. 외, 『융 심리학 해설』, 선영사, 1999 재판.

치넨, 알랜 B., 『어른스러움의 진실』, 김승환 옮김, 현실과미래, 1999.

_____, 『인생으로의 두 번째 여행』, 황금가지, 1999.

캠벨, 죠셉, 『세계의 영웅신화(원제: *The Hero with Thousand Faces*)』, 이윤기 옮김, 대원사, 1989.

'성장' - 동화읽기의 한 패턴 ·· p.37

『국어 쓰기 3-2』, 교육인적자원부, 교육인적자원부, 2001.

김서정, 『멋진 판타지』, 굴렁쇠, 2002.

김우경, 『수일이와 수일이』, 우리교육, 2001.

양선규, 「서술적 정체성, 놀이, 독서(이야기) 교육」, 『초등교육연구논총』 제17권 3호, 대구교육대학교 초등교육연구원, 2001.8.

어린이도서연구회 엮음, 『동화, 이렇게 보세요』, 웅진출판, 1996.

이강엽, 「'자기실현'으로 읽는 〈옹고집전〉」, 『고소설연구』 제17집, 한국고소설학회, 2004, 6.

_____, 「디지털 시대의 구비문학 교육 -'成長'·'成熟'을 중심으로 -」, 『국제어문』 제24집, 국제어문학회, 2001.12.

이부영, 『자기와 자기실현』, 한길사, 2002.

_____, 『한국민담의 심층분석』, 집문당, 1995.

이재복, 『판타지 동화 세계』, 사계절, 2001.

최기숙, 『환상』, 연세대출판부, 2003.

우에노 료, 『현대 어린이문학』, 사계절, 2003.

노들먼, 페리, 『어린이 문학의 즐거움 1』, 김서정 옮김, 시공주니어, 2001.

니콜라예바, 마리아, 『용의 아이들』, 김서정 옮김, 문학과지성사, 1998.

베텔하임, 브루노, 『옛 이야기의 매력 1』, 김옥순주옥 옮김, 시공주니어, 1998.

_____, 『옛이야기의 매력 2』, 김옥순·주옥 옮김, 시공주니어, 1998.

비에른느, 시몬느, 『통과제의와 문학』, 문학동네, 1996.

융, C. G., 『꿈에 나타난 개성화 과정의 상징』, 한국융연구원 C. G. 융 저작
    번역위원회 옮김, 솔, 2002.

'성숙' – 성인동화의 우언적 접근 ·· p.67

『記聞叢話』

『한국구비문학대계』 1-4(경기도 의정부·남양주), 한국정신문화연구원, 1981.

『한국구비문학대계』 3-4(충북 영동), 한국정신문화연구원, 1984.

『한국구비문학대계』 4-1(충남 당진), 한국정신문화연구원, 1980.

『한국구비문학대계』 4-4(충남 보령), 한국정신문화연구원, 1983.

『한국구비문학대계』 4-5(충남 부여), 한국정신문화연구원, 1984.

『한국구비문학대계』 7-5(경북 성주), 한국정신문화연구원, 1980.

『한국구비문학대계』 7-10(경북 봉화), 한국정신문화연구원, 1984.

『法句經·百喩經·法句譬喩經·佛所行讚』, 동국역경원, 1986.

임석재, 『한국구전설화』(경상북도 편), 평민사, 1993.

____, 『한국구전설화』(전라북도 편II), 평민사, 1993.

____, 『한국구전설화』(충청북도 편·충청남도 편), 평민사, 1990.

____, 『한국구전설화』(평안북도 편 II), 평민사, 1988.

____, 『한국구전설화』(평안북도 편I), 평민사, 1987.

이부영, 『한국민담의 심층분석』, 집문당, 1995.

정채봉, 『성인동화 숨쉬는 돌』, 제3기획, 1988.

조동일 외, 『한국구비문학대계』 별책부록(I) 〈한국설화유형분류집〉, 한국정신
    문화연구원, 1989.

조희웅, 『한국설화의 유형』, 일조각, 1996, 개정증보판.

한국우언문학회, 『동아시아 우언론과 한국의 우언문학』, 집문당, 2004.

천푸칭, 『중국우언문학사(원제: 中國古代寓言史)』, 오수형 옮김, 소나무, 1994.

치넨, 알랜 B., 『어른스러움의 진실 (원제목: *In The Ever After*)』, 이나미 옮김, 황금가지, 1999.

_____, 『인생으로의 두 번째 여행 (원제목: *Once Upon a Midlife*)』, 김승환 옮김, 현실과 미래사, 1999.

프라이, 노드롭, 『성서와 문학』, 김영철 옮김, 숭실대학교출판부, 1993.

신화에 나타난 양가물(兩價物)의 양상과 의미 ························ p.95

『東國李相國全集』 券第三 古律詩 〈東明王篇 幷序〉.

『周禮』, 「夏官」.

『삼국사기』 권2 〈고구려본기〉 대무신왕 15년 조.

김성진, 「신체의 부분, 입술 이미지를 통한 내면의식 표현연구」, 홍익대학교 석사학위논문, 2002.

김영희, 〈도깨비의 양가적 고찰〉, 『한국문학논총』 27, 한국문학회, 2000.

민긍기, 「신화의 서술방식에 관한 연구」, 『창원대학교논문집』, 제9권 제1호, 창원대학, 1987.

張光直, 『신화 미술 제사』, 이철 옮김, 동문선, 1990.

하야시 미나오, 『중국 고대의 신들』, 박봉주 옮김, 영림카디널, 2004.

골로긴, 세르기우스·엘리아데, 미르치아, 캠벨, 조지프, 『세계신화이야기』, 이기숙·김이섭 역, 까치, 2001.

엘리아데, 미르치아, 『대장장이와 연금술사』, 이재실 옮김, 문학동네, 1999.

_____, 『신화와 현실』, 이은봉 역, 성균관대학교 출판부, 1985.

_____, 『종교사개론』, 이재실 옮김, 까치, 1993.

융, 칼 구스타프, 『연금술에서 본 구원의 의미』, 솔, 2004.

캠벨, 죠셉, 『세계의 영웅신화』, 이윤기 옮김, 대원사, 1991.

쿠퍼, 진, 『세계문화상징사전』, 까치, 이윤기 옮김, 1994.

성현(聖顯)으로서의 돌 – 『삼국유사』의 경우 ····························· p.129

일연, 『삼국유사』, 이민수 역, 을유문화사, 1983.

강인구 외, 『譯註 三國遺事』, 이회문화사, 2002.

하정룡·이근식, 『三國遺事 校勘研究』, 신서원, 1997.

권오찬, 『신라의 빛』, 글밭, 2000 개정판.

김문태, 『三國遺事』의 詩歌와 敍事文脈 研究』, 태학사, 1995.

김열규, 「民俗信仰의 生生力象徵」, 『韓國民俗과 文學研究』, 일조각, 1971.

노중돈, 「동부여에 관한 몇 가지 문제에 대하여」, 『한국학논집』 10, 계명대 한국학연구소, 1983.

신종원, 『삼국유사 새로 읽기(1)』(紀異 篇), 일지사, 2004.

유증선, 「암석신앙전설」, 『한국민속학』 2, 한국민속학연구회, 1970.

이강엽, 「『三國遺事』 「紀異」 篇의 敍述原理」, 『열상고전연구』 26집, 열상고전연구회, 2006.

이만열, 『講座 三國時代史』, 지식산업사, 1976.

이범교 역해, 『삼국유사의 종합적 해석』(상), 민족사, 2005.

엘리아데, 미르치아, 『종교사개론』, 이재실 옮김, 까치, 1993.

_____, 『영원회귀의 신화』, 심재중 옮김, 이학사, 2003.

신화의 문학 교육적 의미 ··· p.163

『국어 쓰기 2-2』, 교육인적자원부, 2000.

『국어 읽기 6-2』, 교육인적자원부, 2002.

김문태 편저, 『신화교육과 국어교과교육의 현장』, 보고사, 2004.

김열규, 『동북아시아 샤머니즘과 신화론』, 아카넷, 2003.

_____, 『한국민속과 문학연구』, 일조각, 1980.

김화경, 『일본의 신화』, 문학과지성사, 2002.

동아시아고대학회 편, 『동아시아 여성신화』, 집문당, 2003.

아세아 설화학회, 『한·중·일 설화비교 연구』, 민속원, 1999.

아이작 아시모프, 『신화 속으로 떠나는 언어 여행』, 김대웅 옮김, 웅진닷컴, 2002.

이강엽 외, 『디지털 시대의 국어과 수업모형』, 평민사, 2002.

이강엽, 「알레고리로서의 女神, 그 양상과 의미 —동아시아 신화의 경우—」, 『어문학』, 한국어문학회, 2004.12.

_____, 『신화』, 연세대학교출판부, 2004.

이경재, 『신화해석학』, 다산글방, 2002.

이대욱 외, 『고전산문문학』, 천재교육, 2004.

이윤진, 「무속신화 속의 여성신상에 관한 교육학적 의미 연구」, 연세대학교 석
　　　사학위 논문, 1998.2.

일연, 『三國遺事』(晚松本), 오성사 영인본, 1983.

장용규 엮음, 『세계민담전집4 남아프리카 편』, 황금가지, 2003.

조동일, 『동아시아 구비서사시의 양상과 변천』, 문학과지성사, 1997.

조현설, 『동아시아 건국신화의 역사와 논리』, 문학과지성사, 2003.

한국구비문학회 편, 『동아시아 제민족의 신화』, 박이정, 2001.

오바야시 다루우, 『신화학 입문』, 兒玉仁夫·권태효 옮김, 새문사, 1996.

何新, 『신의 기원』, 홍희 옮김, 동문선, 1990.

노들먼, 페리, 『어린이 문학의 즐거움 1』, 김서정 옮김, 시공주니어, 2001.

뒤크르아, 프랑수아즈 프롱티시, 『신화』, 신미경 옮김, 창해, 2001.

레비스트로스, 클로드, 『신화와 의미』, 임옥희 옮김, 이끌리오, 2000.

비얼레인, J. F., 『세계의 유사신화』, 세종서적, 1996.

비에른느, S., 『통과제의와 문학』, 이재실 옮김, 문학동네, 1996.

엘리아데, 미르치아, 『영원회귀의 신화』, 이학사, 2003.

융, 칼 구스타프 외, 『무의식의 분석』, 홍신문화사, 권오석 옮김, 1990.

캠벨, 조셉, 『네가 바로 그것이다』, 해바라기 2004.

_____, 『세계의 영웅신화』, 이윤기 옮김, 대원사, 1989.

_____, 『종교사개론』, 이재실 옮김, 까치, 1993.

_____, 『창작신화』, 정영목 옮김, 까치, 2002.

쿠퍼, 진, 『그림으로 보는 세계 문화 상징 사전』, 이윤기 옮김, 까치, 1994.

프로프, 블라디미르, 『민담형태론』, 새문사, 1987.

보은담(報恩譚)의 유형과 의미 ·· p.193

〈16대 조상의 공덕으로 부통령이 된 김성수〉, 『한국구비문학대계』 3-4, 한국
　　　정신문화연구원, 1984.

〈개구리의 보은〉, 『한국구비문학대계』 8-3, 한국정신문화연구원, 1983.

〈거지와 동침하고 팔자 고친 원서방〉, 『한국구비문학대계』 3-4, 한국정신문화

연구원, 1984.

〈仇家虎〉, 『한국구비문학대계』 5-2, 한국정신문화연구원, 1981.

〈구렁이 살리고 부자가 된 학자〉, 『한국구비문학대계』 3-3, 한국정신문화연구원, 1982.

〈금주령과 유진항〉, 『한국구비문학대계』 1-1, 한국정신문화연구원, 1980.

〈남의 복을 빌은 사람〉, 『한국구비문학대계』 2-6, 한국정신문화연구원, 1984.

〈달성서씨 시조〉, 『한국구비문학대계』 5-2, 한국정신문화연구원, 1981.

〈동물 보은 설화〉, 『한국구비문학대계』 8-3, 한국정신문화연구원, 1983.

〈동물 보은 설화〉, 『한국구비문학대계』 8-3, 한국정신문화연구원, 1983.

〈되찾은 천석군 살림〉, 『한국구비문학대계』 7-3, 한국정신문화연구원, 1980.

〈명당의 천리도 모르는 도선〉, 『한국구비문학대계』 3-4, 한국정신문화연구원, 1989.

〈새에게 모이 준 정성으로 산 아이〉, 『한국구비문학대계』 3-4, 한국정신문화연구원, 1984.

〈은공을 갚은 쥐〉, 『한국구비문학대계』 3-4, 한국정신문화연구원, 1984.

〈은혜 갚은 뱀〉, 『한국구비문학대계』 4-5, 한국정신문화연구원, 1984.

〈은혜를 갚은 쥐〉, 『한국구비문학대계』 3-4, 한국정신문화연구원, 1984.

〈은혜를 갚은 쥐〉, 『한국구비문학대계』 3-4, 한국정신문화연구원, 1994.

〈일숙천량〉, 『한국구비문학대계』 4-5, 한국정신문화연구원, 1984.

〈자손이 잘된 정성스런 적선〉, 『한국구비문학대계』 5-2, 한국정신문화연구원, 1981.

〈자손이 잘된 정성스런 적선〉, 『한국구비문학대계』 5-2, 한국정신문화연구원, 1981.

〈적선한 부원군을 만나 영화 누린 김선달〉, 『한국구비문학대계』 3-3, 한국정신문화연구원, 1981.

〈전안전씨 전동굴과 전원이씨 시조〉, 『한국구비문학대계』 5-2, 한국정신문화연구원, 1981.

〈준대로 받는다〉, 『한국구비문학대계』 6-11, 한국정신문화연구원, 한국정신문화연구원, 1987

〈投錢救命〉, 『한국구비문학대계』 1-1, 한국정신문화연구원, 1980.

〈학의 새끼 주주리〉, 『한국구비문학대계』 4-5, 한국정신문화연구원, 1984.

〈호랑이가 잡아 준 문화 유씨의 묘소〉, 『한국구비문학대계』 3-3, 한국정신문
　　화연구원, 1981.

〈화수분 전설〉, 『한국구비문학대계』 2-8, 한국정신문화연구원, 1986.

〈환란을 해결한 손〉, 『한국구비문학대계』 8-9, 한국정신문화연구원, 1983.

김문선, 「동물보은설화 연구」, 한국교원대학교 대학원 석사학위논문, 1992.

김현룡, 「동물보은설화와 그 교훈성」, 『교육론집』 제12집, 건국대학교 교육대
　　학원, 1989.

배도식, 「두꺼비 보은 설화의 구조의 변이양상」, 『국어국문학』 21, 국어국문학
　　회, 2002.

박진, 「동물 보은설화에 나타난 욕망 표출과 처리 양상」, 건국대학교 석사논문,
　　1996.

이부영, 『한국민담의 심층분석』, 집문당, 1995.

이신성, 「보은담의 교재화에 대하여」, 「어문학교육」 제16집, 한국어문학교육학
　　회, 1994.

조동일 외, 『한국구비문학대계 별책부록(I)』, 한국정신문화연구원, 1989.

최운식·김기창, 『전래동화교육론』, 집문당, 1988

최인학, 『한국민담의 유형 연구』, 인하대학교출판부, 1994.

나카자와 신이치, 『사랑과 경제의 로고스』, 김옥희 옮김, 동아시아, 2004.

모스, 마르셀, 『증여론』, 이상률 옮김, 한길사, 2002.

해리스, 마빈, 『문화의 수수께끼』, 한길사, 1982.

무학대설화의 생성과 변이 ·· p.229

김승호, 『韓國僧傳文學의 硏究』, 민족사, 1992.

김영두, 〈無學王師〉, 『한국불교인물사상사』, 민족사, 1991.

李肯翊, 『국역 연려실기술』 I, 이병도 역, 민족문화추진회, 1966.

李能和, 『朝鮮佛敎通史』, 新文館, 1918.

李德泂, 『죽창한화』, 이민수 역, 『국역 대동야승』 17권, 민족문화추진회, 1967.

一然, 〈蛇福不言〉條, 『三國遺事』 卷第四 義解 第五.

임석재, 『한국구전설화(경상남도 편 I)』, 평민사, 1993.

鄭魯湜, 『朝鮮唱劇史』, 조선일보출판사, 1940.

車天路, 『五山說林草藁』, 양대연 역, 『국역 대동야승』 II, 민족문화추진회, 1967.

최래옥, '아기장수' 항, 『한국민족문화대백과사전 14』, 한국정신문화연구원, 1991.

허원기, 〈三國遺事 求道 說話의 意味〉, 한국정신문화연구원 석사 논문, 1995.

忽滑谷快天, 『朝鮮禪敎史』, 정호경 역, 寶蓮閣, 1978.

설화의 유화(類話) 교육을 통한 창의성 신장 방안 ······················· p.269

〈도둑잡은 지혜〉, 『한국구비문학대계』 6-12, 한국정신문화연구원, 1988.

〈잃은 소 찾기〉, 『한국구비문학대계』 8-14, 한국정신문화연구원, 1985.

〈인삼 세 뿌리를 찾아준 친구〉, 『한국구비문학대계』 6-6, 한국정신문화연구원, 1985.

〈지혜로 도둑 잡은 관장〉, 『한국구비문학대계』 6-2, 한국정신문화연구원, 1981.

〈돈 찾아준 원님〉, 『한국구비문학대계』 1-6, 한국정신문화연구원, 1982.

〈망두석 재판〉, 『한국구비문학대계』 1-6, 한국정신문화연구원, 1982.

〈다시 찾은 돈〉, 『한국구비문학대계』 1-6, 한국정신문화연구원, 1982.

〈비단을 찾아준 현명한 사또〉, 『한국구비문학대계』 8-13, 한국정신문화연구원, 1986.

〈원님의 지혜〉, 『한국구비문학대계』 7-9, 한국정신문화연구원, 1982.

『국어 읽기 3-2』, 교육인적자원부, 2001.

『초등학교 교육 과정 해설(III) -국어, 도덕, 사회-』, 교육부, 1998.

류덕제, 「초등학교 문학 교육의 바람직한 방향」, 『어문학교육』 제25집, 한국어문교육학회, 2002.

윤길근·강진영, 『창의성 신장을 위한 교육방법』, 문음사, 2004.

이주섭 외, 『국어과 창의성 신장 방안』, 박이정, 2004.

임선하, 『창의성에의 초대』, 교보문고, 1993.

조동일 외, 『한국설화유형분류집』, 한국정신문화연구원, 1989.

조희웅, 『설화학강요』, 새문사, 1989.

_____, 『한국설화의 유형』, 일조각, 1996. 개정증보판.

최기숙, 「구전설화에 나타난 '어린이'의 세계 - '어린이 지혜담'을 중심으로-」,

『열상고전연구』 13집, 열상고전연구회, 2000.

_____, 『어린이 이야기, 그 거세된 꿈』, 책세상, 2001.

최용성, 「도덕적 상상력과 창의성의 발달을 위한 이야기교육접근」, 이왕주 외, 『서사와 도덕교육』, 부산대학교출판부, 2003.

한국교육과정평가원 편, 『국어 3-2 초등학교 교사용 지도서』, 대한교과서주식 회사, 2001.

한국구비문학회 편, 『구비문학개설』, 일조각, 1977.

Cropley, Arthur J., 『창의성 계발과 교육』, 이경화 외 역, 학지사, 2004.

〈도깨비에게 홀려서 죽은 서당선생〉, 『한국구비문학대계 7-11』, 한국정신문화 연구원, 1984.

〈악형과 선제〉, 『한국구비문학대계 6-9』, 한국정신문화연구원, 1987.

〈유충렬전〉 완판 86장본, 김동욱 편, 『景印 板刻本古小說全集』, 연세대학교 인 문과학연구소, 1973.

〈호랑이가 사람 물어 간 이야기〉, 『한국구비문학대계 6-9』, 한국정신문화연구 원, 1987.

강재철, 「古小說의 懲惡樣相과 意義」, 『동양학』 제33집, 단국대학교 동양학연구 소, 2003.2.

_____, 「古典小說에 있어서의 善·惡 人物의 性格 把握 問題」, 『고전소설연구』, 일지사, 1993.

_____, 「고전소설의 주제 '권선징악'의 의의」, 제31회 國語國文學研究發表大會 鈔, 국어국문학회, 1988.6.

_____, 「중국과 한국의 '권선징악'이론의 전통」, 『동양학』 제24집, 단국대학교 동양학연구소, 1994.10.

곽신환, 「악에 대한 유가철학적 이해」, 한국정신문화연구원 철학·종교 연구실 편, 『惡이란 무엇인가』, 창, 1992.

권순긍, 『고전소설의 풍자와 미학』, 박이정, 2005.

김광순, 『天君小說研究』, 형설출판사, 1980.

김기동, 『이조시대소설론』, 정연사, 1959.

김만중, 『구운몽』, 정규복·진경환 역주, 고려대학교민족문화연구소, 1996.

김부식, 『삼국사기』, 「열전」 '薛聰'條.

김수봉, 『서사문학의 반동인물 연구』, 국학자료원, 2002.

김시습, 『매월당문집』, 계명문화사 영인본, 1987.

김영태, 「악에 대한 종교철학적 이해 – 유대교·그리스도교를 중심으로」, 한국
　　　정신문화연구원 철학·종교연구실 편, 『惡이란 무엇인가』, 창, 1992.

김일렬, 「고전소설에 나타난 가족의식」, 『동양문화연구』1, 경북대 동양문화연
　　　구소, 1974.

김준오, 『한국현대쟝르비평론』, 문학과 지성사, 1990.

김학주·이경식, 「中·英 문학과 '勸善懲惡'」, 『동아문화』9집, 서울대 동아문화
　　　연구소, 1970.

박일용, 『영웅소설의 소설사적 변주』, 월인, 2003.

신재효, 『신재효판소리사설집(全)』, 강한영 교주, 보성문화사, 1978.

오종각, 「고시조에 나타난 권선징악 논의 試考」, 『시조학논총』제11집, 한국시
　　　조학회, 1995.

윤주필, 『윤리의 서사화』, 국학자료원, 2004.

이강엽, 「'자기실현'으로 읽는 〈옹고집전〉」, 『고소설연구』제17집, 한국고소설
　　　학회, 2004.6.

_____, 「바보 양반담의 풍자양상과 그 의미」, 『연민학지』제7집, 연민학회,
　　　1999.4.

이부영, 『그림자』, 한길사, 1999.

_____, 『한국민담의 심층분석』, 집문당, 1995.

이재선, 『한국현대소설사』, 홍성사, 1979.

임성래, 「완판본 〈조웅전〉의 대중소설적 기법 연구」, 『열상고전연구』9집, 열
　　　상고전연구회, 1996.10.

정병설, 『완월회맹연연구』, 태학사, 1998.

정형용, 「소설」, 우리어문학회, 『국문학개론』, 일성당, 1949.

조동일 외, 『한국구비문학대계 별책부록(I) 한국설화유형분류집』, 한국정신문
　　　화연구원, 1989.

조춘호, 『우애소설연구』, 경산대학교출판부, 2001.

최용성, 「도덕적 상상력과 창의성의 발달을 위한 이야기교육접근」, 이왕주 외,
　　　『서사와 도덕교육』, 부산대학교출판부, 2003.

최창모, 『금기의 수수께끼』, 한길사, 2003.

허춘, 『고소설의 인물연구 – 중재자를 중심으로 –』, 연세대학교 대학원 박사학
　　위논문, 1986.

블라디미르, 프로프, 『민담형태론』, 유영대 옮김, 새문사, 1987.

비얼레인, J. F., 『살아있는 신화』, 배경화 옮김, 세종서적, 2000.

앨퍼드, 찰스 프레드, 『인간은 왜 악에 굴복하는가』, 이만우 옮김, 황금가지,
　　2004.

야스퍼스, 칼, 「칸트의 근본악」, 칸트, 『실천이성비판』, 최재희 역, 박영사,
　　1959.

칸트, 이마누엘, 『이성의 한계 안에서의 종교』, 신옥희 옮김, 이화여자대학교
　　출판부, 2001.

피퍼, 안네마리, 『선과 악 –그 하나의 뿌리를 찾아서–』, 이재황 옮김, 이끌리
　　오, 2002.

악(惡)의 초탈(超脫), 관용(寬容)의 서사(敍事) ···························· p.335

〈9대 독자 며느리 첫날 밤에 아기를〉, 『한국구비문학대계』 1-7, 한국정신문화
　　연구원, 1982.

〈김취경전〉, 김기동 편, 『필사본 고전소설전집』 14권, 아세아문화사, 1982.

〈방쥬전〉, 『(김동욱 소장본)필사본고소설자료총서』 10, 1991, 보경문화사.

〈방한임전〉, 『(김동욱 소장본)필사본고소설자료총서』 11, 1991, 보경문화사.

〈숙향전〉, 황패강 역주, 『숙향전/숙영낭자전/옥단춘전』, 고려대학교민족문화
　　연구소, 1993.

〈신류복전〉, 동국대 한국학연구소 편, 『활자본고전소설전집』, 4권, 아세아문
　　화사, 1976.

〈운영전〉, 이상구, 『17세기 애정전기소설』, 월인, 2003.

〈장한결효긔〉, 김동욱 편, 『영인 고소설 판각본 전집 2』, 연세대인문과학연구
　　소, 1973.

〈쟝화홍년전〉, 김동욱 편, 『영인 고소설 판각본 전집 2』, 연세대인문과학연구
　　소, 1973.

〈芝峰傳(원제 '李芝峰集')〉 신해진, 『朝鮮後期世態小說選』, 월인, 1999.

〈흥부전〉 경판25장본, 김태준 역주, 『흥부전/변강쇠가』, 고려대학교민족문화

연구소, 1995.

김만중, 『구운몽』, 정규복・진경환 역주, 『구운몽』, 고려대학교민족문화연구소, 1996.

김만중, 『사씨남정기』, 이래종 옮김, 태학사, 1999.

김소행, 『삼한습유』, 이승수・서신혜 역주, 박이정, 2003.

李鈺, 〈成進士傳〉, 이가원 校注, 『李朝漢文小說選』, 敎文社, 1984.

이월영・시귀선 역, 『청구야담』, 한국문화사, 1995.

이윤석・김유경 교주, 『현수문전・소대성전・장경전』, 이회, 2005.

許筠, 〈南宮先生傳〉, 이가원 校注, 『李朝漢文小說選』, 敎文社, 1984.

『창선감의록』, 이래종 역주, 고려민족문화연구소, 2003.

강재철, 「고전소설의 주제 '권선징악'의 의의」, 『제31회 國語國文學研究發表大會鈔』, 국어국문학회.

곽신환, 「악에 대한 유가철학적 이해」, 한국정신문화연구원 철학・종교 연구실 편, 『惡이란 무엇인가』, 창, 1992.

김기동, 〈非類型 고전소설의 연구〉, 『동국문학연구』 제5집, 동국대학교 한국문학연구소, 1982.

김영태, 「악에 대한 종교철학적 이해 – 유대교・그리스도교를 중심으로 –」, 한국정신문화연구원 편, 『惡이란 무엇인가?』, 창, 1992.

김현양, 「사씨남정기와 욕망의 문제」, 『고전문학연구』 12, 한국고전문학회, 1997.

박경열, 「가정소설에 나타난 악인(惡人)의 형성조건과 그 의미」, 『겨레어문학』 제39집, 겨레어문학회, 2007. 12.

박병동, 『불경 전래설화의 소설적 변모 양상』, 역락, 2003.

신재홍, 「〈사씨남정기〉의 선악 구도」, 『한국문학연구』 제2호, 고려대학교 민족문화연구원 한국문학연구소, 2001.

안옥선, 『불교의 선악론』, 살림, 2006.

양희철, 「恨의 人物과 恨譚의 模型에 대하여」, 김열규 편, 『韓國文學의 두 問題 –怨恨과 家系』, 학연사, 1985.

이강엽, 「고전서사물에 나타난 惡의 성격과 對處 樣態」, 『어문학』 90집, 2005. 12.

_____, 「자기실현으로 읽는 '옹고집전'」, 『고소설연구』 17집, 한국고소설연구회, 2004. 6.

이이, 〈수·요에 대한 책문(壽夭策)〉, 『국역 율곡전서』 IV, 이호형 외 옮김, 한국
　　정신문화연구원, 1988.

임성래, 「완판본 〈조웅전〉의 대중소설적 기법 연구」, 『열상고전연구』 9집, 열
　　상고전연구회, 1996.10.

정출헌, 「가부장적 가족제도의 질곡과 고전소설 ―사씨남정기의 주요 인물에 대
　　한 탐구」, 『문학과교육』 12, 문학과교육연구회, 2000.

정환국, 「17세기 소설에서 '악인'의 등장과 대결구도」, 『漢文學報』 제18집, 우리
　　한문학회, 2008.

정환국, 「17세기 애정류 한문소설 연구」, 성균관대 박사논문, 2000.

조선문학창작사 고전문학실 편, 『고전소설해제』, 평양 : 문예출판사, 1991, 한
　　국문화사, 1994 영인.

조춘호, 『우애소설연구』, 경산대학교출판부, 2001.

조현설, 〈성녀와 악녀〉, 『불교어문학논집』 제8집, 한국불교어문학회, 2003.

조현우, 「〈사씨남정기〉의 惡女 형상과 그 소설사적 의미」, 『한국고전여성문학
　　연구』 13, 한국고전여성문학연회, 2006.

최기숙, 『17세기 장편소설 연구』, 월인, 1999.

니체, 프리드리히, 『선악을 넘어서』, 김훈 옮김, 청하, 1982.

아놀드, 요한 크리스토프, 『잃어버린 기술 용서』, 전병욱 옮김, 쉼터, 1999.

아동문학의 '선/악' 문제와 교육적 활용 ······················· p.375

고정욱, 『학교 가기 싫어요』, 느낌표, 2006.

공지희, 『이 세상에는 공주가 꼭 필요하다』, 낮은산, 2007

김문주, 『왕따 없는 교실』, 문학사상사, 2004.

김희숙, 『매를 사랑한 참새』, 채우리, 2003.

남찬숙, 『괴상한 녀석』, 창작과비평사, 2000.

문선, 『양파의 왕따일기』, 파랑새어린이, 2001.

박기범, 『문제아』, 창작과비평사, 1999.

송언, 『왕언니 망고』, 푸른나무, 2002.

송재찬, 『무서운 학교 무서운 아이들』, 푸른책들, 2001.

오은영, 『깜근이 엄마』, 홍진P&M, 2007.

이윤학, 『왕따』, 문학과지성사, 2006.

채인선, 『내 짝꿍 최영대』, 재미마주, 1997.

황선미, 『나쁜 어린이표』, 웅진닷컴, 1999.

황선미, 『초대받은 아이들』, 웅진닷컴, 2001.

김현성, 「집단 따돌림 담론을 통해 본 청소년 주체형성과정과 그 효과에 관한 연구」, 『교육사회학연구』, 제14권 제3호, 2004.

이강엽, 「고전서사물에 나타난 악의 성격과 대처 양태」, 『어문학』 제90집, 한국어문학회, 2005.12.

이상진, 「한국창작동화에 나타난 집단따돌림 문제」, 『문학교육학』 제8호, 문학교육학회, 2001.12.

이왕주, 「도덕교육에서 패러다임의 전환과 서사도덕」, 이왕주 외, 『서사와 도덕교육』, 부산대학교출판부, 2003.

이정선·최영순, 「초등학교 고학년 학급에서 나타나는 집단 따돌림 현상에 관한 문화기술적 연구」, 『초등교육연구』 제14권, 2001.

이지호, 『옛이야기와 어린이문학』, 집문당, 2006.

정용교, 「집단따돌림의 다양한 유형과 교육적 극복방안 : PC통신에 나타난 집단따돌림을 중심으로」, 『한국청소년연구』 제10권 제2호, 1999.

정은순 외, 「초등학생들의 집단따돌림에 관한 연구」, 『아동간호학회지』 제8권 제4호, 대한아동간호학회, 2002.12.

최기숙, 『어린이 이야기, 그 거세된 꿈』, 책세상, 2001.

최용성, 『도덕철학과 도덕교육』, 인간사랑, 2002.

최윤정, 『슬픈 거인』, 문학과지성사, 2000.

황선열, 『따져 읽는 어린이책』, 청동거울, 2005.

피퍼, 안네마리, 『선과 악 - 그 하나의 뿌리를 찾아서 -』, 이재황 옮김, 이끌리오, 2002.

찾아보기

�֎ 서명 · 작품명

ㄱ

ㅊ

ㅌ

ㅍ

✠ 용어 · 인명 · 기타

■ 이강엽

1964년 서울에서 태어났다. 1982년에 연세대학교 국어국문학과에 입학한 이래, 그곳에서 석사·박사 학위과정을 마쳤다. 연세대학교, 동덕여자대학교 등에서 강의했으며 2002년 이후 대구교육대학교 국어교육과 교수로 재직 중이다.

그 동안 쓴 책으로는『토의문학의 전통과 우리 소설』,『신화』,『강의실 밖 고전여행』,『바보 이야기, 그 웃음의 참뜻』,『너의 앉은 자리가 바로 꽃자리니라』,『강물을 건너려거든 물결과 같이 흘러라』,『바보설화의 웃음과 의미 탐색』등이 있다. 고소설과 설화를 중심으로 한 고전서사의 의미 탐색에 주력하고 있으며, 고전문학의 교육과 고전문학을 대중에게 알리는 일에도 힘을 쏟아오고 있다.

고전서사의 해석과 교육

2012년 2월 3일 초판 1쇄 펴냄

지은이 이강엽
펴낸이 김흥국
펴낸곳 도서출판 보고사

책임편집 이유나
표지디자인 황현옥

등록 1990년 12월 13일 제6-0429호
주소 서울특별시 성북구 보문동7가 11번지 2층
전화 922-5120~1(편집), 922-2246(영업)
팩스 922-6990
메일 kanapub3@chol.com
http://www.bogosabooks.co.kr

ISBN 978-89-8433-947-7 93810